U0661225

大明皇朝

彭子辉 ◎ 著

洪武猛政 第贰卷

长江出版传媒 ｜ 长江文艺出版社

图书在版编目（ＣＩＰ）数据

大明皇朝. 第二卷，洪武猛政 / 彭子辉著. -- 武汉 ：
长江文艺出版社， 2018.9
ISBN 978-7-5702-0453-3

Ⅰ. ①大… Ⅱ. ①彭… Ⅲ. ①长篇历史小说－中国－
当代 Ⅳ. ①I247.5

中国版本图书馆 CIP 数据核字(2018)第 102195 号

责任编辑：黄海阔 责任校对：陈 琪
封面设计：修远堂 责任印制：邱 莉 杨 帆

出版：长江出版传媒 长江文艺出版社

地址：武汉市雄楚大街 268 号 邮编：430070
发行：长江文艺出版社
电话：027—87679360
http://www.cjlap.com
印刷：中印南方印刷有限公司

开本：720 毫米×1020 毫米 1/16 印张：30.375 插页：1 页
版次：2018 年 9 月第 1 版 2018 年 9 月第 1 次印刷
字数：596 千字

定价：49.80 元

版权所有，盗版必究（举报电话：027—87679308 87679310）
（图书出现印装问题，本社负责调换）

目 录

第一章

皇明开国日月重光　洪武立储江山初御

祭天

正月初四日，金陵阴云消散，碧宇澄清，晨霞映水，瑞气盈城。这一年在大明为洪武元年，在大元为至正二十八年，在公元为一千三百六十八年。

小铁冠道人一路上揭开车帷在看，自皇城到钟山南麓一带，插着许多黄色旌旗；男女老少们争相奔涌到城南正阳门外。小铁冠道人说："真个是全城涌动，争着去看戏似的。"张天师叹道："我们这些方外人有幸能看到皇帝登基，这可是五百年一遇的盛典哩！"去年十二月二十二日，吴王朱元璋在皇城社稷坛告祭上帝神祇时，定于今日开国建元，登基称帝。那日朔风猛烈，彤云密布，雪意浓酣，到了除夕，还紧紧地下了一整夜的雪。小铁冠道人见今日天气意外晴和，心想莫非真是天佑明朝。

圜丘四围站满了仪卫亲军，佩着腰刀，双手紧攥着长枪，远远挡着瞻仰盛典的草民。中书省左相国李善长领着文武百官，各行省平章政事、左、右丞、参知政事，各府各州的知府知州，南北名士、耆宿以及僧道人等，在圜丘下依次排开。圜丘上的神坛分为两层①，四面各有九级台阶，供奉着各类祭品。祭坛前旌旗飘扬，文武百官穿着新制的朱红官服，晨光下一片绚烂。张天师低声道："贫道今日方才看见中华威仪！"

辰牌时分，拱卫司在神坛前陈设着皇帝卤簿②，威武整严。数百名佩刀亲军肃立在道路两旁。张焕、郑泊早得到消息，可能有元朝刺客混入城中，趁机作乱。二人领着几百名身披甲胄的武士紧随着皇帝的玉辂，玉辂后面还跟着十名有武功的宦官。草民见皇帝玉辂来了，人潮涌动，高呼万岁，发出一阵震天价响的声浪。张焕、

---

① 两层：按《明史》记载，第一层设着昊天上帝神位，第二层设着大明、星辰、夜明神位。
② 卤簿：皇家仪仗队。《明史·志》第四十《仪卫》云："天子出，车驾次第谓之卤簿。而唐制四品以上皆给卤簿，则君臣并得通称也。"

郑泊以及亲军都尉的手都按在腰刀上，目光四处巡视，生怕出现丝毫闪失。

朱元璋穿戴着衮冕①，徐徐地从玉辂上下来，登上神坛。李善长、刘基、杨宪、汪广洋、夏煜、李习、陶安、朱升、章溢、傅瓛、宋思颜、范常、高见贤、邓愈、费聚、顾时、唐胜宗、陆仲亨、郭兴、郭英、詹同、王袆、沐英、吴良、吴祯、仇成、王志、郑遇春、耿炳文、胡惟庸等数十名文武大臣站在朱元璋身后。李善长主持祭仪。朱元璋整了整衣冠，侍仪官掬清水为他盥洗了手，他用丝巾擦拭后，跪拜天地神灵，群臣同拜，太常卿奏乐。拜毕，朱元璋站起来，焚烧铜盆中的香木，浇上一盏酒，火焰霎时变得五光十色。

赞礼官高呼："燔柴！升烟！"一个军健引着火，将旁边燎坛上的柴堆点着了，冒出滚滚浓烟，燎火很快烧起来。两名军健抬着一只全犊在柴火上燔烤，一会儿肉香四溢，直袭天庭。文臣们都知道这是西周以来就有的祭礼，武臣们多不知祭礼，以为皇帝将设烤肉宴，口中一阵潮湿，腹中也咕咕地响。掌祭官高呼："望燎！"皇帝与百官一同望着燎火，瞳仁闪亮。云层里仿佛拥出无数神灵，饕餮般享用着大明朝进献的烤全犊。燎火烧至一半，发出噼噼啪啪的声响，仿佛各路神灵的进食声，惹得许多武臣们直咽口水。朱元璋拿起案上一轴黄卷，徐徐摊开，用浓厚的濠州方音念道：

> 惟我中国人民之君，自宋运告终，帝命真人于沙漠入主中国，为天下主。其君父子及孙百有余年，今运亦终。其天下土地、人民，豪杰分争，惟臣帝赐英贤为臣之辅，遂勘群雄，偃兵息民于田里。今地幅员二万余里，诸臣下皆曰生民无主，必欲推尊帝号，臣不敢辞，是用以今年正月四日于钟山之阳，设坛备仪，昭告上帝皇祇，定有天下之号曰大明，建元洪武，简在帝心②。尚飨！

念毕，朱元璋将黄卷在香烛上引烧了，文字变成了鸟篆一般的青烟，缓缓消散。群臣肃然无声，仰视着朱元璋。李善长率百官以及京城耆民北面跪拜，高呼："万岁，万岁，万万岁！"草民们亦跟着跪拜高呼，声响如雷，沉醉在开国的喜庆中。

吴王朱元璋早有皇帝之实而无皇帝之名，今日不过确立皇帝的名分，其他一概未变，因此，登基称帝并没有为他带来多少喜悦。他缓缓步下神坛，将要登上玉辂，人群中忽然一阵拥动，六条壮汉先后从人群中冲出，有的手持一尺长的尖刀，有的手持短剑，刺倒几名亲军，夺了他们的长枪，向皇帝玉辂奔来。玉辂边的带甲护卫亲军立即拔出腰刀与刺客厮杀。刺客们的枪法凌厉，只听见几声兵器撞击的声响，

---

① 衮冕：即衮衣和冠冕，是古代皇帝与王侯的礼服和礼冠，历代制式略有不同，形式较为复杂。

② 简在帝心：语出《论语·尧曰》："帝臣不蔽，简在帝心。"帝指天帝，简有检阅之意，这句在即位诏书中可以解释为天帝所体察。

顷刻间刺倒了六七名亲军。十名宦官团团护住朱元璋。张焕与郑泊从亲军手中接过两条铁枪，迎了上来，霎时刺死两名刺客，又与另外四名刺客打了几个回合，刺伤两人，亲军拥上去捉了。另外两名刺客见势不妙，混入人群中逃走。皇帝近前看了看躺在地面的刺客，用靴尖踢了踢，刺客已经死了，但一只手的指头还在颤动；又看着两个被捉的刺客，皱着眉头说道："付兵马指挥司好生审问！从明儿起，挨家挨户将全城搜一遍！"就登上玉辂，在亲军的簇拥下，进入承天门，来到宫中的太庙。

皇帝追尊他祖上四代考妣为皇帝皇后，封伯叔侄辈为王，封嫂子辈为夫人。朱元璋离开太庙，又去端门左面的社稷坛告祀，长子朱标早在那里等着。父子一同祭祀完毕，引礼官引导他们从太庙出来，沿着笔直的宫道向午门走去。

登极

午门的仪凤楼上，挂着许多红灯笼和朱红龙纹彩带，甬道两旁站列着甲士，旗仗威严。尚宝司、拱卫司、金吾卫在奉天殿前的丹陛上陈设着皇帝仪仗。

朱元璋来到奉天殿前，礼官大呼："良辰已至，恭请皇帝陛下登殿升座！"朱元璋进入奉天殿，登上金台，坐在御座上，乐鼓振作，一片繁响。引班官引导文武百官入宫，又在引礼官的引领下，向皇帝拜了四拜；鼓乐暂停时，卷帘将军卷起奉天殿窗棂间的细竹帘子，尚宝卿太监捧着"皇帝之宝"玉印放在御案上。门外拱卫司军健甩臂鸣鞭，发出三声脆响，惊起宫中一群鸟雀。

百官依品位大小上表称贺。皇帝受群臣朝贺毕，令丞相李善长捧着册宝，立马氏为皇后，立世子朱标为皇太子。一番繁琐的册封礼仪完毕，朱元璋令翰林学士草诏一道，命李善长为左丞相，徐达为右丞相，一改元朝尚右旧制，从即日起以左为尊。朱元璋环顾两班文武，虔诚地说："今日是大明朝第一次朝会。我承蒙列位爱卿多番劝进，偶然做了这个皇帝，实是神明庇佑呵。元朝的诏书第一句从来都写着'上天眷顾'，这一句话不中呵，不曾尽到人君的谦卑，自即日起，草诏的学士们都留意了，第一句都改为'奉天承运'，我们所作所为，都是奉天命而行，并不敢胡乱行事。"李善长持笏当于胸前，说道："臣等谨领圣意。"

文武两班如鸿鹄一般站立着，朱元璋端坐在金台上，有几分不自在，就放低身份，忆起往事道："我本是淮右一介布衣，生小就在元朝。我们朱家便是元朝的寻常百姓人家，都安守本分。小时候我无忧无虑，不知道生计艰难，日子过得快活。后来因为水患、饥荒、瘟疫，我的爹娘和兄长一个接一个病死了，便衣食无着，没奈何，出家做了和尚；再后来天下大乱，和尚也做不了，本想依附豪杰保住性命，便投奔郭元帅。这十六七年来，入定远、夺采石、取金陵、平汉平吴、北伐中原，既有神灵和祖先的庇护，又有列位英贤的辅佐，才开了今日的基业。这期间的艰难处，几句话如何说得清呵。"许多人以为朱元璋作了皇帝，说话时便要自称"朕"，可他偏偏不说。

将近晌午，皇帝说了许多话，群臣肚皮里咕咕响了，像催促着皇帝设宴。皇帝却说："正月初，城中家家户户都往来拜节，不曾闲着，宫里的御厨明日祭灶后启用，今日也不曾安排酒饭。列位有老小的，早早回家团聚便是。初五歇息一日，初六早朝。时辰不早了，都散朝罢。"卷帘将军听皇帝说散朝，于是应声呼喝道："退……朝！"

群臣面面相觑，眼神里都是疑问，吴王做了皇帝就这样散场了？陪着他热闹一个上午，肚子饿得咕咕直响，连酒饭都舍不得赏赐。章溢想起古人谈书法，一点乃一字之规，一字乃终篇之准，皇帝登基第一日连顿酒饭都不舍得赏，似乎定下了日后皇帝对朝臣待遇的规格，将来的俸禄恐怕不会丰厚。乡下的土财主造屋和嫁娶，请客人来捧场，也不会让来客饿着肚皮回去。

吴王府

据刘伯温推算的日子，正月七日是黄道吉日，宜于搬家，眼下皇帝一家人仍住在旧内。旧内在锦绣坊北面，是元朝集庆城行省的旧衙门，小明王封朱元璋为吴王后，就唤作吴王府。皇帝的寝宫乾清宫，皇后的寝宫坤宁宫和众妃嫔的东西六宫，中书省、六部官署、翰林院、太常寺、宗人府以及光禄寺等衙门尚未启用。

吴王府前洒扫一新，两尊石狮子上结了彩带，前厅悬挂着九盏宫灯，大堂的楹柱上还贴了春联，书法颇似皇帝的手笔，笔势豪纵，不守法度。联云：

神州气象寰中盛，天阙风光世上明。

下午申牌时分，刘伯温与几名御史、刑部尚书①、大理司②卿、兵马指挥司都指挥等人来吴王府。刘伯温驻足看一会春联，估计是皇帝所拟，气象空大，上下联的词意却有些相近，不觉一笑。他进入吴王府，看见许多太监和宫女们在两旁厢房出入，正忙着收拾家什，前厅和回廊上堆叠着许多楠木箱子。皇帝一家人正准备着初七迁入宫中。

两名长随太监左禄、史信忙出来相迎，领着刘伯温等人去后堂。刘伯温看见李善长面北而坐，与皇帝正说着话。刘伯温等人向皇帝叩头，皇帝站了起来，忙说："请起，请起，坐坐坐。"刘伯温依着李善长左边坐下，说起审讯两名刺客的事："依臣等急审，有两个刺客是陈友谅旧部重金请来的，其中一个当场被张焕杀死，

---

① 刑部尚书：洪武元年八月之前，中书省只设四部以掌钱谷、礼仪、刑名、营造之务，即户部、礼部、刑部和工部。八月之后，设立六部。

② 大理司：明朝开国前，设太常、司农、大理、将作四司，隶属中书省。长官为卿，正三品。开国后，大理司撤销，设刑部。将作司隶属工部。

另一个受了伤。福建陈友定差来的那个刺客被郑泊当场杀死，还有一个受伤的是元朝皇帝密令李克彝派来的。审问那两个活着的，他们也不知道逃走的两个刺客是甚么来历，至今不曾搜出，想必当日已经出城了。"朱元璋冷笑说："我要做皇帝，那个元朝老皇帝哪里会乐意！陈友谅在鄱阳湖死了好多年，他的旧部还想报仇么？"

刘伯温笑道："这便是古人说的'卧榻之侧，岂容他人酣睡'！"朱元璋说："那个李克彝很早就名震中原。他原是察罕帖木儿手下的大将，中州十虎之一。如今是元朝的中书平章政事，奉诏节制河南兵马。元朝皇帝早就知道我今日要登基做皇帝，就令他选刺客混入城中来杀我。看来中原不平，我这个皇帝做不安稳呵。"李善长问道："陈友谅的人如何会与元朝人联手哩？"刘伯温看了看李善长，朱元璋却看着刘伯温，问道："我也纳闷着哩。"刘伯温说："据他们招供，他们一个多月前就来到金陵，入住城南一家客栈。试想两拨人在同一家酒店住久了，难免不察觉对方行迹异常。他们酒后说起江湖上的事，就说到一处了，便在陛下登基日行刺。"朱元璋问道："刘老先生，你信么？"刘伯温道："这事说来真是凑巧，起初也不十分相信，后来揣度情理，想必也真有可能。"

朱元璋不再过问刺客的事，切入正题说："目下我们着手三件事，一是着汤和平定福建陈友定，二是着徐达从山东进兵河南，平定中原后方可北攻大都。三是令兵马攻取广东，元朝广东行省左丞何真镇守在那里。刘老先生有何良策。"刘伯温说："福建陈友定气质刚烈，既不能劝降，也不能逼降。我们如今兵多粮足，依着汤和的智与勇，平定福建是早晚的事。取中州自然要先取汴梁，河南江北行省还有元廷数十万兵马。徐达若令一支偏师杀向西南，要先取了陈州，汴梁便可轻取了。如今陈州的守将是宿敌左君弼。何真是东莞人，他知兵善战。十数年前，天下豪杰并起，何真聚众数千人守卫乡里。朝廷因他平乱有功，擢升广东分省参政，最后他的官做到行省左丞。他与陈友定不同，天下大势未明，何真仍想做着广东王，但陛下江山格局已定，何真或许会另寻新主。"朱元璋说："刘老先生说得极是，与我的心意相近。"刘伯温道："陛下，兵马司在城中搜出了两个元朝细作。他们经常在左君弼母亲和妻子的屋外窥探，兵马司巡城的人觉得可疑，捉了来审，原来是左君弼差来的人，一是打探城中的虚实，二是寻觅他娘和浑家的下落。"皇帝道："这个左君弼想必是一个孝子。大明军不先攻破陈州，难以攻取汴梁。刘老先生，你有何攻取汴梁的妙计？"刘伯温道："容臣三思。"

皇帝看着李善长说："相公，若兵马指挥司搜出混到城中的歹人，还有那些没路引的流民，都是京城的祸患，当杀的杀，当流放的流放！"李善长忙应承着。皇帝接着说道："大明朝开国了，万事待兴，我心中一团乱麻，并不曾有几分做皇帝的快活。如今天下尚未平定，内有钱谷、礼仪、刑名和营造等事务，外有征战大事，朝廷上还有风纪纠察，我便有三头六臂也奈何不得；朝臣虽多，但紧要处还得依赖二位呵。"李善长道："这自是臣的分内事。"

皇帝拍了一下手掌，说道："是了，还有一件事，不记得与你们说哩。平江向来是富庶之地，富户不少，朕想迁些富户去填濠州，先将昆山大族顾瑛等人迁去。"李善长道："陛下想得周全。韩山童就是因为富足才能聚众造反，穷人都愿意跟着他图一生富贵。顾瑛富甲一方，迁去濠州一则可以移风俗，二则可以绝隐患，极好极好，臣便差人去督办此事。"

刘伯温很能体察皇帝的远虑近忧，眼下朝野许多大事未定，出征的副将最少的都节制着三两万军马，未必不潜伏祸机。太子今年才十三岁，尚在读书，未有主政的才干和威望。吴王向来责全求备，事事都想如意称心，又处处担心不能顾及，今日做了皇帝，虽说托付自己和丞相，但他也未必放得下心。刘伯温正暗想着，听见皇帝叹息说："我一想起创业艰难，日间便吃不好，晚上也睡不安哩。"李善长劝慰道："陛下日览万机，未免有劳圣虑。"皇帝道："许多人不知当初创业时，成就事业实在难，但都不知守成更难。"李善长道："陛下说得极是。"皇帝说："开国之前，政体多依袭元朝体制，设立了三大府，中书省总理政事，大都督府掌管军旅，御史台掌执纠察。朝廷纪纲尽在御史台，纠察的事极为紧要。今年起始，中书省原来的四部要增设为六部，各部的尚书、侍郎、郎中、员外郎等，都要重新安排人选，相公这个月报一个名册来，选些贤良的人。如今开国了，我想学学垂拱而治①。相公做宰相，综理机务，一切奏章都要先关白②中书省！"

刘伯温看了看皇帝，又看了看丞相。皇帝看见刘伯温惊愕的神色，接着说："如若中书省和六部等衙门中，将来有人不守法度，却要御史来纠察。"皇帝这番话用意分明，丞相总理政务，御史监督百官，各守其职又相互制衡。刘伯温揣摩着皇帝的话，不免深思起来，仿佛自己坐在皇帝与丞相两条凳子之间，他们中只要有一人稍微挪动些，自己便要坐空。

天师名号

张天师进京已有好些时日，与玄教院的人说拜见了皇帝，便要还龙虎山。次日，皇帝宣张天师来吴王府，刘伯温和李善长等人奉旨相陪。

胡政领着几个道士来前堂。皇帝从后堂出来，远远看见张天师，笑道："张天师，我们又相见了，别来道体可好？"张天师如当年见吴王一样，仍行稽首③礼，答道："多谢陛下挂念，托陛下洪福，贫道贱体还好。"李善长见张天师没有叩头，自

---

① 垂拱而治：语出《尚书·武成》："惇信明义，崇德报功，垂拱而天下治。"垂拱指垂衣和拱手，比喻很轻松。治：天下太平。这是古代皇帝的政治理想。

② 关白：禀报。

③ 稽首：道家的礼仪，有固定的手势，与拱手作揖相似，不是跪拜。

已都不记得给皇帝叩了多少头，龙虎山的掌门也比不了中书省的丞相罢，谁给他们不拜皇帝的尊荣？就在一旁提醒道："你们修道的人，见了皇帝，理当叩首。"刘伯温听了便有几分恼火，看不惯李善长身为丞相，却处处奉承皇帝，全无慎思明辨之心，将皇明江山和百姓都当成皇帝的家财和奴仆，连方外人也不许例外。伯温就在心里翻出唐朝皇帝的圣旨，给明朝皇帝说："早在唐朝龙朔年间，高宗皇帝下了一道《停沙门拜君诏》。从此唐朝和尚不拜皇帝，道士也自然可以不拜。我朝体制取法唐宋，想必要尊奉唐制。"皇帝见刘伯温引用唐朝的旧例，瞥了刘伯温一眼，慷慨地说："你们方外之人，叩头免了，坐。"张天师说道："多谢陛下。至正二十五年，贫道来应天城拜谒皇上，至今将近四年了。陛下龙章凤姿，神武盖世，真是中华之福呵。"朱元璋笑道："我一人能成何事，全赖众卿之力！"他又看着旁边的小铁冠道人，说道："小铁冠道人，好久不见了。"小铁冠道人答话道："祝皇上龙体安康。"

张天师等人入座后，皇帝端起云龙青花茶盅，揭开盖儿，吹了吹热气，小饮一口，念叨着说："拜君不拜君，倒是小事，只是天师名号却有不妥。"他看着张天师问道："天也有师么？这名号是不是大了点？"众人都怔住了。张天师愣了半晌，才吞吞吐吐地说："陛下容禀：天天天师……天师的名号……自东汉以来便是这么唤的，小道岂敢为上天之师，兴许是前代道长为门人拥护，想做一个明察天道之师，并非要做上天之师的意思，伏望陛下明鉴。"李善长点点头，觉得有理。朱元璋正色道："你虽说想做一个明察天道之师，但旁人却以为你是上天之师，未免亵渎太过。刘老先生才称王佐，学为帝师，岂不要封他为刘帝师不成？我如今做了皇帝，也只是天子，老天爷的儿子，便不失恭敬。你们龙虎山天师的尊号，虽然有些年月，但我觉得不妥，须改一改才是！"李善长亦觉得有理，不住地点头。

刘伯温见朱元璋才从吴王做了皇帝，很多事都看不顺眼了，笑而不语。皇帝说道："我拟改天师称号为真人，赐给你们银印，秩位相当二品的高官，如何？"丞相李善长说道："上位说得极是，既尊了教，又敬了天。"刘伯温道："庄子说过，'关尹、老聃乎，古之博大真人哉！'唐朝人称庄子为南华真人。改称真人，未为不可。"皇帝赞道："刘老先生博学。"刘伯温又笑问："改称真人，不知陛下舍得不舍得？"皇帝不知其意，问道："我有何舍不得？"刘伯温说："据《史记》所载，秦始皇说过，吾慕真人，想自称真人，不称朕。"皇帝呵呵大笑，说道："秦始皇愿称真人，我便不称了，称朕便是，着张天师称真人，有何舍不得。"刘伯温道："那便好。上位，不如参照元朝旧制，改封张天师为正一嗣教真人。"皇帝点点头道："刘老先生说得在理，着翰林院草诏，定下张真人的封号。"张天师道："多谢陛下隆恩。"

奉御太监胡政从堂外进来，蹑手蹑脚来到皇帝身边，低声道："万岁，门外亲军来报，来了一个道士，说是陛下的故人，今日特地前来拜贺。"胡政声音不大，众人都听见了，皆望着朱元璋。朱元璋发作道："甚么鸟①道士！好大的胆，竟敢来我这里撞骗！"张天师惊诧起来，生怕是龙虎山来的道士。胡政道："那道士说当年在金华为陛下相过面。"朱元璋一怔，看了看刘伯温和张天师，顿时欢喜起来，忙笑说："原来是他？老相识了，宣那个胡道士进来！"

胡政领着一个道士进来，五六十岁，那道士才跨进小殿的门槛，举着手臂高呼："朱将军，你果然做了皇帝！"说话时露出一口黑牙齿，左边还缺了一枚，衣裳不鲜，面皮既黄且瘦，两颊如地面塌陷，纯阳巾外露出两鬓边的乱发，双手在空中挥舞，神情疯疯癫癫。

朱元璋抬头来看，果然是胡日星，大喜道："胡先生，幸会幸会！我竟被你说中了，只是侥幸做了皇帝。诸位或许不认得他，此人便是江湖上有名的相士胡日星先生。——胡先生，且将当年你说的话再与诸位说一说。"胡日星近前向众人稽首，说道："贫道今日来到朱将军府上，特来贺喜朱将军的。当年贫道在金华与朱将军相遇，将军请贫道相面，贫道一相吓了一跳，将军的命贵得吓人，来日定要做皇帝，如今果真做了皇帝，这便是你命中注定的事。"一番话惹得朱元璋又大笑起来。他眯着眼睛问道："你当日说了我会做皇帝，富有四海，如今果然做了，我要还你一个愿，你想要甚么？是想富还是想贵？"

胡日星右手乱挥道："贫道都不要。"朱元璋问道："富贵都不要，那你要甚么？"胡日星道："但求陛下赐我一道符，让贫道来日周游天下，穿府过县，都不收贫道的酒饭钱便好。"朱元璋笑道："这有何难！不过画符要请张天师，我只会写字，左右去我的书房拿一把西川纸扇来！"长随太监忙去寻来一把白折扇，胡政立即准备笔砚。朱元璋知道即席作诗，近体五律断然作不好，作一首五言古体还不在话下，沉吟半时，就在扇面上走笔如飞，众人来看，却是一首诗：江南一老叟，腹内罗星斗。许朕作君王，果应仙人口。赐官官不要，赐金金不受。持此一把扇，横行天下走。洪武元年正月五日御笔。题毕，朱元璋念了一遍，十分得意。

朱元璋兴犹未尽，又在扇子另一面写了几行小字：胡日星先生是朕的故人，他穿州过县，吃住都好生照顾，见此扇不得慢怠，御笔。写完后，并未交胡政去钤印，却拿在手中，笑着向刘伯温等人展示；展示完毕，才将扇子交付掌印太监去钤了印，转交胡日星。李善长赞道："陛下诗好，书法也好了。"胡日星持扇稽首道："陛下遂了愿，贫道也遂了意，打扰打扰，就此告辞。"朱元璋问："不吃一杯茶去？"胡日星道："谢了，贫道不敢久扰，诸位后会后会。"朱元璋微眯着眼睛，说道："恕我不送！"胡日星忙道："不敢不敢。"紧攥着折扇，转身步出前堂，匆匆出了吴王府，在街心还心虚地朝府门前窥望一眼，见没有人追来，才放慢脚步，缓缓地走了。

张天师从吴王府出来，信步回玄教院客舍。小铁冠道人一面走，一面低语道：

---

① 鸟：读作 diǎo，意思如屌，元明之际骂人的话，至今仍在中国局部流传。

"这个妖道敢来骗皇帝，不受金，不做官，却得了一把御题折扇，恁可气了。"张天师说道："皇上宽仁相待故人，不忘旧谊，你生甚气？"小铁冠道人忿然说："皇帝竟容他在堂上疯癫，他来日凭着这把扇子骗吃骗喝，可赚得大了。"张天师笑说："你计较这些作甚？"一行人转过几道街，许多人围在一堆，看墙壁上贴着的朱红色榜，张天师老眼昏花，便问："那些人在看甚么？"小铁冠道人近前来看，原来是中书省抄写皇位的即位诏书。诏书写道：

　　奉天承运皇帝诏曰：朕惟中国之君，自宋运既终，天命真人于沙漠，入中国为天下主，传其子孙，百有余年，今运亦终，海内土疆，豪杰分争。朕本淮右庶民，荷上天眷顾祖宗之灵，遂乘逐鹿之秋，致英贤于左右。凡两淮、两浙、江东、江西、湖、湘、汉、沔、闽、广、山东及西南诸部蛮夷，各处寇攘，屡命大将军与诸将校①奋扬威武，已皆戡定，民安田里。

　　今文武大臣，百司众庶，合辞劝进，尊朕为皇帝，以主黔黎，勉徇舆情，于吴二年正月四日，告祭天地于钟山之阳，即皇帝位于南郊，定有天下之号曰大明，以吴二年为洪武元年。是日，恭诣太庙，追尊四代考、妣为皇帝、皇后，立大社、大稷于京师。布告天下，咸使闻知。

小铁冠道人与张天师说："是皇上的即位诏书。吴王告知天地神明，他做了皇帝哩。他还将家里的四代祖宗都追封作皇帝，家族里的兄、弟、嫂、侄等人都追封为王、为夫人哩。古人说'大道之行，天下为公'。吴王从此便要天下为家②了。"张天师说："休要胡言！"又叹息道："我们这回进京，来看皇帝登基，天师名号便没了，想必亦是天意。"小铁冠道人打趣说："师傅，改称真人也好呵，不唤真人难道要唤作假人不成？"张天师睃他一眼。小铁冠道人劝慰道："这个虚名就罢了，能得些实在的赏赐便好。"张天师道："我们做完那套罗天大醮，便回龙虎山去。"小铁冠道人说："弟子想晚几天回去，请师傅恩准。"张天师微微皱眉，说道："你若想做官，在玄教院做一个官最好，来日也能眷顾龙虎山。"小铁冠道人道："弟子并不是为了做官才想留在京城。"张天师问道："为着甚么事？"小铁冠道人犹豫一会，才说："弟子想劝皇帝施行无为之治。"张天师失笑了，不由感叹起来，徐徐说道："明朝皇帝是一代雄主，自有治国主张。打天下的时候，他会听取刘伯温、朱升的话；治天下的时候，不知他还会不会轻易听取他人的话。若他真能行无为之治，那是天下苍生的大幸呵。"

---

①　将校：指大将军之下的所有军官。汉代军制，将军部下设校尉，将军与校尉合称将校。

②　天下为家：就是后人说的家天下的意思。小铁冠道人认为朱元璋做了皇帝后，国家就成了他的家产，世代相袭。

第二章

张天师设罗天大醮　朱皇帝遣僧道信使

罗天大醮

初七日清晨，小铁冠道人与张天师等人乘车入宫时，看见街市张灯结彩，满地都是炮仗屑，树梢上也粘挂着细碎彩纸。小铁冠道人想起今日天未亮，炮仗声满城，除夕夜与正月初一的炮仗声亦不及，到了宫门外才知，今日皇帝一家老小皆从旧内迁入新宫。

玄教院官吏领着张天师等人从左掖门进宫，来到奉天门前，一名太监领他们进入旁边的待朝房里，说皇上正在早朝，请他们等候。小铁冠道人见门边站着两员带刀亲军，问那太监道："小先锋张焕和郑泊在宫中么？"太监回答道："他们在奉天殿外的值房里。"小铁冠道人问道："他们现任何职？"那太监道："他们已不在宫门边带刀上值了，做了金吾侍卫都护府的都护，都是正二品的官哩。"

一个时辰后，早朝毕，胡政来待朝房，请张天师一行人去华盖殿，吩咐他们见着皇上都要跪拜。小铁冠道人嘀咕说："早先在吴王府，我与天师见着皇帝，都免了跪拜，稽首便是，如何又要跪拜了？"胡政道："这是皇帝吩咐的旨意。"接着又调侃地问一句："自古哪有见了皇上不叩头的？我们这些奴才们，天天都抢着叩头哩。"

皇帝坐在御座上，正看着书。小铁冠道人扶着张天师进殿，一同跪拜皇帝。旁边的奉御太监吴诚从皇帝手中接了书，放在旁边的书架上。皇帝说道："你们起来，赐张真人坐。"殿中长随太监史信搬来一张椅子让张天师坐了，小铁冠道人等立在张天师身后。皇帝对张天师说："我与丞相和刘老先生商量了，着翰林院学士写了一道制书，封你为——"皇帝一时记不住那么多封号，拿起案上一本折子，结结巴巴照着念："封你为正一教主……嗣汉四十二代天师护国……阐祖通诚……崇道弘德……大真人之号，领龙虎山道教之事，并给你一枚用银子作的印，职位如今等同于二品的大官哩。"小铁冠道人等人左右搀扶着天师跪下谢恩。皇帝接着说："从今以后，道观中只许殿宇、梁栋、门窗、神座等用红色，其余一律不准，你可依得？"张天师道："贫道岂敢不依圣旨。"皇帝道："真人的祖上汉朝那个张天师，于国有功，你们的家世与孔子并传下来，到如今有百千年了。真人要体谅朝廷的意思，以清静无为辅我致治。"张天师道："贫道当竭力报国，不负君恩。"皇帝微微笑着，说道："你们为道的人向来清贫，我赐白金二十镒，着爱卿将龙虎山上自家修行的宅第修复一番，另外修复宫观的费用，朝廷每年都会拨付下来，切记不可挪作他用。"

张天师再次领旨谢恩，令弟子将带来的宋刻《政和万寿道藏》目录献上，皇帝翻了翻，就推在御案一旁，说道："朕再着人按目录收集道藏，加上未编入目录的，一同印行天下。"张天师说道："圣恩无量！"就陪着皇帝说了半天的道术。皇帝询问长生不老的事，张天师用《黄帝内经》上的话来回答。将近中午，朱元璋在殿中设宴款待。席间，张天师说想为大明朝开设罗天大醮①，皇帝欣然应允，说这是护国安民的大善事大功德。

几日后，张天师在城南圜丘附近设坛奉祀天地诸神，以五色布遮天，遍烧香烛，乐师们演奏管弦。皇帝说近日政事太多，抽身不出，委托丞相主祀，还将七七四十九天醮期减至九天。天师领祀时，亲自诵经念咒，做足了神鬼排场。京城百姓蜂拥而至，都来叩拜张天师，醮坛的四围热闹非凡。京城百姓们仿佛觉得皇明的瘟疫、祸乱、劫难正在潜销，天意庇佑，民心攸归，从此年年风调雨顺，国泰民安。

张天师领祀了罗天大醮，深感疲乏，欲回龙虎山清修静养，皇帝准旨。小铁冠道人暂留京城。张天师拿些银子赠与小铁冠道人，权作在京城租房和茶饭钱。小铁冠道人送别了天师，在文庙不远的功名巷租屋住下来。

无为之治

小铁冠道人清晨在城中闲行，听见几个路人说，秦淮河边死了一个道士，忙赶去看。几个皂衣差役，抬着门板，尸体放在门板上，盖着白布，收殓去了。围观者指点着说，或许那个道士褡裢里的不义之财多，晚上遇到恶贼，见财起意，被活活打死。小铁冠道人到茶楼吃早食，又听见旁边桌上的茶客说，那个道士手执一把西川纸扇，在城中为人看相，说扇子是皇帝题的，也不知真假；命贵者一两银子相一面，寻常人只收三五个钱。他身上背着一个褡裢，颇有些沉重，想必赚了不少银子，他死后褡裢和扇子都不见了。小铁冠道人问那茶客道人的名字，茶客说他叫胡日星。

晚间，小铁冠道人去文庙见刘伯温，将这桩事当作一件大新闻告诉他。刘伯温

---

① 罗天大醮：醮，祷神的祭礼。罗天是指包罗天地万物。罗天大醮是一种很隆重的祭天仪式，常用以祈福保民、国家安泰。

并不吃惊，淡然说道："这事我已经有所耳闻，你知道便是，不消再传了。他是自蹈死地！"小铁冠道人问道："应天府会查出来么？"刘基道："刑部都知道了，可查无下落。"小铁冠道人问："皇帝知道么？"刘基不悦地说："皇帝想必知道，但我劝你休管这等闲事。"小铁冠道人扯淡道："闲着无聊，何况人命关天。"刘伯温一面在书架上寻觅，一面问道："你不与师傅还山，却留在京城，莫不是想在朝中谋一个职事？"小铁冠道人说道："贫道不甘寂寞。"刘伯温在一函《陆宣公翰苑集》①中，抽出一卷，在手中拍了拍，睒小铁冠道人一眼，说道："'京洛多风尘，素衣化为缁'。应天城有甚么留恋处！今日早朝皇上与群臣定了假期体制，一年假期只许休三天，正旦、冬至、天寿节②，这三日方才放假一天，还是你们云水生涯自在呵。"小铁冠道人问道："如何一年才休三天？朝臣如何消受得起。皇上钦定的体制，大不合情理呵。"刘伯温说："中书大臣说了，如今开了国，政事颇为繁杂，朝中官吏与各府州县有许多缺员。我皇明制定的休沐体制，不能全依着前朝。如若有急事，自可休事假，探亲也有假期，并不妨碍的。"小铁冠道人说道："那还不失情理。"刘伯温问道："你受不了官家约束，想必不是想做官罢？"小铁冠道人笑说："贫道自小便不想做官，向往道术，留在京城只是暗怀曝芹③之意。"刘伯温说道："你先为老夫说说，有甚么好主意要献与皇帝。"

小铁冠道人说："圣上当年出家做了和尚，如今做了皇帝，目下百废待兴，圣上若能留心道术便好了。老子说的我无为，而民自化；我好静，而民自正；我无事，而民自富；我无欲，而民自朴。大明若想追慕唐宋政治，当宽刑简政，轻徭薄赋，与民休息，才能无为而治。"小铁冠道人才说出"无为而治"，刘伯温有些惊异，不由看了他一眼，沉思好一会，才说："你说的无为而治，甚得老夫之心呵。汉朝初年曾用黄老之术，致无为之治。老夫虽不知五六百年后，如何治天下，方今之世，祸乱初平，以黄老之道治理天下最好不过，皇帝却自有皇帝的主张，你也要留意。你是道家中人，若在玄教院任一个职事，得了闲暇，与皇帝谈论黄老的无为之道，天长日久，但愿能说动圣心！——只凭这一件事，老夫在皇帝面前荐举你，这可是例外呵。"小铁冠道人道："多谢了。"

这日小铁冠道人在寓所豆油灯下看书，忽有人叩门，问道："敢问龙虎山道士

---

① 《陆宣公翰苑集》：后人编辑陆贽的文集。陆贽（公元754—805年），字敬舆，吴郡嘉兴（今浙江嘉兴）人，大历八年（公元773年）进士，长于制诰政论文章，所作奏议，多用骈偶，义理精密，辞气畅达，宋朝以后的人奏章多受其影响。

② 天寿节：指皇帝朱元璋生日。

③ 曝芹：指微不足道的进献。献曝，典出《列子·杨朱篇》：春秋时期宋国有一个农夫，劳作后晒太阳（自曝于日），感觉温暖舒适，心想很多人都不知道这样享受，如果将此法献与国君，将有重赏。献芹，典出《列子·杨朱篇》：有个乡里人在豪绅面前赞美芹菜好吃，豪绅品尝后，竟觉得"蜇于口，惨于腹"。曝芹，比喻赠品菲薄或者意见浅陋。

清虚子在家么？"小铁冠道人答应着，忙起身开门，两个内官手提灯笼，站在门外，说道："皇上传你进宫。"小铁冠道人十分惊喜，跟着太监来到华盖殿，李善长、刘伯温、章溢和几名中书省大臣在座，皇帝正说着话。小铁冠道人向皇帝跪拜，皇帝赐坐，说道："听刘老先生说，你没有随张真人回去，却留在京城。适才晚朝上章御史议了处州七县税粮的事，要参照宋制每亩加税粮五合①，我都准许了，但特命青田县粮税只作五合起科，不许再加，为何？我想使刘老先生乡里子孙世世以为美谈也。刘老先生从不轻易举荐人，却向我举荐了你，说你在文庙附近的街坊赁屋住了下来，因此宣你进宫，你有意去玄教院做勾当么？"

小铁冠道人拜谢道："多谢陛下隆恩，臣愿尽微薄之力。陛下若以无为致治，必将功盖唐宋。"皇帝笑道："无为而治便能功盖唐宋？我甚么事都不消做了？勾当尽委付中书省与六部去做？"小铁冠道人正要分辩，皇帝又说："你过几日，便来院里当值，眼下是经善悦等三人领道教的事务，也是十分忙碌。"小铁冠道人忙应承着，心想自有机会与皇帝细说无为而治的道理。

君臣议事到了两更，皇帝说："时辰不早了，你们都请回罢。"小铁冠道人忍不住告诉皇帝道："陛下，三四天前，那个相士胡日星在秦淮河边被人打死了。"皇帝并无意外，淡然问道："他被人打死了么？"小铁冠道人道："正是。甚么盗贼恁地狠，夺他的银子和御题诗扇也便罢了，还要取他性命。江南祸乱初平，可京城还不太平。"皇帝的脸色忽然阴沉起来，睃了小铁冠道人一眼，说道："你道京城不太平？这可罪在朕躬呵！他死便死了，区区一个妖道，不值甚么。他当日来府上撞喜，只因新年佳节，又有朝臣和宾客在，朕便忍了……"刘伯温见皇帝话未说完，接着替皇帝代言道："正是。不然，上位早唤来张焕郑泊捉了他，按在地面，一顿棍棒好打，然后架到洪武门外扔了！"小铁冠道人从刘伯温的话里听出皇帝的心思，不由怔住了，不知如何再说。皇帝挥手道："时辰不早，都回去歇息罢。"

刘伯温与小铁冠道人出了宫，刘伯温才说："胡日星死的事，你不合与皇帝说。"小铁冠道人心虚地说："贫道饶舌了。"刘伯温道："谁说胡日星有银子才打杀他。他丢失了银子和御扇，连应天府、刑部都追查不出？"小铁冠道人两眼发愣，拍了一下头巾，惊愕地说："我真是糊涂之至！"

信使

晚间，有两个太监提着宫灯来功名巷，叩开小铁冠道人寓所的门，告知他说，皇帝写了一封手谕付汤和，着他与萧先生一同送去，宣他明日辰牌入宫领旨。小铁

---

① 五合：合，读音如革，是古代度量单位。一斗为十升，一升为十合，一合为十勺。

冠道人十分惊喜，就问萧先生是甚么人。太监说他从前是濠州于觉寺的和尚，法名惟智①。自投军以后，就还了俗，如今在京城军储仓做副使。

小铁冠道人兴冲冲来文庙见刘伯温，得意地说："圣上委付贫道一个勾当做，让我与一个和尚带着皇帝手谕去福建，送到汤和那里。"刘伯温心想皇帝如何让方外之人去延平城送信，陈友定是一个誓死不降的汉子，他去送信非死不可，但这话断然不能点破他；又想写一封私信托小铁冠道人带与汤和，却又觉得不便，心生一念，说道："我与汤和颇有交往，他在军中无所消遣，托你顺便带几册书与他。"刘伯温在书架上取出一套《武经七书》，递与小铁冠道人说："七书只剩下三书，《孙子》《吴子》《司马法》，我都熟读了，平生好文不好武，这些书都用不着，烦你送与汤将军。他是御史大夫，算是我的顶头上司哩。"小铁冠道人笑问道："不写几行字与长官捎去么？"刘伯温道："不必了。"

小铁冠道人离京后，刘伯温心神不宁。过了十几天，刘伯温不知小铁冠道人的音信。他时常在早朝之后去见大都督府经历朱垲。朱垲是皇帝当年攻取和阳城后收养的孤儿，唤作道舍，后来赐姓朱，成了皇帝的养子。早在龙凤年间，皇帝的亲生儿子们年纪尚幼，都委付不了军政大事，就将大都督府的事委付侄儿朱文正；朱文正违法拘禁后，皇帝就委付养子们主持军务。刘伯温问朱垲是否有福建的军情战报。朱垲说近日没有收到福建的战报，不知延平战事如何。

到了正月底，这晚刘伯温在灯下看书，林老门人在窗外禀报道："刘先生，一个道士来拜。"刘伯温惊喜，忙说："林老，快快请他进来。"刘伯温打开书房门，灯盏之下，看见小铁冠道人呆呆地站在门外。伯温道："你竟能全身而归！"小铁冠道人叹息道："多亏了先生，不然小道早丢了性命。"刘伯温说："想必汤和已经攻下延平城了。"小铁冠道人说："正是。陈友定父子今日黄昏时已送到应天城。"刘伯温有些疑惑，说道："陈友定是元朝一员悍将，我以为城破时他必定以身殉元，竟然被汤和捉了，出乎我的算计。"小铁冠道人说："非先生失算，事有意外。"

二人进入书房，分宾主而坐，一个老仆送来茶水，就掩门退出。小铁冠道人说起这一番经历：当日他与萧先生离开京城，走了十几日，来到延平城外的一个小镇，距延平三十里。汤和在这里设营。小铁冠道人见着汤和，从包袱里取出那套《武经七书》，呈与汤和。汤和有些意外，就问刘大人如何赠书与我？小铁冠道人说贫道与刘先生有旧，临行前去拜访他，他托贫道顺便送这套兵书来。他说平时用不着，将军闲时可以翻阅，以资用兵。汤和说你原来是刘伯温的故人。小铁冠道人说自己想为圣朝建功，要与萧先生同去延平城招降陈友定，请汤将军亲笔写一封招降信。汤和沉吟片时，就说去延平送信只需一人便可。

---

① 惟智：事见《大明皇朝》第一卷第六章。

那天早晨，汤和做了两个阄，一个写去，一个写留，去的赠白银五两，回来后再送十五两。道长如想去，看天意安排了。汤和令人牵来一匹瘦马，他左手托着五两银子，右手捻着两个纸团，在手掌心里转动着，走到萧先生面前，摊开手掌，问谁先抓？小铁冠道人上前两步说，我来抓。汤和却将手掌伸到萧先生面前，萧先生拿起一个纸团，立即打开，笑说是我去。汤和将一锭大银子塞在萧先生手中，说银子归你了。道长，你只能留下。

刘伯温冷然一笑，说道："萧先生进城后，再也没有回来，那十五两银子没能赚着！"小铁冠道人说："先生也猜测出来了?"刘伯温嘴角有一丝嘲讽的神情，说道："这还用猜？汤和有意留你一条性命！"小铁冠道人说："非汤将军留我一条性命，实是先生救了我。"刘伯温说："你知道便好。"小铁冠道人说："他给了萧先生一匹劣马，早就知道萧先生与那匹马都回不来，因此不给好马。萧先生来总管府时，陈友定正与将校们议事。萧先生奉上书信，陈友定才看一眼，就拔出剑，将书简擦剑，然后抓住萧先生的衣襟，拉到一只酒坛边，一剑砍下他的头，将血都掺在酒里，与诸将喝了，要誓死报元朝。汤和见劝降不成，便与廖永忠领大军出征，来到富屯溪边，隔水安下营寨。延平城外山里树多，汤和令军士伐木修造攻城器具，然后军马渡过富屯溪，攻打延平城的西门，陈友定领一万余兵马出城迎战。两军在城外混战了一个多时辰，陈友定的军马打不过，退入城中。大明军攻城三日，城头上火炮声震天，大明军伤亡不少，只得退兵。延平城头日夜守备森严。每到黄昏，巡卒敲击刁斗示警，夜间士卒披甲执刀，成双成对站立在四面城头上，相互监视，守军整夜都不得安睡。汤和围城十几天，窥探不到一丝破绽。"

刘伯温道："陈友定善守，城内又有火炮，但守久了，兵疲将乏，只要稍出点内乱，城池不攻自破。"小铁冠道人说："先生说得极是。因大明军多番攻城，城中兵将伤亡多，人数不足，兵将们都在城头守卫，连日不能休息，怨声四起。城中诸将焦躁，有的劝陈友定归降。陈友定差人截杀了两个劝降的大将，另一员大将见大势已去，不想与陈友定殉国，当时缒城下来，逃到汤和的辕门，说自己是陈友定的部将刘守仁，因陈友定滥杀守将，城中官军士气涣散，他被陈友定派人追杀，才逃了出来。汤和不信，刘守仁说延平城中有一处军器局，里面有许多火炮用的生硝，如果让人引爆了，城中必乱，趁乱攻城，势必可破。汤和仍不相信，却暗中差几个细作潜入城中探看，果然有一处军器局，细作趁夜纵火焚烧，军器局爆炸。城内的守军以为有内应，纷纷逃窜，西门与南门很快失守，汤和将军立即领大明军冲进城来。陈友定见城池攻破，吩咐几个心腹旧部立即趁乱出城，带着许多金银去乡间隐居，将来从海道投奔大都。他与儿子饮下砒霜毒酒，昏睡一晚，竟然未死，次日清晨被大明军捉了。"

刘伯温感叹道："可怜陈友定半世豪杰，竟被活捉。你历经这一趟差事，如今知道凶险了罢。"小铁冠道人只是苦笑。刘伯温说："在京城做官，也同样凶险哩。"

八闽双忠

次日早朝后，朱元璋在午门外来见陈友定父子。二人都被捆绑着，却昂首挺胸，面无惧色。两个壮健军士硬将他们按在地面跪着。陈友定仰着头，瞪着明朝皇帝。

朱元璋看出陈友定面含杀气，离他一丈远就站住了，说道："你本是一个农家子，起兵护着元朝，官做到行省平章政事，端的是一条好汉子。朕听说你对待下属性情暴烈，但敬奉元朝却不失臣节。当年张九四据浙西，方国珍据浙东，名为归附元朝，每年漕运米粮去大都，都不按时。你却年年向大都输送粟米，海道虽然很远，也能送去数十万石。如今张九四死了，方国珍一家老小却在应天城享着福，你若归顺我大明朝，也少不了你的富贵。"朱元璋说话时，就在细看着陈友定的表情。他若有一丝迟疑，或许还能劝降。陈友定好像在等朱元璋再近前几步，可他偏偏不动了。陈友定等得不耐烦，骂道："呸！你这贼王休要多言，老子死便死，你这厮还说甚么放屁的话！"话才说完，擤了一下鼻子，撮嘴就向朱元璋喷射出一团浓痰，挟着风声，直射朱元璋的面庞。奈何朱元璋站得太远，那团浓痰在朱元璋面前一尺处落地，兀自冒着热气。朱元璋似乎闻到了砒霜的余味。

朱元璋冷冷地笑了笑，说道："嘿嘿，我道你这厮口吐莲花哩。"趱至华盖殿，提笔写道"着大都督府明日午时斩陈氏父子，御笔。"又在另一张纸上写了四个大字，令胡政交给内府，差人去寻石匠为陈氏父子立碑。立碑那日，朱元璋领着刘伯温、李善长等文武大臣前去吊唁，酹酒焚香。文武大臣都看见了陈友定的碑额上四个大字：八闽双忠。朱元璋手指着那四个字说道："这四个字是我写的。元朝与我大明为敌又不为我所用的人，只要死撑到底的，敢骂我这个明朝皇帝，都是一条好汉子，我都钦服他。陈友定本是汉人，受元朝恩典，便以身殉国，食其禄而忠其事，实是元朝的忠良。刘老先生说我大明朝有千秋万代，即便恁地长久，也有尽头，但得到了那一日，也有为我大明朝死撑到底的好汉。"在群臣缄默的空隙里，刘伯温及时填充一句赞语说："上位真个好度量。"

文武百官从郊外墓地回城，刘伯温顺便邀陶安、夏煜、章溢、王祎、许存仁、宋思颜、秦伯裕等人去秦淮河边的夜市吃酒。有一个人也来到夜市，背对着刘伯温等人，细听着他们无所顾忌地说话。因油灯昏暗，刘伯温等人都未发现他。此人便是皇帝的心腹高见贤。早在龙凤年间，就有人说高见贤"喜以伺察搏击为事"。所谓伺察，便是记取他人的言语，观察他人的作为，暗中禀报吴王朱元璋；所谓搏击，就是将伺察所得的事，当众发难，若此人早被朱元璋忌恨的话，轻则被黜，重则被斩。

刘伯温等人高谈阔论，直至半夜才归。次日早朝前，皇帝就知道了刘伯温昨晚与谁在一起喝酒，席间都议论了些甚么事。

青田党

徐达大军收拾了山东许多地面，频传捷报，皇帝想设置山东行省，对土地和人民立即实行有效控制，不知差谁去做行省参政。行省的长官是左、右平章政事，其次是左丞和右丞，皇帝却将这些职位大多授予有战功的武将，他们常年出征在外，无法履职，因此行省参政成了实职。皇帝征询丞相的意见。李善长说江西行省参政汪广洋颇有政声，亦多阅历，山东初平，宜调他这般有能干的官吏去。皇帝却想将汪广洋调回中书省，听丞相一说，也觉得有理；又因徐达之请，皇帝下诏免除战乱初平的山东行省三年租税。

皇帝翻着吏部报来的各地缺员名册，犹豫着说："调汪广洋去山东，那江西行省便缺了一个参政，相公且举荐一人。"李善长说："臣推荐翰林学士陶安为江西行省参政。"皇帝问道："陶安平时替我起草诏书，最能体察我的意思，他外放了，谁接替他的笔？"李善长道："侍仪范常可作翰林直学士，文章有庙堂气象，可接替陶安之职，朱升的文章也不逊陶安。"皇帝说道："陶安年长体弱，老小都在京城，不如另外差一个人去江西罢。"李善长趁机劝说道："臣以为文臣们宜散不宜聚。"皇帝听丞相这么说，想起高见贤所说刘伯温常与陶安等人一起喝酒的事，却皱眉问道："如何一个宜散不宜聚？"李善长寻思着说："文臣们多是浙江人，他们与刘伯温交游甚密，时常一起聚会，有人说他们都是青田党。"

皇帝看丞相一眼，有些疑惑，问道："青田党？这是谁取的好名目！"李善长说："臣也不知，与朝臣们说话时偶然听到的。"皇帝脱口道："陶安是当涂人，夏煜是江宁人，章溢是龙泉人，宋思颜是处州人，杨宪祖籍山西，汪广洋是高邮人，宋景濂是金华潜溪人，叶琛是丽水人。这些人中只有刘伯温、章溢、宋思颜和叶琛是浙东人，叶琛早在洪都被叛将所杀，刘伯温与章溢两人算不上党罢？三女成姦，尚黑成党，我看那个刘伯温还算是一个光明磊落的人，哪里会在朝廷结党？"李善长道："据臣所知，今年以来他们退朝后，往往结队在城中闲游，出入夜市，饮酒作诗，高谈国事。那个国子监祭酒许存仁一直嚷着要致仕还乡，陛下升他的官也不想做。"

皇帝听丞相说起许存仁，面皮有些不好看，掂量一会，手捋了捋皇冠两旁垂下的须带，心想李善长的话自有几分道理，缓缓地说："就差陶安去江西罢。那个许存仁早就不想做官，要让他好生吃些苦头！"

李善长才离去，皇帝赶着批复奏章。太监胡政来报，费聚与唐胜宗求见陛下。皇帝心中纳闷，他们在早朝上有话不便说么？就宣他们进殿。二人叩拜毕，皇帝赐座。费聚道："上位，臣旧伤复发，腰腿痛得厉害，请陛下让臣养好伤再出征。"皇帝听了有些恼怒，却不形于色。他早听人说费聚向来贪酒好色，想必在京城闲住惯了，不喜出征，就问唐胜宗道："唐爱卿，你想说甚么哩？"唐胜宗迟疑一会，心虚地说："如今上位开了国，京城里也要留些武将。大都督府的官多出征在外，臣无甚才德，不善领兵厮杀，若在府里做一个常驻的官，每天奉着上位的旨意施行，还能对付。"

皇帝立即看透了二人的心思。他们如果都不听调遣，其他武臣也会相继前来与自己讨价还价，开国才几天，就遣不动将了，那还了得。皇帝说："费爱卿早年跟着我打天下，是有大功劳的人。虽然身上有伤，但如今也用不着你提刀上阵厮杀，运筹帷幄便是。唐爱卿，你当年投奔我的时候，才十七八岁，是一个能上阵厮杀的人，如今应当老成了，就想做京官么？"费聚摸不透皇帝的心思，忙说："臣近来贱躯欠安，每日脑袋昏沉，大不如从前了。"唐胜宗见他这么说，也忙自辩道："臣早年不识字，后来又不曾读书，是一条粗汉子。徐大将军帐下名将多，冯胜将军更是文武全才，臣难当重任呵……"话未说完，皇帝已经焦躁起来，说道："天下未平，二位爱卿都不想听我的旨意，其他武臣都学着你们的好模样，我还得去濠州招兵买马么？"二人怔了，呆呆地看着皇帝。皇帝说："我日前令邓愈为征戍将军，领襄阳、安陆、景陵等卫的兵马，征取南阳以北未附的州郡。邓愈爽快领旨，次日就离京了。郭兴、郭英、耿炳文等人也都奉了旨，正赶赴徐达军中听从调遣，不曾想到你们二位却来为自己说情。"

皇帝说得漫不经心，二人却像受到重锤，预备的种种借口顷刻间破碎。二人相互看了看，使了一个眼色。皇帝又抚慰道："你们去徐达军中，出谋划策便是了，用不着拍马横枪去厮杀。将来积了战功，我都会给你们封赏，富贵荣华享用不尽的。"二人悻悻而去，皇帝看着他们的背影，心思不免沉郁起来。

第三章

刘伯温轻取汴梁城　朱元璋商议兵卫法

储相

奉天门晚朝后，皇帝下了圣旨，任陶安为江西行省参政。陶安回家吃了晚饭，徒步来文庙见刘伯温。刘伯温数日前就知道皇帝要差陶安去江西，估计是丞相李善长所荐，劝慰道："贺喜贺喜，主敬兄在地方可以一展抱负了。"

陶安一脸愁容，说道："这有甚喜可贺？我谋略不如你，学问不如宋景濂，只怕是老朽无用，一日三朝侍奉上位，他还不甚满意，才外放我去江西哩。"刘伯温道："陶学士，你休要多想了。江西是金陵上游要害之地，人口多，田地足，上位差你去是重用，不是贬谪。应天城中有甚么留恋处？每日早中晚三朝最难消受。江西天高地阔，比在应天城逍遥自得多，全由着你一人说了算。"陶安道："你如何也与妇人一般见识？"刘伯温问道："此话如何说？"陶安道："我接了圣旨，回家便叹息。老妻忙问何事，我抱怨几句说，本想在京城安心做翰林，远离朝中是非，以此终老，皇帝却差我去江西，实不情愿。老妻却说圣旨莫违，江西也是一个好地方，皇帝请你去做土皇帝哩，你还这般焦躁。"刘伯温笑道："老嫂好见识呵。如若上位放我去，我朝命夕发，快活得如做了神仙，这般美差你还不知足！"陶安说："如今在朝做官的人都讳疾忌医，生怕被别人说他老病无用，我却是一身故疾，不怕别人知道。老妻和儿女辈也在京城，我若去江西，他们也得受累。"刘伯温道："那你正好去养病。"

陶安辞别时，刘伯温送陶安到正门外。陶安转过身来，握着刘伯温的手说："我听中书省起居注滕毅大人说，他曾向丞相推荐杨宪出为江西参政，丞相说杨宪已是'储相'，将来便是他主政中书，皇上不会外放他，才放老夫去了。"刘伯温一听"储相"，心里有六七分不快。杨宪虽有才干，但无器度，既然皇帝连李善长的后任都想好了，自己在皇帝嘴上功高盖世，在他心里却永远是一介闲人，尊而不亲，亲而不信，不免有些颓唐。

过了几日，晚朝前，刘伯温从宫内御史台值房出来，向奉天门走去，甬道上看见宋思颜与几个朝臣边走边说，声音不大，神情与平常不同。刘伯温追上宋思颜，问他们甚么事说得这么机密。宋思颜低声道："据传言午后刑部官奉了圣旨，去国子监将许存仁逮捕了，关在太平门外的大牢里。"刘伯温惊问道："甚么罪名？"宋思颜说："据说中书省金事程孔昭和都事李彬二人弹劾他隐瞒国子监生的学绩，还收受学生的银子、酒肉、衣裳、布鞋等，加上银子折合三十多两。"刘伯温心想学生年头年尾向先生送钱送物，早成定例，不失尊师重道之理，如要收捕早就可以下诏，用不着此时将他下狱。刘伯温熟悉程孔昭，他在吴元年时因李善长所荐，做了中书省金事，却不知那个都事李彬的来头。

晚朝上，皇帝说了午间刑部收捕许存仁的事。朝臣们见事出仓促，又不知详情，无人作声。刘伯温当即出班，大声奏道："陛下，许存仁入狱，是他人构陷所致！"——"他人"不过是刘伯温委婉的说法，知道皇帝不同意许存仁致仕，还要吓唬其他想致仕的人，才有人揣测圣意，罗织罪名。"人各有志，不要相强，请陛下降恩，将许存仁放出来，准他致仕还乡，这才是自古明君待臣的道理。"刘伯温慷慨地说。

皇帝听刘伯温说起"明君"，不免想起他是不是隐喻自己是"昏君"。自古哪有昏君能做开国皇帝，心中大为不快，说道："不是朕要捉他，有人说他犯了刑律，朕准了旨，待刑部审了，再来定案罢！"刘伯温不依不饶地说："陛下不可听信他人一面之词，就下诏逮捕许存仁，这会让天下贤才寒心，在野的人不想为陛下所用，在朝的人都想趁早致仕还乡，以避不测之祸，请陛下慎思！"皇帝也没好声气地说："我就算是昏君，这个道理还是知道罢！"刘伯温道："许先生无罪，想必有人将他屈打成招！"皇帝道："谅那刑部不敢用刑逼供！"刘伯温道："陛下，学生进献一些银子和礼物，做先生的却之不恭，便收下了，自孔夫子以来就有收受束修①的先例。程孔昭和李彬二人弹劾他隐瞒学绩，臣查勘了，却是子虚乌有的事，欲加之罪，何患无辞！"皇帝道："若朝臣控告不实，刑部和大理司勘查明白之后，罪不当刑，估计关几天就会放出来，准他致仕，老先生急甚？"刘伯温听皇帝这么说，就不再多言。

皇帝换了一个话题道："如今徐达大军攻取了山东乐安，他报来了山东土地、人口以及兵马之数。如今山东差不多平定了……"话未说完，杨宪插话道："陛下，山东好地面，那里有许多银场，关闭数年，如今可以重开了，将来铸银锭不差矿料了。"皇帝说："银场利于官的少，害于民的多，如今元朝旧银场破败了，哪能再次滥用民力，不要开了！"李善长暗笑杨宪事事先想到银钱，却不知道皇帝的心思，

---

① 束修：通常借指古时送给老师的礼物或酬金。束，捆扎；修，腊肉。古注称为十条干肉。《论语·述而》：子曰："自行束修以上，吾未尝无诲焉。"

忙道："山东贤才不少，请陛下下旨招贤，这才是紧要的事。"皇帝果然大喜，笑道："还是相公知道我喜欢甚么，着中书省发榜去安抚山东郡县，还要在各地寻访贤才，凡在元朝做过官儿的，一律录用。"李善长道："臣遵旨，定不使野有遗贤。"皇帝说："如今山东差不多平定了，福建全境也收拾了，攻取大都没有后顾之忧，但河南还有朝廷数十万兵马，广东也未全部收拾，按刘老先生的主意，要打河南当先取汴梁，中州许多州郡想必都会归附。左君弼兵败后，所部军马不多，汴梁主将李克彝不让他留在汴梁，才令他与大将竹昌、陆颂、宋敏等人守在山东，作徐达刀俎下的鱼肉。奈何徐达和常遇春正在整顿兵马，筹备粮草，准备北攻大都。杀鸡不必用牛刀，莫不是先抽一支偏师取陈州，再取汴梁么？"

杨宪出班奏道："陛下，元朝陕西行省与中书省地面还集结着十余万军马，若调徐大将军一支偏师取汴梁，北伐恐怕不利，臣以为缓取陈州和汴梁为宜。"朱元璋冷笑道："你懂文不懂武。打大都不可单从山东进兵，必先下河南，平陕西，形成合围的形势，大都方才不打自破。"杨宪素不知兵事，听皇帝这么分解，惭愧地说："上位说得是。"文武百官议了许久，计无所出。皇帝注视着刘伯温，问道："刘老先生有何计宜？"刘伯温见皇帝临朝时面有忧色，以为他担心北征不利，原来是为汴梁担心，自己不担心汴梁，却为许存仁担心。皇帝看出刘伯温的心思，说道："那个许存仁若只是收受学生的钱物，过几日便放他出来，朕准许他致仕还乡。"刘伯温见皇帝这么说，于是缓缓地奏道："臣有一策，不知上位有意么？"群臣立即安静了。朱元璋不问是甚么计策，却先赞叹道："刘老先生必有妙计，妙计不能当众说，待散朝后与朕细说。"

散朝后，皇帝召刘伯温、李善长来华盖殿。刘伯温道："左君弼忠孝过人，他的老母羁留应天城也有数年了，他因此差了几个细作进城打探母亲的下落。上位不妨先写一封书简给他，以情义动其心，以忠孝撼其志。他若献出陈州，汴梁自然不在话下。"刘伯温细说了计宜。皇帝一直挂念着在汴梁建都的事，并不放心，因此问道："这是万全之计么？若汴梁不能智取，围城猛攻的话，守军定会拆了宋朝的宫殿，作为守城的器具，到时汴梁城恐怕成为废墟。"刘伯温道："臣足有把握，但不敢说是万全之计。"皇帝道："烦请先生草拟书信。"

刘伯温坐在书案前，拈起一支笔，在砚上捻了捻笔锋。李善长起身站在他身后，看着他走笔如飞。刘伯温片时立就，递与皇帝细看：

左将军左右：

　　天下兵兴，豪杰并起，岂惟乘时以就功名，亦欲保全父母妻子于乱世。今足下以身为质，求安于人，既已失策，复使垂白之母、糟糠之妻天各一方，度日如岁。足下纵不念妻子，忍忘孝于老母哉！功名富贵，可以再图，生身之亲，不可复得，幸留意焉。

皇帝心想左君弼虽身处穷途，然而天地间母亲尚在，自己虽居九五之尊，但在少年时就丧了父母，先做孤儿，后做和尚，中年才作得皇帝，这便是上苍的安排么？他又想起刘伯温丧母数年，失亲的隐痛，远不是父母尚在的人所能体会，他才刻意以孝撼其志，以情动其心。皇帝抄了一遍，署名时有些犹豫，自己如今做了皇帝，还用"顿首再拜"这句套话，不免有失身份，因说："落款写'朱元璋谨具'罢。"——'某某谨具'是元朝时文人书信间常用的套语，刘伯温以为不妥，劝道："这是朋友间的书信，不妨用晋人常用的客套，让他知道陛下的诚意。"皇帝心想，若一封信能招降左君弼，屈尊一回又有何妨，因问："着谁送去？"刘伯温道："如差一个小厮送去，左君弼或许觉得轻慢，当差一员大臣。"皇帝问："谁去最好？"刘伯温道："杨宪最好。"皇帝笑了，顺口说道："他可是储相哦。"刘伯温又听到"储相"，心中不爽，微微皱眉道："杨希武当年去张九四那里做说客，虽没说得动，也全身而归。此番着他去，必能功成。"皇帝犹豫着。刘伯温说："平定中原才可北取大都，杨宪有大才，出将入相，此时不用，可惜了他的才干。"皇帝权衡轻重，万一杨宪出了意外，还有汪广洋、胡惟庸可作储相，因此说道："我便依你。"于是提笔在书信后面草草写上一行"朱元璋顿首再拜"。

杨宪正在中书省批阅公文，省中小吏来报："圣上差胡公公来请杨大人去华盖殿。"杨宪不知何事，赶来见皇帝。皇帝说差他赍送一封信去陈州招降左君弼，如果事成，是一桩大功劳。杨宪心实不愿，却不敢直接拒绝，婉谢说："开国未久，省中公务极烦，臣从早到晚埋在公文堆中，还恐误了国政，若是送信，我明日便安排省中两个知事去。"皇帝笑着摆手道："小小七品知事，信能送到，但未必能成事；你多次出使，很能辞令，非得委屈你走这一回不可。"杨宪听皇帝这么说，忙应承道："臣领旨，后天便出行。"皇帝道："路途虽凶，若能逢凶化吉，你便有大造化了。"杨宪揣摩着皇上的意思，连忙叩头道："承陛下委臣以重任，臣定不负圣意。出行之前，臣要详知左君弼的行迹，还想陪他娘和妻子吃一顿酒饭，心中有数，才好劝降左君弼。"皇帝说："你想得周全，自去安排便是。"

次日上午，杨宪正在中书省赶急批复文书，有一人进入中堂，笑道："杨大人要凭三寸舌下汴梁了。"杨宪抬头来看，来人是中书省都事李彬，三十六七年纪，身材矮小，面皮清瘦，有几分猥琐。杨宪向来轻视他，却又不与他冲撞。他是李善长的亲戚，李善长举荐他进入中书省，他常在旁人面前自称丞相门生。杨宪忙问："李大人真是顺风耳，怎快便知道了？"李彬道："刘伯温在皇帝面前举荐你哩。"杨宪才明白省中那么多官吏皇帝不选，偏偏选了自己这个参政，心中憎恶着刘伯温，不知他甚么用意，却不露声色地说："不管谁举荐我，只要圣上认可，便是钦差。"下午，杨宪去城中探看了左母和他的妻子，晚上在一家小酒楼宴请他们，临别时向左母索了一件信物。第二日清晨，去省中支了二十两银子，带了两个仆从，骑着马，涉江而去。

过了十九日，杨宪未归，皇帝有些急了，召刘伯温与李善长来华盖殿议事。刘伯温说即刻送左母和他的妻子到陈州去。李善长执意不允，说杨宪未归，已经失却一员重臣，再将左母和他妻子与细作送去，左君弼定会挟持杨宪投北，更不会归顺了。刘伯温说如果不送去，杨宪凶多吉少，所谓欲取之必先予之。李善长反复说不可。刘伯温请皇帝决断。皇帝沉思好一会，才说："我连储相都舍得送去，左君弼的母亲和浑家还舍不得么？"

献汴梁

三月二十九日，大明军至陈桥，左君弼与竹昌献出汴梁城，徐达领兵入城受降。为防降军变乱，副将常遇春奉命领所属军马在城外安营。皇帝收到徐达的战报，惊喜万分，即刻召刘伯温和李善长来华盖殿。刘伯温才迈进殿门，听见皇帝大笑道："刘老先生果然料事如神呵！"李善长隐然面有惭色，低着头，站在一旁不作声。刘伯温道："不过偶然罢了。"皇帝说："这哪是偶然，定是先生胸中有神机妙算哩。"李善长忍不住说："战报中却无杨参政的消息。他一去三个月不归，恐怕已遇不测。"刘伯温笑道："既然左君弼归降，想必杨宪十日内必归。"李善长赌气道："刘先生真能说得怎准？"皇帝道："准不准，十天内便知。"

这日申牌时分，长随太监史信进宫来报皇帝，杨宪在宫外求见。皇帝忙传他进宫。杨宪左手包着白布，悬在胸前，走路也有几分瘸。皇帝忙问："杨爱卿，你端的回来了，如何却是这般伤残的模样？刘伯温说你十天内必归，今日是第七天。"杨宪正要叩头，皇帝忙说："你都伤残了，免礼罢，来来来，赐座。"杨宪忿然地说："刘伯温害我不浅！"皇帝笑道："都是为公家的事，也是我的主张，如何说刘老先生害你。你且说说这几个月的经历罢。"

却说杨宪一行三人到了陈州，将皇帝御笔书信送达左君弼，说起他的娘与浑家都在应天城，身体安康；皇帝安排了房屋，每日官里供给她们衣食，钱谷还是自己经手下拨的，只是她们日日念叨将军。左君弼说他娘若不在世，你只是诈他，休想活着回去。杨宪从袖中拿出一把小铜锁，托在掌上，请他认一认。左君弼说这是他小时候挂在身上的铜锁，如何到你手中？杨宪说临行前请他娘和他的浑家吃了一顿酒饭，席间索了一件信物。左君弼这才相信娘与妻子都安好。

杨宪在陈州羁留半个月，正不知如何脱身，却见应天城来人将左君弼的母亲和浑家还有两个细作送达陈州。左母总是说起明朝皇帝和应天城的样样好处，劝说儿子归顺明朝算了。左君弼从细作那里得知与母亲所说差不多，便与众将商量归降一事，部将竹昌、陆颂等大将都愿意相从，但有一员大将却不同意，此人是李克彝安插的亲信，名叫宋敏。黄昏时，宋敏将杨宪挟持上马，逃出城外，任凭杨宪一路上作杀猪叫。小校报知左君弼，他于是与竹昌、陆颂等大将领着五十余骑去追。宋敏不听劝说，被左君弼一箭射死，杨宪从马鞍上跌落，伤了手臂。徐、常大军在济南会师后，同至济宁，引舟师溯黄河西上，欲取汴梁与洛阳。李克彝自知守不住城池，令人将附近淇州、新乡、阳武等地的青壮百姓都赶入汴梁，军民一同守城。左君弼、竹昌等以相援为名，领兵进入汴梁城；当李克彝领兵外出时，左君弼将汴梁城献与徐达。杨宪到徐达军中将息了数日，大将军遣一小队军士护送他回京城，左母和左妻再次回到应天城居住。

皇帝听了杨宪这一番话，说道："杨爱卿这番逢凶化吉，大有天助。你可知道么？差人送他娘和浑家还有细作去陈州，是刘老先生的主见，他在暗中助你哩。朕这一回见识了你办事细密的本事，我与刘老先生未曾想到的你都想到了，等闲便劝降了左君弼，免了多少军民死伤！晚上朕在华盖殿令光禄寺准备酒饭。"皇帝传唤李善长和刘伯温来华盖殿作陪。席间，皇帝笑说："刘老先生上知天文，下通地理，中谙兵法，杨爱卿在人事周旋方面却另有才干。"杨宪白了刘伯温一眼，伯温咳嗽两声，说道："我推荐杨大人去陈州，也是深知杨大人行事细致，又擅辞令，图一个不战而屈人之兵，用意在此，杨大人可不要怪我。"杨宪冷笑说："我怕感谢还来不及哩，若不是刘先生先举荐，后差人送左母和他浑家回来，不才也成就不了这件小小的功劳。"李善长说道："这可不是小功劳，是一桩大功劳，三寸舌有时比三尺剑有用。"皇帝说："百室这话说得好，乱世用武将，治世用文臣，如今天下渐渐太平，是重用文臣的时候了。"

刘伯温忙劝说道："许存仁羁押多日了，请陛下准他致仕还乡。"这话提醒了李善长，忙说："臣有一事未及禀报陛下。"皇帝问道："甚么事？"李善长说："刑部来报，许存仁在狱中感染瘟病，吃了几天汤药，今日早上却死了。"皇帝叹息道："他真怎老弱不堪，才关几天，就生生地病死了。朕早上想让刑部放他出来，准他致仕回家去哩。着礼部官以从四品官待遇厚葬他，给他的家眷一些抚恤银子和布帛，在国子监设灵堂，令师生们都去吊唁。"李善长道："臣遵旨。"

刘伯温十分意外，不怀好意地问道："陛下近来夜晚还睡得好么？"皇帝诧异道："你问这事作甚？"伯温道："日有所思，夜有所梦，陛下事事处心积虑，只怕晚上睡得不安，有时会做噩梦。"这话说得皇帝有些疑惑，李善长也瞪着刘伯温。

乾清宫惊梦

应天城入夏以来，渐有湿热之感。晚上皇帝只穿着一件月白纱衣，常在乾清宫西阁灯下看一部书。这书不是经史，是翰林院学士在城里书肆中购的小说抄本，花了二两白银，书名为《江湖豪客传》，仅有八十九回。

　　这晚皇帝看了半晌闲书，又批了几十本奏章，到二更时，当值长随太监左禄用铜盆为他捧来洗脸水。皇帝自己洗了脸，左禄用另一只盆子打来洗脚水，尚寝司的一名宫女从门外进来，年约二十余，跪在皇帝脚前，为他脱下朱红色缎面朝靴和月白苏绸袜子，将皇帝的脚放在温水中，先为他按摩一会脚底，再搓洗脚指和脚背。皇帝倚在灯下看小说。宫女洗了脚，拭干了，又替皇上穿好袜靴，端盆告退。皇帝放下书，想睡了，左禄道："陛下，张彤史在问，晚上由谁侍寝，以便记载日子。"皇帝寻思一会，后宫的妻妾只要来侍寝，就会抱怨宫里无趣，约束太多，不免心烦，就说："唤黄昏时来点灯的那个宫女来。"左禄问道："点灯有两个女史，奴婢敢问陛下是要选哪一个？"皇帝说："点那个娇小的。"那个娇小的宫女是尚寝局司灯女史，今日黄昏点灯烛时，无意间露出莲藕一般的手腕，被皇帝瞥见，只有十五六岁，长相虽不是十分妍秀，却也稚嫩可爱。才一会儿，左禄领着那位宫女进来，就关上宫门，与几个当值太监守在宫外。宫女扶着皇帝，向御床走去，铺好被褥，为皇帝脱去衣裳，伺候皇帝先躺下，才脱光自己的衣裳，吹熄阁中的宫灯，钻入被中。宫外很静，只有风声细细，偶然能听到隐约的虫声。

　　皇帝闭着眼睛，抚摸着宫女的肌体，不时想着明日早朝要说的事。此时隐闻更鼓，宫中的夜愈显得寂静。他透过轻纱帐看了看窗外，树影黝黝，微微摇动。皇帝睡不多时，仿佛听见宫外有喧嚣声，步履杂沓，左禄、胡政慌忙闯了进来，将侍寝的宫女吓得蜷缩在被中。

　　皇帝忙问宫外何事，左禄道："上位，大事不好，城北军营万户余逮领兵谋反，杀进宫来了！"皇帝大惊，叫道："啊呀，我的金吾卫军都哪里去了？"左禄道："上位，叛军一万多人，宫中前后护卫亲军才五千余人，他们已经冲杀到乾清门外的横街上来了，被金吾卫军挡在门外，正在厮杀，皇上快逃！"皇帝惊惶失措，挣扎着翻身下床，却动弹不得，心中焦急，大叫一声："啊也，来人哪！"皇帝睁眼一看，纱帐静垂，宫外并无一丝动静，竟是一梦。那宫女惊醒了，忙坐起来，双手掩在胸前，轻声问："陛下，出甚么事了？"门外带刀舍人听见里面有动静，忙问："上位可好？"皇帝忙说："没事。"他将宫女拉入被中，抚摸赤裸的她，过一会儿，皇帝翻身起来，如一方沉重的玉玺，缓缓地钤在宫女纤薄的身体上。

　　次日清晨，皇帝起来后，心有余悸，细思那个梦的来由，不得其解。于是唤来太监胡政，吩咐道："你速去大都督府和兵部查一查，城北军营中万户余逮现在何处。"胡政不知其意，又不敢多问，匆匆出了宫门，径自去大都督府。早膳后，胡政来禀报皇帝道："大都督府和兵部的名册都查了，城中几大军营中都没有叫余逮的万户，出征的军官中，百户千户也都查了，都不曾有余逮这个名字。"皇帝点头说："知道了。"他十分纳闷，梦中的事想起来十分真切，醒来后却很荒唐无稽。

　　他日间总是念叨着"余逮"这个名字，忽想是不是梦中的事记不清了，"余逮"

不会是徐达罢？逢字与达字①极相似，远征在外的将领中，只有徐达和常遇春的兵马最多，如果他们要反叛，自己还真不知如何对付。但徐达是自己的邻村同乡，自幼相好，自濠州相投以来，十数年间忠勇不二，如今差不多位极人臣，实在没有反叛的道理。常遇春更是忠义之人，也不会反，还有汤和、邓愈、冯胜等人，也不大可能反自己。当年汤和在常州喝了些酒，嫌官小时无理取闹，但后来一直安于本分，未必暗怀反心；但其他将帅谁想谋反，则未可知。开国之后，费聚、唐胜宗等人已经不服调遣，其他阳奉阴违的武臣想必也不在少数。邵荣当年与徐达、常遇春都是自己最亲信的大将，后来邵荣竟与赵继祖要谋害自己。谢再兴是侄儿朱文正的岳父，心怀怨恨就叛投了张士诚。后来临阵交战的时候，军中还有好几起先降后叛的事，总让自己防不胜防。

早朝散后，皇帝未去谨身殿，却坐着龙辇去坤宁宫。皇后见皇帝上午来了，十分意外，忙出宫相迎。皇后看见皇帝锁着眉头，就知道他有心事要与自己说。皇帝到东耳房坐下后，说起昨晚的梦。皇后笑说："梦多是反的，大哥如何相信。依贱妾的肤浅见识，徐达不会反，汤和不敢反，常遇春是一个忠勇的人，大哥防着其他将帅便是了。"皇帝点点头说："大姐说得在理。"皇后端来一盏茶，递与皇帝，又劝说道："大哥放心便是，只要管住了兵，再管住了钱粮，岂怕皇帝做不稳？"皇帝一怔，笑了起来，说道："谁说大姐读书少，句句话都顶得上诸葛亮了。"皇帝祖宗四代都追封作皇帝和皇后，伯叔侄辈封王，嫂子辈封夫人，可是皇后家的人一个做官的也不曾有。皇帝就试探地说："大姐，据中书省来报，在大姐家乡寻找到你的几个亲戚，我想给他们官做。"皇后有些意外，忙说："大哥呵，国家的官爵要给那些贤能的人，妾家的亲属未必有可用之才。再说，前朝的外戚人家，多有骄淫奢纵的事，不守法度。大哥若要加恩妾的亲族，多赏赐点钱，让他们安居乡下就足了。若真有贤能的人，大哥再用不迟。"皇帝心生一阵暖意。

这日晚上，吴诚在乾清宫当值。皇帝批罢文书，又召那个娇小的司灯宫女来侍寝。吴诚退出宫门时，皇帝问道："你昨晚做梦没有？"吴诚不知皇上用意，生怕答错，说道："回禀陛下，奴才好像做了梦。"皇帝问："你梦见了朕么？"吴诚慌张起来，嗫嚅无语。皇帝说："你怕甚么？梦到了就实说，不曾梦到也实说。"吴诚忙跪下，叩头道："奴才死罪，昨晚不曾梦到陛下。"皇帝笑了笑，慢悠悠地说："你起来罢，朕昨晚可梦见你喽。"

治军方略

早朝后，皇帝召集李善长、刘基、章溢、杨宪、夏煜、朱升等文臣到武英殿议

---

① 逢字与达字：达字的繁体字为"達"，与"逢"字相近。

事。君臣走下丹墀，从中右门出来，夏煜边走边说："上位，我等多是文人，只能纸上谈兵，到武英殿讲武，要请大都督府的武臣们才是。"皇帝道："不是还有刘老先生么？"刘伯温说道："上位莫不是要议一议治军御将的事？"

皇帝停下脚步，回头看了看刘基，说道："还是刘老先生最知朕的意思。去年呵，朕就想与刘老先生商定一套治军的法令，当时老先生忙于修筑宫城，事务繁忙，江南江北许多地面尚在征战，如何统兵御将没今日这么急迫，朕也就搁下了。眼前的情形便不同，江南差不多平定，打下大都不过是数月间的事，西南与西北早晚可以平定，倘若得胜的兵将没有一种好法令来节制，将帅功高威重，日后必然骄横自大，朕不得不为江山社稷作长远计较。"刘伯温道："兵制，国之大政，陛下不可不用心。"皇帝叹息着说："治军比作战难。朕近日看《汉书》，读《唐书》，揣摩汉唐的兵制，总是看到它们的弊端。我大明朝才开国，朕于治军一直不得良法，今日请众爱卿来议一议，如何才能四境安宁，太平无事。"

君臣进了殿，皇帝坐在御座上，文臣坐在左列，大都督府经历朱垍领着几员武臣坐在右列。刘伯温道："上位所忧的事，臣闲暇时也曾费心思虑过。兵马就像水火，善用得其利，不善用则受其害。我大明兵士来源有四，一是早年与上位从征的将士。二是连年征战中归附的士卒。三是因犯罪被罚充军的人，也唤作恩军。四是按人丁征兵，所谓垜集。如一家有五丁或三丁，便出一丁从军。军人入了军籍后，世代相袭，代代为兵。"夏煜道："只是军人一入军籍，世代为兵，不能脱籍，也太辛苦了。"刘伯温道："辛苦是辛苦，这般便可识战，确保朝廷兵源不竭。"皇帝道："刘老先生说得极是，世代为兵，虽然辛苦，但有朝廷俸禄，四时衣食不愁，不比游民生计无着落好？如今的兵马越来越多，好的自好，劣的自劣，朕便有两个难处，一来军费多，开国之初，财力薄弱；二来兵将怎地操练，如何调遣，粮饷如何供给，也有诸多不顺处。"刘伯温道："上位所虑正是我朝兵制的要害所在。臣以为如要省军费，安四方，一要让兵士屯田，二是要将不专兵，兵不专将。"皇帝道："北宋的兵制便是将不知兵，兵不识将，有其利更有其弊呵，两宋都败在与金人和蒙古人的交兵上。"刘伯温道："上位，可知其间的缘由么？"皇帝说道："请详细说来。"

刘伯温道："臣常惋惜两宋不是败于内乱，而是亡于外患，以中华衣冠礼仪之国，竟不敌北方蛮夷之兵，读书时很留意于两宋史迹。北宋府库每年收入最多时高达十亿贯文，平常也有数千万贯；如若将白银折算成铜钱，一两便是一贯，便有数千万两白银入库，今日我大明朝远不能与它相比，就是元朝极盛之时也不能比。有宋一代，不曾出现天下大乱、盗贼四起的情形。虽然前有李、王之祸，后有宋、方之乱，皆限于一方，未能搅动天下，由此可见，大抵北宋国富民丰，百姓不至于因饥寒而起事；因为国富，宋朝一有战事，即遍地募兵，所谓每募一人，朝廷即多一兵，而山野则少一贼，日积月累，兵将越来越多，遂至于冗兵。后来王荆公变法，改用民兵，荆公辞去宰相后，朝廷又用募兵。加上朝廷所养的文官多，官俸支出大。

军士总数最高竟多达一百二十五万，当时北宋人口不过数千万。仁宗宝元年间，仅陕西一地，无战事时年耗军需二千万贯，有战事时高达三千三百万贯，府库再富，也不抵这般开销。宋鉴于唐及五代的覆辙，在朝廷设立枢密院，凡天下兵籍、武官选授及军师卒戍的政令，悉归枢密院。宋太祖即位的次年，用了三衙统兵之制，即马军和步军分属侍卫亲军司、马军司和步军司三衙统领，将兵权一分为三。枢密院掌管兵符，有调兵之权，但无掌兵之实，三衙虽有掌兵之实，但却无调兵之权。"

章溢听了，十分好奇，忙问："那谁人能掌兵权？"刘伯温道："兵权尽归于皇帝。"皇帝笑了。夏煜道："晚唐与五代，战乱纷纷，就是皇帝有天子之名，而无天子之实。天下兵马悉归于皇帝，则军国安宁。伯温兄之策，通古今之变，察兴亡之迹，真良策也。"李善长问："宋时军需开支巨费，先生如何知道天长日久，我大明朝不会出现冗兵之事？"杨宪道："陛下，臣遍览历代兵制，征兵与募兵各有短长。征兵之利在有战事方征，战罢归田，所征者多乡间良民，身体强壮，或战或耕，皆胜其力，而且可以节省军需。短处便是士卒多来自田野，如久战必误农时，且仓促临阵，不及演练，战法自有不足处。募兵之利在于所募者都是城乡闲民，以兵为业，久在行伍，训练有素，兵力颇强，久战不伤农耕。但不利处在养兵日久，军需巨万，而所募之兵不乏城乡无赖，征战不利的时候，也难免不临阵脱逃，或投敌反叛，这便是难处。"

刘伯温道："上位初入应天时，曾向各地老百姓征收寨粮，民间便有怨言，听了朱升老先生的主见，高筑墙，广积粮，令康茂才做了营田使，去龙江屯田，一年后，不但粮食自给，还能补充军需。我看平时军士既要屯田，也要操练，兼守边疆。在边地的兵，三分守城，七分屯种；在内地的兵，二分守城，八分屯种，每军受田五十亩，给他耕牛、农具，着人教他们种植之法，每年也收取若干租税。军士的俸饷由屯田所给粮食支付，按月发月粮。守城的照全数支给，屯田的军士支给一半，还发给盐、油、茶、醋、衣服等，如此岂不是两全之策？"皇帝点点头说："有刘老先生治军良策，从此国无养兵之费，而兵有守卫之功，倘若这样，我朝养兵百万，竟不费百姓一粒米一滴油哩。"皇帝笑过之后，又蹙起眉头，说道："此法去除了弊端，但兵无常将，一旦国家有战事，各地的军卫各自为政，如若临阵易将，兵将都不熟悉，朕怕不能打胜仗呵。"刘伯温心中早有谋划，说道："兵将互不相识，这是宋朝兵制的浅陋处。兵不可无常将，但平常不可有总督全国的大元帅。臣记得吴王元年时，自京师到各个郡县，都设立军卫。他们则由指挥使等将帅管领，大小相维，以成队伍，级级都叫常将。但他们镇守一方，不得随意调动，即使谋反，也不过数千人，成不得大事。如若国家有征伐大事，由皇帝下诏令一个总兵官佩带将印，从各卫领兵，战事一毕，总兵官则将所佩帅印交于朝廷，从征的士卒各随其将归其卫所，曾率领百万军马的大将军则单骑归第。因此，兵权归于朝廷，朝廷则权在皇帝。臣以为当取五代两宋兵制之长，避其短处，创立大明军卫法。"

　　皇帝深思半晌，方才说道："老先生真是深谋远虑呵。朕与诸位再议几日，也要听听出征在外的徐、常、冯、邓、傅那些人的意见，就请老先生主笔草拟我大明朝的兵卫法。"

　　议事将毕，大都督府经历朱垲说："禀报父皇：京城有些偏将，平时无事就喜欢去钟山射猎，往往深夜才回来，城北太平门早下钥了，都得为他们开启。"皇帝问道："甚么人怎么放纵？"朱垲道："据威武、骁骑两卫亲军指挥使司的镇抚来报，常遇春的妻舅蓝玉，昨晚三更从钟山外回来，马上捎着许多野兔、野鹿、野猪。城门卫军不开城门，蓝玉大声喝门。卫军得知是常遇春的妻弟，都不敢惹恼他，开门放他们进来。他们进城后，大呼小叫，马蹄声又响，将蓝家庄附近许多居民都惊醒了，不知街坊上出了甚么乱子。"

　　自从蓝玉参与攻取平江后，跟着常遇春回到应天城，与平吴将校一同受了赏。因他在厮杀中受了些轻伤，留在城中闲住，平时常去城北钟山射猎。皇帝听了朱垲所奏，想起此前风闻徐达军中将校的一些隐秘事，分不清真假，不妨差蓝玉前去打探，于是说道："想必蓝玉在京城闲得筋骨发痒，明日宣他到宫里来，我付他一桩差事，去河北犒劳徐达大军！"

第四章

刘御史片言论国祚　朱皇帝千里巡汴梁

燕子飞进来

皇帝与群臣从武英殿出来，留下刘伯温，请他同登奉天门的城楼，察看皇城形势。二人凭槛而立。刘伯温指点楼外道："宫城近月差不多全部竣工，皇城的工程也将告竣，金陵城墙也修完十之二三。城楼虽不甚高，但东面的朝阳门和前方的正阳门那一带城墙还是看得见。"皇帝沉思不语。刘伯温问道："上位莫不是想做一首诗？"皇帝摆手道："我哪里有诗兴，却在想一件事。"刘伯温问："莫不是在想定都的事？"皇帝点点头。

皇帝虽然定都金陵，却久有迁都之心，但中国之大，却不知迁在何处为宜，踌躇日久，刘伯温早就知道皇帝的心思。皇帝轻轻地叹息一声，说道："且不说定都金陵的事，单说眼前的城墙这般高，城内又有精兵强将守着，粮草也足，你想想还有谁能逾越？"刘伯温听他这一句话问得蹊跷，一时竟不知如何回答，忽见疏林间有数只燕子，迎着风斜斜地在飞，十分轻捷，顺口说道："估计燕子可以飞进来罢。"

皇帝先是一怔，接着脱口道："燕子能飞，自然能飞到宫里来。若有人想谋反，领着几万军马攻城，城墙可坚固？"刘伯温手按在城堞上，轻轻拍了拍深灰色的城砖，说道："砌京城的城墙时用了石灰秫粥，想必十分坚牢。城外还建了一道土墙，以防不测。但天下没有不坏的城墙，人心胜过城墙。"皇帝很认同地说："老先生说得是。倘若失了人心，如何都守不住城子。"刘伯温道："正是这个道理。"皇帝又涌出一个疑问，因问："先生精阴阳术数，可为朕卜一卜大明的基业，端的有多久长？"刘伯温微皱双眉，摇头说道："占卜之事，不可尽信，只是游方之人的饭碗。臣学浅道薄，卜寻常的人事尚且不准，哪能卜准大明朝的国运。"皇帝侧视刘伯温，很固执地说："以往征战时，许多玄机都为先生勘破了，先生姑妄算一算，姑妄算一算。"刘伯温见皇帝勉强自己，有些无奈，含糊地说："皇明国祚悠长，当传至万子万孙罢。"皇帝说道："周朝也才八百年天下，大明朝若有三五百年国运，朕也知足了。"刘伯温心想历代享祚能过三百年的朝代并不多，大明朝若能享国三百年，也算得上国祚长久。

君臣看了一回风景，说些闲话，皇帝缓缓转过身来，扭了扭腰，说道："站久了困乏，老先生请坐着说话。"二人进了楼阁，坐在紫檀木椅子上，太监托盘递来两杯吴县的新茶。皇帝吹了吹茶水，浅浅地喝了一口，说道："还是沸汤泡茶芽味道好，比茶饼好多了。茶饼都变了味，朕因此下诏令应天府罢造龙团茶饼，如今城中百姓家也多用茶芽了。"刘伯温端着杯子，细细闻着温热又清淡的茶香，说道："陛下此举甚好。宋元以来茶中加香料，捣碎后再制成细饼，便失了真味，臣向来不喜欢喝。"二人说了一会茶，皇帝放下青花茶盏，寻思着说："我定都金陵，只因当时大军尚未北伐，中原还是元朝的。如今洛阳、汴梁都归我大明版图，定都一事，还想与老先生议一议才是。"刘伯温一听就知道皇上的意图，兴味索然，有些无奈地说："江浙历来是中国富庶之地，衣食丰足，所谓财赋出于东南，而金陵为其都会，加上已经新建的宫城与皇城，应天城已初具开国规模，不可轻易便闲置了；再说我大明文臣武将，多是江淮人氏，乡土难离。"皇帝全然没有理会他的话，自语道："汴梁是前宋故都，洛阳自东周以来，至两汉、魏、西晋、北魏、隋、唐，都作为国都，唐朝国运颇为久长。"刘伯温见皇上的话有些无稽，直说道："依臣所见，后梁、后唐、后晋也定都于洛阳，可享国日短，又作何说？"皇帝失笑道："你说得也是。"

二人走下城楼，皇帝站住了，看着刘伯温说："朕想去汴梁一回，看看中州的地理与风物。"刘伯温知道他想去中州亲自部署攻取大都的方略，还想去看中州地理是不是适宜建都，就虚劝道："此去河南，路途遥远，命一大臣替上位前去可使得？"皇帝摆了摆手，边走边说："朕的筋骨还很强健，脚力不衰，就算步行来回都无妨，让别人去，朕不放心。"刘伯温又劝道："上位一路上要多加小心，有些山寨还未平定，时常有盗贼出没。中州连年兵火，白骨横于野，百里无鸡鸣，路上人烟稀少，许多城郭荒凉，村落萧条，上位可要先有所预见才是。"皇帝说："那是，一路上还要带足米粮和酒茶。"

刘伯温送皇帝到乾清门前，正要告别，皇帝停步道："朕想起一件事，你曾说修宫城时，在宫里修了一道阴沟直通到土城的外面，朕还未下去看，你领着朕到入口外面看看如何？"刘伯温忙道："臣正暗中着人在修，尚未完工，不便下去。这道阴沟高丈二，宽八尺，足够一人一马通行。"皇帝看着刘伯温，点点头，若有所悟，说道："自古没有万年的江山，我大明朝也不知有几百年的国运。刘老先生真有深思远虑呵，等修好后再看看。哦，对了，明日早朝，老先生早些个来。"说着就笑了。刘伯温不解，平时早朝，自己都是在宫外左掖门等着开门，有时进宫时天未亮，还在值房里待朝，从未失朝，听皇帝这么说，估计他不是赏赐，便是授予两三个散阶①。

几日前，皇帝给丞相李善长下了一道诰命，授他中书左丞相兼太子少师、银青荣禄大夫、上柱国②，录军国重事，当日请他一人去华盖殿同进午膳。少师、少傅、少保古称三孤，太子少师次之，位居二品，荣禄大夫却是正一品，上柱国是唐朝以来的文臣极勋。刘伯温心想皇帝或许怕冷落了自己，要加封自己两三个散阶，于是说道："臣准时早朝。"

御笔对联

次日早朝，皇帝驾临奉天殿，端坐在金台上，看了看群臣。刘伯温站于李善长右侧，神情肃穆。皇帝对胡政道："都到齐了，宣旨罢。"胡政说声："是。"从几案上捧起圣旨，尖声唤道："御史中丞刘基先生接旨。"刘伯温有些意外，忙出班跪下。胡政宣旨道：

奉天承运皇帝圣旨：太史公之职，天下欣闻；中执法之官，台端清望。惟亲信之既久，斯倚注之方隆。

前太史令兼太子率更令刘基学贯天人，资兼文武，其气刚正，其才宏博。议论之顷，驰骋乎千古；扰攘之际，控驭乎一方。慷慨见予，首陈远略。经邦纲目，用兵后先，卿能言之，朕能审而用之，式克至于今日。凡所建明，悉有成效。且括苍为卿乡里，地壤幽遐，山溪深僻，承平之世，民犹据险，方当兵起，乘时纷纭。原其投戈向化，帖然宁谧，使朕无南顾之忧者，乃卿之嘉谟也。若夫观象视祲，特其余事。天官之署，借重老成。以至谳狱，审刑罚之中；议礼，新国朝之制，运筹决胜，功实茂焉。

乃者，肇开乌府，丞辅需贤，断自朕衷，居以崇秩，清要得人，于斯为盛。于戏，纪纲振肃，立标准于百司；耳目清明，为范模于诸道。永绥福履，光佐丕图，可资善大夫、御史中丞、兼太子赞善大夫，宜令刘基准此。

洪武元年三月（御宝）七日

---

① 散阶：指无实际职事的品阶，通常授予有实职的人，类似名誉上的官职。洪武九年（公元1376年）制定文、武官员散阶，文官自特进光禄大夫至将仕佐郎，共四十二阶；武官自特进光禄大夫至忠显校尉，共三十阶。

② 上柱国：原来是古代的领兵统帅名，汉朝废除，五代时复立为将军名号。北魏、西魏时设"柱国大将军、上柱国大将军"等，北周时增置"上柱国大将军"。隋代有"上柱国""柱国"，以封功勋之臣。唐以后上柱国遂成功勋尊荣。据《旧五代史·唐书·明宗纪五》所记："诏曰：'上柱国，勋之极也。'近代以来，文臣官阶稍高，便授柱国，岁月未深，便转上柱国。"

　　刘伯温估计圣旨是朱升所拟，皇帝改定；朱升与自己相知，措辞之际自然多加褒赞。圣旨宣毕，刘伯温叩头谢恩，心想身任御史中丞实职之外，霎时多了两件虚职，一是资善大夫，二是太子赞善大夫。前者是正二品的散阶，后者多是授予功勋之臣，名义上是训导太子，其实太子另有师傅和太子属官。虽说是一时恩荣，但有了这个散阶，将来不做御史中丞，也能依照散阶的品级领取俸禄。皇帝俯视刘伯温的身影，说道："刘老先生平身。朕的这道旨意，早就要下了，只因军国事务繁忙，迁延至今。老先生向来淡泊，不慕荣华，但这是朕的心意呵。你近月起草的《军卫法》，可是费了不少心力。"刘伯温俯首对着地面呵气，说道："上位过奖了，这都是为臣的本分。"

　　刘伯温入班后，站在他身后的夏煜、章溢几个同僚轻声说"贺喜了"，刘伯温淡然地点点头。皇帝说："朕平素喜欢作诗作对子，虽不甚工稳，也差可观罢。朕前几日写了一副对子，是御用监名手装潢的，挂出来。"胡政在红花梨几案上的锦盒里拿出两幅卷轴，中官左禄接了一幅，二人各持一竿，又在卷轴天竿的丝带上，右手托着地轴徐徐放下。刘伯温看那联语写道：

国朝谋略无双士，翰苑文章第一家。

　　字写在宋朝澄心堂纸上，墨光乌黑，结体虽有些不工，用笔也不精致，但看得出是皇帝的手笔。他临过古人字帖，笔势旁逸而粗疏，有些不合规矩。夏煜赞叹道："上位万机之暇，偶尔留意辞章，以天纵之才，下笔便出乎寻常儒生之上，臣等皆不及呵。"杨宪也不甘落后，赞叹道："上位诗句有庙堂气，书法深得《淳化阁帖》神采。"皇帝含笑接受群臣的赞颂。李善长道："上位这一幅对子，既妥帖，又工稳，真个好才思。"他心想这对子写给谁呢？第一句说自己并不为过，但第二句却像写古文大家宋濂。

　　皇帝看了看左右两班，问道："诸位爱卿可知这对子是说谁么？"群臣轻声议论起来，因为丞相在，丞相不说，大家都不便说。皇帝笑道："这是朕为刘伯温老先生写的。"皇帝微眯着眼睛，看看李善长，又看看刘伯温，轻轻拍了一下御案，说道："还有一事竟忘记了。老先生故乡是处州青田县，好地方呵，只是山多田少。据闻当地百姓多在山上垒石块造田，耕种收割很艰难。中书省在奏定处州税粮时，朕已许青田县每亩粮税减免五分，如今确定期限为三十六年。古人说十二年为一世，朕想让青田百姓三世都感知刘老先生的大恩大德。"皇帝这一番话，刘伯温深感恩重如山，站在班部丛中，高声道："谢陛下隆恩。"

　　散朝后，群臣等着在奉天殿吃早饭。李善长到刘伯温身旁说道："恭喜了。"刘伯温只是笑了笑，正要入席，皇帝说道："刘老先生随朕到华盖殿来，陪朕一同进早膳。"华盖殿御案的对面设了一席，摆着一碗八宝素粥，一碟蜜麻酥，一碟炒莼菜笋，两枚烧饼，一盏泡茶，比平日在奉天殿的早饭要丰盛。皇帝一边进膳，一边说道："授老先生几个散阶，只是朕的些许心意。你向来不好利禄，功劳却大，将来要封赏功臣，朕先赏武将，老先生可不要怪朕偏袒。当年陈塘坳里那一场恶战，很多人都不知你有大功，朕是记得的。这回朕去汴梁，京城风纪监察的事，都委付老先生了。"刘伯温道："陛下有这一番心意，臣感激不尽，定当尽职，不负圣托。"皇帝道："朕用人向来用人之长，不用人之短，但也不敢说处处用得精当，老先生有何高见。"

"陛下既然有一个储相，何不为太子储几员猛将？"刘伯温说道。皇帝心中不免有些吃惊，忙道："老先生端的见识过人。太子生性文弱，万一他的弟弟里有几个猛悍的人，怕他降服不了；储将不比储相，那些有功的武臣里不好选。朕在时那些武臣还能听话，朕不在时，就怕太子降服不了他们。再说朕老了时，那些功臣们也老了，不再有当年之勇。"刘伯温笑说："上位想必心中已经有了一员储将。"皇帝不由看了刘伯温一眼，问道："你如何这般说？"刘伯温道："一阴一阳谓之道，一文一武谓之朝。上位既然有了储相，自然有储将。"皇帝顺口问道："刘老先生猜得出谁是储将么？"刘伯温在心里猜了几个人选，却笑而不语，皇帝也不再问。

谢皇恩

皇帝北巡前一日，传李善长和刘伯温二人来华盖殿，太子朱标早坐在殿中。皇帝语气迟重地说道："朕这回去汴梁，短则一个月，长则两三个月。朝中的事都托与你们。百室身为丞相，中书省总理朝中政事；刘老先生身为御史，掌执纠察，朝廷纪纲都尽在这里头，台察之任尤为紧要。二位爱卿要先正己，后正人，忠勤为国，切不要假公济私，负了百姓和朝廷。"刘伯温轻声说："臣当克己尽忠尽职，不负圣托。"李善长慷慨激昂地说："上位放心北巡，臣竭力总理政务，襄助太子，不负上位托付。"皇帝看着朱标，说道："太子虽然年幼，但从名师学习，粗通经史，治国的道理也知道不少。朝中的大事二位爱卿一时不能决断，可奏报太子，一并定夺。凡有决斩的事，三堂会审之后，可遣人报给我，依我的手谕办便是。"太子只是点头，没有说话，刘伯温与李善长都道："臣领旨。"

次日皇帝出巡。张焕、郑泊率领亲军侍卫两万五千余人，护送皇帝到城北的渡口登船，五品以上文武官吏都来相送。江上许多商船奉兵马指挥司的指令，回避皇帝的龙船出巡，都挤挤地泊在江边，不能靠近码头。皇帝下了大辂，亲军与百官簇拥着。皇帝走下码头的台阶，向龙船行去。江上有四十余艘清一色的运兵船，颇具气势。皇帝看见江边许多商船里有一条大船，风帆高挂，彩旗飘扬，格外引人注目，上面站着许多人，年纪都在三四十岁以上，衣冠富贵华丽，船上又无货物，不像是商贾之人。皇帝有些纳闷，对中官胡政说："你着人去打探一下，那条船上的人衣冠鲜明，都是些甚么人？不事产业，成天在江上游乐不成？"胡政去后，没有过多久，皇帝看见几个军士呼喝着那条大船靠岸。

李善长领着中书省平章政事、都事、检校等官吏来到皇上的大辂边，禀报皇帝道："上位，那些人都是山东来的富户，要来应天城谢皇恩的。"皇帝有些惊讶，问道："那些富户要谢朕甚么恩？"李善长道："上个月，皇上不是下了一道诏，免除山东新近归附的地面三年租税么？他们说这是百年不遇的恩典，当地百姓都要来谢恩，怎奈应天路远，盘缠不足，就选出四五十名富户结队而来。"皇帝一听，心中欢喜，赐给百姓们一些恩惠，百姓们都知道感激皇帝，千里迢迢来京谢恩，真是诚意可嘉，就招了招手，说道："他们来得也巧了，再晚来半个时辰，就见不着朕了。传朕的话，着船上的山东富民都登岸了。"丞相劝道："上位，就在这里见见他们罢。"皇帝看了看江岸，因近日天雨，遍地都是泥泞，往来的居民与商旅甚多，十分杂乱，说道："起驾回宫，朕要在奉天殿里见他们，休负了远方百姓的一片好心好意。"

皇帝起驾回宫，急匆匆更了衣，登上奉天殿的宝座后，才让中官宣富民进殿。午门前，侍卫亲军逐个搜检富民随身所携之物，看看有无利器。那五十余名富绅都是平生第一回进皇宫，难免有些怯意；各人背着装有土物的布袋，步履杂沓，挤作一堆。中官领着一行人从一道小角门进了奉天门，他们远远看见奉天殿，其中一个富绅望殿便拜，口称："谢皇上恩典！吾皇万岁万岁万万岁！"其他人见他抢先跪了，唯恐自己落后，呼啦啦全跪倒，跟着叫嚷起来。中官看见那一片高耸圆浑的臀部，放在地面零乱的布包，此起彼伏的脑袋，忍不住要笑，说道："这里不要拜，皇上在前面奉天殿里等你们，见着了再拜。"富绅们又起来，跟着中官向前走；愈近宫殿，心情愈慌，面面相觑，有的人缩着脖子，挤眼睛，吐舌头，畏畏缩缩的。富绅们进了奉天殿，抬头看见宝座上端坐一人，身着黄色龙袍，知道是皇帝，尚未看清他长得甚么模样，都拥进宫殿内，好几个人被门槛绊倒。富绅们相互挤撞着，纳头便拜，叩头声咚咚直响。皇帝矜持地笑道："山东父老们平身，平身。"富绅们争着叩了最后几个头，才站起来。一些略有文才的绅士，准备了许多要献出的颂辞，竟不敢开口。富绅们愣愣地看着皇帝，如见天神一般，面皮上都堆着两三寸厚的献媚笑容，掩不住初入帝乡的惊喜与惶恐。

皇帝微笑着说："朕只因山东连年战乱饥荒，衣食艰难，知道你们百姓劳苦，才免去三年的租税，却是要你们休养生息，安居乐业哦。如今你等远道而来，千百里路呵，不易呵，却把安抚你们的事反成劳累你们了，这可不是朕的本意呵！你等回去见了乡里父老，把朕的意思相告了，只要心向着朝廷就行了，为富又仁慈，造福乡里，日后都不必远道来谢。"皇帝言语平和，富绅们都放心了。众富绅推举一位年长的来进献礼品。那年长者又叩了三个头，才说："老民向皇帝陛下进献土产。"他将袋口的绳结打开，里面有许多小布袋子，拿出来，摆在地面，逐个解开袋口，都是些小麦、稻米、黄豆、茶叶、木耳、香菇等，没有一件珠宝金银。皇帝看了，心中欢喜，说道："你们真个会送礼，小麦、稻米、黄豆、茶叶才是天下最好的宝物，黄金美玉不足贵，中看不中用。你们若是送些金玉来，朕当如数退回。这些方物朕都收下了，将来让御膳房做着吃。"富绅原来怕皇帝嫌弃礼物太贱，都心存忧虑，听皇上这么一说，相互看了看，满面惊喜，又跪下谢恩。皇帝道："朕不能白白收了诸位父老的礼，这礼物从千里之外送来，一路花费不少，着礼部照应天城中的市价两倍购下。"富绅哪想到皇上收礼还要付钱钞，又抢着跪下道："皇上，使不得，使不得呵，这些小礼都是小民的一片心意哪！"皇帝手掌向上示意，说道："快快起来，这也是朕的一片心意。朕不但要付钞，还要让礼部给你们来回的盘缠，你们在京城里游玩几日再回去罢，以后都不必来京谢恩了。"说毕，脸上故意做出不悦的神色。富绅们又争抢着跪下，叩头谢恩。

富绅们离宫后，太监胡政来见皇帝，说道："陛下，这些山东来的富绅当中，有三个是吴江人，其中一个叫沈万三，是长洲的富豪，他们要给朝廷输送一万石粮。"皇帝问道："他们是江南人，如何与山东富户一起来了？"胡政道："他们说只因见不着皇上，见山东来京城的富户多，就与他们一同求见。他们三个想再见陛下。"皇帝道："我要去汴梁，抽身不出，让他们回去。"胡政匆匆出宫。少间，胡政又来报皇帝，说道："陛下，他说皇明开国，万事俱兴，还想献白金五千两以佐用度。"皇帝笑了笑，问道："难得他捐粮又捐钱，他们有何事求朕？"胡政道："奴婢不知道。"皇帝说道："你再去告诉他们，命工部用五千两银子在城中造五六百间廊房，让筑城的工役去住，务必将五千两银子用完。"

皇帝当即传谕中书省知会各州府县，张榜公告，以后一律禁止入京谢恩，还提醒丞相说，那个长洲的富户沈万三暂不要迁去濠州了，他来捐银子，着光禄寺赏赐他们一顿酒饭便是。皇帝在宫中用了午膳，睡了半个时辰，准备出宫登船。

大都督府递来徐达的加急战报，徐、常大军渡过黄河后，常遇春一封信就招降了虎牢关守军，将要攻取洛阳城。王保保的弟弟脱因帖木儿节制着河南军马，得知虎牢关守将献降，调集五六万精兵，渡过洛水，要来援助洛阳城。徐达调七万兵马，分作三队，在平阳岗与元军厮杀起来。元军不敌，脱因帖木儿呼喝不住，领着残兵逃到陕西。徐达挥兵直抵洛阳城下。察罕帖木儿的父亲河南行省平章梁王阿鲁温不愿抵抗，率全城官民出降，献出梁王金印。徐达已令人将阿鲁温和王保保的妹妹以及元朝的降将们，送到应天城，又令人去抚谕洛阳附近各处山寨；令冯胜率三万人兵进陕州，攻打陕西。常遇春分兵攻打南面的嵩州，守将闻风而降。参政傅友德分兵取了福昌山寨，都督同知冯胜取了陕州。常遇春乘胜东进，攻下汝州，又分兵南下，取下郏县。十数日间，郑州、荥阳、钧州、汝州相继而下，唯有裕州城十几日没有打下，后来设计才活捉守将郭云。他泼口大骂，誓死不降。有人要杀他，徐达不许，关在汴梁城的大牢中。

皇帝记住了郭云的名字，心想大明军势如破竹，他为何能守城十二三日哩。皇帝还想知道出征的将帅们其他不为人知的事，北巡的心情愈加急切。

皇帝乘辂车来到城北渡口，与相送的百官告别。李善长和刘伯温送皇帝登上龙船，将要离船时，皇帝顺便透露了北巡的行程，说道："朕这回坐龙船过江，先到滁阳，再到定远，说不定去濠州老家看看，到归德府坐船，便到汴梁了。"龙船到了江心，皇帝却对张焕说："传朕的话，龙船顺江东下，先去镇江，再过瓜洲，经扬州入运河，过高邮时再议行程。"郑泊想问如何改了行程，此去汴梁比取道滁州远多了，正嗫嚅着，张焕目视着他，微微摇头，郑泊会意，立即从楼船上下去传话。

鬼火

皇帝在瓜洲镇南岸泊船，想顺便去看看南直隶镇江府的民风。他来到丹徒县，镇江知府与丹徒知县等官吏早领着军马在江边迎接。皇帝为了省时，都不许乘车，而是骑马去丹徒城。此处地势平远，林木青碧，山林间含着轻淡的烟岚。许多农田已经插上了秧苗，未插的田大部分已经耕好，上面有一层浅浅的水。野风中微有泥香，鸟群在田野上飞。田间有数名农夫赶着水牛在犁田，翻开一层层褐色的田泥。村居依山临水，前后是青青的菜畦和高低的瓜棚，几个农妇在园中浇菜，三五个童子在屋前嬉戏，鸡鸭之声隐闻。

皇帝心想丹徒县毕竟是东南富庶之地，虽经十数年战乱，一旦乱平，稍减租税，山野间便有生机。他还记得至正二十六年，回家扫父母的墓，一路上人烟稀少，田野荒芜，才几年间，东南一带人口渐渐兴盛，荒田也少了许多，心中十分喜悦。一行人到了丹徒县城外，皇帝改坐马车，几百名亲军便服护送皇上入城，城中百姓无一人知道皇帝来了；同行的两万余军士皆驻在城外，一怕惊扰城中百姓，二怕惊动远近的山贼。小县城两三万人口，没有像样的食楼和客栈。皇帝说晚上哪里都不去，就下榻县衙的客舍。县令五十余岁，又瘦又黑，与寻常农夫相似，初次见到皇上，有些胆怯，生怕说错话，一直小心地陪在皇上的左右。遵皇上之命，床铺、被褥与饮食都从简。皇帝因连日舟车劳顿，有些乏了，晚饭后，他就对县令等官吏说惊扰地方，不必久陪，都各自回家去。他在客舍中看了一回书，早早地睡了。县衙幽静，初夏的风儿十分清软，夜梦甚惬。次日，皇帝一行人都早早起来，用了早膳就悄然出城。县令等官吏四五人送了五十里，皇帝令他们回去。官吏们望尘拜倒。

皇帝一行人走了三日，到了扬州。扬州很繁华，往往清波之畔，常有疏柳茂竹，掩映着许多亭台楼阁，远胜镇江。皇帝嗟叹说人只要心中有事，这等好去处也不能久住，更没有心思游玩，反而羡慕那个风流皇帝杨广。皇帝住了一晚，来到了高邮州地面。高邮卫指挥使兼任知州蔡迁闻讯后，速领大小官吏及兵马数百人，到城外三十里来迎接皇帝。皇帝进了高邮，看见两旁多处断墙颓壁，一些房屋还留有焚烧后的痕迹，许多店铺都关着门，街坊萧条，行人稀疏。他想起当年冯胜攻打高邮的那场恶战，对蔡迁等官吏告诫一番，说开国之初人才实缺，一人往往身兼二职，能武又能文，不但要提防盗贼，还要关爱民生修缮城池等事宜。蔡迁等唯唯受命。晚饭后，皇帝想起冯胜如今镇守在陕州，担心他破了潼关，领兵西进，误了北征，就写了一封手谕，遣使者送到陕州去。

当晚，皇帝下榻在高邮城里旧总管府衙门。当年城破时，火烧了右边一半，至今未曾修复。衙门左面有几间耳房，蔡迁令人收拾一番，仍觉得粗陋，但城中一时竟买不到精细的被褥枕帐，恐不合皇帝心意。皇帝饭后就问晚上在何处睡觉，蔡迁十分惊慌。皇帝说："你不要忙乱，先让我看看。"蔡迁领皇帝来到一间厢房，收拾得十分整洁。他指着一张新上漆的雕花旧床说："禀报陛下，这是高邮城中最好的床了，只是这间房太寒俭，恐怕……"话未说完，皇帝笑道："最好的床？想必张士诚当年还睡过喽？"蔡迁谨慎地说："臣不曾考证。"那张床当着窗，银钩挂着蚊帐，被子是青花被，洗得略微有些褪色；窗下有一张书案，笔砚纸墨俱全；窗户格上新糊了桑皮纸，竹帘已经放下。屋外虫声唧唧，四围悄无人声。皇帝道："古人云'广厦千间，夜眠八尺'，这屋里清静，比丹徒县好多了，他人睡得，我自睡得。你们都各自回家，不必陪我。"蔡迁听了如遇大赦，叩了三个头，起身离去。

张焕与郑泊等亲军睡在隔壁的房间里，过道上还睡了八名亲军。皇帝独坐在一张榆木几案前，一盏油灯淡黄的光充盈室内。皇帝从随行的书箱里拿出书，在灯下看。他觉得有些闷，卷起窗帘，推开窗户。窗外是一堵断墙，从墙壁的缺处看去，是一片空地，长着些杂树与荒草。天上没有月亮，只有几点淡星，夜风拂过，树影微动。皇帝想从细细的风声中听到狗叫，或者传来幼儿的哭声，就算居民为琐事吵架声也好。这些声音都能增添城池的生气。但他没有听到狗叫和人声，心想十余年丧乱，百姓流离失所，死伤无计，才使高邮城池如此萧瑟。几案上的笔砚都是新的，墨早磨了半砚，皇帝从笔架上取下一支湖州狼毫，沾些墨，铺开一张纸，想写一首诗，可没有一点诗兴，又将笔放下，抬头看看窗外。疏林间隐约有几点光亮，一闪一闪的，好像是萤火虫，却不见飞动。他心想或许是鬼火，心中一惊，侧耳细听，隐闻有人在啜泣，声音断断续续，莫非是平常所言的鬼哭？皇帝细窥那断墙外的树林间，有几个黑影在动，影子像是一个人形，披头散发，初具五官，缓缓地向窗前飘来。皇帝一摸腰间，却没有剑，大呼起来："谁呵——"

第五章

虞城县元璋施救助　垂拱殿蓝玉说见闻

骷髅堆

张焕与郑泊正在隔壁房间里蹲马步练功，听见皇帝的呼声，二人飞也似的跑过来，拔出刀，一脚踢开房门，惊呼道："上位——"皇帝站在书桌前，指了指窗外，说道："我看见鬼火了，听见有人哭，还有几道黑影向这里飘来。"二人赶到窗边，用身体挡住皇帝，果然看见几点火光在闪动，却没有看见黑影移动。郑泊道："我却不曾看见黑影，也不曾听见人哭呵，张焕，你来听。"

张焕凝神察看，侧耳细听，说道："我也没有看见，哭声也不曾听到。"皇帝再看时，黑影不见了，哭声也听不见，那鬼火仍在闪动。张焕看见皇帝面有疑惑之色，与郑泊使了一个眼神，说道："上位，我们今晚就睡在你这房间里罢。"皇帝道："好是好，只是房子忒小。"郑泊道："不妨，我们将那边的床板搬来，放在地上，铺上被褥，胡乱也睡得一宿。"皇帝道："恁地也好。"二人坐在地铺上，刀横在膝前，不敢睡。皇帝侧过身来说："你们先睡，我再看一回书。"二人就脱了一件外衣，并未脱靴，脚搁在地上，刀横在枕下，都躺下了。皇帝拿起笔，在砚上调了调笔锋，写了一行题目"祭高邮县城鬼火暮繁文"，寻思一会儿，就放笔写去：

> 夫天地有鬼神，朕素深信而不疑。人生为英，死而为灵，造化无常，死生有命，于是遗形骸，散魂魄，终归于无形。
>
> 朕是夜寄迹官舍，凭吊秋风，感乎乱世，人不分富贵愚贤，一旦罹刀兵，则身死形灭，寄魂荒烟，托体野冢，风露凄下，化磷如灯，孤魂飘忽而咿嘤，亦足悲矣……

皇帝写到这里，抬头看一眼窗外，远处鬼火明灭，夜色无限凄凉，真想唤几个文臣来议论这篇祭文的妙处。他作完祭文，反复看几回，十分称意，抄了一份，将原稿卷了起来，左手手指将几格窗户纸捅破，右手拈着祭文在蜡烛上点着了，从窗格中扔出去，口里念道："野鬼孤魂，快快超生罢。"

次早，天尚未全亮，张焕与郑泊早早起来，抱着刀坐在地铺上。皇帝醒来了，见二人已经起床，也不睡了，穿衣下床。中官捧来温热的洗脸水，还有些许漱口的青盐。皇帝洗漱完毕，有人敲门，蔡迁等人来了，跪拜皇上。皇帝说："你这里倒清静，却是一个冤魂不散之地。"蔡迁惶恐不安，忙说："这外面是总管府的菜园子，冯大将军破高邮时，元朝官兵数百人退守在这里，全被乱箭射死。后来这菜地就荒了，坏墙也一直无钱修复。"皇帝说："我昨晚看见鬼火，因此写了一篇祭鬼文。"蔡迁道："拜请陛下将祭文让臣抄录。"皇帝从袖中拿出来，递与蔡迁，蔡迁看毕，一半文字认不出，说道："陛下真是绝妙好文。"皇帝嘿嘿笑了笑，舒展一下四肢，打一个哈欠，说道："到那外边看看去。"

皇帝从总管府天井后面的小角门出来，看见屋梁上插着几支箭，估计是冯胜部将攻总管府时所射。几人循屋檐下的水沟而行，过数十步，到了菜园，园子很大，直接郊野；栅栏断了几处，围墙多处倾倒，地面全被乱草覆盖，有数株参差的杂树。蔡迁挪开断裂的栅栏，蒿草没膝，他用靴子将杂草踏向两边，张焕与郑泊拔出刀，将杂草和野蒿砍平了，皇帝才进得园子。乱草里有几只田鼠和一只野兔在奔窜。皇帝发现脚下有一硬物，就站住了，张焕分开草来寻，竟是一条断枪，草丛中斜插着许多箭。郑泊走在前面，回头说："快来看，有一堆人骨头。"皇帝近前来窥，墙角一带有十几只骷髅，黑乎乎的眼窟窿，三角形的鼻腔，上下颌骨排满整齐牙齿，颅骨上有些细纹，周围还散乱着许多的人骨，几把全是锈蚀的断刀。皇帝满面怜悯之色，摇摇头，轻叹几声，拂袖转身，说道："这是元朝高邮守军的遗骸，冯胜当年一个都不留，全射杀了。"皇帝心想当年责打他一顿棍棒，他便将怒火发作到元朝守军身上，如果将来战事将毕，有些武臣飞扬跋扈，自己稍加惩处，他们岂不要举兵谋反。这么一想，十分焦躁，向草地啐了一口，又道："蔡迁，闲时将这个菜园子收拾一下，掩埋残骨，种些菜蔬则个。"蔡迁道："臣遵旨，明日就着人来整理。"

早膳后，皇帝启程了，前方城池来了一小队接应的兵马，皇帝就让蔡迁一行人回去。数万人出运河，入黄河，到了邳州。次日早上，皇帝等人又上了龙船，向汴梁进发，从水路北过徐州。徐州地面不比瓜洲和扬州，城外白骨横野，荒草没径，城内因兵火损毁得厉害。皇帝令龙船暂泊江边，下了龙船，骑上一匹马，在江边缓缓行走，愁绪满怀。早过了早稻的时节，一路上看见许多良田都没有人种，长满野草，村墟里没有人烟；山塘也荒了，一塘死水，不见一丝鱼游的迹象，山林间连鸟都不常见。将近黄昏，山风吹过，虫声低吟，道路前后无限荒凉。

二月初江南大多数地面浸种，四月中插秧，这里近百里数万顷良田都失了农时，不知百姓来年如何寻生计，又想起临行前刘伯温所说"中州连年兵火，白骨横于野，百里无鸡鸣，少人烟"，心中十分怅惘。

孤城

　　龙船一入山东，两岸地势高下起伏，山峻林茂，原野青碧，河水黄浊，呜呜咽咽地流，河上除了一些纤夫拉运货物外，不见多少商船往来；河边的驿道上也很少看见南来北往的行旅。大道上都长了荒草，山路间塞满荆榛，狐奔兔窜，几十里很少看见人烟。黄河上行船一两日，皇帝一行人到了虞城县地面。他在河上远远望见一处小小山城，看看日正当午，皇帝令亲军留在船上，自己则领着两百多人进城。

　　城内守军见许多人前来，竟早早将城门关了。皇帝看见城门上有三字"安济城"，令张焕前去叩门。守城人见前来的人都穿着朝廷官服，以为是北上援助徐、常大军的兵马，又开门来迎。皇帝问门吏："这个城子里有多少人口？"门吏见他穿着一领读书人常穿的青色衣裳，领着一小队人马，猜想他是一个千户，拱手答道："大人容禀：这个安济城原来有三四百户，约莫有三千余人，如今只有十一户人家，共六十七人了。"皇帝问："恁的少？守城人多少？"门吏道："共六个人。"皇帝问："偌大的一处山城，只有六个人守城？倘若山盗前来剽掠，如何了得？"门吏道："小的原是徐大将军的部卒，去年徐大将军遣一支军马到这里，将附近山寨大大小小的盗贼都收降了，加上此处数十里人烟少，城中破弊，并无东西可抢。官兵离开后，只留我等六人守在这里，好生看顾城中百姓。"皇帝问："远近还有盗贼么？"门吏答道："数月以来，只有两回盗贼来抢粮，统共不过十几人。若是在白日，城上哨兵见了，早早关了城门。夜间城门也关得早，留两个人守在城头便可，十几条盗贼想爬上城来，城中军民也足以应付。"

　　皇帝点点头，说道："适才我们前来，你早早关了城门，怕我们是一伙盗贼罢？"门吏忙说："小的先前未曾看得真切，乞请大人恕罪。"皇帝道："四方守城的人，都要像你们这般机警才好呵。"皇帝心想平定了大小山寨，果然四方安宁，以前成百上千的盗贼看来都剿平了，又问："这座山城恁地偏僻，你们如何支取军粮？"门吏叹息道："按徐大将军的将令，守城军士四十日支粮一次，准作一个月的口粮，大军走时，留下了三个月的口粮和钱钞，如今钱谷都快用光了。该城子本属虞城县管辖，县又隶属济宁府，因县里久无县令，与府治相去又远，军马又忙于北征，我们才几个人，运输不便，很久不曾去支取口粮。县里的军储库兴许都不记得我们了。饿时采些野菜，胡乱应付肚皮，就怕病，病了方圆几十里请不到郎中，就算有郎中，也无钱买药。"皇帝看那门吏，三十六七岁，戴盔披甲，一个军官模样，其余五人都是二十三四岁上下，个个形容清瘦，面有菜色，手执着长枪，腰间带着刀，军装破旧不堪。

　　皇帝问道："你姓甚名谁？"门吏道："小的姓李名杰，是寿州人氏，是徐大将军部下的一个千户，征战山东时，小的负了伤，大将军就着小的暂时守着安济城，浑家随军备炊，如今一家老小也在城中安身。"皇帝问："你有几个儿女？"李杰道："有五个儿子，一个女儿。"皇帝笑道："你一路厮杀，还能生恁多儿女，想必你还擅长夜战。"李杰脸骤然红了，憨厚地笑着，说道："乱世人难养活，死了三个儿子，如今就剩下两儿一女了。"

城门边的草地上，一个六七岁的女孩，面容清秀，衣裳却十分破旧，正在草丛中摘花。皇帝手指着她问道："那是你的女娃么？"李杰道："正是。"皇帝道："难得你领着军健们一直安守在这里，我先拨给你们几石米，几斤酒，将就数月，等大军破了大都，山东各县都有县令来，你这个城子必有赈济。"李杰十分感激，谦让说："大将军这如何使得？"皇帝说道："但得你不嫌少便好！"李杰忙拱手控腰说："大人慷慨救济，额外开恩，感激还来不及哩，哪敢嫌少。"皇帝道："我只怕这几石米、几斤酒也救不了甚么急。"皇帝正踌躇着，李杰连声道："大人说得是，全城人来分，端的不够，但也是大人无限恩情。小人将米分与城中极穷的人家，酒则请六十以上的老人来吃，绝不敢私用。"皇帝说："你想得周全。"李杰又说："无奈居民种菜无菜种，种稻也无稻种，数百亩良田，只种了三四亩，其余眼看着又要荒了一年，不出数月，这城中想必还要饿死几个人。"皇帝十分吃惊，问道："穷鬼直恁要寻饿死鬼做亲戚，元朝官兵走后，城中还饿死人么？"李杰道："差不多一个月饿死一个，你看城外坡上那一排新坟，都是去年十月以来饿死的六七个人。"

自开国以后，皇帝再也听不得各地还有饿死人的事，转过身来，用衣袖擦了擦眼睛，让郑泊去问中官胡政，带的粮食和酒茶等能不能吃到汴梁城。一会儿，郑泊低声告诉皇帝："胡公公说，到了汴梁，米酒茶盐还可一路吃回来。"皇帝点点头，说道："那就给城中百姓，每户按人丁赠米。每一个成丁赠米二十斤，未成人十五斤，一家油两斤。端午将近了，每户再给酒一斤，且让他们应急，过了几个月，便有活路了。"李杰道："大人于山城可有再生之德。"皇帝满面愁容，说道："山城真是天高皇帝远，皇帝平时不知道你们竟然这般苦，倘若知道，定会早着人来救助的。"李杰揪着眉头道："大人说得也是，皇帝在应天城，虽然他仁慈爱民，可民间有各样的苦处，他也不能尽知。战乱十余年，他就算知道，又能怎地？"皇帝看他一眼，点点头道："你说得是，皇上就算知道天下百姓的苦处，又能怎地！他不是神仙，不能起死回生，也不能一日之间让天下百姓饥有食，寒有衣。"李杰听他敢议论皇上，不免疑惑，因问道："小人听大人的口音，好像是濠州人氏？"皇帝说："我是濠州人。"李杰惊喜道："大人与皇上同乡呵，你可来自应天城？一定见过皇上？"皇帝笑道："自是见过的。"李杰嗟叹道："你在应天城能见着皇上，小的没福，一辈子也见不着皇上了。"皇帝笑说："未必哩。我不与你闲谈了，我们有几百人要在城外借锅做饭，下午还要上路。"李杰道："使得使得，小人这便去借来。"

皇帝领着几个人在城中转了转，街坊破败，居民稀疏，一片萧条。军士们在城外搭建了两个凉篷，皇帝坐在交椅上歇息。李杰的女儿看见凉篷，好奇地进来了，皇帝见她眉目妍丽，将她抱在膝上坐着，给她一块生糖糕吃，手抚着她的脸颊，如腻玉一般；嗅了嗅她的衣领，微有温热的乳香。真个是天生丽质，可惜养在荒城；他年若长大成人，定有十分姿色，不免胡思乱想起来。

午膳毕，皇帝一行人离开安济城。两个小兵奉旨告知李杰，适才赐米油的就是当今皇帝。李杰吓了一跳，愣了半晌，自言自语道："原来竟是万岁爷，我们都不曾叩头呵。"慌忙领着几个守城的士卒朝江上跪拜，高呼万岁。

论兵

五月二十日，皇帝的船队近了汴梁，令两万人改走陆路，其余五千余人坐船护送皇帝，自汴河进入西水门内登岸。如今汴梁的外城尚存宋时的规模，方圆四十多里。护龙河阔十余丈，环绕着汴梁城。皇帝在船头看着夜色里的故都气象，感慨不已。

此时已是黄昏，汴梁满城灯火，星星点点，远看如银河一般。守将陈德早领着几百军马在河边相迎，鼓乐震天。城中军民得知皇帝来了，都拥到汴河两岸和桥上来看，一时人山人海，灯火通明。皇帝微微掀起车窗的帷角，看着城中的繁华景象，心想汴梁城不战而下真是幸事。据徐达禀报，外城尚存北宋旧貌，大庆殿、文德殿、紫宸殿等宫殿因当年金兵侵袭，多遭战火损毁，有的改建，有的颓败，如今只有垂拱殿大体完好，虽然彩绘剥落许多，但还略存宋时规模。

当晚皇帝下榻垂拱殿内的旧东暖阁。常遇春、冯胜、傅友德等大将从各地赶来汴梁拜见皇帝。徐达因布置军务，筹集粮草，三天后，才匆匆赶至汴梁。皇帝知道徐达一直忙着准备北征的事，特地到城外十里长亭相迎。他远远看见徐达，面皮更显黑黄，人瘦了许多，胡须也长了一寸。徐达披甲佩剑，健步如飞，英武之气逼人。可他来到皇帝面前，霎时谨肃起来，纳头便拜，口称："臣接驾来迟，死罪死罪！"皇帝忙上前拉住徐达的手，说道："徐大将军率师征讨在外，古人所谓忠而忘身，国而忘家。"皇帝用手掸了掸徐达朱红战袍上的尘土。徐达有些拘谨不安。

驿站早奉旨备下酒宴，皇帝延请诸将入席。皇帝举杯说道："去年朕令徐达为大将军，先下山东，如今又平了河南，他的功劳最大。"皇帝微笑地看着徐达，接着说："你一路风尘仆仆赶来见朕，十分辛劳，朕与你同饮这一杯酒。"徐达忙放下酒杯，离席拜倒在地，口呼谢万岁。皇帝前来扶起他，说道："我与你吃一杯酒，不消行大礼了。"徐达缓缓站起来，将酒一口饮尽。皇帝与徐达回到城中，晚上皇帝又大摆酒宴，慰劳诸将。

散席时，皇帝留下徐达，问道："你手下可有一个头目叫李杰的？"徐达有些惊讶，想起了此人，忙说："有有有。他负了伤，子女又多，臣就将他一家老小安置在虞城县养伤。"皇帝道："我路上经过虞城县，见着他了，是一个忠厚的人。他若伤好了，那十七卫亲军中有许多职位空着，就令他做一个卫军的指挥，与你一同北征立功去。"徐达不知为何对李杰如此照拂，有些疑惑，却不敢问一句话，忙说："臣领旨。"

次日，皇帝在北宋的垂拱殿早朝，武将与文臣两班站立，共议北征大计。武将们全身披挂，皇帝免跪拜之礼，议事时当胸抱拳便可。皇帝的目光扫视着诸将，感叹地说："这座北宋旧宫，历经金人战乱，元朝更替，已经不是当年的模样了。这皇城的砖都崩坏好多地方，如果不是刘伯温劝说左君弼归顺我大明朝，我们强攻汴梁城，这座皇宫不知会不会再遭一回劫难。如今我大明朝要恢复中华体制，驱逐胡元，朕还能在宋朝的旧宫里坐一坐，不知何时一同去大都元朝的皇城看看呵。"皇帝说着濠州话，很多人听了耳顺，不住地笑着点头。

常遇春当胸抱拳，抢先道："上位，眼下大都已是孤城一座，若付末将十万大军，一两个月间，定可攻破大都，献元帝于阙下！"皇帝呵呵笑了起来，手指了指常遇春，说道："常十万，据说一封信上写了你的名字，就吓住了虎牢关上的守将，早早归降了。你说你能攻破大都这话我信，但元朝皇帝能不能捉到，便不好说了。你说说那封信如何写的？"常遇春笑道："那都是妻弟蓝玉的主见。"皇帝抬头巡视两排文武大臣，武将班部之末，一员相貌俊爽的将领，全身披挂，抱拳而立。皇帝看着他笑道："是蓝玉呵，朕见你在京城闲得慌，才差你来河北犒劳大军的。"蓝玉道："正是。"皇帝打量着蓝玉，说道："信是你拟的？"蓝玉有些得意地说："是臣所拟。"皇帝挥了挥手道："你说来听听。"蓝玉道："陛下容禀，当日臣一行人来到虎牢关下的大军营寨，次日清晨得知薛右丞请了将令，明日上午要领三万精兵强攻虎牢关，臣便与常帅先去关下察看形势。"皇帝问道："如何唤作虎牢关，里面还养着老虎不成？"蓝玉说："周穆王时曾在此处设牢养虎，因此名唤虎牢，如今早没老虎了。"皇帝笑道："原来恁样。"

蓝玉平时难得见着皇帝，更没有机会与皇帝说话。他虽然喜欢行军作战，但眼下跟着皇帝打江山的名将很多，还容不着自己出人头地，便卖弄口才，接着说："臣与常帅骑马来到关下，看到眼前平野间连峰迭起，一座雄关设在两峰之间，两边山势险奇，微微有些树林。此关南连嵩岳，北临黄河，重峰叠嶂，是一处天然险阻。"皇帝笑道："蓝玉你将来不作名将，也可作一个闻名京城的说书先生。"诸将哄堂大笑。常遇春以为皇帝不高兴，嫌蓝玉话多，就插话道："陛下，微臣看了虎牢关的形势，果然如古人说的，一夫当关，万夫莫开。虽是兵家必争之地，却难以轻取，蓝玉却说若能借得我的大名，或许可以不战而下。微臣便笑了，我的名字便能唬住他们么？他说一试便知——"常遇春话未说完，皇帝问道："蓝玉，你如何借你姐夫的名字？"蓝玉看了薛显一眼，薛显瞪着铜铃般大小的圆眼，满脸不服气的神情，就忍不住笑了，说道："臣拟的信是这般写的，兹有大明军马十五万屯于关下，量虎牢天险，虽万夫当之，亦可蜂拥而破。将军宜顺天应变，开关献诚，军校大小官职一仍其旧。若抱关顽拒，天兵破关之日，不论战降皆杀，妻子不留！写完了，便拉着常帅签上大名，臣策马来到关下一箭之地，将信射在城楼的横梁上，看见一个守军将箭拔下，取信呈与守将。当天下午就献了关。"皇帝双手拍了一掌，说道："好，这信写得有杀气，一看便是武夫的手笔，不是秀才们卖弄斯文。"诸将又笑了起来。

薛显忍不住了，大叫道："上位，请你评评理，本来是我的功劳，常帅倒好，一兵不发，别人写了一封信，他只署一个名儿，人还睡在床上，却让虎牢关降了，我那天正调遣精兵去攻打哩。啊呀呀，这关也太不牢靠了也。"常遇春见皇帝喜欢听蓝玉说话，就笑说："薛将军，我不是将功劳记在你的头上么？还吵嚷作甚？"皇帝笑了起来，薛显也笑了，手指了指常遇春道："我哪里敢贪你的功劳，只是我想不通，你常遇春的名字就恁吓人，我薛显便不被他们放在眼角么？"皇帝笑道："常遇春威名满天下，只是他自个还不知道哩。"薛显不服道："上位，若不是我们有十余万军马在关下，哪得被他那封信逼降了！"皇帝笑道："原来你也知道这个道理呵。"

皇帝眼睛看着徐达。徐达一直在听众人说话，神情谨肃，不发一言。皇帝说："徐大将军，你也说一说，眼下能不能攻取大都。"徐达出班奏道："臣领上位之命，与众将军自从平了齐鲁，兵发河洛，王保保见势不利，在太原观望不进。如今潼关又为我们占据，李思齐、张良弼兄弟等失势西窜，元朝的官兵声援已绝，大都已是一座孤城。常帅说的是，一两个月间，便可攻取大都。"徐达为人谨慎持重，见到皇帝不免有些木讷，一旦谈论兵事，绝无拘谨之态。皇帝满意地说："二位大将军都说可以发兵攻取大都，诸将以为如何？"冯胜等大将都赞同徐达、常遇春的意见。

皇帝令两名太监在御座边展开地图。地图画在一张七尺见方的素绢上，城池、山川、关隘、河流等都用墨色绘制，地名、关隘与用兵要处都用朱砂细注。一人拈着地图两角，站在宫殿中间。皇帝接过三尺长短的竹枝，指点着河南、山东以及大都形势，说道："你们且看看，北地平旷，利于骑兵，要选精锐的军马，以一员偏将领着精兵作先锋，大将军领着水陆军马跟在后面，用山东和江东的粮草供给军饷，由秦、赵向北转战到临清，然后直捣大都。元朝军马的外援来不及，城内兵马必然惊溃，才能够不战而下。"徐达道："上位的话，臣都记下了，但有一件事还请陛下明示。"皇帝道："大将军请说。"徐达道："倘若大都打下了，元主向北逃窜，臣等要不要领兵追杀？"皇帝说道："元朝兴起是天命，衰亡也是天命，早晚要退出中原，不消领兵追杀了。他们北奔之后，你着诸路兵马固守疆域，防备他们来侵犯便可。"徐达道："臣领旨。"皇帝接着告诫道："诸将都要约束士卒，进了大都，要让百姓不晓得有战事，商铺不休市。大都的宫殿可着元朝的旧太监看管，封存府库，保存宫中的典籍。元朝历代的实录，都着兵士看管，切不可损毁。将校人等都不许进入宫城。元朝旧官一应护送到应天城来。"皇帝详细吩咐着，徐达领着诸将唯唯领命，军中两个书记小吏在一旁记录。

皇帝喝一口茶，感叹一声，说道："朕在定都这桩事上，一直未能决断。汴梁是宋朝的旧都，眼下还剩下一些规模，定都在这儿可延伸中华的福祚。有人道是君天下者宜居中土，众爱卿以为如何？"冯胜道："陛下所言极是。汴梁是中州之名城，地处天下之中，他日四方来贡，路程大略相等。"皇帝听了高兴，说道："你说得好，甚合朕的意思，徐爱卿，常爱卿，还有诸位爱卿，你们也议一议。"徐达嗫嚅道："臣自少不知书史，定都是国家大事，臣不知虚实利害所在。"皇帝笑了，说道："徐爱卿真是忠厚的人，从来不说假话。"常遇春也说："臣等只知打仗，也不知建都的利害。"徐达在一旁低头寻思，手抚摸着长须，想说又不便说的模样。皇帝笑问："徐爱卿看来话还没有说尽？"徐达赔笑道："上位……臣以为……臣以为……"皇帝道："你说便是。"徐达道："臣以为……随上位渡江的将士，大多来自淮右，以应天为京城，一是离乡不远，二是水土适宜，三是应天城有大江天险，加上宫城已经竣工，如若再在别处营造京都，恐怕民力不济……"皇帝笑着说："你这个右丞相说得好呵。你不但善战，在经国方略上也有过人之处。右丞相说的这三桩事，朕其实也想过很久哩。"

蓝玉爽朗地道："启禀陛下：末将有一言。"皇帝道："你说。"蓝玉道："徐大将军所言极是，应天有长江天险，汴梁地势平衍，虽处天下之中，却是一处四面受敌之地，不宜建都！"皇帝惊问："四面受敌之地？我来汴梁没几日，还不曾留意，明日就出城看一看。"次日，徐达、常遇春、冯胜、蓝玉等大将陪同皇帝出城，察看城外山川形势，果然四面空旷，山势低平，一望数十里，真有四面受敌之忧。皇帝不免有些失望，看着蓝玉道："你一句话打消了我多年的心病。"

皇帝看着城池，自言自语道："汴梁是宋朝的东京，不知还存有多少旧貌？"冯胜说："陛下，臣在北征之前，曾读过一本书，名叫《东京梦华录》。据著书人说，前宋太平年代日子久，汴梁人口繁多，许多儿童多习鼓舞，须发花白的人都不曾摸过兵器。每年不同的时节，城里都有好看的好玩的。有几句原文，臣还记得些。"皇帝颇感兴味，忙说："你说来听听。"冯胜道："那书上说'举目则青楼画阁，绣户珠帘。雕车竞驻天街，宝马争驰御路。金翠耀目，罗绮飘香。新声巧笑于柳陌花衢，按管调弦于茶坊酒肆。八荒争凑，万国咸通。集四海之珍奇，皆归市易；会寰区之异味，悉在庖厨。'"这话说得皇帝意越神飞，口中有点潮湿，笑道："后文还记得么？"冯胜低头沉吟道："'花光满路，何限春游。箫鼓喧空，几家夜宴。伎巧则惊人耳目，侈奢则长人精神'……后面还有，时日隔得太久，臣不太记得了。"皇帝道："你真是过目不忘呵。如今汴梁城与那书相比，你看如何哩？"冯胜摇头叹息，说道："自胡马窥江去后，当年的风流繁华，已归梦境。如今城中多是华夷杂处，汉人也有不少着胡服说胡语的，日常也用胡器，吃胡食，行胡俗，哪里还有甚么金翠耀目，罗绮飘香。城里又脏又乱，街坊间多牲口气味。"皇帝不免失望起来。

东京梦华

皇帝安排人准备了醴酒、香花、纸钱、羊、牛，在城外祭祀汴梁诸路神仙，祈求他们的庇护，又遣数名文官去祭祀河南境内山川之神。

皇帝想与几名亲军微服到城中游观，临时差人将冯胜请来，让他将书中所记与眼前所见，作一番比较。一行人来到朱雀门外，街道两旁多是民居房屋，青瓦白墙，皆有斑驳痕迹。东去的街坊上，冯胜记得书里写着有一座状元楼，如今却不见了，两旁绮丽的妓馆仍有，就说："那座状元楼想必被战火烧了，妓馆照例与南食店一样多。"皇帝不由地探头向妓馆内张望。两个老鸨倚在门边，手里拿着香巾，向皇帝招邀。皇帝很想进去窥探，却忍住了，匆匆走过。

几个人来到龙津桥，冯胜说："过桥向南去。"皇帝于是向桥南走来，隐约闻到肉鱼香味。冯胜道："真是民以食为天，过了一百多年，这里的吃食还恁多。"皇帝说："只有这块天自古不会变。"街道边门店的案上摆着牛肉、羊肉、猪肉、爊肉、干脯，挂着野兔、鹿肉、熬肉、貛儿、野狐、肉脯、鱼、鸡、鸭，蒸笼边摆着些乳粥、奶酪、胡饼、葡萄酒、米酒。很多食材已经烤得香焦脆软，沾酱捣蒜就可食用。皇帝说："晌午就在城里选一家酒楼吃些酒饭，不回去吃了。"

皇帝一行人去相国寺。寺前街商铺林立，有卖蒲合、檐帽、比甲①、簟席、屏帏、鞍辔、弓剑、洗漱用具，吃食则有时果、腊脯之类。寺里有卖湖笔和潘记老墨，还有寺里的师姑在卖绣作、领抹、花朵、珠翠、头面②、生色销金花样、幞头、帽子、绦线之类。冯胜记得书中有特髻冠子③卖，想为夫人买一件，就问师姑。师姑竟然不知。冯胜说宋亡后，许多文采风流也没了。一行人来到寺的后面，有人在卖书籍、玩好、图画、土物、香药之类。皇帝问道："这里还有些故宋的模样罢?"冯胜说："以前卖的如今还在卖，想必与故宋时差不多。"正说着话时，来到几间瓦肆前，隐闻里面说书声，又行走了十几步，听到几个女子唱曲。冯胜笑道："李师师在里面唱哩。"皇帝想进去听，看见旁边人家屋旁的茅棚里，圈着许多羊，小羊咩咩地叫着，屋前满是羊粪，又疾步向前走去。

将近晌午，一行人来到一家大酒楼前，门前用五彩丝绸扎了一个迎宾门，门前停着几乘华贵的轿子，旁边街巷的马厩里系着许多名马。皇帝张望着酒楼说："就在这座奢遮④的酒楼里吃些酒饭。"冯胜笑说："宋时东京店内卖酒的厨子，都称为

---

① 比甲：类似背心一样的上衣。

② 头面：指首饰之类。

③ 特髻冠子：类似今日说的假发，多为宋时女性用。

④ 奢遮：宋元吴语，相当于出色的意思。

茶饭量酒博士。十几岁的小儿来店里，这些博士们都称小儿为大伯。还有一种略有姿色的妇人，腰上系着青花布手巾，绾着高发髻，给酒客们续水斟酒，俗称俊嫂。还有一种中年男子，看见少年子弟们饮食奢豪，不论他们吩咐不吩咐，这男子赔着笑站在席旁，少年子弟们有使唤时，如买些物品给卖唱的歌妓，还有取送钱物这些事，便唤他去，称作闲汉。想必这种风俗未变。"

皇帝听了不高兴，说道："这些目不识丁的人，称甚么鸟博士？良家女子赚些辛苦钱，如何称作俊嫂，岂不乱了伦理？一干年轻的闲汉，无所事事，赚些轻松钱，都不下地做农活了。这些风气将来都得改过来。"冯胜道："说得是。"皇帝入座后，冯胜招呼店小二。小二身着左衽粗布裳，系着白色幞头，近前唱个大诺，笑道："敢问二位朝奉，点些甚么下酒菜？"皇帝说："你莫称我们作朝奉，唤作客官便是。"小二赔笑道："小的叫顺口了，请客官见谅。"皇帝问道："你叫甚么名字？"小二说："小的无名字，因姓王，后来就叫王不花。"皇帝问道："你是汉人还是蒙古人？"小二说："小的是汉人。"皇帝问道："那如何取了一个蒙古人的名字？"小二讪笑说："小的胡乱取的，图个方便。"冯胜道："假若有人姓花，岂不叫花不花？如果姓钱，叫钱不花？你不如取一个王帖木儿，元朝蒙古人里，叫帖木儿的人大多了得。"皇帝笑了。小二觉得无趣，说声"多谢指教"，就问道："敢问客官点甚么菜？"皇帝说："我们点些平时吃不着的菜，看看都有甚么花样。"小二说："小店有百味羹、两熟紫苏鱼、夹面子茸割肉、胡饼、排蒸荔枝腰子，还有生炒肺、炒蛤蜊、炒蟹、煠蟹、洗手蟹①之类，店外面熟食铺子里有炙鸡、爊鸭、羊脚子、鹿脯，客官若要，差闲汉便可去买来，给几文跑腿钱便是了。"皇帝道："你替我们任选五七样好吃的菜，酒来三斤。"

酒饭毕，皇帝一行人闲坐喝茶，吃了两碟时新果品，捱了半个时辰，随行的便衣亲军付了钱，出了酒楼。经御街，过马行街，穿过旧内临河大街。屋角边多处堆着废弃物，到处都是果皮、树叶、污泥、牛粪、马粪，野狗野猫在废弃堆里翻剩骨残肉吃。许多人家洗菜洗衣洗脸洗脚的污水，就从屋前泼去，街道边的下水道散发出一股酸臭味。许多推车和赶牲口的人，既矮且瘦，伛偻着背，形容猥琐，衣裳破旧，说话声有如胡言乱语，声响又大，扯得脖子上的血脉凸现，像与人争执。遇到几个乞丐，头发如乱云，面皮黑得如锅底，日间看像野人，夜晚看想必像野鬼。皇帝注视许久，忿懑不平地说："我当年做和尚，在外云游三年，穿戴也不至于这般腌臜。"冯胜笑说："今不如昔呵。宋时凡各店卖饮食的人，冠巾潇洒，用净盘盒装着新鲜的吃食。推车和挑担的人卖的各色物品，都新奇可爱。城中卖药和卖卦的人，都冠带整洁。御街青石板上一尘不染，哪比如今旧御道上石板残缺，多是弃物。御

---

① 煠蟹等：用大火烹制蟹，也可能是用油炸蟹。洗手蟹，将螃蟹洗净，加盐、酒、生姜、花椒等腌渍，相当于生食。宋人傅肱《蟹谱》记载：盥手毕，即可食，曰为"洗手蟹"。

沟旁原来遍植桃、李、梨、杏，如今哪里还有树？都被军民砍伐当柴烧了。宋朝时城里的乞丐，也有模有样，如果形貌太不堪了，众所不容，哪里能讨得饭吃。宋时的士农工商，诸行百户的衣装，都有各自的规矩，不会乱穿。如果外来人被京城的人欺了，城里人不护本地人，都救护外来的人。现在世风日下，城里的人多欺外地人。"皇帝问道："你看汴梁还有几多宋时遗风？"冯胜道："十分的文采风流，只剩下二三分了，差不多蒙了胡尘。"

　　冯胜送皇帝回宋朝旧宫，在宣德楼前与皇帝道别，欲归城外的行营。皇帝手拍了拍朱漆门上的金钉，脚尖踢了踢墙基的砖石，崩落一些表层的陈灰。残损的城楼还能看到镂镂着龙凤飞云，雕甍画栋上的彩绘剥落许多，琉璃瓦上生出野草，朱栏彩槛已露出斑驳的陈迹，问道："我们若在这里建都，重新修复宋朝剩存的宫殿，你意下如何？"冯胜摇头道："好是好，却大不如金陵形胜。"

垂拱殿问答

　　晚间，皇帝差太监去宣蓝玉来垂拱殿。蓝玉明白皇帝召见的意图，自己虽然间接知道一些将校的作为，有的私卖战马，有的掳掠奸淫妇女，有的攻下城池后搜括钱财三日，有的家奴倚仗着主人的威荣，在京城和地方欺诈百姓，但自己断然不能说。倘然有人怀疑自己是高见贤那种人物，将来在军中无立足之地；如果不说这些事，又如何搪塞皇帝呢？皇帝见蓝玉来了，就搁下笔，抬头就道："朕差你打探的事，你都探听到甚么？"蓝玉果断地说："臣来到大军营，就跟着徐帅出征，并不曾听说哪个将帅有不法的事，倒是听到他们很多人争抢着出战，想多立些战功，将来能封公封侯。"皇帝见他似乎有意回避，淡然地笑了笑，说道："竟然怎样么？你知道冯胜有甚么隐事？"蓝玉赞赏道："听说他平时喜欢看古书，当世儒将。"

　　蓝玉看着皇帝似笑非笑的神情，怕皇帝继续催逼，忙换了一个话题说："禀报陛下，常帅近年身体有隐疾，已不如往年怎的强健了。"这话果然引起皇帝的关注，忙问缘由。蓝玉说："臣一行人来了大军营中，已是黄昏，徐帅正在中军大帐议事，臣便在帐外窥探，看见常帅手掌支撑着半边脸颊，闭着眼睛。徐帅问他身体不适么？常帅张开眼睛笑说近日军务多，晚上睡得不安，只是想睡一会。徐帅以为他困倦了，请他先回营歇息。常帅却摆手说不妨。臣看见常帅的气色确实不佳，他却不愿让徐帅知道他有病，免得徐帅挂虑，只与我说他身体大不如前。"皇帝忙问："有甚么病症？"蓝玉有些忧虑地说："常帅说每日经常头痛，有时天旋地转一般。起床后腰背也经常痛。跨鞍上马时，腰生硬得不能扭转，有时又感觉头晕，胸口也隐约有些刺痛，不知是甚么疾病。"

　　"莫不是心痹症？"皇帝嘀咕一句，皱着眉头，沉吟好一会，说道："常遇春是一条铁汉子，不想旁人知道他有病，你知道便是了，莫再说与他人知道。我回京后，差一个御医带药来与他治病。你告诉他，多多歇息，休要如以前一般逞强了。"蓝玉道："多谢陛下。若常帅无病，早就在阵前生擒郭云了。"皇帝好奇地问道："那个郭云十分了得，是甚么人？如今关押在何处？"蓝玉道："郭云是南阳人，本是一个读书的秀才，见元末天下大乱，聚集义兵保裕州，元朝皇帝封他为湖广行省平章政事。因中了徐帅的计，逃脱不得，如今在汴梁城关押着。"皇帝说："看来他也是一个作武将的文官，与李察罕出身差不多。"皇帝对侍立在旁的胡政说："令金吾卫亲军速带郭云来见朕！"胡政领命，就出了宫门。蓝玉担心郭云强悍不屈，惹皇帝恼怒，一气之下杀了他，婉劝道："郭云真是一员猛将，元朝难得有他这样的忠臣，陛下若能劝降他便好了。"这话说得皇帝心动。

蓝玉于是将那天的见闻发挥一番，说道："那日臣跟着徐帅和常帅来到裕州城下。看见城头旗帜飞动，守卫森严，全无松懈之象。徐帅用马鞭指点城头说，想不到裕州弹丸之地，还有这等猛将，如能招降就好了。徐帅的帐下有一员偏将名唤曹谅，自恃有一些武艺，听说郭云喜欢阵前单打，他想先去会一会。徐帅不许。"皇帝道："那个曹谅想必喜欢听人说三国。他不知道宋元间说书的人喜欢评定武将们的武艺高下，就编造两军在没开战之前，将帅们率先出阵单打独斗的故事。真个厮杀起来，哪有这个打法，岂不是将帅打胜了，大军就能取胜么？"

蓝玉顺着皇帝的话说："陛下所言极是。徐帅向来不准将校在阵前单挑。那天阵前军马声嘈杂，曹谅想必没听见将令，领着一队军士，来到城门一箭之外。郭云领着一千余骠骑出城。曹谅挺枪去战，郭云手持一杆三尖两刃刀，二人斗了二三十回合。曹谅体力不支，被郭云一刀砍碎右腿护甲。曹谅无心再战，转马回来。郭云拍马来追，徐达忙唤薛显领五百军汉去救，常帅也挺枪赶去，战退了郭云。"

皇帝问道："曹谅违抗军令，徐达是如何处治的？"蓝玉生怕皇帝责怪徐达，很小心地说："徐帅唤曹谅进帐来见。两名军士左右挟着曹谅，他瘸着腿进来了。徐帅责打他十军棍。曹谅说他端的没听见将令，老实认了错。"皇帝笑说："徐达向来爱兵爱将，不会重罚他。你说郭云怎地了得，如何活捉了他？"蓝玉道："徐帅与众将商量战法，又定下一计。休兵三日后，常帅单骑来到城下挑战，郭云领了三千人马冲出城来，常帅转马便走。郭云领兵来追，来到一处草深林茂的地面，徐帅和薛帅领着一万余人拥了出来，将郭云三千人马围了三重，任凭郭云左冲右突，直是杀不出去，才将他捉了。冯帅要杀了郭云，徐帅说要留着他这样的猛将才好。"

皇帝挥手道："晚上带郭云来垂拱殿见我。"蓝玉很担心皇帝的安危，忙说："郭云武艺高强，陛下晚上见他，一定要给他的手脚戴上铁链，免得他发作起来，惊动圣驾。"皇帝冷笑道："老子既然敢见他，便不怕他发作。"

第六章

汴梁城杨希圣求雨　应天城刘伯温结怨

降将

皇帝坐在垂拱殿东阁的围床上，借着一盏素纱大宫灯看《汉书》，几案上放着两只龙纹青花高脚碗，盛着几种果脯。皇帝不时拈着山东大红枣子吃。

胡政来报："金吾卫军已将裕州的大头目郭云带到殿外，等候陛下圣旨。"皇帝说道："将郭云带这里来，朕要见他。"胡政嗫嚅一会，才说："陛下，恕奴才多嘴一句……"皇帝道："说！"胡政很小心地说："陛下，奴婢听说历来献俘和发落降将，都在午门外和奉天门前，哪能在上位的行宫里哩？"皇帝立即变了脸色，喝道："你休要与朕议论规矩，规矩都是朕定的，改规矩也是朕。你这次首犯，他日再犯一次，便将你逐出宫去，充作净军①。"胡政吓得忙跪下叩头道："奴婢再也不敢了。"皇帝估计胡政心有不服，问道："朕改不得规矩么？朕要在这里见郭云就不行么？"胡政惊惶地说："皇上改得改得，恕奴婢无知的死罪，皇上说得是，奴婢这就去传唤。只是奴婢有一个担心……"皇帝道："你只要不与朕议论规矩便是，你担心甚么？"胡政说道："奴婢担心那个郭云勇悍无比，到了这里，恐一时看觑不准，他发作起来，恐惊动了皇上。"皇帝笑了起来，说道："胡政，你多虑了，就算我与他赤膊相扑，他也未必能占上风。我在濠州时，也曾学过技击，十八般兵器不说件件使得活泛，刀枪弓箭还是使得。传朕的话，让张焕去领郭云来，不要给他上枷。"胡政道："奴才遵命。"

片时，胡政来报："陛下，郭云带来了。"皇帝眼不离书，招招手说："让郭云进宫来。"张焕与两名带刀舍人进来了，说道："上位，郭云已经提进宫了。"皇帝说："好呵，我来看看这条南阳好汉。"他跐着鞋，下了床，一手卷着《汉书》，一手背在身后，跐步出了暖阁。郭云槛至汴梁城，吃一顿杀威棍棒，就一直关在城中

---

① 净军：用阉割的男人充当军士。

的军牢里。今晚被军士提取出来，不知要到哪里去。他进入宫门，看见各道门边都站着许多带刀的侍卫亲军，不见一个闲人行走。夜色之下，殿宇肃穆庄严，他竟然有些心慌。几名亲军领着郭云进入宫殿，他愣愣地站着，环顾宫殿四周，宫灯明亮，陈设富丽，亲军侍卫在四围肃立着。他不知道将见到甚么人，满腹猜疑。

皇帝远远看见一条凛凛的大汉，三十多岁，身长八尺有余，比亲军侍卫还要高大。张焕喝道："郭云跪下！"郭云看见一个年约四十左右的汉子，从东耳房出来，身穿黄色圆领窄袖盘龙袍，头戴折上巾，三绺胡须，眼大眉浓，面容冷峭而威严，想必是明朝的皇帝。郭云十分犹豫，当时不跪徐、常二位大将军，此时要不要跪大明的皇帝？身为大元的大将，自己的皇帝还在大都。他没有昂然抬头，但也不回避皇帝的目光，直愣愣地看着他，没有下跪。皇帝直视着郭云，郭云竟敌不过皇帝的目光，不自觉地将目光垂向地面。皇帝问："你就是郭云？"郭云不答。皇帝一直向前走，张焕、郑泊按剑护在皇帝左右，生怕郭云发起狠来，伤了皇帝性命。

皇帝靠近郭云，又问："来者就是郭云么？"郭云犹豫一会，才说："是。"皇帝站在郭云面前，相距不过两步，上下打量，真是一个状貌魁伟的汉子，比自己还高半个头哩，问道："你知道这里是甚么所在？"郭云冷然答道："不知。"皇帝说："这里是前宋的垂拱殿，是汉家的宫殿，如今是朕的行宫，晚上朕便睡在东耳房里。"郭云沉默不语。皇帝说："朕钦服你是一条好汉子，以前心向着元朝，也不是你的罪，却是你的忠和义。朕当年也是元朝皇帝的臣民，但如今元朝天命已尽，将要退还漠北，大明朝开了国，你是汉人，已经是大明朝的人了，朕便让你来汉家的宫殿里相见。你应当是一个明白天下大义的人。"这话说得郭云怔怔的。皇帝忽问："你认识字么？"郭云道："识得一些。"皇帝道："你道我手中是甚么书？"皇帝将书的封皮亮了出来，郭云道："《汉书》。"皇帝道："你认识字，就读一段听听。"就将书递与郭云，不容郭云犹豫，只好接了书，随意翻开，朗朗念道："……去病为人少言不泄，有气敢往。上尝欲教之吴、孙兵法，对曰：'顾方略何如耳，不至学古兵法。'上为治第，令视之，对曰：'匈奴不灭，无以家为也……'"皇帝听他念得如此朗畅，人又雄伟，心中十分喜悦，打断他道："好了好了，你可知这是写谁？"郭云道："霍去病。"皇帝点点头，伸出手，郭云将书递还。皇帝接着书，拍了拍郭云的肩膀，笑道："不怕死的郭将军，还会熟读《汉书》，真是难得呵。你在大都有一个皇帝，但大明军很快便要攻取大都，那个皇帝会退到关外去，你愿意认眼前我这个明朝皇帝么？"郭云怔了片时，张焕道："郭将军，你还不谢恩。"郭云感觉整个身体都不听自己使唤，双腿一软，就跪下了，以头触地，叩了三响，说道："郭云拜见陛下。"

皇帝朗声而笑，扶他起来，说道："你拜了我，君臣名分已定，从此就要守我大明朝的法度，安守为臣的本分，朕定不会埋没你的文武才具。"郭云道："谢陛下。"皇帝问："你守的那个裕州城，据说墙不高，兵也少，如何挡得住徐达的大军十几天？"郭云道："裕州城外竹子多，桐树多，臣得知河南许多城池都被大明军打下，就让全城军民在城外砍竹造箭，收集城中居民家里的桐油，城中也备了五六个月粮草。徐将军兵临城下时，臣都作好了战守准备，因此坚守了十九日。"皇帝道："那个常遇春善攻，你郭云善守，将来定是一员猛将。"郭云道："陛下过奖，臣只是一介武夫。"皇帝道："朕看你能文能武，但眼下朕不用你的武功，要用你的文才。今晚就不要将郭将军送到牢里去睡了，给他安排一间洁净客舍住着，朕要授他一个知县做。"

郭云跟着亲军离去后，皇帝对张焕、郑泊等亲军说："你们看见没有，当日郭云临死不惧，倘若常遇春一枪刺穿他的咽喉，他死就死了。可如今如何了？不惧死的硬汉，朕只消与他说了一番道理，他不就认了我这个皇帝么？朝廷便多了一个忠勇之臣。我不是为自己留着，是为太子太孙们留着，将来朝廷有急，郭云这等好汉便用得上了。"张焕等人不敢多议，都说皇帝圣明。

几日后，皇帝下诏授郭云为溧水县知县，赠官服、书籍、盘缠和车马。郭云既感激又意外，临行前到宫中拜辞皇帝，说道："臣是一条粗汉，不是一个读书人，愿作一个小军。"皇帝说："你能读《汉书》，如何不是读书人；你还年轻，将来朝廷有战事，随时可以调你出征。朕先让你作县令，算是储将。你在元朝做到湖广行省平章政事，在朕这里暂时委屈你，过一年半载，便升你的官。你政事之余，看些历代兵法，顺便搜捕一些山贼，在溧水县百姓那里留一个好声名。"郭云领了圣旨，拜别皇帝，带着配给的一个书僮和一个老军，投溧水县去了。

次日，徐达与常遇春、冯胜等大将从城外行营出来，到宫中拜辞皇帝，渡过黄河，回到河阴大营，一则训练士卒，二则调整山东、河南各地的兵马，安排北征事宜。数日后，皇帝令江西行省左丞何文辉守河南，任亮守嵩州。徐达见河南有何文辉来接手防务，就放心了，令康茂才进兵河北，打下陕州北面的安邑、夏邑二城，阻挡元朝陕西行省的军马北上。

皇帝下诏将汴梁路改为开封府，设置中书分省，心想汴梁是杨宪说降的，先让他管着，下旨将杨宪调至河南，任行中书省右丞相。杨宪觉得做京官不如做地方官自在，欣然赴任。

求雨

转眼到了六月中旬，汴梁的天气极热，二十余日未雨，黄河有些河段的水见底。大风一来，城内城外风沙满天。白天皇帝在垂拱殿中批阅各地呈来的奏章，晚上看书通常汗水盈颊，中官要多次捧来冰凉的井水给皇上擦拭，旁边还有两个亲军为皇帝不停地摇蒲扇。

杨宪自应天城来到开封府赴任，先拜见皇帝，得知皇帝为久旱不雨焦急，进谏道："陛下，何不设坛求雨？以诚意感动上天，自古都是如此。"皇帝道："杨爱卿说得是，朕担心失德，被上天见惩。"杨宪道："刘伯温精天文历算，当令他推算汴梁下雨的日子。"皇帝问道："开封城中可有道士能求雨？"杨宪道："臣还不知道。"皇帝于是令杨宪在城中先寻几个道士，设坛祭天求雨，并付手谕与刘伯温，令他吩咐司天监推算下雨的日期。道士们求了数日雨，天上一片厚积的云也没有，皇帝以为那些道士法术不高，斥责一番，问杨宪还有甚么妙法。杨宪说当世刘伯温最精通天文地理，再派人向他咨询求雨良法，令他同在应天城设坛祈雨。他法术高深，求雨比我们管用。皇帝心想使者来回再快也要十余日，因此令道士们仍在汴梁城继续求雨，且等待刘伯温的回音。

皇帝在炎热里度过十二日，使者从应天城带来了刘伯温的书简。刘伯温禀报皇帝，他已经在钟山之阳设坛祭天求雨。上天久不雨，当是朝政官吏失德荒政所致，请皇帝下旨斩贪纵不法的中书省都事李彬。斩之，即有雨至。皇帝问杨宪道："你知道李彬是甚么人么？"杨宪暗自一惊，说道："李彬是丞相推荐入省中的，平时喜欢高谈阔论，其他也不甚知道。"皇帝问道："他平时是不是贪婪的人？"杨宪说："臣并未听闻。"皇帝自语道："刘伯温在奏章中只说李彬抽调到刑部时，收受某被告人银子六十两，擅改证词，这个罪名说大不大，说小不小。"皇帝求雨心切，并未计较大明律上的罪犯轻重，十分犹豫，问道："刘伯温要杀李彬，你道是当不当杀？"杨宪心想刘伯温斩李彬，必得罪丞相李善长，权衡好一会，才说："刘伯温为人耿介，执法公正。他请陛下斩李彬，必有可斩之罪；他敢说'斩之，即有雨至'，这一场雨定然被他算准了的，那便由着他。"皇帝一心想着求雨，没有去想杨宪的心思，说道："正月初四无雨，已被他算准了。这回若杀一个贪官，换来几天大雨，算是舍小求大。但得他这回也能算得精准。杨爱卿，你看来也想让朕发落一个斩字？"杨宪道："臣不敢，只是略陈陋见，这本奏表上盖了御史台的大印，还盖了'太子之宝'，望陛下圣裁。"皇帝自语道："这事太子也是知道的，朕不在京，太子也可理政，想必也是同意杀的。"就提起朱砂笔，在一张黄纸上写了六字"准斩李彬。钦此"。

索题

黄昏时，刘伯温从宫中出来。他与丞相李善长为李彬的事争了几句，心绪不佳，差小厮请小铁冠道人来松筠轩饮酒，归时已是未牌时分，到了文庙前，有两个人站在门外，见了刘基归来，忙迎了上来，笑道："刘大人，小的在此恭候多时了。"

刘伯温看了看二人，觉得有些面熟，各人手中都提着包袱，以为是礼品，心中厌恶，冷淡地问："二位有何公干？"一人赔着笑脸，说道："小的前来请刘大人鉴定古画。"二人通报了姓名，说都寓居在京城，以笔墨丹青混些生计，经常收一些民间的古字画。刘伯温自从做了御史中丞，不时有朝臣晚间前来送礼，都被他叱退。他见来人素不相识，又是来请自己鉴定古画，微微有些笑容，说道："老夫略通经史，却不长于书画鉴赏。"另一人笑道："大人不必过谦，家藏两幅名画，想求大人在上面题咏。"刘伯温说道："先看一看无妨。"

刘伯温引他们进入书斋，野烟献茶，秋航放下湘帘。二客将包袱放在几案上，小心地打开，拿出一轴，解开锦带，刘伯温托着一端，缓缓地展出画心，是宋人绢本立轴《潇湘渔隐图》，无署名，另一幅为前宋马远《沧江独钓图》。刘伯温不能确定真伪，就寻觅前代及当代人的题跋。前一幅有大元翰林学士承旨赵子昂的题字，刘伯温学过赵字，一眼就看出这字笔精墨妙，是赵学士的真迹无疑；第二幅有元朝奎章阁侍书学士虞集的题字，确信也是虞集的真迹。众人一起品画。过了半个时辰，两位来客道："大人题咏不必仓促，画就放在大人这里，大人题好后，小的再来取。"刘伯温道："也行，我观赏几日，有诗兴时一并题了。"二客告退前，其中一人打开包袱，拿出一瓶酒，说是乡里的陈酿，权作润笔。刘伯温呵呵一笑，就收下了。

小铁冠道人过几日想离京，到扬州云游去，日间无事时来城北御史台访刘伯温。这日刘伯温不在，估计在司天监研讨天文和历法，推算天象。小铁冠道人就来到御史台经历钱用壬的值房。用壬与伯温颇有交情，又喜谈三教九流，就请小铁冠道人一起喝茶。有一个人经过值房前，看见小铁冠道人，就停下脚步，问道："你就是那个龙虎山的道士？"小铁冠道人见他问得突兀，微微点头。钱用壬介绍说："这位是盛大人。"小铁冠道人听说御史台有一个叫盛原辅的监察御史，常与刘伯温意见相左，想必是他了。钱用壬说："进来吃杯茶去。"盛原辅进来了，也不坐下，说道："刘大人处事责全求备，性子急躁，肝火太盛，容易伤身，你与他有交情，不妨劝劝他。"小铁冠道人说："此话怎说？"盛原辅端起一盏茶，喝了一口，说道："皇帝离京北巡后，我等本以为免了一日三朝，能多些闲暇，早上不消起恁早了。刘大人却命我等准时画卯，晚来一刻便要罚钱粮。他自个也未见半丝闲暇，每日早出晚归，朝中大小事都要过问，稍不如他的意，便要发火。"钱用壬笑道："盛大人早晨贪睡，被罚了两次，因此有牢骚。"小铁冠道人毫不客气地说："你早起三刻便不会误了画卯。御史掌朝廷纲纪，这是刘老先生的职事所在，你又何必多言！"盛原辅嘲讽地说："大事严加纠察便是，每日百官到衙门里画卯，晚了一两刻又有何妨，他还去查这等细琐的事？有几回五品以上的朝臣没有及时到官署当值，被他查出，禀报了太子，扣了半月禄米。他还查出两个城门小吏敲诈的事，杖责四十。这都是兵马指挥司的事，他也去管。"钱用壬为刘伯温辩解道："刘大人是怕祸患起于毫微。等皇帝北巡回来，他便不会大小事都管着了。"

刘伯温从外面匆匆归来，径自来到值房里坐着。小铁冠道人来到刘伯温的值房，见他面有怒色，笑道："先生面带秋霜哩。"刘伯温不答，翻着案上的卷宗。小铁冠道人劝道："先生莫非又遇到不顺心的事了？切莫生气，《黄帝内经·素问》上说怒伤肝。"刘伯温气咻咻说道："刚才进宫去见太子，东宫正门的亲军竟在值房内下象棋，我进去都不晓得。开国不过数月，宫禁竟这般粗疏，万一有不法之徒混进宫中，如何是好？"

小铁冠道人心想老先生过于固执。亲军整日面对着宫门与宫墙，窥不到半点绿野风光，如何不闷，偶尔作些游戏，并无大碍，就笑说："寻常人连皇城都进不了，如何能进入禁卫森严的宫城？凡能进入东宫的人，往往都是朝臣，亲军难免不会懈怠一些。"刘伯温正色道："你有所不知，皇帝离开京城前，便将风纪纠察的事托付老夫。宫廷护卫非同小可，如有不法之徒混进了宫，惊动皇后与太子，皇帝回来后，我这副老面皮向哪儿搁！如若有人入宫行刺，老夫担不起这个干系。你不知元朝宫禁松弛，有无赖之徒穿着官服，混进宫内，吃喝逍遥，好几天都不出来；更有甚者，外人与宫女私通，宫女有了身孕时，朝臣却寻不出皇帝临幸的记载，才被发觉。"小铁冠道人说道："老先生说得也是，那几个下棋的亲军后来如何处分了？"刘伯温道："老夫禀报了殿下，太子同意责打亲军各二十棍，发放些许盘缠，遣回故乡。"

小铁冠道人心想太子不会这样苛刻惩处，想必都是老先生的处分意见，太子认可而已。小铁冠道人与刘伯温说了几句话，刘伯温就说公事在身，不及奉陪，小铁冠道人知趣，就告辞了。

夜访

小铁冠道人晚上来文庙访刘伯温，在条案上鉴赏那两幅名画。刘伯温已在画上各题了两首小诗，小铁冠道人念着："山绕沧江一钓船，又随斜日下长川。小鱼不食大鱼去，风定远林生白烟。——先生想必极喜这幅独钓图？"刘伯温笑道："诗不过是借画寄情而已。无奈我的俸禄薄，不然，我也想花些银子，收几张唐宋名画。"小铁冠道人问道："诗中的小鱼大鱼莫不是有深意？"刘伯温说："你还要索隐不成？"小铁冠道人笑了笑，又看另一幅所题："夕阳山下水粼粼，一叶轻舟钓白蘋。漫道江湖堪浪迹，荻花风雨更愁人。——江湖愁人，庙堂也愁人，前人所谓大隐隐于朝，中隐隐于市，江湖之远才是小隐所在。"

刘伯温说："老夫身在庙堂，心在田园，只是想兼其所长。"小铁冠道人笑说："老先生平生嫉恶太甚，怕难兼得。"刘伯温叹息一声道："题了这两首小诗，聊以自遣而已。"小铁冠道人说："天下没有无端的人情，他们悷久不来取画，恐怕有事求于先生，先送两幅古画给老先生。"刘伯温道："中书省都事李彬出了一件事，不知你听说了么？"小铁冠道人说："我哪里知道，先生若说与我听，我不会外传。"刘伯温说："中书省都事李彬，在京城有一个同乡，因盗窃杀死人，按律当斩。今年初设刑部，尚书还空缺着，刑部许多副职不够，丞相便抽调李彬去刑部兼任照磨，他收了同乡的钱财，擅改证词，想让刑部将死罪判成流放，被原告揭发了。皇帝一心想要吏治清明，才开国几个月，竟出现这等腌臜的事！"小铁冠道人问："先生如何了断这桩案子？"刘伯温厉声道："不杀他杀谁！"小铁冠道人看刘伯温一眼，他满脸微微泛红，大似肝火炽盛，就问："那这两幅古画的用意何在？"刘伯温道："这两幅古画的来头可大了。前日，李相公亲自来御史台，他知道我喜欢钟鼎古玩字画，差两个门客送来的，哪是要我题咏哩！不过是雅贿。"

"原来是这样，不送钱钞送古画，不失风雅。"小铁冠道人笑说。他心想丞相是天子以下第一人，情面不小；皇帝如今在汴梁，如果老先生将李彬拘捕，录了口供，将他录入秋后决斩名单中，等皇帝回来再议不迟；既然李彬是丞相的同宗亲戚，丞相定会去皇帝面前说情，李彬不至于赔上一条性命，御史与丞相不会因此伤了和气。老先生为何这样急迫要杀李彬？小铁冠道人知道刘伯温虽然为人刚正不阿，但也难免意气用事，婉劝道："老先生不消愊急，我以为等皇帝回来处分不迟。"刘伯温道："这事我自有主见！"

这些日子，晚间常有一些朝臣来拜访刘伯温，还有一些打官司不服判的百姓，也来文庙前跪拜叩头，嚷着要见铁面刘御史。刘伯温不胜其扰。他吩咐林老门人遇到这些人，一律婉言劝退，不要通报自己，还在文庙正门边贴了一张告示：

　　谨启。某公余，颇好清静，因私、公事求谒者，可于每日卯时至辰时至御史台，此外一切谢客，祈请谅之。

　　　　　　　　　　　　　　　　　　　　　　　　　刘基顿首

这天晚上，刘伯温正在看书，老门人来叩他书斋的窗棂，低声道："启禀刘先生，有一个来客名叫王濂，自称是中书省员外郎，敢问要不要放他进来？"刘伯温有些惊异，王濂是李善长的内兄，来应天城多年，为人处事从不张扬，亦不涉朝中是非；自己平时与他往来不多，他今夜来访，莫不是来说情？于是淡然道："请他进来。"才一会儿，他听到窗户外面脚步声响。老门人再次来报："刘先生，王大人在门外求见。"刘伯温说声"来了"，前去打开门，笑道："习古兄枉驾，老拙迎迓来迟，请进请进。"王濂道："老先生客气了。"二人入座后，一个老年差役献上茶，就恭敬地退去。刘伯温道："王先生有何见教？"王濂说："刘老先生是极高明之人，我今夜前来拜访，不说你也知道七八分，似是说情，实非说情。"刘伯温抚髯笑道："你若不是说情，必有高见。"王濂道："岂敢。不才素不喜搬弄朝中是非，只是前来说说利害。"刘伯温道："你直言便是。"

王濂道："今年中书省向皇帝奏定六部官制，皇帝虽有尚书和侍郎的人选，但很多人还得依中书省的抬举。——老先生听说过世家宝这个人？"刘伯温说："知道。他是元朝武将，当年镇守在莱阳①，傅友德攻打莱阳时，他知道守不住，便到傅帅的军门献降，说起他做甚么？"王濂道："偏偏是这一介武夫，却将作礼部尚书。"刘伯温笑道："元朝文臣中许多人不但有将才，而且饱读经史，譬如余阙、贾鲁、董抟霄等人便是，世家宝如何做不得礼部尚书？当日皇上要我们举荐几名尚书人选，令妹夫向皇帝推荐世家宝，老夫也在场。"王濂道："老先生有所不知，他不过为傅帅草拟了几篇军书，丞相见他有文才，便请皇上将世家宝从军中调到中书省。今年年初，皇上与丞相等人议建六部事宜，丞相才向皇帝荐举他做礼部尚书。滕毅本是平江城外的一个书生，徐大将军攻打平江时，他来拜见大将军，徐达见他能文墨，便留他在帐下草拟军书，后来中书省要记录吴王的日常起居，设置了起居注一职，徐达将他举荐给圣上，与杨训文、杨思义同为起居注。丞相很看重滕毅的才干，荐举他为吏部尚书。中书省经历樊鲁璞是和州人，荐举他为吏部侍郎。去年，圣上才设司农卿，杨思义是定远人，丞相荐举他任了这个职。钱谷的事一直都隶属中书省。今年六部要选一个户部尚书，丞相又推荐了司农卿杨思义作户部尚书。司农少卿刘诚是定远人，推荐做户部侍郎。周祯主持大理司，丞相抬举他做刑部尚书。老先生想必知道，盛原辅是监察御史，是你的部属，丞相拟荐他作刑部侍郎，还有将作司卿单安仁拟为工部尚书……"

刘伯温插一句道："若说前代礼制，钱用壬不逊张昶，学问更在世家宝之上。"王濂道："老先生看不出个中玄机了么？只因钱夫子与你声气相投……"刘伯温想起自己曾向皇帝举荐钱用壬，都为中书省大臣所驳，皇帝因此没有采纳，点点头说："这么说来，中书省自然不会抬举他。盛原辅虽是我的部下，行事刚正，多次与我意见相左，让他做刑部侍郎也好，不让老夫有偏颇之失。"王濂道："刘老先生为人耿介，小可方才与你说这一番心腹话。朝中将来设了六部，你看看有几个人是你荐举的？你便是圣贤，总不免有差失，来日只要有一官弹劾你，便会有百官跟着投石。小可实在不愿看见老先生这样的刚正之臣，受人排挤。"

刘伯温笑道："你不说情，其实很会说情，搬出这些人事来吓唬老夫么？倘若朝臣要弹劾刘某，刘某有罪自是有罪，无罪终归无罪，一身老骨头，又怕个甚！"王濂正色道："老先生恁地说，便曲解不才一番好心。这些人事尚不曾公开，还请老先生替我守密则个。"刘伯温说道："我自会替你守密。你的用心老夫自能体察，十分感谢了。"

王濂喝完杯中的残茶，站起来作揖道："已经坐久了，不打扰先生夜读清兴，告辞。"刘伯温站起来，与王濂相视，说道："恕老夫实言，你处事清简，其实见识与气量远在令妹夫之上。"王濂道："老先生过誉了，留步留步。"刘伯温道："皇上竟然不重用你，老夫去皇帝面前推荐如何？"王濂摆手道："不可不可。在下的妹夫

---

① 莱阳：在今山东省莱阳市。

在朝为丞相，我自当回避，老先生万万不可多事。"刘伯温道："也好。我送你。"刘伯温送王濂至正门外，拱手作别。

稀客

次日，初更时分，老门子来刘伯温的书窗外高呼："禀报刘大人，李相爷来访。"伯温有些意外，忙出来相迎。

差役献上茶，二人分宾主而坐，丞相四名随从都坐在书斋外客堂里。李善长在条案上摊开古画卷轴，细细鉴赏，说道："诗画相彰。老先生的书斋墙壁虚白无物，若挂着这两幅古画，便见雅致。"刘伯温说道："画是好画，但老夫看几日便知足了，题诗后还得归还原主。"李善长说题画诗不落俗，有江湖闲逸之趣，就转入正题，说道："下属李彬出了这等事，实属不赦。"刘伯温问道："昨晚有人来老夫这里细说利害，今晚相公枉驾寒舍，还有甚么利害要说？"李善长忙问："昨晚谁来了？"刘伯温道："你真个不知么？"李善长道："我端的不知。"刘伯温道："相公的内兄王大人。"李善长自语道："他来做甚？与老先生说闲话么？"刘伯温道："虽是闲话，但闲话不闲。"李善长道："我不曾请他来。"刘伯温道："我想也是，王大人有仁心，想必是为着老夫的好处才来的。"李善长问道："他说了些甚么？"刘伯温笑道："说些闲话而已。"

李善长揣摩着刘伯温的心思，说道："李彬是初犯，老先生姑且念他无知，将此事略搁一搁，等皇上回来后，再处治不迟。"刘伯温说道："皇上诏命不才设坛求雨，已经过了三两日，半点雨水也不见，这便是天怨，朝中出了贪赃不法的人。"李善长赔着小心，说道："下官向来以为天道人事，并不相干，还望老先生稍息愤怒，等皇上回来决断不迟。降雨要有云，一两日间云气也难凝聚，再过几天，云多了，定会下雨的，老先生何必太急哩。"刘伯温冷笑道："相公想必知道，周饥，克商而年丰；卫旱，伐邢而得雨。我夜来观天象，察阴阳，杀李彬上天必雨！"李善长并不信他的话，却说："刘老先生学问博洽，所言想必有据，不过且看在李某薄面，只求一事……"刘伯温淡然说道："请说。"李善长道："李彬贪墨之事证据俱在，他也供认不讳，下官只求暂缓驰报汴梁而已，恳请老先生不要托求雨之事斩李彬，等皇上回来再发落，老先生以为如何？"刘伯温明白李善长缓报的意图所在，一是皇上求雨心切，以一贪吏之命换半天雨水，皇帝自会准奏的。二是皇帝远在汴梁，得知朝中出现这样的事，必然动怒，且中书省官吏无一人在他身边，无人说情，定会批一个斩字。

刘伯温直言道："皇上离开应天时，话说得分明，丞相主持中书省，总理天下政事，不才主持朝廷纪纲。李彬以贪纵获罪，倘不重惩，不数年间，贪墨之风将盛行天下。"这一番话说得李善长面皮一阵红，一阵白，咬牙切齿，有些恼怒，反驳道："你不必危言耸听，哗众邀恩。圣上春秋鼎盛，上马能取天下，下马也能治天下，没有你这个御史中丞便会贪墨之风盛行天下么？你如此说置圣上于何地？视文武百官为盗贼么？"

刘伯温未料到李善长会这样反驳，先是笑了几声，沉吟好一会，语气不自觉地缓和许多："相公，一事论一事，你不必说得太远了。李彬是何等人物，劳相公挂怀如此？"李善长说："李彬虽无多少才德，好坏也是下官抬举的，他出了这样枉法的事，下官面皮上如何挂得住？我与老先生一同辅佐上位，也有许多年了，自有情分在。若刘老先生不给我半点情面，我定然心灰意冷呵。"刘伯温睨视李善长道："相公，不才身为御史台掌纠察，上叨天恩，下承民望，岂敢以私废公！宋、元以吏治宽纵失了天下，下官以为当朝治官当严，治民当宽。开国之初，正是要肃清纲纪的时候。若在下今日顾及情面，他日在皇上面前，却失了自家面皮。倘若刘某有偏颇不是之处，丞相可与百官当朝弹劾！"

李善长见刘伯温话说得这样直白，也无所顾忌，不做半点隐曲，直言道："如果老先生真是要秉公执法，我也服；我知道老先生向来轻视我的人品学问，我心实未甘！"刘伯温听了，忙赌咒发誓般地说道："不才岂敢轻视相公。我们也不消多争了，等皇上回京，老夫若有一丝一毫不是处，你当朝弹劾老夫便是！"丞相冷冰冰地说道："我不会弹劾你。你执意要斩李彬，有雨还好说，若天仍不下雨，你搪塞得了下官，岂能搪塞得了皇上，休说我不曾提醒你！"刘伯温摊开双手说道："依着圣意如何？"李善长咬牙切齿地说："好！"

刘伯温将两轴画卷起，系上锦丝带，拿在手上，换了话题说："画是前宋真迹，在下不敢收藏，请丞相捎回。字题在绫上，不曾题在画心，恐污古迹，惭愧。"丞相说："今晚不取了，过几日差人来取，下官告辞。"说时，从书房里拂袖出来。刘伯温出门送客，李善长说一声："留步。"刘伯温并未止步，直送李善长来到仪门外，二人不再说一句话。刘伯温看着他上了马车。

第七章

朱元璋痛骂刘伯温　徐天德远征大都路

南风楼

申牌将尽，斜阳从宫墙上投进来，映着中书省一排值房的窗棂。有一个身影进入省中大堂，看见起居注滕毅还在整理案牍，说道："满朝的人都回家快活，滕大人还在公干呵。"滕毅抬头来看，是司农卿杨思义，笑道："杨大人不也才回家么？"杨思义道："我晚上先不回家，有人请客了。"滕毅道："莫不是宁国知县胡惟庸来京了，是他请客罢？"杨思义道："正是，想必请了你。"滕毅说："他不曾请我，却蒙丞相吩咐在下去作陪，不知还有甚么人。"杨思义道："你来了便知。"

二人正说着，李善长与胡惟庸从丞相值房出来，旁边跟着将作司卿单安仁、中书省经历樊鲁璞。李善长在起居注值房外说："老滕，时辰不早，我们一起去。"一行数人出了省堂正门。御史台经历钱用壬去太子东宫递送文书，从宫中出来，恰好经过中书省门前，远远看见李善长身边有一个人不甚面熟，其人五短身材，体形微胖。钱用壬来到丞相身旁，拱手道："相公，省中又来贵客了？"李善长道："来来来，你们就此相见，这位是御史台经历钱用壬，元朝南榜进士第一，在元朝做过翰林编修。这位是宁国县知县胡大人。"钱用壬连忙向胡惟庸作揖。胡惟庸作揖相答，说道："钱先生当世名儒，久仰，久仰。"他看着李善长，说道："既然机缘恁巧，不如请钱大人一起去吃酒？"李善长因钱用壬是刘伯温的部属，他们声气相投，并不想请他；因胡惟庸请他同去，只好说："正好，一同去吃酒罢。"

钱用壬心中颇为犹豫，心想如果去了，很多人将误以为自己是丞相的人，这固然没甚么不好，但只是自己不太情愿而已；如果托辞不去又恐拂了丞相一片盛意，也有些踌躇。他转念又想，凡在官场优游日久，都要事先知道谁与谁交好，若要分别出来，一是酒席间，看谁经常作陪，二是在上司的客堂上，看谁经常去做客，因此忙道："多谢了，恭敬不如从命。"

酒楼在城南，名南风楼。丞相的马车先行，钱用壬坐在后面的马车中，仰见这座酒楼复道①交错、飞檐凌空，比官里修造的十几座酒楼都要奢豪。楼前停了许多马车和肩舆。他不知酒楼是城中哪位财主所开，暗自惊叹。他跟着胡惟庸等人从酒楼正门进来，大堂满是宾客，笑语声喧。丞相的马车停在后花园外，几个衣冠济楚的人迎丞相进入角门，引着他登上副楼的复道，进入主楼的迎熏阁。席设在阁中。钱用壬与众人从正堂楼梯登上二楼。他在窗间看见园门外有数辆马车，门外站着十几名身穿公服的差役，有的腰上悬着刀，有的手中绰着棒，门禁谨严。

胡惟庸请丞相坐在上席，他坐在左边，司农卿杨思义坐在右边，将作司卿单安仁和中书省经历樊鲁璞坐在他们的左右。钱用壬执意坐在丞相对面，这个座位是末座。一会儿，楼下又来了三人，是新入中书省的世家宝、监察御史盛原辅和司农少卿刘诚，接着来了两人，是太史院的张佑、张沂。钱用壬看满桌是十一人，如果自己不来，正好是十人一桌。胡惟庸审定菜谱，吩咐上菜。酒博士端来了几碟按酒食物，斟了酒。

酒席间众人都听丞相说话，但丞相绝口不议朝政。钱用壬觉得这一顿酒饭吃得尴尬，本不应当来，竟然鬼使神差地来了；或许因为自己这个局外人在，他们许多事都不议，心中有些不安。菜上齐后，钱用壬将每道菜都吃了，向丞相与其他人都敬了酒，又吃了两碗饭，腹中已饱，就说家中老妻还在等自己，站起来拱手，告辞了。他没有回家，却来文庙见刘伯温。

刘伯温得知他与丞相李善长等人在南风楼宴饮，说道："那座富丽的酒楼是李善长弟弟李存义所开，他弟弟虽无一官半职，又不是富翁，却建了南风楼，好大排场！"钱用壬问道："丞相的俸禄也不厚，他们哪来恁多银子？"刘伯温说："想必是定远的商人筹资与李存义合开，暗中一同分利。你去南风楼吃酒，从此便是淮党了！"钱用壬忙摆手道："我不是淮党，我哪是恁样的人！"刘伯温冷笑道："你说不是就不是？旁人却以一顿酒饭定你的取舍。"钱用壬问道："果真如此？我可不想攀附丞相那棵大树，不图将来的功名进取，只求远离祸患，今年还想告老还乡哩，能安享几年清福便知足了。"刘伯温唬他道："迟了。"钱用壬说道："真的么？我在朝做官不易，俸禄薄，家中饭菜油水少，清贫久了，只是想赚一顿酒饭吃。"刘伯温问道："席上吃了甚么好酒菜？"钱用壬道："有油煨金陵鸭、八宝蒸鸡、酸辣河鱼、鲜虾蹄子羹、荔子猪腰子、炙羊肉、酱制东坡肉……真个是山珍海味，水陆俱陈，金陵的美酒便有三种。"说得刘伯温口中湿润，觉得晚饭白吃了，腹中顿生饥饿感，说道："老夫游前宋汴梁时，在城中也遍尝美食，绍兴幽兰居士所著《东京梦华录》记载的吃食，所存已经不多了，很多变成胡人的饮食，大不对味。我在浙江时品尝过临安的酒菜和糕点，比汴梁的风味好。端的是南人南食，北人北食。"钱用壬说："正是。你切莫怪我一时嘴馋，惹出一身臊来。——你想知道南风楼宴饮的情形

---

① 复道：连接两楼之间的空中走廊。

么?"刘伯温想听,却道:"不想。"

钱用壬觉得他矫情,他未必不想知道,说道:"除了某一人外,其他人都是淮党无疑。"刘伯温不语,只浅浅地喝着茶。钱用壬接着说:"席间,李善长先问胡惟庸宁国县的事。胡惟庸说县中政通人和,百姓安居乐业,民风已见往古的朴厚,偷盗者极少,县城已见承平之象。李善长笑说持中不是百里之才,放在宁国县不过是历练,有些委屈他了。"刘伯温道:"胡持中的确不是百里之才,但做储相未必及杨希圣。"钱用壬说道:"那是。太史院的张佑、张沂也来了。"刘伯温有些吃惊,问道:"百室为何请他们?"钱用壬道:"不知道,但总有缘由罢。"刘伯温道:"张佑、张沂是元朝太史院的旧官,精通天象和历法,老夫曾向皇上荐举,说他们是能呼风唤雨的人。"钱用壬道:"李丞相问张佑和张沂近日天象如何。张佑说奉你的指令,日推夜算,但天象变化莫测,一时说不准。众人问他们如何演算,张佑道日间观察太阳,辨风向风力,晚上则观测星辰和月相,比较往年的占候笔录和四方观象台的风云月相奏报,反复推演,便能算出哪一天有雨,端的这么神么?"刘伯温说:"自古天象与人心一样,极为难测。你在席间就听到这些么?他们的正事不曾说罢?"钱用壬说:"不才以为他们会谈起李彬的案子,却无一人提及。"刘伯温道:"有你这个监察御史在,他们如何会说?你离席后,他们才会说的。"钱用壬道:"想必如此了。"

斩李彬

次日清晨,刘伯温才到御史台,通政司的差役将皇帝的手谕送至。刘伯温看了皇帝的手谕,怔怔地站着,既无惊喜,也不算失望。钱用壬近前来,低声问道:"圣上准旨了?"刘伯温微微点头。钱用壬道:"不才还是请大人暂缓。"刘伯温道:"我去见太子殿下,再行定夺。"

三日后,刘伯温差人带着皇帝的手谕和太子口谕,令刑部尚书和大理司卿从牢房中提取李彬。李彬原来以为丞相能保他性命,得知皇帝批了手谕决斩,大叫冤屈。街坊间听说刘御史要监斩朝廷的从三品①官,又是丞相的亲戚,轰动全城,许多闲人追逐着囚车,吵吵嚷嚷,拥到钟山之阳的祭雨坛下,看斩了李彬。

过了数日,钱用壬告诉刘伯温说:"这几日,不才在茶楼里吃茶,都听人说起御史和丞相之间的事,愈说愈奇,说丞相向御史下跪求情。有人说你当着丞相的面砸茶杯,给你取绰号为'铁面御史'。据说宫中的宿卫,当值的官吏,还没看见你的人影,只要听到你的脚步声,就会害怕。"刘伯温道:"你道我是凶神恶煞么?"钱用壬道:"恕不才多言,大人的面色着实不好,得闲时去太医院看看,院使郝致

---

① 从三品:比三品低,比四品高。

才医道寻常，太医孙守真、陆惟恭、葛景山，也算得上是当世名医。"刘伯温有些生气地说："生死有命，问医作甚！"

从应天到汴梁，每日都是赤日当空，千里无云，并没有半点雨意。各州县的许多稻田龟裂，水浅的池塘都干涸了，禾苗枯死大半，人与牲畜饮水不足，各地报灾的奏章雪片也似飞至中书省与太史监。李善长将报灾的奏章全部转至汴梁城皇帝行在。刘伯温开始心焦起来。皇帝见斩了李彬，天仍不雨，日忧夜虑，渐渐地埋怨刘伯温。皇帝实在想不出还有甚么地方获罪于天，令人草拟了一道诏书，传与各地，征询治旱良策。

刘伯温一直忙于朝中政事，未去太史监与众吏细细推算未来十几日的天气。他见皇帝征询治旱良策，立即上奏了三件事：其一，士卒亡故者，其妻悉处别营，凡数万人，阴气郁结不散。其二，各地工匠死后，骸骨暴露，当宜收葬。其三，张士诚的降官降将都不遣散，皆编为军户，足增和气。刘伯温知道这三件事与皇帝的北征和定都大计相比，小得可以忽略不计，但却是当事人天大的事，如果不在皇帝急于求雨的时候上奏，这三件事将一直悬而未决。

皇帝收到奏章，匆匆看了，认为刘基所奏是实，立即准旨："亡故士卒有妻室的一律抚恤，愿改嫁者悉听其便；应天城及各城市州县病亡工匠，以及野外遗骨，有司官都要收敛安葬；令军中原张士诚的部将老弱者、不愿再为官的旧吏以及不愿从军的人遣送还乡，发放盘缠。"皇帝以为这么做了，数日间定有雨下。刘基来应天数年，事事都被他测准了，求雨事关民生大事，他想必不会失算。皇帝按捺着性子等着，一天，两天，三天，没有雨，他仍平心静气地等；四天，五天，六天，仍没有雨，他还能按捺着焦躁，再等几天看看；七天，八天，九天，还是没有下雨。

此时，汴梁一带的黄河已经干涸，人马可以直接从河中走过。城中的井中都难以汲水，城上风沙弥天，赤日如火。皇帝终日话不多，也不见一丝笑容。太监和宫女们侍候皇帝的起居时，稍不称意，就受一顿痛骂。

痛骂刘基

第十日的清晨，皇帝早膳后，随行的通政司官吏送来许多奏章。皇帝以为又是中书省转来的各地灾情申告，看了几本竟然全是弹劾刘伯温的，有大理司卿周祯、中书省经历樊鲁璞、司农卿杨思义、将作司卿单安仁、起居注滕毅等十几名官员。单安仁指责刘伯温主持帝京营造，糜费实大，陛下求简他用繁；陛下思俭他用奢，不体谅国初民力，实为国蠹。大理司卿周祯指责刘伯温说，李彬虽然有罪，当由陛下回京后圣裁，刘伯温借求雨之名，邀旨斩李彬而天未雨，刘伯温当负失算之罪。连监察御史盛原辅都弹劾他的上司，说刘伯温学问空大粗疏，不知实务，性情怪僻，与人多忤。自皇帝北巡后，刘伯温在宫禁中擅权作威，除东宫而外，目中无人。皇帝看了全部奏章，虽然有一些事弹劾不实，捕风捉影，但有关斩李彬而天未雨的指责，却惹得他怒火中烧。

宫中有些燠闷。皇帝脱下龙袍，身着明皇色中单纱衣，早早地登上宣德门的城楼。满天晨霞，却没有一丝风，浑身热得汗出。到了辰牌时分，天边懒散地浮着几朵白云，全然没有一丝雨意。他在城楼上闷坐着，汗水从鬓角两边流到下颔，滴到纱衣上。午时，赤日炎炎，皇帝浑身汗流如雨。胡政送来茶水，皇帝以为是凉茶，喝了一口，水有些温热，将茶杯狠狠砸在地上，站了起来，吓得胡政慌了神，以头触地，全身战栗。皇帝突然大叫道："刘基呵刘基，你这厮负了朕一片心意，书竟越读越腐！愚昧至极！你要斩李彬，我依了你；你上奏那三桩鸟事，我也依了你。前后整整二三十日，竟无半点雨下。你这馕糠的劣货，看你做的好事！真个要戏弄朕不成！原来你是土中的曲蛇，满肚泥心，说甚么满腹经纶，识天相地，我看你就是一只黑蜣螂，满肚子的屎！"他越骂声音越大，城楼上远近的亲军都听见了，都装作未听见，更无人敢来劝慰。皇帝直骂得手发抖，身体颤动，口飞白沫。胡政已经不是第一次见皇帝发怒，但皇帝大骂刘基却是第一回，吓得不轻，跪着不敢起来。皇帝将平生所知的濠州当地腌臜话都骂出来，骂得有些疲乏了，在凉棚下来回踱步。

皇帝忽然喝道："胡政，拿酒来吃！"胡政忙爬起来，一路碎步疾行，到城楼下取了一壶酒，斟了一杯，放在红木托盘上，小心地端上城头，跪在皇帝面前，双手托盘过顶。皇帝一口气喝了几杯，说道："你别跪了，离我远点，热得人死！"胡政捧着空盘，低头肃立在宫门边。张焕从楼下上来，看见胡政这个模样，借着半扇门的遮掩，轻声地问："皇上又生谁的气了？"胡政不敢回头，也不敢说话，装作没听见，只是作些细微的手势。张焕不明白，又轻声问："谁犯了死罪，又要杀头？"话才说出，皇帝看见胡政的表情有些异样，喝道："做甚么？"张焕吓了一跳，慌忙进门，纳头便拜道："奴婢前来听皇上吩咐。"皇帝喝道："杀头？大明天下除了皇后与太子，任何一人都可以杀，你们信也不信？"胡政不敢回答。皇帝喝道："你们信也不信？"二人叩头道："奴婢信！奴婢信！"皇帝又想起了刘伯温，大叫道："那个刘基，便算他功高盖世，这番若惹恼了老子，只消老子一句话，便要砍了他的脑壳。当今天下，还没有我不敢杀的人！"皇帝气咻咻地踅了几步，接着骂道："刘基那个蠢秀才，口口声声说为我求雨，求了几十天，还杀了一个大臣，一滴雨没有，干雷连一点屁响大的声响都听不着。"

早过了午饭时，皇帝才下了城楼，坐在凉殿的交椅上，摇着扇，恼怒略微消减。亲军肃立门外，中官胡政等人垂手侍立屋角。张焕也不敢去劝皇上进膳，请来膳夫徐兴祖，让他去请皇上用膳。徐兴祖是徐达的远亲，性情忠厚，做得一手好饭菜，早在和阳时就给皇帝掌勺，极知皇帝的口味，如今在宫中主持御膳。十数年来，皇帝从未轻慢过他。此次北巡，皇帝担心饮食不适，将他也带来了。皇帝见了徐兴祖，有些惊讶。徐兴祖轻声道："上位，酒饭都备好了，请用膳。"皇帝摇摇头说："我气得不想吃。"徐兴祖道:"小人煮了些小米粥,还特地做了一碗肉末虾仁豆腐。"皇帝道:"我无胃口,喝几口粥罢。"徐兴祖与胡政提来膳食盒,将粥和菜碟摆在几案上。皇帝喝了几口粥,吃了几块豆腐,就说饱了。太监们呆呆地侍立一旁,皇帝先问了:"你们知我叹息甚么?"胡政说:"臣性愚鲁,怕猜不着。"皇帝道:"那个刘基坏了我的大事,我痛骂了他。念他从前的功勋,诚意跟随我多年,终究不忍心加罪他。睡了一觉,气也消了许多。上天好久不下雨,他竟不为我用心测天,我能不生气么?"胡政忙劝道:"天文玄妙,刘先生是要多用心才是。上位呵,生气伤身,奴婢请上位保重龙体为重。"皇帝道:"嗯,我知道。"

皇帝有些倦意,站了起来,躺在殿角的凉床上,睡了一个时辰,醒后坐在床边叹息说:"刘基呵刘基……"

皇帝在汴梁城大骂刘伯温的时候,刘伯温正在御史台批阅文书,打了几个喷嚏,好像应验着皇帝正在挂念着他。应天城太热,江上的风也是热的,如同一个大蒸笼,官服被汗水浸湿大半。他一手持着蒲扇,一手持着笔批阅,心神总是不宁;午间也不回去,在御史台值房的青砖地面,铺一张竹席,睡了半个时辰,一直未能熟睡,却热出一身汗。

他想前后一个月都未下雨,莫不是这回真的失算了,长长地叹息一声,翻身起来,拿着一把蒲扇,坐在书案前,想再批些文书,忽然搁下笔,掷了扇子,出门骑上马,径至太史监。通判太史监事、金判太史监事、校事郎、五官正、灵台郎等官吏都聚在一张几案前,一起推演天气。众人见了太史令刘基来了,都怔怔然不说话。刘伯温问道:"诸公辛苦了,二张如何又不在?"通判太史监事卓知微说道:"李相爷说太子近日阅读经史时,对天文和历法有些好奇,翰林学士们多不知天文,相爷就推荐了张佑、张沂二位先生去给太子讲课。"刘伯温道:"二张去了几日?"卓知微说:"去了十余日。都是每日上午辰牌时去,下午申时才回太史监。"刘伯温想起辰牌时,自己已经早从太史监巡查去御史台,那时张佑、张沂都还在。刘伯温点点头,嗫嚅着,才对众人说:"不妨,这回求雨推算失准的事,罪在本官,与诸公无干。"卓知微道:"大人,近日我们日夜都在演算天气,意见不一,本想与二张一起商量,可他们日日去东宫,回到这儿他们看了推演的文稿,便说近日有雨,演算无误。"他将一沓文稿递与刘伯温,灵台郎移来一把官帽椅,伯温坐了,一页一页地翻阅着演算文牍,边看边说:"真个演算无误么?我看越算越错。"看到后面几页,刘伯温粗略算了算,大惊失色道:"本官端的误了皇上的大事,以诸公演算的结果看,近几天无雨,要十一二天后才有雨呵!"众人也十分惶恐,面面相觑。刘伯温推开眼前的文稿,靠在椅子背上,心里郁闷极了,隐然感觉背部发胀,左面的肋骨里面也渐渐地痛起来。

元廷内乱

徐达已在黄河南岸安设大营，每日操练兵马，筹备粮草，准备起兵攻取大都，灭掉元朝。李思齐、张良弼见河南局势危急，不能再相互争抢地盘，要联手对抗盗贼才是，就遣使者去泽州见王保保，说自己以往出师攻伐，都是奉皇帝的圣旨，并非本意。王保保此时也深感孤立无助，红贼们都有了皇帝，建了明朝；自己与李思齐、张良弼争抢地盘，损兵折将不说，地盘最终都被朱元璋抢走了，于是让使者回去转告李、张二人，以后相安无事共抗盗贼便是。李思齐、张良弼稍安，领兵在沿路州县大掠一番，算是补充军中给养，然后挥师西归，将王保保的军马留与朱元璋去吃。朱元璋得知河南官军动向，批复徐达的奏章道"李、张不足惧，唯须严防王保保"。

七月初，朱元璋收到密报，得知貊高、关保奉元朝天子之命进攻王保保的地面平阳。此时，王保保孤守泽州数城，拥有的军马仍号称十万，可上不能得宠于天子，下不能交好于群雄，不敢轻易用兵。此时貊高为知河南枢密院事兼平章之职，掌握军政，与关保领着原来河南行省的数万官军，多次兵临王保保的地面。王保保不轻易交战。貊高、关保领着军马，四处游击，仿佛不是在征战，而是游山玩水，全无战功，军粮军饷越吃越少。许多士卒心想即使不战死，也会饿死，都逃回家乡去了。貊高、关保无奈，领着军马大掠祁县县城，挨家挨户搜刮余粮和银子。蔡子英得知貊高、关保的大营安在县城五里外的一座山下，山中杂树多，山道细，向王保保献出夜袭之计。王保保领着精兵三万人，半夜里潜行到大营外，突然放火烧杀，营中军马立即溃散。貊高、关保酒喝得多，又睡得熟，在行军帐中被擒。他们还以为在做梦，反复挣扎，以为醒来只是一场虚惊。

朱元璋得知元朝各路军马的乱象，觉得攻取大都越来越无悬念。中原仿佛是一局大棋，每一处棋的厚薄与死活都在他的深算之中。朱元璋揣度河南官军的形势，又付手谕与徐达："顷得消息，王保保意在自保，无力北顾，不必多虑，攻取大都之策，请大将军便宜行事。"

明朝皇帝卧在北宋的宫殿中看书，心想北方那个元朝皇帝此时在做什么——此时元朝皇帝午睡方起，中官进来道："陛下，王保保托貊高将军的断事官送来两只锦盒，说是泽州的方物，尚未开封，请皇上御览。"皇帝心想这是王保保在示好，忙说道："呈上来，看看他献了甚么宝贝。"

中官将锦盒放在宝案上，皇帝打开一看，竟是两个人头，双眼闭着，仿佛还在做梦，面皮上有无数细小的白蛆在蠕动，臭不可闻。锦盖内贴着纸片，上面用蒙古文写着"貊高""关保"的名字，皇帝忙用手掩着鼻子，大叫了一声，昏倒在椅上。断事官吓得面无人色，忙叩头说他奉王保保之命送来锦盒，并不知道里面装着人头。

太医赶来救治，过了好一会，皇帝才醒来了，忙让人传唤太子、中书右丞相也速、知大抚军院事伯颜帖木儿、完者帖木儿、同知大抚军院事李国凤等以及中书平章政事、枢密院知院、兵部尚书、户部尚书、左右阿速卫亲军都指挥使司将领等人速到阁中来。皇帝向文武大臣询问征讨大计。太子说大抚军院并无多少能战的兵将，空有其名而已。枢密院知院告诉皇帝，如今兵权都交给了大抚军院，自己也没有多少军马，京城官兵不足六万人，很多老兵弱卒，能战者只有王保保的人马，其次才是李思齐、张良弼的人马，只有他们合兵才可能挡住盗贼的兵马北上。皇帝问道："宿卫亲军不是个个武艺高强么？人都到哪里去了？"宿卫亲军都指挥使司忙叩头说："陛下，他们虽然人人武艺高强，但人数少，掌执京师的宿卫，还能捉贼捕盗。如果十万盗贼来攻大都，这些宿卫亲军就算以一当十也打不过。"

枢密院知院又奏道："如今山东已为盗贼所夺，已无朝廷一兵，河南大多数的城池也都丢失。朝廷的军马多在陕西，潼关失守后，几万军马出不来，只有王保保能北上勤王，只是陛下早就下诏夺了他一切官爵。"户部尚书道："目下国库空虚，中书省及陕西行省军饷已经不能按时拨出，即使出战，士气也难振作。"兵部尚书不说话，兵部并不掌兵权。一时文武大臣都无良策。

数日后，王保保意外地呈来一表，皇帝以为是讥讽他的话，赌气道："他不安好心，总想气朕，朕不想看！"右丞相也速说或许是王保保上疏自陈冤屈的情状。皇帝冷笑说："他有何冤屈，司马昭之心，朝野谁人不知？他如真想勤王，几年前便杀到了江南，早平了朱元璋，何待今日？"也速说："如今朝廷只有他的兵马可用，不如顺情退让，让他先平了盗贼再说。"皇帝听也速这么说，心情稍好一些，就打开王保保的表。他说自己被奸臣帖林沙、伯颜帖木儿等人陷害，受了冤屈，报国无门，请陛下体谅他一片忠义之心。皇帝知道王保保在哄自己，因为他已经众叛亲离，不得不再次倚借皇帝和朝廷。皇帝明明知道王保保不可倚重，但情势急迫，只得依了右丞相，于是下诏罢了抚军院，为平息天下物议，竟将提议设置大抚军院的帖林沙、伯颜帖木儿、李国凤等人以误国罪斩首，借此向王保保示好。

元朝皇帝下诏起复王保保，将原来罢免他的一切虚职都还与他，仍让他做河南王、太傅、中书左丞相，还赠送许多金银美酒和美女。皇帝与文武百官商议数日，定下以王保保为主帅的讨贼大计。很快，王保保收到皇帝的御酒和诏书。诏书中道："着扩廓帖木儿①仍为河南王、太傅、中书左丞相，统领见部军马，由中道直抵彰德、卫辉；太保、中书右丞相也速统率大军，经由东道，水陆并进；少保、陕西行省左丞相脱列伯统率关陕诸军，东出潼关，攻取河洛；太尉、平章政事李思齐统率军马，南出七盘、金、商，克复汴洛。四道进兵，掎角剿捕，毋分彼此。秦国公、平章、知院俺普，平章琐住等军，东西布列，乘机扫殄。太尉、辽阳左丞相也先不

---

① 扩廓帖木儿：即王保保。

花，郡王、知院厚孙等军，捍御海口，藩屏畿辅。皇太子爱猷识理达腊悉总天下兵马，裁决庶务。"

蔡子英心想皇帝的圣旨极高明，若按诏书上进兵，自是抗贼的良策，因问王保保说："你道这诏书一下，中原的形势又将如何？"王保保冷笑道："原来是哪样仍是哪样，不会好，只会坏。"王保保知道这诏书不过是一纸空文，维持着君臣情面上的名分，皇帝也不会相信这诏书能有多大用处。朝廷早已现危亡之兆，自己和李思齐、张良弼都想拥兵自保，已经救不了元朝和皇帝。

北征

朱元璋准备离开汴梁。这日上午，徐达、常遇春、冯胜、康茂才、薛显、傅友德、耿炳文、赵庸、陆聚、顾时、张龙、郑遇春、王弼、谢成、陈德、张兴祖、孙兴祖、费子贤、高显、程华、蓝玉等正将和副将经过陈桥驿，赶到汴梁北宋故宫文德殿，向皇帝辞行。

皇帝站在殿外的丹陛上。徐达身披鱼麟铠甲，头戴凤翅金盔，披一袭朱红蜀锦战袍，腰悬宝剑，大步走在前面。皇帝迎上前去，笑问："徐爱卿，你与众将帅是从陈桥驿过来的么？"徐达不明白皇帝的意思，说道："臣等是从陈桥驿过来的。"皇帝因问道："你知道陈桥驿是一个甚么所在？"徐达怔住了。皇帝笑道："那可是赵匡胤被众将官黄袍加身的地方。"徐达惶恐不安，众将帅的神情也严峻起来。徐达正要下拜，皇帝上前握住徐达的双手，转换话题说："徐爱卿，你与众将校在河阴大营练兵筹粮数月，十分辛劳了。"徐达道："这是臣的职事。"皇帝松开手时，徐达要撩开战袍，领众将行跪拜大礼，皇帝说："你们披甲带剑，都免礼了。"徐达抱拳俯首道："谢上位。"

皇帝一面踱步，一面问："朕看你领着这一队虎将，走路都恁地威风，莫不是都定好了攻取大都的计宜？"徐达道："禀报上位，臣等已定好攻取大都的计宜。"皇帝问："近日密探抄到了元朝皇帝起复王保保的诏书，大将军看了么？"徐达道："回禀上位：臣看了，已与众将商量了多日。"皇帝问道："有何主见？"徐达未及说话，常遇春笑道："上位，元帝用笔墨在诏书中调兵遣将，自是极妙，奈何许多兵马他调不动，因此是纸上调兵，如何能挡住我地面上数十万大军！"皇帝近前一步，拍了拍常遇春的肩膀，说道："常十万，你说得是，朕所见与你一样呵。"君臣们都笑了起来。

皇帝在宫中设午宴犒赏诸将。宴毕，诸将在宫殿中站列数行。皇帝慷慨陈言，说道"朕与公等率众渡江扫除祸乱，安定四海，恢复中华。将士们离开父母妻子多年，战斗在刀枪剑戟丛中，百死一生，长年都不得休歇……朕每想到这些心中便不安。"他以前说了很多次，总担心诸将记不住，于是反复说，恨不得刻在他们的脑袋里。皇帝告诫一番后，才说出他最要紧的话："你们诸将打下大都的时候，记下朕三句话，一不要掳掠，二不要焚烧，三不要妄杀。经商的生意能照做，老百姓的酒饭照吃，婚丧嫁娶按时照办，喜欢嫖娼的照嫖不误。要善待元朝宗亲，当年他们的先辈也是应了天命，才入主中国。如今又应天命退出中国，不要侵扰他们。倘若这样，差不多可以上答天心，下慰民望了，成全朕伐罪救民的意思。副将军以上有违命的人，朕必罚无赦；副将军以下有违令的人，大将军依律处治便是了。"皇帝操一口濠州话，说得激昂慷慨，诸将多是淮北人，听起来十分亲切。皇帝说完时出了一身汗，汗水从茧绸玉色单衣里透出，心里却十分痛快。徐达领诸将叉手俯身，三呼万岁。

皇帝送诸将到城北的安远门外。各部的亲军早牵着许多战马在等，道旁有许多父老相送。诸将上马前，大将军徐达领诸将拜别皇帝。皇帝拉起徐达，握着他的手笑道："大将军免礼，诸爱卿都免礼了。这道门名唤安远门，朕送你们从这道城门出征，可知朕的意思？"徐达道："臣知道上位的意思，是要我等安抚远方，让天下尽归大明版图。"皇帝道："说得好呵。你们都骑马，走得快，朕就不远送了，到天下平定之时，你们回到应天，朕为你们论功行赏，加官晋爵。"徐达领众将谢恩，纷纷翻身上马，皇帝挥手相别。

皇帝登上车驾前，见道旁跪着许多白发父老，与送行的人同呼"万岁"。皇帝近前来说："请起请起，敢问老人家，汴梁城做都城，端的如何？"几个父老站起来，赞叹说："那是最好了，汴梁居天下之中，若四方朝贡，路程相等。所谓中国，便是居天下之中，四方来朝，方显上国的威仪呵。"皇帝十分意外，握着一个年长的手，叹息道："朕临行前，能听到父老这一番话，甚是欣慰呵。"

当日，皇帝一行两万余人离开汴梁城，从汴河入黄河；路上皇帝任意改变水陆行程，说走便走，说歇便歇，意在防止有人泄露行程，被山贼在半道上截取。

第八章

临清府十日筹军粮　建德门三更辞帝阙

方知府

徐达回到河阴大营，次日，开始调兵遣将。十几万大军北上后，中原势必空虚，如果王保保、李思齐等人截断后方军需，北征势必受阻。徐达深信众将之中只有副将军冯胜能攻能守，又有文才，因此令他守汴梁，确保大军无后顾之忧；又令擅长游击的都督同知张兴祖、平章韩政、都督副使孙兴祖、指挥高显等人将山东益都、济宁、徐州兵马，加上河阴大营本部十万大军，集结到东昌①。

大明军征尘乍起之时，元朝大都红色沙尘满天，如映着一片火光。三天后，黑风从北面卷城而来，十数步之外，都看不清人的面目，满城人心惶惶。明朝的细作在城中到处散布传言，说这是末世之象，元朝很快就要亡国了。

这月是闰七月，大将军令右丞薛显、参政傅友德同为先锋。薛显是野战悍将，傅友德是水战与野战皆不败的猛将。二人兵势极盛，先攻下元朝卫辉路，守将龙二早上听说来将是薛显，已经吓得魂不守舍，下午又听说还有一员猛将是傅友德，当晚弃城，带着妻子和财宝，投奔彰德。薛、傅二人领兵又追杀到彰德，龙二又逃到磁州。龙二逃之又逃，最后没有逃出自家人的手心。磁州的元朝守将见龙二太不像话，毫无气节，活捉了他，抢了他的丰厚财宝，没收他的美貌妻妾，带着八十艘战船投奔大明军。大明军接着攻取了北面的广平路，守将逃奔，西北面数十里的邯郸城大恐，守将帅全城父老归降。薛、傅二将的兵马势如破竹，一举打下赵州，至此，大明军距离大都只有五百余里。徐达从河阴领十万大军来到临清，令薛、傅二将领兵前来会师，又令集结在东昌的张兴祖、镇守乐安的华云龙等，皆领兵前来，一同商议攻取大都以及河北州县之策。

徐达细看行军图，不知北征的道路险易与远近，自言自语地说，若有几个向导

---

①　东昌：今山东聊城。

就好了。傅友德说区区几个向导不在话下，立即派出几队游骑在平原上四处乱游，很快就捉到两名元朝逃跑的千户官，献与徐达。徐达大喜，说老傅真是太了解元朝官军的心思，审讯俘虏有关道路远近和险易的事，两名千户都十分清楚。徐达于是令他们作为向导。傅友德领步骑兵两万余人做陆道开路先锋。水道是一条直通大都的运河，闸门多处淤塞，战船难通，徐达令都督副使顾时负责疏通运河各道闸门，打通自临清至通州的水路。康茂才、耿炳文负责征调各路粮草和军需，及时补给北征大军。

粮草征调完时，常遇春来中军大帐见徐达，说道："大将军，常某曾经自许领十万军马，天下无敌，其实并不只是小将能厮杀，只是小将每次出征之前，如估计用兵一个月，便备足两个月的粮草，如果用兵三个月，却要备足半年的粮草。一旦粮草将用尽了，立即退兵去四方游击掠食，先抢山寨盗贼的钱粮，再抢巨室大户，军中粮草足，便足够消耗，方能胜多败少。如今老康和老耿筹集了几个月的粮草，才够北征十万大军一个月开销，如果大都久攻不下，官军四处来援，大军若断了粮草，军心必乱。"徐达忙与常遇春去寻康茂才，看了大军粮草账目，不免担忧起来。康茂才说："大将军，小将已经尽了全力，江南的粮草运来需三两个月，远近的城池都征了不少粮草，若还有缺口，不妨调朱亮祖来，他最会强征民间粮草了。"徐达道："强征与抢夺一般。如今山东河南大部都归入大明朝版图，百姓都是皇帝的臣民，如何还能强征强抢？"康茂才说："那粮草从何而来？"

徐达与常遇春等人商量，想派人去山东各地城池的官仓和草料场借粮草。目前山东战乱初平，各地粮食匮乏，米价如珠，但北征事大，各地自当鼎力相助。粮草从各地转运到临清来，少则半个月，多则一两个月，还不一定能筹足两个月大军的备用粮草。徐达计无所出的时候，突然想起一个人，此人姓方名克勤，字去矜，浙江宁海人，祖辈三代以教授为业，其父曾为鄞县教谕，有家学渊源。他自小饱读经史，为人正直，在家乡颇有名望。当年台州方国珍造反，他见官军孱弱，曾向地方官献平贼之计，不被采纳，从此隐居乡间。大明皇帝即位前，经朝臣举荐，将他列入江南名士中，请他参加了开国盛典。皇帝得到徐达攻取临清的捷报，山东许多州县都没有知府知县，也来不及考察擢选，下诏令他做临清知府。方克勤向来以持家治国平天下为己任，此时他不过四十二三岁，正当壮年，欣然领命。接到诏书，带了两个老伴当，领了盘缠，还将年方十一二岁的二儿子方孝儒也带来了，便于朝夕教诲。徐达因军务繁忙，一直没有去拜访这位新知府。

方克勤到任不过十几日，每日卯时起就坐在临清城知府正堂。因连年战乱，民间如地契、婚姻、租借、水田纠纷、墓地争执、盗窃抢劫等积案很多。中午他歇息半个多时辰又要升堂，下午他经常坐堂审案至黄昏掌灯时分，方才退堂。有的百姓官司未毕，离家又远，都露宿在衙门外，一日吃一顿野菜粥。方克勤不忍心，晚上都让他们睡在公堂廊庑下，一日供粥两次。临清官府如此款待打官司的人，自元世祖以来闻所未闻，全城百姓很快都称颂着新知府的好声名。

这日黄昏时，方克勤在后堂吃了晚饭，脱了绯红官服，穿着青布直裰，在灯下教儿子方孝儒读经。守门的衙役来报说："方大人，有一个军官来见。"方克勤忙问："哪里的军官？"衙役说："小人不知，这是他的帖子。"方克勤接了帖子，上面写了一行字"侍生徐天德拜谒父母官阁下"，不由大惊道："原来是徐大将军来了，我们快到门前去迎。"方克勤穿上绯红官服，戴着乌纱帽，来到衙门外，看见一个头戴凤翅盔身披铁甲的武官，身量宽大，方额圆颊，有三绺长须；身后一个小卒，牵着两匹马。方克勤正要作揖，那人拱手道："方大人在上，末将徐达有礼了。"方克勤连忙还礼道："敢劳大将军枉驾，恕卑职迎迓来迟之罪，快快有请。"

二人在正堂右边的客堂分宾主坐定。一个老年衙役献上茶，敛手退出。徐达道："在下才从营中来，还要回营去。长话短说。目下北征十几万大军的粮草只筹了六成，如果攻取大都不利，六成粮草不足十几万军马用两三个月，到江南调粮也来不及了，因此特来请方大人相助，十天内能不能筹到三万石粮一万石草料。"方克勤听了面有忧色，沉吟一会，才说："我近日查看府中钱粮簿，钱不过一百多两银子。元朝军马败退时，都将官仓的粮转运走了，剩下不过几百石陈谷，草料场已被官军一把火烧了。"徐达吃惊道："原来方大人也恁地艰难，末将便不相扰了。"徐达站起来，要与方克勤道别。方克勤又说："大将军休要着急，如果答应小的一件事，我便拼尽全力在十余日内为大军筹集粮草。"徐达忙说："请方大人示下。"方克勤道："我到知府任也不过半个月，家底都查清了，临清的官府暂时无钱无粮无草料，如有自然全供北征大军用，民间或许有粮有草料，但那都是老百姓私家之物。朝廷征税有定例，不能因征战强征蛮敛。如果在下到民间筹齐粮草，北征若一路顺利的话，打下大都后，请大将军即刻从各地军粮仓中调拨来还我。如果草料都用尽了，打下大都后，取大都路府库里的银子折算还我，如果仍不能还清，请大将军禀报圣上，从江南调银粮来临清，我要尽早归还临清的老百姓，绝不能失信。倘若大将军答应，此事我明天便去办，倘若答应不了，恕小的也无能为力呵。"

徐达听了，站起来向方克勤长长一揖道："在下都答应你，常言有道，有借有还，再借不难。若没丰足的粮草我不敢去打大都，若粮丰草足，攻下大都不在话下，自然可以偿还。请方大人放心，仁、义、礼、智、信，我徐天德是记得这五个字的，说一不二，恳请父母官大人尽快筹集，解末将之急。"方克勤道："大将军想必一言九鼎，在下一定全力以赴。"徐达回营后，与常遇春、薛显、傅友德等大将说起此事。常遇春不信，说道："临清战乱多年，方克勤若是神仙，十日内也难筹到三四万石粮草。"徐达道："他才上任不久，能筹到多少算多少，一石也无我也不能怪罪他。不是他欠我甚么，是我有求于他。"

第九日晚上，方克勤来大营拜谒徐达，说三万石粮一万石草已经办齐。粮暂存在城中官仓里，草料放在新修的草料场中。徐达惊喜之至，说道："方大人如何恁快便筹齐了?"常遇春将信将疑。方克勤伸出两根手指头,说道:"只是诚信二字而已。"

原来方克勤次日在城中各地张贴官府告示说,大明朝开国不久,皇帝以三纲五常治天下。临清府向城内城外百姓借粮,以供北征大军。借出一百石以下的人家,免全家三年人丁税。凡大户人家借出粮食一百石以上,优先开垦无主荒地,且子弟年十五以上都可免试入新建的官学。所借粮食三个月后偿还等量粮食,如果不能还粮,一石折成银子一两。还征集城外五千百姓去收集草料,一石折钱三百文,亦在三个月后偿还。

临清有许多富户,早听说方克勤的道德学问,都争相借出粮食,多的一户借出两三千石,寻常百姓少则一两石,多则六七石。城外农闲的人不少,在家多无活计做,听说官府要筹草料,虽是三个月后才能拿到现钱,皆踊跃去山野田间割草,陆续运入城中。方克勤做了一张借据模样,左右同文,令人雕刻印刷,官府执左联,百姓持右联,中间骑缝处盖一枚三寸见方九叠文朱红官印。因为百姓都相信新任知府,到了第九日黄昏,官仓大使来报方克勤,三万石粮与一万石草料都已经备齐。

北奔

徐达点起临清水陆两道十五万军马,后面跟着充足的粮草与辎重,浩浩荡荡,向大都进发。常遇春当日拔营,直驱东北面的德州,一战取下。徐达与常遇春军马合兵一处,轻取长芦镇①。徐达又分兵三千人,下了青州城,大军则打下了通向大都的直沽河,架起浮桥,十二万大军渡河。常遇春与张兴祖各领舟师从直沽河进发,徐达在陆道领大军前趋,一路收拾沿河大小城池,直逼海口。海口是进入大都的重地,元帝令右丞相也速领兵镇守。也速得知徐、常十几万大军水陆并进,海口兵马才两万余,望风逃遁,也速不知踪影。海口失守的消息传到大都,满朝君臣惊惶。

这一年是洪武元年,也是至正二十八年,这一天是闰七月二十四日,徐达领大明军至通州城外。元知枢密院事卜颜帖木儿告诫全城军民,要誓死坚守三个月。徐达的军马在河东岸安营,常遇春的军马在河西岸安营。两岸人马声喧,旌旗飞扬。黄昏时,徐达与常遇春、张兴祖、曹谅等人登上通州城楼,放眼望去,四野烟树苍苍。徐达右手抚须,左手放在墙垛上,感叹道:"昨夜与军中秀才谈起史书,自后晋天福三年起,那个石敬瑭将幽云十六个州割让给契丹之后,中华王师不到燕京,已经将近四百三十多年了。"常遇春寻思一会,大声口号七绝一首:"幽燕杀尽犬羊群,万里胡天靖战尘。塞外王师三百万,尽随徐达大将军。"

张兴祖听清了后面两句,笑道:"常帅这几句话说得好大口气!"曹谅睃他一

_____

① 长芦镇:今河北省沧州市。

眼，说道："这不是白话罢，像是几句诗。"常遇春笑了笑。徐达摆手谦让道："常将军诗才敏捷，过奖过奖，小可当不起呵。大明军是天子之师，我等都是奉上位之命领兵北征的。常帅你也是副将军，岂能说尽随我一人！"常遇春笑道："徐帅过谦了。"大家都笑了起来。

晚上议事时，诸将想尽快攻下通州。徐达却想元军在辽东有几十万，在山西有十几万，通州是大都的门户，元朝皇帝未必不在这里布下重兵。北征以来几乎没打几场恶战，许多城池小攻即溃，因此不敢大意。次日大雾，徐达、常遇春领数千人伏在城外，令郭英领着三千精锐骑兵直迫城下。守将卜颜帖木儿见攻城人少，领着一万余敢死之士出城，从两翼包抄郭英骑兵。郭英不敌，领人马败退，卜颜帖木儿领兵来追，徐、常伏兵四起，将元军截为两段，死伤数千人，活捉卜颜帖木儿。徐达才知通州城中空虚，三日后，徐达领兵攻通州，一个时辰通州城破。

元朝皇帝诏命王保保统领所部军马速抵彰德、卫辉，王保保的军马还来不及出动，二城却早被傅友德夺了，阻断王保保东进之路。陕西行省左丞相脱列伯统率关陕诸军，东突潼关，几次都被大明军打退。平章政事李思齐统率军马正要南下河、洛，就得知海口、通州相继失陷，只得按兵不动。王保保见大势已去，退兵太原以求自保。

通州失守的那日下午，元朝皇帝在延春阁午睡未醒，太监伯颜不花手捧奏章，跪在床边暗自流泪。皇帝翻了一个身，朦胧中睁开眼睛，见伯颜不花跪在床下，吃了一惊，坐了起来，问道："你为何还跪在这里？"伯颜不花道："臣得枢密院来报，通州失守了，见陛下午睡，不敢惊动。"皇帝的睡意惊飞九霄云外，大叫一声，掀被下床，看罢奏章，脸色苍白，忙问："都出这般大事，还说不惊动朕！你割了卵子还坏了脑子么！如今贼兵到京城了么？"伯颜不花惶恐道："据枢密院报，贼兵仍在通州，并未进发。"皇帝这才略微放心，问道："丞相何在？"伯颜不花道："满朝都不知他的音信。"

皇帝怔怔地坐在床边，低头懊恼着，实在不解江南盗贼一路北上，大城败，小城降，盗贼们无所不克，竟无一路人马取胜，当年世祖皇帝灭宋朝的神威都哪里去了。早就下达平贼诏书，陕西勤王的兵马无一支赶到大都来，他们都在忙着什么事？皇帝蹒跚地出了延春阁，去清宁殿，令执事太监召集太子、皇后以及朝中文武大臣，到殿中来商量退贼之策。太子和皇后先赶来了，而文武百官只到一小半。皇帝知道这是他最后一回坐在清宁殿的御座上，禁不住流出眼泪。太子、皇后以及朝中文武大臣或痛哭，或啜泣，满殿凄凄惨惨，都不说话，像在比试着谁哭得更惨。

皇帝半晌才说一句话："事到如今，朕已没得一个主意。今日岂可再作徽宗、钦宗，为贼兵掳去！"说着又哭，过了好一会，说道："淮王……朕有一事与你说。"淮王帖木儿不花时年八十多岁，须发如霜，持着鸠形拐杖，颤巍巍地出班，说道："请陛下垂示。"皇帝道："朕要去上都，请您老监国，留守在京城，您老可愿意？"

帖木儿不花叩头道："臣一身老病，无才无德，实在难以胜任。"皇帝焦急道："贼兵都杀到通州了，您老也不愿意为朕分忧。"说时，就大哭起来。帖木儿不花知道留守京城，事关自身生死，见皇帝这样痛哭，他已经不能计较了，忙说："老臣愿暂领监国之任，等打退贼兵，陛下再令太子监国。"皇帝道："朕依了您老罢，着翰林院即刻下诏书。"

皇帝想让左丞相失烈门随行，但京城不能无丞相，下诏任庆童为中书左丞相，与淮王一同节制大都城中军马，坚守京城。皇帝一边抹泪，一边说道："朕将京城的事都托付二位爱卿了……"他犹豫一会，嗫嚅着，终于说出他最难启齿的话，"今晚朕与太子、皇后等人要离开大都，还不出城，明日朕就走不得了。"群臣一听，吓得都不知道哭了。皇帝北遁，大都必失守无疑；大都一破，元朝的国运就算终结。皇帝话一说完，群臣愣了一下，随即哗啦啦跪倒一片，放声痛哭。知枢密院事哈剌章大呼道："陛下，不可不可呵。红贼已经攻陷通州，陛下车驾一出都城，立即会被红贼拥上来捉了。金宣宗南奔①，最终失国，可为前车之鉴呵。请陛下领着全城军民死守，等待援兵。"

哈剌章是前丞相脱脱的长子。他自少受教于南人郑深，颇知儒学。早年，太子爱猷识理达腊曾寄住在丞相脱脱家，与哈剌章同睡同起，情同手足。至正二十二年，皇帝悔悟，下诏恢复脱脱官爵，召哈剌章及其弟三宝奴回大都，诏命哈剌章为中书省平章政事，封申国公。哈剌章以国事为重，不计前嫌，深为皇帝倚重。三年前，他升作知枢密院事，掌天下军马机密之务。皇帝道："也速已经兵败，扩廓帖木儿的大军远在太原，还有甚么援兵可待呵？"哈剌章知道不是各地兵马不救，而是山东与河南许多官军都被大明军平定了，王保保等人的军马被阻断在山西、河南各处，既不能相互照应，也无力北上。他虽说掌控天下军马，却无军马可用，又劝不住皇帝，只有伤心痛哭。左丞相失烈门、知枢密院事秃赤、太监伯颜不花相继来劝谏皇帝。伯颜不花恸哭道："大元的天下是世祖皇帝打下的，传到陛下便是陛下的天下，应当死守，如何能舍弃！城中还有十万军马，臣等愿帅军民及诸阿速卫军出城拒战，只要陛下留在城中，将士必能勇猛却敌。"

皇帝边哭边摇头，喃喃地问："城中有十万军马？还是城外有十万援兵？事到临头，还要哄朕？你伺候朕多年，事事都还细心，可你一个太监领兵出城拒战，你哪里知道用兵呵？"知枢密院事秃赤哭诉道："请陛下不要离开京城，臣虽不才，愿领兵在城上拒战，击退贼兵！"皇帝看着秃赤说："秃赤呵，朕早就知道你不善战，你守城能守多久？说不定盗贼还没有打进城来，你最先逃了。只有王保保、李思齐、

---

① 宣宗南奔：金朝至宁元年（1213年）秋，蒙古军分三路攻金，金国只据有中都、真定、大名等十一座城池。次日，蒙与金达成和议，金宣宗离开中都，南迁到达汴京，此后金朝迅速衰亡。

张良弼、孔兴、脱列伯、张良臣他们领一二十万精兵都赶到大都，朕才不会出走！"
秃赤道："臣立即差人去调他们的兵马来大都解围。"皇帝道："朕的诏书都调他们
不来，你能调来么？他们的兵马都在哪里？谁能寻着他们？你且说说！"秃赤无语。
群臣继续陪着皇帝哭。君臣都哭累了，皇帝抹一把眼泪，说一声："退朝罢。"他晃
悠悠地走下宝座，一步一顿，在殿门内站了一会儿，怔怔地看着大明门，黯然地从
群臣中间经过，群臣都目视着皇帝。皇帝步出殿门，站在丹墀上，望着宫城的红墙
黄瓦，不由地长叹一声，说道："世祖皇帝夺了汉人的天下，委的是到了归还汉人
的时候，天命呵，算了罢，我们都回到蒙古人的草原上去罢。"群臣都不愿散开，
呆呆地看着皇帝步下丹墀。

　　皇帝回到后宫。前朝的百官议论鼎沸，都来问中书左丞相庆童大计如何。庆童
向来沉稳持重，平时朝议时，都静穆从容，此时已经心慌意乱，赌气似的说道：
"我只知道死在哪里，还有甚么话好说？"许多大臣从值房奔向清宁殿，向各部的上
司们追问皇帝的意图。有几个人急匆匆追上知院哈剌章，喘气问道："大人，大人，
今晚有甚么举动？卑职不知是留是走。"哈剌章见是中书省几个官吏，摇头说："你
问我，我却问谁去？"又有一人来中书省，轻声问哈剌章宫中详情。此人是枢密院
通事刘佶，一个汉人，颇通经史，书法学赵子昂，擅画山水与马。哈剌章曾向刘佶
学书法，两人颇有交谊。哈剌章关切地问："今夜宫中必有举动，不知你的去处如
何？"刘佶心中全无主意，说道："朝廷的大计不敢问，愿跟随在大人的身后。"哈
剌章听他这样说，便道："那你快回家收拾，捎上些行李，鼓交三更前，你骑着马
在建德门内的街道上等着。切不可说与家眷知道，切记。"刘佶道："好，大人大恩
大德，卑职无以为报。"哈剌章道："你何必言谢，也不知此番是凶是吉哩。"

　　淮王帖木儿不花看见宫中一片慌乱，令中书左丞相庆童、知院哈剌章、中书省
平章迭儿必失和朴赛因不花、右丞张康伯、御史中丞满川在御道上和官署里去劝住
百官。淮王拄着拐杖，颤巍巍地走过来，大呼道："我等国尚未破，家尚未亡，各
地军马都还多着，请诸位大人务必各守其职，政事一日不能停。小王身负圣上监国
的重托，还希诸位大人竭力相助才是！"百官都站住了，盘算着各自的心思，无一
人说话。淮王令中书左丞相庆童、知院哈剌章、御史中丞满川等人去宫中各部查看。
宫中空荡荡的，中书省只有两名老弱的门人，省中的大小官吏都不见一人。满川质
问道："相公大人，你看这省中还有几个人在当值？"庆童骤然脸红，说道："右丞
相与下官不是还在么？"众人又去六部值房，从尚书、侍郎到典史等人多不知去向。
又来到枢密院，庆童问道："知院大人，你们院里人哩？"哈剌章道："我们院的人
都不怕死，全守城去了。"庆童不信，却问守院的两个老门子，都说去守城了。又
来到翰林国史院，值房里只有三四名老翰林，坐在桌前喝着茶，看着古书。庆童问
道："危素先生在哪里？"一个老翰林说："早上还在，下午便不见人了。"庆童道：
"皇帝说了，危素是一个耿直的忠臣，又有才学，万万不能被红贼掳去，若见着了

他，请他初更来清宁殿前见陛下，陛下有诏书委付他起草。"老翰林答应着。

皇帝在后宫为家事国事忙碌着，先令三宫后妃、皇太子、皇太子妃以及执事太监，收拾各自的金玉珠宝以及衣食等，又令左丞相失烈门、平章政事臧家奴、右丞定住、参知政事哈海、翰林学士承旨李百家奴、知枢密院事哈剌章、知枢密院事王宏远等百余人相从，等待天黑一同出城。

暮色渐渐笼罩大都，京城灯光隐约。除了各处城头的守军有些惊惶外，街坊间已经归于平静，很少有人举家离城出逃。他们久闻江南贼首朱元璋已经开了国，做了皇帝，很多人还抄传了洪武皇帝颁发的北征诏书，知道大明军破城后，军士们不敢扰民。城不破，他们仍是大元皇帝妥欢帖木儿的臣民；城一破，就做大明朝洪武皇帝朱元璋的臣民。换一个皇帝，日子还得照样过。这几日来，宫中虽然慌作一团，但京城的茶馆、酒店和青楼，日日宾客盈门。晚上灯火常至半夜不熄。虽然御史台下了宵禁之令，城中多半地方却没有兵丁来过问。青楼的灯光如昼，曲楼密室中笑语声喧，彻夜未止，欢娱与嬉闹之声有过平日。百姓们有几个闲钱的，若能穿衣吃饭养家糊口，有些人就不忘去寻花问柳，就算身在乱世，也要及时享乐，才不管谁做皇帝。

鼓交三更，皇帝登上大明门的城楼，向宫外望去，满城的灯光闪烁如星河一般，与平时没有两样。街坊间看不出一丝慌乱的迹象。皇帝虽然担心出城被贼兵追上，十分犹豫，但如果不趁早出城，明日清晨红贼突然杀到，困在城中早晚会被搜出，决意立即出宫。皇帝领着太子，在几百名亲军簇拥下，离开清宁殿。皇帝令当班头太监给每一个亲军赏赐了一锭金元宝，许诺护送到了上都，还有赏赐。清宁殿外已经空荡荡的，灯光稀疏，皇帝从没有见过如此清冷的场面。百官知皇帝去意已决，宫中各部已无一个官员当值，都不知去向，只剩下几十个太监和几百名宿卫亲军，还有一些行走不便的老年宫女们。

皇帝、太子等人来到兴圣宫前，皇后与十几个妃嫔从宫中出来，一路哭哭啼啼的；有的提包，有的抬着珠宝箱，各自登上马车；随行的百官，跟着皇帝一行人出了宫门。十几名太监将金银珠宝以及衣冠、酒食等物品，都装在牛皮袋和包着铁皮的小箱里，牵来了几十匹黑马，行李都紧紧地拴在马鞍上，牵马出宫。皇帝一行人在一千多名亲军护卫下，进入街坊。大街空无一人，只有零星的灯光，远处隐闻狗叫。一行人来到北面的建德门下，官兵得知皇帝要出城，吱呀呀地打开沉重的城门。城外官道上很寂静，不见一个人影。风有些凉意，城外的天色很黑，远方隐约只见一两点灯火。天上无月，只有数点星辰。皇帝出城后，身后的城门缓缓地关上。

马车摇摇晃晃地行了一两里，皇帝揭起车帷一角，依恋地回望着都城，自己仿佛被大都的官吏和居民遗弃了。他望着夜色里都城巨大的阴影，泪流满面。

关外惊魂

知枢密院事哈剌章策马随行之际，不时前后探望，忽见马队丛中，有一人举手示意，原来是枢密院通事刘佶。哈剌章招手让他近前，并马同行，问道："刘通事，你何时来的?"刘佶道："初更时，卑职就在建德门前等着，见了皇帝的车驾，就跟着来了，多谢大人眷顾。"刘佶不知还能不能跟着皇帝回到大都，看着前方昏暗的道路，想起母亲与妻小都留在京城，有说不出的怅惘。

天亮时，刘佶朦胧中看见远处一带城墙，知道快到了居庸关。道路前后空无一人，一片萧条。刘佶跟着哈剌章来到皇帝车驾旁，皇帝微微掀开车帷一角，在车内大嚷道："恁大一个关口，关上竟然没有一个守兵。朕来了，都不见一个人前来拜见!"群臣也束手无策，只得跟着皇帝抹泪。皇帝叹息道："朕不出京城，如何知道外面竟是这般模样!"左丞相失烈门、平章政事臧家奴、知院哈剌章等人，唤了几个亲军，刘佶也跟着，来到关前。关门未锁。刘佶进入关内，旁边有一排值房，他推开一间值房半掩的门，几个老卒睡在床铺上，因天未亮，尚未起床。哈剌章大怒，喝道："你们这一群病夫，晚上不锁关，关上无人巡更，天亮还不起来，居庸关镇抚与留守官何在?一律捉来面圣!"老卒得知皇帝已临关前，吓得慌忙跳下床，半身赤条条的，扯着衣裳披上，向几位朝臣叩头，说道："关上的镇抚和留守长官们，得知贼兵杀向大都，早就奔上都去了，留着我们几个老弱的人守在这里。"哈剌章喝道："将他们捆了，让皇帝发落!"刘佶劝道："大人，若要处治自当处治镇抚和留守官才是，他们睡在这里，还没有逃回老家，也还不失职守。"哈剌章也有些不忍，问道："关上还有伙夫么?快快为圣上准备早食!"老卒们叩头道："伙夫也回家了，我们几个老残的兵，每日用瓦罐煨两罐小米粥吃，在关下野地里扯野菜充饥。"刘佶在草床下看见几只瓦罐，提一只来看，还有少许未吃尽的小米粥，里面夹着几片野菜叶。

左丞相失烈门将所见禀报皇帝，皇帝十分怅惘，便说："朕在关下吃早膳。"随行御厨张设帐篷，架起炉灶，为皇帝做羊肉馅面饼和牛奶酪酥。随行军士亦在关下挖灶造饭，割青草喂马。早膳毕，皇帝令危素草诏，着人去寻右丞相也速，令他尽快领兵至上都行在勤王。同行的人中寻不着翰林学士危素，哈剌章于是举荐刘佶。刘佶让人卸下一副马鞍，将圣旨黄绢铺在马鞍上，一个军士捧来笔砚。他在鞍上草诏毕，皇帝盖了印，夸赞道："字真如当年翰林学士赵子昂。"刘佶知道皇帝抚慰之意，说道："谢陛下。"皇帝差人背着诏书，向通州等处去寻访也速。

第二日大雨，道路泥泞，车驾出居庸关向西北行进，在一处名唤鸡鸣山①的地

---

① 鸡鸣山：大致在怀来去张家口市三分之一距离处。

方停下。辽阳行省左丞相也先不花来了，请求入觐。皇帝得知他一行才六七人，没有领着大军，便不想见。晚上，刘佶连日既饥且倦，很快入睡，正梦回京城寓所，与母亲和妻儿相聚，忽听得帐外一声巨响，势若惊雷，接着听到帐外人马声喧。刘佶忙坐起来，惊惶无措，以为头戴红巾的盗贼杀来了，忙探出头来看，帐外一片昏黑，只有零星火光，马蹄声与人的喧嚷声杂沓一片，有几处帐篷被惊马冲倒。他隐约听见有人大呼，"快来救朕！快来救朕！"御前亲军指挥使领着一队亲军，从刘佶的帐篷边冲过去。有人大呼："陛下休惊，并不见一个红贼！"军士们点亮许多火把，营地照得通明，果然没有看见一个红贼，才渐渐平静下来。

次日天明，皇帝出帐来看，营地一团狼藉，于是在明黄色大穹庐行殿召见群臣，惊问："是不是昨夜贼兵来袭，被打退了？"哈剌章道："臣已察看营地，昨晚并不见一个贼兵。"皇帝惊魂未定，问道："那声响是从哪里来的？"哈剌章道："臣还不知道，正在打探。"刘佶策马赶来，进帐禀报说："臣早上已经打探明白了，昨晚那响声是鸡鸣山西北峰崩塌所致。"皇帝吐了一口气，却问："好好的山峰，怎么朕来了就崩塌了？莫不是天怒不成？"刘佶道："或许连日雨大，山石裂缝里浸了水，便崩了；山石被雷击也会崩落，都是自然天相，请陛下宽心。"皇帝仍有些惶恐不安，怕盗贼追杀过来，令人继续前行。雨下了一日一夜，次日早上仍未停息，路上泥泞难行。皇帝想早日到上都，执意要冒雨前行。百官虽着雨具，可身上仍被雨湿透，加上天寒，人人冷得哆嗦。道上不时有亲军因伤寒而死，倒在路边，都来不及收殓。晚上到了营口，皇帝又令群臣议事，哈剌章劝皇帝再次下诏，召扩廓帖木儿领兵来援。皇帝准旨。刘佶草罢诏书，觉得心跳得快，全身出虚汗，十分乏力，突然眼前一黑，倒在草地上。哈剌章忙让人扶他起来，喂他喝了一碗羊奶酪，他才醒来。哈剌章说道："这几日，你没有一顿吃饱罢，想必是饿昏了。晚上睡在我的毡帐中，一同烤羊肉吃。"

八月初二日，大雨仍不止。百官冒雨随行，全身湿透，又冷又饿，一路上有数名军士因饥寒而死。雨稍停时，长随太监来报皇帝，翰林学士承旨观音奴自京城追来了。皇帝令他来见。观音奴因连日劳顿，行走不稳，跌倒在泥水中，狼狈至极；左右亲军挟着他，跪拜了皇帝。皇帝问道："爱卿如何知道朕要北巡？"观音奴哭诉道："臣等在宫中遍寻陛下不见，三十日才知陛下已经北巡，于是骑马出城，追赶了两日，才见着陛下。臣虽是文臣，无德无能，却一心想跟随陛下左右，伏望陛下不弃。"皇帝听了想哭，觉得观音奴是一个忠勇的人，说道："朕也不善用兵，一路上为兵事烦恼，朕请你兼任知枢密院罢。"观音奴道："陛下使不得呵。臣自小读书，虽然知道生死大义，奈何臣是一介文臣，平素全不知军事。"皇帝说："事已急迫，爱卿不要推脱了。朕用兵还不如你哩。"观音奴于是才谢恩道："谢陛下宠信，臣便领旨。"说话时全身哆哆嗦嗦，站立不稳，皇帝道："你们搀扶他进帐歇息，给羊肉和酒吃。"左右亲军扶着观音奴离去。

皇帝车驾启程不久，忽见远处一队军马冲过来，军容威武。皇帝震惊，忙令亲军前去抵挡，正想回转车驾。一骑飞奔而至，在车驾前滚鞍下马，拜倒在地，说道："臣辽东参政赛因帖木儿，现领五千铁骑前来救驾，请陛下恕来迟之罪!"皇帝惊喜之极，没想到这支人马竟是来护驾的，就从车驾上下来，握着赛因帖木儿的手，拉他起来，感叹地说："朕见了爱卿……恁多军马……甚是整齐威武……便有几分安心……"

第九章

徐将军诛大元重臣　刘御史感深夜隐疾

大都陷落

八月二日，天蒙蒙亮时，徐达点起水陆军马十几万，向大都进发。通州至京城的驿道上和运河里，十余万大军水陆并进，声势夺人。路上已经不见官兵抵挡。当日中午，大军来到大都城外，在东面的齐化门外和南面的丽正门外安营。

淮王帖木儿不花、中书左丞相庆童等人，都赶到齐化门城上领兵拒战。城外战鼓如雷，云梯高耸，城上很多兵将却弃了兵器，脱了甲胄，争相下城，混于居民之中逃命。淮王、中书左丞相、中书省平章等人看着城头一片慌乱，已经急不起来，怔怔地站着。有一个军官模样的人大呼："这是天要亡我大元呵！"淮王听到这一声呼喊，顿觉天地崩坏，肝胆破碎，悲凉地说道："小王负监国之命，今日事已至此，小王只有一死而已。诸公请速下城！"他喘了几口气，接着说："老夫活了八十三年，富贵功名也没甚么舍不得，死便死！"中书左丞相、中书省平章、右丞、御史中丞都说："我等也宁死不降，愿与殿下一同为国尽忠！"淮王大步进入齐化门城楼内，其他人跟着进来，整了整冠服，端坐在一排椅子上。

徐达令三万人先从齐化门攻城。将士搬来泥土填塞城濠，半天就填平了，人马一拥而过，城上只有些稀疏的乱箭。城上的元兵知道大都早晚必破，无心拒战，许多人发声喊，都逃下城去。密集的大明兵如红螨蚁一般，借着绳索爬上城头，很快打开了城门。

徐达于未牌时进城。他在城门前勒马，对身旁的张龙、仇成说："再次传我将令，入城士卒一律不得骚扰百姓，不得进入民居和皇宫，不得在集市上强买物品。违令者斩！"二将领命而去。徐达移大军营于齐化门外，令将领们率所部兵马去各道街坊收降残兵，下令："到城中张榜告示，凡元朝大小诸臣，皆送告身到大将军营来。若藏匿民间，隐瞒身份，定斩不赦。"徐达亲自调一支三千人的兵马去看护宫城，封了府库、图籍、珍宝。元宫诸道宫门皆有军士守护，不得擅自出入。将士一律不得亲近宫人妃嫔，由宫中太监护视。有将校来报："在齐化门楼上捉到淮王和丞相等人。"徐达道："提他们到军营来，令顾时、曹良臣好生审讯。"

次日，曹良臣来报徐达道："禀报大将军，淮王与丞相都说元帝从古北口奔向辽东，想必去投纳哈出了。"徐达道："事不宜迟，你快去传我将令，与薛显、傅友德、顾时将五千精骑，去古北口外追踪。如果元军从关外杀来，扼住关口，确保大都平安。"曹良臣又说："收到一支偏师的急报，广武卫指挥李杰领一队军马经过易县，攻取孔山寨①，被元兵和民军围困，李杰战死了。"徐达想起皇帝在汴梁吩咐的话，才知道李杰有一个小女，十分清妍动人，忙令军士将李杰遗体暂厝一座寺庙中；又差人去虞城县，将他的妻子和儿女们都送到应天城，赠送抚恤银子一百两，请大都督府拨屋安置。

殉国者

大明军进入大都当天，城中街市贸易如故，酒楼、茶肆、油坊、客栈、青楼等处宾客盈门，布绸市、鞍马市、牲口市等集市客商云集。城门外许多汉人捧着酒、茶、奶酪、炊饼、馒头、枣子等食物犒劳大明军。躲藏在城中的元朝官吏看到明朝的榜文，有些人按榜上要求，在告身文书中写明姓名、年龄、祖籍、官职、俸禄、住址等，在截止日前送至大将军营中。徐达收到第一本告身文书，是元朝翰林待制吴云所呈。吴云是常州宜兴人，年纪四十一，曾在元朝做过多年端本堂司经，今年初才做了翰林待制，谁知半年间元朝败亡，没得官做了，于是投靠明朝。徐达有些惊喜，皇帝或许会重用他。

徐达正在大军营翻检元朝官吏告身书，仇成来报："徐帅，元朝许多官吏都殉国了，投井的投井，上吊的上吊，大官死了六七个，小官死了几十个。"徐达听了，将告身书扔在案上，霍然站起来，问道："死了些甚么大官?"仇成道："我们攻破齐化门当天，上午翰林待制黄殷仕还在翰林院当值，下午就赶到城北的家中，穿好朝服，写了绝命诗，投井自尽。中书左丞丁敬可、郭允中等四五人也在家中自尽，这几个人官职颇高。"

徐达有些焦急，皇帝都希望这些文臣能在新朝为官，尤其是在元朝做高官的汉人，人才难得，都要重用，倘若都这样自尽，如何向皇帝交差。徐达唤了几十名亲军，带着仇成，一起骑马赶到城北黄殷仕家中。胡同中挤着许多居民。黄殷仕的遗体才从井中捞出，放在一张竹榻上，身上盖着白布。徐达在胡同外下了马，亲军分开众人。徐达寻到黄殷仕的儿子，说道："黄学士为元朝殉国，实是一个忠臣。但元朝的气数尽了，明朝正是用贤之际，黄学士要为国家惜身才是，如何这般自寻短

---

① 易县、孔山寨：易县在今河北保定市易县，孔山寨在县里西山北乡沙岭村西面。

见!"徐达站在竹榻旁,脱下铜盔,在毡子上跪下,向遗体叩头三响。这一跪突如其来,周围百姓吃了一惊,亲军们也吃了一惊,仇成也只得跟着叩头。

黄殷仕的妻子啜泣着,领着儿女跪在草荐上叩头还礼。徐达告诉仇成道:"传我的将令,居民去殉节的元朝官吏家吊唁,送布送钱送米粮的,大明兵一律不得阻挡。这些死节的人家若仍用元朝至正年号,也不必责问。立即差人去宫中查实朝中翰林学士名册,派人去他们家探视,未殉节者不得再让他们舍身。"仇成晚上报来,翰林学士中最有才学和名望的人是危素,据宫中值日太监说,城破那天,他未入宫。我还去他寓所察看,邻居说他独自一人,并无妻小,锁着门。我从窗户里看去,只有一张床,两个大书架,并无其他值钱的物品。邻居们说围城之后,便不知他去哪里了。徐达道:"我久闻危素盛名,快快差人去寻,是死是活,都给我一个话儿。"仇成、曹谅令人四处打探,三日后,才从元朝翰林院小吏那里得知,危素与城西大护国仁王寺的和尚有往来,或许住在那里。

那晚元朝皇帝北奔,朝中除了少数亲王和重臣知道外,其他文武百官并不知晓。武将仍守在城头,文官每日仍去宫中当值。危素看宫中一片乱象,心绪烦烦,离开城中的寓所,寄住在大护国仁王寺里,想清静几天。城破那日,他在寺中得到消息,大哭一回,其后又得知平时过往甚密的黄翰林殉国,再哭一回。他与寺里的僧人说:"大元亡了,我平生读书,知道大节所在,岂有苟且偷生的道理!"和尚劝他说与其殉国,不如出家。他作了几首绝命诗,来到寺中一口井旁,伸着头向井内窥探。和尚见他在井边徘徊,又忙来相劝,危素攀住井栏,不愿离开,几个和尚只得紧紧抱住他。老住持闻声赶来,却让和尚们放开危素。老住持念一声佛,说道:"贫僧知道读书人最重气节二字,但老衲有一言,不知先生愿意听闻否?"危素道:"师父请说。"老住持道:"先生久在翰林院,颇知国史,先生身死不要紧,满腹国史也与身俱亡,贫僧以为先生当为国尽职,而不是为国尽节。"

这话说得危素怔怔然,良心里仿佛寻到一个不必死节的借口。和尚们都听说黄翰林因仆人不在身边才去自尽的,便问住持,要不要守着危素先生。住持道:"不必守了,人要死是心先死,心里若有一丝生意,便不想去死。"

安民策

徐达入城后,各部来报不时有大明兵被暗箭射杀。入城第四天晚上,城中有几处民居着了火,火光映红了半个夜空,烧了大半个胡同,军民人等救援不及,烧死平民数十人。徐达估计都是散落在城中的大元残兵所为,城破后元朝官军混入居民中,暗中串通,伺机作乱。城中有大小文武官员数百人,除少量殉国者外,送来告身的官员不过三分之一,他们显然隐匿在城中。徐达并未恼怒,心想他们国破家亡,还要他们前来自报家门,讨个官做,也非人之常情。

　　徐达与几百名兵士骑马去皇城巡视，在街坊间看到有人推着独轮车，车上捆着一块石碑。徐达大略看一眼文字，是一块墓碑，立碑日仍署至正二十八年八月七日。徐达勒马问随行的人道："这碑是谁立的？八月二日大明军攻下大都，元朝已经亡了，如何还有至正二十八年八月七日？都要用大明朝正朔，今日是洪武元年八月七日！"随行的立碑主人不识徐达，见他是一个将军模样，身边簇拥着几百剽悍的骑兵，心中害怕，跪下叩头道："小人无知，望将军恕罪。"徐达用马鞭指着他喝道："此碑另立，可不加罪！"立碑主人慌忙叩头，连称遵命。

　　徐达回到大将军营，召集常遇春、薛显、傅友德、赵庸、陆聚、顾时、张龙、郑遇春、王弼、陈德、谢成、张兴祖等大将，一同商量安抚大都官民之策。常遇春道："近日来，我在城中看见民间有人开始用洪武年号，但更多的人还用元朝的年号，衣冠礼仪一时还没有恢复唐制。更有甚者，城中元朝残兵不时作乱，好生可恶。我大明军进入大都后，从未妄杀一人。以某看来，不斩杀几个头目，城中不得安宁，皇上也不会高兴。"徐达道："常将军所言极是，诸将意下如何，请议一议。"诸将听说要杀人，都十分激奋，一片"杀！杀！杀！"声。薛显、傅友德、赵庸、陆聚等将都赞同凡元朝三品官以上的人尽数杀了！军官不分大小，一律处死；凡蒙古人和色目人家中收容藏匿官军的，全家连坐，官军就地处死。徐达见会上争论不休，击掌三响，众人都安静了。徐达说道："如今元帝和太子已经北奔，城中爵位最高者莫过于淮王，又负监国重任，像半个皇帝；品位稍高的还有中书左丞相，中书省平章迭儿必失和朴赛因不花、右丞张康伯、御史中丞满川。我以为斩了这几员元朝重臣便可，断绝大都官军复城之望。日后搜出隐藏在民间的官军，都送到应天城去，一个也不必杀了。"常遇春道："大将军高见。如今天下大势已定，圣上以仁义安天下。大都城中的军民，都算是大明朝的人，岂能滥杀！"诸将都知道常遇春征战时，为避后患，经常杀俘杀降，血流成河亦毫不手软，如今却被他这番道理说服了，一致赞同。

　　行刑那日，徐达仍让淮王与中书左丞相、平章、右丞、御史穿着元朝的官服，头戴漆纱幞头，腰束玉带，脚穿官靴，五花大绑着，背上插着草标，上方用白垩写着一个"斩"字，下方用墨汁写着淮王和中书省左丞相等人的华语名字，槛押在马车上，送到丽正门外行刑。沿街百姓都来看热闹，有少量蒙古人在街坊上为他们烧香、奠酒、撒纸钱。徐达将交来告身的大元官吏、所获亲王子六人以及张以宁、马翌等人送至应天，继续搜捕城中残兵，还派遣将领到河北各地招降山寨中的官军人马。大都渐渐平静下来，河南各地也日见安定。

　　薛显来报，他们领着骑兵去古北口外，未见元朝皇帝踪迹，亦未见许多元兵，只有一些游骑，捉来审问，他们说不曾听说皇帝出古北口。徐达又亲自提审交了告身的元朝旧吏，他们说皇帝可能从建德门北奔。徐达查看地形图，估计元帝晚上从建德门出城，过居庸关北走中都①，原来竟被淮王等人骗了。

自中都到上都

辽东参政领着五千铁骑护送元帝车驾，一路向西北前行。皇帝困乏至极，在车中昏睡了大半日。刘佶初次出关，寂寞时看着一望无边的草原和成群的牛羊。关外的景色新奇，却不能排遣他去留两难的惆怅。

路上有十几骑追赶过来，几十名亲军策马前去截路。他们在马上交接数句，亲军领着数骑来到皇帝车驾前，刘佶认出其中一人是参知政事张守礼。他面色憔悴，衣冠狼藉，神情惊恐。太监为皇帝掀开车帷，张守礼一行三人跪在车前大哭。张守礼道："陛下……陛下……京城被贼兵攻破了……淮王和丞相大人、中书省平章迭儿必失和朴赛因不花、右丞张康伯、御史中丞满川都被贼兵杀死，头悬在丽正门前……"张守礼言不成句，泪水盈颊。皇帝听了，心神茫然，一句话也说不出来。刘佶亦大为惶恐，一门老小都在城中，母亲从小以忠孝节义教诲自己，妻子的性情亦坚贞。若妻子和两个女儿被盗贼奸污，妻子定会自尽，母亲也必定以身死国。眼下一点消息也没有，有些懊悔仓促追随皇帝出关。

皇帝车驾又行了两日。晚饭将毕，有人来报皇帝，左丞相失烈门因感风寒，昨晚病死在帐篷中，眼睛都没有闭。皇帝既忧且惧，连夜召集群臣议事，诏令辽阳行省左丞相也速不花为中书左丞相。也速不花向皇帝荐举纳哈出接替自己，说纳哈出向来知兵善战，在江南羁押数年，忠心向着朝廷，近年平定辽东盗贼有功。皇帝于是擢行省平章政事纳哈出为辽阳行省左丞相，总督辽东军政事。刘佶草拟了诏书，又写了一封家信，信中说自己追随皇帝，将至中都，请母亲妻子闭门锁户，不要外出，等着他回来团聚。他在信封上写着大都某街某胡同以及家人姓氏，夹在衣里，期待着皇帝差使者去大都的时机。

两日后，车驾到了中都。中都曾设有总管府、虎贲司、光禄司、银冶提举司、万亿库等官署，宫殿雕梁画栋，金碧辉煌。自经红巾军兵乱后，全城破败不堪，宫殿多被焚毁，无一完存。皇帝在一间破殿里安顿，饮食匮乏，从大都带来的米面酒茶等也将耗尽。原来的兵部尚书留守大都，不知死活，皇帝又任命了一个兵部尚书，派他去高丽调兵来大都平贼。

刘佶终日愁眉不展，忽遇一人，此人是宣德府达鲁花赤秃因不花。在京城时，刘佶因诗文书法之名，与秃因不花相识，算是他在蒙古人中不多见的旧交。秃因不花问道："刘大人，你家在江南，如何也来了？"刘佶道："小的无才无德，只有跟

---

① 中都：元武宗下诏令，"建行宫于旺兀察都之地，立宫阙为中都"。元至正十八年，为红巾军焚毁。遗址据说在张家口市张北县城西北。

着皇帝，方才心安。"秃因不花感叹道："国家向来轻汉人，难得刘大人一片忠心，国家要重用汉人才是。"刘佶道："我一介微躯，死不足惜，可惜母亲与妻儿都陷在大都，不知死活，想起来心如刀绞。"秃因不花道："我正要差人去宣德府，你告诉贵府所在，我着人去打探。如若见着，都带着他们来上都。"刘佶痛哭，向秃因不花叩头拜谢。秃因不花忙扶起他说："你国而忘家，令人感佩。"刘佶在衣里取出家信，呈与秃因不花。秃因不花说一定差人送达。此后，秃因不花殷勤款待刘佶，无微不至。刘佶在患难中遇此良友，稍感欣慰。

皇帝一行人在中都住了一晚，继续北行。过了六日，车驾到了上都①。上都也饱经战乱，宫殿官署多被焚毁，只有少量民居仅存。辽阳行省左丞相也速不花献来布帛二万匹，粮食五千石，君臣勉强维持。皇帝听说辽东的贼兵多被纳哈出平定了，他手下有十几万军民，不逊于扩廓帖木儿，忧惧中添些喜色，忙将他从辽阳行省左丞相升做右丞相，加封他为太尉。兵部尚书从高丽回来后，说高丽有精兵良马，但只有一两万。皇帝诏令高丽发兵至上都，听候调遣。

到了十二月，北地大雪，深达五六尺，天寒地冻，人马行走艰难。传闻扩廓帖木儿在保安败于贼兵，后来又听他在韩店②大败贼兵汤和军马，如今皇帝和百官身在上都，皆不知他的存亡。皇帝越来越想念扩廓帖木儿，仿佛他才是自己的救星，诏封扩廓帖木儿为齐王，赐予金印，还多次派出数队使者去河南、陕西等地寻访他，宣他来上都见自己，商量恢复之事，可是至今没有他的消息。因丞相也速进献钱粮有功，封为梁王，加太保。皇帝没有钱财可赏，能赏的只有官爵，但官爵封到王，没有再封的余地了。

一名从大都随行而来的监察御史，开始总结亡国的教训，路上写了一本《条陈十事》，托哈剌章转呈皇帝。哈剌章先看了，十件事是：一戒酒。二勿令宫掖干预政事。三选将。四宰相所用非人，请择贤者能者。五明赏罚。六严军律。七淘汰军中老弱。八征兵于西北诸藩。九征饷于高丽。十开言路。哈剌章心想，眼下连戒酒和勿令宫掖干预政事都不能实行，更不要说其他几件事。军士已经伤亡太多，若再淘汰老弱，那军士更少了。西北诸藩的兵马也打不过贼兵；高丽军马薄弱，军饷也少，救不了急。他明知这本奏章无用，还是呈交皇帝。皇帝看了《条陈十事》，连一口气都不叹，就扔在几案上，既不加罪，也无回复，怔怔地说："快替朕寻到扩廓帖木儿，这才是最紧要的！"

皇帝到了开平，召集宗室以及文武百官，商量收复大都以及剿平盗贼的事。差遣出去的使者带来好消息，扩廓帖木儿已经寻访到了，正屯兵在陕西行省的金州；他接受了齐王封号和金印，手下还有许多精兵强将，正要领兵去收复大都，愿为陛

---

① 　上都：今内蒙古锡林郭勒盟正蓝旗北。

② 　韩店：在今甘肃省庄浪县。

下江山社稷效忠。皇帝深感安慰，下了一道诏书，着扩廓帖木儿领山西所部兵马，出雁门关，由保安经居庸关，从西北面攻取大都。

各地大明军细作得到消息，相继报与大将军徐达。徐达召集常遇春、傅友德、薛显等诸将商议对策。众将在行军图前议论一番，都知道王保保救大都是假，想偷袭大明军是真。徐达于是令都督副使张兴祖、金使华云龙二位将军留守大都，他则与众将领着军马奔袭太原，直取王保保的大营，王保保必定回兵来救，大明军以多敌少，在山西地面击溃他，大都便无忧了。

隐疾

如今却说明朝皇帝取道和阳、定远，回到应天城，百官都骑马来到城北渡口相迎。丞相设了鼓乐，摆了皇帝仪仗，铺设羊毛地毯。满城居民得知皇帝北巡回京，都挤到街坊上来观瞻，十分热闹。刘伯温站在李善长右边，神情黯然。

皇帝离船登岸。李善长、刘伯温二人走在前面，领着百官上前叩拜。皇帝道："诸位爱卿平身。"他来到刘基眼前，冷冷地看他一眼。百官见皇帝面色阴沉，都提心吊胆。皇帝将目光移向岸边一株枯柳，语音迟缓地说："刘基呵，你说将李彬杀了，天必下雨，到如今不见半点雨下来。你说这是上天警示，依朕看是你刘基狂瞽胡言。朕这回轻信了你，你当负甚么罪责?"刘伯温听皇帝这样说话，一时神形震荡，又慌忙跪下，以头触地，连声说："臣刘基死罪死罪。"皇帝冷笑，顺着刘伯温的套话发挥道："死罪?朕如何舍得让您老去死!"皇帝一拂袖，径自登上天子辂车，回宫去了。百官虽没有听清皇帝与刘基说的话，看那情形都猜出八九分。刘基跪在地面久久不起来，心中愧疚难安。李善长经过刘基的前面，靴头与刘基的鼻尖相距不足一尺，低着头说："你能预事测天，何不当初听某一劝呢?"刘基闭着眼睛，一言不发，任凭苍苍的长须垂在泥地上写草书。

小铁冠道人因皇帝回京，就不想再在京城滞留。这日晚上，他请刘伯温到一家小酒店吃酒，兼作辞行。小铁冠道人见刘伯温面色忧郁，问道："老先生遇到甚么不称心的事?"刘伯温摇摇头，徐徐地叹息一声，说道："休要提了。"小铁冠道人说："席间就老先生与贫道二人，有话就痛快说与我听，休憋闷在心里。"刘伯温说："且与你一醉方休。你要归名山，老夫也想辞官归田。"小铁冠道人问道："先生一生怀抱未得舒展，如何也有归隐之意了?难道先生抱济世之才，要终老山林不成?"刘伯温说："自古共患难易，享太平难。今日刑律已颁布，历法已通行，兵卫法已施行。近日六部也定了下来，两广初平，大都已下，西南与秦、晋、蜀早晚会归于皇明的版图。皇帝正当盛年，精力弥满，学着汉高祖的故事，立志要做一代明君。他外主用兵，内专政务，大小事情都不想放过。老拙才学浅陋，嫉恶如仇，一身老骨头便成鸡肋矣。如今老病在身，不如早些回去，在田园间享几年清福。"

小铁冠道人觉得悲凉，说道："先生有回乡之意，未尝不是喜事，只怕皇帝不愿意放走你。"刘伯温抚髯长叹一声，说道："不怕他不放，怕就怕老夫乞骸骨，满朝都以为君臣不和，伤了皇上的面皮，让皇上不快，这是我不忍心之处。"小铁冠道人说："先生不必如此烦心，一时不便走，明春再说。"

酒酣之际，刘伯温向酒保索了纸笔，在席间写了一首旧词《清平乐》赠小铁冠道人：

> 秋风欲到，秋草先知道。丹染山枫颜色好，且唤老夫归早。　　兴来乡径微行，枝头幽鸟轻鸣。喜见儿童相报，篱边野菊初生。

小铁冠道人读毕，觉得满纸都是秋思和归意，说道："老先生是当朝最淡泊的人了。"刘伯温抚髯说道："淡泊个鸟！老夫在元末时便有归乡之意，谁知归去后又归来了。"小铁冠道笑道："这便是《归去来兮辞》的别意罢。"刘伯温未笑。酒席罢，刘伯温有六七分醉意。小铁冠道人扶着他回文庙。

次日清晨，小铁冠道人在秦淮河畔登舟，心想不知何年何月才能再来，世事茫茫，说不定此别或许即是永诀，感觉无限悲凉。船从城西北入了长江，小铁冠道人站在船头，披开头发，南风满襟，神清气爽。他想起当初致皇帝无为之治的初衷，何其可笑，又何其可怜。江山无限，人生有穷，自己能走出京城，却永远也走不出大明朝。

皇帝回到京城，临朝时少见笑容，群臣说话格外小心。当徐达攻取大都的战报递来时，他在早朝上突然大笑起来，这是皇帝回京后第一次开心的笑，仿佛整个皇城都能听到他的笑声。皇帝说："大都破了，元朝算灭了，大明朝方才算奉天承运。"百官连忙道贺。

这日晚朝，群臣争相向皇帝祝贺平定元朝大都，因捷报来得突然，不及用华藻丽辞做成正式贺表。当晚，李善长选了多名擅长文章的人起草贺表，修改十数次，商量了大半夜，请工于书法的人抄誊了正稿。次日早朝，满朝的文武都惊讶地发现有一人未至，那便是刘基。司仪司官吏奏道："启禀陛下，满朝文武官都到齐了，只有刘基一人失朝。"皇帝道："刘基托人向朕告了假，免上早中晚三朝。他近日肚子痛，睡在床上起不来。"说完，又喃喃地说："早不病，晚不病，朕回来他就病了。也不知他是真病假病，反正是有心病罢。"

刘伯温的病并不假，左腹一直隐隐作痛。皇帝离开应天城前，他就病了，吃了几味草药，略有缓解，并未向他人说起；如果勉强支撑，尚能步行上朝。皇帝回京后，刘伯温心情郁抑，愧疚难遣，腹痛更加厉害，日间卧床不起，不得不托人向皇帝告假。

李善长率先进献贺表，侍仪司通赞当朝宣读。皇帝听了，引为得意。贺表中有几句话是李善长的手笔。丞相在表文里写道：

> 自昔革命之际，以臣取君者多，惟汉高祖取秦起自民间。今陛下不阶尺土，一民以定天下，元主遁归沙漠，兵不黩武，将不嗜杀，陛下遂跨越千古。

皇帝自从在定远听了李善长说的汉高祖事迹，处处以刘邦为榜样。如今开了国，定了都，事业与汉刘邦大略相同，却没有人及时将他与汉高祖相提并论，心中总嫌不足。李善长最知皇帝平生得意所在，这几句赞辞搔到了皇帝的痒处，皇帝十分受用。群臣也献上贺表，侍仪司通赞逐本宣读。皇帝听了很多篇，有些倦意。献贺表毕，丞相接着上奏各地奏章中所请的数件事，皇帝高兴，都采纳，着翰林院下了一道诏书。诏书大略云：

> 大赦殊死以下，将士从征者恤其家，临阵脱逃者许自首。新克州郡毋妄杀，输赋道远者，商人不便，官为转运。灾荒以实报来，不可隐瞒。避乱民复业者，听垦荒地，免租税三年。平刑①，毋非时决囚。除书籍田器税，民间逃赋免征。蒙古色目人中有才能者许擢用。鳏寡孤独废疾②者恤之，民年七十以上者，免一子赋税。其他利害当兴革不在诏内者，有司具以闻。

皇帝有些自矜地说："唐太宗在贞观年间，斗米三钱，外户不闭，道不拾遗。若给朕三年光阴，想必也可以重现贞观盛世。"丞相道："上位雄才大略，自当逾越唐太宗的。"皇帝笑了笑，很自信地点头。早朝上，皇帝与百官商议六部官制，议了几日，才令翰林院草诏，正式设置吏部、户部、礼部、兵部、刑部、工部，每部设尚书、侍郎、郎中、员外郎、主事若干名。尚书正三品，侍郎正四品，郎中正五品，员外郎正六品，主事正七品。六部仍隶属中书省。

这日晚间，刘伯温独坐灯下看书，隐闻街坊上有管弦之声，先以为是城中富户家在唱戏，后来才想起皇帝敕造常遇春府，今日动工，晚上在宅基地搭了戏台。他还隐闻打桩的声响，两更时都未停歇，那是工匠奉旨修造徐达相国府。到了三更时分，感觉左肋骨下隐隐作痛，左手轻揉着腹部。此时戏已散，打桩声亦消停，他仍无睡意，窗外有淅淅之声，竟下起雨来。夜雨，青灯，白发，惹动着他的情思。他又看了一会书，忽听鸡声长鸣，已是五更，窗外微有些曙色。他心中颇多感慨，提

---

① 平刑：刑罚要公平。

② 鳏寡孤独废疾：鳏，丧夫；寡，丧妻；孤，幼而丧父；独，老而无子；废，残疾；疾，有病。

笔写了一首七律：

> 百年强半已无能，愁入膏肓病自增。千里江山双白鬓，五更风雨一青灯。
> 繁弦急管谁家宅，废圃荒丘几代陵。不寐坐听鸡唱尽，素光穿牖日华升。

用人之道

皇城竣工时，洪武门内的各部、府、院、司等衙门公事房相继完工。洪武门外是金吾前卫、留守左卫和府卫军的营房；北面的玄武门外，有羽林左卫和羽林右卫的营房。各卫数千名兵士，日夜守护着皇宫。自洪武门向宫中走去，中央是一条笔直的御道，以花岗岩铺成，两边为千步廊；御道左边依次是中书省、太常寺、五军都督府的五府，背面一墙之隔是太史监、旗手卫、拱卫司和通政司等；御道右边依次是工部、兵部、礼部、户部、吏部、宗人府①、中书省。背面一墙之隔是东城兵马司②、太医院、詹事府③、翰林院。刑部设在城北的太平门外，那里还有御史台和刑部的监牢，都在玄武湖边。

这天晚上，皇帝请丞相李善长到华盖殿来，商量六部尚书的人选。李善长说："去年陛下任滕毅做湖广按察使，他的政声颇好，是一个能吏，臣提议他做吏部尚书罢。上位得一股肱大臣，臣也放心。"皇帝说："滕毅是有才干，朕留意很久了。只是礼部尚书一时难得人选，倘若张昶尚在，非他莫属了。"丞相道："世家宝颇多学问，可到礼部尚书任上试用。宁国知县胡惟庸颇有才干，让他做户部尚书，不知上位意下……"皇帝摆了摆手，打断他的话说："那个胡惟庸虽有才干，如今还是一个知县，一步也不能登堂入室，让他在外面多多经历，日后再重用罢。"丞相道："中书省检校李昭人才出众，让他做如何？"皇帝一听李昭，便想起李彬，问道："他是哪里人氏？"丞相道："定远县人。"皇帝"哦"了一声，心想又是你的同乡，还是少用同乡好，因说："钱用壬，元时南榜进士第一，曾授翰林编修，此人的才学你当听说过的。"丞相道："臣久闻他的才名。当年元朝差他出使张九四，张九四见他有才学，就留下了，授他官做。徐达大军攻打东南时，他暗中投奔到应天城来了。此人所事二主，朝三暮四，恐怕不可靠。"皇帝冷笑一声，便问："那刘基不也是事过二主么？他可靠么？"李善长一时无语。皇帝心想钱用壬是御史台的经历，

---

① 宗人府：掌管皇家九族档案的机构。

② 东城兵马司：据《明史》载："指挥巡捕盗贼，疏理街道、沟洫及囚犯、火禁之事，凡京城内外，各划境而分领之。"职能有些类似现在的公安干警和武警部队。

③ 詹事府：辅导太子学习的专门机构。

旁人看来必是刘基一党，笑说："你怕他是青田党罢？"李善长见皇帝这么说，也笑了，说："只怕用了御史台的人，恐他倚仗着刘老先生的名望，在中书省中生出纠葛来。至于是不是青田党，臣也不知。"

皇帝有些不悦，大声说："满朝都有党，唯独青田刘基不结党，宋濂、章溢、夏煜、杨宪等人，多是浙东人，但有人说他们是浙东党人，我便不信。刘基与他们有些交情，但都不曾结党。你怕用了他的人，生出纠葛来，量区区一个礼部尚书，主持礼仪、祭祀、宴享、贡举的事，有甚么纠葛可生？何况你还是丞相，诸方面要能调和，宰相肚里能撑船，你要大度些才是！"李善长说了半句话："上位说得是。不过也有人说刘伯温……"皇帝道："说他甚话？"李善长道："说刘伯温不结党，也有乡党之情。"皇帝冷笑道："你不要再无中生有了！——礼部尚书就用钱用壬！让刘基和御史台里人知道，朕用人从不偏祖。"丞相道："上位说得是。那个司农司卿杨恩义掌钱谷，历年清廉勤政，声誉颇好……"皇帝笑道："相公想让他做户部尚书？"丞相也笑道："还是请上位甄别。"皇帝道："这个杨恩义朕是知道的，就让他先做做户部尚书罢，还有兵部、工部尚书，你有甚么人选？"

丞相推荐将作卿单安仁为工部尚书，皇帝也准了。丞相又荐张铨做兵部尚书，说此人跟着皇帝取太平，定集庆、镇江等地，捣江州，战鄱阳湖，平吴有功，又跟着徐达大将军进取中原，去年因养伤回应天城，眼下的职务为都督金事。皇帝问道："张铨是定远人氏罢？"丞相说："正是。"皇帝说道："跟朕起事的武将，都不要做兵部尚书。"丞相忙说："陛下说得极是。"皇帝说："我心中有一个人选，茶陵陈亮。他在元朝时做过镇江小吏，跟着徐达的军马来到应天城，代徐达上书言事，文章写得好了。朕看他有才干，命他作广德知府。有一年大旱，他向朕为民乞免老百姓的租粮，那时四方正用兵，粮草正缺着，朕不同意。那个陈亮从广德赶来，闯入朕的书房，大声说百姓饿成这样，上位还征租不停，是要将老百姓驱赶到张士诚的地面上去！朕受他这一喝，觉得他是一个好官，便减免了广德府的粮税。后来，朕让他做过枢密院都事，做过提刑按察司金事。他就是性子急躁，待人苛刻些，实是一个有才干的人。今年初，朕想让他做司农司卿，但转想他早年从军，索性让他做兵部尚书。"丞相听皇帝这么说，忙应承道："陈亮实是一个文武双全的人才。"

皇帝在早朝和午朝上与百官议了两日，就下了诏书，以滕毅为吏部尚书，樊鲁璞为吏部侍郎。前司农卿杨思义为户部尚书，前司农卿少卿刘诚为户部侍郎。钱用壬为礼部尚书，世家宝为礼部侍郎。陈亮为兵部尚书，朱珍为兵部侍郎。前大理司卿周祯为刑部尚书，盛原辅、张仁为刑部侍郎。单安仁为工部尚书，张文为工部侍郎。早朝散后，百官并没有多少人议论，好像他们早就知道了这些安排。

第十章

李善长结党排重臣　刘伯温致仕归故里

弹劾刘基

连日朝会，刘伯温仍因病请假。早朝上，丞相出班奏事，说道："臣参刘基，他借上位求雨之切，托名斩李彬，可斩了李彬，扬州路、汴梁路并未见半点雨水。刘基身为太史令，难辞其咎。"

皇帝见丞相提起此事，先未说话。百官见皇帝不说话，都屏住气，想窥探丞相和皇帝的口风。百官静默好一会，皇帝才说："人非圣贤，孰能无过。刘基往年都算准了，误算了这一回，你们还是饶了他罢。"丞相道："误算尚可恕，可他大不敬不可恕！"皇帝问道："他有甚么大不敬的事？"丞相道："当日他斩李彬，竟要定在钟山神坛下。那可是祭祀天神的所在！"

刑部尚书周祯听丞相的话说到这地步，忙出班奏道："臣也参御史中丞刘基，他借求雨之名，偏偏要在神坛下决斩李彬，实为不敬！"刑部侍郎盛原辅、张仁出班道："周大人所言极是，刘御史借执法之名，行不敬之实，有损陛下虔诚敬天之心。"中书省不少人应声附和，六部中的几名侍郎也来声援。吏部尚书滕毅道："宿卫舍人在值房偶尔弈棋，虽违宫禁规矩，但不至于遣送还乡。刘基为人处事，向来迂腐执拗如此！"

钱用壬一直忍着不说话，等着其他朝臣出来为刘伯温申辩，自己便去附议。可是其他朝臣好像迫于丞相以及六部尚书的声势，都噤声不语。皇帝静静地听着群臣议论，目光在百官的脸上扫来扫去。朝上宁静片时，皇帝才问钱用壬道："大宗伯，你曾在御史台与刘基朝夕相处，不想说个主见么？"钱用壬于是持笏出班，奏道："上位容禀：刘老先生当日监斩李彬，臣也在场，行刑地设在祭雨坛下，离上位登基时的神坛尚有数百步，只为祭天求雨。若在太平门外的刑场便无祭天之用，当日臣不见御史中丞有何不敬处，他只是求雨心切而已。今日朝议，诸公多来弹劾刘老先生，臣以为未当。刘老先生负上位纠察百官的托付，一心秉公为国，全无半点私心。臣性愚鲁，以我皇明有刘老先生而欣喜，朝有耿介之臣而群逐之，臣以为不可，伏望圣鉴！"钱用壬一向以中庸为修身之本，如果皇帝不点名让他说话，他不想当朝介入是非之争。

皇帝微微点头，丞相睃了钱用壬一眼。钱用壬有些不安，低头看着地面。朝上静默片时，忽有一人出班大声说道："臣有话说！"皇帝见是御史中丞兼赞善大夫章溢，因问："章爱卿有甚话说？"章溢道："相公说刘伯温未算准天象，周大人说他在神坛下斩了李彬，若是秉公论事，也就罢了。大司寇①也以不敬之名弹劾刘伯温，盛大人、张大人也来附议，都将刘伯温谨肃宫中规矩当成迂腐，竟成一条罪名。中书省与六部当作为百司仪表，在朝为官要养廉耻，岂能争相以搏击为能事！"话音才落，翰林侍读学士詹同出班道："臣也有话说。"皇帝道："你说。"詹同道："章大人所言极是。臣曾与刘伯温先生讨论人品气节，刘老先生曾经说过，古时候公卿有罪，盘水加剑②，诣请室自裁，所以用来激励廉耻……"他的话还未说完，有一人大步出班，还将身旁的大臣撞得踉跄，声音洪亮，压倒詹同，说道："今日临朝，几个大臣搜罗小瑕小疵来指责刘伯温，未免太苛刻了！更有甚者，有人见风使舵，跟着添柴纵火，落井下石，好似街坊间的婆娘们，掉弄口舌，相互帮衬，实在有伤国体！"

这话说得满朝皆惊，皇帝都怔住了，原来是新任兵部尚书陈亮在高声抗议，不由咬牙说道"好个陈亮"。李善长怒火中烧，自己还在皇帝面前举荐过他，他竟然不领情面，于是压低声音道："陈大人言过其实了，大臣有罪，当朝不议，却要在背后议论么？你可不要党护青田！"陈亮说："卑职摸着良心说话，不是护着青田刘基。我与他并无半点交情，不过说些公道话，请陛下圣裁！"又有一人出班道："臣启奏陛下。"众人一看，是中书省礼曹主事崔亮。崔亮字宗明，曾经在元朝浙江行省做过小吏。大明军征张士诚，在旧馆安营时，他弃官来降，后因丞相推荐，授中书省礼曹主事。徐达、常遇春大军攻下济南，皇帝诏命他为济南知府，后因母丧回家守制。李善长知道他的学问长于礼制，亦能主治地方政事，皇帝也多次向他请教《周礼》。李善长对他有擢选和荐举之恩，他与刘伯温亦过从甚密。丞相心想他此时出班奏事，或许借着皇帝的宠信，想为刘伯温申辩罢了。崔亮说："臣曾经听过一句街谈巷议，不知当不当说。"李善长听出话的苗头，忙说："街谈巷议如何上得庙堂。"崔亮于是不语，眼睛看着皇帝。

皇帝被崔亮的话提起了兴致，因说："好事不出门，恶事传千里。朝廷上的事，

---

① 大司寇、大司马：西周时期的官职，后来大司寇成为刑部尚书别称，大司马成为兵部尚书别称。

② 盘水加剑：指用盘盛水，盘上横一把剑。水性平，表示期待像盘中的水一样公平地裁决；如果真的有罪，则以盘上的剑自刎。

市井都知道了？那些老百姓在说些甚话。"崔亮说："陛下容禀，臣晚朝后在茶楼吃茶，听茶客谈天说地，有人说朝中虽有文武百官，其实只有两个人，一个是淮右人，一个是浙东人，今日便见两个人打架。臣入中书省做礼曹主事，实是相公推荐，相公是臣的恩公。但臣又喜欢与刘伯温谈经论史，也有交情，只是这等交情淡如清水。臣自己都不知是淮右党人，还是浙东党人，还是两党都有沾染，所谓半间不架，如坐在两条凳子中间，别人若将凳子向一旁移动些许，臣便会坐空，一屁股墩实地坐在地面，陈大人想必也有同感罢。"陈亮应声道："正是。臣不说一句半句公道话，如鱼刺卡在喉咙；说了，却开罪于相公。真是两头不是人呐！"

陈亮的话一说完，有人笑，有人皱眉，有人使眼色。皇帝阴沉的面皮稍微明亮起来，说道："你这么一说，朕也是淮人，如今做了皇帝，岂不是淮右党人的头目？"群臣听皇帝这么说，都笑出声来，丞相也陪着笑了。皇帝撑着面皮不笑，却正色道："以后不要说甚么党了，街谈巷议且由他说去，我们都不要听信便是。我看呵，大明朝还不曾有这一党那一党的，朝廷上也不只有两个人。刘伯温的事就议到这里，谅他不过没有算准这一回雨，杀了一个贪墨的李彬，也不要将刘伯温往死里整。"丞相见皇帝突然为刘基定论，不敢再逆皇帝之意，百官也无一人出班再议。

次日，丞相与皇帝说兵部尚书陈亮为人焦躁，往往意气用事，恐怕他在武官选授、升调、功赏上有所偏袒，不宜主持兵部。依陈亮这个湖南蛮子性格，却是纠正官邪，铲除奸暴，平息狱讼，洗雪冤情，振扬风纪，澄清吏治的极好人选。据吏部来报，浙江按察司缺按察使一员，不如差陈亮去。皇帝被丞相一番话说动了心，果然觉得陈亮锐气太甚，降职到地方去磨砺一番，也未为不可。

散朝后，礼部尚书钱用壬来报，高丽国使者来朝。皇帝惊喜，说道："高丽国一直向元朝进贡称臣，还出兵马来打我们，如今却差使者来大明朝，要好生接待，不要慢了海东之使的一片心意。"皇帝在华盖殿接见使者周谊，他三十多岁年纪，身材颀长，身着青色襕裳，与应天城中的读书人相似，有仪容之美。皇帝托周谊传话与高丽国王，中华已经恢复，胡元灭了，贵国能遣使者来京城，不失情义，明朝也决定派出六名使者，带些中土的方物，跟着你一同去高丽，从此互通情谊。皇帝令光禄寺卿设午宴款待周谊。

周谊在京城游赏十余日，归国前，丞相在南风楼设私宴钱行。散席后，丞相屏退左右侍众，与周谊在小阁中密语。丞相说圣上后宫空虚，子嗣不蕃。圣上如今忙于朝政，都无心思去招妃纳嫔。下官久闻高丽多佳丽，自做主张请周先生归国后物色一位年十六七的处女。我安排两个使者送你回去，你选好后便着他们送来，休要为外人知道。如若圣上称意，当有重谢。周谊当即都应承了。

文庙惊夜

钱用壬晚间来文庙探望刘伯温病情。刘伯温躺在摇椅上，借着烛光看书。钱用壬与刘伯温说起六部尚书与侍郎的名单，刘伯温说他早听说了，向他道贺。钱用壬别后，鼓交二更时，刘伯温才睡。

约莫过了一个多时辰，刘伯温被一阵狗叫声惊醒，忽听到窗户外面有动静。一人大喝道："看你这贼往哪里走！"接着听见棍棒打击声，有人惨叫，有人求饶，又听得几声沉闷的声响，如同棍棒打在米面袋子上。刘伯温心想莫不是有窃贼潜入文庙，这里没有护卫亲军，谁在使棍？他披衣下床，在窗户纸缝里窥视，见一个人手持烛台，映着一张长须的面皮，竟然是那个老门子。他的右手提着一根六尺长的哨棒，另一个竟是厨子老洪，将一个黑衣人按住了，地面上躺着一人。一只黑色猎狗朝地面狂吠着。三个打杂的老汉也站在一旁，一手提着灯，一手绰着刀。

刘伯温不知出了何事，开门出来问门人道："林老，出了甚事？"老门人道："刘先生，有两个窃贼爬墙进来了，被老汉发觉，打翻一个，老洪捉了一个。"刘伯温道："想不到二位老伙计竟有这般好手段。"老门人道："实不相瞒，老儿十几岁时，也曾跟着乡里的武师学了几年枪棒，后来投了军，在常遇春军中做了一个小教官。当年刘先生住到这里，圣上那时令常将军举荐一个人来守庙，要会些枪棒，常将军便将老儿推荐来了。洪老厨师却是徐达大将军选派来的，做得一手好饭菜，也能使刀弄枪。"刘伯温没有想到吴王当年居然那般细致，心中忽生一阵暖意。他来看捉住的窃贼，中等身材，身体壮健，看他的神情却不像惯盗的模样，问道："你是来取我性命的，还是来偷东西的？"那黑衣窃贼不答。刘伯温用脚尖推了推躺在地面的窃贼，已经没有动静，估计死了。刘伯温想起开国那日，有两名刺客逃走了，怀疑是这两个人，就说："这事可疑了，等天亮将活的送应天府，好生审问。死的叫衙门的仵作来验尸。"天亮后，老门人将那名窃贼送到应天府。应天府来了两名仵作，四个公人，验了尸，系棍棒打死。四个公人将尸体抬到城外化人场焚烧了。

两日后，刘伯温病情稍好，来奉天门晚朝。散朝后，皇帝唤住刘伯温，问道："刘先生，那天晚上受惊么？"刘伯温迟疑片时，才说："那个老门人的枪棒了得，臣倒不曾受惊。"皇帝微笑说："那个门子和厨子，还有几个打杂的差役，都不是寻常人，颇有武艺，是朕当年着人在军中选来的，暗中护卫着你哩。"刘伯温说："多谢陛下，陛下向来是关爱老臣的。"皇帝问道："你觉得那两个人是盗贼，还是当日行刺朕不成逃走的？"刘伯温不敢断定，如果是刺杀皇帝的刺客，便不是报私仇，与李彬的家属无关。如果是盗贼必是偶然进入文庙，自己向来清贫，没有甚么值钱的东西可以偷。难道是李彬的家属花钱请来刺客？但此事风险极大，万一被人发觉，皇帝必然斩杀李彬的家属，丞相亦身败名裂，他们想必不会如此不智，因此说：

"估计他们想偷些值钱的东西罢。"皇帝点点头，颇有意味地说："为何怎地巧，先有人弹劾你，接着便有人晚间入室偷盗。朕着刑部好生审问，便知端的。"

西楼断事

西角楼距西华门不远，宫中称作西楼，是角门上的门楼。四围种植了许多桂树，仲秋时节，桂花的香气馥郁。皇帝用了晚膳，有时心绪烦闷，常在宫中扪腹闲行数百步。这晚他来到西楼下，站在桂树间。月下花香清远，人影婆娑，颇有一种意趣。他吩咐长随太监左禄说："这里桂子香，我今晚便在西楼上批阅奏章。"左禄说声"领旨"，忙去安排几名中官。有人去华盖殿取来通政司递来的奏章，有人则去唤掌灯女史。

皇帝坐在西楼批阅奏章时，左禄与十几名带刀亲军守在楼下。左禄坐在门槛上，与几个中官低声说着闲话，忽然听见楼板上传来声响，像是跺脚声，听见楼上喝道："该杀！该杀！"接着听到皇帝大呼："左禄！左禄！"左禄惊慌而起，三梯并作一步，上了楼来，跪下道："奴才在。"皇帝坐在御案前，满面怒容，连旁边的几支烛光都吓得闪烁不定。皇帝道："即刻唤刑部堂官周祯来见朕！"左禄不知出了甚么事，通常这么晚了，皇帝不会宣六部尚书来宫中。他不敢问半句，立即答应道："奴才即刻便去。"

不足半个时辰，周祯身着官服，戴着乌纱帽，急匆匆赶到西楼上，跪在御案前。皇帝道："那个文庙的窃贼，如何便死在狱中了？莫不是有人差来刺杀刘伯温的！见事不成，才杀人灭口！"周祯道："臣晚朝前才接到大牢中送来的消息，说是那个窃贼吃了午饭，便死了。"皇帝喝道："吃了饭便死，不是毒死还是胀死不成！将当值的大小官吏全捉了，好生审问。如果是有人下毒，查出指使的人，一发都杀了！"周祯道："臣有失察之罪，今晚便去大牢中查明实情，明日早朝报与陛下知道。"皇帝听他这么说，稍稍消了一些气，接着批阅奏章。周祯一直跪着，过了几刻，皇帝抬头看见他还跪在御案前，头都不敢抬，说道："你回去罢，今日太晚了，明日上午去大牢里查罢，午朝前来乾清门报朕知道。"周祯如遇大赦，浑身汗出，叩头三响而退。

鼓交两更时，左禄畏畏缩缩地上楼来。皇帝问："怎地畏缩，却有甚么事？"左禄跪禀道："禀报陛下，皇后娘娘也来看桂花树，看见楼上有灯光，便问谁在上面，奴才说是陛下。皇后娘娘想上来给陛下请安。"皇帝哦了一声，说道："请她上来。"皇后上了楼，道了万福礼，皇帝笑道："真巧，娘娘也来看桂花树了？请坐着说话。"左禄移了一张圈椅到御案的右边，皇后坐下，笑看着皇帝。皇帝问："你看我作甚？"皇后道："看陛下发怒的模样，臣妾也有三分害怕，别说是文武大臣们了。"皇帝强笑起来，说道："我有怎么吓人么？"皇后说："臣妾在楼下赏桂时，听见陛下在楼上大呼该杀该杀，臣妾吓了一跳，全无赏桂的心思，不知是谁犯了死罪，触犯了陛下。"皇帝于是说了原委。

皇后静默片时，才说："臣妾有一句话，不知能不能说。"皇帝道："你直说便是。"皇后温和地劝谏道："陛下如今有了七个儿子，三个女儿，正好是积德的时候。臣妾请陛下不可纵怒杀人，切莫轻易让活人丧了性命，这既是子孙的福，国运也能长久呵。"皇帝听了不说话。皇后又说："上位深居宫中，大牢中的事如何都能知道，上位说杀，下面做官的岂敢不杀。如果罪有应得，杀了不冤；如果不曾犯着死罪，上位一怒之下杀了他，岂不是冤枉了。你设了三法司，还有六部，都是上位的耳目和手足，令他们依律从事便是了，上位岂能事事亲为。——这是臣妾的心里话，臣妾并不敢干预朝政，请上位恕罪。"皇帝听了心里不快，好像做了皇帝皇后就不像做夫妻，和悦地道："皇后娘娘说得在理。但切莫左一句上位，右一句上位，上位都是早年跟着我渡江的文武功臣称呼我；大姐在人多的时候，称陛下便是，若就只有你我二人，还是称大哥好。我这个人就是容易发怒，有时怒火过后，也有些后悔。自古人命关天，以后要处决的大事，我还是让三法司依律从事罢。"皇后忙站起来，跪在地面，向皇帝三叩头。皇帝道："大姐请起请起，怎地便行大礼来了。"皇后道："臣妾是替百姓们叩谢陛下。"皇帝听了，好些不自在，怔怔地笑着。皇后犹豫好一会，说道："臣妾告退了，只是……还有一件家事……想与陛下商量。"皇帝道："你说。"皇后道："陛下今年登基，臣妾册封了皇后，其他姐妹里却没有一个册封，臣妾心中不安。"皇帝道："哦哦，那早晚会册封的。"皇后道："臣妾心想，这件事宜早不宜迟，如今姐妹们住在各自的宫里，各人有各人的心思。三妹妹知书识礼，善诗能文，是姐妹里的女秀才，请陛下封她为贵妃，也好协助臣妾管理六宫。"皇帝道："你说得是，过些日子，便行册封礼罢。"皇后道："多谢陛下，臣妾这便告退，陛下也早早歇息。"

次日午朝，周祯来报皇帝，说他早上天未亮，便带着仵作等人去刑部大牢，验了尸，没有中毒迹象，身上只有肋间有几道棍棒痕迹，或许是当晚被人打的，有了暗伤，吃了饭便猝死。皇帝一听，拍案大怒，喝道："早不死，晚不死，关在刑部大牢中便死了？"周祯吓得浑身颤抖，跪下道："请陛下息怒，臣与仵作亲自验尸，此事实在凑巧，除了他的身体肋骨间有几个暗伤，并无新伤；那几处暗伤或许是文庙老军棍棒打的，绝无外人来狱中加害，臣敢以性命担保。"皇帝恼怒地道："好好的一个人，在牢中关了一天，就因暗伤暴病死了，端的蹊跷，就有恁么凑巧么？朕想定是有人要谋害刘伯温，却被人在牢中灭了口，如今两个人都死无对证，竟成了一桩悬案。将他们画影图形，张贴在京城内，看看有没有亲眷前来认尸！"周祯道："臣遵旨。如果有人认尸，臣定查明缘由。"皇帝道："你再去细查这几日有没有外人到刑部大牢中，典狱是否与外人有接洽。如果有人灭口，我要杀了他全家老小。你这个尚书敢做半点假，我便要剥你的皮！"周祯以头触地，说道："臣一定尽忠尽职，不敢有半点虚假。"

几日后，周祯来报皇帝说，已经在全城张贴告示，画了图，写明原委，城中无人前来认领。应天府尹差人去各街坊查询，皆不见有人家失踪人口，估计是外地流窜到京城的窃贼。皇帝此时已经消了气，听周祯这么说，与应天府和磨勘司①的官吏所说的情形相近，虽不十分相信，但也无可奈何。

急奔妻丧

这年秋天，皇帝下诏将应天定为南京，汴梁定为北京。汴梁因为"居中夏而治四方，立国之规模最重"，四方朝贡道路相近，按理最宜建都，可是从地形险易看又不宜建都。皇帝很难取舍，索性定为北京，成为心中的一个都城，以缓解求之不得的渴念。皇帝的目光从汴梁南移，竟然想在家乡濠州修建中都，但他也听人说过，濠州地形偏狭，道路不便，摆不开建都的格局。他想趁天气稍凉，再去巡视汴梁，察看建都地形，顺便慰劳北征大军。

早朝上，皇帝议建中都。刘伯温当廷奏道："目天下初平，民力维艰，应天宫城新筑，再建中都，于时于地并不相宜，诚请皇上三思而后行。"他细细分析其中的利害，皇帝听了十分不悦，说道："朕都知道恁些道理，建中都虽有难处，但还是要建的。朕已令工部在那里相地。濠州城西二十里开外，有一个凤凰山，南面地形平缓，可造宫殿，谁说不能造！"刘伯温被皇帝的话噎着了。

刘伯温散了晚朝归来，吃了晚饭，独坐寂寥，窗外虫声唧唧，惹动他的秋思；悄思往事，不觉落泪，拈着衣袖印了印眼睛，展一纸，捉一笔，只为消遣秋夜，填了一首词《摸鱼儿》：

> 正凄凉，月明孤馆，哪堪征雁嘹唳。不知衰鬓能多少，还共柳丝同脆。朱户闭，有瑟瑟萧萧，落叶鸣莎砌。断魂不系。又何必殷勤，啼螀络纬，相伴夜迢递。　樵渔事，天也和人较计，虚名枉误身世。流年滚滚长江逝，回首碧云无际。空引睇，但满眼、芙蓉黄菊伤心丽。风吹露洗。寂寞旧南朝，凭阑怀古，零泪在衣袂。

二更时分，老门人来报，说先生家乡有两位客人来了。刘伯温忙出来相迎，见是堂兄和一个家仆，惊问："你们星夜赶来，家中莫非出了不祥之事？"堂兄说："弟媳陈氏四天前不幸病故，我们赶夜路进了城。"刘伯温老泪潸然，凄凉地道：

---

① 磨勘司：职能与大理寺相近。据《明史》所载，洪武元年撤销大理寺。洪武三年，置磨勘司，设令、司丞。监察各衙门的刑事、钱粮案件，核查有无冤假错案与隐匿不报的案件。

"我这番不得不回去了!"他令差役热了饭菜,让堂兄和家仆吃,安排他们睡在客房。刘伯温当晚起草求致仕疏。次日早朝毕,皇帝起驾回谨身殿,刘伯温在宫外将《求致仕疏》交太监胡政。皇帝看了说道:"他早就想走,一直开不了口。如今他的二夫人陈氏病故,夫奔妻丧,是人之常情,朕留不得,宣他进殿来见朕!"

刘伯温入殿跪拜。皇帝道:"平身。刘先生你有妻丧,朕也不便挽留,你先奔丧去。你正当壮年,致仕还早哩。朕令礼部赠银一百两,绢两匹,差两名亲军护送,一路上你要好生节哀。"皇帝说话不如往常那般亲近,但也不是从汴梁归来时那样冷漠。刘伯温叩头道:"谢陛下隆恩,臣告退。"他来到御史台和太史监,向下属辞行,却见台监里只有两三人在当值,就问人都到哪里去了。当值的人说,昨日皇帝下了一道圣旨,令御史、按察史官和太史监等官吏都自驾船只,发去汴梁安置了。刘伯温伤心地说:"这都是我刘基惹来的祸,殃及了他们。"但他又转想,皇帝莫不是想将汴梁当作陪都,一北一南,与应天城相应。几个旧部凑了一些奠仪,有几两白银和半匹锦缎,刘伯温一律谢绝。

刘伯温回到文庙,收拾行李、诗文稿等物品。临要出门时,刘伯温想起一事,放心不下,又回到书房,拈笔写了几行字,放在袖中。弟子二人执意要去奔丧,刘伯温以不可荒废学业为由,不让二人去。伯温请人在城中租了一条船,下午申牌时分,与堂兄、家仆坐船出城。御史台来了章溢和经历刘希鲁等数名官员,太史监来了卓知微等人,六部只来了礼部尚书钱用壬,中书省来了礼曹主事崔亮、员外郎王濂,都穿着便服。旧日相识中来了宋思颜、夏煜、范常、詹同、王祎等人。傅瓛因言语无忌,早一向被皇帝免官还乡了。

刘伯温来到王濂的面前,说道:"王大人当日相教,在下感激在心,都被你说着了。奈何老夫天性嫉恶,负了王大人一片好意。"王濂道:"刘老先生见外了,不才只是摸着良心说话。"刘伯温低语道:"你的妹夫若有你这样的品性,那便好了……"话未说尽,王濂笑道:"老先生过誉了。"他又拉着钱用壬的手说道:"家荆不幸去世,一时心烦意乱,见皇上时竟忘记说了两件事,这一封信托你在明日早朝上转给上位。"钱用壬答应着,接了信,放在袖中。刘伯温道:"上位见我临别有言,定会当朝开封来看。假若上位采纳老夫的话,便会将信笺装入信封,不让百官知道;倘若上位不信老夫的话,便会不喜,定会当朝宣读,作为笑谈。"钱用壬半信半疑。刘伯温向送行的人拱手道别,两名亲军左右扶着他登船。钱用壬看着船渐渐远去,感觉别意凄凉,临江嗟叹良久。

晚朝上,群臣都不见刘基,许多人尚不知道刘基因妻丧致仕。皇帝三两句说了缘由,朝臣们议论纷纷,有些曾指责刘基的人都若有所失。丞相感到意外,他想如果早知道,一定去饯行。百官群议之时,钱用壬出班奏事道:"臣送别刘基大人时,他托臣转呈一封信给陛下,说因妻丧,心烦意乱,面辞陛下时竟未曾想起,临行时才记起,话都写在信里,请陛下睿鉴。"皇帝有些惊喜,不知刘基临别要给自己赠几句甚么话，说道："大宗伯，呈上来，呈上来。"殿头执事太监接了书信，放在御案上。皇帝拿起信，撕开了，扯出信笺来，抖了抖，信笺哗哗地响。百官都不议论了，一齐看着皇帝。信上只有数行，皇帝看毕，笑了笑，说道："我以为是甚么锦囊妙计，原来是两桩旧事。"他将信掷于宝案上，百官都看着皇帝。皇帝说："众爱卿可想知道刘基临别给朕说些甚么话？"有几人道："想听想听。"皇帝颇有兴致，拿起信笺，正要念，看了执事太监孙礼一眼。孙礼会意，过来接了书信，以略带雌性的声音念道：

臣刘基伏惟陛下起居胜常：

臣奔丧去国，临别仓促，有二事不及面奏，幸陛下留意焉：凤阳虽帝乡，然观地理之形，实非建都之地。王保保虽败，然未可轻也，陛下宜令大将军等早知悉。望阙驰想，不胜惶恐之至。

臣刘基顿首再拜　洪武元年八月十一日

孙礼念毕，朝官中有人发出轻微的笑声。这笑声很勉强，并不是嘲笑刘基，而是献媚于皇帝。皇帝也笑了，说道："刘基虽然有些憨，又有些拗，这也算是他一点忠君报国的心意罢。"朝官们又笑着响应皇帝的话。皇帝说道："众爱卿也不要笑，只是朕拿定了主见，中都要建，王保保比他养父可差远了，有甚么好畏惧的？"

第十一章

大本堂猛皇帝打人　坤宁宫贤皇后教子

秋巡开封

皇帝再次出巡开封府前，依例在社稷台祭祀了社稷神灵，谢了天恩。大将军徐达遣使者献《平元都捷表》，也在这日到京。表中有几句文辞，"五百年而王者兴，仰圣人之在御。大一统而天下治，际景命之维新。尽驱胡虏之膻腥，诞布幅员之声教。乾坤清肃，日月光明。"皇帝过目成诵，大加赞赏，说道："想必是冯胜的手笔。"他下诏改大都路为北平府，令徐达设置燕山等六卫，守御北平。次日清晨，皇帝带着数万禁卫亲军以及夏煜等几名文臣出城，在城北渡口乘船北上。

十二日水陆兼程，皇帝到了开封。日间无事，领着文臣去城外察看开封的山川形势，还在为建都的事发愁。皇帝在开封住了几日，心想自徽宗、钦宗皇帝被金人掳走后，汴梁的宋时流风余韵，荡然不存，街坊破败，居民神情猥琐，胡俗、胡语、胡服、胡食极多，与汉人风俗混杂一起，总觉得开封城远不及应天城，连那呜咽的黄河水也不及滚滚的长江水，这一回彻底放弃在开封建都的想法。皇帝虽然解脱了一个心病，但神情还是很抑郁，想到城中看看，顺便散心，就与张泊、郑焕等亲军换上便服，到街坊间行走。皇帝在街坊间仍然听到有人称年长的为相公，称年轻的为官人、舍人，店主称来客为朝奉，过客称街边卖字画的为待诏，百姓称医师和阉猪的为郎中，酒楼倒茶水的都称作博士，与上次同冯胜微服出行所见一样，仿佛民间人人都向往做官，口头上都以前宋的官衔相称，相互虚夸滥誉，虚浮的民风实在可恶。

皇帝回宫后，召集河南行中书省右丞相杨宪与开封府知府、同知等官吏到宫中来。皇帝说："今日不谈政事，谈风俗。风俗事关朝廷教化。如若民间风俗不好，朝廷教化便难以施行，教化荒疏了，风俗又会更坏。今后汉人用蒙古名字和穿戴蒙古衣冠的风气都要改过来。宫中的羽林卫军中千户、百户就有人叫刘脱因不花的，有叫张哈剌不花。我问他们出身，却都是汉人；还有叫李塔识不花的，是一个江南人。在元朝时，汉人与南人低于蒙古人、色目人一等，为方便行事，取一个胡名也情有可原。如今我做了皇帝，掌人伦教化，汉人不得再用胡姓和胡名，也不得再穿胡服，都得从中华旧制。应天城还好，开封城胡风太重。杨爱卿，你是地方守令，要知道这些事虽是细枝末节，但事关风俗，干系重大。朕这回北巡，带着夏煜先生来了，着他草一份诏书，禁止汉人用胡姓胡名，还要禁汉人说胡语，都要说汉话，休得再胡言乱语了！"

杨宪听皇帝从教化说到风俗，算是看到华风衰败的症结所在，真是天资高迈，难怪他能从和尚做成皇帝，忙说："陛下说的是极紧要的事，臣一定奉旨施行。"皇帝扳着手指头，接着说："我在城中逛了半日，便到处见人称相公、官人、朝奉、博士，成何体统？在我大明朝今日一律都不得再称。替朕拟一道圣旨，颁行后三天，你得闲了，与几个差役身着便服，去街坊间行走查看，如有再乱称的，当众锁起来，拖到衙门罚跪、掌嘴，是财主家的人还要罚银。"几个侍立的太监有人头一缩，舌一吐，暗中做怪相。杨宪道："陛下圣明，臣谨记了，几天后便去城中查访。"皇帝说："这些恶劣民风，我早就看不入眼，不强行纠过来，早晚会乱了我朝风俗！"杨宪道："陛下所言极是。"

皇帝正说着话，胡政近前轻声禀报说："陛下，江西行省差使者递来讣告。"皇帝惊问："谁死了？刘伯温死了？"接着又自语道，"哦哦哦，是江西行省的讣告。江西死了人也要让我知道么？"胡政说："禀报陛下，江西参政陶安大人病故，使者还呈来他死前写的《时务十事》，说是陶大人在病中所写。""陶老先生恁快就死了？"皇帝问了一句，伸手接着奏折，打开来看，嘀咕道："我上次见他辞行时身体还好，如何就病死了？"杨宪叹息说："人有旦夕祸福呵。"皇帝匆匆浏览奏折，"十事"中有二三事稍微紧迫，用手指在奏折上掐出几道痕迹，说道："杨爱卿，这几条你都抄录下来，尽快实施了。如今正是用人的时节，如他不死，我还想升他的官。"杨宪忙过来接着奏章。皇帝突然问："刘伯温不会病死罢？他回乡奔妻丧，不知如何了。"杨宪十分惊诧，不知皇帝为何这般问，想必皇帝还是挂念着刘伯温，就说："刘基身子向来好，如何会死哩。"皇帝徐徐地说："你不知道，他也是有重病的人哩。"

皇帝南归的前夜，亲笔为陶安作祭文，下诏追封他为姑孰郡公。杨宪来见皇帝，说城中有几个元朝监生向开封府告状，因被告是京官，开封府断不了案，上报河南行中书省，状告夏煜先生勒索他们钱财。皇帝十分震惊。原来夏煜在开封城中的酒楼吃了酒饭，独自在街上闲行，看见一户人家立碑，却仍用至正年号，便指了出来，那户人家不理睬他。夏煜便去军中寻到一个相识的千户，那千户派来十几个军士，要捉那家主人和写碑文的监生。夏煜说你们还心向着元朝，想谋反不成，自己替他们另撰碑文。当代文章除宋濂、刘基外，他排在第三位，皇帝北巡也带着他，专门起草圣旨，收你们二十两润笔银子不算多。那户人家一时拿不出，看着家长与两名监生被军士挟走，亲眷们便去开封府大堂击鼓告状。当晚，皇帝收到应天城来报，太子病了十几天，发热而且腹泻，太医们都急了；皇帝暗想建都未定，若太子又出意外，自己不堪承受，于是南归心切，无心细究此事，阴沉着脸说："那块碑重立便是，家长与撰文的人不要加罪，立即放了。那个夏煜想必是酒后戏言，也莫当真。"

次日，皇帝南归，一路数万名护卫亲军相随。河南地面还有十几处山寨未平，有的盗贼隐闻皇帝南归，想来截路，但见随行的军马极多，都不敢来犯。过大江时，正是黄昏，皇帝请夏煜来龙船船头，一同饮酒谈诗。夏煜有些醉意，凭槛远眺。郑泊站在一旁。有人隐约在船窗里看见夏煜的身体向前一倾，翻过船槛，掉在江中，大浪一卷，登时看不见人影。龙船上许多人都说夏煜先生酒后失足，坠江溺毙。

大本堂

皇帝回宫后，中宫大太监马顺前来禀报，太子病了十几天，每天腹泻数回，如今痊愈了，现住在坤宁宫西耳房内，皇后日日照顾他。皇帝并不放心，换了一身明黄团龙常服，戴上折上巾，腰束玉带，与内官胡政、邱忠及几个侍卫一同去坤宁宫。

早在五月间，孙氏生下一个女婴，皇帝册封孙氏为成穆贵妃，同时册封吴氏为充妃，大郭氏为惠妃，小郭氏为宁妃，达氏为定妃，胡氏为顺妃，赐与贵妃和妃子冠服。妃嫔们闻知皇帝驾临中宫，早从各自的后宫出来，列队在坤宁宫外相迎，跪拜皇帝。皇后头戴双凤翊龙缀珠冠，上饰以翡翠金钗，身着金绣龙凤纹真红大领衣，肩披霞帔，下穿红罗百折绯红长裙，外着一袭薄棉绣金褙子，淡饰胭脂，十分端庄。其余几位皇妃都是凤冠霞帔，富贵华靡。皇子朱棣、朱柄、朱棣、朱橚、朱桢得知父皇回来了，都跑出宫来，环绕在父亲前后，吵吵嚷嚷，欢喜一团。皇帝进了宫门，看见太子站在宫中，面色有些清瘦，忙前来问病情如何。太子跪拜请安道："祝父皇万岁安康。多谢父皇挂念，儿臣的病早已好了。"皇帝才稍微放心，嘟哝一句道："太医再医不好，朕要治他们的罪！"又问其他几个儿子，近来读甚么书，功课可有长进。皇子们抢着回答，有的说读了《孟子》，有的说读了《论语》，有的说读了《千字文》《三字经》《百家姓》。皇帝在几个儿子的面前，摆出老秀才模样，说道："读《四书》要先生讲朱子注，还要读《蒙童训》和《蒙童须知》，从小要知道做人的规矩，生在帝王家也一样，还要多临字帖。"皇子们都答应着。皇后担心皇帝怪罪太医，在一旁说道："多亏孙太医好医术，换了几副药，吃了就见好，太子早就不腹泻了。"皇帝说道："若治坏了，我要砍太医的脑袋！"皇后笑道："陛下，太医也不是神仙呵。"

皇帝到东耳房坐着喝茶，与皇后和众妃嫔说着闲话，几个年幼的皇子在阁外玩耍，却不见太子。皇帝从东耳房出来，来到西耳房前，立住了脚步，听见清朗的读书声，是太子在读书，"孟子曰：不仁而得国者，有之矣；不仁而得天下者，未之有也……"皇帝的心中生出无限爱怜之意，不由笑了，觉得孟子之言直比孔子，不愧是亚圣人。他静听着太子继续朗诵，"孟子曰：民为贵，社稷次之，君为轻。是故得乎丘民①而为天子，得乎天子为诸侯，得乎诸侯为大夫。诸侯危社稷，则变置，牺牲既成，粢盛既洁②，祭祀以时，然而旱干水溢，则变置社稷……"这话皇帝听得真切，皱起眉头，觉得孟子这几句话不中听，不近情，就问正在嬉闹的朱桢道："廓疃童③呵，你也上了学，你先说说，太子在读甚么书？"朱桢躲在朱棣身后，说道："我不知道。"皇帝又问朱棣："般若奴，弟弟里你最大，你可知道这是甚么书里的？"朱棣直摇头，也说不知。皇帝问："你们谁知道？"朱枫、朱棣都抢着答道："我知道。"皇帝问："你们就说罢。"两个皇子说太子在读《孟子》。皇帝道："对了，这是孟子的话。般若奴呵，这书他们没有学，你一定读过，却一点也不记得了？"朱棣听了，肃立一旁，低着头，不敢作声。皇帝手指点着他，说道："可知你平时读书不用心，先生的话全当耳旁风了。明明哥哥念了是'孟子曰'，你却没有用心听。"

皇帝进入西耳房，太子忙放下书，起身跪拜父亲。兄弟们也都过来，一同坐着说话。阁中有三张床，太子、朱棣、朱枫住在这里，朱棣、朱橚、朱桢则住在西面另一间小阁里。阁中有一排书架，上面多是经史，还有历代法帖真迹，墙上挂着两幅画，一幅是《映雪读书图》，另一幅是《天子明堂图》。书案上有半砚新磨的墨，阁中微有墨香。皇帝低头看了看书案下面，却有弹弓、木剑、铁丸、竹片等东西，又在两张床上看见了一些芝麻，还有酥饼的细屑，被褥上有木轮车、小鼓、泥彩人、瓷质鸟兽等玩具。皇帝转身看墙壁，三尺高处有墨污和涂鸦之迹，就对诸儿道："太子大病初愈，就用心读书，你们是不是在宫中无事生非，成天游手好闲？经常在床上吃东西，在墙壁上胡乱涂写，还有那弹弓做甚的，要打鸟还是要打人？"诸儿都不作声。皇帝道："我令人在文楼的东面空地上建了一座房，房子并不高大，也不华丽，是给你们读书用的。丞相取名为'大本堂'，我着翰林院和中书省搜取古今许多图书藏在堂中，请来四方名士做你们的先生，你们要好生学习。大本堂内只能放纸、笔、墨、砚、书、画等用具，玩具与吃食等杂物一应不许带进去，不然，我定教先生责打！"太子道："多谢父皇。儿臣一直想有一间清静的读书堂，与弟弟们一同读书，更有天下的名师来做老师，日夜教导。"兄弟们见太子这么说，都争着来谢父亲。皇帝看着太子这么沉稳，十分欣慰，说道："你病才好，读书不要太过了。晚上早些睡，早上早些起，还要督促弟弟们一起读书才是。"太子道："儿臣

---

①　丘民：丘，众多。

②　粢盛既洁：洁净的黍稷一类的祭品。

③　廓疃童：朱桢的小名。

记住了。"皇帝对皇后道："我近月忙内忙外，顾不上后宫的事了，儿子们多亏了皇后和众妃嫔、乳母的照拂。"皇后道："陛下说哪里话了，这都是臣妾们分内的事。"

晚膳时，几位太监在东耳房外小阁里整理好桌椅，左禄等几名太监提来数只金龙朱漆盒，盛有各式米膳、粥品，荤菜如黄焖羊肉、黄韭菜炒肉、炸春卷等二十余种，都端出来摆好。胡政先用银箸在每道膳食中尝了一尝，就请皇帝一家人进膳。十几盏宫灯照得宫内如同白昼。皇帝一家人围在几张方桌上用膳，太监与侍卫们垂手肃立阁外。晚膳毕，皇帝令众妃嫔还宫，独自与皇后饮茶。皇帝叹息道："太平这个大宝贝儿子，天天读书，遮莫成了书痴。我更喜欢他能在宫中闲地上骑马玩耍，拿着刀乱砍，操着棍乱打，也让我放心些。"这话将皇后逗笑了，抿着嘴，茶水从唇角溢出，湿了前襟，忙用手弹去，说道："大哥，太平如果好动不好静，每天喜欢打打闹闹，你又会指望着他天天读书，像个小神童才称心哩。"皇帝也笑了，说道："也是。天下做父母亲的，想必都操着这般心思。"皇后说："如何不是哩，人心都是肉长的。"

开课

冬至后两日，大本堂开课了。教诸皇子的都是当世宿儒，中书省奉旨在四方征召而来，费了好大周折；有李希颜、梁贞、王仪等六七位，为太子宾客；秦庸、卢德明、张昌等人为太子谕德。李希颜本是河南行省郏县的教书先生，博学多才，以执教严厉知名，许多富贵人家子弟入学后，都很怕他，渐渐变得规矩起来，读书长进很快，因此名声甚远，很多有钱人家都争着请他当西席。李希颜那时正在一个大户人家教十几个孩子，供给优厚，日子过得悠闲。皇帝得知其人，亲笔写信强征他到京城来。

开课前几天，皇帝请先生们都来华盖殿，训了一番话，这些话都事先打了腹稿。皇帝说道："范金琢玉，所以能制作器具；尊师重道，所以能培养才德。朕如今请来诸位先生辅导太子和几位皇子，要先培养他们的德性，然后再讲帝王之道，礼乐之教，以及古往今来成败的事迹，还要经常给他们说说民间稼穑的艰辛，不要让他们都成了书痴。学问积累久了，才能成教化，他日执政时，自能合于古道，不做庸君，不做昏王。这是国家第一等的大事，卿等要好生勉励，莫负了我的心意。"先生们被皇帝这一番话训服了，都点头领命。

上学这日，太子与兄弟们穿着明黄绣花棉袄，戴着暖耳帽，各人身边都跟着两个年纪相当的人伴读，这些人都是文武大臣的子弟或是民间俊秀，民间称这些伴读的男童为"龙门秀才"。陪太子读书的是国琦、王璞、张杰三人，是去年在国子监生中选来的，与太子年纪相当。皇帝当日见国琦、王璞、张杰三人仪容秀朗，谈吐得体，就让他们陪着太子在吴王府读书。如今大本堂开课，皇帝仍令他们前来陪读。

　　皇子们在孔子画像前站成两排，随后皇帝驾临。先生们跪拜皇帝与太子，问候起居，这是君臣之礼。其后礼部尚书钱用壬主持拜师礼，几位先生坐在堂上一排太师椅上，除太子外，诸皇子都要跪拜先生，先生一一答礼，这是师生之礼。太子执意要拜先生，为钱用壬所阻，说当朝没有这个礼节。太子说道："适才先生叩拜了皇帝和太子，是行大臣见皇帝和储君之礼。眼下学生要拜先生，是执弟子之礼，自古就有，如何说没有？"钱用壬无话，看着皇帝，皇帝坐在南面的御座上，笑着点点头。太子于是叩拜先生。先生们坐不住，不待太子拜第二回，连忙起来扶住太子。李希颜在很多富户家教书，从来不曾受过如此礼遇，一时感激，眼泪都要流出来了，对皇帝说道："陛下，太子年纪不大，却有忠厚长者之风，真个是国家之福呵。"皇帝听了，面容上虽然没有多少笑意，心中却十分高兴。

　　转眼过了半个月。这日天寒，早朝散后，皇帝信步出了奉天门，向东过中左门，来到大本堂。李希颜正在讲解《论语》。皇帝站在门槛外，不觉听得入神。下课后，胡政、张焕推开门，李希颜见皇帝来了，忙请了进来。皇帝说道："堂上天气寒冷，着太常寺每日送几盆炭火来。"李希颜道："陛下，依愚臣之意，就不必了。天虽然冷些，但宫中避风，堂内寒意比宫外少，若多穿着棉袄，脚上穿了厚袜，就不冷了。天冷了人的心神反而更静，最益于读书，常说冷静，热闹，便是这个意思。如若堂上太暖和，太子和皇子们恐怕都贪图安逸了。"皇帝道："你说的也是，那暂且不加炭火。所谓夏读三伏，冬读三九。"李希颜道："陛下说得极是。"

　　皇子们在堂上玩耍时，太子仍静坐在书案前，与伴读官国琦、王璞在说话。皇帝踅过去，太子见父亲来了，忙起身行礼，国琦二人正要拜，皇帝让他们坐下，看见书案上有《诗经》《论语》《孟子》《汉书》和《淳化阁帖》等，就问："你们在谈论甚事？"太子忙说："启禀父皇：儿臣与国琦近日都在看《汉书》，商量七国的故事。"皇帝十分惊讶，忙问："那七国故事①，曲直如何？"太子脱口道："曲在七国。"皇帝道："不对，这是讲官偏颇之见。景帝还是太子的时候，以博局杀了吴世子，后来做了皇帝，又轻听晁错的话，黜削诸侯，七国不服，才一同叛乱，为是这般缘故！——讲史是哪位先生？"太子道："王先生。"

　　皇帝站起来，查看诸皇子临写的字。朱樉的字如鬼画符，朱枫的字全无笔法，朱棣略知笔法，但字的间架过大，都撑出九宫格，朱橚的字用笔结体都稍得法，朱桢的字挤成一团，都不能识别。皇帝将皇子们都叫过来，说道："看看你们的字，信手乱画，全无笔法，再看看太子的字。"皇帝到太子书案前，拿起一张习字纸，给诸皇子看："你们看看，同样是学着写字，哥哥的字已经入了帖。你们要好生用

---

　　① 　七国故事：汉景帝时，御史大夫晁错建议削减诸侯的封地。公元前154年，吴王濞与楚、赵、胶西、胶东、菑川、济南等七个诸侯王发动叛乱，历史上称为"七国之乱"。汉景帝拜善于治军的周亚夫为太尉，统率三十六名将军领兵去讨伐叛军，平了七国之乱。

功，不要一心贪玩。你们字太差，将来封了藩，做了王，会被读过书的官吏们瞧不起的。"

皇帝离开大本堂，太子与诸皇子都出来相送。朱棣笑嘻嘻地，手指着坤宁宫外的空地，对朱标说："你看这里好大一块闲地，何不栽种些树，多建些宫室，我们兄弟一人住一间大屋，何必都挤在一间小殿里住着哩。"朱标看了父亲一眼，示意弟弟轻声些。皇帝却听到了，来到兄弟们面前，说道："你道此处为何不种树？"朱棣摇头。皇帝说："坤宁宫与乾清宫前不种树，是防止外人隐藏在树间，以生不测。前朝空地却种有多种树木。我喜欢种些能结果实可吃的树，无果实的树不种，如桑树、枣树、柿树、栗树都有果实，尤其是棕树、漆树，都要用心栽种，公用私用都有益处。如今修建皇城，已经花费不少，这些空地不建宫殿，是节省民力物力。那些苑园亭馆、珍禽异兽实无益处，我向来不留心。"朱标道："父皇说得是，儿臣都记住了。"

皇帝回乾清宫的路上，想去文楼看书，路上对胡政说道："你去请王仪先生来文楼。"胡政领命道："奴婢就去。"皇帝站在文楼的书橱前看书，胡政进来禀报："上位，王仪来了。"皇帝道："请王先生进来。"王仪进了门，叩拜了皇帝。皇帝道："近日讲课辛苦了。"王仪道："这是臣的分内事。"皇帝问道："你可讲过七国的故事？"王仪答道："臣几日前选古史中有益的，做成故事，给太子和皇子们讲了。"皇帝道："你这事做得好。说史不是消遣，而是要受益。"王仪道："臣正是这个意思。将来太子要做皇帝，而皇子们也要封王，因此，有意讲了七国的故事，是让他们自小知道君臣之礼，明白国家法度，不要复蹈景帝的前辙。"皇帝道："你想得远，想得深。皇子们转眼便长成人了，迟早要封王的，朕不会让他们都留在京城，他们要守在四方。七国的乱事，但愿不要出在我大明朝。"王仪道："陛下所见极是。"皇帝道："你身为讲官，七国的事要分两般说法。"王仪问道："臣不知陛下所说是哪两般。"皇帝道："你对太子说时，当说曲在景帝；如对做弟弟的说时，当说曲在七国，告诫他们，做了藩王后理当上尊天子，不要坏了天下的公法。只有这般说，将来太子做了皇帝，知道敦睦九族，珍重亲亲的恩义；而做了亲王的，也知道尽心协辅朝廷，谨守君臣的道义。"王仪暗自叹服皇帝的用心，说道："臣都记下了，陛下说得极是，臣当作如此讲解。"

皇帝回到乾清宫，丞相李善长递来消息。他奉旨差人去江中搜寻夏煜遗体，晚间镇江府知府来报，有渔民在江上看见一具尸体，穿绯红官服，经官府查验是夏煜的遗体，肚皮胀得如一只河豚，皮肤发白，须发在水中飘荡。知府令人收殓了，将棺材运到应天城。皇帝无奈地叹息一声。次日早朝后，皇帝令礼部在午门外设灵堂，与文武百官前去吊唁，赏赐家眷银子与布帛若干。夏煜跟随皇帝多年，知道许多机密之事，皇帝既喜欢又憎恶，如今死了，不免想起两个人来，一是宋濂，二是刘基。

宋濂奔母丧，守制①数年未回；刘基回乡时，自己不久也离京去了汴梁，当时还觉察不到刘基辞别后的怅惘。如今一日三朝，都见不着刘伯温，总觉得少了一个人，尤其是朝会上无人与他争执国家大事，全由自己一人说了算。皇帝万事都想做得稳妥，又想有人提出公允的异议，担心文武百官惧怕自己，不敢如刘伯温一样敢于固执己见。皇帝有时又以为自己的主见尽善尽美，以至于文武百官没有异议。

耳刮子

早朝后，皇帝步出奉天门，信步向大本堂走来，悄悄地从侧门进去，到了讲堂外，却没有听见朗朗的读书声。他从窗棂间向堂内看，先生李希颜有不悦之色，站在朱橚的书案前；朱橚站着，头仰望着屋梁，左手垂下，右手不停地挠耳朵。希颜左手拿一卷书，右手执一根两尺长的竹尺。朱橚嘴唇半天翕动几下，希颜将尺敲打在书案上，啪地发出声响。朱橚身体一颤，瞪李希颜一眼。李希颜有些恼怒，顺手将尺去打朱橚的额头。皇帝在窗外听见笃笃笃三声，看见朱橚忙用手揉着额头，嘴唇不停地动，眼泪汪汪的。李希颜再次举起竹尺，先在空中扬了一下，还未落下，忽听得书堂的角门被人一脚踢开，一人逆着光大步进来，大喝道："李希颜，你有几个脑袋，竟敢打皇子！"

李希颜吓了一跳，转头来看，那人到了眼前，竟是皇帝，身后是两员带刀亲军和两员长随太监。李希颜怔住了，还未说话，脸上啪地着了一个耳光，打得响亮，将几个皇子和十几个伴读都震住了。朱橚觉得很解恨，真想父皇杀了他，免得天天要背书挨打。李希颜半晌才哽咽地说："陛下，臣教诲不当，死罪呵！"他一时老泪纵横，满脸伤心和委屈。他自教书以来，不知打过多少学生，有钱人家的，没钱人家的，聪明的，不聪明的。他以前打了学生，做父母的还要感谢他，说他教书用心，从来没有人说过半句不是。今日当着学生的面，老脸受了皇帝一记耳刮子，觉得羞辱之极，心想你即使贵为天子，可也是学生的父亲。皇帝怒气未消，来看朱橚的额头，问道："还痛不痛？"朱橚见父亲这样关爱，索性放声大哭，叫道："父皇，好痛呵，都打肿了，父皇，我不读书了！"皇帝又摸了摸，果然有一块硬疙瘩，转头来看李希颜。李希颜见朱橚大哭，又听他那么闹，也有些自责，跪在地上。皇帝在他面前来回走动，不时低头看看他，气势汹汹的，仿佛随时要叫人将他架出去斩了。太子站了起来，来到李希颜旁边，缓缓地跪下道："父皇息怒。李先生是一片好心，怕儿臣读书不用功，才严加管束，请父皇息怒。"梁贞、王仪、秦庸、卢德明、张昌等几位先生闻声赶来，都跪在地上，同请皇帝息怒。皇帝见跪的人多了，心里有点发虚，也不再说话，转身回乾清宫去。

---

① 守制：指守孝，晚辈为长辈遵守居丧的制度。又称"丁忧"。

晚间，皇帝来坤宁宫进膳，皇后见他面有不悦之色，笑问："谁又惹皇上不高兴了？"皇帝有些心虚，像是招供道："李希颜用竹尺打般若奴的头，我顺手打了他一个耳刮子。"皇后听了，几乎失声惊叫，左手忙掩着嘴唇。她平静好一会，劝皇帝吃些菜，陪他饮了一杯黄酒。晚膳毕，皇后传朱棣来坤宁宫，问他日间读书时有甚么见闻。他不说话。皇后问道："般若奴，你的额头为何有一块青淤？和谁打架了？"朱棣道："娘，是李希颜那个老儿打的。"皇后生气地说道："般若奴，你也太撒泼了，白读了圣贤的书，哪有做学生称老师为老儿的？李先生是天下少有的良师，你若不是生在皇帝家，他请都请不来。你怎的野，将来谁敢来教你这个学生！"皇后气得眼泪都快流出，拿出手绢，印了印眼睛，到东耳房去了。朱元璋见妻子伤心，便骂朱棣道："无知的畜生，惹你娘生气！"皇帝跟着来到东耳房。皇后说："陛下，你是皇帝，也是儿子的爹爹，哪有先生管教儿子严了点儿，做爹爹当面打先生耳光的？"皇帝早消了气，但也不认理亏，说道："他不合用尺打般若奴。"皇后道："般若奴向来贪玩，最不好读书的就是他，他除了怕李先生外，谁都不怕。李先生还能让他背几段书，多认几个字，其他先生都无这等能耐。陛下如何因李先生严教儿子，竟恁般生气？"一番话说得皇帝十分无趣，又无话可说，懊恼起来。皇后道："陛下就算要打他骂他，也要拣一个无人的所在。陛下当着诸儿的面打了先生，如今般若奴也不怕李先生，呼他老儿，这是读了圣贤书的结果么？大本堂几位先生以后谁还敢从严教书？"皇帝不说话。皇后知道他不说话就是认了理亏，也不再多说，免得恼了他，迁怒于李希颜，就赔着笑脸，拉他来到正殿。皇帝感觉进退都不是，喝令朱棣向皇后认错。

次日，皇帝与丞相和礼部尚书钱用壬再临大本堂。李希颜托病在家，梁贞在堂上讲经。皇帝道："朱棣，你且出来！"朱棣忙跑出学堂，皇帝道："你去给李先生下跪赔罪。"朱棣不愿意，问道："父皇，你不是要治他的罪么？儿臣将来要做王的，为何还要给他下跪？"皇帝脸色难看，也不与他说理，压着声音道："你去也不去？小心我打断你的孤拐①。"朱棣见父亲这么威厉，心中害怕，不敢再犟嘴，跟着丞相、礼部尚书等人去城中李希颜的寓所。

李希颜卧在床上，见丞相李善长和礼部尚书钱用壬来了，闭着眼睛，也不搭理。朱棣扑通跪在床前，说道："父皇……父皇让我与先生赔罪。"李希颜张开眼来，冷笑着，说道："你起来罢，你将来要做王，老夫怎敢当你的大礼。"朱棣听他这么说，就站了起来，很不服气的样子。丞相道："李先生，皇上让下官转达圣意，要升先生为左春坊②赞善，下官特来贺喜。"李希颜并无半点欢喜，咳嗽几声，半晌才有气无力地说："罪臣谢皇上隆恩。"左春坊赞善是太子东宫的属官，太子入学后，

---

① 孤拐：脚踝骨。
② 春坊：魏晋以来称太子官为春坊，又称春宫。

就住在文华殿，这里成了东宫。李希颜明白皇帝给自己升官的用意，此后只让他辅导太子一人，不必到大本堂讲课，自己也没有面目与皇上的几个儿子讲课。他欣慰的是，太子虽然年幼，心善性敏，有仁君之风，不像他的父亲。李希颜听人说过前国子祭酒许存仁因辞官下狱，最后病死牢中，不敢推辞左春坊赞善一职。

晚间，后宫太监马顺与一个小太监提着食盒，给李希颜送来了冰糖木耳莲子汤，两张热面饼和几碟炒菜，一壶黄酒。李希颜得知是皇后差贴身太监送来的，连忙谢恩，吃着酒菜，心情一时也平复许多。

黄昏时，皇帝来到坤宁宫，与皇后、儿子辈共进晚膳。皇帝对皇后说："儿子们在宫中有书读，有天下一流的先生教，不知国子监那边情形如何，便想看看寻常人家和功臣家的子弟书读得如何，先生教得如何。为了先不惊动他们，昨日我与丞相坐马车去了。国子监招了不少京城附近寻常百姓家的聪明子弟，知书识礼，好生可爱。"他看了看太子和他的几个弟弟，"但愿你们读书不会逊于他们。"太子道："人的天资各异，儿臣不敢与他们比高下，只是用功读书就是。"皇帝道："用功就好。般若奴、神令子、武圣童，你们三人读书用功不足，还经常打闹，可有这事？"太子忙说："弟弟们平时也十分用功，玩耍只在课余，比刚入学时好多了。"皇帝本来有些生气，见做哥哥的竟然知道为弟弟们说话，性情愈见柔和宽厚，很是高兴。

皇后说："臣妾敢问一句，不知国子监有多少学生。"皇帝道："京城国子监设有六间讲堂，差不多有三四百人，汴梁国子监也有四五百人，还有北平的国子监，合计大概有两千余人。"皇后道："恭喜皇帝，人才可不少，将来必成朝中的栋梁。"皇帝道："愿他们学有所成，不负朕的一片苦心。只是设国子监时日不长，成材还需要年月。"皇后又问："学生每日读书，又没有俸禄，衣食如何依靠？"皇帝笑道："你可不必操这份心，四季衣服自是家中父母所给，茶饭由朝廷供给，就算遇到饥荒的年月，他们也不会挨饿的。"皇后道："学生有饭吃，那些学生的家室也有饭吃么？自古男耕女织，可丈夫整日读书，一时还没有薪俸，臣妾担心他们如何养家餬口。"

皇帝从来没有想过此事，因问："皇后有何良策？"皇后道："陛下何不为太学生的家眷建一些粮仓，官中每月供给成家的学生妻小的粮食，岂不两全了？"皇帝道："皇后真是好主见，我说与丞相和户部官知道，就在官仓里再增建几座粮仓，却不知如何区别开来。"皇后道："臣妾倒有一个主见。"皇帝道："甚么好主见？"皇后道："将粮仓的盖板漆成红色，粮官一见便知道是给太学生家小的粮食，不敢轻易挪用。"皇帝道："这个主意最好。户部将粮仓修好后，就依皇后的主意做。国子监生的家眷都会说起皇后娘娘的好处。"

皇后想起皇帝打老师的耳刮子，心里就发怵，传了出去有伤皇帝仁德之名，因此说道："善事无人说，恶行天下传。臣妾心想我们这家老小能有今日，多蒙上天眷顾，要为子孙积些德才是。陛下切莫说是臣妾的主意，户部官知道是皇帝的旨意便是了。"太子看着皇后，不住地点头。

第十二章

王保保败走太原城　长安门设立登闻鼓

夜惊

　　入冬以来，北地寒冷。元帝接连感染风寒，卧病不起。中书省臣与哈剌章都寄希望于扩廓帖木儿的军马，等着他领兵来援。元帝于是遣一名御史中丞赍手诏前往，皇帝心急，怕御史路上遇到不测，几天后，又遣一名侍御史去招河南王扩廓帖木儿入援。皇帝想起当年自己发昏，下诏毒死哈剌章父亲脱脱，心中愧疚不安。如今哈剌章忠勤为国，不计前嫌，要加封他为太保。哈剌章坚辞不受。皇帝不许，说略表朕的心意而已。

　　陕西行省左丞王克勤来上都见元朝皇帝，说寻觅到了扩廓帖木儿的行营，在陕西行省边界的保德州①，行营接连十几里，兵强马壮。他见到了齐王扩廓帖木儿，齐王托他呈上一本奏章，劝皇帝"车驾速幸和林，勿以应昌为可恃之地。臣乃挥师北出雁门，将由保安经居庸关以攻大都"。皇帝仿佛有了收复大都的指望，惊喜之下，身体好转许多。可是过了几日，皇帝又病倒了，似乎有不祥的预感，将重任托与丞相也速，加封他为威定王。皇帝常有朝夕之忧，下诏皇太子总理军国大事。只因差遣出去的两名御史迟迟没有消息，皇帝在梦中都念着扩廓帖木儿的名字。哈剌章说如今四方战乱，怕路上有不测，再差一个掌天下兵马的大臣去。皇帝于是令观音奴赍着手诏赐扩廓帖木儿，征他领兵来上都作护卫。观音奴身兼翰林学士承旨与知枢密院事二职，但他文不能草诏，武不能征战，想与一个能书善文的人同去，皇帝就令监察御史刘佶与他同行。

　　刘佶与观音奴来见皇帝。皇帝坐在胡床上，形容消瘦，面容黯淡，头发也脱落不少，前额泛出一层油光。皇帝说道："这番道路遥远，多带些护卫军马随行，朕等着二位爱卿的好消息。"二人劝皇帝安心养病，不要太过劳累，他们一定劝齐王

前来相援。次日，刘佶随观音奴上路，有三百护卫军马同行，过上都，经集宁，穿宣宁，投陕西行省而去。路上遇到多处成群的山贼，都被护卫军马打散。一行人到了保安州①，路上遇到几名元军哨骑，观音奴令人去追，得知徐达的人马已出大都，奔向太原，足有十万。观音奴心想贼兵恁多，兵锋又盛，扩廓帖木儿未必抵挡得了。观音奴跟着哨骑，来到扩廓帖木儿的大军营，连营数里，旌旗飘扬，仿佛藏着几十万精兵悍将。观音奴求见齐王，扩廓帖木儿与他们草草见过，便向哨骑问事，与老师蔡子英和众将商量后，决定与李克彝、虎林赤两员大将一同领着前锋三万余骑去救太原。观音奴为劝齐王尽早派兵北上，与刘佶跟着齐王同行。

大军来到太原城外，安下营寨。晚上，观音奴与刘佶睡在一个帐篷里。刘佶辗转反侧，不时叹息。观音奴道："刘大人，这一路上你心事重重，晚上也睡不着呵。"刘佶道："国事家事，都放在我的心头，如何睡得着。"观音奴拥被而坐，说道："我好歹也睡不着，你有何心事，不妨吐露出来，也省心则个。"刘佶道："恕不才眼拙，依某看齐王虽受朝廷旷世恩典，手握重兵，并无拯救朝廷之心。皇帝下了几道诏书，宣他去见，他迟迟不去面圣，盘踞陕西，必有所图。"观音奴道："刘大人所见极是。我半日里见他说话行事，便知道皇帝不能倚重他，奈何他手上兵马多，皇帝又不敢见罪于他。却说你的家事如何哩？"刘佶悲伤地说："不才追随皇帝，将母亲和妻儿都留在大都，如今不知消息，日夜心中烦忧。宣德府达鲁花赤秃因不花大人为我转送家书，至今也不知消息。"观音奴感叹说："朝廷难得刘大人这样忠心呵。久闻朝廷轻汉人，实在偏颇。"刘佶问道："观音大人，你道我大元还能还于旧都么？"观音奴摇头叹息道："难呵，看来我大元气数已定，从此又只能逐水草而居沙漠了。"

十几日后，一队军马匆匆归营，旌旗零乱，还有许多伤残的人马。刘佶感觉有异，前去打探，才知道扩廓帖木儿令"中州十虎"中的李克彝、虎林赤两员大将领前锋一万余骑先去太原，遇到大明军傅友德、薛显二员猛将，亦领着一万余人在太原城外游击，得知两只中州猛虎来了，在他们必经的山林中设伏攻击，官军前锋不及防备，队伍被冲乱，无心交战，大半归降。李克彝、虎林赤领残兵逃回行营。观音奴来见齐王，说皇帝多番请求齐王领军马北上，去上都护卫皇帝。扩廓帖木儿说眼下领大军北上，陕西势必尽失，上都也守不住，请皇帝速幸和林，从长计议，等他守住太原，再领兵出居庸关，攻取大都，迎皇帝回京。观音奴知道扩廓帖木儿在搪塞自己，亦无可奈何。

过了几天，又有十几名残兵败将回营，说是被红贼打散，绕了好大的路才寻到行营。当晚，刘佶与观音奴正在帐篷中饮酒私谈，忽听见外面刮杂杂地响，帐篷映着一片红光，有人大呼"着火了""红贼偷营了"。行营顿时大乱，观音奴道："红

_____

① 保安州：在怀来西北面。

贼袭营，我们抢两匹马快走！"二人立即出帐，解开营中两匹军马，向着北边奔去。刘佶在山间远远回望，营中火把通亮，官军与大明军绞杀在一起。刘佶不知方向，不敢乱走，追着溃散的军马，惶惶地逃向忻州①。

几天后，探马来报王保保，徐达、常遇春给十几名降兵各赠银二十两，说袭营得手后再付八十两。他们回来后，当夜放火烧营。徐、常见营中火起，领着一万精锐骑卒，冲入营中。官军因不知主帅下落，无心厮杀，四处溃散，想逃入太原城，又中了薛显军马的埋伏，无处可逃，漫山遍野都是降兵。次日天亮，徐达、常遇春令人清点降卒，竟多达一万余人，却不见王保保。徐达遣散王保保军中的老弱军士，其余的人都并入军中，很快打下太原城。几员降将告诉常遇春说，王保保当晚慌乱中抢了一匹马，领着十几名亲军先逃了，如今估计在忻州。

忻州城门尽闭，城头守卫空虚。刘佶终日恐慌不安，时常与观音奴在城头观望。这日清晨，城外杂树动摇，战云浓积，草地间有几匹野马在逃奔，天上群鸟惊飞，好像大战将临。刘佶多日不见扩廓帖木儿，在城上问了几个千户军官，都不知他在何处。到了辰牌时分，远远地看见草树间一队红色旌旗，直抵忻州城南门外，约有三千余人。大军旗飘扬处，一员大将骑马横枪，三千人一字排开，后面的马车拉着几十具攻城器械，杀气腾腾。刘佶手指着大旗上绣着的一个"常"字，说道："观音公呵，此人便是贼首常遇春，骁健有名。当日红贼攻打虎牢关，一兵未动，信上写着常遇春的名字，就让关上的守军降了。红贼称他'常十万'，他今日领着三两千军马来攻城，身后大营中恐怕有十万大军！"观音奴失色道："我们陷在城中，如何了得？"刘佶道："我们去北门，告诉守城军士，常贼来攻城，任谁也守不住，不如与我们一发先逃了。"二人匆匆下城，劝开了北门，领着自己那队护卫亲军北奔代州。几天后，刘佶得知常遇春三千人不到半个时辰攻破忻州城。大明军兵临城下前一日，主帅扩廓帖木儿早奔向大同路。刘佶见大都就在数百里内，想去寻觅亲人，得知道路已经被大明军占据，一路上关防盘查得紧，只得作罢。

观音奴与刘佶几经辗转，回到上都，同行的护卫亲军失去大半。皇帝得知扩廓帖木儿败了几回，连失数城，又迟迟不领兵北上，忧恐成疾，卧床不起，在行宫里调养，数日不上朝。上都风大，阴霾浓重，室中昏暗，白日都要点灯烛。中都又传来地震的消息，军民死伤不少，帝心愁惨不舒。过了几日，皇帝病情稍转，因大臣之请，又将在行殿早朝。刘佶远远看见许多宿卫从行宫出来，忙问："出了甚么事？"宿卫说："禀告刘大人，有几只狐狸潜入行殿，盘在御座下的羊毛毡子上取暖，我们用箭将它们射死，在宫外掩埋了。"刘佶看着行殿外荒凉的杂树和枯草，寒风呼号，凄凄凉凉，顿有万念俱灰之感。皇帝驾临，进入行宫，坐在御座上，问大臣们说："狐狸进入宫殿，是何征兆？"观音奴说："陛下，想必是兴国嘉兆。"皇

---

① 忻州：在太原东北百余里处。

帝冷笑道："你真会诓我。连狐狸们都知道宝座下暖和，那些红贼谁不想夺朕的宝座来坐？"观音奴面有愧色。御史大夫阿剌不沙大声说："陛下，这是亡国之兆，亡国之兆呵！"皇帝嘿然说："朕看也是亡国之兆呵，天意如此，朕奈何得了？"皇帝散朝时，见宫中宿卫亲兵面容消瘦，衣裳单薄，担心他们临危不忠，赏赐宿卫军士一些旧衣和米粮。

高丽国遣使者来了，进贡岁币如旧例，皇帝稍感安慰，心想大都被红贼夺了，官军连年败退，高丽国还不失年年朝贡之礼，难得藩国有这样的忠心。高丽使者献了礼后说："陛下，纳哈出大将军兵马进犯敝国边境，令高丽国君民不安，请皇帝惩处纳哈出。"皇帝有些意外，好言相劝来使说："朕自会惩处的。"皇帝下诏与纳哈出，婉劝他不要入高丽国境，将来还要借他们的军马去打红贼。纳哈出送来奏章，劝诫皇帝说，高丽心怀两端，观望不前，同时交结于朝廷和盗贼，不可以为外援。扩廓帖木儿兵马强盛之日，久与人争地，欲窥神器，不受皇帝圣旨。如今接连兵败，又派使者来示好，想借陛下的恩威，图谋他日，请陛下明察。刘佶也上书劝谏皇帝说，高丽国心怀两端，不可恃为外援；齐王早无忠心，纳哈出实是一个贤臣，可以倚重。皇帝说这些他都知道。

皇帝因病又辍朝数日，观音奴来寝宫奏报，丞相也速已经领精锐骑兵四万到了通州，只要打下通州，大都收复在望。皇帝惊喜之下，出了一身汗，仿佛病痛脱身而去。谁知次日接到也速来书，通州盗贼防守坚固，攻取未果。皇帝怕也速军马受损，忙下诏令也速不要急于南下，恐贼兵趁虚北犯。

行人汪河

常遇春住在忻州城王保保住过的宅第中。晚上有一个三十岁左右的人来访，形容清瘦，穿着破旧的青色衣裳。他说他姓汪名河，六年前吴国公派他送书到汴梁，那时王保保驻军在那里，将他拘羁五六年，后来跟着王保保的军马来到忻州。今日大明军破城，他才从乱军中逃脱，要回去向皇帝复命，今晚特来向常将军致谢，兼作辞行。常遇春怕此人冒充汪河，在军中寻到几个认识汪河的人，才确认了。当晚，常遇春将一路行军用兵之事写入奏章，托他带给皇帝。次日，常遇春为汪河备了饯行宴，馈赠二十两银子，派两个老军送他南归。

十余日后，皇帝得知汪河在宫门外候旨，怔了一晌，拍一掌，说道："啊呀，是那个出使的汪河？他还活着呵，快快宣他进宫来。"皇帝没有坐在御座上，站在华盖殿的门内，看见汪河上了丹陛。皇帝说道："汪先生，当年差你作行人，谁知一年多不见你的音讯，以为你死在半道上。不承想过了恁多年，你还能回来，朕正欢喜着哩。"汪河入宫便拜，流泪道："臣还能见到陛下，一是上天眷顾，二是依仗常大将军。"皇帝扶起他，一同坐下来喝茶。汪河说起常遇春近年征战之事，大赞常遇春有名将风范。皇帝看了常遇春的奏章，得知徐、常大破王保保军马，十分意外，说"常十万"这几年战功颇高，不会忘记他的好处。你在北地拘羁了五六年，很不容易，朕赐你一百两银子，你过几日便回乡去，与亲人团聚，一个月后准时回京城来，朕与你官做。汪河谢恩而退。皇帝见常遇春亲笔写的奏章文笔顺达，叙事得体，比徐达有文墨，加上他近年颇有战功，下诏擢他为左副将军，从此位居右副将军冯胜之上。

过了二十多天，皇帝收到战报，傅友德、薛显领兵向西，攻取了许多山寨。冯胜进取平阳、绛州，偏将陆聚还收取附近一些山寨，阳曲、榆次、平遥、介休等城闻风而降。这日，胡政给皇帝送来一只木盒，铁钉密实地封着，上面斜贴着封条。皇帝问："这是甚么东西？谁寄来的？"胡政说："都督府说是左副将军常遇春寄来的。"皇帝说："你打开看看，不会给朕寄来北地食物罢？"胡政与左禄一同打开，盒内放了一张纸，上书六个字，盒内浮起一丝丝豆豉与羊肉混合的气味。皇帝看了，呵呵大笑。

晚朝时，文武两班站得整齐，静鞭三响之后，皇帝升座。他笑道："常十万给朕寄来一件物事，众爱卿不妨观赏观赏。胡政，拿出来。"胡政捧来一只木盒。皇帝问大臣里面装着甚么，有的猜是果品，有的猜是西域宝刀，有的猜是王保保人头。皇帝笑说："都不是，胡政，你打开让文武百官看看。"胡政打开木盒，拈着一件物事的边缘，提了起来。百官看清是一只靴子，十分不解，皇帝说："盒内附有一张纸，上面写着：王保保靴一只，想必是常伯仁亲手写的罢。"丞相问："怎么只有一只？"皇帝笑说："伯仁来奏章说他晚上去劫营，王保保正睡着，听见人马喧嚷，仓促起床，摸着黑，只寻到一只靴子，另一只便在这里。堂堂大元一代名将，也有这等仓皇失措的时候。"这一番话，惹得满朝文武大臣放声大笑。

皇帝忽想起刘基临走时说过"王保保未可轻也"，不觉失笑。当年自己差遣书生杨璟去领兵，败给王保保一回，而徐、常大军一到，夜半前去劫营，王保保竟然全无防备，数万大军只逃得十八九人，看来大元真的无人了。皇帝临朝时向百官引见汪河，说他是余阙的高足，当朝的苏武，在北地被王保保拘羁了六年，不失节操。得知吏部侍郎一职空缺，就下诏任命汪河做吏部侍郎，算是犒赏。

登闻鼓

皇帝因见到王保保一只靴子，想念见不到的刘伯温。他离开应天后，御史台虽增补了数名官吏，但无人敢直谏朝中的得失。皇帝还不十分放心中书省和六部，总担心下情不能上达，被他们蒙蔽。皇帝想起了宋朝的故事，令御史台在午门外设一只大鼓，名为登闻鼓，令一名御史监守。诏令天下，凡民间有冤屈，各地府、州、县及按察司徇私枉法不为申理的，或者上诉到了京城，中书省及六部也不为接纳的，以及有关军国机密大事无由上达的，都可以击鼓，由值鼓御史奏报皇帝知道。

最初开设登闻鼓那几天，京城以及四方百姓将信将疑，并无一人前来击鼓。外地人进京喊冤，听京城的人说皇帝设了登闻鼓，才斗胆一试；此后，击鼓的人渐渐多了，每日都有三四人。御史台受了状子，剔除不必击鼓上奏之事，十余日也有三四件，就转御史台、磨勘司。皇帝起初亲自督办案件，核查口供，还在午门外见了六七个来京申冤的人。

很快，皇帝才知百姓入京的缘由多出乎意料，极少的人确有冤情，更多的人因不服各地衙门判决，但他们又无改判的证据；皇帝不知各地断案官吏是否徇私枉法，只好批转御史台、磨勘司或刑部；三法司审核后，又转回击鼓人所在地的衙门，衙门官吏怕皇帝降罪，重新受理，虽有少量案子重新改判，但大部分案子仍依原判。地方衙门又怕被告入京击鼓，将涉案双方的供词和判词抄报御史台、磨勘司，两法司再次依照刑律审核，发现并无不妥，又退还各地衙门。

后来，击鼓的人多了，午门外时常人声喧嚣，宫中都能听到。也有冤情又胆小的人，却不敢入宫击鼓；皇帝日理万机，无法事事过问。他偶然听有的大臣说登闻鼓放置得太深，百姓不便，皇帝倒也能闻过则改，令御史台将鼓移至长安右门外，百姓不进皇城也能击鼓了。皇帝有时批阅奏章倦怠，心里念叨着，设立登闻鼓这么久，很多击鼓鸣冤的案子都不需自己审理，倒有些失望了。

却说当日常遇春在平江城中与几员副将骑马巡街，遇到一个拦马求助的秀才吴崎，他说在大军破城后，带着妻子出城避乱，不慎走散，想必是被平吴的军官挟走。常遇春动了恻隐之心，问了他妻子的姓名，传令到各营去查，并无下落。吴秀才每日在平江街坊间寻觅妻子，日思夜想，大半年来满头黑发全花白了。他将旧屋租出，又去了湖州、嘉兴、杭州、常州等地寻访，路上积蓄用尽，就沿路乞讨。乘船过长江时，他万念俱灰，想赴水自尽，被一个同行的老道士劝住。老道士得知原委，告诉他说能在乱军中拐走他的浑家的，必是一个军官，军官多是盗贼出身。如今江南都平定了，当年的盗贼多成了功臣，住在京城里，不如去京城寻访。吴崎抱此一念，来到了应天城。

应天城功名坊有许多青瓦白墙朱门大宅第。一座大宅右侧的小巷里，有一处清水脊门檐，很少有人从这里出入，十分清静。吴崎经常在这里歇息，晚上就睡在檐下破败的草荐上。这天申牌时分，门吱呀呀地开了，几个女眷和男仆从门内出来，说说笑笑；其间一个妇人先瞥吴崎一眼，回头又望了望吴崎。吴崎正倚墙而睡，全然不知。黄昏时，这道侧门又打开了，有人提来食盒，从盒里端出两碗菜，一碗炒牛肉，一碗米饭，放在台阶上。吴崎正饥饿着，不敢仰视，不停地点头谢恩，就坐在台阶上吃。天黑时，那人出来收拾了餐具，将门关上，扔与他一条旧被。第二日晌午，那门又开了一道缝，伸出一只手，将一只布袋递与他，他未看清门内人面影，门就关上了。吴崎打开布袋，是一袋炒熟的黄豆，再细看时，黄豆上有一张纸，还有一件物事微露一角，他摸出来看，是一双金钗。他怔住了，这金钗是妻子新婚时所簪，如何会在这里，忙将纸片拿出来，上面写着一首七律：夫留吴越妾江东，三载恩情一旦空。葵藿有心终向日，杨花无力暂随风。两行珠泪孤灯下，千里家山一梦中。每恨当年罹此难，相逢难把姓名通。吴崎见这娟秀小楷极眼熟，似是妻子的手迹，莫非赐食的人就是她？顷刻间，数年乱离之悲，独身思念之苦，一齐涌上心头，不觉抚门痛哭。他指望着门再次打开，与妻子相认，可到了黄昏，门一直紧闭着。

次日清晨，吴崎实在忍不住了，来到正门前，大声高呼："柳怀贞……柳怀贞……我的妻呵！"府门开了，有两名差役绰棒出来，喝道："你在门前高声作甚？"吴崎道："小的妻子离散两三年，正在府中，想与她说一句话。"差役冷笑道："你这疯子，你家的浑家如何会在我们府中，快走快走，不然打断你的孤拐！"吴崎道："我昨日在后门边见过她一面，端的在贵府上，求她出来相见则个。"门前吵嚷声惊动了管家，管家看了看，就进门去了，一会儿，几个女子拥着一个衣冠华丽的妇人出来。吴崎细看，不是妻子，估计是府中女主人，忙上前施礼，说道："恳请尊夫人行个方便，让我浑家出来相见，说几句话。"那妇人冷言道："你凭甚么说你的浑家在我们府上？"吴崎便拿出布袋，又拿出金钗和诗笺，说是自己的妻子昨日相送。那妇人见了，立即变了脸色，骂道："好个不知羞耻的贱妇，竟然在家勾搭野男子。你们当差的都吃了闲饭不是？给我将这条野汉轰出去！"几个差役听了，上前去推吴崎。那妇人手指着吴崎骂道："你这个癫子，以后敢在我们府前吵嚷，小心打死你！"一个老差役一边推吴崎，一边指着门额道："你这秀才死了心罢，你看这是谁的宅第！"吴崎抬头看见府门上一块匾，上有四字"吴都督府"。

此事惊动功名坊的许多居民，都挤在街道两旁看热闹。有一个拄杖的老翁手指着吴府，对吴崎说："那是吴良将军的宅第，他是定远人，皇帝岳父的同乡，如今做了五军都督府的都督佥事，是一个从一品的大武官哩，那个骂你的妇人便是他的嫡妻。吴良为人还算厚道，可他的家奴很猛恶，我们左右街坊经过他府前，都要离正门三丈远。你的浑家在他的府上，便是去应天府打官司也要不回来。你想要回浑家与登天差不多。"这话说得吴崎心灰意冷，悲伤至极。那老翁叹息一声，又说："天无绝人之路，几个月前，皇帝在长安右门外设了登闻鼓，你大胆去击鼓，天底下只有皇帝才能为你做主，看你的命了。"吴崎听了怔怔然，谢了老翁，径自去长安右门。

赐名

申牌时，皇帝在华盖殿看书，值鼓御史来报皇帝道："陛下，今儿早上有一个姓吴的秀才击鼓鸣冤，说他的浑家在平江城中被吴良将军挟走多年，现在吴都督府中，求陛下做主，放还他的浑家。"

皇帝十分惊奇，搁了书，自语道："竟有这样的事？"值鼓御史道："吴秀才是恁般说的。"皇帝知道军中很多将校出身山寨与市井，掳掠之性难改，攻取平江前虽发了四死牌，但也有不法之事未被察觉。皇帝说："吴良当年在濠州便是我的心腹人，为人有仁有义，行事又省俭，并不曾听说他好声色货利。吴良可不是无良的人，自与邵荣不同。朕令他守城，他便夜宿城楼，枕戈达旦，常年训将练兵，时时防备着贼兵来袭。他平吴功劳颇大，如何会在乱军中掳人妻子？——那个秀才在哪里？宣他到奉天门来见朕。"御史道："他早上敲了登闻鼓，便一直睡在长安右门外，等着宫里的消息。"皇帝叹息道："乱世难得有这般的痴心汉，若真如他恁的说，朕替他做主。"

御史唤吴崎进入长安右门，过外五龙桥，穿过承天门和端门。午门前一个太监领着他去奉天门。他远远看见一个人坐在御座上，身穿黄袍，想必是皇帝，既惊喜，又心慌，低着头，跟太监来到台阶下，跪在地面，随身的包袱放在一旁，叩头道："小民吴崎，祝陛下万岁！"皇帝问道："吴奇？稀奇的奇？"吴崎道："陛下容禀：是山字旁加一个奇字。"皇帝笑道："道途崎岖的崎呵，难怪你的浑家被别人抢去。你将走失浑家的事，细细说与朕听。"吴崎就将当年在平江城中与妻子走散的事详细说了。

皇帝好奇地问道："你见着常遇春了？他给你的箭哩？"吴崎说："小民见着了常将军，他真是一个铜筋铁骨的硬汉子，箭在小人的包袱里。"一面说，一面从包袱里取出一只断成两截的箭。太监接了，递与皇帝。皇帝问："如何断了？"吴崎道："因箭太长，包袱小，不便携带，小民就折断了，留在身边作个纪念。"皇帝捻着断箭叹息说："箭尾刻着一个'常'字，真是他的箭。常十万当年虽没有寻着你的浑家，却也见他一片仁心。他如今正在北地征战哩，如在京城，朕便唤他与你相见。"吴崎叩头道："小民叩谢陛下。陛下说得是，常将军大勇大仁。"皇帝与吴崎说几句闲话，便令他明日上午辰牌时分在长安门外听旨，就坐龙舆去坤宁宫。

皇后正在坤宁宫东耳房倚窗缝补衣裳，听见太监马顺在宫外高呼"皇帝驾到"，忙从罗汉床上下来，出了东耳房，见皇帝大步进来。皇后要行跪拜礼，皇帝笑说："大姐，免了免了。"皇后问道："陛下恁忙，大白天如何又到后宫来了？"皇帝反问道："大姐这话便生分了，我只是晚上才来后宫么？"皇后笑道："岂敢，只是见大哥平时白天不常来后宫。"皇帝道："适才有人击打登闻鼓，说了一桩离奇的事，乱世间的悲欢离合，有如台上演戏一般，令人叹息。我觉得这桩案子难以公断，便来与大姐商量。"皇后听了，很有兴致，忙问道："是甚么离奇的事，大哥说来听听。"宫女们也好奇，都看着皇帝。皇帝提起龙袍，盘坐在罗汉床另一端，细说了吴崎的事。皇后听了，神情忧伤，不时抹眼泪，说道："吴秀才真是可怜的人，好在今生还能寻着妻子。这乱世上，父母妻妾儿女离散后，有终生不能相见的。"皇帝问道：

"他的浑家跟着他人三年，如同改嫁一般，若有了儿女，与后夫的感情又深，如何了断是好？"皇后道："她与前夫走失实非情愿，不论旁人家里如何富贵，与后夫如何恩爱，就算生了儿女，他的浑家都理当归还，还要赔偿他四方寻觅花费的盘缠。"皇帝点点头，说道："大姐的话有情有理。"

次日辰牌后，吴崎跟着御史来到奉天门，跪在台阶下。不足半个时辰，皇帝驾临，没有入座，却站在台阶前，与吴崎相距不过数尺。吴崎忙叩头，不敢仰视。皇帝说："吴秀才，你这三年寻觅也苦了，皇天真不负你的心意。"皇帝转过身，挥手示意，奉天门后转出几个宫女，簇拥着一个丽人来到门廊下，拜了皇帝。皇帝令她走下台阶，站在吴崎身边。皇帝道："秀才，你抬头看一看身边的可人儿是谁？"吴崎抬头来看，顿时惊住了，身体一阵震颤，向旁边倒下，忙用手撑地，喃喃道："是梦罢，莫不是梦罢？"他醒过神来，忙向皇帝叩头，如捣蒜一般。皇帝呵呵大笑。吴崎又向丽人叩头，那丽人忙跪下来，双手扶起他，说道："丈夫呵，多亏了皇帝做主，我们夫妇失散三年还能相见！"就掩袖啜泣起来。吴崎端详着妻子，粉额香腮，桃唇柳目，仍如三年前那样姝丽。吴崎有些恍恍惚惚。皇帝笑道："你这个痴秀才，眼前春色梦中人，你都见着结发妻子，还不敢相信！"吴崎忙说："小民信，小民信，全赖陛下做主，小民才有今日之福呵。"他拉着妻子，又拜了皇帝。皇帝说道："朕差人去吴良府上，为你问明了当年走散的缘由。那天吴良的义子在城中巡行，他义子手下的百户军官见一个女子有姿色，又是孤身一人，就挟她上马。吴良义子吴德见了，次日让人将她送到应天城吴府。平了东吴后，吴德便请人说媒，强娶了你的浑家。你的浑家虽然不依，也奈何不得。朕今日上午便差人去吴府，将你的浑家接到宫中，与你相见。今日午朝散后，朕在宫里为百官赐食，你去便殿用酒饭则个。皇后娘娘听说你的浑家柳氏才色双全，请她去后宫用饭。朕的妃嫔中也有喜欢诗词的，想与她谈诗论词。"夫妇二人叩谢皇帝。

皇帝看着柳氏道："你认出行乞的丈夫时，仓促间便能作一首七律，真是一个女秀才。朕曾经游赏京城一个佛寺，名唤多宝寺。寺里的幢幡上都写着'多宝如来'，朕一时兴起，得了一幅上联：寺名多宝，有许多多宝如来。左右随行的都是文臣儒生，当时却没一个人能对得出。你们夫妇试为朕对一对。"吴崎惶恐道："小民虽然稍识之无，却无才情，请陛下恕罪。"柳氏却答道："民女浅陋，敢奉俚句，只怕有污圣听，万罪万罪。"皇帝笑道："你且对来。"柳氏寻思一会，叩拜道："国号大明，无更大大明皇帝。"皇帝一怔，拍掌大笑道："对得好，对得好，真是一个女学士也。"

皇帝又看着吴崎，抚须沉吟道："吴崎呵，你这个名不吉利呵，注定你们夫妇要分隔几年。朕替你改一个名字，让你转运。"吴崎忙谢恩道："请陛下赐名，小民从此便转好运了。"皇帝说："当世有一个名唤叶子奇的大儒，是一个奇才，如今却不知隐居在何处，不为朕所用。你们夫妻二人的悲欢离合也奇了，你便改名吴子奇罢。"说时，皇帝呵呵大笑。吴崎叩头道："谢陛下，从此小民便唤作吴子奇了。"

第十三章

思诤臣诏驰青田县　选秀女宴设长春宫

无题诗

　　殿前值日太监领着吴子奇夫妇去一处值房歇息。午朝散后，一个太监又领着吴子奇去奉天殿外便殿吃酒饭，一个宫女则领着柳氏去坤宁宫。皇后坐在当门的主座上，孙氏因前些日子册封为贵妃，席列大郭氏、胡氏、小郭氏、硕氏、达氏之前。

　　宫女领着柳氏进入坤宁宫。柳氏跪拜皇后，说道："民女柳氏祝皇后娘娘凤体安康。"皇后和悦地说："请入席。"柳氏道："谢皇后娘娘。"太监引导她坐在宫门边的席上，与皇后主座相对。孙贵妃与胡氏看了看柳氏，相视一笑。光禄寺寺丞和主簿等人奉皇后旨意入殿传膳，殿中浮动着菜肴的香味。皇后笑道："众姐妹们，多吃菜，少吃饭，饭后吃茶，说些家常话，听小柳细说悲欢离合的奇事。"柳氏低声道："民女领命。"皇后道："我们后宫很少有宫外的人来，连亲戚都不经常走动，难得皇帝准许你到后宫用膳，我们很喜欢，柳妹妹不要拘谨。"柳氏道："谢皇后娘娘。"

　　膳毕，吃茶。柳氏奉皇后旨意，将当年与丈夫走失，后来进了吴府，做了吴德的妻子，都细细说了，惹得众人伤感流泪。胡氏笑问道："吴德是功臣的养子，吴府是大富贵人家，柳妹妹做了吴德的浑家，离开后是不是舍不得？"柳氏听了，脸色霎时通红，以袖掩唇说："民女不敢。"皇后瞥了胡氏一眼，说道："三妹，休要恁地说。"孙贵妃问道："柳妹妹，听闻你颇知诗书，那天见着你的丈夫，不敢相认，却写了一首诗给他么？"柳氏道："民女识得几个字，自幼喜好诗词，却是不工。那天见了丈夫恁般模样，一时不便说话，就写了一首诗。"孙贵妃道："我也喜欢诗词。"

　　孙贵妃想起搬入宫中住的时候，最初一个多月有些新鲜，住了两三月后，无端生起许多烦闷。有一天未牌时分，她唤着宫女卫淑仪一同出宫，想去城中集市上买些新鲜蔬果；出了永巷，过了坤宁宫几道门，守门的太监都俯身致意；经过后左门和中左门，值门的太监稍加询问，然后恭敬放行。可到了奉天门前，被几名带刀亲军叱喝，全然不认得她是皇帝的妃嫔。孙贵妃有些恼怒，却不敢发作。卫淑仪倚仗着孙贵妃的荣宠，径自闯过去，被亲军一推。她向后趔趄几步，险些跌倒。亲军瞪眼喝道，擅闯宫门，捉了付宫正司治罪！孙贵妃知道皇帝宫禁严谨，因此再也不曾出宫。孙贵妃忍不住说："下午请柳妹妹到我那里坐一会，说些闲话。"她又对皇后笑着说："皇后娘娘，妹妹困在宫中，无聊得很，宫外一个能说得上话的人都没有。烦请娘娘与陛下说，柳妹妹日后有闲，便来宫中走动，谈诗论词，也好打发时光。"

皇后看着孙贵妃说："我能体谅妹妹的心思。"眼睛却看着其他姐妹，好像担心其他姐妹不高兴。孙贵妃道："柳妹妹日后要多来宫里做客哩。"柳氏道："多谢姐姐了。"皇后道："我们都难得相见，你如果将来住在京城，便要多来宫中玩耍。"孙贵妃叹息一声说："我们虽深居宫中，其实还不如你自在。你宫里宫外都能自由出入，倒是羡慕起你来。"胡氏说道："妹妹说得是。我们好像金丝鸟，关在黄金笼子里，还不如做你这只野鸟快活。"皇后瞪眼看胡氏，胡氏笑了笑，说道："我不会说话，道理便是这样了。"

散了茶席，孙贵妃站起身，请示皇后道："小妹想请柳妹妹到我那儿作客，请皇后恩准。"皇后道："你难得遇到一个能诗善文的妹妹，莫留她坐久了。"孙贵妃答应着。柳氏向皇后以及众人致谢，跟着孙贵妃来到永宁宫，一路只有孙贵妃两名贴身的宫女相随。柳氏走过东六宫的永巷，清寂而悠长。孙贵妃指着一道丹青藻绘的屋檐说："我住在这里，永宁宫。"柳氏说道："这'永宁'二字好别致呵。"孙贵妃道："我一入宫中，便图这两个字，谁知愈想安宁愈不得安宁。"孙贵妃引着柳氏进了门，门的左边有一间小屋，两名太监模样的人俯首肃立屋前，向孙贵妃问安。孙贵妃点点头，说："这是守夜太监的值房。"柳氏跟着孙贵妃从左边一道门穿过，绕过一道照壁，就是一座精致的四合院落，正殿"永宁宫"之旁有几间小殿，庭中植着些桂树和樟树。孙贵妃说："这宫中可以住三四个人，眼下只是我一个人住，有六名宫女和六名太监，日夜轮流值班。"柳氏四面看一看，点头说："原来后宫便是这样了。"孙贵妃道："你想到各间屋里看看么？"柳氏道："想看呵。"孙贵妃领着她去几间还没有门额的偏殿看看，门都锁着，宫女去拿钥匙打开门，室内只有几件家私，积了一些微尘和蛛丝，有些潮湿和阴凉。孙贵妃道："将来如果皇上选了妃嫔，便会分配到这些屋里住，题上门额，屋内添些家什，增派一些太监和宫女。"柳氏道："住在宫里，吃穿用度是不用愁了。"孙贵妃黯然一笑，说道："这些事真个不用愁，可长久住在这里，抬头只见一片天，一朵云，便会生起许多无名愁绪。"柳氏若有所思，点点头道："姐姐说得是。"

孙贵妃请柳氏在明窗边的榻上坐着，宫女们端上茶和果品。孙贵妃说："我也喜欢写诗，写了几十首哩，妹妹看不看？"柳氏道："小妹真想拜读。"孙贵妃从装奁底下，取出一本诗笺，递与柳氏。柳氏翻开一页，几首七绝和七律都是"无题"，还有一些是"忆旧""记梦""伤怀偶题"，心中有些疑惑。《无题》诗有"十年春梦托相思，宫锁重门蹙黛眉"之句，《忆旧》诗有"太平城外秋光冷，小石街头夜月清"之句，《伤怀偶题》诗有"春恨不随流水去，秋思常与野云飞""白日常从愁里过，红颜空自镜中衰"之句。柳氏从诗句间隐约看见一个人的身影，却不敢多问，只是边看边说："姐姐的诗句清灵悱恻，极有深情。唐人李义山的无题诗，都是写心中的隐情，不想让旁人知道，诗无题而心中有题。"孙贵妃说："妹妹真是聪慧的人，极能解诗。这些诗我写了便压在妆奁底下，从未让别人看。有的诗写了后，晚上引着蜡炬的火烧了，这只是剩下的一些儿。"柳氏轻声说道："看姐姐的诗，知道你有难言之情。"孙贵妃欲言又止，只是说："你们若定居在京城，他日得闲了，我差人请你来宫中玩耍，日后你会知道无题诗的本事①。"柳氏道："奈何我们夫妻在京城举目无亲，生计无着落。"孙贵妃道："这个不妨，听皇后娘娘说，皇帝令吴府补偿你们银子，皇帝也因当年平吴军士守法不严，致使你们夫妻离散多年，也会有赏赐的。"柳氏道："若有了银子，便在京城租屋住，将来就着姐姐研习诗词。"孙贵妃道："那是极好，来日我还有事要委托你。"柳氏不便多问，只是应答道："姐姐吩咐就是了。"

二人正在谈诗，左禄来到永宁宫，说皇帝宣柳氏去华盖殿。柳氏与孙贵妃依依作别，到华盖殿见了丈夫，一同跪拜皇帝。皇帝说："朕令吴府出了一百两银子，还令户部出了八十两银子，给你们夫妇作为补偿，好生安家立业，生儿育女。"夫妇二人受了银子，拜别皇帝出宫。吴子奇因妻子之意，租了两间屋和一间临街的小门面，开了一间纸笔店，在京城暂居下来。

入冬后，京城下了几天大雪，宫中殿宇与地面皆白，彤云之下，恍如琼楼玉宇。孙贵妃时常站在永宁宫的天阶前，看着纷纷扬扬的雪花，悄然伤怀，想着从前一个人和一些事。

皇帝在乾清宫门前看见横街一片积雪，晶莹如玉，吩咐太监和宫女们，地面的积雪留着好看，只消扫出三尺宽的小道便可。他想武阳村是不是也有大雪，刘基早起后是在扫雪，还是在床上高卧未起？他若在应天城，想宣他与其他文臣前来相聚，命文臣们作一首京城大雪的诗，还要让他看看王保保那只靴子。早膳后，皇子们都去大本堂上学，皇帝有些想念刘伯温，实在忍不住了，就在暖阁中提笔，写了一张手诏，让礼部尚书钱用壬着人送到武阳村去。

这几日，武阳村也有大雪，山野雪景如画。刘伯温做得好几首诗，被乡邻抄传开了。乡中有几个读书的后生，结了诗社，请刘伯温前去饮酒作诗，昨晚半夜才送他归来。次日，他高眠未起，睡至辰牌时分，仍嫌不足，张眼看窗外日光明亮，想

---

① 本事：指与诗意相关的事件。

睡至午饭时才起来。他不起床，家中无人敢催促他。将近晌午，长子刘琏来到床边，低声道："爹爹，爹爹。"刘伯温醒来，徐徐睁开眼睛，问道："何事？"刘琏道："京城有客人来了。"刘伯温翻了一个身，坐在床沿上，手揉着右边的腰肋，轻叹道："又睡不得懒觉了。"

还京

两位使者来到刘家堂屋中，见了刘伯温，赔着笑脸说道："请刘老先生接旨。"刘伯温记得平素接诏前，使者都高呼"刘基接旨"，这回却从使者话语中听出皇帝的态度，因此不慌不忙，掀衣跪下。使者宣旨道：

奉天承运皇帝诏曰：昔彭蠡之战，炮声轰裂，犹天雷之临首，虽鬼神亦悲号。自旦至暮，如是者四，尔亦在舟中，同患难也。今年夏，镜妆失脂粉之容，遗子幼冲，暂回去，久未归，朕心有欠。

今天下一家，尔当疾至，同盟勋册。着鞭一来，朕心悦矣。钦此。

刘伯温听出这是皇帝的亲笔文风，言语亲近而直率，行笔时似有一种快意，洗尽翰林学士笔下的习气。"朕心有欠"一语，皇帝终于说出了一句心底话，委婉地示以歉意，深感抚慰，几欲泪落。刘伯温恳切地说："臣刘基谢陛下隆恩。"徐徐站起来，双手恭敬地接了圣旨，供在堂屋的香案前。他自忖回乡奔丧，皇帝虽未允许致仕，但丧假也无期限，本想就此在乡里隐居下来，皇帝最好不要想起世间还有刘伯温。可是皇帝还很惦记着自己。

皇帝得知刘伯温到了京城，忙宣他进宫，站在文楼的门前相迎。刘伯温进入文楼，跪拜皇帝，皇帝忙扶起他，说道："刘老先生，请起请起，冒雪至京，一路辛苦了。"刘伯温记得，自从求雨误算后，皇帝很少以"刘老先生"称呼他。刘伯温听见皇帝如此相呼，心中感激，眼中噙泪，身上却如遇寒起栗一般。君臣一前一后登楼。楼上早烧了几盆炭火，暖意烘人。皇帝赐座，并令左右传令光禄寺准备一桌好酒饭。太监献上茶。皇帝道："钱大宗伯前些日子已经休致了，如今礼部尚书一职尚无人选。"刘伯温很惊讶，忙问："钱先生才做礼部尚书，正是才得其用，上位如何准他告身了？"皇帝道："入冬以来，应天城中颇冷，他上月病了一场，身体虚乏。他年近花甲，向朕乞身，朕不忍强留他在京城做官，赏赐他六千钱，着他与妻子定居湖州。那里是一个山水清远的好地方，想必他能安居的。"刘伯温道："原来怎样，只是臣不及相送他了。"刘伯温知道钱用壬以老病为由，请告归休只是借口。他曾是御史台中人，与朝臣既无旧恶，也无深交，亦不是丞相一党。皇帝春秋鼎盛，处事求全责备，恐怕难以久处。京城看似功名富贵之地，勘破了才会知道帝京的凶险，自己若不是皇帝召回，真不想再来京城做官。

　　酒饭罢，皇帝说："刘老先生，你仍做御史中丞兼太史令。"刘伯温忙推脱说："臣的性情嫉恶太甚，御史中丞不能再做了。上回因李彬一案，见罪于丞相。这回蒙陛下隆恩起复，做一个太史令便好，御史中丞万万不能再做了。"皇帝摆摆手，不容商议，笑道："我可不答应。"刘基道："臣如在御史中丞之位，不掌纠察，不纠纲纪，便是渎职。如今御史大夫是汤和将军，他常年出兵在外，御史台的长官其实便是御史中丞。臣如忠勤国事，纠劾六部，辨明冤枉，一切奸邪之徒，构党营私的小人之辈，凭借权贵而作威福乱政的人，臣都要弹劾，必定处处树敌，在朝上也不能安身立命。"皇帝笑道："老先生向来有大勇的呵，想那征战的年月里，危险莫如鄱阳湖上罢，老先生尚且不怕，如今天下日渐太平了也，老先生如何却有怯意哩？"刘伯温担心皇帝性情反复，难以揣摩，并不是怕开罪于朝臣，而是怕见责于皇帝，因此直率地说："鄱阳湖上，我与陛下共患难，因此无惧。如今共谋太平，只怕政事不合，伤了君臣和气，请陛下明鉴老臣的心。"皇帝说道："你说得好，我明白你的心。御史中丞的分内事，你执意独行便是了，我便是你的靠山，休怕。"刘伯温道："承蒙陛下这般说，老臣岂敢一辞再辞，那便再做一回御史中丞，兼行御史大夫的职事，不怕见罪于陛下与朝臣。"皇帝笑说："我能容你，你便不需怕了。"

　　皇帝喝了一口茶，放下茶盏，想起一事，说道："宫中阴沟已经修好，直通土城的外面。那条秘道入口就在乾清宫里，我着人提着灯笼下去看了一回，一条砖砌的小道，十分高大，可以走马，旁边有一条沟，可以将城里的污水排到城外。多亏老先生用了心，想得周全。"刘伯温道："臣是为后来人计较的。"皇帝道："最好，朕也不知大明朝后来如何哩。"刘伯温道："臣还有一事，不知当不当说。"皇帝道："老先生请说。"刘伯温道："上位在时，天下想必无人敢作乱，但日后子孙继祚，成败兴亡却难以先知。"皇帝忙立起身体，好奇地问："老先生有甚么良策？"刘伯温道："请上位在阴沟入口的下面，放一只铁皮柜，内中放上三两本空白度牒，两三套僧衣，一套剃度工具，金银三五百两。"皇帝心里隐约明白刘伯温的用意，却问道："这是要如何？"刘伯温道："老臣也不知这些东西有何用处。上位日后告诉太子一人，太子将来又告诉皇太孙一人，代代相传，只许一人知道便可。"皇帝道："老先生不妨说破此事。"刘伯温却不说破，只说："臣也不能逆料天下事，只是以备万一而已，未必真能用得着，有备无患罢了。"皇帝心想，刘伯温为朱家皇子皇孙准备着这些的行头，都是自己的老本行，心里虽然觉得不吉，但也不知道将来祸福如何，深知刘伯温的用意，因此不再多问，点点头道："你想得周全，朕理会得，近日就着人去办，朕亲自放到那里就是，将来告诉太子，代代相传，如宋太祖在禁宫立的誓碑一样，只许皇帝一人看。"刘伯温道："最好。"

　　城楼上晚朝钟沉沉地响起，皇帝与刘伯温从文楼下来，同至奉天门。文武两班站立，宫灯煌煌如白昼。群臣看见皇帝身边有一人同行，身着绯红官袍，头戴乌纱帽，一手反在身后，一手抚髯，丰姿不群。众人看清后，竟是刘伯温。散朝后，百官都来道贺。丞相出了殿门，拉住刘伯温，请他到城中小饮，作为接风。刘伯温欣然应允。丞相招了几名御史和几位尚书作陪，一路上说说笑笑，出了长安右门，上了马车，到了通济桥边一座酒楼去了。

席间，刘伯温问起临朝时不见两个故人，一个是朱升先生，一个是夏煜先生，是不是皇帝差他们到地方做官去了。丞相说朱升已是古稀之年，京城冬寒夏热，他向上位告老还乡了，上位准旨。刘基心中钦服朱升，他当年为皇帝献"高筑墙"良策，助皇帝度过许多凶险的年月；开国后做翰林学士，皇帝大封功臣时，许多制词多出于朱升手笔，**满朝都称典雅**。如今正是功成名就之时，他却告老还乡，远离京城是非，实是当世高士，自己不及。刘伯温赞道："允升自幼力学，至老不倦，尤其是经学最为深邃。我见过他在古经书上作旁注，辞约义精，最能启发后学，允中①先生也致仕不成？"丞相喝一口酒，叹惜说："夏煜先生意外辞世了。"刘伯温惊问："他如何死的？不会是病死罢？"丞相迟疑一会，简略地说："他……他随皇帝巡行汴梁，过大江时，酒后失足，从龙船上掉到江里淹死了……"

刘伯温听了，毛发森然竖起。皇帝龙船的围栏高过脐部，夏煜身长不过七尺，如何也不会从船上倒栽下去，想必是皇帝认为他有过错，才令人将他扔在江中，当作他失足淹死。这种勾当皇帝也不是第一回做，于是低头喝酒。丞相以为刘伯温为故人夏煜伤感，只是劝酒劝菜。酒席间一团和气。

选秀女

几个月前，丞相差遣许多人去江东征选秀女，在近千名处女中选了二十名，托辞为功臣们选妻妾，因此民间都不知道实为皇帝填充后宫。秀女们陆续至京，使者亦从高丽涉海归来，带来了一个高丽女子崔氏，姿色姝丽，下榻在城南官府的客馆里。

皇帝甄选前，礼部安排马车将秀女们送至西安门外，太监们领至西六宫的长春宫，那里一直闲置。长春宫尘封许久，此时庭院焕然一新，树木生意盎然。冬日斜斜地映在长春宫的台阶前，宫墙高深，庭院中略有些暖意。两名年长的宫女站在东耳房里，放下锦帷，太监唤秀女们的名字，依次掀帷进去。阁中两盆炭火烧得正炽，比阁外多几分温煦。秀女们在羞怯中脱光衣裳，两名宫女前后细看秀女的肌体。近日皇帝将各部的奏本搁置了一尺多高，日夜都在看道家房中术的抄本。他指望自己的龙裔都是子俊女俏，肌体既壮，而且才智过人。自古选处女交媾，在道家名为择

---

① 允升与允中：朱升，字允升。夏煜，字允中。

鼎，在皇家名为选秀。皇帝想学道家采阴补阳延年益寿之法，但又不想让大臣们知道，以免风传出去，被人视为荒淫。他只是细密吩咐过那两名年长的宫女，选秀女中眉清目秀，齿白唇红，貌鲜肌腻，声清神朗的人，不必读书，略知礼仪便可。有伤痕和狐臭者不选，乳房平且小者不选，无乳头者不选，乳晕黑者不选，臀部扁者不选，肌肤黑黄不选，牙齿不整者不选，多痣者不选，四肢骨格粗大不选，声音粗而不雌者不选。

老宫女体检时淘汰了七名，剩下十三名秀女进呈皇帝和皇后甄录。其间有一名秀女章氏，老宫女问她读过甚么书。她说跟着义父读了《四书》《汉书》，还读过唐宋名家诗词。皇帝听老宫女那么说，并不喜欢读书太多的秀女到后宫来，读了诗词会学着写艳诗香词，读了《汉书》会写古文，皇家宫闱里的隐事或许因她们的文字流传出去，就用朱笔在这名秀女的名字旁边画了一竖。

这日早朝散后，皇帝匆匆前往长春宫，只有两名侍卫亲军和胡政、史信两名太监相随。皇后早就站在长春宫正殿的台阶上等候，见皇帝进来，向皇帝行礼，遂一同坐在正殿的御座上。礼部郎中等人领着十二名秀女坐在无匾额的偏殿中候旨。皇帝说："先宣高丽崔氏进来。"一会儿，礼部郎中领着崔氏入宫。崔氏身穿一身斜襟素色短袄，下着粉红色长裙，上面散缀些细碎的花，头发向后梳拢，在后颈上结了一个髻，插着两支银簪和一朵绢花。面容端妍，身量颀秀，一双柔美的手交叠在腹，举止间有一种迥异中国女子的温柔姿态。皇帝眼前一亮，张着嘴，凝神好一会，才说："真是有七八分唐朝仕女的风姿呵。"他看看皇后，皇后也看看他，点点头。皇帝问道："你能说华语么？"崔氏答道："臣女……正在学华语。"话语生疏而婉转。皇帝又问："那朕说话你都能听明白，只是尚不能随意说话么？"崔氏点头道："是。"皇帝笑道："你能听明白便好了，少说话能免是非，不会搬弄口舌。"皇后道："想必是她近月才学的，难得了，赏崔妹妹一支红绫罢。"宫女冯萱从樟木箧中拿出一根四尺长的红绫，上前系在崔氏的颈上。崔氏含笑答谢，太监领着她退出，又领着一个秀女进宫。

皇帝一连看了十二名秀女，先看姿色，再与她们说几句话，选了胡氏、郑氏、张氏三人，赐了红绫，其他如谢氏等八名秀女赐绢花，留在宫中，或赏赐功臣，或留在后宫做宫女。皇后细看了皇帝选取的三个秀女，暗自比较着，都是圆脸丰胸，肌肤白净，屁股也挺，说话声娇细，除了小脚外，倒与自己十几岁时有些相似，心想皇帝原来真心喜欢自己这般模样的人，感觉欣慰。

午朝前，文武百官在奉天门两班侍立，过了三刻，皇帝才匆匆赶到。皇帝临朝从未迟到，此次迟来，却笑说家中有些琐碎事，耽误了时辰，让爱卿们久等了。群臣中除丞相外，谁也不知实情。午朝散后，皇帝说要与皇后一同进膳，就匆匆回长春宫中。因皇后的吩咐，光禄寺的酒菜都送到长春宫门外，由宫女和太监再递进去。长春宫中挤挤地排了十几席，皇帝与皇后坐在御座上，孙贵妃、大郭氏、胡氏、小郭氏、硕氏、达氏都请来了，跪拜了皇帝和皇后。新选的崔氏、胡氏、郑氏、张氏四名秀女在长春宫用膳，其他秀女在配殿用膳。四名秀女向皇帝和孙贵妃以及五位夫人道了万福，各自报了姓氏与祖籍。秀女们与夫人们相互打量着，脸上都是笑容。

皇帝熟读《汉书》，又喜读《宋史》和唐宋民间笔记，知道历朝后宫都不免有嫉恨、倾轧、陷害、谗毁之事，因此说道："从今日起，坐在这宫里吃饭的都是一家人，将来都要好生照拂，情同姐妹，万不可生出是非来。六宫的事务尽听皇后娘娘安排，只有后宫安宁，前朝才会安宁。"众人都看着皇帝，笑容隐退，神情都谨肃起来。用膳时，只有皇帝指着碗碟说，哪一道菜好吃，哪一道菜不喜欢。众人都不敢说话。膳毕，宫女献上茶。皇帝说道："如今东西六宫一半是空着，四位新人下午去各宫看看，可以自个儿选，如果有两人选同一个宫，拈阄便是，我这主意还公道罢？"

下午皇后安排几名宫女，陪着四位秀女去空闲的宫中看了看。闲置的后宫都收拾一番，因从未住人，不免有些清冷和荒寒。她们回到坤宁宫，跪拜皇后。皇后笑问道："你们各自都选了哪个宫？"胡氏说："臣女新来宫中，实在不知如何挑选，请皇后娘娘做主。"皇后说："在皇帝面前，大姐我也是臣女，姐妹们以后在大姐面前都不要自称臣女，以姐妹相称才不见外。"四名秀女点头应承着。皇后说："按皇帝定的规矩，除了早晚前来坤宁宫请安要跪拜外，平时相见都不要跪拜，道个万福金安就行了。我出身贫寒，娘死得早，后来爹爹起兵造反，半路上被官军杀死，我便寄养在义父家中，从小也没读甚么书，为行走利索，脚也没有裹。平时只会些女红，洗衣做饭菜。只因上天眷顾，当年有幸与朱公子结了姻缘。那年月兵荒马乱的，早晚的性命都难保，谁承想朱公子会做皇帝哩。你们的家境想必都比我家好，到了宫中，便如皇帝说的，都是一家子人了，情同姐妹，一起过些太平的日子。"

四名秀女听皇后这么说，稍微减轻了几分拘谨。郑氏道："妹妹不知道哪个宫适宜自己住，请娘娘替我们安排吧。"其他三名秀女于是都说请娘娘安排。皇后很高兴，说道："你们新进宫，并不挑三拣四，都是有女德的人。皇帝还担心你们争住一个宫哩，抓阄的法儿都想到了。六妹硕妹妹也是高丽人，崔妹妹住在硕妹妹的未央宫如何？平时还有一个能说话的人。"崔氏高兴地说："好，谢皇后娘娘。"皇后道："胡妹妹住在三妹长安宫那里罢，她也姓胡，几百年前你们是一家人哩。"胡氏道："妹妹听从娘娘安排。"皇后道："郑妹妹与张妹妹，喜欢长春宫么？你们住在长春宫罢，宫中有东西耳房，一人住一间。"二人不知皇后为何这样安排，也不敢问，因此都说听从娘娘安排。皇后道："先住些日子，将来皇帝给姐妹们封了妃嫔，姐妹们想换宫，再换宫就是了。"

长安宫

四位秀女离开坤宁宫，一辆肩舆在宫外等着，四名抬肩舆的太监说是长安宫胡夫人来接胡妹妹的。胡氏忙说："三姐姐真是费心了。"未央宫来了两名宫女接崔氏，郑氏与张氏则由皇后安排两名宫女送去长春宫。

小胡氏到了长安宫外，大胡氏领着几名宫女和太监站在宫门外，笑盈盈的。肩舆才落，大胡氏上前握着小胡氏的手，引她下轿，小胡氏未站稳，身体前倾，大胡氏就势将她抱在怀里，手掌触在她丰盈的胸脯上，羞得小胡氏满面通红，忙从大胡氏怀中脱出，弯腰道万福。大胡氏忙说："我最烦礼多了，好妹妹，从今儿后，我们之间莫讲这些虚礼，来来，快进来，我住在东阁，你就住西阁罢，同住在一间大屋里，平日里好说话。若住配殿里去，晚上冷清清的，好怕人。"小胡氏道："妹妹听从姐姐吩咐。"大胡氏指着左边一个中年宫女说："她叫何秀君，我们都叫她秀君姑姑，也叫她何仙姑，是姐姐的贴己人。"又指着右边一个十六七岁的宫女说："她是小薛，我们叫她雪花，也是姐姐无话不说的人。"

小胡氏进了长安宫正殿，见宫中四面雕刻与壁上饰品十分精致，赞叹道："后宫果然不是民间富贵人家可比呵。"大胡氏问："喜欢这儿罢？"小胡氏道："喜欢。"大胡氏道："姐姐第一回在长春宫见着你时，便喜欢你，给皇后娘娘说了，若你不嫌弃，就与我住一起，也多一个伴儿。"小胡氏原来以为是皇后随意分派她住长安宫。何仙姑端来茶，雪花在桌上摆出果品。何仙姑问："小胡姐姐，你的行李在哪里？"小胡氏说："在西安门内的马车上。"何仙姑道："我这就去替你取来。"小胡氏说道："有劳了。"她忙从衣袖里拿出些碎银，递与她们。她们笑着摇头。大胡氏道："后宫不准许赏赐，这都是皇帝定的规则。她们每个月有俸银，除了皇帝和皇后逢年过节赏赐外，不得接受其他人一切赏赐，不然付宫正司治罪。"小胡氏忙收回银子。这天晚上，大胡氏听宫女们说，有肩舆去未央宫，她知道是皇帝点高丽佳人崔氏去侍寝了。那一刻，她内心的寂寥无法言表，只有窗外的月亮看见她的眼泪。她给小胡氏说，明天晚上好生打扮。小胡氏笑问为何，大胡氏说明天就轮到你陪皇帝哥哥去睡。

次日早膳之前，新入宫的四姐妹第一次跟着其他姐妹去坤宁宫请安，然后回各自的宫里用膳。膳毕，宫中尚仪女史给四名秀女讲解宫中礼仪，一连教了四天。第一日晚上，尚寝司宫女来长安宫传小胡氏二更二刻去乾清宫，皇帝点了她的名字。第二日晚上，皇帝点了张氏侍寝。第三日晚上，皇帝点了郑氏侍寝。第四日晚上，皇帝又点了高丽佳人崔氏侍寝。皇帝连夜行云作雨，不知疲倦。

后宫最多的是时光，最深的是寂寞，最长的是夜晚。后宫的姐妹们日间无事时，就做些女红，浇花护木，焚香品茶；有时可去御花园赏石品花，凭桥观鱼。若是闲得周身不自在，可与太监和宫人一起洒扫庭院。入夜之后，如果皇帝没有点名侍寝，有星星看星星，有月亮看月亮，与宫女们说些闲话消夜。各宫宫门在初更时分上锁。夜间四围静极，只能听见云板报更的声响；宫禁深远，城中的狗叫声都传不到这儿。

赏赐

刘伯温在早朝上向皇帝奏了一本。他说近日纠察六部，发现刑部大堂审案颇有不合大明律的地方，拘捕人犯有时轻重失当。如有的人在集市上因为买卖争执，相互间动了拳脚，并未致伤，却捉了人关在牢里。有的人因为他人告发偷盗、拐卖入狱，但证据不实，却被刑部定案，有逼供之嫌。刑部尚书周祯并不精通刑律，疏于法度，不能胜任刑部尚书之职。周祯长于经史，可改任翰林编修。周祯站在班部丛中，听刘伯温这么说，极为不安。丞相李善长也觉得意外，心想刘伯温是不是如孔子说的"以直报怨①"，开始追究此前弹劾他的人的过失了。

刘伯温奏毕。周祯出班，跪在御座前，说道："臣无才无德，愿辞刑部尚书一职。"皇帝见周祯不为自己辩护，反而主动请辞，说道："刘老先生以事论事，不是以人论事。周爱卿，你且起来，回到班部里去。朕心想你做了几个月的刑部尚书，还是用了心的。自古刑名是专门之学，不是一月半月便可通晓的，你可要尽心主持刑部事务。朕想修《元史》，让你兼做一个翰林编修，你意下如何？"周祯道："臣遵旨。"皇帝道："如今礼部尚书空缺，不知何人可任，朝上众爱卿都议一议。"因为丞相没有说话，中书省臣都不敢说话，丞相想让御史中丞刘伯温先来举荐，以避自己荐亲之嫌。刘伯温奏道："中书省礼曹主事崔亮，颇知历代礼仪，据丞相所言，皇帝即位及大祀诸礼，都是丞相与崔亮等人一同筹划。上位想必知道这个人，依臣之见，崔亮能胜任礼部尚书。"

李善长因刘基参了刑部尚书周祯，心中忿然，未想到刘基又举荐与自己颇有交谊的下属崔亮做礼部尚书，真不知他出于甚么意图。刘伯温又奏道："御史台刘希鲁颇通刑名之学，为人刚正，请陛下稍加留意。"皇帝点点头道："好，刘希鲁为人朕不是太熟，但朕早知道礼曹主事崔亮，他的礼仪学问不逊于张昶。朕准了刘老先生的主见，众爱卿可有不赞同的么？如有不赞同的，就在朝上说罢。"丞相于是徐徐出班，奏道："臣以为刘大人所奏周祯不精刑律之事，也难为周祯了。当今有几个人是通才？周祯稍加锻炼，可成大器。上位常说用人如用器，取其所长。臣以为正得其宜。刘大人洞察毫微，举荐崔亮为礼部尚书，臣以为也恰如其分。"话才说完，中书省大臣们立即附议。

皇帝见满朝和气，心里虽然有些疑虑，但面容上却泛着喜悦的笑，说道："丞

---

① 以直报怨：语出《论语·宪问》，意思是用公平正直的态度对待自己的怨家。

相说得好，朕就让崔亮做礼部尚书。"皇帝接着又说："朕想将山东行省参政汪广洋调回来，让他到你的中书省做一个左丞，他在山东也是有政绩的。开封行中书省右丞相杨宪才干过人，朕让他做个中书省的右丞，相公你看好不好？"丞相知道皇帝将汪广洋与杨宪调入中书省，并不只是因为他们有政绩和才干，皇帝可能意在牵制与权衡，虽然不喜欢这样的安排，但皇帝已经当朝说了，自己也不敢固执己见。

皇帝见朝上无人异议，此事便算通过了。刘基上奏一事，请将太史院改为司天监，用前元旧名。西周与春秋时，太史掌管文书，策命诸侯卿大夫，笔录、编撰史册，兼及天文历法以及祭祀之事。当朝的太史院只是主持天文历法之事，并无编撰史书之职。皇帝笑道："这是名分上的小事，准奏准奏。"

这日晚朝散后，内官胡政在奉天殿御道旁追上刘伯温，说道："刘大人请留步，圣上请大人去文楼。"刘伯温心想才散朝，又去文楼，圣上有事不临朝时说，不知有何要事，不会是赐酒饭罢。胡政谄着笑脸，在旁边说："贺喜了，皇上说要赏赐刘老先生，请你去文楼领赏。"刘伯温揣度不出皇帝要赏自己甚么，不会是金银，也不会是珍玩，莫非是古今名人书画，或是唐宋珍本书籍，倘若都不是，又是甚么呢。刘伯温听人说丞相暗中为皇帝选秀，有十几名年轻美貌的秀女进京，其中有一名高丽美女，因此突然想到一事，居然兴奋起来。他跟着胡政来到文楼，皇帝笑盈盈地站在门槛内，刘伯温要拜，皇帝道："老先生免礼，请进来坐。"刘伯温迈入门槛，与皇帝对坐着。皇帝道："人道是你深知数理，未必算得出朕要赏你甚么？"刘伯温道："臣一路上算来算去，实在算不出来。"皇帝道："你的二夫人不幸离世，京城又没有一个人在身边，想必高斋寂寞。朕的后宫新选了一些宫女，伺候皇后和妃嫔，多是民间处子，虽不是十分姿色，也端庄秀丽。朕为老先生选了一个十七岁的章氏少女，还望老先生笑纳。"刘伯温一听，果然印证了自己的胡乱猜测，惊喜之极，忙起身跪下谢恩。皇帝一挥手，说声："唤她进来。"

胡政掀帷进入黄花梨雕花拱门，片时，他手撩开帷幕，两个十四五岁的小宫女各提着一盏宫灯，拥着一个女孩，婷婷袅袅地出来了。她头梳双髻，眉目秀妍，下着凤尾裙，上着绯红色褙子，微微低着头，不敢正视。刘伯温一见，暗中惊喜，觉得这宫女很面善。章氏到了皇帝面前，跪下叩拜，接着拜刘基。皇帝道："刘老先生可喜欢？"她才出绣帷时，刘伯温看她第一眼，便觉得娟秀可喜，忙说："臣十分喜欢。"皇帝道："就给你做个侍妾罢。"刘伯温道："陛下深知臣心，多谢皇上赏赐。"皇帝笑道："我与你相处恁多年，你不贪财，不爱官，声名也不计较。你心里喜欢甚么，我还不知道么？"这话说得刘伯温面色赧然，撑不住大笑起来。

第十四章

永宁宫中贵妃伤怀　奉天门下酷吏抗议

闺情

刘伯温拜别皇帝，偷眼来看章氏少女，她都不好意思了。皇帝说："你跟着刘老先生回去，好生伺候着。"章氏女子拜谢皇帝，提着装着随身衣物的小包袱，怯怯地跟在刘伯温身后，出了文楼，两名宫女提着灯笼在一旁相送。刘伯温一路心旌摇摇。到了宫门外，他让章氏和小宫女们在门边稍候，自己却向街坊一路小跑过去，过了好一会，他租来了一辆马车，站在车旁，掀开车帷，请章氏登车。章氏低着头，喃喃地说："请刘大人先上车。"刘伯温笑说："你还恁地讲礼数作甚，来来来，我扶你先上。"说时，握着她的细胳膊，香肌腻玉，刘伯温心里酥酥的。小章登了车，眼波盈盈地看着车窗外，小宫女在一旁笑着，很有些羡慕，说道："祝姐姐安好。"章氏向宫女们招手告别，眼中闪着泪光。刘伯温上了车，放下车帷，说声："去文庙。"

看门人林老开门时，见刘伯温带着一个女子回来，有些惊异，以为他从青楼挟妓伴宿，又不便多问。刘伯温低声地说："皇上所赐。"老门人呵呵地笑着，说道："贺喜贺喜呵。"刘伯温牵着章氏的手，来到自己的寓所，关上门，点上灯，手持着灯台照映着章氏。她有些娇羞，微微将脸侧向一边。伯温那双老眼细细看她，灯下看佳人，有些雾里看花的情味，章氏的侧面尤显秀美。刘伯温问她的家况，问一句，答一句。她家在处州，父母早逝，被一个教书先生收养，因皇帝选秀女，被荐入宫中。小章问厨房在哪里。刘伯温问你是不是没吃晚饭，如果没吃，同去城中吃。她说早在宫中吃了，想给大人打热水洗漱。刘伯温说："你真能体贴人。"就提着木桶，带她去厨房，灶台里两只铁瓮里有热水。一同打了热水回来，章氏让刘伯温坐着，将热水倒在铜盆中，替他脱袜洗脚。

刘伯温喜欢得有些不能自持，说道："老夫何能何德，劳你恁般体贴。"章氏说："这自是贱妾的分内事。"章氏洗毕，替刘伯温穿上鞋袜，出去倒水，才进来，刘伯温看着她，抚髯吟哦道："袅袅腰肢短短衣，嫣然巧笑映芳菲。难寻紫府登仙籍，却共佳人入绣帏。"章氏见刘伯温出口成诵，又有些戏谑，掩唇而笑。他年过六十，却诗思敏捷如此，未见老态。皇上将自己赏给他，强胜在后宫一万倍；又想，久闻他的文章道德人品，如今竟成了他的家室，今晚又与他同处一室，共眠一床，莫不是前生的缘分，仿佛在梦中，心怦怦直跳。

刘伯温面对鲜妍的容颜，娇嫩的笑，十六七的芳华，还不能尽脱稚子之气。伯温本是情性中人，如何能不情动于中，既感激皇上，又莫名地感激眼前的女孩子。他站起来，向她深深作揖道："伯温这厢有礼了。自今往后，你便是伯温的三夫人，在下不敢以侍妾相待。"章氏连忙敛裙，以礼相答道："小妾可不敢当大人的大礼，祝大人万福。"刘伯温道："大人是官场俗语，不是你要说的，你直呼我的字便是，就唤伯温。"章氏微微脸红，笑着摇头，说道："我称你先生，好不？"刘伯温笑道："也行，人人都称我先生老先生的，也厌倦了，你不如称作伯温，好令我耳根软热呵。"章氏于是低声唤道："伯温。"刘伯温点头笑道："嗯，好，好。"

刘伯温捉住小章的手腕，轻轻摩挲着，问她读了甚么书。她说十岁前读过《三字经》和《孝女经》，十岁后读了《诗经》，《汉书》也读了一半。刘伯温笑道："学的经史还不少呐，真是一个女秀才。你可知'人生识字忧患始，姓名粗记可以休'么？"小章笑说："先生想说女子无才便是德么？"刘伯温道："略识文字便可，若遍读天下书，洞鉴世事，烦恼便来。"小章说："先生说得极是，我悔不该认字看书的。"刘伯温又笑说："书中自有黄金屋，让你住；书中自有颜如玉，皇帝能赐给老夫。"小章笑了，渐渐不觉得刘伯温俨然不可亲近，竟伸手俏皮地扯他的长髯。刘伯温笑道："你要拔虎须不是？"手轻抚着她的秀发，说道："我教你对对子，好不？"章氏拍手道："好呵，我最喜欢了。"刘伯温顺口说道："半夜三更半。"章氏应声道："中秋八月中。"刘伯温大惊，说道："上联可是元朝的绝联，元亡时都没有人对出来，是你自己对出来的，还是从别人那里听来的？"章氏抿嘴一笑，俏皮地说："我不告诉你。"刘伯温故作央求的样子说："告诉我嘛，告诉我嘛。"章氏头一偏，嘟努着嘴说道："就不告诉你。"她看一眼书桌下铜盆，炭火黯然，就说："木炭在哪里，我去添炭。"

临睡时，刘伯温又在烛下细细地看她。章氏有些羞怯，嘟囔着道："伯温，你好色。"伯温怔住了，接着呵呵大笑，说道："好色无罪也。有好邪色和好正色之别。"章氏也笑了。于是伯温先远看，又近看，上下看她好几遍，小章的脸泛出绯红色。刘伯温捧着她的脸，用额头触着她的额头，又亲了亲她的脸，如玉一般的清凉。小章的身体向一旁羞避着，却说："你的胡子惹人好痒。"伯温听了，浑身酥软，只有一处生硬，拥着她登床。刘伯温吹熄灯，放下银钩上的帷帐。淡月的清光微映着书窗，轻笼着一片寂静。

这日刘伯温晚朝归来，小章从厨房里端来温热的饭菜，两人坐在书桌旁用餐。

门人来报："刘大人，章溢大人来访。"刘伯温忙起身出门相迎。章溢拄着杖，缓慢前行。伯温问他吃饭没有，章溢说不曾，人又老且病，三餐都吃不得酒饭了。刘伯温让厨子又炒了两碟菜，在柜中拿出一壶黄酒，与章溢共饮。伯温道："你养病数月，近日大有起色。"章溢道："恐怕是回光返照。我今晚来看你，算是远别了。"伯温惊问道："老兄如何这么说？"章溢道："我早就想辞官回家养病，奈何怕皇上不准。家慈年迈多病，在故乡没人照应，我日夜挂念。上次病了十多天，才有好转，便去宫中拜了皇帝，本想向皇帝乞请致仕归田，话还未出口，皇帝便问我，你病好了么？不会向朕辞官罢？将不才的话憋了回去。伯温呵，实不相瞒，我在世间剩下的日子不多了，趁着近日还能下地行走，来看你一眼则个。"伯温知道生死事大，亦无可如何，不免伤怀，问道："你有何事相托？"章溢道："你替我向皇上告假，我近日便想回乡，如还不走，便要客死京城了。"伯温道："我替你去说。"章溢道："我这一归，倒是落得个逍遥。只是日后有人当朝攻讦你，我便不能替你声辩了，你可要好自为之，莫吃了淮人的眼前亏。"伯温叹息一声，说道："我自有应对之策。"章溢道："我的长子存道已经募集了许多乡兵，正从海上乘船北下，去襄助李文忠。如今次子存厚跟着我住在应天城，今年十八，也读过些经史，将来能入国子监便好了。你学问深厚，我让他多向你请教，拜托了。"伯温点头道："我领他与我的两个弟子相识，让他们日后多来往，学问要多一起商量培养。这些事你都放心。"章溢道谢，又坐谈了许久，吃了少许酒菜，才与刘伯温告别。

次日早朝后，刘伯温将章溢的病情告知皇帝，代他请求致仕。皇帝同意了，赐银子和文绮若干。因刘伯温之荐，皇帝准许其子章存厚入国子监读书。

伤感往事

立春后数日，下了几天雪，江东的地面一片白茫茫的雪景。应天城的城门才启钥，外城车辙与马蹄的雪痕延伸到城内，街坊客商攒集，货物填委，忙忙碌碌之间，寻常百姓们又开始了一日的营生。

寓居后宫里的女人们，随着春日的来临，又因风雪的变化，增减各色的衣裳，感受着岁暮年初时序的热闹与寂寥。因为春雪下了好几日，皇后按例免了六宫的早晚请安。拂晓时，六宫的宫灯都未睡醒，主人们大多还睡在锦被中，**思量着往事**，感觉着闲愁。轻寒透过长安宫的重帘，孙贵妃已早早起来，梳洗后就倚在**窗前的榻**上，围着紫貂风领，膝上盖着一件青缎缂丝披衣，撑起糊着青色皮纸的绮窗，**看着**庭中纷纷扬扬的雪花，宫女与太监们正忙着各自的职事，笑笑闹闹，全然不知她此时的心情。

早膳后，宫女琳琅进耳房来说："禀报贵妃娘娘，卫姑姑领了皇后懿旨，接来了柳姐姐。"孙贵妃立即奔出东耳房，在宫门内看见宫女卫淑仪与柳氏踏雪而来。

孙贵妃出宫相迎，握着她的手笑道："柳妹妹，年前一别，好久不见了，快进来，喝杯热茶。"柳氏跟着孙贵妃进了暖阁，一名宫女献上茶，孙贵妃就示意宫女们都在阁外侍立。柳氏近身细语道："年前卫姑姑来妹妹店中，依贵妃姐姐的吩咐，妹妹安排了一个可信的家仆，去了太平城一遭，去陈记南杂店打听了，店中伙计说曹葵五年前就不在店中，如今不知去了哪里。"孙贵妃惊问道："他一点音信也没有么？"柳氏说："贵妃姐姐莫急，店中有一个伙计也姓曹，是泾县人氏，他说曹葵回泾县做纸去了，也不知可靠不可靠。"孙贵妃道："你称我姐姐就是，贵妃两个字俗极了，也烦死人哩。——那信还在不？"柳氏从衣襟里拿出一封书简，孙贵妃接了，忙用一册《白乐天集》盖着。柳氏道："姐姐，妹妹胆敢问一句，姐姐执意要托书与他，是不是远亲？"孙贵妃噙着眼泪，说道："非亲非故，只是见过很多回……"柳氏何其聪慧，听她这么说，立即心领神会，也不免有些惊慌。她知道皇帝宫禁极严，宫内宫外不允许擅自交往。今日孙贵妃领了皇后之旨，以谈诗之名请自己入宫。自己因为偶然见到皇帝，与丈夫破镜重圆，又承皇后眷顾，准许到后宫做客。如若替后宫挟带私信，传递私情，皇帝知道必定震怒，将致他们夫妻死罪。但孙贵妃托付的事，又不便推脱。

孙贵妃本来有些顾虑，但急切想知道曹郎的下落，有生之年总想着能见他一面，沉思好一会，才说："这里只有你我姐妹两人，姐姐也不瞒你，当年我在太平城时，十五岁那年，看了唐诗宋词，就学着写。有一天，与使女上街玩耍，路过一家陈记南杂店，想买些纸习字抄诗，第一回见到曹葵。"

曹葵是太平城中南杂店的小二，那年十七岁，穿着一身青布衣裳，眉清目秀。他见孙氏清纯妩媚，心中喜爱，说连史纸好写字，又送了一本诗笺。后来孙氏又去买纸，渐渐与他相识。第二年元宵节，曹葵约她黄昏时在南门口相见，一起去看花灯。灯火昏暗处，他牵着她的手，说明年春天他去城中寻媒婆，要娶她为妻，同去宣城定居，在宣城开一家纸笔店。孙氏说如果她义父不同意怎的是好？曹葵脱口说，他便去不惹庵当和尚，你将来借口到庵里来上香，一年能见着一次也心甘。朱元璋那时被部属推为大元帅，有一回去孙氏养父家做客，坐在堂上。孙氏正想出门上街，经过堂前，听见堂上人语喧哗，就看了一眼。朱元璋恰巧也看了她一眼，就盯着她看。陶安窥破朱元璋的心思，只说了一句话，便定了孙氏的终身大事。孙氏慌张了，忙差使女去告知曹葵，可他已去泾县贩纸。过了几天，孙氏的义父用一辆花轿将她送到大元帅府上。曹葵回来后伤心欲绝。孙氏嫁到朱家，做了第五房，日子久了，加上家中姐妹多，热热闹闹，也渐渐淡忘了曹葵。有时上街，她也不敢去店里看他。可十几年过去了，如今身子锁在后宫里，却不觉得快乐，当年的旧事渐渐地涌上心头。孙氏日思夜想，如果不嫁入朱家，与曹郎去宣城住，想必又是一种清贫生涯，每日或许为衣饭发愁，却也快活自在，总比锁在深宫中好。

孙贵妃说完太平城中的旧事，感叹道："这是姐姐心里一桩隐秘的心思，从未对人说过。"柳氏听了，悲凉落泪，难怪她写了那么多无题和忆旧的诗，劝慰道："姐姐这样宠信我，妹妹不会再对他人说的。姐姐也想开些，人一生有命，姐姐做了贵妃，享不尽荣华富贵，自是好命，往事便随他去了，想多了无益。如果姐姐觉得有负于曹郎，妹妹无论如何也要寻到他，将你的信交与他。"

过了十几日，柳氏来宫中给孙贵妃带来了一个消息，托人在泾县探到曹葵的下落。那年曹葵因父病在床，就离开了太平城，一直在深山旧家照顾父亲。后来，父母先后病死了，家徒四壁，他在别人家教几个童子为业，生计艰难。几年前，他的一个相识向财主借银子六十两，求他作保，他为人慷慨，不忍谢绝。谁知那个相识的人造纸亏了本，外出多年未归。财主经常向曹葵催账，他全部家当还不值六十两银子。财主又去他的学堂上追债，人家厌烦，辞退了他。财主又拿着借据去县衙门告状，曹葵得知后外逃。据人说他已经出家做了和尚，如今却不知道在哪里。孙贵妃闻之泪落，说道："区区六十两银子，竟害得曹郎有家归不得。我手头有些银子，若寻着他，你便先带一百两去，替他还账，剩下的让他用作衣食费，来日再资助他。我这一生都欠他的。"柳氏道："却不知他在哪里出家。"孙贵妃道："烦妹妹差人去太平城外的不惹庵看看。"

柳氏离开后，孙贵妃慵懒地倚在窗前的榻上，翻开《白乐天集》中夹着书签的一页，这一页她看了好多回，看一次，伤心一次。"上阳人，红颜暗老白发生……皆云入内便承恩，脸似芙蓉胸似玉。未容君王得见面，已被杨妃遥侧目……宿空房，秋夜长，夜长无寐天不明。耿耿残灯背壁影，萧萧暗雨打窗声。春日迟，日迟独坐天难暮。宫莺百啭悉厌闻，梁燕双栖老休妒。莺归燕去长悄然，春往秋来不记年……"她看书渐渐出神，怔怔然好久，眼泪从面颊上滑落。宫女添茶时，忙问："贵妃娘娘，你怎地了？"说时递手巾与她。孙贵妃接了，拭去泪水，淡然说："不过是看书久了，眼睛干涩流泪。"她又问宫女琳琅道："皇上久不来后宫了，他在忙些甚事？"琳琅道："奴婢去内府供用库领茶叶时，见库房里有许多纸和笔，公公们说，据中书大臣说，是送给天界寺的修史官用的。皇上将要着人修《元史》，那时会征来许多才子，个个能诗善文。"孙贵妃叹息一声，说道："可惜我是女流，无缘与那些才子们相见了。"琳琅道："奴婢有一个主见，贵妃娘娘可以借着去天界寺烧香的机会，与那些才子们相见。"孙贵妃笑着摇头道："皇上早有旨意，后宫一律不得去宫外寺庙进香拜佛。"琳琅又低声道："娘娘自来应天城，有三年未归宁探亲了，娘娘何不向皇后告假，去太平城扫墓哩？"孙贵妃有些惊讶，点头道："这倒是一个好主见，到了明年春暖花开的时节再说罢。"

编修元史

功臣庙奉旨造成后，都督府报来功臣名册，皇帝钦定了战将功臣座次：徐达、常遇春、李文忠、邓愈、汤和、沐英、胡大海、冯用、赵德胜、耿再成、华高、丁德兴、俞通海、张德胜、吴良、吴桢、曹良臣、康茂才、吴复、茅成、孙兴祖，凡二十一人。皇帝又下诏免北平、燕南、山东、山西、河东、河南、潼关以及唐、邓、光、息诸县等地租税。那些地方连年兵燹，还要馈粮给军，百姓十分穷苦，因此才诏免今年租税。到了这年二月初，徐达奉旨将大都元朝宫中《十三朝实录》原稿以及元朝典制等书全部运至应天城，先存放在文楼的樟木书架上，占了半间屋。

　　这日早朝散后，皇帝唤来李善长和刘伯温等人，同至文楼翻读原稿。皇帝道："实录这两个字，我看古书也不经常看到了，但不知从哪朝开始便有实录，刘老先生博学，说来听听。"刘伯温沉吟一会，说道："实录过去所见不多。唐顺宗时便有实录，是韩退之奉命起草的，文以人传，因此实录体式流传至今。到了宋朝，实录体式完备多了，如《神宗实录》颇为知名，是黄鲁直、张文潜等人所修。但到了宋哲宗绍圣年间，章惇、蔡京等人奉诏修改，将原稿收在内府，想隐藏原迹，此后世间再也看不到黄、张等人的旧本。原本不传，当日的事真假也由后人抄来改去，多无旁证。后来梁师成将旧本从秘府传出，才在世间流传，便是所谓的朱墨本。到了宋高宗南渡后，以章、蔡的本子为诬罔，皇帝令人再修，《神宗实录》共有三修，改来删去，真假谁也分辨不了。实录好似一团泥，常被执政者拿来捏去。"皇帝叹道："听老先生恁般一说，实录也难以切实。"刘伯温说："也不尽然，元朝的实录，皇帝都不看，已经成为定例。"皇帝说道："早几天，我特地在实录里查寻丞相脱脱的下落，实录原本有修改痕迹。不过元朝实录可信的地方，比不实的地方还是多得多，择取有用的作为史料便好了。"刘伯温道："陛下说的是，细微更改也许不免。"皇帝说："我想修元史，但如今万事待兴，恐怕人力物力艰难，修史费时费钱，没有十年八年，恐怕修不出一部好史来。"刘伯温怕皇帝命他主持修史，因说："陛下不必操心，委付中书省去办便是。"

　　李善长知道皇帝早就想修《元史》，自己心中也有筹算，试探地说："上位所言极是。若陛下想快些个修史，自有快的良法；若想不快，也有不快的安排。"皇帝听了好奇，忙说："相公一定有快修的良策。"李善长道："宫中房间少，但城中有许多寺庙，譬如天界寺的藏经殿比文楼还高大，便可将元朝十三朝实录搬运去，在那里开设史局，召集一二十名文臣，日夜检读。朝中又有许多元朝的旧官，知道许多朝野故事，不过半年之内，元史必有模样出来，年底元史便可成书，印行天下。"皇帝不由看了丞相一眼，几乎不相信真能这么快，说道："天界寺端的是一个好去处，可以借着来用。但是历来修史，也无恁快的，如果草草了事，恐怕贻误后人。"李善长知道皇上并不在意是不是贻误后人，按刘伯温的话说，前朝信史也有许多虚构的事。皇帝认定胜朝修完前朝的史，前朝才算彻底败亡。仿佛民间请人作祭文和撰墓志，被祭的人肯定早死了。如果元史修成了，元朝仿佛不复存世。就算元帝和北元残兵还在，在情理上可以视为无物，这样才能彰显皇明奉天承运之意。李善长于是说："宋濂先生学问兼文史之长，民间也有不少饱学的人，上位可下旨征来，所谓人心齐，泰山移。只要人多，史料足，半年内定可修完元史，年前刻版印出书来，不在话下。"皇帝大喜，说道："相公的话甚合我的心意呵。若相公半年内真个修出元史来，你做丞相的是第一等功劳，不逊于鄱阳湖上武将的战功哩！"

刘伯温听了，有些忿然不平，忙说："陛下，恕臣愚鲁，历来修史都极为细致，两年修出来都是极快的。半年编撰出元史，如何来得及精心构撰，必遗下许多重复舛误之处，被后人笑话。"李善长说："刘大人这话差了。陛下以举国之力修史，不是前朝可比。"皇帝道："我也想快修呵，只是元朝那个曾经是我们皇帝的事迹还不知晓哩。"李善长道："那元帝还在世，他的'本纪'先空着，日后差人去北平搜集，再补进去，与修史不相妨的。"皇帝点点头，又问："二位爱卿且说说，何人来主持修史为宜？"

刘伯温心想丞相许诺半年修史，自然以丞相为主，自己万万不能参与，免得半生声名尽废，因说："以臣陋见，丞相年富力强，才学渊博，为政为文，读经读史，都有可观，可以监修元史。宋濂先生守孝近三年，已经来京，想必近月可以除服。海内道德文章首推宋公，他可为总裁官。其余编修官不宜从朝中官吏中选取，朝中政务繁多，官吏人数尚且不足，倘若借调，政务必怠。"皇帝问："相公意下如何？"李善长好像不愿重任旁落，爽快地道："刘大人点了下官的名，如何敢不奉命！"皇帝道："刘老先生说不宜从朝臣中借调人去做编修，莫非要让山野间的儒士来修不是？"刘伯温手捋了捋胡须，说道："正是此意。去年上位着詹同、魏观、吴琳等人分行各府州县，寻访各地贤才。那些贤才，都是自幼熟读经史，长成能诗能文的，虽然未必善于理政，但文章之道都各有所长。若让他们到六部任职，未必胜任，命他们通读元朝实录，搜罗遗事，精心编成一部《元史》，想必不负圣望。"

酷吏

皇帝听太监胡政说，孙贵妃领了皇后旨意，又请柳氏来宫中做客了，因此想起他们夫妻团聚是因为设置了登闻鼓，于是差胡政去问值鼓御史，最近如何没有人来击鼓了。御史忙来禀报，说自从吴子奇夫妇敲登闻鼓后，隔三岔五，总有京城内外百姓来敲鼓，但状子中申诉的事皆不必惊动皇帝，都是刑部、磨勘司、御史台或者应天府尹与各地知府、知县可以依律判决的事，都将状子退了回去，渐渐地也没有多少人来敲登闻鼓。皇帝说："难怪这几日清静。"

没过几天，一条黑衣汉子来到长安左门，击了一通登闻鼓，便跪在鼓前。御史忙出值房来看，黑衣汉子三十余岁，手无状子，问道："你有何事击鼓，可有状子？"那黑衣汉子说："小人不认字，也无钱请人写状子，请皇上为小民做主。"御史问道："你有甚么事要见皇上？可不是打了登闻鼓便能见着皇上，要看事情的轻重缓急。"那黑衣汉子流着泪，有些口吃地说："小人是杭州浙东道提刑按察司衙门的差役，要告上司浙东按察使陈亮。"御史大吃一惊，吓他道："你一个差役，要告长官，他可是正三品的大官，升一级可以做京城的侍郎和尚书。你如果是诬告，惊动了圣上，你的性命恐怕都没了。"那差役道："小人就是死了，也要告陈亮。小人曾向杭州行中书省告上司打人，行省的相公说他与按察司平级，办不了案。小人后来经人指点，来到京城敲打登闻鼓，求大人禀报皇上，只求皇上做主。"御史道："你姓甚名谁？手无状纸，口说缘由便是，你何事告他？"

那差役道："小人姓毛，没得名字，大家都唤我毛三。起因是有一天，小人生病迟到了，陈亮打我耳刮子，将我一只耳朵打聋，还用脚踢小人的裤裆，小人的一对睾子都要被他踢碎，痛得在地上打滚。小人家穷，还未婚娶，不知将来还能不能生儿育女。他还寻小人的不是，经常扣小人的薪酬。小人一路上盘缠不足，后来是乞讨着来京城的。"御史面有难色，说道："你为着这事便要见皇上？我怕你会惊动圣驾哩。"毛三膝行几步，抱着御史的腿，从衣袖里拿出些碎银，眼巴巴地递与御史。御史忙退一步，变了脸皮，喝道："你敢公然行贿御史，便是有罪，当捉入刑部大牢！"吓得毛三手一缩，双手攥住碎银，叩头求饶说："大人饶命呵。这都是衙门里的同行说的，来京城告状，都要银子打点，小人没得几个钱，就这半两碎银。"御史正色道："你送银子便是罪犯，如若你有冤屈，非得皇上来断，不要银子本官也会为你上传。本官在天子眼皮底下公干，岂敢私下收受百姓的钱财！"毛三叩头道："大人是一个清官呐，请大人传话与皇帝，小人的确有冤屈。"御史本想赶他走，转身却想起皇帝曾经说过，民告官的事可以报与他知道，于是就试着禀报，以为皇上会拒受，自己还会挨一顿训斥。皇帝得知差役控告长官陈亮，怪叫一声"阿也"，大为惊奇，便说："竟有这等事，不由朕来处分，谁能治得了他？"

皇帝对陈亮为人颇为熟悉。洪武元年之前，朱元璋还是宋国小皇帝封的吴王，那时还未曾攻取平江。因李善长所荐，吴王命陈亮为广德①府知府。有一年大旱，百姓向陈亮诉苦。陈亮忧心，立即向吴王报来天灾奏章，还想进京面奏，请求减税。朱元璋回了手谕，不许他来应天城。陈亮很恼火，又上了一本奏章，仅写着数句话："天旱，田禾不收，民有饥色，若仍要税粮，民必逃移平江就食，是与张士诚益民②也！"声色溢于辞表。朱元璋看了大怒，将奏章扔在案上，信天骂道："这厮好大胆，敢恁地与我说话！"过了好一会，心想他是为民请命，不失爱民之心，才消了气，叹息一声，自语道："没奈何，权且免了他广德府本年税粮。"朱元璋记住了广德府知府陈亮的名字。

皇帝令胡政差人去刑部，宣周祯来华盖殿。胡政领旨，才走一会，皇帝又唤来

---

① 广德：今安徽广德县，东临杭州、湖州、北倚苏州、无锡。

② 这句话意思是说老百姓会逃到平江去谋生，是给张士诚增添人口。

左禄，让他去告诉胡政，不必宣周祯了。胡政忙回来，与左禄侍立在华盖殿东西两向，一句话不敢问。皇帝边批奏章边说："朕要将陈亮那厮锁到京城来，本想差刑部的衙役去提取他，但人家是正三品的官，刑部的衙役捉寻常罪犯还好，捉地方按察使便不好了，刑部品位太小，你们说是不是？"二人顺着皇帝的意思，连声说："是是是。"并不敢多话。皇帝自觉无趣，此时身边却没有一个可以商议的人，与太监议论朝政，向来是皇帝的大忌，但身边无人时，又忍不住想与他们说几句。皇帝想了好一会，竟然连差几个人去捉地方官到京也很为难。他突然想起宫中拱卫司的军健们，人人身长八尺，身着朱红锦衣，腰悬利剑，相貌威严，武艺出众，远不是刑部那一伙皂衣衙役可比。皇帝说："胡政，去拱卫司唤指挥使毛骧来见朕。"

拱卫司衙门在承天门外，位处禁宫外的西南面，距长安右门不远。不过片时，毛骧跟着胡政疾步来到殿中，拜见皇帝。皇帝道："朕当年领兵来打定远县城，尚未攻城，你爹爹毛骐老先生便劝降了县令，立了一件不小的功劳。那时我便见着你了，还是一个童子哩。"毛骧忙说："正是，臣也是那天第一回见到陛下。"皇帝道："你那年才七八岁。朕说过你长成以后，跟着我从军，好生重用你。当年渡江后，你爹与李善长是我的左右心腹。征婺州时，你爹曾代理中书省的政事，委以重任。后来你爹不幸病故，我十分痛惜。如今你已是一条大汉，为朕守卫宫禁，日夜巡查，也是辛苦了。"毛骧说："这自是臣的本分。"皇帝道："朕有一件差事，委付你做。你带着圣旨，去杭州提刑按察司衙门将堂官陈亮勾取来，朕要亲自审问他。"胡政于是将一轴铃有天子之宝的诏书递与他。皇帝吩咐道："你再选三四个身量高大的人一同去，都穿着新制的锦衣，带着绣春刀，骑着大马。你们是替朕奉诏捉人，气势威猛些不妨。"

才过一日，申牌时分，毛骧进宫来报皇帝，陈亮已经提到，现在午门外候旨。皇帝有些惊讶，问道："怎快就勾取来了？"毛骧道："陛下差遣，臣岂敢怠慢。京城去广德不过二百余里，臣快马加鞭，次日上午便到了，当日提取陈亮，让他也骑着快马来京城。"皇帝满意地说："你办事迅捷，朕十分心慰，将来是要委付你大事做的。立即提陈亮来奉天门，唤毛三一同进宫，朕要亲自审问明白。"

少顷，胡政匆匆来报："陛下，陈亮已经跪在奉天门前了，毛三在左掖门外值房候旨。"皇帝登上步辇，仪卫亲军簇拥着他向奉天门来。他远远看见一个身穿朱红官服，头上却无乌纱帽的人跪在台阶上，面皮黝黑而冷峭，双眼圆睁，直视前方，恰与皇帝四目对视着。皇帝近前时，喝道："陈亮，你这禽兽之行，岂是读书人所为！"陈亮挺直了腰，大叫道："臣无罪！不知陛下为何这般指责！"他的声音比皇帝还大，皇帝没想到陈亮如此狞厉，浑无惧色，愈加恼怒，手一挥，也大吼道："带毛三来对质！直娘贼，难道皇帝老子还诬告你不成！"他气咻咻地从步辇上下来，站在陈亮眼前，俯视着他。

一个太监引着毛三来奉天门。毛三看见上司陈亮竟然跪着，不免畏畏缩缩，颤颤栗栗，放慢了脚步。太监扯他衣袖说："皇上都来了，你快些走！"毛三登上奉天门，忙向皇帝叩头，不敢仰视。皇帝说："毛三，你将陈亮的恶行都说出来！"毛三看了一眼陈亮，陈亮也恶狠狠地瞪着他。毛三说："小人不敢说。"皇帝大怒道："有甚么不敢说？朕在这里替你做主，你还怕他不成？若他真有罪，官是做不成了。你快说！你快说！"毛三见皇帝发怒，就说道："小人有一天得了风寒，头晕脑热，却寻不到人向陈大人及时告假，在家中卧病大半天，便去城中捡药煎服了，下午才来衙门当值。陈大人却认定小人目无长官，擅离职守。小人申辩几句，陈大人恼了，打了小人一个耳刮子，将小人的左耳朵打聋，至今还耳鸣，若不是右耳还好，小人已经是一个聋子。起因不是小人迟到，陈大人才责怪小人，原来有一个开肉铺的人来打官司，别人欠他几十两银子两年不还，欠钱的人却有钱建屋，知府判了那个欠钱的还钱。那人却说无钱。这个开肉铺的人来陈大人这里申告，陈大人差人去拆那人的屋，那人才还了银子。这开肉铺的人送了一百只鸡蛋和十斤腊肉来，那天正是小人当值，便说陈大人是一个清官，不会收受你这点好处，你快快回去，免得陈大人知道，定你罪名。过了几天，陈大人来问小的，是不是有人要进衙门见他，送来一百只鸡蛋和两条腊肉，你却不让他进来。小人说是有这事，陈大人为官清廉，不会收的，因此便没放他进来。陈大人不由分说，抬起一脚，踢小人的裤裆，正踢在小人的两只卵蛋上，痛得小人在地上直打滚，险些个不能呼吸了。陈大人骂道，你一个当差的小人，擅自做甚么主张！从此以后，陈大人总是寻小人的不是，多次扣小人的俸酬，小人听百姓们说皇上圣明，就来到京城，向皇上告状了。小人说的句句是实，如若不实，小人情愿千刀万剐。"

皇帝听了，面皮阴沉，两眼圆睁，正要发作，陈亮大声道："毛三你当值迟到，每月有三四回，我只是说你几句便了，并无责骂，衙门里的差役可以作证。那天你生病了，半天不来当差，你不说有病，却说临时有事，不及告假，说本官何必如此计较。你分明不将下官放在眼中。别人送我鸡蛋和腊肉，收不收自是我的事，他来寻我，你如何不放他进来？我若收了，你可告我贪。我若出钱买下，收下人家一片好意，又有何不可？"皇帝喝道："就算毛三有不是处，你为何踢人家卵蛋，男人那里最怕痛，若伤得重些，性命都会坏了，你好毒呵！"陈亮道："只是臣一时恼怒，不合踢他裤裆，愿受陛下处治。"皇帝冷笑道："你在广德府做官时，朕以为你是一个能吏，后来命你做兵部尚书。你如今做到浙东按察使，原来却是一个酷吏。你口口声声说爱民如子，却又待下属如禽兽一般。你说若收人鸡蛋和腊肉便会付钱，鬼才信你这厮的话。如若不是毛三谢绝，你不白白吃人家鸡蛋和腊肉？这是毛三知道的事，他不知道的事，你收受他人钱财又有多少？"陈亮大呼道："陛下，如何无端猜测臣有贪婪的事？陛下若认定臣是一个贪官，速速差人去杭州按察司衙门，抄了臣的家，若有不义之财，臣愿以人头抵罪！"皇帝正值气盛之时，咬牙道："好，你说得好，朕立即差监察御史去抄，到时再有话说。先将陈亮下在应天府的监牢里，听候发落！"

第十五章

苏州府魏观访贤才　天界寺高启晤故友

探监

晚朝时，皇帝当朝说了拘捕陈亮一事。丞相十分震惊，群臣也面面相觑。刘伯温说他已奉旨差遣了两名监察御史，去杭州抄检陈亮的家，数日后便有消息。本朝第一回拘捕正三品的按察使，按理说先要通报中书省，还要告知御史台和磨勘司。御史台派出监察御史去浙东提刑按察司巡查，如果陈亮真有罪，皇帝下诏先撤了他的职，方可提取到京，由三法司会审再定罪，不可擅差亲军捉入京城，群臣因此惶恐。李善长听刘伯温那么说，才知道皇帝仅通报了御史台。群臣见丞相不说话，也都按着不说。君臣议了议各地有关钱粮、赋税、乡学以及水患、垦荒的奏本，就散了朝。

监察御史抄家回京，先报与御史中丞刘伯温。当日下午，伯温入宫禀报皇帝。奉天门晚朝时，丞相忧心忡忡，看着皇帝的面色，不知陈亮是吉是凶。皇帝手指夹着抄家清单，边看边说："抄了银子六十几两，金子没有，圣旨三道，书籍一百余册，新旧衣裳八件，直缝羊皮靴三双，古砚一方，旧藏宋墨五枚，还有些其他物事，就不值一提了。"丞相听了，暗自松了一口气。皇帝说："正三品的官，一年的俸禄也有百多两银子。陈亮在地方做官多年，积蓄六十几两银子不算多，如果有五六百两便是贪墨所得。其他书、衣裳与旧墨等物事，寻常读书人家也有的，圣旨是朕发付他的。这么一抄，还替朕抄出一个清官来了。"皇帝嘿嘿笑了两声，话语颇有些自嘲的意味。

刘伯温奏道："这个陈亮，在浙东道为按察使时日不长，富贵之家恨之入骨，贫寒之家却奉为青天大老爷。"皇帝道："刘老先生说来听听。"刘伯温道："陈亮主持狱讼，如果是一个穷人与一个富人打官司，他不论谁有理无理，心里先向着穷人。浙东地面如果有做官的与老百姓争利，他心向着老百姓。各府县招募土兵时，他不拘贫富，按家中人丁征集。有许多富贵人家子弟不愿作土兵，想出银子赎了，让其他人顶替，陈亮却不许，将顶替人家的家长捉了，关在监牢中，让人家出钱来赎。还有一些财主输了官司，交不起罚金，陈亮则将财主逐出住宅，强行将房屋变卖。这些财主往往一夜之间成了乞丐。他在广德府做知府时有顽民不及时纳税，他令人将铁烧红，烙人的手臂，有人为陈亮取了一个绰号——陈烙铁。"皇帝冷笑道："陈烙铁？他真有治顽民的法子！他罚人家的银子，变卖他们的房屋，钱都到哪里去了？"刘伯温道："监察御史都查了账册，所得银两都交与行中书省，笔笔都有交割手续，并不曾隐匿一文钱。"皇帝很意外，冷笑说："他还会替朝廷聚财哩。"

李善长持笏出班奏道："刘大人真是贤明。陈亮为官虽有些偏狭，但还清廉，虽然驭下粗野，但不失爱民之心。"皇帝听了，却变了面皮，说道："他动不动便拆人家房屋，你们休想为他求情！他若贪了十两银子，朕就要杀了他。既然查明他不是那般贪婪之人，仍下在应天府牢中，秋后待斩！"李善长大出意外，忙说："上位呵，陈亮罪不至死呵！"皇帝道："他在地方胡乱执法，断案不公，恁多财主都被他整得倾家荡产。朕当年平定四方，军饷和粮草哪一样没有各地财主和富户相助的？他驭下如待禽兽一般，一个耳刮子便将差役毛三一只耳朵打聋，下手好狠呐！还着力踢他裤裆，险些要了毛三的性命。一条狗都知道主人对它好不好，何况是一个人！——这些还不够杀头么？"李善长压低语音道："上位请恕臣直言一句，陈亮有罪，但委的不至于死呵。"皇帝赌着气似的，厉声道："朕要让他死，他死得死不得？"李善长憋红了脸，将想说的话咽了下去。

刑部侍郎盛原辅奏道："相公的话在理呵，请陛下三思。陈亮虽有大过，但为官清正，是一个能吏，人才不易得呵。陛下一句话便要定他死罪，恐怕三法司如同虚设！"皇帝听了，两眼圆睁，一时无语反驳，却强硬道："朕便要法外用刑如何？"吏部侍郎樊鲁璞也奏道："启奏陛下：过去在元朝，富人与穷人打官司，官府多偏向富人；蒙古人与色目人和汉人、南人打官司，官府向来偏袒蒙古人和色目人。如今皇明开国，这些不公的世道，都翻了一个筋斗来。陈亮因此仇富济贫，虽有些矫激，却也是经历乱世的人才会有的心思，伏望陛下明鉴。"工部尚书单安仁正要出班，皇帝有些不耐烦，手一挥，说道："陈亮的事，朕已经定论，不消再议了。"李善长看了看刘伯温，他神情漠然。

晚朝散后，李善长坐马车去应天府。府尹褚明诚住在府内的厢房里，闻讯忙出门相迎，坐上丞相的马车，陪着丞相去应天府监牢。监牢在城北，与刑部监牢相距一里有余。陈亮羁押在单间，有床有书桌，书架上有图书，桌上有笔墨。他穿着破旧灰布裳，头发有些零乱，见了丞相，忙站了起来，有些吃惊，失声道："相爷，你如何来了？"李善长道："散了晚朝，特来看觑你一眼。"陈亮道："将死之人，有劳相公了。"褚明诚示意牢子打开槛门的锁，褚明诚说道："在下不便作陪了。"李善长会意，说道："褚大人请自便。"就进了监牢，问陈亮道："你自认冤不冤？"陈亮冷笑道："今为毛三告了御状，圣上就要我的性命，相爷说冤不冤？"李善长道：

"下官为你说了情，还有刑部盛原辅、吏部樊鲁璞等人都为你说了情，但皇上不听。"陈亮说："皇上有甚么旨意，相公请直说便是。"李善长迟疑一会，才说："你且不要惶恐。皇上……皇上说秋后决斩……下官会尽力劝谏，还有生机，你切莫焦躁。"

陈亮听了，呵呵大笑。李善长道："你笑甚么？"陈亮近前几步，附耳道："皇上要杀我，这几日便会杀，如果要秋后决斩，我八成死不了，还可能官复原职。"李善长问道："你是自我慰藉罢？"陈亮低声道："相爷天天在皇上身边，不知其为人，我在地方为官多年，倒看得真切。你以为皇上真为我打了毛三，让几家富户破产，便要杀我么？"李善长问道："你道是如何？"陈亮道："你看这牢中，是一个寻常囚徒待的地方么？这应天府的牢房一间关着十几人，恶臭之极，转身都难，我却住着单间，一日三餐有饱饭吃，还有书看，有笔墨可写字，床上被褥都是新的。可见皇上不是让我坐牢，是让我闭门思过哩。他还舍不得杀我！"李善长听他这么一说，觉得似乎有理，笑道："人道陈亮奸似鬼，皇帝的心思都被你看出来了？莫不是要重用你？"陈亮道："重用不敢说，决不至于死。这些话千万不可与他人说。"李善长说："你放心便是。我以后就不来探望你了，免生嫌疑。秋后你真个能出来，我再设宴为你洗尘。"陈亮道："多谢相爷，劳你费了心。"

李善长自监牢里出来，牢子锁上门，褚明诚忙前来相随。李善长问："褚大人，莫不是皇上吩咐你照拂陈亮？"褚明诚笑了笑，扯淡道："非也。卑职见他是一个正三品的官，不敢辱没他，便腾出一间牢房让他住。"李善长会心一笑，与褚明诚一同步出应天府监牢。一轮上弦月悬在天上，有如陈亮狡黠的笑脸。

皇帝与中书省以及吏部商量各行省官吏的人选，议了十几日，意见不一。丞相与吏部尚书商量后，呈上人选名册，皇帝却不称意，用朱砂笔另写了一张名单，直接付翰林学士草诏，不再与中书省商量。

刑部侍郎盛原辅数月前改做吏部尚书，皇帝又令他去北平做参政，中书参政刘惟敬为广西参政，刑部尚书周祯为广东行省参政，御史台经历刘希鲁为刑部尚书。除刘希鲁是刘伯温的下属外，其他人在朝野的舆论中都是"淮党"。李善长心想盛原辅或许因自己所荐，升做了吏部尚书，数月来皇帝并不满意，才将他外派。刘伯温曾当朝说周祯不长于刑名之学，这回皇帝终于将他外放。刘伯温推荐的刘希鲁为官清正，皇帝才令他做了刑部尚书。

皇帝忙完了几个文官的任免，又惦记着西北兵事。徐达送来战报，如今已令郭兴守在巩昌，令顾时、戴德攻兰州。冯胜文武双全，是一流的名将，付与他攻取临洮的重任。临洮在兰州之南，相距一百五六十里。顾时攻下兰州，冯胜兵至临洮城下，临洮的守将是李思齐。皇帝知道李思齐早年举义兵护着元朝，勇悍而狡诈，后来与王保保争夺地面，想割据自立。皇帝设想冯胜攻取临洮的结局，一是相持不下，久不能破城；二是李思齐内无粮草，外无援兵，弃城而逃；三是他与王保保合兵，内外突袭大明军，迫使冯胜退兵。

盛原辅起程去北平前，李善长照例在南风楼设宴饯行。席间，盛原辅借着酒兴，跟李善长说："皇帝真是神人，三头六臂呵，朝中大小事都包揽了。从来官吏迁降，各地奏本批复，一直都是省中与六部先拟票子，小事直接批复，大事方才送给皇帝过目。皇帝觉得不当，才用朱笔改批，转给省中与部里复核和驳正，皇帝再看一次，称旨了，才由翰林院学士草诏，掌印太监奉旨盖印，再传旨四面八方。如今皇帝以天子之贵，却做起政府的职事，日理万机，你这个丞相却成了闲职。"这话触动了李善长的心思，他却笑道："忙里得闲也好。"刘惟敬道："某不才，有一个浅见，不知相爷介不介意。"李善长说："刘大人直说便是。"刘惟敬道："相公是大才，哪里是做闲人的。只是开国不久，皇帝生怕军政上有一丝差失，故而外出的将帅与京城内外文官的要职，都要亲自过问，别人来做他放心不下。但天下大事太多，皇帝一个人要兼顾中书、六部以及大都督府的大事，还想着西北用兵，白天不吃饭，晚上不睡觉，他也办理不完。皇上龙体安康已是万幸，如果日久倦怠，便会指责中书与六部不力，那时便是还权于相爷和政府的时候，不才劝相爷眼下倒不要急。"盛原辅附议道："刘大人说的句句入理。"

李善长听了深感宽慰，希望皇帝只做江山的主人，不要去做朝廷大管家的职事，引开话题说："我急甚么？近月为修元史还忙不过来哩，正不知詹同和魏观能寻访到甚么贤才来。"

访贤

去年十一月，皇帝下诏征用天下贤才，编修《元史》，起居注詹同、魏观、吴琳、文原吉等分赴各府州县，遍访贤才，访得十余人，先后送至京城。

那时魏观寓居杭州，在城中书肆偶得两本盗刻的高启《缶鸣集》和《娄江吟稿》，集中诗句清新而多古意，才思超逸不群，高华处直入盛唐境界。他最叹服的是作者早年学诗时，拟汉魏如汉魏，拟六朝如六朝，上窥建安，下逮开元，拟盛唐诗亦极得神似，又能镕铸百家，自成一体。魏观恨与作者同时而不能一见，想将他征来，于是来到苏州城。他晚间在灯下读高启诗，从诗句中揣测高启的居处，他必隐居在吴淞江边。吴淞江古称娄江，又名下江，俗名刘家港，其尾与太湖相连。高启因此将诗集名为《娄江吟稿》。

次日天晴，魏观一行三人在苏州府城外租了一条船，进入吴淞江，山势与江流平远清旷，草长莺飞，春色盎然。行了十几里，看看天色向晚，江上隐现一道彩虹，村墟里映着一抹斜阳，宿鸟群飞；水边有人或泊船，或垂钓，或独坐，他们想必是住在近处的村夫，一入高启的诗句，都成了"幽人"。江边人家点了几盏灯，远远看去，如天近平野的星光，一行人寻着灯光而去，近处看见门外有一个招旗，隐约看得清上面写着"娄江醉乡"。三人进了酒店，灯光昏黄，店主人打着算盘，在灯下书写账册。魏观就问："敢问店家，可听说远近有一个叫高启的人？"店主人道："高青邱吴淞江上谁个不知。"魏观因问："高启如今住在哪里？"店主人道："他住在前面的大树村，客官行船经过时，远远可以望见。"魏观道："多谢了，今晚就在贵店歇息，明早且行。"

魏观想起高启有一句诗"民归邻树在，兵去垒烟空"，诗中的树莫非就是那株大树。次日，魏观一行早早起来，登舟去寻大树村。一个多时辰后，魏观在江上问渔父，得知大树村快到了，就舣舟靠岸，一行人径向大树村而去。路上又问了行人，确信高启家就在村中，三人欢喜起来。到了村前，门前有一方池塘，道间花色明眼，鸟声宜人。村口有一道青砖墙，上覆着青瓦，墙内有十几间白墙青瓦大屋，屋前后树木竹林掩映。墙内有几个儿童在嬉戏，台阶上对坐着两位扶杖的老翁，身着青色的衣裳，形制高古，容貌闲静，正在下围棋；另有一个老翁在抚琴，几个后生闲立两旁。魏观见了那几个后生，以为高启正在其中，一问，才知是高启的邻居。后生给魏观指着高启的家门。数级青石台阶连着前楹，砌下微有些青草，台阶亦生细苔。门扉静静半掩着。

高启妻子高周氏见门外有客，怯怯地问："请问朝奉要寻谁？莫不是县里税课局新来催税的钱大使？"魏观笑着摇头道："在下可不是催税的钱大使，我姓魏名观，我们三人都从京城来，特地来访高启先生。"高周氏赔笑道："真是不巧，郎君昨日去苏州府城外张子宜先生家去了。"魏观笑道："我们昨天正从苏州府城来哩。"高周氏问："敢问魏先生寻当家的有甚事，妾身能否代为转告？"魏观道："这是公干，大姐转告不得，小可要亲见高先生才是。"高周氏道："魏先生请家里坐，吃碗茶去。"魏观道："下回高先生在家，再来吃茶。但不知高先生几时方归。"高周氏道："他与友人出门时，说是三五日。"魏观问道："小可想知雅集上还有些甚么人，不知可相告么？"高周氏道："都是夫君早年的朋友，魏先生可听过北郭十友？"魏观道："久闻其名。"高周氏道："北郭十友回来了八位。当年平江城破后，皇帝将他们一些人迁徙到临濠去了，有两人至今没回来。"魏观道："若高先生到了京城，见了皇帝，此事便不难了。"周氏道："先生说得是，却不知夫君愿意不愿意去集庆。"魏观笑道："集庆早改作应天了。"

长乐圃

张子宜家的园林名唤长乐圃，在苏州城十分知名。魏观一行三人到了城东张家的门首，一丛青碧的竹梢斜逸在粉墙之外。魏观向门人报了姓名，片时，门人延请魏观三人进去。

大堂上有许多人，有的攒聚一起品诗，有的在堂角负手觅句，有的围在桌前划拳赌酒。老仆领魏观三人来到堂下，手指着一人说道："那个便是先生要寻访的人。"魏观看着那人一手持酒杯，一手捉毛笔，写一句，歌一句，众人喝彩一声。

魏观三人站在一旁看着，堂上的人未觉察有生客来，仍是笑谈自若。那捉笔的人约莫三十二三岁，一袭青裳，前襟满是酒痕，脱了帽，一根蓝布条缠住发髻，已有六七分酒兴，走笔如飞，写完最后一句，掷笔而起，摇摇晃晃，持稿吟唱道："青邱子，臞而清。本是五云阁下之仙卿。何年降谪在世间，向人不道姓与名。蹑屩厌远游，荷锄懒躬耕。有剑任锈蚀，有书任纵横。不肯折腰为五斗米，不肯掉舌下七十城……"吟唱一毕，满堂无不抚掌大笑。那人笑道："率意之作，实不足观。"将几页诗稿一扔，纷纷扬扬，有一页飘落在魏观的眼前。魏观捡起来，在堂下长长一揖，高呼："在下蒲圻魏观，奉诏特来寻访高先生。"

高启手扶桌沿，斜睨着堂下三个生客。众人都听见了"奉诏"二字，惊异地看着来客。高启皱眉不语，似有醉酒呕吐之意。主人张子宜过来与魏观施礼相见，请三人上堂。张子宜介绍堂上十几位吴中才俊，有张羽、王行、唐肃、宋克、傅着、谢徽谢恭兄弟、吕敏、陈则、高逊志、周矩、张简、陈惟寅等当地名士。魏观一时记不住许多姓名，拱手与他们相见，笑道："真是宾主尽东南之美，幸会幸会。"魏观于是说了此行的来历。诸位才俊得知魏观是位居正五品的起居注，此行为天子寻访逸才，神情渐渐有些异样，冷淡的更冷淡，好奇的更好奇。高启、王行、宋克、张羽四人共坐在堂角的席上，论诗谈文，好像没有看见魏观。谢徽、陈则、高逊志、唐肃、吕敏、周矩、张简等人，还有主人张子宜兄弟，都围在魏观身旁，询问皇帝征召的事。

魏观道："如今皇帝要修元史，正需文章之士，诸位都是东南才彦，名动一方，若想平生所学不淹沦山林，只消给不才说一声，便举荐到京城去，高低也做一个翰林院的编修。若在文才之外，还有为政、理财、安民的才干，那官从此还可以一步步做上去。开国之初，最需人才，京城与地方尚有许多缺员。"很多人听了面容灿烂起来。魏观意在高启，见他冷淡的样子，于是手持茶杯盖，轻叩茶杯，吟哦起来："长相思，思何长！愁如天丝远悠扬，摇风曳日不可量。未能绊去足，唯解结离肠。关山碧云看欲暮，空帏坐掩荃兰香。长相思，思何长！"有人以为是魏观即兴拟写出来的乐府诗歌，高启听出是自己早年学诗时所拟的古诗，并不是一首精妙之作，很惊讶魏观竟能记诵。他正纳闷时，魏观在诗后即兴补上四句，仍用杯盖打击节奏，吟道："长相思，思何长！百年胡运今已矣，君不见，大明天子重文章。"

高启站起来，问道："这是弟早年拙作，兄在何处得知？"魏观说了一路寻觅的始末，高启说："弟除了吟诗之外，有何才德，让兄追索如此！"魏观道："不必过谦。兄之才情，早已名动东南。"他从包袱中取出一本诗文稿，递与高启道："这是弟的诗文抄本，望兄指教。"高启接了，翻看了数首诗，几篇古文，原来魏观亦工于诗文，不是寻常做官的俗客，说道："兄的诗文，弟才读数首，便觉辞气清拔，不同流俗。弟眼拙了，恕弟将兄看成俗客。"魏观笑道："自古文人虽有相轻之说，也有相知相重之风。青眼皆因诗句横，兄诗大有谪仙遗风。"高启说："过奖了。弟不过追慕唐人而已。"

张子宜令人添些酒菜，请魏观入席。笑谈之间，不觉天色向晚。晚饭后，魏观与高启散步园林之中，高启道："杞山兄，弟一向懒散，且耽于吟诗，实在做不得公务，京城实不宜去。"魏观道："季迪兄，弟以为兄当去京师，所谓'学成文武艺，货与帝王家'是也。兄阅诗阅文多矣，阅世阅人或有不及。京师各色人皆有，可谓万象，不去看看颇为可惜。况且兄的诗文，远在寻常作手之上，而今日朝廷修元史，正要用兄的才情，诗文之艺岂能尽做自家遣兴之用？兄才过而立之年，前程远大，就甘心老于江上，吟哦终生么？当今天子圣明，颇爱艺文，又重贤才，开国之初，朝中正是用人之际，中人之才都能重用，何况兄是上上之才。"高启道："弟最不善于人事的。"魏观道："编修元史，最要紧的是经史文章，又不是让你去做吏部尚书，日日忙着官事人事。京城米价便宜，酒茶也不贵，住房由官里供给。我与京城天界寺的长老熟，那里清静，宜于公余读书。兄来时，弟为兄在寺中借一间屋寓居。过了一年半载，兄住得习惯了，将全家老小都迁来。所谓大隐隐于朝，小隐隐于野。自古没有舍大求小的，兄断无拒绝之理！"高启笑道："杞山兄天生说客，弟已悄然心动矣。"魏观也笑，说道："哪是弟善做说客，自是京城好处多。"高启道："容弟三思罢。"

高启心想如果到了京城，一则有机会请人向皇帝说情，将迁徙到濠州数年的故人杨基、余尧臣、徐贲放还故乡，与父母亲友相聚。二则看看新朝气象，见识京城的世面，万一不如意，辞职归乡便是。自从平江城破，高启的小女受惊吓而死，成为一件恨事。他带着一家人离开平江，回到吴淞江畔隐居。吴王张士诚和淮南行省参政饶介，对他以及他的友人们有知遇之恩，他时常怀想吴王治下的太平时光，在平江城中的诗酒逍遥。他原以为吴王张士诚礼贤下士，有仁德之风，来日必能平定天下，成为开国明君，没想到他却被另一个吴王朱元璋平定了。张士诚自缢后，高启却有些憎恨朱元璋。平江围困之际，高启不知东南形势，以为四方会有援军来，吴王能守住平江城，因此迟迟没有离开。平江城破后，高启的壮志豪情全都消散，感叹"已嗟求道晚，复省济时难"，但求"朝餐止一盂，夕卧惟一床"。他回乡后，寄住在妻子高周氏父母的家中。外家是当地中产富户，有良田数百亩，还是一个诗书门第。高启得外家亲友资助，衣食并无大忧，日日吟诗为乐，不务生计，万事却都厌倦起来，三十几岁就有些颓唐，恰如他诗中所写："旁人笑寂寞，寂寞吾所欲；终老亦何求，但惧无此福。"

魏观见其他人兴致不高，因请高启去劝说他们。高启道："人各有志，何必强求。"魏观神情端严地说："兄看在愚弟薄面罢，不然，天子的事没有做好，小弟回京也是交不了差的。"高启笑道："姑且替你说说。"高启与友人说了半天，只有二人勉强同意进京，一是谢徽，但他的弟弟不愿意去，说是要侍奉父母；二是傅着，他久有济世之心。其他人犹豫不定，有些想去，但心存顾虑，都说等他们先去了，日后再说。魏观不快地道："恁地也好，一时人多了，还怕皇上黜落几个哩。"

高启将应征的事告诉妻子与岳父。岳父十分高兴，说如今时来运转了，你一肚皮锦绣文章，总算有售出的时日，极力鼓动高启进京。妻子向来觉得丈夫每日间吟诗作文，不是安身立命之法，皇帝差人来征召，自然很高兴，只是担心他诸事不做，平日里照顾不了自己饥食寒衣。高启说先去看看，若能安居，就将全家迁去。妻子反复叮咛，准备着充盈的行装。几日后，高启、谢徽、傅着三人跟随魏观来到苏州城，看看天色将晚，草草吃了酒饭，城上霜月乌啼，夜色寂寥。魏观在灯下写了一封信，嘱咐他们到京城后，拿信径自去天界寺，房金由礼部支付。

三人出了阊门，乘船取水路，泊船在枫桥边，夜半钟声惊回午夜的梦。离城未远，高启却旅思茫茫，回首才出阊门外，却似夜泊在秦淮河上。想起当年唐朝诗客许浑初入长安，却道"帝乡明日到，犹自梦渔樵"，自己才出阊门而心已入帝乡，惝恍迷离，已经整夜不能成眠。

天界寺

天界寺在聚宝门外，善世桥南，元朝时名唤龙翔集庆寺，洪武元年皇帝改为天界寺。寺中藏经殿正门旁立着一块木牌，写着"元史局"三字。皇帝在寺中设立了善世院，命僧人慧昙管领佛教之事，又置统领、副统领、赞教、纪化等职务，掌握着全国各名山大刹住持的任免。高启、谢徽、傅着到了京城，翰林院与礼部小吏接待他们，安排入住天界寺西面一排僧房里，每人一间。香积厨一日三餐供食，有素有荤，与僧人吃食不同。当天晚食前，高启在斋堂的众僧中看见十几个俗家衣着的人，一问，原来是同征前来修史的，有汪克宽、胡翰、宋僖、陶凯、陈基、曾鲁、赵汸、张文海、徐尊生、黄篪、傅恕、王锜、赵埙等人。众人相见后，互答姓名，很多人都听闻过对方的声名，大有一见如故之感。

近日一场春雨，天界寺内外林木皎洁，纤尘不到，十分清虚。高启日间无事，不是读书，就是吟诗，同征来的史官很多，渐渐减少了初来时夜坐西轩的寂寥。这晚，他做了一首《寓天界寺》七律，改了几字，便在窗下咏诵。"雨过帝城头，香凝佛界幽。果园春乳雀，花殿午鸣鸠。万履随钟集，千灯入镜流。禅居容旅迹，不觉久淹留。"他才吟毕，窗外一人击掌道："季迪兄，好一句'禅居容旅迹，不觉久淹留'，贫僧也有同感呵。"高启觉得声音耳熟，忙起来开门，门外站着一个身着旧僧衣的和尚，三角眼，眉毛浓黑，末梢向上，眼神眈眈；黄面皮，两颊清瘦，耳轮尖，似有病态。二人相见，都大笑起来。高启道："道衍师傅，你如何也来到这里？"道衍和尚道："小僧被有司官举荐给了皇帝，近日应征来京，栖居寺中，不承想与兄相见了。"

道衍和尚俗姓姚，名广孝，字斯道，幼名天禧，祖籍北宋汴梁。宋高宗南渡后，合家迁于平江的长洲。祖上家贫无寸土，祖、父两代均以行医为业。他自小天资过人，父亲本想让他继续祖业学医，但他说学医终生不过医得几千人，要医治天下，做一番天惊地动的事业。道衍十余岁时，在街上忽见行人纷纷向两旁避让，他却在人群中踮着脚来望。大街上奔驰着一队人马，旁人指点着说那是僧官。他心想僧官也有如此威风？就想出家做和尚。十四岁时，他不顾父母之命，到邻近的妙智庵出家，跟着师傅读书识字。四年之后，是大元至正十二年，他在寺里落发为僧。说来也巧，同是这一年，濠州于觉寺里，也有一个十几岁穷苦孤儿出家做和尚，后来投奔濠州郭子兴，他便是当今的皇帝。道衍虽做了和尚，并不囿于佛经而排斥其他学术。妙智庵不远处有一座道宫，名唤灵应宫，宫中主持席应真，是一个经史淹博的道士，道衍又拜他为师，请教阴阳术数，旁涉历代兵书。道衍还能吟诗作文，远近颇有声名，与平江的"北郭十友"高启、杨基、余尧臣、徐贲、王行等人都有往来，时常一起聚会。

高启忙请道衍进门，烧水泡茶，谈诗论文之际，说起"北郭十友"如今分隔四方。自己来到京城后，并未能见着皇帝，后来随宋濂入宫叙职，也只能远远望着皇帝。他时时想着为迁徙到濠州的故人杨基、余尧臣、徐贲等人说情，却一直没有机缘，不免感叹世事茫茫。此后，高启、谢徽常与道衍在城中游观，相互吟唱。高启旅居的心情渐渐安顿下来。

到了这年二月下旬，皇帝下诏正式开局修史。高启与众史官日间都在藏经殿里披览元朝实录，着手编修《元史》，晚上不免诗酒唱和。朝廷将元朝《经世大典》《十三朝实录》等都运到天界寺藏经殿里。开局那日，左丞相兼监修官李善长、总裁官宋濂、王祎都来寺中，主持开局礼仪，设了酒宴。各地征来的才士以及翰林院学士共有二三十人，分别阅读元朝实录文稿等，主要是摘抄，文辞稍加整理，就分出元朝太祖、太宗、宪宗等皇帝的本纪和大臣的列传。修史进程极快。高启负责他不熟悉的《历志》，抄书时常抄错，只得向宋濂求助。高启自信有诗词和古文之长，想去编撰大臣的列传。宋濂说大家都不熟悉历志，换了其他人也不便，于是向故人刘伯温求助，伯温推荐了太史监一名精通历法的人，协助高启抄书。

李善长在早朝上禀报修元史进程的奏事中，涉及了高启的名字。皇帝从来不知高启其人其诗，并未留意。李善长久闻高启的诗名，抄了几首诗，呈与皇帝看。皇帝正在看西北递来的军情奏章，顺便看了几首诗，就将诗稿撇在一旁。

第十六章

徐天德计失庆阳城　常遇春夜宿柳河馆

谈兵

皇帝虽然下诏开局修《元史》，但元朝皇帝还活着，便是元朝未亡。陕西还未全部平定，王保保、李思齐和张良弼兄弟还有许多精锐军马，皇帝一直挂虑着。这日皇帝正在华盖殿看西北递来的战报，大都督府经历朱珪急匆匆进殿，满面欢喜地说："禀报父皇，冯胜收降了李思齐！"皇帝以为听错了，睁大眼睛问了一句："李思齐与我打了十几年，如今竟然愿意归降了？"朱珪说："正是。"忙呈上徐达的战报。这个喜讯来得太突然，皇帝不由站起来，惊叹地说："冯胜果然了得，快快将李思齐送到京城来，我有许多话要与他说。"

皇帝早就知道张良弼兄弟性格执拗，不会轻易归顺，心里总有不安的预想，于是写了一封手谕付徐达，提醒他说"将军提师西征，所至克捷，今李思齐又纳降矣，盖思齐识时务之人也，但未知庆阳、宁夏攻取如何。张良弼兄弟多谲诈，若其来降，宜慎处之，勿堕其计也，军中之事，尤宜慎之。"

到了六月中旬，这日太监胡政来报皇帝，李思齐已在奉天门候旨。皇帝却不急不慢，看了几页《汉书》，喝了一盏茶，才坐龙辇来奉天门。远远看见一条汉子站在那里，身穿青布衣，三绺疵须，脸颊有些汗水，神情黯然。皇帝步下龙辇，李思齐就跪了下来，双掌与额头触地。皇帝登上奉天门，坐在御座上，说道："李将军请起，平身，坐着说话。"左右太监挪来一把椅子，李思齐说声："谢陛下赐座。"

皇帝说道："朕与你周旋许多年，久知你有用兵之才，只是元朝大势将去，你一个人就算有三头六臂，也翻不了天。你遇到冯胜便归顺了，是一个有见识的好汉子。"李思齐说："谢陛下褒奖。如若徐大将军当日令顾时来打临洮，罪臣或许还会与他大战几日，看看有没有胜机。冯将军深知兵法，手下的将士又猛悍异常，城中大小将校都不敢与他厮杀，怕白白坏了性命，因此都一发归顺了。"皇帝点点头，说道："冯胜如何招降你的，你且细说来听听。"

　　李思齐于是细说了当日归降的事。冯胜驻兵临洮城之外，围了一天，并不攻城，第二天令人将一封信射上城头。次日，李思齐站在城头上，令人摇着旗帜。冯胜估计李思齐有话说，就策马来到城下。李思齐大呼道，冯帅，你饱读经史，在信中谈论古人用兵，在下看不明白哩。冯胜笑道你看不明白，如何知道我在信中谈论古人用兵？李思齐呵呵大笑，说城中好坏还有几个村秀才，是他们替我解说了你的书信，才知冯将军在信里高谈古代几员名将在秦、晋之地用兵的得失。如果李察罕还在世，可与你谈兵论战。他举过进士，有一肚子文墨哩。我却是一介村夫，不知冯将军为何不谈眼下战事，却谈古人用兵作甚？冯胜道，李将军休要装呆卖痴，隔着城壕说话太费力，你再思量几日罢。冯胜竟转马回营去了。

　　皇帝问道："冯胜回营，你便心慌了么？"李思齐道："罪臣当时望着冯将军的背影，心里委实不安，不知他几时领兵来攻城。他可是一个能文能武的人，如何打得过他呵！罪臣下城后，就召集诸将商量对策。有人说可以西奔甘肃，但甘肃是王保保的地面，如今他仍以齐王之名节制着甘肃十几万官军，罪臣与他是宿敌，如何去得。有人说西奔羌、戎，合兵反攻。可是羌、戎之地的人马并不多，也是乌合之众，成不了大事，大明军一到，他们说不定会先擒了我们。众将也不知罪臣心里早拿定的主意，议了两日，都没人敢说归降大明军。"皇帝忍不住问："那后来如何？"

　　李思齐说："当晚罪臣睡不着，小妾郑氏得知城外军情急迫，劝罪臣归降大明军算了，不要再东奔西逃。"李思齐说起小妾郑氏，惹起了皇帝的兴致，他笑眯眯地说："想必你的爱妾是一个有姿色的人，你舍不得罢？"李思齐有些尴尬，微微低着头，却没有回答。皇帝追问道："她的姿色如何？"李思齐才说："姿色平常，只是相随多年，罪臣不忍心舍弃她。"皇帝说："依朕看她是一个聪明的女子，早早归降了，她还是你的人；若冯胜破了城，将军不幸身死，她便是别家的人了。"李思齐忙说："陛下说得极是，极是。"皇帝道："你便听了爱妾的话么？"李思齐轻叹一声，说道："次日清晨，罪臣拿着镜子看自己的面相，脸颊瘦削焦黄，胡须稀疏，是一个劳苦命的相。征战多年，兵马与地面却越来越小，哪里能成大事，不如归降大明朝，与妻妾安享几年太平日子算了。早上便召集众将，说愿降者跟着他到大明朝享受富贵，不降的人各自回乡便是。众将听了，一片欢腾，都怪罪臣何不早说，害得他们惶恐两天。罪臣说也怕你们不愿意归降，人心不齐就会坏了大事。众将都说愿意同享富贵。罪臣于是脱下甲胄，穿上布衣，单骑出城，来冯将军大营献降。"皇帝还惦记着李思齐的爱妾，问道："你归降了，却无一事相求么？"李思齐迟疑片时，才说："罪臣只求一件事，城中军马钱财都归大明朝，妾郑氏跟着自己多年，老妻也随了我三十多年，只留着她们二人便足。"

　　皇帝拍掌道："你果然是一个豪杰！两军阵前，还未打战，便能预知胜负，早早降了，也是一代将才。你早年若投奔濠州郭元帅便好了！"李思齐道："罪臣当年眼瞎，看不见陛下将龙兴淮上，却就近投了李察罕，以致十几年间一事无成，误了半生功业，如今很是愧悔。"皇帝抚慰道："你如今归顺了大明朝，也不算晚，福气享不尽的。"皇帝问了李思齐许多有关张良弼兄弟的细琐之事，李思齐细致回答。皇帝问道："你真个是识时务的人，朕要给你这等聪明的人官做，你想做文官还是做武官？"李思齐揣摩不出皇帝的意思，暗思片时，才说："罪臣能做太平时节的寻常百姓，便知足了。天下乱了十几年，总算见到太平盛世，罪臣没战死，陛下也不加罪，已是万幸的事，哪里还有做官的奢望。"皇帝听了微笑，悠然地说："朕想让你做江西行省左丞，你意下如何？"李思齐惊慌起来，说道："使不得呵，罪臣是一介武夫，做不得文官，武官也做不安心。"皇帝说："为何做武官不安心？"李思齐说："罪臣是元朝降将，我领兵在外，陛下能安心么？"皇帝笑道："老李是一个直率人。你不安心做武官，就做文官罢。我说你能做官便能做。你不必去江西了，在京城按这个官职领取俸禄，逢年过节来宫中见见朕，说说闲话便是。"李思齐才放了心，忙跪下谢恩道："罪臣遵旨，从此不问兵事，与儿子妻妾在京城做一个太平百姓。"皇帝感叹说："做太平百姓安稳呵。这太平年月，也是打打杀杀十几年才换得的。"李思齐道："正是正是。"

二人说了许久话。皇帝见文武百官都向奉天门来。皇帝道："午朝的时辰到了，顺便让你与百官相见，他们可久闻你的大名了。散朝后，一同在奉天殿吃酒饭。你的妻妾也进宫来，朕还请皇后在坤宁宫设宴款待。"李思齐说："罪臣的妻妾都是粗陋的人，就在宫外胡乱吃些茶饭便是，不劳皇帝陛下和皇后娘娘赐宴了。"皇帝说："光禄寺正在准备酒饭，她们都来吃，不消推辞了。"

奉天殿午饭毕，李思齐跟着宫中太监去后左门，在乾清门前等着。他的妻妾二人跟着宫女从坤宁宫出来，与他一同来华盖殿向皇帝谢恩。皇帝见了他的妻子和郑氏。妻子年长色衰，而郑氏果然有些姿色，肌肤洁白，如一个玉人儿一般，心想不知李思齐从何处抢来的富贵人家的小姐，就笑说："李将军，你征战半生，还是有艳福呵。朕不会亏待你，已令中书省拨了一处好房子安置你们一家老小。"李思齐领着妻妾叩头谢恩，跟着太监出宫了。

过了十余天，徐达差了两名五品镇抚官到京送捷报，大明军六月间已经攻取了庆阳城。皇帝心中十分纳闷，以前徐达差人送来密报与捷报，都是不入品级的使者。此次他差五品军官来送捷报，莫不是徐达在庆阳城用兵遇到挫折了？

庆阳城

皇帝在华盖殿召见两名镇抚官。二人遵照徐达的吩咐，如实向皇帝细说了攻取庆阳城的始末。因为庆阳城之战，张家与朱家结了世仇。所谓君子报仇，十年不晚，可是张家与朱家一样，都出身盗贼，盗贼报仇比君子报仇要晚得多，不是十年之内，而是十世之内，三十年为一世，此仇竟然在两百多年后才报。

却说徐达的大军自临洮向东进入安定州①，又东进百余里攻取靖宁州②，接着又攻下隆德县③，一路几乎没有猛烈的攻守之战。元军得知大将军徐达领兵前来，不是早早出逃，就是献城。徐达至萧关，下平凉④，令偏将分兵攻克庆阳府东北面的延安府，断绝山西的援军。徐达亲自引兵向东，令一员偏将从延安引兵向西，夹攻处在中间的庆阳府。汤和因徐达之令，移兵凤翔北面的泾州。

据探马来报，庆阳城守备森严，围墙高峻，城中有多处水井，粮草也足，估计有两万精兵。张良臣有七名养子，人人善战，都使一条铁枪。大明军中有人传言"不怕金牌张，只怕七条枪"。他哥哥张良弼曾因战功得到元帝的金牌赏赐，绰号'金牌张'。当年张良弼与王保保等人互为声援，手下有强将如姚晖、贺宗哲等数十员；后来两人争地才翻了脸面。徐达担心强攻庆阳城不利，采用逼降之策。贺宗哲见凤翔空虚，与张良臣的七名养子领兵来攻，先在城头佯攻，却令军士向城内暗挖地道，三四日后就挖到瓮城底下，几千士卒从地下涌出，与内城的守军打了数日。汤和得知凤翔危急，立即派兵相助，双方又在城外纠缠十多天。贺宗哲见汤和来援，才领兵退去。

张良臣的哥哥张良弼领兵来庆阳相助，半道上得知李思齐已经将临洮献降了，估计寡不敌众，北奔宁夏，向王保保求助。王保保见老对手送上门来，非但不发兵相助，还拘禁了他。徐达差人到庆阳城将此事告诉张良臣，逼他归降。张良臣遣人出城打探，哥哥真的被王保保捉了，不由大怒，召集诸将大会，说事已至此，不如归降大明朝算了。

张良臣命知院李克仁等人来徐达军中，献上军民牲口簿籍，请徐达领兵入城受降。汤和得知张良臣这么快就献城，不合常理。如果他真心归降，自己会去徐达军中献降。他比不了李思齐，必是自作聪明的人，虽然成不了大事，却会害死徐达的许多军马，忙令细作火速去寻徐达的大军。细作还没见着徐达，徐达已令右丞薛显领着五千人，跟着李克仁去庆阳城受降。过了一个多时辰，徐达想起主将张良臣不来献降，却令副将来，心生疑惑，又令一员偏将领几百骑兵去庆阳打探。

皇帝听了这些详情，不由夸赞道："汤和向来机灵，打战从不会吃亏。你们将庆阳之战与朕说完了，还要细说与起居注的官听，请他们将这些战事笔录下来，作为后来用兵者的教训。"两个镇抚官连连称是，又接着说下去。

那天，张良臣领着几十名文武官吏出城献降。张良臣与薛显相距不足十步，就拜倒在地，说罪将张良臣恭请薛帅受降。薛显就问你的军马都在哪里？张良臣说都

---

① 安定州：今甘肃定西县，在兰州与临洮东南。

② 靖宁州：今甘肃省静宁县。

③ 隆德县：在今宁夏回族自治区。

④ 萧关、平凉：萧关在今宁夏固原东南，平凉在今陕西省平凉市。

在城中行营里，等薛将军进城来接管。薛显心里有几分疑惑，不敢贸然入城，暗中遣人去徐达大营调一万兵马来，随行的军士就在城外安营。张良臣着人宰了一只黑牛送来，还送来几坛好酒。薛显见了酒和牛肉，正有些饥饿，下令造饭。忽然城中一支人马冲出来，将行营围住。薛显领兵仓促应战，五千多人被元军冲散。薛显带着数百人冲杀出来。他一身是血，跑入徐达大帐中，跪在地上，号啕大哭。

徐达忙上前扶起他，也惊出一身汗，抚慰薛显许久。徐达鸣钲召集诸将，自责说自己用兵愚鲁，才让薛将军受了这一番罪。上位真是圣人，事先就能明见万里之外，曾告诫他说张良臣多诈，若他来降，宜谨慎处事，不要中了他的计。我以为军马多，虽然十分小心，仍然中了他的奸计，罪过在我。诸将纷纷请战。徐达知道庆阳城高兵壮，周围一两百里开外的城池都有元军，一旦庆阳危急，元军定会赶来增援，决意先攻取周围的大小城池，再取庆阳。徐达连发数支令箭，令汤和领兵断其城外各处进退之路，顾时攻其北部，冯胜、傅友德攻其东部，俞通源攻其西部，陈德攻其南部。诸将收拾了庆阳城周围的大小城池后，徐达亲自领兵四万人将庆阳城紧紧地围住。

张良臣领着七名养子，领精兵五千从东门出战，顾时领兵六千击退元军。张良臣又从西门出战，被冯胜击退。张良臣见城外人马两倍于城内，说要献城归降。徐达不听。张良臣连日出战，都冲不出重围，七名养子也战死三名，遂令一员偏将领着几十名精兵半夜出城，冒险向王保保求援，却被汤和的军士捕杀。

大明军围城两个多月，城内粮饷告急，开始人吃人了。姚晖、胡知院等人绝粮多日，忍不住饥饿，就开城献降。徐达领兵自北门进城，城中一片呼喊声。张良臣以为城门被攻破，惊慌中拉着儿子投井，井水只有三四尺深，未曾淹死，被大明军引出。徐达令人将张良臣父子捆绑了，缚在北城门戏台下两旁的柱子上示众，城中百姓都拥到台下来看。徐达咽不下受诈降的气，让诸将辱骂张良臣一番，然后将他们父子斩首。因担心城中俘兵反叛，次日又斩杀张良臣四名养子、心腹将校和元朝文官等两百余人。贺宗哲得知庆阳失陷，张良臣父子被斩，领兵攻掠兰州，想报复，冯胜率步骑一万七千人追击。贺宗哲不敢与冯胜交战，领兵渡过黄河北逃，不知所归的时候，想起王保保仍不失当世英雄，再次投奔他。王保保因他是义父的旧将，亦不计前嫌，任用不疑。冯胜担心粮草不济，停止深入。蔡子英得知张良臣父子被大明军杀了，就劝王保保释放张良弼，由着他去。

皇帝听了两名五品镇抚官的叙说，就写了一道手谕：“……胜败兵家常事，张氏兄弟多诈，吃他这回亏，他自是讨死。大将军入秦晋以来，战功伟烈，朕如何会以小失而损丰功……”后来据送手谕的使者回来说，徐达当着诸将的面，跪在军中大旗杆下，惶恐地打开皇帝手谕。徐达看后，感激痛哭。汤和前来劝慰他说，大将军不必自责，上位如若处罚你，我们愿一同领罪。徐达却摇头说，上位若要处罚罪将，罪将还好受些。他不但不罚，反而劝慰罪将，真是圣恩如山，帝德无极呵。皇帝听使者这么说，笑了笑，满意地点点头。

皇帝对西北的战事放心了，但他不知道张良弼的下落，也不知道西北大捷埋下了张家仇恨的种子。直到明末崇祯年间，这件事的前因才逐渐被世人所知。——却说张良弼独自骑马离开王保保行营，得知弟弟与侄儿被大明军辱骂后处斩，痛哭一番，在陕西地面游荡数月，不知投到哪里去。他知道今生是报不了家仇国恨，但并未心灰意冷，就在米脂县一个荒凉的村落里隐居下来，改为姜姓，隐瞒行迹，在乡间农耕放牧。后来娶妻生子，儿孙渐渐繁衍起来。

三十多年后，张良弼七十多岁。他临终之时，将儿孙都唤到床边，拿出元朝皇帝赏赐的金牌和皇帝的圣旨，传与长子，说我们不姓姜，而是姓张。儿孙们都吃了一惊。他追忆平生事迹，最后说到兵败庆阳城，朱家是张家的世仇，十世之内必报此仇！他日张家如果有人能召集十万兵马，定要夺了朱家的江山，杀尽明朝的官军。这个誓言在张家男丁中暗传下去。

北巡私记

入春以来，元朝皇帝天天等着捷报。到了夏初，一份捷报也没有收到。李思齐归降明朝，张良臣父子被斩，王保保远在西北，用兵无功。也速攻打通州，很久没有消息，后来才知道常遇春大军逼近通州，也速闻风逃向东面的滦州，无法北上。也速派人送书到上都，皇帝才得知也速在全宁兵败，如今退守在滦州。使者说丞相兵败自责，无面目见皇帝，要引剑自刎，被左右劝住。皇帝觉得丞相也速壮烈，忍不住哭了。

皇帝召集群臣廷议时，群臣十分激愤，无处发泄，于是发泄到不在朝廷的丞相也速身上，都说丞相无能，以致天下土崩瓦解，许多文武大臣都赞同斩也速以谢天下。刘佶与哈剌章低语说："也速公拼死杀敌，竟落得这般下场，令人心寒呵。"哈剌章道："替罪羊自古便有，总不能逼皇帝下诏罪己罢。"皇帝临朝时说道："丞相还在外领兵厮杀，你们都站在宫殿里说话，哪里知道用兵的难处。谁说他出战不力，有罪当斩，那谁替丞相领兵与红贼厮杀如何？"群臣立即安静了。皇帝道："今日的事，都是江南的盗贼成了大势，丞相一人奈何得甚？朕不杀他，还要封赏他，他不能取胜都是天意。传朕的话，朕也无兵可以增派与他，宰相出战，为国尽忠便是了。"

当晚，刘佶在他的日记中记下："也速丞相与贼兵战于全宁，贼首为常遇春，骁健有名，率步骑十万入寇。也速公战不利，退至大帽山。"晚上刘佶睡不着，在帐篷外散步，听一处黑了灯的帐篷内有声响，近前一听，是一个女子的喘息声。次日清晨，他去拜访哈剌章，喝茶的时候，正要说起这事。哈剌章生气地说："国家大事一败至此，还有当权者买高丽婢女，晚上交媾作乐，早忘大元的社稷成了荒墟，尤以撒里平章为不称职!"刘佶说:"卑职昨晚也听到一些动静,大人何不与陛下说?"哈剌章说:"撒里公向来好酒好色,不想问政事。他哪里想做官,皇上觉得朝中无人,执意让他做平章。"刘佶气愤地说:"不才要弹劾他!"哈剌章劝说道:"他有内援,中书参知政事兀鲁不花与他过从甚密,如今国难当头,还是不要弹劾为上。"刘佶怅惘无语。

宣德府达鲁花赤秃因不花来见刘佶,有事相告,先抚慰道:"刘大人请不要急。"刘佶一听,猜测大都家中出现变故,忙问:"秃因大人,我老母如何了?"秃因不花道:"我差的人将大人的家书送到大都,寻到了你家,家中无人。据邻居说,令堂因城池被红贼攻破,又不见你,没多久就病死了。你的妻子带着女儿要出关来寻你,如今不知身在何处。"刘佶一阵晕眩,倒在地上,良久才醒。次日,刘佶患上痢疾,接连多日不愈,形容一天天消瘦。

皇帝总觉得亏欠哈剌章的父亲脱脱太多,时不时给他儿子哈剌章增添荣耀,期间哈剌章加开府仪同三司,封徐国公。开府仪同三司一职,始于魏晋南北朝,并非实职,只是一种荣耀。开府,是指有资格设立独立的官署,有权自选部属官吏;仪同三司,是指这个职位的仪仗规格与三司——太师、太傅、太保——这样的荣誉虚职相同。此时皇帝仓皇北奔,居无定所,无法让哈剌章开府了,估计最多赐他一顶帐篷。

皇帝又差侍御史召扩廓帖木儿入援,不见动静。到了至正三十年正月初二,皇帝又一次病危,诏皇太子总理军国诸事,可是过了些日子,皇帝又能临朝理政了。刘佶见国家大事毫无起色,家中又出了变故,悔恨交织。他的痢疾痊愈后,将从大都追随皇帝北奔共十七月间的见闻,稍加整理。因他不是史官,故名《北巡私记》,抄了一本放在哈剌章房间的书稿里。他想身为文臣,记下这段史事也算为朝廷尽了职。次日清晨,他脱下官服,穿一身牧民便装,骑了一匹马,不辞而别。

卸甲风

大都督府经历朱垲呈来徐达的密报,皇帝惊悉常遇春近月大病一场。他向来壮健无病,不知道他得了甚么病症。皇帝又得知元朝丞相也速探听到北平空虚,领兵来窥,被守军打退,不免对北平的防务心存忧虑。

皇帝不担心徐达用兵,却惦记着常遇春的病情,传太医院院使孙守真进宫,着人抄了徐达密折中细叙常遇春病情的文字,供他作医案。孙守真细看了几遍,又得知常遇春平时喜欢喝酒吃肉,初诊为肝风①。皇帝召来院使郝致才、院判陆惟恭和太医葛景山、杜天僖数位名医,一同会诊,都说像肝风之症。皇帝让几位太医开了

---

① 肝风:中医将高血压的症状归于肝风。

药方，在御药房拣了五十多副生药，还带了几囊数味炮制的药。皇帝写了手谕，差大都督府的使者与陆惟恭去常遇春行营。

使者与院判陆惟恭来到凤翔，徐达已令各路将帅领军马会集于此，准备攻打王保保残部。使者先去见徐达，送达皇帝手谕。陆惟恭来见常遇春，问了他近月的病症，又与军医会诊。那军医说他开了一个方子，拣药让常帅服了十几剂，未见功效。陆惟恭看处方上写有天麻、玄参、赤芍、全蝎、生地、赭石、草决明、丹参等十几味药。军医说军中药囊中缺少全蝎、赭石、玄参、丹参数味。陆惟恭说他的药囊中有全蝎、赭石、玄参等所缺的几味生药，增减一下处方，继续让常帅服用，再辅以针灸，半年内不能劳累过度。常遇春听了，说这如何使得，我向来一出征病便好了，不妨事的。徐达不知道常遇春的病症轻重，劝他说圣上这般关爱，常帅切不可大意。常遇春却说，生死有命，我天生是为皇上厮杀的，就算病死，也要死在行军道上，方是一条汉子。如死在深宅的雕花床上，不是常某所愿。

皇帝在手谕中告诫徐达说北平空虚，也速多次领兵攻打通州，想夺回大都。北平是蓟北重镇，不可有失，令常遇春为总兵，李文忠为副将，领兵去通州退敌，守备北平。常遇春到北平后，以养病为主。院判陆惟恭随行，好生诊治。

徐、常领大军北征以来，互为依靠，从未远别，徐达十分不舍。常遇春与徐达说，皇帝令他去通州，加固北平城防后，不如一路北上，出长城，取锦州，攻全宁，进发大兴州，直至攻取元上都开平①城。扫平漠北，北平自然无忧。徐达心想去北平路近千里，远征不易，常遇春用兵极会借势，一旦得势，所向无敌，自然赞同他一路打到开平去，问他需要多少兵马，常遇春说："眼下秦晋未平，且提六万军马便可。"徐达道："北方残元的军马有几十万，区区六万恐怕太少。你常十万之名天下皆闻，当付你十万军马和半年粮草，助你扫北，方不负你的盛名！"常遇春笑道："王保保手握着重兵，一直窥着秦晋地面，反而是东北与西北官军虚弱，虽然兵多，实不足惧。去北平的路上，行经的大小城中还可调些军马和粮草来，眼下秦晋是用兵重地，我不能调太多的人马走。"

常遇春与李文忠从徐帅中军大营出来，常遇春接过亲军牵来的战马，一只脚踏入马镫，翻身上去，忽叫一声"啊呀"，右手松开缰绳，忙扶着腰，从马背上跌落下来，壮健的躯体重重地砸在草地上。那战马回转头，用鼻子来嗅他。徐达忙上前去，握住常遇春的手臂，想将他拉起来。常遇春痛苦地摆摆手，两名亲军从左右抱着他的腰，才将他扶起。常遇春额头上大汗如豆，面色苍白，右手按在左胸上。徐达道："常帅一定病了很久，休再隐瞒了。我奏明上位，小将与李将军去通州，常帅在凤翔养病，病好后再去收拾王保保的残部。"常遇春倚马歇了一会，才说："这**个病跟着我多年了，并无大碍，睡一晚便好。"徐达不听，对左右亲军道："速请陆**

---

① 开平，今内蒙古锡林郭勒盟所辖多伦县西北。

院判和军医来！"

徐达的亲军将常遇春扶入中军大营。徐达将交椅上虎皮垫子取下，放在地面的干草荐席上，托着常遇春的脊背缓缓躺下。陆院判和军医匆匆赶来。陆院判先看他脸上气色，再闻气味，又问病症最初起于何时。常遇春说约莫是吴元年，围攻平江数月，天很闷热，战事稍歇时，浑身尽是臭汗，回营后便卸下厚甲，迎风凉快着，渐渐地惹上一身酸痛来，总感觉虚乏，有时心悸达半个月，也未在意。陆惟恭切了一会脉象，说道："常帅，所谓冰冻三尺非一日之寒，这病也不是一两年了，是常帅历年征战的积疾，古人诊断此症为'卸甲风'。军士大汗之后，往往肌体腠里张弛，风邪易侵，时日一久，就伤及经络和心脏，致使筋脉凝结，气血滞塞不通，不通则痛，这是劳苦病，常帅当以富贵之法养病。"常遇春道："我天生是为上位做先锋的，北方未平，秦晋未固，我哪能去安享富贵。如果再过三五年，四方渐次平定下来，我向上位交了兵权，在山水间修一座大宅子，方才有心去静养。"

徐达反复劝常遇春留在凤翔。常遇春说："上位之命不可违，北平物产丰盛，哪种药物没有？又有名医陆院判相随，这事不必再议，七日后便出征。"徐达道："常帅执意北征，我也不强阻，但得提十万人去，粮草也给足。"常遇春本不同意，因上马意外跌落，担心自己在路上一病不起，李文忠接管自己的兵权后，如果军马粮草太少，恐怕不利于他，因此说："那就带上十万人罢。"

七日后，徐达令人在凤翔城外设帐，备了丰盛的美酒和果品，饯行常、李等将校。数日前，十万北征的兵马连日在城外安营会集，出征时，各支人马异常整肃，无数的甲胄闪动着隐微的日光，许多面绣着"常"字的战旗在风中呼啸，道上弥漫着薄如晴岚的征尘，遥连着远处的白云。无边的杂树野草，枯黄相间着新绿，散发出清芬的气息。北地的春色与江南殊异，亦格外动人。诸将饮着惆怅的酒，笑声一如既往的豪纵，却难免不有些黯然的别情。常遇春、李文忠牵着亲军送来的马，徐达与诸将亦牵着马，边走边说着话。同行一二百步，常遇春向徐达拱手，说声徐帅请留步，于是翻身上马，又与冯胜、汤和、傅友德、薛显等大将揖别。徐达让冯胜等人先回城去，自己却策马与常遇春同行，依依不舍。

一路繁花明丽，细草如烟，晴风轻拂着人面，有些微凉；山鸟在路旁枯树的新枝上啁啾，似为征夫唱着婉转的骊歌。二人一路说着闲话，不知不觉，同行二十余里。常遇春看见一块界碑，被春草掩蔽大半，于是勒住马，那一袭草绿色征袍被风吹得飞扬跋扈。

常遇春拱手道："徐帅请留步，待小将打下开平，大将军平定陕西，在京城相会罢。"徐达道："最好。送君千里，终须一别，恕不远送了，常帅一路上多多保重，切勿逞强！"常遇春向徐达抱拳答应道："小将遵令。"他领着不见首尾的大军，在辽远的草原上，在无边的春色里，迤逦北去。

柳河馆

常遇春大军入北平，陆惟恭会同北平名医为常遇春治卸甲风、晕眩、怔忡等旧疾。常遇春安心在城内军营调养。到了五月下旬，常遇春见天气晴好，正宜北方用兵，与李文忠商议发兵东北。陆太医劝说不宜远征，常遇春说他休养了几个月，人都娇惰了。李文忠拗不过他，二人点起十万军马，过三河，经鹿儿岭，沿渤海湾北行，很快打下锦州，又移师向北转西，欲攻全宁。全宁守将是元朝丞相也速，他慌忙四处调兵。常遇春兵临城下，也速不过三四万人，且多老弱，才坚守半日，城池多处被大明军攻破，城中乱作一团。也速杀出一条血路，领着残兵退至大帽山。常遇春轻取全宁，接着攻取了大兴州。

大兴州往北，地势高平，眼前一望是粘天的平原，长满青色植物，一路再也没有元兵阻挡。平原并不是平坦如砥，地带高低错落，草树颜色深浅不一，深青、嫩绿、浅黄、碧绿、淡紫等许多种花色相间。那些单纯碧绿的草地里，又点缀些金黄、淡黄、深紫色的小花，层次分明，花草绚丽。稍远的草地上，隐约可见成群的羊群和牛群，还有几个牧民在草原上奔走，看见了大明军，也不惊惶躲避，只是远远地在马背上望着。很少有成片的林子，最多只能发现几株树，在绿野里寂寞地生长着，枝叶墨绿，十分茂盛。大概因为地势高，与天更近了，白云低垂，又密又厚。无云的天宇间，天色又清又蓝。大明军唱着军歌，歌声嘹亮又雄壮，在旷野之间飞动。

元朝皇帝得知常遇春领兵深入，如入无人之境，上都震惊。元朝皇帝令上都全城戒严。有人上疏请皇帝速奔和林，召集东西部诸藩出兵，再图大计。皇帝急召群臣商量，想去和林，群臣无策，自然都赞同。皇帝又得知常遇春兵临大宁州，第二日就攻下了。守将为中书右丞相脱火赤，此人嗜酒。常遇春兵临城下，他已喝得大醉，仓促出战，为常遇春兵马所擒，全军尽没。大宁州与上都相距不过百余里，元朝皇帝大惊，留河南王普化、中书平章政事鼎住守上都，自己与几千官兵夜出上都的北门，急奔应昌府。常遇春兵出大宁州，行军十几天，直抵开平城下，得知元皇帝已经北奔，不知去向。

常遇春攻城前，令三军将声势闹得极大，城内更加慌乱。两军在城上打了整整一天，至黄昏时，城内不支，大明兵突破城门，常遇春挥师拥入城内。城中皇亲、百官与兵将都挤向北面的几道城门，人马混杂，阻塞一处，进退不得，许多人因践踏而死。常遇春令精锐骑兵，分赴各道城门外，将未及出城的皇亲、百官与兵士全部截在城内，已经逃遁出城的不要再追。全城残兵都降了，无人敢战。常遇春令人清点所获人马财物，有皇亲数人，平章以下官吏数十人，将士万余人，车万辆，马三千匹，牛五万头，钱粮珠宝不计其数。常遇春将人马财宝编造成册后，陆续送至大都，再转送应天城。

　　元朝皇帝车驾停在一座小城，次日才收到上都失守的消息，忙差人去召扩廓帖木儿来援，可扩廓帖木儿下落不明，诏书一时送不到。元皇帝到了上都北面的应昌，又与群臣商量出奔和林之计。观音奴建议令西边诸将攻大同，让盗贼顾忌后路，可以缓北面之急。皇帝接受此策。常遇春连取上都和开平，忘记了病痛，连日饮酒射箭，有时与蓝玉、王弼以及亲军纵马城外，看北地风光。洪武皇帝得了常遇春的捷报，欣喜万分，为防王保保从宁夏出兵攻取中原，令常遇春休整十日，即回师北平，开平可令一偏将镇守。

　　常遇春从开平回师，走了六七日。这日下午，日光昏暗，风沙如漫天的黑云，白杨林呼剌剌地响。常遇春在马上问左右亲军道："这是一个甚么去处？那条河叫甚么名？"亲军去前方打探，不一会来报："禀报将军：这条河名唤柳河①。古时名唤索头水，辽金时才叫作柳河。"常遇春远眺河两岸，问道："柳河？见了河却不见柳。"亲军手指着前面道："那河边有几株柳树，还有一处破败的古屋，屋顶都没了，当地人说是辽国在河边修建的驿馆，名唤柳河馆。金国皇帝还在河边修过避暑行宫哩，如今只剩下一堆瓦砾了。"

　　"看看去。"常遇春说着，与一小队亲军策马来到河边，四顾地形，用马鞭指点着，"平常不宜在河边安营，但这儿不同，这河中沙多，眼下水落了，水浅的地方可以过马，万一被人偷营，大军可以从河中退却。传我将令，照例安排八队侦骑去远处巡视，各部在河堤上安营做饭罢，取水喂马、淘米都方便。"他下了马，觉得头有些胀痛，在草地上来回走动，取下皮壶，喝了几口酒。天上有几只鸟飞过，他有些技痒，想取箭来射，因头有些晕，就放弃了。大将蓝玉、王弼、赵庸等人正忙着指挥将校搭建帐篷，分设营垒。中军大帐搭在柳河馆的遗址边上，亲军请常遇春进帐休息。他进帐脱了甲，取下铁盔挂了，对亲军道："饭未做好，不要唤我，我要在柳河馆睡一觉。"亲军道："得令。"常遇春头痛已经很厉害，但他并不吱声，心想睡一会就好了，坐在草床上说道："你就站在帐外，放下帘子，让我好好睡一觉。"亲军答应着，放下帐帘，就出来了。

　　约莫半个时辰，李文忠与几个将领来见常遇春，被亲军挡住，说道："将军在睡觉，不让人唤醒他。"李文忠问："他吃了晚饭么？"亲军道："不曾，将军说饭做好了，才可以唤醒他。"李文忠道："刚才我在林中射了几只兔子，一只野鹿，已经烤得十分熟了，特来请常将军。"亲军道："小的就去唤醒他。"亲军掀开帐篷门帘，见常遇春没有动静。平常他睡了后，只要有人进帐，他就会惊动。亲军近前，常遇春闭着眼睛，手交叉放在前胸上，面容安闲，睡得很熟。亲军唤道："常将军，李将军来见。"连唤了几声，未见动静，亲军急了，摇了摇他，仍不见动静。李文忠觉得有异，跑进帐中，来拉常遇春道："常帅！常帅！"只觉得他身体沉重，拉扯不

---

　　①　柳河：今河北省承德伊逊河附近。

起。李文忠将手放在常遇春的鼻前，感觉不到一丝气息，大惊失色，忙喝道："快去唤军医！"

陆惟恭和军医赶来为常遇春把脉。陆太医看到常遇春的裤子都湿了，知道是失禁所致，已无回天之力，还是尽力救了半晌，才摇头道："常帅没了。"一夜连营恸哭。李文忠立即差人速报京城五军都督府。

第十七章

朱皇帝祭文奠功臣　李丞相恶语斥酷吏

哭祭

黄昏将至，西天的余霞尚未散尽，各处城楼上都挂起了灯。宫中的灯还不及全部点亮，宫殿中夜色深沉。皇帝下了晚朝，乘辇回到坤宁宫，晚膳已经备好，香气溢出宫门，皇帝远远地就闻到了，皇后、皇贵妃、贵妃等人都在恭候他。

胡政从宫外进来，神色惊慌，皇帝左手持酒杯，右手持箸，看见他就停止夹菜，便问："有甚事要报？让我不吃饭了？"胡政忙站住了，轻声道："陛下恕罪，请陛下用了膳，奴婢再来禀报。"皇帝放下玉箸道："看你神色慌张的，莫不是北征吃了败仗？"胡政道："不是。"皇帝有些不高兴，说道："那察言司和都督府有何紧急文书，快把我看！"胡政心里更慌，从袖里拿出一纸，呈与皇帝，说道："都督府值日官同知都督陆先生见陛下在用膳，不敢惊动，在乾清门外托奴婢将文书递进来了。"皇帝接了奏折，才看一行，失色大道："啊呀——"左手的酒杯落到桌上，哐当一声，杯碎酒溅。皇后、太子都吃了一惊，全看着皇帝。左右宫人慌忙清理。皇帝匆匆看完奏折，站了起来，跺脚长叹，好像要大哭。皇后忙过来，关切地扶着皇上，说道："陛下，不是天大的事，吃完饭再说罢。"皇帝道："这便是天大的事！"皇后道："臣妾敢问是甚么事么？"皇帝道："谁都不能为我分忧，常十万三日前在柳河川病死了！他肌骨强健，纵横南北无敌，怎的就恁快病死？莫非军中有人下毒！"皇帝由悲生恨。皇后忙劝慰说："臣妾听人说常将军有心疾，他的亲军都是定远人，也是心腹，就算要下毒，也不会在他平了开平后才下。常将军想必是病故的，望陛下节哀。"

皇帝怔怔地站着，眼中闪着泪光，忆起旧事来，叹息说："如今常十万死了，我如断了一只手臂。上一个月，御史中丞章溢病死，我少了一个文臣，这回我失了一员武将……"说着竟哽咽起来。皇后也陪着皇上一同落泪。过了片时，皇帝忽然想起什么，用衣袖印了印眼睛，到暖阁中来，寻了纸笔，匆匆写下："着李文忠为

163

北征右副将军，赵庸为副将军，节制常遇春所部军马。"令胡政去寻尚宝监钤天子之宝，说道："军中不可一日无帅，让中书省今日速派使者，送达李文忠军中，令他先在北平会师，再来陕西与徐达合兵一处，听徐达节制。太医陆惟恭速回京城，不可延误。"

过了几天，皇帝收到徐达的战报，他在陕西得到常遇春病逝的消息，大为震惊，痛哭失声，设灵位遥祭。李文忠大军未按期至陕西与他会师，后来才知李文忠大军行至太原，得知元将脱列伯猛攻北面的大同，于是北上代州，出雁门关，冒雨雪用兵，生擒脱列伯，降兵万余，辎重无计。皇帝没想到李文忠用兵能随机应变，竟然活捉了脱列伯，也是一代将才，心中十分安慰。

好几天皇帝不吃饭，常喝一杯酒，吃几筷子菜，就离席了。皇后得知，常来乾清宫劝慰皇帝。皇帝说："常十万向来筋骨强健，怎的就突然病死？要不陆惟恭是一个庸医，要不军中有人下毒！"皇后劝道："陆太医医术最为高明，臣妾身有不适，都不用他入宫来瞧病，听宫女们说了症状，便能开药方。臣妾每次生病都好得快，全依仗陆太医的好医术哩。"皇帝却不听劝，一味指责道："陆惟恭若不是庸医，怎么如何没能治好常遇春的病？这种无用的人留着何用，我要杀了他！"皇后见皇帝肝火炽盛，忙婉劝道："常言道生死有命，想必常将军病了很多年，许多人都不知道。医师岂是神仙，有的病可以治，有的病却不能治。臣妾恳请陛下不要迁怒，节哀为上。"

二十几日后，常遇春的灵柩运至京城外的龙江驿①。皇帝立即与文武百官都穿着素服，前去迎奠。灵柩迎进城后，安放在功臣庙中。宫城西华门内北侧张设御幄，皇帝亲临，引礼官与引讣官主持文武百官吊唁礼仪。院判陆惟恭回京后，关在应天府的牢中。太医院使郝致才和院判孙守真得知后，惶恐不安，当晚发了胸痹之症，气短心闷。郝致才想辞院使一职，回乡养病。老太医葛景山劝他不要辞官，以免获罪。郝致才问辞官也是罪犯么？葛景山问他知道许存仁的事么？我们通医术的人不为官家所用，也是一条罪名。郝致才只得作罢。

礼部请来数名高僧高道，要做七七四十九天水陆道场。常遇春功勋盖世，皇帝一时不知用甚么礼仪来安葬才好，着礼部参照前朝礼仪。礼部尚书崔亮遍稽宋朝仪典后，向皇帝进言，建议参照宋太宗葬韩王赵普之礼，这样既给予常遇春一生殊荣，又能激发北征将士建功树名之勇。皇帝觉得极好，可常遇春还不是王，因此要封他一个王。刘伯温进言道："常十万平了开平，归路上不幸身故，可封为开平王，以纪其功。"皇帝说："开平王甚好。"又令宋濂等文臣商量谥号，宋濂说常遇春自山寨来归陛下，既忠且武，宜赐谥忠武，皇帝说这二字极准，追封开平王外，还诏赠"翊运推诚宣德靖远功臣、开府仪同三司、上柱国、太保、中书右丞相"。

---

① 龙江：今南京下关一带。

皇帝令刘伯温等人到钟山北面为常遇春相一块吉地。刘伯温带着罗盘等器具，到那里勘察两日，选了一块宝地。刘伯温又到钟山南面一看，这里地势开敞，王气聚集，皇帝显然想留给自己。皇帝令翰林院学士起草祭文，看后却不称意，于是自己提笔来写：

> 朕奋起临濠，驻师和阳，乙未之春，尔来依我，同渡大江。先拔采石，即取太平、建康江东之地，次第皆定。……鄱阳九江之上，射死伪主陈友谅，攻围武昌，降其子陈理，湖湘悉平，南取赣城，抚南雄南安，北定襄阳，旋师淮东，自泰至徐，尽有其地。东平浙右，破姑苏，缚吴王张士诚以归。长淮东西，大江南北，功甚著焉。

皇帝知道翰林学士的文字虽然精致，但写不出肺腑之言。皇帝继续写道："天下克一，朕方将定功行赏，共享太平，少副报功之意。何其未遂，遽尔云亡，曷谓柳河之川，失我长城之将。丧今南还，见语无由，哀痛心切，与谁言哉！将军在时，朕实所倚；将军既往，将谁与谋？不过临风慨想其音容耳。"文不甚深，语不甚俗，情深意切，皇帝只有亲笔作文方能称意。祭文行将结束时，皇帝情不能抑，写道："灵车之至，朕亲临奠，思尔之情，言岂能尽！祭毕怮哭而还，命择地于钟山草堂之原，营墓建祠。呜呼哀哉，尚飨！"皇帝搁了笔，不觉泪水盈颊，意犹未尽，也来不及讲格律，用古体写了一首诗：朕有千行生铁汁，平生不为儿女泣。忽闻昨日常公薨，泪洒乾坤草木湿。

常遇春的墓室用上等的城砖砌成，御赐随葬品有象牙笏板、玉带饰、铜器、玉带、金饰、瓷器、剑、戟、盔、甲等明器达九十余件。墓前神道两旁立有石马、石羊、石虎、石武将等。神道碑由宋濂撰写。皇帝还令人在墓前修建祠堂，以备年年祭祀。

皇帝传皇后来乾清宫共进午膳，陪他说说话。皇后劝皇帝多吃些菜，少喝酒。皇帝放下酒杯，叹息道："常十万这一走，就算用十万军马都赎不回呵。"皇后想引开皇帝的悲思，说道："臣妾有一件事，这几天想说，又怕陛下没这份心。"皇帝问道："甚么事大姐藏在心里好几天不说。"皇后道："太平今年快十四周岁，要尽早给他定下亲事，陛下也要早日抱皇孙，臣妾在想给他选哪一门亲事。"皇帝面有笑容，点点头说："大姐这事真想得周全，我还没放在心上，你看选哪一门亲才好？"皇后说："陛下开国功臣第一人老徐家，他有两个女儿，可是大的才八九岁，怕太小了。"皇帝说："那太小了。太平与她没缘，等不得恁久。"说时，皇帝看着皇后的眼睛，迟疑地说："我倒有一个人选，不知大姐主见如何。"皇后忙说："陛下选的人，一定最般配了。"皇帝道："常遇春早年娶妻蓝氏，生了三个儿子，两个女儿，大女今年十三岁了。常遇春武艺高，又善领兵，从未败北。他的女儿与我们家的太平成了亲，将来生的儿子，想必也能横行天下，那将来便不怕北方残元的军马了。"

皇后拍掌笑道："陛下想得真周全，常家的女儿自是常遇春的血脉，将来生了胖儿子，个个如常遇春一样。赶快与常家定下这门亲事，明年开春后，就让太子去迎娶来。"皇帝道："我着礼部的人与常家去说。常府还在修造，据说银子不够，我着户部再拨三千两银子去。"皇后见皇帝心情好，就忍不住劝道："陛下，臣妾听太子说，太医陆惟恭没治好常帅的病，如今下在应天府的牢房里。"皇帝面皮上的笑容立即隐没，却不说话。皇后满脸赔笑，婉劝说："陛下，太医没有治好功臣的病便要治罪，臣妾将来病了，万一没有治好臣妾的病，太医可罪犯不小。"皇帝叹惜一声说："若我不治太医的罪，他们如何会精研医术？杀个把庸医不算甚么！"皇后正色道："陛下，陆太医医术最为高明，哪里是庸医呵？这样的医师都要杀了，太医院的御医谁还敢大胆开药？"这话让皇帝又沉默起来。

秋决

陈亮得知太医陆惟恭下到应天府狱，大吃一惊，皇帝竟然因常遇春之死，迁怒太医，心想自己得罪浙江许多富户，莫不是都要在秋后决斩。他不免恐惧起来，寝食难安，央求狱吏去见丞相李善长，设法来救自己。狱吏们不理。到了十月，应天府接到皇帝批复的决斩名册，京城有九名犯了死罪的人，另有按察使陈亮和太医院院判陆惟恭二人。

临刑前夜，陈亮手脚都戴上铁镣铐，倚在墙壁上，万念俱灰。约摸四更许，他迷迷糊糊睡了片时。天还未亮，狱卒们进监狱提取死囚，吵吵嚷嚷。一个狱卒提来食盒，一碗饭，一碗炒牛肉，一碗青菜，一大碗黄酒。陈亮将酒一口喝下，大口吃牛肉。天将亮时，数辆囚车停在门外，三五人挤在一个大木槛中，脑袋都伸在槛外，各人的背上都插着草标，上面用白垩粉写着"斩"字，旁边站着几十名绰棒的差役，还有二十名带刀绰枪的军士。死囚先拉去游街示众。差役在街道上张贴许多布告，写明死囚的姓名、年龄、籍贯，所犯何罪。这是开国后京城第一回杀人，城中百姓闻讯后，都来看布告和囚车，街坊热闹，如过节一般。

那日早朝，皇帝就告知上朝的百官，来日午朝不在奉天门，改在聚宝山，五品以上的官都要出来列举陈亮的罪行。午牌时分，李善长、刘伯温、六部尚书、侍郎等几十名京官们都赶来了，随后，皇帝的车驾缓缓而至。皇帝坐在垫着黄绸缎的交椅上，令百官环坐草地。午时三刻，太阳正烈，依次斩了九名罪犯。监斩官高呼斩太医陆惟恭时，皇帝看了看百官，大多神情漠然。刘伯温见无人出来说情，刽子手正举刀开斩，挥手高呼道："刀下留人！"刘伯温转身面朝皇帝，说道："陛下，请赦免陆太医！"皇帝问道："为何？"刘伯温道："若太医治不好病便斩，他日没有太医敢大胆下药，愈加治不好病了。常帅病死，杀陆太医何益？"皇帝环顾文武大臣说："前朝还有刘伯温一人来说情，这个情说得通。后宫也有人替陆惟恭说情，那便是皇后。前朝与后宫都有人说情，朕真个要杀太医么？不会，吓吓他们罢了。治不好功臣的病便要太医死，那谁还敢做太医？做了太医谁敢开方子？华佗再世也不敢治功臣的病呵。我饶陆惟恭不死，回家去做一个江湖郎中罢。"郑泊于是割开陆惟恭身上的绳索，他神情恍惚。监斩官喝令他向皇帝叩头谢恩。

监斩官高呼："斩陈亮！"陈亮大呼："陈亮罪不至死，冤枉！冤枉！冤枉呵！"皇帝站了起来，走到陈亮的前面，问道："你还冤枉？丞相且请站起来，你原来还想将他擢为中书省参政哩。你第一个斥责他的罪状，刘御史第二个，刑部尚书刘希鲁第三个。"

李善长站起来，趋到陈亮面前，双手握着腰带，两脚八字立定，大喝道："陈亮，你这厮为官自恃有小才，性情严刻，待民无忠厚之心，既贪婪又残酷，全不知忠君爱民之道。你当年奉上位之命，征兵去高邮，却被张士诚的军士捉了，他们如何放你回来了？你定是变节才苟且偷生，至今还念着张九四的好处罢？你还记得下官来监狱探视你么？你竟然得意忘形，仰天大笑，说皇上不会杀你，可见你全不思悔改，不知自身罪恶深重，该死！该死！"

刘伯温来到陈亮面前，左手负于身后，右手伸直，手指着陈亮，斥责道："陈亮，你为官一方，不知体恤生民之苦，却将百姓视为囚犯。听不得半句忠言，驭下如禽兽一般。清廉其表，贪酷其实，深负君恩，大失民望。你岂是虐待一个差役，在家中三天两头便要打妻骂妾，为夫无状；对儿子轻则痛骂，重则殴打，为父不慈。你今日身死之祸，实由自取！"

刑部尚书刘希鲁上前，为逞自己的忠勇，用力踢了陈亮一脚，陈亮险些翻倒在地。刘希鲁喝道："陈亮，你这厮相貌刻薄，天生是一个奸诈之徒。据本官侦查，当年徐达大将军取镇江，你为镇江小吏，时常向百姓人家索米捉鸡，直如市井无赖之徒。你不学无术，却请秀才为你起草上书文章，借以哗众邀宠，好让圣上知道镇江还有你一个陈亮，圣上因此试你的文墨，令你作一篇檄文。你口说大话，貌似词意雄伟，实为诳上而已。你借此官运亨通，从一介小吏做了行省掾吏；当年你去招募兵马，一兵一卒都未招来，却做了枢密院都事。皇明开国后，你竟做了兵部尚书。你降职去做浙东按察使时，若不是毛三告御状，你的官都要做到中书省参政了。你这厮其实不过是一个钻营之徒！你胆敢在应天府监牢中日夜诽谤皇上，讥讽丞相，今日要砍你的脑袋，实是自作孽，不可活！"

陈亮先是茫然，既而愕然，最终被激怒了，双眼圆睁，额头青筋暴露，昂首高声道："李善长，你说话要凭良心。当年我被张士诚军士捉了，抗争不屈，是上位以张士诚的将校换回的，不是变节求生才回来。刘伯温，我家中的事，你如何尽知，莫不是天天守在我家门前不是？刘希鲁，你才做了几天刑部尚书，我当年在镇江做小吏，蒙皇上之恩才连年升官，上书言事自是我亲笔所为，如何被你说成倚借秀才了？我虽不才，有幸为皇上所用，你却说是钻营，岂不置上位于昏昧之地？用心何在？徐达大军入镇江，军士秋毫无犯，你责我向百姓人家索米捉鸡，有何证据？我下在应天府监牢中，你构陷我日夜诽谤皇上，讥讽丞相，又有谁作证？你当日为何不告发？情知我今日必死，才信口攻讦，是何居心？"

皇帝听了，回头看着百官的神情，百官既惊愕，又恼怒。皇帝冷笑道："陈亮，你还不服不是？吏部侍郎吴琳出来数落陈亮的罪行！"吴琳年近六旬，须发皆白，身形单瘦。他为人向来厚道，罗织不了陈亮的罪名，只好从前面三人说的话中摘编几句，算是塞责。皇帝又点名兵部、礼部等堂官和五品以上官吏继续来揭发陈亮。有人戟指怒目，有人挥拳顿脚，都恨不得将陈亮千刀万剐。

百官斥责将毕，陈亮涕泪俱下，大呼道："上位，我陈亮罪恶滔天呐！你要杀我剐我，用不着百官口诛笔伐，罗织罪名，无端羞辱我！那天你差毛骧来捉我时，我正坐在大堂上复审一件案子，原告被告都跪在堂上。毛骧宣了圣旨，便不问青红皂白，四个锦衣亲军如虎狼一般，打掉我的官帽，将我锁了，拉出衙门，强行将我推上马，当天就上了路；到了京城，便下在应天府的大牢中。那个差役毛三当差多番迟到，目无长官，我不过训斥他几句，他便怀恨在心，借着皇上开设登闻鼓，恶人先告状，陛下便差亲军来勾取我，不审便斩，这便是皇帝对待大臣的道理么？"皇帝恨恨地说道："好好好，你嘴硬！你嘴硬！好好好，都是朕的不是！满朝只有你陈亮敢当面说朕的不是，你是一条硬汉子！死到临头也还嘴硬！"皇帝说时，回头看着身后文武百官，真希望此时有一人挺身出来说情，或是刘伯温，或是李善长，或是新上任的刑部尚书刘希鲁，或是吏部侍郎吴琳等人。皇帝静默好一会，却无一人站出来，真有些失望。皇帝心想他们都认定陈亮必斩无疑，因此才不愿意以身犯忌罢。皇帝来回踱了几步，站住了，突然手指着陈亮的鼻尖，喝道："陈亮，好好好，就算你罪恶滔天，朕也饶你这一回，还给你一个肥缺做，着你做太仓市舶提举司提举①！"

陈亮如在梦游中，本以为这回必死，索性向皇帝发作一通，谁知皇帝一句话，一挥手，就赦免自己不死，一时说不清是悲是喜。皇帝看一眼郑泊，他立即抽出腰刀，割断绳索，张焕捧出簇新的衣冠，让陈亮脱下囚服，穿上朱红官服，戴着乌纱展角帽。陈亮也是悲极生喜，整冠抖袖，迈了两个方步，踏在青灰色的囚服上，又现出一身官相。皇帝回头看了看文武百官，手指着陈亮大声说："你在提举任上，若盗用我的船舶和货物，收人钱财，以公谋私，那时处死！"陈亮跪拜在垫着囚服

---

① 市舶提举司提举：市舶提举司主要管理海外诸国朝贡和商业贸易之事，检查使者的表文和勘合（通行证）的真伪，严禁私人擅自做海外贸易，其职能有点类似现代的海关。提举是提举司的长官，从五品。

的草地上，说道："谢陛下不杀之恩！臣清正为官，不徇私情。将来若贪一丝一毫，任陛下处死！"皇帝道："宋朝有一个大才子名叫陈亮，还中了状元。朕让你改过自新，息事宁人，莫与古人同名，着你名唤陈宁。"陈亮心中不快，嚷道："陛下，臣行不改姓，坐不更名也！"皇帝喝道："朕未改你的姓，只改了你的名，吏部委任书都是写的陈宁，休要高则声了！"陈亮咬着牙关，低声说："臣从此便唤作陈宁罢。"

丞相见皇帝一句话就赦免了陈亮，恍惚坠入深渊，刚才说的话太绝，后悔不及，面有愧色。刘伯温也深感惶恐与羞愧，闭着眼睛，自责"愚不可及"，被皇帝戏耍了。刘希鲁等人则怔怔然呆立着，心想陈宁来日如若回京做官，低头不见抬头见，这老脸如何放，都不敢去看陈宁那双喷火的眼睛。皇帝起驾回宫后，丞相红着面皮，领着文武百官向陈宁道贺，说道："陈烙铁，委屈你怎些日子，原来是天子将降大任于你，真真可喜可贺！"陈宁冷笑道："有何喜可言？提举是个从五品的官，踢了恶奴一脚，降了三级。"丞相又赔笑道："老夫适才说的话，你也当耳旁风便是。老夫拟在南风楼备两三桌席，请你与诸公一同去吃酒。"陈宁道："多谢相公美意，这一顿酒饭便免了。适才相爷说的话，字字如刀，我都听在心里，有则改之，无则自勉。从此之后，我自当趋福避祸才是。古人说得好，众口铄金，何况我这一身精瘦皮肉。"

刘伯温腆着脸笑道："老夫中了蛊了，刚才数落你的话，原以为是说给死人听的，谁知你却能活下来，老夫又失算了，真是愧杀也。宋人说得极是，'予所见与人所见未必尽合也。有见而喜，亦有见而怒，知我罪我，其惟此见乎！'"陈宁冷笑道："刘伯温为人向来耿介，说话少有虚情假意，但你也有言不由衷的时候呵。"刘伯温忙转换话头说："你说要趋福避祸，依老夫看，福难疾趋，养正气方为趋福之道；祸不易避，远杀机实是避祸之方。"陈宁摇头道："养正气不能积福，远杀机或能避祸！刘大人做官，好几年都不能提升，不才做官，几年间越做越小，你我真个无喜可分，却是有悲同享。"他说毕，放纵地大笑起来。刘伯温被他抢白几句，只是嘿嘿笑着。陈宁接着说："我有一句话相告，你刘伯温在洪武年前，事事算得准，在洪武年后，事事恐怕算不准，可知缘由？"刘伯温失色，拱手道："请教。"陈宁道："主公未做皇帝时，天下还未平定，你心中无惧；主公做了皇帝后，天下太平，你便心有畏惧。"刘伯温感叹道："受教了。"心想陈宁看到了自己畏惧的缘由，天下未平，皇帝与自己失和，怕自己另投他人，他多少有些顾忌；天下太平时，便不怕自己另投他人，因为无处可投，就算弃官隐居，皇帝也会拟出一条"读书人不为君用"的新罪名。

李善长上了马车，众人有的骑马，有的乘车，都回衙门当值去了。陈宁先去户部支取盘缠，又去吏部领了文书，当日下午到太仓赴任。

高丽使者

皇帝在乾清宫睡了一觉，下午便去华盖殿批复奏章。胡政来报，丞相李善长求见。皇帝对胡政说："他午朝上有话还没说完？又有甚事来见？"胡政低语道："奴婢不知。"皇帝搁了笔，怔了片时，自语道："请丞相进来。"

丞相进殿，跪拜请安毕，就说："上位，臣……臣今日上午实在有失体面，一直惭愧不安。"皇帝知道他在说斥责陈宁的事，忍不住笑了，说道："你是说骂了陈宁罢？那个陈烙铁有才，但为官生刻，你们不训斥他一番，他不知深浅和敬畏。"丞相心里埋怨皇帝设局，置大臣于失仪之地，叹息说："臣那一番话实在不当说。"皇帝说："话都说了，你也休计较了。他日陈宁回京，你请他去吃酒饭，解了心中之结便是。"丞相点头说："但得陈烙铁不是一个记仇的人。"皇帝问："你不是为着这事来见我罢？"丞相说："臣为着这事心里难受，先与上位说说心里话。今日高丽王遣使者周谊一行四人来了，正在中书省厅事候旨。他们送来许多礼物，不知如何回赠，特请上位明示。"皇帝欢喜地说："我未想到高丽国王恁快又差人来进贡了，高丽王这回莫不是要向朕称臣了？回礼好说，新修的《元史》不是缮写了两套么？送与他们一套，也是厚赠了。"李善长道："最好。皇明国势正盛，高丽王想重投圣主，要与元朝断交。"皇帝想起妃子崔氏的温柔婉转的风韵，说道："我纳了高丽女子崔氏为妃，十分称意，可见高丽国王有诚意。宣周谊来见我罢。"

丞相、礼部官和一名太监引着周谊一行四人，来到华盖殿，皇帝端坐在御座上。周谊向皇帝拜了三拜，说："高丽国使臣周谊拜见大明朝皇帝陛下，祝皇帝万岁万岁万万岁。"皇帝见周谊面色略见黑黄，说道："周先生，你在水陆两道上风吹日晒，竟然把你这个白皮书生都晒成黑脸渔夫了。"周谊笑道："陛下见笑了，海上太阳火热，臣因此变黑了。"皇帝赐座，上茶，一行人谢恩，坐在四把花梨木官帽椅上。皇帝说："你们高丽秀女崔氏，温良敦厚，是一个贤淑的女子，甚称朕心呵。"周谊道："多谢陛下。崔氏实是万里挑一，能称圣心，臣也很高兴。"皇帝又道："你说朝鲜与中华同出一源，中华是礼仪之邦，大明朝开国后，一切制度依据唐宋，还制定了大明刑律，四方百姓才能安居乐业，不会作乱，高丽国也有刑律么？"周谊道："敝国有刑律，参酌唐宋刑律制定的。早在箕子建朝鲜后，就有《朝鲜民犯禁八条》。"皇帝忙问："汉高祖入秦，有约法三章，你们那八条说的甚么？"周谊说："如杀死人当时偿命，杀伤的用谷抵偿，做盗贼的男的罚作家奴，女的作婢女。"皇帝问道："箕子是商朝人，商朝人尚白，贵国崇尚甚么颜色？"周谊道："敝国衣裳至今多喜白色。"皇帝笑说："看来箕子真个建了朝鲜，原来自古便是一个衣冠礼义之国。"周谊说："敝国实是君子之国。"皇帝问："我大明朝今年是洪武二年，按元朝年号是至正二十九年，你们高丽国是甚年号？"周谊说："敝国是恭愍王十九年，国王送行时说，从此高丽国将奉洪武年号，不再尊奉元朝正朔①了。"皇帝故意问："那贵国明年是甚么年？"周谊奉承道："明年敝国是洪武三年。"

皇帝听了大悦，令光禄寺在奉天殿中设晚宴，传丞相与六部尚书来陪。席间，皇帝亲自与周谊斟酒，说道："只要贵国眼中有我这个布衣皇帝，年年遣使来朝贺，朕待海东之使自会礼遇优厚。"周谊受宠若惊。皇帝说："你来得也巧，朕令人修完了《元史》，命抄手缮写一套《元史》副本与你，捎回去让你们国王看，元朝没得了，这一套《元史》便是元朝的总结。"周谊吃惊道："《元史》都快修完了，那元朝不亡也得亡！"皇帝听了高兴，笑说："正是。只有人死了才写祭文。"李善长附和着说："胜国不存，方有昭代修史②。"周谊问道："不知史官中可有擅诗的人么？臣路上无事，作了一些诗，想求教于上国的诗家。"李善长说："差不多人人会作诗填词，你得便时，下官陪周先生去天界寺，史局设在那里，有一个长洲人高启，诗写得最好了，你不妨与他们唱酬一番。"周谊说："最好最好。"

---

① 正朔：正为每年第一日，朔为每月第一日。古时改朝换代，常重新定正朔。汉代以后皇朝更替，很少改正朔，多改年号。这里借指年号。

② 胜国、昭代：胜国，指被明朝灭亡的元朝，即明朝所胜之国。昭代，指政治清明的朝代，这里指明朝。

第十八章

姚和尚诗题甘露寺　朱太子郊游严家村

说诗

　　元史稿大略修成后，中书省招来许多善书者，用同一种楷体抄录两套，精心装帧成册。元朝当今皇帝尚在世，有关他的史料极为不足，因此当今元帝的本纪暂阙。进献元史的那日，丞相领着全部编修人来到奉天殿。皇帝令周谊也来殿中，瞻仰中华上国的庙堂威仪。高启一直想为迁徙到濠州数年的故友求情，可临朝时百官济济，皇帝威严地高坐在御座上，相距不过三丈，高启却遥不可及。

　　丞相奉表，表中有云"纪一代以为书，史法相沿于迁、固。考前王之成宪，周家有监于夏、殷，盖因已往之废兴，用作将来之法戒。惟元氏之有国，本朝漠以造家，事兵戈而争强，并部落者十世，逐水草而为食，擅雄长于一隅……"两名执事太监抬着全部《元史》正本，放在御案旁，李善长说："《元史》本纪三十七卷，志五十三卷，表六卷，传六十三卷，通一百五十九卷，谨缮写装潢，成一百二十册，随表以进。"皇帝拿起第一册，翻了翻，说道："着翰林院草诏，誊写刊行天下，赏汪克宽等十六人白金各三十二两，做衣食费，赏文绮、帛各四匹，将回去做衣做被。监修李善长和总裁官宋濂、王祎加倍赏赐。"群臣谢恩。皇帝因宋濂修史有功，还赐给他一座小小的宅第。

　　皇帝在宫中赐午宴。高启坐在末席，也只能远远地望着他。宴毕，皇帝就回寝宫了。高启回来后，在房中睡到黄昏，起来时尚有几分御酒的醉意，奉宋濂之命，草草写了一首《奉天殿进元史》的七律：诏预编摩辱主知，布衣亦得拜龙墀。书成一代存殷鉴，朝列千官备汉仪。漏尽秋城催仗早，烛明春殿卷帘迟。时清机务应多暇，阁下从容幸一披。他自知这诗写得勉强，并非发自性情，很不称意，想改一改。诗成之后，不知谁将诗抄录了去，几日后皇帝看到了，却说："这个苏州秀才以诗知名，这首诗并未见奇，只是说了朕一番好话。朕要做时，也不会比他的诗差。"

　　《元史》初稿修成之时，北平近年史料尚不得知，皇帝令儒士欧阳佑等往北平采集遗事，史官们仍住在天界寺。有的人与六部中的官员是同乡，闲时都来走动，晚朝后常一起到酒楼去吃酒，高谈快论。高丽使者周谊等人常来寺中与人吟诗填词。高启因魏观的引见，结识了喜好诗词的汪广洋以及在六部、御史台中为官的同乡。

近月陕西初平，皇帝要派一员重臣去那里做行省参政，看中了从中书省左丞改任御史中丞的汪广洋，同时还从中书省中抽调几个官员，做汪广洋的助理，抽调的人中有一个叫沈定的人，时任太子詹事府的左司郎中，长洲人，也喜欢做诗，高启在同乡引见下刚刚认得。临行前一日，魏观等人请沈定来酒楼吃酒，以为饯行。高启在酒席间讨了一张纸，即席写了一首诗相赠。

几天后，早朝散罢，宋濂与刘基、李善长等人在奉天门外与文臣议论着，皇帝见他们不散，从门里出来，远远问道："宋先生，你们有甚么事说得恁地有滋味？"宋濂忙道："回皇上，臣在说做诗的事。"皇帝听了，顿生兴致，说道："看了谁人的好诗？"宋濂道："前几日，汪大人不是去陕西做参政了么。"皇帝道："是呵，他临行时做了诗？"宋濂道："不是，他同行中有一个中书省的左司郎中，是元史编修高启的同乡，魏观、高启饯行时，高启即席做了一首诗赠他，诗便在翰林院抄传开了。有人不服他，步韵写了数首。我与刘大人来评，都以为远不及高启；相爷也说不及，臣等正在说他的诗哩。"皇帝笑道："哦哦哦，那个高启的诗，朕也看过几首，并不见甚么妙处。"刘伯温抚髯道："上位，当知凡人做诗，不是首首入妙，便是李太白、陆放翁集中也有粗俗之句。"皇帝道："陆放翁据说最会做律诗中的对子，他的粗俗也当比寻常人精致些罢。"刘伯温道："不然，'洗脚上床成一快'，这便是他的一句诗。"皇帝大笑，说道："杜工部绝无此等粗句。"刘伯温又道："也不然。杜子美《洗兵马》一诗，极见思君忧国之情，见识警省，诗中却有许多粗句。"皇帝好奇，说道："你说来听听。"刘伯温道："如'整顿乾坤济时了'一句，前四字极雅，后三字却极俗，又有'后汉今周喜再昌'，强押一个'昌'字韵，几乎不成诗，还有'奇祥异瑞争来送'一句，'争来送'未免有失粗陋。"皇帝似有所悟，点点头说："刘老先生说得是，不能全信古人的名诗句句都是好诗呵。"刘伯温道："正是。诗人做诗时，做上十首诗，偶然有一二首称意入妙，便是美事。古来有的名诗，可以通篇鉴赏，并不宜摘句。宋先生说的高启赠别的诗，臣也看了，甚为高妙，大有盛唐气象，深可玩味。元朝一代的诗风多柔靡，去唐宋愈远。高太史的诗歌气质高华，当朝文士作诗，似乎无人能及他呵。"皇帝道："二位爱卿也自觉不及？"宋濂道："微臣不长于诗。"刘伯温也道："诗也不是微臣的长处。"皇帝问："高启作了甚么好诗？你且道来。"宋濂从袖里拿出一张纸，说道："臣早上抄得，看了一天，真觉体气正大，格调高远，与新朝气象极为相宜呵。老臣想学，只恨学不得。"皇帝问道："他的诗真有恁般好？"就接了那张纸来看：

重臣分陕去台端，宾从威仪尽汉官。

四塞河山归版籍，① 百年父老见衣冠。

函关月落听鸡度，华岳云开立马看。

知尔西行定回首，如今江左是长安。

皇帝看了两遍，果然觉得字句间有一股俊健之气，直逼盛唐人诗，与其他人的诗的确不大相同。刘伯温猜想皇帝未必全看明白了，笑说："上位，要不要请宋学士注他一注？"皇帝说道："好呵，宋爱卿且解一解，注一注。"宋濂道："重臣者，汪大人是也。去者，离开是也。台端是御史台的别称，唐时便有此说。宾从，相随的人等是也。威仪，汉官，臣记得《后汉书·光武帝纪》中有道，光武收复长安，文武百官都穿戴着汉朝的衣冠，长安城中有父老流泪说'不图今日复见汉官威仪'。陛下灭了元朝，尽还唐朝典章、衣冠、礼仪、风俗，此句便是说的这个意思。"皇帝笑道："解得好，解得好。"宋濂道："这一句极高极妙，气势雄阔。'函关月落'一句极似盛唐诗，境界高远。翰林院诸公喜作诗，都不服高启，却写不出这般诗句来。末一句也收煞得好，如今定都应天城，长安便在江南矣。"李善长道："末二句是颂扬上位奉天承运开国之丰功。据说高启足不出东南，函关与华岳二句，皆出于想象。"刘伯温含笑道："宋先生正是解人，相公也说得极是。陛下正图复兴唐朝衣冠、礼仪、典章等一切旧制，高太史便从诗上追摹盛唐，亦资圣朝文治之德呵。"

"刘老先生说得极是，这首诗端的作得好。"皇帝又看了一回，借着文臣的注解，明白了，也叹服了，笑眯眯的，仰望前方奉天门的门楼，问道："但不知'四塞河山'一句中'四塞'又说个甚么四塞？"丞相想为皇上解答，忙搜索腹笥，寻不到出处。宋濂沉吟起来，喃喃道："臣读《汉书·项籍传》，好像有'关中阻于四塞'的话，臣一时也记不太清了。"说时，低头寻思。皇帝也看过《汉书》，刘邦与项籍的传记也看过几回，很想尽快寻出四塞的出处，抢在二人说出来之前说，让二人觉得自己也是一个能解经史的皇帝，可他如何也想不起曾在书中见过。皇帝暗想，宋濂虽记得不全，却还大致记得，莫非他们天生就是聪明的读书人，过目不忘，朕出身农家，没有上学，当了和尚后才认字看书，即使做了皇帝，也不及他们的禀赋么？皇帝如此一想，心中竟有自惭之意。

刘伯温道："臣仿佛记得，《汉书·项籍传》是有'关中阻山河四塞'的话，宋先生记忆未误。另《史记·苏秦列传》有道，秦，四塞之国，被山带渭，东有关河，西有汉中，南有巴蜀，北有代马，此天府也。四塞意为四面天险，在诗中指陕西四方地面。"皇帝道："二位爱卿都是好记性，注解得好！"丞相道："二位先生都博学多识，下官叹服。"皇帝道："危素也是一个诗家，他来京城时，朕索他得意的诗来看。他抄了十几首，朕都看了，粗略记得几句。其中有一首也是送别的，颔联

———————————

① 版籍：户籍。

是'朝登华岳风生腋，夜饮滦河月入瓢'，朕很是喜欢。诗中也有'华岳'，不知与高启的诗相比若何？"

宋濂笑而不语，李善长知而不言。刘伯温道："这二句诗也算写得有趣，但意境不幽深，格调也不高迈，远不及高启那两句。"皇帝微微点头说："说得有理。"刘伯温又说："'风生腋'的'腋'字似不佳，令人觉得诗句中有狐臭。"皇帝大笑，宋濂与丞相也笑了。皇帝道："依老先生所见，当用何字为宜？"刘伯温道："莫如'风生袖'，甚至'风生发'，就用'风吹帽'也似比原句略好。"皇帝道："改得好，一字之师呵。朕见了危素，当与他论一论。"

皇帝感叹刘伯温和宋濂的才学，恨自己浅陋，自己写了不少诗，许多文臣看了都说大妙，莫不是他们的虚应客套，并从未这样细细鉴赏自己的诗，自己或许还真不是一个诗家。那个高启原来真会作诗，用典浑然无迹，气象正大，格调直接盛唐，自己虽能做皇帝，却作不出这样境界的七言律诗，心里隐约有些嫉恨。

史局诸位编修日间常在城中结伴闲游，饮酒作诗。丞相来奏报皇帝，修史诸儒在城中休暇半月有余，内中许多人只知书史，不谙世事，有的人还十分迂腐。眼下史局已经无事，官里每日仍支出房费伙食钱，不如先遣散他们。皇帝准旨，但心想全部放回却有些遗憾，想起那几位教皇子的先生，都长于经史，诗词并不擅长，长子朱标、四子朱棣于诗词颇有兴趣，因此说道："那个高启，有些诗才，且将他留下，若还有长于诗文的人，都留下来，其余的人赐金放还。"丞相道："京师是要有几个好诗人才是。"

李善长在修史时，闲中也看了不少编修的诗文，谢徽也长于诗文，在吴中与高启齐名，丞相将他也留下了。丞相又问："有一个和尚叫道衍，颇有才学，出入三教，通博的很，他的才学可做得翰林，他的武学可做得将帅，又知前朝及当世的刑律，做得刑部尚书和御史。若论释典，京城里的和尚无一个及他，他还可以主持僧录司，将他也留下么？"皇帝道："那个道衍形容古怪，两眼凶光灼灼的，哪像一个出家有修为的人，朕不喜欢。他既做了和尚就莫想做官，赏些路费把他，赐还吴门。"丞相惋惜地说："臣以为道衍和尚相貌虽有些古怪，心中却有些异才呵。"皇帝说道："我看未必。"丞相于是不再举荐。

皇帝下诏授高启、谢徽为翰林院国史编修官，从六品。诸皇子学习经史之余，由他们教习诗文，还留下长于经史的陶凯等人，授翰林供奉，亦教太子等人读书。高启自从做了翰林院编修，每日虽不要上朝，但要按时去翰林院点卯。天界寺距翰林院稍远，于是在城中赁屋，与谢徽迁居到宫城东北面的钟山里。

高启晚上看书吟诗，常睡得晚，早上时常起不来，又怕误了点卯。有时朝日初上，他来不及洗脸，披上衣，牵着马，在街坊上买几个煎饼，匆匆跨马去翰林院。起初，他与文武百官从西安门争相拥入时，还有些新鲜。到了冬日，有时霜风冷冽之晨，半轮冻月在天，来得过早，宫门未开，他睡意惺忪，站立久候，等着五凤楼上的钟声。他有一首诗，题为《早出钟山里门未开立候久之》，写那时的情形尤为真切：关吏收鱼钥①，趋朝阻向晨。忘鸣鸡睡熟，倦立马嘶频。析静霜飞堞，钟来月堕津。可怜同候者，多是未闲人。有时晚归之后，闻邻家有人弹琵琶，有人作歌，亦惹得他客思翻飞，作诗写入心事：清唱合琵琶，当年碧玉家。弄残催酒急，抱重向灯斜。久别愁江树，重听隔院花。泪多思旧事，不是客天涯。他深感"长卿本疏慢，深愧陪朝谒"，渐渐地心生倦意。

题壁

道衍和尚在京城留不下，心中怅怏，只得赁船还乡。高启、谢徽以及寺中僧众等人都来送行，同行中有一个叫宗泐的和尚，是道衍的旧友，家中有些事务，也想回苏州，遂与道衍同行。

高启深知道衍的怅惘，赞叹道："师傅淹博而不迂阔，出世而不避世，有当世之才，看来是为太子储备的，请衍师保重。"道衍双手合十道谢。众人送道衍出寺，一只五色鸟从树间鸣叫而下，掠过道衍的头顶。高启笑道："此五色乃是文明之象，道衍师傅的文章大有可观呵。"道衍道："作得一手好文章何用？野林饱食便高飞，他年宫禁栖琼树！"这两句诗高启听得明白，但未解其意，笑道："衍师之志，我等不可揣测呵。"道衍笑而不语。

道衍与宗泐别了高启、谢徽以及僧众等人，河畔疏柳之下，乘船自秦淮河出应天城，路经京口北固山。道衍登高远望，遥想三国故事，自顾一身才学，到了京城，还是不遇而归，心中怅惘得很。山上有一座甘露寺，建于东吴甘露年间。道衍进了山寺，讨一支笔，在白墙壁上写了八句诗：

> 危岸年来战血干，烟花犹自半凋残。
> 五洲山近朝云乱，万岁楼空夜月寒。②
> 江水无潮通铁瓮，野田有路到金坛。
> 萧梁事业今何在？北固青青倦眼看。

宗泐在背后看着他一字字写完，等道衍收了笔，宗泐厉声喝道："这是出家人写的话么？"道衍怔怔地站着，笑而不语，面有惭色。二人对视良久，道衍才说："知我者，莫不是宗泐上人乎？"宗泐过来手搭在他肩膀上道："你的诗别人看不懂，

---

① 关吏收鱼钥：关吏，指守门军校。鱼钥，如鱼形一样的宫门钥匙。

② 万岁楼：在镇江北固山附近，相传始建于汉朝。唐刘长卿有诗名《登润州万岁楼》，润州即今镇江。

我是看懂了，你的心思休瞒得过我。他年我若在京城做了僧官，一定抬举你，在'野田'间给你引一条'路'。"道衍合十说："贫僧先谢过了。有道是'朝中有人好做官'，我看皇帝最喜欢你这样的人，不喜欢我，想必是天意。"宗泐笑道："也许真是这样。"

道衍与宗泐在苏州分别。道衍迁居到西山海云院的莲花室，隐居起来，日日看书作文，内心却十分郁抑。有一回看书时，稍一动念，突然心跳剧烈，极度惊惶，有濒死之感，额头微微汗出。他不知自己得了甚么病，于是躺在禅床上，心跳许久才渐渐平复。此后，他每日早课时头晕，心悸，有时背胀胸闷。日间莫名地心悸，呼吸紧促，以为自己快要死了，忙端坐念经，一番大汗之后，又渐如平常。他日间多躺在床上，不思饮食，也不想行走，觉得自己这个病十分奇怪，有时突然背部胀痛，胸部痞闷，气短心悸，天下万事皆无意趣。捱了一个月，他估计自己得了心病，一面调理心志，诵读佛经，一面给自己开药方，到城中拣药，吃了几十副。三五个月后，心悸之症好转，但仍不时有胸背胀痛感，气色仍是病恹恹的，每日间总觉得胸闷气紧。他顾镜自鉴，不像是寿者相。

钟山露水

这年九月，皇帝诏令大将军徐达、御史大夫汤和自甘肃平凉还京师，又令征南将军廖永忠、副将军朱亮祖还京。右副将军冯胜总制秦、晋军事。

皇帝看大明皇舆图时，目光从陕西移到西蜀，那里还有一个夏国，偏安于华夷之际，国君是明玉珍的儿子明升。如今平定了陕西，大明兵入蜀不必强渡三峡，自陕西南下便可入蜀。明升见大明军平了陕西，失去三峡天险，担心夏国坚守不住，与群臣商量对策。大将戴寿说大明天子遣将用兵，所向无敌，连王保保、李思齐等人都抵挡不住，蜀国能与他们相比么？大臣吴友仁等人为各自的官职俸禄着想，不愿意轻易归顺，说可恃江山之险，兵马粮草之足，外假交好以缓敌，内修武事以自强，朱元璋能平江南江北，但他打不进西蜀。明升与他的母亲彭氏听了群臣之议，都心怀侥幸，暂且不降，派出几名使者，带着礼物，来金陵拜见大明皇帝。皇帝手书付明升，说古人多能在蜀中乘机进取中原，但未听说善守之道。你如今还想坚守着，朕明年出师，诸将奋勇建功，必能成功。你劳远致礼，虽见你的厚意，但不见你的明智，让你的使者回去，顺便捎上朕的话，说与你知道。

湖广行省平章杨璟来京述职，皇帝令他回湖广后，顺便出使西蜀，尝试劝降明升。一个月后，皇帝收到杨璟的加急奏章，他说奉旨来到成都，见了明升，呈上皇帝的手谕。明升见了他一回，设宴款待，却迟迟不给回复。杨璟等了二十余日，明升却不再见他。他回湖广行省前一晚，写了一封信婉劝道："古之为国者，同力度德，同德度义，故能身家两全，反是者败。足下幼冲，席先人之业，不思至计而信群下之言，自以瞿塘、剑阁，一夫当关，万人莫敌，此不达时变之言也。"杨璟写信时竭精殚虑，说古道今，文字间极尽威逼利诱，远以刘备、诸葛亮为喻，近取陈友谅、张士诚为鉴，将夏国比为"鱼游沸鼎，燕巢危幕，祸害将至而不自知。若天兵来临，此时为足下计者，各自便身谋以取宝贵，不顾足下存亡矣"。他请客舍的馆伴将信转交明升，又等了三日，明升没有答复，杨璟才乘船东下，回到武昌，写了奏章，以八百里加急速递京城。

皇帝心中恼怒，实在不愿意兴兵攻蜀。丞相上朝时，见皇帝郁郁不乐，就想寻些事儿让皇帝高兴。丞相得知有甘露降于钟山，让人用玉瓶盛了，献与皇帝。群臣临朝时，请皇帝将这件祥瑞之事祭告宗庙。皇帝拿着玉瓶，晃了晃，心想这便是祥瑞的事么？区区几滴露水，不过是天地元气凝结而成，虽然可喜，但还不至于欢喜到祭告宗庙，惊动列祖列宗。但他又想从那几滴露水中得到上天祥瑞的消息，就问刘伯温道："老先生颇通阴阳术数，不知丞相说的甘露是灾是祥？"刘伯温对丞相夸张甘露之事不以为然，说道："受命不于天，于其人；休符不于祥，于其仁。孔子编撰《春秋》一书时，只书录异事，不书录祥征，便是此理。"皇帝似懂非懂，说道："说得好，说得好，结几滴露水，有甚么了不得的事。"就将瓶中的甘露倒在台阶上，仿佛丞相流下的眼泪。

刘伯温与丞相同出宫门，丞相说道："刘先生，你何必扫皇帝的兴，也拂了在下的一片心意。"刘伯温道："得罪了，老夫向来喜欢说实话。上位是汉高祖以来少有的明君，你不要哄他，哄不了的。"丞相板起面皮，说道："我何曾哄了!"丞相才出宫，有人迎了上来，仓促地说："启禀丞相，舅老爷病危，想与相爷临别说一句话。"丞相大惊，匆匆骑上马，径奔王濂家去。

出宫

宋濂来到高启与谢徽的值房，二人当值无聊，正在作诗酬唱，见宋院长来了，忙将书盖在诗稿上。宋濂装作未看见，说道："年初，皇帝在钟山下祭祀先农，太子也一同去了。他看到皇帝脱了靴，下到水田里亲自扶犁，行躬耕之礼，还邀请老农宴饮，太子十分好奇，早就想要到郊外农家去玩耍。近日，皇帝见诸皇子读书辛苦，想让他们休假几日，出城见见民风，知道稼穑的艰难，着礼部尚书崔亮、大本堂梁贞同去。太子说，到郊外不能不作诗，因此，特地请高先生一同去。"高启很惊喜，问道："此去几日才回？"宋濂道："约莫三五日罢。"高启心想眼下是十一月初的天气，换洗的衣裳都不必带了，只要带几册古人诗集就行，因问："哪天出行？"宋濂道："明日卯时正，到礼部正堂会集，崔大人自有安排。"

次日早上，高启携一只包袱，里面装着几本唐人诗集和笔砚，早早来到礼部正堂等候。崔亮、梁贞、东宫带刀舍人周宗、南世卿等人都已经来齐，穿着粗布衣。

崔亮道："皇上让我们领着皇子们出郊玩耍，是第一回，干系重大，不可有丝毫闪失。皇上有旨，一不许让人知道是太子出游，倘若知道，就得立即回城。二不许骑马坐轿，都要步行，要让皇子们锻炼脚力。三不许皇子们在外面放纵，一切行止都听我们安排。"皇帝吩咐了许多要留意的事宜，如在外人跟前呼太子为马公子，马姓是他娘的姓，呼朱椟为马爽，呼朱枫为马冈、呼朱棣为马第、呼朱橚为马肃。皇上让众皇子称崔亮、梁贞、高启为先生，周宗与南世卿扮作伴当，皇子们可呼哥称叔。众人都笑了。崔亮请太子及诸子从堂后出来，众人与太子见礼。朱桢年小，朱槫尚在襁褓中，不能同行。太子穿着深青直裰，束着双髻，脚着云头鞋。朱椟兄弟五人皆穿着粗布衣裳和鞋袜，是皇后娘娘着人在街坊裁缝铺里订做的。崔亮向户部借了二百两白银，放在褡裢里，让周宗背在肩上。

一行十余人从长安街出来，经贡院的前街，到了三山街，折向南走，一条大街直通城外。这几条街的两边有许多茶楼、酒肆、布庄、绸店、米铺、花坊、纸庄、书肆、裱糊店、铁器坊、面食坊，已经开门在做生意，抬轿的、赶驴的、挑担的、推车的、抬货的、磨刀的、叫卖的，熙熙攘攘，皇子们都觉得新奇。太子牵着小弟弟朱橚的手，与崔亮等人一同走，而朱椟、朱枫、朱棣等人边走边跳，又喊又闹，围着大人们转，一会到各家店面前觑一觑，一会向崔亮说肚子饿，要买吃食。礼部尚书担心城中有人认出他来，忙让梁贞、周宗等去拉扯诸皇子，提醒不要走散了。崔亮道："城外有一排食坊，都到那里吃早饭。"

过了一座秦淮河上的桥，出聚宝门，过长干桥，来到城外，果然有一排食坊，门外都张着红绿帘幕，外面飘着招旗，店内外摆着几张四方桌，店里有许多食客。崔亮选了一家洁净些的店子，让众人进去。崔亮点了两盘糍糕，一份清蒸面筋，一份丝鹅粉汤，一盘千层饼，两盘胡椒羊末馒头，一盘炒青菜，一盘冬瓜，每人一碗豆汤。皇子们胃口大开，都抢着吃，边吃边吵嚷。梁贞笑问太子道："马公子，口味如何？"太子笑着说："很好吃，在宫里吃不到恁好的东西。"梁贞道："食饥则有味，再则是宫中的膳食天天吃，都是那几个御厨做的，再好吃也都会腻的，这城外的村食滋味，平时吃得少，偶然一吃，就别有风味了。"太子说："梁先生说得是。"

皇子们的早饭吃得一团狼藉，差不多都吃胀了。崔亮付了银子，将吃剩的饼子和馒头用干荷叶包了，放在包袱里，一同出门。朱椟挺着小肚子，叫道："城外比宫里好玩，梁先生，以后要带我们常出来。"梁贞忙提醒他道："马爽，你又忘记出门时的吩咐了。"又附在他耳朵边说："皇上可早说了，若让人知道了咱们的身份，就立即回宫，可就没得玩了。"朱椟吐一下舌头，一溜烟跑出帘幕，在大道上与朱棣一起踢石子去了。

高启站在长干桥头，与太子谈起古今有关长干桥的诗文。太子牵着弟弟朱橚的手，听得入神，怔怔地望着河上，若有所思。朱枫与朱棣向河中扔小石子，比试谁掷得远；朱棣力大，次次都扔得比朱枫远。崔亮过来劝住，说道："若打着船上的人，为皇上知道，非要责骂不可。"二人就不再扔，在桥头追逐着。周宗、南世卿忙去唤他们不要在路中央跑，路上车马甚多。崔亮领着众人往前走，远远望见一处寺庙。朱棣问："崔先生，那是甚么寺？"崔亮说："唤作报恩寺。"朱棣问："要报甚么恩？"崔亮说："各人心里要感的恩不一样，你将来长大了，自然知道要报甚么恩了。"大家在寺里游览，高启领着皇子们在诸间宫殿内识别佛像，解说佛典，鉴赏楹联和诗文。这里的僧人都不认得崔亮、高启。中午在寺中斋堂里吃斋饭。

朱椟、朱枫、朱棣、朱橚都爬在桌上，几只小眼直愣愣地盯着菜碗，筷子将几盘菜翻得底朝天，竟寻不到半点肉末。崔亮道："这是寺中的素菜，没有肉、鱼、鸡、鸭，蛋也没有，连葱韭也不能吃的。"皇子们一听，都从桌上滑下来，嚷着说不好吃。梁贞便道："可别小看这些素菜，大有学问。"太子笑道："梁先生请说。"梁贞道："你们看这一碗蒸肉。"朱枫抢着道："这不是肉，我吃了一块，是冬瓜做的。"梁贞问："你若不吃，可知是冬瓜？在寺庙里不准吃肉，但我们俗家人又喜欢吃肉，因此，寺中便做成猪肉的式样，和尚们都可以吃，但都不能说是肉，这道菜便名'不可思议'。"太子笑道："就是只许闷头吃，但不可想、不可议论的意思。"梁贞道："正是。你再看这盘新发的黄豆芽，唤做甚么？"诸皇子都摇头，说不知道，梁贞道："这道素菜名'六根清静'。所谓六根，是指人身上的眼、耳、鼻、舌、身、意。黄豆芽不是有很多根么？"皇子们忙笑着抢吃豆芽，说是要六根清静。接着上来一盘芋头，却做成一只乌龟，皇子们抢着问："这又唤做甚么？"梁贞道："这叫'静养千年'。"接着上了一盘苦瓜汤，上面放了几片青菜叶，梁贞道："这菜唤做'苦海慈航'。"接着上了一盘油煎白豆腐，既无葱，也无姜，也无酱，只放了些盐。梁贞看了看，笑道："这道菜当唤做'四大皆空'。"崔亮、高启等都笑了。皇子们笑闹不已，几双筷子在空中打架，互相打落对方夹的菜，一阵风也似的将菜抢吃得罄尽。

野游

众人出了寺庙，到寺外的山上寻访了几处前朝旧迹。下山时，约莫过了申时，又去看雨花台。相传梁武帝时，高僧云光法师在此讲经。众人因上山下山辛苦，有些口渴，崔亮就在酒店中买了些水酒。皇子们不让喝酒，给他们各买一碗泡茶喝。高启兴致很好，一连喝了几大碗酒，说道："我自从来到京城，不曾开怀畅饮。今日出城，万事都忘怀了，便喝得痛快！"众人也有此感，相互又干了一碗。吃了酒，众人都去登雨花阁。阁下乱山起伏，城中屋宇鳞次栉比，远处隐见大江如带，绕郭蜿蜒。东面的钟山烟霭苍苍，山势有向西飞动之意。夕阳在山，垂垂地要隐没了。

太子问高启道："这里好空旷，先生不作一首诗么？"高启因得醉意，销了一襟愁怀，凭栏爽迈，意飞情越，诗句仿佛从江上向他飞来，不禁吟哦道："大江来从万山中，山势尽与江流东。钟山如龙独西上，欲破巨浪乘长风。江山相雄不相让，形胜争夸天下壮。秦皇空此瘗黄金，佳气葱葱至今王。我怀郁塞何由开，酒酣走上城南台。坐觉苍茫万古意，远自荒烟落日之中来……"太子抚掌道："好诗，气势如大江之水，有一日千里之势！"太子知音之言，高启十分惊喜，说道："我已经打了腹稿，晚上就写出全篇。"太子道："我等着拜读。"

天色不早，崔亮依皇帝吩咐，晚上要到城外农家过夜，催促众人下了雨花阁，向南面行一两里，到了山路上，天色看看晚了。众人上了一座小山，西山沉沉的云层里，映出些残霞。对面的树林间有一条小道，一个樵夫挑着一担柴，从山道上下来。崔亮便上前问："借问大哥，这村里可有甚么大户人家？我们要寻个宿处。"那樵夫道："那边山下有六七户人家，屋大房多，可去借宿，此外再无大户了。"崔亮道谢，领着众人沿着山路向前走。

村中横着淡淡的暮霭，宿鸟从垄上飞过，小溪水声潺潺，隐隐听到前方村口的狗叫。众人绕过一座小山，转到另一个村口上来，果然看见前面山脚下有一处人家，十余间大屋连成一片，屋外绕以栅栏，屋前堆着许多稻草，横竖插了几支竹竿，晾晒的衣裳还未收。有一条黄狗见来了生客，在栅门边叫了起来。崔亮与周宗先上前去，屋里有一个老丈人听见狗叫，见有生客，拄杖出了堂屋门，喝退黄狗。崔亮作揖道："老人家，我们一行人赶路，错过宿头，想在贵庄求宿一晚，房金依例拜纳。"老丈人答礼，问道："你们有多少人？"崔亮道："正好十人，胡乱借宿一晚，明天早上就走。"老丈人打开栅栏门，说道："客官请进来，只是敝庄寒俭，你们人也不少，只怕款待不周。"崔亮道："烦扰老人家了，便是打地铺也使得。"老丈人问他们吃了晚饭么，众人道都不曾吃。老丈人道："我们这七户人家，都是严姓，世代住在一处，倒也亲近和睦。你们既未吃晚饭，老汉便去安排。"老丈人领众人进了一间大堂屋，唤来几个汉子，搬来一些椅子，众人坐了。侧门开处，出来一个女孩子，手拿着一盏油灯，轻轻放在桌上。太子在灯下看那女孩，年约十二三岁，眉清目秀。那女孩与太子对视一眼，不觉脸上绯红，忙转身离去。片时，她又给客人端来茶水和果品。不一会，门外又来了一位老丈人，前面那位老丈人说他是邻屋的，排行老四，人称严四爷，自己是这堂屋的，排行老二。二位老丈人陪着客人说话，邻屋的人听说这家来了客人，几个妇女抱着孩子在门外看。儿童们好奇，看见了朱标、朱㮾等人，跑进堂屋，想与他们说话。朱标笑着，他们又有些怯生，跑了出去。

这家媳妇端上饭食，都是青花大海碗装着。朱枫嚷道："有猪肉吃么？中午不曾吃肉，走了一天，也想肉吃了。"崔亮道："马冈，吃饭时休要大呼小叫。"严二爷笑道："这位小哥想吃猪肉？敝舍是一个穷人家，平时一月吃不了几两猪肉，但山上有野兔，设着机关捉了，菜里便有兔子肉吃。鱼也不曾有新鲜的，都是用罾在塘中定的小鱼，晒成了枯鱼，其余几样菜蔬都是自家种的，无物相待，客官胡乱吃些。"崔亮忙道谢，说道："山野风味，寻常还吃不到哩。"又一位妇女从堂屋门外进门，端来了两大碗菜，老丈人说是邻居严六郎的媳妇，因自己家中一时做不出那么多菜，就托六郎媳妇炒了两碗来。崔亮和太子等人齐声称谢。那小女孩温了一壶酒，给客人们斟了，皇子们说不吃酒。那小女孩笑道："小哥哥们都吃一杯，这酒好甜，也不醉人。"太子接了一杯，喝了一口，又甜又酽，十分好吃。朱棣与朱橚听大哥说好吃，都要了一杯，吃了几口，吧嗒着嘴唇，都说好甜。那条黄狗进来了，在众人的脚下寻觅食物。太子夹些菜给黄狗吃。黄狗歪着头，闪亮的眼睛盯着太子，不敢去吃，尾巴摇个不停。太子将菜撇在地面，黄狗嗅了嗅，才舔吃了。

饭后，那女孩与她娘收拾了桌面，女孩又托盘给客人送上茶。严二爷从屋外进来，请崔亮几个人去看看睡房。两三户人家腾出两间相邻的房子，共有四五张床铺。严二爷说，山里人家有些寒俭，很对不住。崔亮说多谢严二爷，有床有被就好，不妨不妨。严二爷离开后，崔亮对几位皇子说，这里不比宫里，农家人多房少，都是草床布被，能有床睡便好，不要吵闹。皇子们都答应着。他安排高启与太子和朱橚三人，睡在里屋一张大床上，梁贞与朱枫睡在里屋一张小床上，自己与朱橚、朱棣睡外屋一张大床，周宗与南世卿各睡在里屋和外屋的两张地铺上。

安排好后，众人都到堂屋里说话。太子看见堂屋角门里映出微微的油灯光，有些好奇，起身过去看。

第十九章

天潢贵胄夜宿山野　北征名将麾驻龙江

夜宿山家

太子推开半掩的小门，看见一个小女孩的背影，十分娟秀。她坐在纺车前纺纱，动作娴熟，姿态十分好看。太子忍不住问："你纺线做甚么？"女孩回头来看，笑了，说道："纺线做衣裳呀。"太子问："为何不到城里去买？"女孩说："我们没得钱买。"太子笑道："就算有钱买，也总得有人纺线做布。"女孩说："那是。"太子问："纺了线再如何做哩？"女孩手指着一处道："喏，你看见那一架纺车没，纺了线，再用纺车做成布，布再漂洗，晒干了，染了色，便可裁剪做衣裳。"太子道："原来衣裳是恁样做出来的。"女孩笑问："你道是怎地做出来的？"太子道："我只知道是纺织的，但不知是这般做法。"太子觉得乡间女孩手脚伶俐，端茶上菜，纺线织布，样样都会，哪像自己的兄弟们，一个个娇生惯养。

女孩问道："大哥是从哪里来？那几个大人是你们甚么人？"太子道："我们从城里来的。那几个大人是我们的先生。"女孩问："真有趣了，先生带着学生到这山村里来做甚么？"太子道："我们在城中住久了，想到乡间来玩。"女孩笑了，说道："玩得真新鲜，我们这村里，除了山就是树，并没有甚么好景致，有甚么好看？"太子道："在城里可看不到的，你们住在这里真好，世外桃源似的。"女孩道："这里可不是世外桃源，社长经常排门来替县里催税，没钱时，就来家中抢。"太子很惊讶地问："抢甚么？"女孩道："家里有猪的抢猪，有粮的抢粮，有布的抢布，凡是值钱的都抢去抵税。若一年收成好，我们都会及时交，若收成不好，织的布卖不了好价钱，还不了税，县衙里的大人就逼得急了。"太子道："竟有这事？我如何一点也没有听说？"女孩道："你们住在城里，都是有钱人家，能及时交了税，自然不知喽。"太子问道："你上学了么？"女孩不好意思地说："我们乡下女子不能上学，因家里穷，弟弟也未去读书。"太子问道："那你认得不认得字？"女孩脸红了，细细地说道："只认得几个字。"太子问道："你叫甚么名字？"她说："秀秀。"太子惊奇地问："这便是你的名字？"秀秀羞涩地点点头。

朱楩、朱桐、朱棣、朱橚四人在隔壁看秀秀她娘磨豆腐，眼睛直溜溜地看着转动的石磨子。秀秀的娘右手不停地推，左手不时用木勺将黄豆倒进磨子眼，磨子里流出白色的豆浆。秀秀的爹从外面挑了几担井水回来，放下桶，就在灶间烧火。崔亮见孩子们好奇，就过来说，这是做豆腐。秀秀的娘问："几位公子，吃碗豆腐脑么？"皇子们都说吃，秀秀的娘让孩子们先到堂屋里坐。崔亮领着他们离开了。不多时，秀秀的娘和秀秀接连端来十几碗豆腐脑，还端来半碗红砂糖。两位老丈人也陪着客人吃。朱棣问："你家做这么多豆腐做甚么？"秀秀的娘说："自己吃呀。"朱棣问："一家人也吃不了恁地多。"秀秀的娘道："吃一半，剩下一半到市上卖钱。"朱棣问："卖了钱做甚么？"秀秀道："买茶盐米面呀。"朱棣道："这些都还要买？"秀秀笑道："不买从哪里得来？"崔亮笑道："马第，这可不比你家，甚么都有现成的，可那现成的也是用钱在市上买的，只是你没有看见，不知道罢了。"朱棣道："原来是这样。"太子说道："晚上他们家还要做事，一天忙不完，真个辛苦。"梁贞道："你们如今算知道农家的劳苦了吧？农民一生脚不离田，手不离锄耙，一年辛苦到头，不得休息，住的是茅屋，睡的是草床，穿的是粗布衣，吃的是菜根粗饭，还有人无衣可穿，无饭可吃。女子在家也不闲着，纺线、织布、养蚕、种菜，我们不入乡里，哪里知道百姓的艰难哩。"太子道："梁先生说的是。"

秀秀的爹娘端来几只小木盆，盛着温水，让客人们先洗脸，洗后的水倒入洗脚盆中洗脚。崔亮安排众人早些睡。梁贞领着朱桐在里屋先睡，高启让朱橚睡了，就在包袱里拿出笔砚，屋内没有几案，搬一条长凳来，坐在胡床①上，借着灯火，要修改日间的诗句。梁贞问："高先生莫不是还要夜读？"高启道："日间偶得几句诗，殿下要看，想写下来。"梁贞转身向着床里，说道："那我们先睡了。"

太子替高启磨了些墨。高启在长凳上铺开诗笺，将登雨花阁的长诗写完，呈与太子。太子看毕，赞叹不已，说道："先生长歌兼得太白与东坡之妙，一气呵成，用典不见痕迹，必是传世之作！"高启道："殿下过奖了。"太子道："别看乡里夜间寂寥，不比城中灯火繁华，若有几册书，几个知心人，在灯下吟诗作文，相互探讨，也有许多乐趣。"高启道："殿下说得极是。"高启取出唐人诗集，与太子一起阅读。高启见太子神思渐渐有些恍惚，眼睛发怔，就问道："殿下莫不有心事？"太子迟疑一会，才嘟哝着说："父皇早给我定下了一门亲事，是开平王的大女儿，也不知长得甚么样。"高启笑说："恭喜殿下，常将军的女儿想必不同寻常，将来生的儿子准能用兵打战，守着皇明基业。"太子说："高先生也这么说？父皇便是这么说的。这事还未定，你可莫与外人说呵。"高启道："殿下信得过我，才与我说了心里话，我岂敢再说与他人听。"

---

① 胡床：一种小凳子。

高启与太子解说了几首李商隐的诗，犹豫好一会才说："殿下，我有一件心事，搁在心里很多年了，想请殿下相助。"太子忙问："是甚么事？"高启说自己在平江结识的诗友杨基、余尧臣、徐贲，迁徙到濠州已经数年，希望皇上下诏让他们还归故乡。太子很惊讶，说道："我回去就给父皇说。"高启要跪下谢恩，太子连说"使不得"，忙扶住他。

赠银

次日早上，崔亮、梁贞、周宗、南世卿先起来了，高启与太子及诸皇子仍在床上睡。早饭是豆腐脑、糯米糕、蒸面饼，主人家客客气气端到堂屋桌上，摆好筷子，崔亮才唤高启和太子等人起来。秀秀端来洗脸水，太子对她笑了笑，说声多谢，秀秀笑说不谢。朱棣他们在宫中时，都是宫女为他们洗脸洗脚，崔亮让他们自己洗。皇子们洗完脸，地面全湿了，因是泥地，湿了便滑，朱橚跌倒，坐在地上哭。崔亮等人忙来扶他，好生劝了。

邻屋的儿童们又过来玩，与朱棣、朱枫、朱棣等人说了几句话，就算熟悉了，一起追追打打，也不再认生。太子却在屋檐下看秀秀和她娘在剁猪草，秀秀的爹与邻居背着几把锄头，挑着畚箕，一同出门去。太子问秀秀道："你爹爹背着农具出去做甚么？"秀秀道："去清理塘里的淤泥。"太子问："我们能去看看么？"秀秀笑了，说道："那有甚么好看的。喏，你们要看，出了前面一片林子，向左走一段路，就可以看见水塘了。"太子唤了几个弟弟，要一同去看，崔亮唤梁贞、高启、周宗、南世卿陪着同去。出了林子，站在路口的坡上，就看见六七个人赤着脚，高卷着裤子，在塘泥里做事。太子问："十一月天气，他们竟不怕冷？"梁贞道："趁冬天塘水干了，好清淤泥，冷又如何，农事总得有人做。农家人一年不曾有几天休闲。"高启道："元代有一个叫张养浩的，曲词写得极好，有一首怀古调，道是'峰峦如聚，波涛如怒，山河表里潼关路。望西都，意踟蹰，伤心秦汉经行处。宫阙万间都做了土。兴，百姓苦。亡，百姓苦。'"太子感叹不已，问道："如何才能让百姓不苦？"高启道："为君者爱民保民，为官者安民利民，为民者才会少吃些苦。"太子问："如何为君？"高启想起隐居时曾做了一篇《四臣论》的策论文字，便对太子道："古代人君能治国的，不但人君有过人的才智仁心，还要会用大臣。大臣有四种，一是社稷之臣，二是腹心之臣，三是谏诤之臣，四是执法之臣。"高启细说四臣的道理，心想太子尚未弱冠，说这些大道理他能理会吗？但看他凝神静听的模样，却真像一个早慧的人。

饭后无事，梁贞让太子与弟弟们在堂屋前读书，书声朗朗，儿童们都来听。秀秀也远远倚在门边，看着太子读书。严二爷在一旁夸赞说："你们这些有钱人家，就是会读书。"早读草草完毕，崔亮、高启说一起上山去玩。此处都是寻常的江南山林，也有些清茂的意趣。众人在附近几座山上玩了大半天，那条黄狗与太子十分亲近，一直跟随在他的前后。将近晌午，秀秀带着弟弟到山上来唤众人吃饭，清脆的声音传过几座山头，在空山里回响着。崔亮、高启等人都听见了，就下了山。

吃了中饭，朱棣与弟弟在屋前与农家孩子玩，太子拉着高启到其他人家里去看。那些人家见二人都是富贵人家的模样，忙招呼进来坐，端上茶，十分好客。高启与太子进去了，家中十分破旧，桌椅粗糙，地面高低不平，衣柜与床都很破损。那家媳妇见二人在自家房屋里看，不好意思说："我们家穷，没有几样值钱的。"太子见一间小屋的床上有人睡着，好奇地近前去看，那家媳妇道："是我的阿婆，今年八十六了，身体弱，走不动，常年卧在床上。"太子到床前来看，那婆婆头发全白了，形容枯槁，双眼深陷，嘴唇也瘪了，靠在枕上，闭着眼在睡。太子问："她有病么？"那媳妇道："人老了，全身都是病。"太子问："吃药不？"那媳妇道："吃哩，还请了乡下郎中给阿婆开几味草药。"太子又天真地问："是不是纺布卖钱，再买药给她吃？"那媳妇笑道："是的，家中穷，没得几个钱，卖布，卖猪，卖柴，还到城里卖青菜和鸡蛋，换些钱来。"太子对高启道："高先生在这里等一会，我去去就来。"高启不解。太子跑出门，来寻周宗，说道："把我二十两银子。"周宗见太子要银子，不敢多问，崔亮知道了，前来轻声问："殿下，这里没有店铺，你要银子做甚？"太子道："我刚才见着一个八十六岁的阿婆，一身是病，家里又穷，我要给他二十两银子。"崔亮一听，忙道："你给他一家就是了，不要声张，免得其他人家知道，便尴尬了。"太子笑道："这个我知道的。我们离开前，房钱饭钱除外，每家还要送五两银子，崔先生同意不？"崔亮道："殿下仁爱，臣哪有不依的，高兴还来不及哩。"太子拿了两锭大银子，放在衣袖里，跑到那户人家，对那家媳妇道："你们家穷，阿婆又病了，我们送你家二十两银子。"那媳妇平生未见这么多银子，都怔住了。太子将银子放在桌上，就要离开。那媳妇拿起银子，追上太子道："马公子，这可不是小钱，使不得，你爹爹知道了，会责怪你的。"太子笑道："出门在外，我爹爹也管不了怎多，不妨不妨。你且收下，别则声，权当为你家阿婆收下了。"那媳妇执意要退还，太子怎么也不接受。那媳妇见他这么有诚意，双手攥着银子，不知如何称谢才好。

大家与严家村许多户人家都熟了，还想住几日。严二爷说如果你们还想多住，也无妨的。此地与城中音讯两无，崔亮担心皇帝挂念几个孩子，就让南世卿上午先回宫去，告诉皇帝大家都住在严家村，距城南十余里，大家都安好；城中有事，南世卿到村中传递。大家又住了两日。

田陇行吟

这日下午，梁贞借了几根钓竿和一柄锄头，领着皇子们在屋前泥地里挖蚯蚓。

蚯蚓在地面蠕动，皇子们都不敢抓。梁贞道："蚯蚓不是蜈蚣，无毒，也不臭。"皇子们仍是远远地看着。梁贞捉了一些蚯蚓放在竹筒里，寻了附近一处大池塘，教皇子们钓鱼。此时暮烟四合，山村静极，农家屋上冒出袅袅炊烟，正是做晚饭的时候。农人收了工，提着农具，在水塘边洗脚，水声哗哗地响。牧童赶着牛，从山道上归来，大的牵绳走在前面，小的五六岁，骑在牛背上。高启看牛与牧童，比在京城里看高车大马舒畅得多，就对太子道："殿下且看，眼前景色好有诗意。"太子笑问："高先生莫不是作了一首诗？"高启吟道："度陇迷青草，归时带夕阳。谁知牛背稳，不似马蹄忙。"

太子抚掌。崔亮与梁贞听见吟诗，都喝彩，梁贞道："高太史的五言绝句，不亚唐人。"高启笑道："即兴草草之作，岂敢与唐人相比。"梁贞道："古人说得好，诗思在灞桥风雪中驴背上。此话端的不假。梁某入京数年，一首诗也做不出了。做诗还得要到山林水畔，恁地才有诗兴。"高启道："梁先生说得极是。"

次日中午，南世卿从城中回来了。他说，皇上得知皇子们在乡下安好，就放心了。徐达大将军奉诏还京，快到龙江驿，皇上要太子今日回城，明天一同去迎接。崔亮道："那吃了中午饭，我们就回城去。"太子想再住一两日，但知父命不可违。朱枫道："我还要在这里玩耍几天，你们先回去。"朱橚却道："这里不好玩，饭菜也不好吃，我要回去。"崔亮道："好玩不好玩都得回去，这是皇上的旨意。"

饭后，崔亮与秀秀的爹爹算房钱和饮食钱。秀秀的爹说道："贵客难得来乡下人家里住，这回就不必算钱了，也没有甚么好酒菜款待，十分过意不去。"崔亮道："吃住好些天，不拜纳房金，这如何使得。"他让周宗取出五两白银，握在手掌里，要给严二爷，将秀秀一家人都镇住了。严二爷道："老汉活了七十一了，从没有见过你们这样富贵人家将钱不当钱使的。就算在城中住上等客栈，每日吃酒肉，也花不了五两白银。崔先生，房费与饭钱，实不到一两。"朱橚开口道："五两算甚么，我们宫中多的是金银。"崔亮吓了一跳，忙说："马肃，大人说话，你不要插嘴。"严二爷并未听清"宫中"，太子忙扯开弟弟。严二爷如何也不收银子，说道："所谓君子爱财，取之有道。老汉一家不敢无功受赠。"崔亮无奈，拿出二两银子，严二爷推让一番，才收下了。秀秀的娘准备了许多橘子，放在一只竹篓里，还有几十片干豆腐，请崔先生带回去吃。崔亮推脱不得。

秀秀知道来客要走，倚在门边，双眼盈盈地望着太子，太子回头看她，她好像有话要说。邻居听说客人们要走，都来相送。太子赠了二十两银子的那户人家，送来两只鸡，二十只蛋，两条腊肉，还有一双云头深青棉布鞋子，说是给马公子做的。崔亮为难了，如何都辞谢不掉。太子道："若要让我收下，当按市价，否则不能收。"那户人家将礼物递与崔亮、高启等人，二人都不接受。严二爷道："老汉来做公道人，就按市价来算，两只鸡，算四斤，蛋算两斤，共一百一十钱。"太子让周宗数出零钱，托严二爷转送，崔亮才让周宗、南世卿接了鸡和蛋。严四爷让人寻来一根扁担，将几样东西做了一担，周宗挑着。

别情

一行人出了堂屋，严二爷、严四爷领着十几人来相送，黄狗也在后面摇尾。秀秀一直看着太子，太子也看着她，因人多不便说上话。太子看见秀秀手里拿着一样东西，像一只绣香包。太子袖里也早准备了一件东西，是一块带明黄丝绸坠子的玉佩。太子本想趁她晚上纺纱的时候，跟她说些话，就送给她，不想父亲催归得急，不能再住一晚。

太子与众人走了一余里，问道："出门时带了二百两银子，才用多少？与其回去还给户部，不如分一些给他们，一家十两，七户人家，一共七十两，让他们做经营本钱。周宗，将担子给南世卿，你去送。"南世卿接了担子。崔亮道："殿下是好意，他们虽穷，却颇有人情道义，连房费都不收哩，如何会要殿下的银子。"太子道："这好说，周宗，反正我们已经上路了，你就告诉他我们的身份。他若不信，你将身上带刀舍人的铜腰牌给他们看。"崔亮只得依了太子。太子拉住周宗，背着众人，轻声与他说了几句话，将一枚玉佩递与他。

皇子们回到宫中，皇帝与皇后及众贵妃早在坤宁宫中等着，见了诸儿回来，都欣喜不已，多日不见，毕竟想念。皇后对诸儿道："你们可不知道，你父皇自你们出宫后，日夜都放心不下，既想让你们体察民风，又怕有丝毫闪失。不让你们出城，又怕你们养尊处优惯了，来日没有大出息。他有时半夜醒来，在梦里还会呼你们的名字。"太子听了，心中戚戚然，弟弟们却嬉笑自若。

皇帝问道："这一去几日，可玩得开心？有何收益？"太子道："就是时日太短了些，但儿臣也略知农家艰难。他们住茅屋，睡草床，饭菜粗粝，生病了无钱拣药，白天黑夜都要劳作，想不到怎地辛苦。儿臣在宫里时，竟然全不知情，城外百姓原来是那么过日子的。"皇帝笑道："听你这般说，看来朕这几日牵挂也值，你们未曾白去。"朱橚直嚷道："那里不好玩，吃也不好吃，睡也不好睡，再不要去了。"众人都笑。皇帝道："朕让你们到城外农家去，是要让你等知道，住在宫中，衣来伸手，饭来张口，不知冬寒夏暑，到乡间你们便会体谅农家的劳苦，将来太子做了天子，你们做了藩王，都知道取之有制，用之有节的道理，不要让百姓苦于饥寒。若一味横征暴敛，就会民不聊生了。如若百姓们四处造反，皇帝位子也就坐不安稳。"

晚膳毕，几个宫女挑灯送太子回东宫，太子半路却转去乾清宫，来见父皇。皇帝唤朱标的小名道："宝光，还有何事？"太子说道："父皇陛下，儿臣想为一个人求情。"皇帝问："为谁求情？"太子道："为高学士。"皇帝道："为他何事求情？"太子道："他早年相识的几个朋友，名唤杨基、余尧臣、徐贲的，当年兵马破了平江，就将他们迁徙到凤阳，他们家中有老小，多年不能回去，十分可怜。高学士出游时给儿臣说了，请父皇开恩，放他们都回乡罢。"父皇笑道："你一说我就记起来了，那些人都是写诗文颂扬张九四好处的人，在苏州都有些声名，才放他们去凤阳。这事已经过了好多年了。如今大明一统，他们年纪也大了，就让他们回去罢。"太子高兴地叩头道："多谢父皇陛下。"皇帝摇摇头，无奈地轻叹一声。

太子回到东宫，周宗进宫来见，给太子说，下午他返回时，那几家人都问还遗落甚么东西，他说不曾遗漏，只因受马公子之托，特地来赠送银子，每家十两，将几家人吓了一跳。严二爷扯着周宗的衣裳说，你若不说清实情，就不让你走。我们穷是穷，但不受不明不白的银子。周宗只是笑着。严二爷问，马公子家是不是商贾人家，或是官宦人家，怎的那样有钱，将银子当石头扔。周宗说，他家不是商人，也不是官宦人家，略有些钱，也有仁心，见父老几日酒饭招待，家中却穷，还不愿收房金，特让小人回来赠送银子，实无他意。几家人都不信，说如何也不能再收。周宗无奈，就说了实话，马公子不是商贾人家，也不是官宦人家，是当今的太子。他们都吓了一跳，都不相信。周宗就拿出黄铜腰牌，上面有几个字"文华宫带刀舍人周宗"。他们才信了。严二爷说，太子这般年少，就有这样的仁心，长大后，他若做了皇帝，真是百姓天大的福分呵。这银子是皇上、太子的，圣恩难却，要收要收。于是每家都收下太子十两赠银。

太子问："玉佩给了秀秀了么？"周宗道："如何敢忘记殿下的吩咐。秀秀一直以为殿下真个是马公子，要将她做的香包赠给你，还想你下次再去他们家住。一听说殿下是太子，非但不想赠香包，连玉佩也都不收了。"太子不解其意，便问："这是为何？"周宗道："殿下岂不知，殿下若是马公子，她还可以高攀，得知殿下是太子，她一介贫贱民女，大字不识，哪敢有恁般企望之心。她问了两三回，那个马公子果真是当朝的太子殿下？我说了三次，说殿下便是当今皇上的长子，当朝的太子，还给她看了我的腰牌，她才信了，眼泪汪汪的。她问，太子还会来玩吗？我说，说不准，可能皇上不让来了。她拿了玉佩，看了好久，眼泪都滴在玉佩上，臣以为她会收下，可她看了看，就还与我，任我好说歹说，怎地都不收玉佩了。"太子问："那她的香包呢？"周宗道："香包自然不会给我了，我向她要，说替她转交殿下，她也不答应。"周宗将玉佩递与太子，太子抚摩着玉佩，好像在寻觅秀秀的泪痕，心想秀秀虽从未读过一天书，却很知情达理。

相会

这一两日，太子还静心地读书习字，过了三五日，日间时常神思迷离，先生讲经时他两眼发直。每次临写宋拓阁帖，不自觉地在行间里写上许多"秀"字小楷。梁贞批阅太子的习字簿，笑问："殿下，这许多秀字，是不是自批？这些大字端的写得清秀。"太子微微地笑，却不说话，梁贞亦不再问。他晚上去东宫辅导太子晚课，临别时正是周宗和南世卿在殿外当值。梁贞问周宗道："太子近日与平时不一样，日间听讲时常走神，却在大字本旁写了许多秀字。"周宗暗自吃惊，却道："太子身子弱，功课又多，或许是劳累了。"梁贞只是笑笑，说道："原来如此。"

太子在乾清宫用了晚膳，周宗与两名小太监提着灯笼，送太子回文华殿。太子先让一名小太监去打洗脚水，一名太监去整理被褥。在宫前楹下与周宗说："周将军，我还想去南郊玩耍。"周宗道："这可是难事，圣上不允，谁也不准离宫。"太子道："天天住在宫中，烦闷死了，生在寻常百姓家，也胜宫中万倍。父皇每日午间要睡一个时辰，你哪天中午带我出宫罢。"周宗有些为难，寻思好一会，才笑说："殿下不会就是去城中看看罢？"太子不语，只是摇头。周宗猜出八九分，说道："只有一个时辰，去不了严家村。"太子见周宗窥破自己的心思，脸微微红了，低下头，喃喃道："那如何才好？"周宗道："我晚上回去，与南世卿商量，如有了一个好主见，明天早上禀报殿下。"太子欢喜起来，笑道："好，我等你好消息。"伸出手掌，与周宗轻轻相击一下。

次日上午散学后，太子回文华殿，远远见了周宗，便高呼道："周将军。"周宗疾步过来，说道："我与南世卿商量半晚，上午又在一起商量，有主意了，还得请梁贞先生相助，不知太子同意不。"太子听了，欢喜得跳起来，说道："拜托了，万一父皇知道，怪罪下来，我全担当在身上。"周宗笑道："我就算被皇帝打入刑部大牢，只要不死，等殿下登极了，自有出来之时。"太子失色，忙摆手道："这话可不能乱说，被人传了出去，你会惹祸的。"周宗觉得这话有咒今上[1]早日宾天之意，忙道："死罪死罪呵。"

六天后，太子中午与父皇母后在乾清宫用了膳，匆匆赶回文华殿，换了一身青衣，与周宗、南世卿出了文华门，来到东华门。门前值日拱卫司亲军见一个青衣童子跟着周宗和南世卿，就喝住了。亲军认出青衣童子原来是太子，忙控身行礼，问道："殿下，你要去哪里？"太子说："午间无事，我想去皇城里看看。"亲军管领校尉赔笑道："圣上有旨，除了早晚朝的文武大臣，对照名册和腰牌可进出外，皇子、公主以及后宫一切妃嫔宫人等，先要有皇上皇后的长随公公传口谕，再对照名册，还要验明宫禁关防方能放行。"周宗说："我身为太子带刀舍人，宫里的法度如何不知！午间无事，就陪殿下在东安门内散心，你也太啰嗦，也不看看是谁要出门！"管领校尉面有难色，一面赔笑，一面控着身说："周将军，恕小的愚笨，不放殿下出门，见罪于殿下和你；放殿下出门，就见罪于皇上皇后，可罪责太大，小人只有一颗人头，担当不起呀。"南世卿将这名亲军校尉向后一推，喝道："不用你担当，有事推到我南某身上便是！"另一名亲军想上来，周宗手按在腰刀上，冷眼看着他，那亲军犹豫着，不敢近前，周宗紧贴在太子身后，匆匆出了东华门。到了东安门前，

---

① 今上：当今在位的皇帝，这里指朱元璋。

金吾前卫正七品吴知事领着五名亲军手绰长枪站在门边，南世卿近前说："吴知事，殿下想去门外散心，请放行则个。"吴知事道："皇上定了宫中规矩，你既无口谕，又无关防，如何能擅自出门。"太子拉了拉周宗的衣袖道："我想出两道门都恁地费周折，罢了，回去罢。"周宗低语道："只怕梁先生在城中久等了，这次见不着，下次就不知是哪年哪月了。"太子对吴知事说："我想出门看看，一个时辰便回。父皇若追究下来，一切罪责在我身上，与你等无干。"说时，径自向门外走去。吴知事不知所措，周宗近前附耳说道："太子早晚要做皇帝，你若受连累，迟早会补偿你。"吴知事不知所措，眼睁睁地看着太子出了东安门。

太子向前走了几十步，回头来看，吴知事与几个亲军不知在说甚么话，挠头抓耳的。太子问道："前面那个朝阳门不会有这么周折罢？"周宗道："朝阳门白天任百姓来往，虽有数员守军，只是缉捕盗贼，寻常不会盘查。"太子进入朝阳门，穹顶有些昏暗，青石板路微见不平，仲冬的风从门洞中穿过，有些寒意。行人推车挑担，来往不息，无人识得太子。门外几个老军都坐在椅子上，哨棒抱在怀中，闭眼瞌睡着。城门边贴着些应天府的通缉令，还有居民寻人启事，以及客商求购和出售货物的告示，攒聚着些闲人，边看边指点着。护城河中的水澄碧，泛着一层粼粼的波光，两岸有一些未黄的野草，远山横着轻淡的烟岚，一条官道曲曲折折，向东迤逦而去。护城河边有一条小道，铺着细小白石子，连接南面的正阳门和西面的通济门。三人进入通济门，街心是青石板大道，两旁有许多街巷和门面。周宗指着西南的城楼说："殿下，那一个城楼是聚宝门，那条街上有许多米市和花市，图一个水陆来往方便。我们这条街却是菜市、肉市、鱼市，还有许多生药铺。从这左面的太平街的巷子斜穿过去，经过状元坊，便是徐相国的新府第，快竣工了。"太子很好奇，问道："城中哪里文房四宝店最多？"周宗挠了挠鬓发说："这个小的便不知，前面好像有一家彩纸店。"太子道："先去看看。"

三人经过几家门面，远远看见店铺门边摆了几只花圈，长凳上搁着两具棺材。太子道："这是人家做丧事用的彩纸寿衣棺材店，哪里是文房用纸。"周宗脸一红，忙说："小的记错地方了。"南世卿说声稍候，疾步前行，转眼在人群间不见身影。骑马的、驾车的、抬轿的、推独轮车的都走在石板道中间，街市间弥散着清淡的菜蔬气味。许多人歇了担子，倚着人家屋角的墙根，坐在扁担上，眼前放着竹子编织的挑箩，里面堆放些粟米、香菇、黄豆、糖梅、干鱼、蒸糕，有的老妇捆着几只芦花鸡，粗布袋里堆着十几只鸡蛋。周宗拉着太子在道边站着，太子好奇地去问价，才知粟米一斤八文钱，黄豆一斤九文钱，香菇则要一百二十文钱一斤，一只母鸡与一斤香菇相当。周宗笑道："马公子，你又不在家生火做菜，问这些俗事做甚？"太子却道："这可是寻常百姓人家的生计大事，我早晚要知道哩。"周宗忙道："正是正是。"

二人正说着话，南世卿跑了过来，轻声说道："殿下，请快跟我来。"太子踮着脚尖，在人群中望了望，就跟着他前去。过了一个十字街，在一处青砖砌的墙角边，有许多人倚墙摆着地摊。太子在那一行人中，看见一个十二三岁的女孩子，浅浅地坐在覆于地面的竹箩底上，双手交叉放在身前，身穿青花布裙，新梳着双髻，脚上穿一双绯红色绣鞋，眼睛正迎着太子。太子惊喜之极，近前笑道："秀秀，秀秀，是你呵。"秀秀笑容里有些娇羞，忙站了起来，唤声："马公子。"接着又低低地唤声"殿下"，说时，小手抚着嘴唇在笑。她的父母亲站在两旁，身前都摆放着冬瓜、笋丝盐鲊、醋姜等农家食货。他们见秀秀这么称呼，责备地看着女儿，不免惊慌，又不便行礼，正局促不安。梁贞站在他们身边，细语相慰几句，他们才渐渐平静下来。梁贞来到太子身边，低语道："前面过两个街坊，就是秦淮河。她真是难得出来，走恁远的路，你与她去那里玩耍。"梁贞请秀秀出来，与太子相见。梁贞道："马公子不久便要回去，你与他去河边玩一会儿。"秀秀与太子相距数步，跟着他向前走。南世卿走在前面，梁贞与周宗相随其后。到了河边的柳树下，梁贞等人远远站着。

太子道："我不曾想到你会来城中卖菜。"秀秀道一个万福，说道："今日大清早，梁先生来我们家，说他要买鸡蛋，还让我爹娘来城中卖菜，说城中有财主要买母鸡、冬瓜、笋鲊，让我跟着来。我爹娘不同意我出远门，梁先生才说……"后面秀秀就不说了。太子笑问道："梁先生说了甚话？"秀秀嘀咕道："梁先生说要为民女说媒，我爹娘不知是殿下，就陪着我来，顺便在城中卖些菜。"太子道："真没想到他们会请你来城中，这一路脚走得劳累罢？"秀秀蹙眉道："还好，只是我们相见不便……"太子道："这有甚么？早一个月宫中选秀，选的还不都是寻常百姓人家的女儿。"秀秀道："那可不是哩，人家要不是官宦人家，便是书香门第。我家穷，我又不识字，哪敢有这般非分之想。"太子道："我爹又不是天生便是皇帝，他早年家中极苦，经常吃不上饭，不得已出家当了和尚，想必还远不如你家哩。"

突然，周宗与南世卿疾步过来，站在太子身后。太子转头来问："甚么事？"周宗轻声说："请殿下看着河面，切莫回头。"南世卿耳语道："我们刚才看见两个面色很熟的人，在四处张望，像在宫中见过。"太子吃惊道："不会是父皇差人来寻我罢？"南世卿道："想必不是，或许是宫中差遣的人在城中巡察。"梁贞道："检校官便专作这等勾当！"周宗说："快一个时辰了，殿下请速回宫。"太子有些不舍，看着秀秀，秀秀亦看着他，眼光明亮，像有许多话要说。梁贞说："这回在城中初次相会，以后臣得闲了，便去秀秀家，让她父母领她来城中卖菜，你们又能相见。"太子问道："如今朝廷有定制，上至丞相下至七品县令，一年才有三日休假，你几时得有闲？"梁贞笑说："这有何难，我只是太子宾客，又不消天天上朝。殿下若差我出宫选购纸笔书籍，自然有闲。"太子笑了。梁贞问秀秀道："你愿意再来么？"秀秀低头不答。梁贞道："太子请你来城中玩耍，你爹妈也不会不允的。哪日太子若能出宫，我便先来接你，回去时南世卿送你。"秀秀微微点头。太子从袖中取出一物，递与秀秀，秀秀伸手接着，是那一枚玉佩。

梁贞、周宗与南世卿送太子回文华殿，伴读官国琦在殿外等着，太子问："胡公公来过么？"国琦说："不曾来，殿下去哪里了？"太子说："与周将军和南将军在宫中闲逛着。"正说着，胡政来了，近前高声说道："皇上有旨，请殿下明天早起，身着礼服，在午门前同坐大辂，去龙江驿迎接徐达大将军，不得有误。"太子说："知道了。"就与国琦同去大本堂听先生讲经史。

次日卯时，中书省在午门外摆开皇帝卤簿和太子卤簿，旌旗麾盖翻飞，剑杖刀戟闪亮，气势浩大。皇帝与太子先后登上大辂，文武百官都乘马车，相随在后，一同出了午门，浩浩荡荡奔龙江去。

第二十章

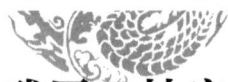

奉天门皇帝赏武臣　坤宁宫皇后宴命妇

龙江驿

徐达全身披挂，早站在大军营的辕门外，身后站着许多大将和十几名亲军。汤和从帐中出来，见徐达流清鼻涕，面有倦色，说道："大将军，此时是卯牌时分，皇上想必才出宫门，需半个时辰才到这里。大将军不妨到帐中歇息，帐外风大，又恁地寒冷。"徐达道："几千里路都走了，在北风里站一个时辰不值甚么。"汤和说："你连日舟车劳顿，哪里能睡得好，不如再睡一晌。"徐达道："哪还睡得着！"汤和转身回帐，给亲军说望见了皇帝卤簿时，便来唤他，此外不得聒噪。军士领命。汤和卸了盔甲，躺在行军床上，抱着一床乱云般的行军被，一会儿就呼呼睡着了。

不多一会，军士来帐中唤道："汤将军，小的已经望见皇上和太子的卤簿了。"汤和说："那还远着罢，我且再睡一会。"过一会，军士又来唤他，说皇帝的仪仗快到了。汤和才掀开被子，披上铜甲，戴上凤翅盔，抖一袭青色战袍披着，大步出帐来看。徐达道："汤将军，上位与太子都来了，我见你还不出来，真个急了。你我二人前去相迎。"徐达策马，汤和却按辔不动。太监孙礼飞马来报："请大将军等人在原地恭候圣驾。"汤和笑道："是皇帝来迎我们，可不是我们去迎皇帝呵。"徐达忙回马，站在诸将正中，汤和以及众将一字排在营前，看着皇帝与太子的辂车缓缓来临。一时鼓乐齐奏，手铳同鸣。皇帝与太子下了车，在文武百官的簇拥下向辕门走来。徐达远远地拜倒在地，汤和见大将军拜了，不敢怠慢，也拜倒在地，众将都拜了，大呼："陛下万岁万岁万万岁！"声音响亮。皇帝大步走上前来，攀住徐达的双臂道："大将军，请起请起，甲盔在身，免礼免礼。众将军都请起来。"

几名太监托着木盘，上面放了八碗酒。皇帝端酒递与徐达，说道："朕为大将军接风洗尘，请喝一杯酒。"徐达接了，说声："谢上位赐酒。"一饮而尽。皇帝又端一杯酒递与汤和，笑道："右副将军，这番北征，你也功劳不小。朕请你喝一杯酒，以后可不要再左右顾了。"汤和一听"左右顾"，立即想起在常州酒后失言的事①，心中惊愧；事过多年，皇帝竟还记得，此时还有意敲弹自己。汤和转想，当年自己不是装出酒醒后，并不记得当时所说的话了么，不如一装到底，忙笑了起来，说道："臣此时如何敢左顾右盼，两只小眼只瞻仰陛下与太子殿下。今日喝了陛下的酒，来日还要为上位取西蜀，再立一份大功劳哩。"说时将酒一口饮尽。皇帝听他这么一说，呵呵地笑了。

皇帝接着向十几名大小将校敬酒，就问徐达："这番回京，带回了多少人马？"徐达道："带了三千人马。"皇帝惊讶地问："朕不是让你领一万人马回来么？"徐达道："上位容禀：一则是前方新取的州县兵马不足，臣不敢多带。二则是路上有多处山寨未平，少则有几十名盗贼，多则有几百上千盗贼，臣也不敢少带，就带了三千人马，一路上还收降了几处山寨，因此路上增加了三百余人，都驻在城外。臣未遵圣旨，乞请降罪。"皇帝心想徐达处处听从他的旨意，却知道避开自己的忌讳，两人心知肚明，笑道："好，三千军马甚好，何罪之有！朕已着光禄寺准备酒席，请大将军上车。"太监们准备了二辆马车和几顶八抬轿子，专程来接徐达与汤和等人。徐达道："臣骑马惯了，请上位准臣骑马。"皇帝笑道："大英雄不坐车，朕知道你怕坐多了，将来便不惯骑马，屁股上会长出肥肉来哩。"徐达道："上位说得是。轿子是文臣坐的，臣等武人不便多坐。恳请皇帝准许臣骑马，马车让与受了伤的将校坐罢。"皇帝道："好。大将军请纵马先行，朕的车甚慢，你不必缓慢相随。"徐达道："谢上位。"皇帝笑道："朕怕你回得晚了，谢夫人在家中作河东狮子吼哩。"徐达憨厚地笑着，接过亲军牵来战马的缰绳，原地站着，目送皇上和太子登上辂车。车启动后，徐达才翻身上马，并不纵马前行，缓缓地跟在皇帝和太子的大辂后面。

奉天殿筵席散后，徐达拜辞皇帝、太子，揖别文武百官。皇帝与太子离去后，徐达才从西安门出来。他在门外脱了甲胄，换上常服，将甲胄放在马鞍上，牵着马过了玄津桥，进入一条街坊。其时天色还早，满城人来车往，却无人识得大将军。徐达见一座小茶楼里热闹，将马系在马桩上，进去点了一杯泡茶喝。他路过装裱铺时，进来看一会字画，遇到走江湖卖艺的，也挤上去喝彩一回。他转了半日，才回到徐相国府。次日，徐达领着两名亲军入城，在街坊上买了几炷香，一坛酒，一些果品，纵马来到城北，出了太平门，来到钟山之北的常遇春墓前。墓地的神道仍在修建，道旁已经安放几座石像，享殿也在修建中。徐达将供品放在墓前，烧了香，拜了三拜。

冯胜奉旨节制陕西和山西军事，驻兵太原城中，无事时以读书饮酒为乐，偶尔微服与萧随等人去城中勾栏瓦舍消遣。过了二三十天，冯胜计程徐达差不多快到了

---

① 常州酒后失言：其事见《皇明》第一卷之《天下草莽》。

京城，心想皇帝定会重赏北征诸将，自己身在远方，京城消息一律不知，倒有些计较。他出征将近两年多，很想念家中妻小；出征前儿子才三岁，想必如今都不认得自己了，遂生归意。他将兵权交给副将，萧随说路上山贼多，四处扰民，不可不多带些人马，顺便收拾他们。冯胜于是点了两万军马，带着萧随从太原南归。

冯胜的人马才到徐州，皇帝就得了密报，说许多军士因冬衣不足，路上许多人得了伤寒，病死十几人。皇帝大怒道："冯胜不奉诏守秦、晋，擅自回师，竟领着两万人马回来，他想做甚么？难道要谋反不成？"皇帝立即写了一张手谕，令使者去道上拦截。冯胜才出徐州，在半道上见了两骑使者，接了皇帝手诏。冯胜见皇上言语峻厉，有些惊惶，只得领兵回太原去。道上，冯胜在驿站得知征南将军廖永忠、副将军朱亮祖奉诏还京，皇帝命皇太子到郊外相迎，在宫中赐宴，礼遇皆次于徐达，心中五味俱陈。

论功排序

城西北的江岸边泊着两只渔船，与其他渔船和商船远远地隔开，入夜挂着几盏防风灯笼，船头总坐着几个人，喝着酒。汤和就在其间。自从他回京后，经常到江边泛舟和垂钓，只有王虎子、刁国宝以及三名亲军相随，一同朝出晚归。如果下雪了，他就戴着竹笠，身披湖蓝色战袍，踞坐船头，如一个渔夫模样，钓到鱼就在船上烹了；有时天晚，就在船上过夜。汤和这些行迹，皇帝很快都知道了。

廖永忠在家中喜欢听戏，请了戏班连台演戏。他有时喝醉了酒，穿着戏服在家中狂呼乱走。皇帝也知道廖永忠在家中演戏的事，还知道他穿的戏服上有龙纹和凤纹。朱亮祖常与两个心腹亲军，身着便装，到秦淮河畔游赏。有人告知皇帝，朱亮祖喜欢秦淮河畔倚红阁里那个叫胡莺莺的女子，见了六回，晚上不归有四回。他还喜欢春香楼那个叫朱七七的粉头，见了七回，在楼中夜宿五回。那检校官密报朱亮祖的行迹之后，有些嫉妒地说："禀报陛下：朱亮祖这么放纵还不算，还经常吹嘘！"皇帝问道："他吹嘘自己战功大么？"那检校官道："不是，他自负一身钢筋铁骨，打遍金陵十二条烟花巷无敌手；臣担心他贪图酒色，虚掏了身体，将来不能领兵厮杀，便坏了陛下的大事呵。"

皇帝午膳时喝了些酒，略有醉意，听那检校官这么夸赞朱亮祖，大为不服，却说："你不知当年朕在鄱阳湖的龙船上，与陈友谅的妃子阇氏交欢数日，直到阇氏求饶，果色乎？果豪乎？区区几番兴云作雨，便能虚掏身子么？英雄好色，方才是真英雄好汉。这些眠花宿柳的事日后休与朕说！"那检校惊惶受命，叩头二响而退。

李善长的相府位处城西南水西门内的弓箭坊。水西门后来改作三山门，因门内可望见城外三座山而名。府前一条街原名草鞋街，大抵六朝时此处多是贩卖草鞋的人所居。李善长在乡下也经常穿草鞋，如今身为丞相，却觉得草鞋街名称伧俗，像是天生便有讥讽之意，因此令府中家眷与家仆们唤作彩霞街，于是街坊人家也跟着改唤彩霞街。丞相府入夜后，往往宾客盈门，几间大厦灯光通宵不熄。

是月下旬，向来清静的彩霞街入夜后车马纷至沓来。来客先在丞相府正门外递上名帖，管家卢仲谦通报后，丞相婉谢了一些人，也迎入一些人。这些人大多是出征在外的武将的家人或管家。先是周德兴的管家周游、张温的管家张绍、孙兴祖的管家孙二、王志的侄子王鳌等人结队来拜。他们的主人都是皇帝当年在家乡招的人，丞相也与他们交情深厚，但为避免嫌疑，丞相都不让卢仲谦放他们入府，送的新年节礼也退还了。卢仲谦在府门前转达丞相的话，中书省拟定的赏赐排名与数量算不得数，最终由皇帝与文武大臣一同商定。其后，曹良臣、韩政、张彬、张兴祖、戴德等武将的管家们晚上也来拜节，送了许多礼物。卢仲谦见是一个人来的，都放进来；如果是两个人以上来拜，只得婉谢了。

朱亮祖得知许多武臣们的家丁都去拜访丞相，他却不唤家丁前去，晚间独自一人策马来丞相府。卢仲谦不通报就领了进来，径至书房来见丞相。朱亮祖见李善长在看书，叩头三响。李善长忙站起来相迎。朱亮祖笑了笑，在袖中摸出两块径寸见方的金块，放在书案上，说道："相爷，这是小将在野战时，见着古墓，令军士们夜间倒斗①所得，献与相爷。"丞相拿起来看了看，上面有小篆，似乎是秦汉间的货色，说道："如此贵重的物事，下官如何敢收！"朱亮祖道："我是一条粗汉，不知朝廷上的人事来往，相爷不要嫌少。"李善长拿起金块，放在朱亮祖的手掌心，说道："年前皇上赏赐，徐达大将军也不过一千两银子，副将军或许是三五百两，你这两块金子多少也值得几百两，你所献与所得相抵，实在不合算，拿回去罢！"朱亮祖怔了，攥着金块，腆着面皮说道："赏赐也就罢了，将来封王封侯时，请相爷照拂小的则个。"李善长道："老夫尽力罢，但也不是老夫一人说了算。"二人正说着话，卢仲谦进来，说道："廖永忠将军来拜。"朱亮祖有些慌张，笑说："还是不与老廖在这里相见。"李善长道："你可从后院角门出去。"朱亮祖说："正好。"就匆匆跟着卢仲谦出了书房。

皇帝对六部堂官责全求备，事事急于求成，近月又作了任免。大都督府都事张明善做了吏部尚书，此人起初为李文忠所荐，才进了大都督府。户部郎中樊思民为户部尚书，中书省左司郎中刘诚改任兵部尚书。将周桢从广东调回，又重做刑部尚书，工部郎中李廷桂因修筑京城城墙有功，做了工部尚书，只有礼部尚书崔亮未动。刘伯温向来以为，六部尚书若不是贪赃枉法，至少要任三年，不能走马灯似的更换，不然会导致六部政务荒疏，于国初军政大事不利。皇帝却不这么想，他认为开国未久，人才实缺，许多人要试用几个月才知愚贤。刘伯温曾经在晚朝后，单独与皇帝议过此事，皇帝不听。刘伯温只能用孔子的话劝慰自己，忠告而善道之，不听便罢

---

①　倒斗：盗墓。

了，休自取其辱。

李善长奉诏拟定武将们的赏赐，最初以为简易，及至排定序列，确定赏赐数目时，心中颇有顾虑，于是召集省中左、右丞、参知政事、六部尚书以及省中的左右司郎中，环坐中书省大堂群议。众人商量了数日，才拟定赏赐的座次与数目。开国功臣第一为徐达，其次为常遇春，这是朝野公论，谁也不敢动。丞相心中排第三位有两个人选，一是汤和，他投濠州比皇帝还早，皇帝在于觉寺当和尚时，是汤和写信招他来濠州的，论战功也卓著，与自己颇有些交情。另一个是冯胜，此人文武双全，其兄冯用早年与自己共助上位，交情也深厚。冯胜战功不逊于汤和，因此排在第三位也未为不可。第五位也有许多人排得上，但丞相想起当年收降巢湖水师，溺杀水寨首领李扒头，少不了廖永安、廖永忠兄弟相助。永安死后，永忠战功亦大，皇帝吩咐他许多机密事宜，他都做得干净利落。

张明善改任吏部尚书前，在大都督府都事任上，早熟知许多武将的履历，认为冯胜功在汤和之上，应位居第三。李善长道："冯帅在外，据闻略有小过，恐怕上位不同意。"张明善道："相爷何必事事揣摩圣上之意，凭公而定便是了。"李善长面皮上微有赧色，说道："那便按张大人的意思定位份。"丞相将廖永忠排在第五位，张明善却说："朱亮祖战功更大。"兵部尚书刘诚笑道："再大也大不过巢湖老廖。"李善长说："那是。当年的水师全倚仗着他们兄弟哩。"于是定了二人的次序，其后排定吴祯、薛显、傅友德、康茂才、俞通源、顾时、华云龙、韩政、赵庸、周德兴、杨璟、胡廷美、陆仲亨、张彬、戴德、孙兴祖、张兴祖、陈德、曹良臣、梅思祖、陆聚等人的次序。李善长问户部尚书樊思民道："樊大人，太仓有银子几何？"樊思民道："才八十万两。"李善长道："开国不久，国家财力艰难，太仓库银才八十万两，实在不多，但赏赐几万两银子还是拿得出。大将军徐达、副将军常遇春拟赏白银一千两，文币①一百表里②。冯胜、汤和、廖永忠拟赏白银五百两，文币五十表里，赵庸、郭兴、陈德等人拟赏白银四百两，文币四十表里，俞通源、梅思祖、陆聚、顾时等拟赏白银三百两，文币三十表里。丞相说各卫指挥、千户卫、百户卫镇抚、各旗军总旗、小旗等军官征战辛苦，也要赏赐米与银若干，以激发士气。"

晚间，丞相李善长与大都督府经历朱垲来华盖殿，朱垲将赏赐的名册呈报皇帝。皇帝细致看了一遍，说道："这份名册拟得好，相公处事公允。只是国库还不丰厚，恁多银子拿不出，做衣赏的料子也没恁多。七品知县一年俸禄不过九十石米，一石米抵钱一千，钞一贯，九十石米折算成银子也不过九十两，一千两银子便是他们十

---

① 文币：有花纹的纺织品。

② 表里：指衣裳的里层和外层，是两种不同的纺织品。一百表里，是一百套做衣裳的里子和面子布料。

多年俸禄，赏赐太过了。"丞相道："恳请圣裁。"皇帝笑道："这事委付你做相爷的，朕如何敢独裁？朕与你商量，一千两改为五百两，五百两改为二百五十两。三百两改为二百两，做衣赏的料子一百表里改为五十表里，其他相应减一些，来年封王封公封侯时，还有赏赐。各卫指挥、千户卫、百户卫镇抚、各旗军总旗、小旗等军官赏赐的米和银子数目不变，相公意下如何？"丞相从未见皇上用这种口气说话，好像赏多赏少全由着自己，皇帝一概不管，但丞相并不敢自专，忙道："微臣谨遵圣旨。"

皇帝将名册又看了一遍，说道："这个次序大致妥帖，前四个人的位置雷打不动。冯胜虽然功大，攻打高邮太狠了；在泽州厮杀时与平章杨璟妄分彼此，不相互照应，惨死了许多士卒；代大将军总制秦、晋大军时，正是隆冬的时候，擅自班师回来，路上士卒又冻又饿，死了许多人。本来朕不想将他列在赏赐名册中，念他当初与大将军平定山东、河南、陕西诸郡有功，便量与他白金二百两，扣除五十两。汤和也有过失，从福建班师路上，不申明号令，被山贼窥伺了，失了许多降兵，还被捉去两员军官，至今未回来。念汤和早年有功，量与他二百五十两银子，相公意下以为公平不公平？"丞相道："陛下圣明，甚是公平。"皇帝说："那个中书省左丞王溥，是陈友谅旧将，当年守在建昌，见大明军来攻就归顺了，日后随大军征杀，并无过失，颇有战功。朕以为他也要列在赏赐中，不要负了归诚的人的心，请相公酌情办理。"丞相道："微臣一时疏忽，不曾想到，回去便补入。"皇帝道："朕再斟酌一天，明天晚上再交付中书省，相公最终拟定了，朕再过目一次，便付翰林院草拟诏书。"

赏赐

洪武二年十二月二十六日，辰牌时分，文武百官都集于奉天门前。皇帝大赏平定中原及征南将士。内官宣读皇帝诏书，其大略云：

——大将军右丞相信国公徐达攻取山东、河南、燕、冀、秦、晋等地州郡，克**敌制胜**，振国扬威，抚绥军民，得大将之体，赏白金五百两，文币五十表里。

——开平王常遇春总兵攻取山东、河南、燕、冀、秦、晋等处州郡，及自率师**由陕西攻取开平等地**，以疾薨于军中，验其存日，功劳与大将军一体，赏白金五百两，文币五十表里。

——右副将军都督同知冯胜泽州之役，与平章杨璟委分彼此，失陷士卒，及代大将军总制大军，时当隆寒，擅自班师，致士卒冻馁，本不在当列，念其初与大将军平定山东、河南、陕西诸郡，量与白银二百两，文币十五表里。

——御史大夫汤和总兵征南，先有浙江参政朱亮祖克取温州台州诸郡，方国珍已闻风胆落，比师抵明州，国珍逃遁，及**再调取福建**，姑息太过。放散陈友定山寨余党，致八郡复叛，重劳师旅，及班师又不申明号令，以致山贼窥伺而叛，失陷指挥等官军，功过相折，量与白金二百五十两，文币十五表里。

——平章廖永忠先充征南副将军，克平福建，后自总兵，取广东，比至南澳，何真已降，克平三山等地。朱亮祖平定海南，招谕两江溪洞，念其功劳，宜与金赏，然在福建，不能赞助大夫汤和，以致陈友定余党复叛入山，功过相折，量与白金二百五十两，文币二十表里。

——都督佥事吴祯，先充征南副将军，与大夫汤和克取明州，复平定福建，航海回还，军容整肃，又能剿捕兰秀山余党，全师回京，赏白金二百五十两，文币二十表里。

——左丞赵庸，从大将军克平山东、河南、燕、冀、秦、晋等处州郡，又从开平王自陕西复取上都等处，后充副将军，同平章李文忠总兵山西，应接大将军，乘胜剿捕，生擒列伯脱，验其功劳，赏白金二百两，文币十九表里。

——平章曹良臣等从大将军克平山东、河南、燕、冀、秦、晋等处州郡，皆屡有战功，良臣赏白金二百五十两，文币二十表里。

——右丞薛显、参政傅友德各赏白金二百两，文币十九表里；平章韩政赏白金二百五十两，文币十七表里；平章俞通源、右丞梅思祖、参政陆聚、都督副使顾时，各赏白金一百五十两，文币十五表里；左丞王溥，文币七表里，参政陆仲亨文币二表里；各卫指挥七表里，千户卫镇抚各六表里，百户所镇抚各五表里；各旗军总旗米三石，白金三两三钱，小旗米三石、白金三两二钱，军人米三石，白金三两。

——其守御各处城池有功官员，平章杨璟、胡廷美各赏白金二百五十两，文币二十表里；左丞周德兴赏白金二百五十两，文币十七表里；参政朱亮祖、张彬、戴德各赏白金二百两，文币十五表里；都督同知张兴祖、康茂才各赏白金二百五十两，文币十七表里；都督副使孙兴祖赏白金二百两，文币十七表里；都督佥事郭兴、陈德各赏白金二百两，文币十五表里；都督佥事华云龙赏白金一百两，文币十表里。

——各卫指挥、千户、镇抚等官赏与从征将士同。其驾船、公差、患病、伤故的官军赏赐不等。

圣旨宣读完毕，引礼官引导武将们跪拜谢恩，高呼万岁。武将或许认为赏赐差别不大，分不出高低贵贱，都无人计较。皇帝说："这番赏赐，都是丞相与中书省会同六卿，依着诸将历年的战功商定的，并不是朕的主见。天下没有至公至允的事，诸将若有不服，可以怪罪朕，休怪罪丞相。来年平定西蜀，还有立功邀赏的时候！"没有人知道诸将的心思，都看见他们皆大欢喜，高呼"万岁！万岁！万万岁！"

谢氏快语

洪武三年春正月一日，宫中张灯结彩，瑞气缭绕。奉天殿前陈设着皇帝仪仗。

百官都穿着礼服，早早地进入奉天门。皇帝照例驾临奉天殿，受百官贺正旦礼。

皇帝心想诸皇子又大了一岁，想在今年上半年册封皇子们为亲王，已令中书省赶造册封亲王的册宝。如今大明朝版图辽远，要令皇子们建立藩卫，将来守御四方。近两年来，皇帝又添了三个儿子，明年后年又不知生出几个来，将来亲王多了，都拥有兵马，各守一方，未必不危及朝廷。皇帝经常想起汉朝七国之乱，但他又想，大明朝册封自与周朝、汉朝不同。亲王有爵位，但不治理百姓；分守藩国，但没有疆土。皇帝是皇帝，亲王是亲王，尊卑、权限自是不同，断不会有七国之忧。

皇帝依例在奉天殿里赐宴，款待文武大臣，还请来孔克坚等人。皇后同时在坤宁宫宴请命妇。皇帝免了这日的晚朝，明日也只上午朝，到了后日才上早晚两朝，方便百官日间在城中走亲访友。

这天晚上，皇帝来坤宁宫与皇后、贵妃和妃嫔们共进晚宴，见皇后神情有些异样，笑问："新年里，莫不是大姐遇到甚么不顺心的事？"皇后忙说："没有不顺心的事。"皇后进了东耳房，孙贵妃才告诉皇帝说："午间宴席上，徐达的夫人谢氏好生无礼，说了几句没大没小的话，可能姐姐有心了。"皇帝道："谢氏的性情与他爹爹一个样，十分泼悍，还有一身蛮力。她还随徐达打过战哩。"孙贵妃道："她好强使性，倚着魏国公的大功自傲，不晓得世事深浅。"皇帝问："谢氏说了甚么话？你说来听听。"孙贵妃道："这还不是第一回。以往姐姐在后宫设宴，谢夫人的话最多，其他命妇都十分谦恭，不大说话。今日午宴上，姐姐说，多亏各位公爷、侯爷，协助皇帝平定四方，才恢复中华，百姓们方能脱离苦海，安居乐业了。各位公爷、侯爷和夫人们也才享着今天的富贵。谢氏坐在姐姐的旁边，姐姐笑着对她说，像魏国公也是受苦过来的人，与皇帝在濠州起兵时，哪想到会有今天的富贵。望夫人们珍重，永葆荣华。在座的夫人和命妇都说道，臣妾都是托了皇帝陛下和皇后殿下的洪福，才享得今日的富贵荣华。谁知那个谢氏却冷笑说，话是这么说，我家哪如你阔绰呀。"皇帝听了就很生气，说道："真是无礼之极。你姐姐如何说了？"孙贵妃道："想必姐姐也很生气，可当着众命妇的面，并未发作，还笑着劝她说，当年晋朝的时候，应天城里的王、谢二家豪门，说不定还要羡慕今日魏国公的府第哩。"皇帝称赞说："皇后说话在理，有分寸，不失母仪天下的身份。"

皇帝来到东耳房，见皇后在灯下缝补衣裳，就坐在她的身旁，劝道："午宴间的事我已经知道，谢氏着实无礼。谁承想徐达恁地忠厚，却管束不住谢氏。他的大夫人张氏长年生病，后宫宴请都不来，想必在家里更不能做主。徐达不在家时，他们家中的家丁奴仆，多次横行街坊和乡里，我都没有深究，想必是那谢氏放纵的。徐达治军向来严谨，治家想必不会恁的粗疏，只是他长年出征在外，顾不得府内的事，全由谢氏把持着。"皇帝说话时气呼呼的，皇后倒来劝皇帝道："罢罢罢，她读书不多，说话是信口开河，言者无心，也未必有意犯上，我们不必与她一般见识。他爹爹当年也是一气之下，就投了张士诚，如今全无音讯，她想必还记恨着这桩事哩。"皇帝道:"大姐好气量,说得是,谢再兴生了一个好女儿!有其父必有其女!还是孔夫子说的那句话,唯女子与小人难养也。那个谢氏也忒撒泼了些!"皇帝吩咐道:"以后若不是逢年过节,宫外命妇一律不许进宫来玩耍,其他民妇更不许进宫,以免搬弄口舌是非。"皇后答道:"臣妾知道了。"

皇帝回到乾清宫,还在想着徐大将军惧内的事。谢氏在皇后面前说话尚且如此,在徐府里却不知是何等泼悍,据说徐达的大夫人张氏都怕她几分,处处让着她,其他小妾们更是害怕。皇帝想起宫中闲置的女子多的是,就在宫中选了一个茶水侍女吕氏,二十五六岁,手脚粗壮,颇有力气。宫中烧茶的大铜壶,装满茶水几十斤重,其他宫女都提不起,她一手可以提起一只,行走如飞,宫女们将她唤作女霸王。如果谢氏要与她打架,未必占上风。再说吕氏还略有几分姿色,想必能引燃谢氏的妒火。

这日下午,皇帝唤来吕氏,吩咐道:"你在宫中辛苦了,朕放你出去,做徐大将军的妻妾,这唤作奉旨出嫁,你知道么?"吕氏怔了好一会,才怯怯地说:"奴婢谢陛下隆恩。"皇帝道:"你嫁到徐相国府里,如果他的次妻谢氏骂你,你便骂她;她若打你,你便打她。打伤有功,打死无罪。你若打死她,你便做徐大将军的次妻。应天府治不了你的罪,朕是你的靠山。如若不然,便是抗旨,你知道么?"吕氏不知就里,只是叩头应承道:"奴婢遵旨。"

第二十一章

朱皇帝助将军驯悍　李丞相因案牍伤神

宣徐达

徐达坐在堂上喝茶，次妻谢氏与两个侍女坐在一旁，说着闲话，吃着瓜子。忽有人敲门，家丁来唤大管家徐朝，徐朝到门边一看，忙来报徐达说："大将军，皇帝宣你进宫。"徐达猜想皇帝的意图，或许北方有战事，忙到门前来看，两名身着锦衣的使者牵着马，站在徐相国府外，高声道："宣徐达进宫！"徐达忙道："我即刻便进宫去。"徐达平时很少出门，既不听曲，也不饮酒，常在后花园的亭子里与家丁下围棋。徐管家要去抬那顶相国大轿，徐达说不消抬了，却去后院牵来一匹枣红色的骏马，在府前翻身跨鞍，那马快如逐影，两名使者在后面追随。

皇帝在华盖殿见徐达，告诉他说，今日收到捷报，已经得了秦、晋全境的消息。徐达忙向皇帝贺喜。皇帝说："你的府第虽是新建，可是后花园太小。朕为奖赏你的战功，令户部给你家还造一个大园子，你将来解甲了，在那里安享清福。"徐达听出皇上的意思，敕造园林是让自己将来解甲，忙说："谢陛下隆恩。一旦北征战事休歇，臣便解甲归第。"皇帝知道徐达明白了自己的用意，却装出不在意的样子，问道："汤和回来后，每日都在做些甚事？"徐达道："臣到家后，极少出门会友，实在不知汤将军忙些甚么事。"皇帝徐徐地说："哦，那你更不知道其他人的行迹喽。"徐达道："臣真个不知。"皇帝道："我们许久不相见了，今日召你入宫，你便陪朕吃一顿酒饭罢。"徐达道："谢陛下赐酒饭。"

酒饭毕，徐达有几分醉意，怕酒后失态，站起来，想要告辞。皇帝也有几分醉意，拉着他的衣袖说，且再坐一晌，陪我说说闲话。徐达只好坐了。皇帝试探地问道："朝廷要封赏功臣，据说有人争功邀赏，你可听到甚么消息？"徐达肃然道："臣回京后，一直闲居在家，多不出门，这些事臣真个不知呵。"皇帝道："人道常遇春怕老婆，依我看，徐爱卿怕老婆不在常十万之下呵。"徐达叹息道："常将军是英雄柔情，处处让着夫人；臣是粗汉，处处忍着夫人。"皇帝拍掌道："你这话说得实在，但朕不想让你忍着恁久。你领兵厮杀时，砍头如切瓜，在家如何能忍着一个妇人？朕要送一个老大宫女与你，让你在新年时节里快活，如你称意，便迎娶了她。"徐达有些惊慌，忙说："上位，这万万使不得呵。"皇帝正色道："徐爱卿遮莫要谢却朕的礼物？"徐达慌张道："臣不敢，臣不敢。"皇帝故作生气的模样说："那你便生受着！"

徐达辞别皇帝，回到相国府，心中忐忑不安。过了半个时辰，皇帝差六个太监用一顶花轿将吕氏抬到徐府。徐达又喜又怕，喜的是皇帝所赐，恩荣所在，怕的是二夫人谢氏发作，恐怕会掀地揭瓦，寻死觅活，闹得阖府不得安宁。果然，谢氏得知消息，从大厅跑到府门前，见了花轿里吐出一个年轻女子，醋意大发。当着太监的面，咬牙切齿，只骂一句"老瘟猪"，忍着未发作。太监们知道谢氏的脾气，不敢嬉笑伸手要赏钱。徐达请太监们吃茶，太监们见谢氏面色阴森，都离开了。徐达追到府外，向太监们长揖致谢，才回到府内。谢氏站在照壁后面的甬道上，一手叉着水桶似的腰，一手指着徐达说道："老东西，你又有得快活了！"徐达红着脸道："这这这……这是皇帝赏赐，我哪敢不受。"谢氏冷笑道："我看你是求之不得！他放一个屁，都是香的，你都要闻它半天？"徐达失色道："这话可大不敬了，夫人在家里还得小声则个，切莫惹祸上身！"谢氏道："你怕他，就如老鼠怕猫，我可不怕，他还会吃了我不成？"吕氏站在花坛边，两只眼睛打量着谢氏，脸上含着笑。徐达向管家徐朝使一个眼色，徐朝呼喝几个老媪，将吕氏恭恭敬敬迎到大堂，设茶水果品款待。

晚上临睡前，徐达为难了。吕氏系皇帝所赐，如不与她同眠，便是冷落皇帝所赐的礼物，实为不敬；倘若与她同眠，夫人谢氏的面皮不好看，话也不好听，不知会闹出甚么事来。徐达踌躇好一会，毕竟惧上大于惧内，当夜毅然与吕氏同眠，且作云雨之欢。谢氏独自躺在卧室里，一肚皮酸醋翻腾，辗转睡不着，半夜里悄悄起来，摸到徐达卧室的窗外，屏气窃听，只听到徐达微微的鼾声，骂道："老东西，死不要脸的，快活了，睡得像头死猪！"窗内有人轻声问道："谁在窗外？"谢氏喝道："你老娘！"徐达被惊动，翻转身，嘴唇唼喋几声，又呼呼睡去。谢氏又骂两句："你这个吕贱妇！"

谢氏骂骂咧咧，正要离开时，房门打开了，冲出一条半身赤裸的女子，披头散发，夜色里如女鬼一般，上前来揪住谢氏的头发，推向墙壁上撞，三寸金莲如雨点般踢向谢氏的下体，边踢边嚷："我奉旨嫁到徐府，皇帝是我的媒人，岂受你这恶婆娘的气，看老娘不打杀你！"谢氏哪里受得了这场惊吓，全无还手之力，拼命挣脱后，抱头大叫："救命呵，救命呵……"

次日徐达入宫，向皇帝请旨说："上位，臣回京也有一月余了，西北、西蜀、云南、辽东等地皆未收拾，臣不敢赋闲在家，请上位准臣明日领兵北上，以正天讨。"皇帝看徐达一眼，笑道："新年才过，大将军不妨再歇息十余日，过了元宵节再出征不迟。莫不是大将军在家中觉得妻妾不宁，便想出征不成？"徐达脸红道："陛下容禀：西北边患不断，元朝沙漠残兵不时南犯，令臣不得安居。臣本武夫，征战是臣分内的事，请陛下准臣明日出征。"皇帝道："徐爱卿，朕解你一片心意，就准你明日出兵。朕送给你的那个宫女吕氏，你若喜欢，将她也带去，谢夫人若不同意，你便说是朕的旨意。用兵之事，朕不必多说，临战时随机应变，便宜行事。"徐达道："多谢陛下。"

皇帝诏令信国公徐达为征北大将军，浙江行省平章李文忠为左副将军，冯胜为右副将军，御史大夫邓愈为左副副将军，汤和为右副副将军。皇帝与文武百官同祭太庙。徐达、汤和等大将入宫拜别皇帝，带着兵符和手诏，去城西军营领兵马六万余人北上。皇帝为激励北征将士，给大军带去了八万多两白银，由大将军给士卒们论功行赏。

中书省

早朝时，中书省大堂坐满了前来奏事的人，还有很多人站着。这些人除了各地行省的参政和左右丞外，还有一些是知府和知县，攒聚一起说着话，都等着丞相散早朝。丞相散朝后，径自从值房的后角门进来，看了案上一沓求见的揭帖，翻了几帖看了，令差役去请欧阳佑进来。

欧阳佑进门后，掀衣跪拜丞相，说道："卑职欧阳佑拜见相爷。"李善长忙上前扶住他说："岂敢岂敢。"二人坐定，差役献上茶。欧阳佑说："卑职去年奉旨去北平搜集元帝的遗事，年前才回来，得知正月要重开史局，特来向相爷请示。"李善长说："下官禀报了圣上，早些日子开史局，尽快将元史稿定下来；皇帝说二月初六开，就是后天。北平是否有人议论元史？"欧阳佑说："实不相瞒，卑职在北平见了不少元朝旧吏，他们中有许多蒙古人，华语说得生疏，蒙古话却流利。有几个元朝翰林院的旧官看了民间抄传的元史稿，说八个月成史，古今未有这么快修史的，难免错误多。"丞相忙问道："他们指出错误来么？"欧阳佑说："他们当场就指出来了，取笑我大明朝无人，卑职十分难堪。"丞相忙道："你说来听听。"

欧阳佑喝了一口茶，说道："他们笑明朝史官中没有几个谙熟蒙古文的，列传错得可笑。曷思麦里与黑思买力原本是一个人，却有两篇传记；还有阔阔不花与廓廓卜华，原本也是一个人，也有两篇传记。列传重复也就罢了，偏偏同一个人的同一桩事，两篇传记写得还不尽相同。这是自司马迁创史书体例以来，从不曾出现的错误。"丞相听了，神情失色道："竟有这事？"霎时面皮通红，半晌无语，只是发怔。欧阳佑道："确实重复了。前人修传记，以时序为先后，列传中的乌古孙良桢在元英宗皇帝至治二年才做江阴州判官，到了元朝至正四年召为刑部员外郎，却排在来阿八赤前面，来阿八赤是在元世祖至元年间做官，乌古孙良桢比他晚出五六十年，却放在他前面。”

丞相坐不住了，站起来，走到墙边高大的书架前，翻出几卷元史稿的列传，查到同为一人的两篇传记，果然事迹竟然还不尽相同，羞愧难抑，将书扔在案上，长叹一声道："罪在下官呵。不合恁地快便修完《元史》，恐怕要贻笑天下了！"欧阳佑劝慰道："这是天下一统的时势相逼，相爷也不消自责。"丞相道："欧阳大人，补修元史一事，下官拜托你了，这些发现的错处，都要立即修改，只恐怕还有许多差误发现不了，留给后人笑话了①。"欧阳佑道："差失或许难免，但不才定会尽心尽力。危素学士是元朝的旧臣，人称活国史，本纪与列传修完，若请他过目，定能避免许多差错。"丞相道："你说得是。这回史局便设在翰林院中，大家都便利些，仍以宋濂、王祎为总裁，加上再次征来的朱右、贝琼、朱廉、王彝、张孟兼、高逊志等十四人为纂修官，务求精细，不必贪多图快了。"欧阳佑说："谨承相爷旨意。"丞相道："也不久留你，堂上还有许多大官小官要见哩。"欧阳佑说："卑职这便告辞。"

一名年老差役来堂前高呼："有请山东行省参政何真大人。"何真在元朝做过广东分省参政和右丞，后来被元朝累进为资德大夫，行省左丞，主持广东分省军政。廖永忠领舟师取广东，何真审时度势，已经看出明朝即将取代元朝，立即遣部属来廖永忠军中献出印章以及广东户口兵粮账册，归降了大明朝。皇帝收到廖永忠的奏章，下诏褒奖何真，令他做山东参政。丞相知道何真的资历，因此在中书省众多等待召见的左、右丞和参政中，先令何真来见。何真在洪武元年才入仕明朝，自知资历浅，不敢与皇帝的渡江旧臣相比，为人处事十分谦卑。按理说他不必拜丞相，作揖就行了，可他进门后，就跪拜在丞相的大书案前，口中称道："山东行省参知政事何真拜见丞相大人。"丞相忙起来相迎，说道："何大人，折杀下官了，使不得呵，请坐请坐，上茶上茶。"一个差役捧着木盘进来，递来一杯热茶。何真起身接了，道了谢。

何真斜着身子坐下，宽胖的身体大半悬在椅外。他说："禀报相爷：山东都指挥司说永平卫军士缺粮，请卑职从济南等处运粮去。卑职心想若从陆路走太远，民夫在路上都会吃掉三成的粮，因此想走海运。永平卫与莱州隔着渤海相望，想从莱州的洋海仓装粮上船，横越渤海，再走几十里陆路就到了永平卫，便省去许多耗费。"丞相问道："此法甚好，你有甚计较？"何真说："招募水工需要钱钞，又怕海

---

① 留给后人笑话了：《元史》重修后，仍留下一些差错。如速不台与雪不台本是一人，完者都与完者拔是一人，石抹也先与石抹阿辛是一个人。他们在《元史》中都有两篇列传，而且同一人的同一事件的记录也不尽相同。还有元末人泰不华等人的列传之后，又接上元初耶律楚材等人的列传。因此，清代学者钱大昕批评说："古今史成之速，未有如《元史》者；而文之陋劣，亦无如《元史》者。"

盗，还要护卫军士一百人……"丞相笑道："何大人的话，下官理会得，烦你去向莱州卫军指挥使要一百军士便是，下官不能调遣军马。朝廷军粮转运按例不在地方出钱，我批到户部去，何大人请去户部支取开销。"何真见丞相同意了，忙从袖中拿出请示公文。丞相提笔批道"着户部官酌情拨付海运水工钱钞"，后面画出"李善长"三字的花押。

何真辞别后，丞相令当涂县、溧阳县、缙云县三位知县一同来见。他们借新年进京之便，先各自拜会了吏部尚书张明善，免不了宴请和馈赠，离京前才来中书省面谒丞相，奏报当地守节的民妇的贞节事迹。三位知县呈上奏表后，跪在书案前，不敢仰视，竖着耳朵等着丞相发话。丞相从书僮手中接过奏表，匆匆过目，都是几位民女年少时死了丈夫，守寡五六十多年，如今年寿七八十岁，请朝廷立牌坊，以表彰事迹。丞相觉得这些事无趣且无聊，冷淡地说道："国家民力艰难，牌坊暂不要立。但这些事关朝廷风化，下官午朝时奏报圣上，请皇帝下诏表彰。若无其他事奏报，且请自便。"丞相几句话断事完毕，三个知县还想向朝廷请求减免县中的钱粮税，看见丞相俨然的样子，就叩头退出了。

丞相又召见各行省左、右丞和参政等，因大小事务多，临近午朝时，还有一半人等着拜见丞相。午朝上，丞相向皇帝奏报了三县节妇的事迹，未提树立牌坊。皇帝同意下旨表彰。午朝时六部所奏的事件多，李善长将补修《元史》和何真请求划拨运粮开支等事，按下未报。丞相心想这些琐事，中书省可以自行措置，不必事无巨细都请示皇帝。

兵部匾额

皇帝在华盖殿用了午膳，见案上积累的奏章比以往少了一半，有些闲心，信步出了华盖殿，穿过承天门，出外五龙桥，向东踅过一条水巷，穿过一道宫门，来到翰林院史局，与史官们高谈古今兴废治乱之道。皇帝离开翰林院，要回宫中去，在外五龙桥前站住了，犹豫一下，心想新年自己有意还政中书省与六部，自己清闲了，想必他们都很忙碌。

皇帝来到中书省小院前，院内大门敞开着，门上挂着厚厚的防寒门帘，旁边站着两个昏愦的老军，袖手抱着棍棒。皇帝令太监胡政前去看看堂内是否有人。胡政急匆匆来到门边，两个老军忙控腰致意。胡政掀帘窥探一眼，就回来说："奴婢回皇上：大堂里坐着许多官人。"皇帝自语道："想必是地方官有事要奏报中书省的，看来丞相大人中午也不得清闲，不消惊扰他们，再去前面看看。"

皇帝路过宗人府、吏部、户部、礼部的衙门前，堂外都站着几个差役，穿着粗布青色棉布衣，戴着遮尘暖帽，袖着手，见了皇帝，都很惊讶，愣了半晌，才远远地跪下叩头。皇帝装作没看见，只顾前行，来到兵部衙门前。两扇朱红门敞开着，堂上两个老兵守在火炉旁，昏昏入睡。皇帝道："那个新上任的兵部尚书刘贞不在官署中么？才散了早朝，便家去了不成？"张焕道："臣到署中看看。"皇帝道："不必了，兵部平常竟是这般模样，有人闯进去，盗取机要文书，都不知道哩。胡政、邱忠呵，你们去寻一张梯子来。"二人不解，又不敢问，忙去洪武门前杂物房，抬着一把长木梯子来了。皇帝道："你们将门上那'兵部'的匾额取下来，看那两个差役知道不知道。"二人一听，掩口而笑，架上梯子，将匾额取了下来，问道："陛下，放到甚么地方才是？"皇帝冷笑道："抬到奉天殿里去，明日早朝时让六部官员都看看。"皇帝回到乾清宫，正要进门，却想起刑部在太平门外，自设立以来从未去过，不如去看看，就坐辇车从北安门出去了。

次日早朝，天色阴晦，寒云重积。皇帝驾临奉天殿，脸色亦如宫外的天色，阴沉得吓人。皇帝升座后，双手不自觉地将冠上下垂的黄丝带抓着，按在双腿上，两根丝带绷得笔直，两眼在殿里环顾好久。两班文武大臣不免揣测着皇帝的心思。有一两个执事太监留意到皇上这个举动，已经是第三回了，估计皇帝要大发雷霆，说不定还要杀人。皇帝醒了醒嗓子，说道："昨日未牌时分，朕到六部衙门外看了看。天虽然寒冷，但中书省与各部官员大都能恪守其职。朕到某部的署外，两个老差役向火①时竟睡着了，朕让人取了它的匾额，也无一个人知道。朕想这就是新年过后衙门的风气么？哪日盗贼杀到洪武门外，还没人向朕禀报哩。"皇帝一挥手，厉声说："抬出来！"两个殿前执事太监从墙壁边抬起一张匾额，来到大殿中间；宫中日光昏暗，文武百官一时看不清，皇帝令左右太监掌烛。两个太监举着烛台，在匾额两边照着，有人暗笑，有人疑惑。兵部尚书刘贞视力不佳，不知他人笑甚么，眯着眼睛来觑。皇帝道："刘爱卿，你眼神不好，就近前去看看。"

刘贞凑近匾额，眯着眼睛，从右至左来看，看见上面"兵部"二字，大吃一惊。他昨晚离开兵部时，并未留意匾额不见了，忙跪下说道："臣刘贞知罪。"皇帝问道："刘爱卿，昨日下午你在哪里？做甚么事去了？"刘贞道："臣昨日在衙门里当值，并未擅自外出，在核查各地卫所军官升降，还抄录从河南、陕西和广东递来的将士的军功，不知堂前那两个老差役向火时竟睡了。几日前臣见他们那般年老昏愦，责问了几句，因部中人手不足，不曾换下，谁知陛下来巡，摘了匾额，臣等在值房里一概不知。"皇帝听他这么一说，气消了一半。丞相李善长心想巡查六部是丞相的职事，自己平时经过六部衙门时，心思都放在公事上，并不曾留意那些守门的老军失职。如今被皇帝发现了，面皮上有些辣挞，十分难受，忙出班奏道："陛下，兵部老军当值时瞌睡，取了匾额都不知道，实是微臣失察，请陛下降罪。"皇帝说："相公，这桩事便不怪罪你了。你日夜都忙，这细琐的事如何会知道。国就像是家，皇帝便是家长，这个家长还是朕在当，你是替朕管家的。自古以来，管家

---

① 向火：烤火。

哪里会有家长的心眼细。"丞相听皇帝说得这样直白，不得不服，说道："陛下说得是。"皇帝道："朕也不深咎刘爱卿了，你仍做你的兵部堂官，那两个老差役让他们还乡，赠些盘缠。朕在府卫军中拨八名壮健的兵士给你，你让他们分两班轮值，都要站着，手持长枪，腰佩着刀，显出些兵部的排场来。"刘贞如遇大赦，叩头道："谢陛下。"皇帝道："你起来，回到班部中站着。这一张匾额朕就不还给你了，留在朕这里，以后兵部不要挂匾额了，做个定例，好让各部引以为戒。"百官一听都笑了。

皇帝的目光在班部丛中巡视，唤道："刑部尚书周祯！"周祯忙持笏出班，心中惊惶。他知道昨日下午皇上突然驾临刑部，自己在值房看案卷，并不知道皇上来了。皇上右手松了丝带，放在案上，却握着拳，在御案上轻轻地捶着，直捶得许多人怔忡不安。皇帝说道："周祯，你这个江西才子，好不谙世事！"皇帝端起茶，喝了一口，群臣都屏住气，殿内寂静无声。周祯忙跪在地上，不知皇帝指责何事，内心诚惶诚恐。皇帝道："朕让你做了刑部尚书，你尚未到刑部视事几天，就对刑部里多年的胥吏们辱骂。犯人不愿屈招，你责打审案的小吏，骂他们是蠢物，你可知他们都是朕要任用的人。还有岭南和福建的官吏，你听不懂他们的话，骂他们全是鸟语鸟舌，可有此事？"周祯叩头道："臣知错了！臣知错了！"皇帝道："若是下僚办事不力，你责骂他，也在情理之中。你初入刑部，不问好歹，却无礼摧辱下级，以致刑部许多官吏见了朕，都说周尚书在，他们就想调走，真是岂有此理！刘伯温老先生当日参你时，朕还护着你，如今才知刘老先生真是善于知人。"周祯叩头道："微臣知罪了，再也不敢了！"

"刑部的人，一半都恼恨你哩，你知道么？你在时，他们不敢说话，朕去那里，问他们有何苦处，原以为他们会说家中人口多，俸禄薄，衣食艰难，或者说公务繁忙，不堪重负，可他们竟无一个人说起，都说你这个上司的不是。"皇帝气呼呼的，喝了两口茶，接着说道："周祯，你看来少磨炼，自以为是一个才子，看过几本书，做得几首诗。如今做了尚书，尾巴便翘到天上去了，不知轻重。翰林院的编修你也别做了，朕给你选了一个好的所在，就是远了些，着你到惠州府做一个经历罢。你若能磨炼性情，官还可以一步步做回京；若是没得造化，就在惠州终老算了。"

早朝散后，皇帝出宫时，心情还有些不快。太监左禄忙近前来，控着腰，赔着笑，禀报说："禀报皇上！恭贺皇上！"皇帝冷淡地问："甚么事？"左禄道："禀报皇上：长寿宫太监许淮和宫人杨安适才前来报喜，郭宁妃诞生一子，母子平安。"皇帝先是一怔，接着脸上云开日出，笑道："真个是喜事，朕第十子出生了。"群臣得知，都簇拥着道贺。皇帝登上龙舆，手一挥，说道："起驾去长寿宫。"

第二十二章

孙贵妃情遗不惹庵　朱皇帝册封奉天殿

暮春三月

皇帝与皇后都来到长寿宫，探视郭宁妃。她睡在东耳房床上，头上围着白巾，新生儿放在床边的摇篮里。后宫的姐妹们都来了，十分热闹。皇帝在长寿宫与皇后和众妃嫔午膳。此后接连好几天，皇帝都要来长寿宫。孙贵妃回到永宁宫中，感觉清冷，皇上许久没有临幸自己。再说新年后，皇上有口谕，命妇之外再不许擅自入宫，孙贵妃害怕了，不敢委托宫女给柳氏传话，柳氏也不敢向孙贵妃传递消息。

三月初春色将老，绿丛中的红萼，渐渐减淡了芳鲜与柔媚。春禽在细叶间自由来去，啁啾恼人。庭院中花香远袭，引来宫墙外翻飞的彩蝶，惹得孙贵妃的幽思暗牵到宫墙之外。她春困无力，时常倦倚在绮窗前，看着风中残花无声地零落。"几见花开，一任年光换。今年见，明年重见。春色如人面。"她低吟着宋人的几首词，"……旧游回首，前欢如梦，谁知等闲抛掷。稠红乱蕊，漫开遍、楚江南北。独销魂，念谁寄、故园春色。"有时自己填一首词，写到一半，心思烦乱，就将纸揉成一团扔了。

这日清晨，孙贵妃领着女儿与众姐妹按例向皇后问安。大家离开坤宁宫后，孙贵妃却留下来，与皇后说："姐姐，妹妹因清明在即，想回太平城探望养父，也为养母扫墓。妹妹离家多年，一直未能回去，请姐姐在陛下面前说情，妹妹不便去说。"皇后道："妹妹有这样的孝顺心，姐姐真高兴，我也想回家乡去哩。我替你说情去，不怕老头子不同意。"孙贵妃忙说："谢过姐姐了。"孙贵妃让女儿先睡了，自己倚在灯下，神思怔忡。卫淑仪来报，皇后差冯萱来永宁宫了。孙贵妃忙出阁相迎。冯萱说皇后娘娘差她来禀报，皇帝同意贵妃娘娘回乡扫墓了，安排了五百名亲军护送，还说乡下道路不平，马车颠簸，让你坐凤轿回去，请孙贵妃收拾一下，明日便可出宫。冯萱告辞时，孙贵妃令两名值夜的太监和宫女，提着灯笼送她，自己也跟着她来到坤宁宫。皇后说道："我让小冯来告知你，让你早些准备，夜里凉，妹妹何必还来这里。"孙贵妃道："妹妹是来拜谢娘娘的，若不是娘娘说动皇上，妹妹恐怕不能回乡去扫墓。"皇后说："皇上起初不同意，说你要回乡去扫墓，其他姐妹也想去。我说这几年才一回，总得有一个先去后去的，何况为养母扫墓，也是人情之常，哪年我也想回去给父母扫墓哩。皇上因此就同意了。"孙贵妃拜谢了皇后，回到永宁宫，连夜与宫人卫淑仪、琳琅一起收拾行李。孙贵妃叮嘱卫淑仪，明日早些时候出宫，赶到吴子奇家，请他的妻子柳氏同行。

次日辰牌正，孙贵妃从永宁宫出来，宫女只有卫淑仪相随，另外还有两名体贴的太监小福和小顺。孙贵妃看见一辆凤轿停在永宁宫外的永巷中，八名轿夫都是壮健的太监，想必是内府选出来的，后面跟着两辆马车。凤轿是青布顶，有一颗金铜珠顶，四角还有四只金铜飞凤，垂银香圆宝盖，结着彩带。轿身是红髹木架，三面都是篾织的纹簟，图绘着雉鸡的花纹，两根粗大的抬木也上了红髹，前后装饰着金铜凤头和凤尾。轿帘挂在银钩上，内置一张红交床，下面垫着羊毛踏褥，两边摆设着小几案，上有餐具和茶具。太监小福附耳说："娘娘，那红交床下面还有一件应急的物事。"孙贵妃问道："是甚么？"小福笑说："内急时用的。"孙贵妃掩嘴一笑，心里却想太奢华了，人力物力想必耗费许多，原来出宫一次真不容易。

孙贵妃一行人从北安门离宫。柳氏早得到音讯，与一名女仆在江边的渡口等着。柳氏远远望见孙贵妃从凤轿中出来，与她在宫里的装扮又不同。她头戴鸾凤冠，上插着两支和阗玉镶金步摇，身着百褶红罗裙，外罩一袭织金绣凤绯红大袖衣，肩上披着霞帔。青黛细细描了眉毛，脸上打了一层薄薄的珍珠白妆粉，双颊微洇些胭脂，唇上涂些桃花红唇脂，指甲剔理得圆润精致，染着明亮的甲花油。柳氏迎上去，正要跪拜时，孙贵妃上前托住柳氏双臂，说道："妹妹不必多礼。"柳氏道："姐姐今日真真妍美之极了。"孙贵妃微微一笑，说道："只怕'年华未暮，容貌先秋'①哩。"柳氏轻声道："姐姐说哪儿话，想必是为悦己者容罢。"孙贵妃就来拧她的脸颊，柳氏并不避让，孙贵妃两指轻轻夹了夹柳氏的肌肤，说道："真是滑腻如玉，妹妹涂了甚么好的养颜水？"柳氏道："我哪里有甚么好的养颜水，重逢了吴郎，又安了家，少些忧愁罢了。"又附耳道："姐姐总算能出宫来，妹妹我都急死了，早差人去不惹庵打探到了，曹郎果然在庵中剃发修行，或许还未受戒，消息就是传不到宫里来，银子也不能带给他。"孙贵妃牵着柳氏的手道："姐姐知道你正着急，这不就出宫了么？来，来，一起上大龙船，这几日我们可有得话说了。"

龙船逆水而上，两日间便到了太平城外的江边。太平知府早得到消息，领着大小官吏，摆设鼓乐，在江边迎接，城中的百姓们也闻讯赶到江堤。鼓乐齐奏时，孙贵妃从舱中出来，缓缓地踱步，娴静地站在船首，双手交叠在胸前，玉腕微露两只翡翠手镯。她望着满岸的官民，人山人海，不由百感交集。江岸上的人望她，玉骨

---

① 语出南北朝庾信《竹杖赋》。

冰肌，绰约如神仙妃子。见识少的人高嚷"天仙下凡了"，稍知诗书的人则赞叹"倾国倾城"。太平知府也看得呆了，领着大小官吏望江遥拜，许多百姓于是跟着跪拜。一时江岸热闹非凡。孙贵妃徐徐伸出一只手，卫淑仪上前扶着，缓缓下船。随行亲军摆开贵妃仪仗。孙贵妃的身后打着四把青方伞，一把红绣圆伞、四面绣方扇和红花圆扇；前面亲军执着两支红杖，扬着两面清道旗，竖起两面绛引幡，其后是成对的亲军，左右各执着戈氅、戟氅、仪锽氅、吾杖、仪刀、班剑、立瓜、卧瓜、镫杖等。这些皇妃的仪仗比起皇帝的卤簿来，如小康之家与巨富之家相比，不免有些简易，可太平城的百姓看了，已经被镇得瞠目结舌。孙贵妃忙请知府以及叩拜的百姓们起来，微笑着颔首示意，雍容而优雅，百姓们一片喧嚷，都想拥近前来观看，被几百亲军挡住，让出一条夹道。孙贵妃进入凤轿，亲军前喝后拥，向城北而去。

凤轿在孙如意府前停下。孙府三道府门洞开着，门前洒扫清净，石狮子和门额上结彩张灯。孙如意与府上仆从人等十几人，都跪在门前相迎。孙贵妃下了轿，忙请养父起来，向他道一个万福，孙如意慌得忙摆手道："贵妃娘娘，使不得呵。"孙贵妃见养父须发皆白，面容见衰颓之色，不免有些伤感。卫淑仪递来白巾，她接着印了印眼泪，进了府门。孙如意在一旁陪同，从前厅穿过，绕到后面的厢房和耳房，穿过天井，来到中堂。皇帝当年坐过的桌椅位置未移，井砌上青苔如昔，一抹春日斜映在白墙上。堂上昼静，一切恍如昨日，只是心情不再是未嫁的时候。

重逢

次日清晨，下了一阵细雨，天色阴晦，风有些寒意。孙贵妃一行人到城外为养母扫墓。官吏引着差役和土兵开道，亲军在后面护送凤轿。许多泥泞的路面都铺上青石块，两边还铺了细沙，墓地四周的草树也清理一空，百姓站在田间小道上遥观。孙贵妃在墓前上了香，因礼制所限，不需跪拜。

同是这日，柳氏与卫淑仪先去不惹庵看看。其时将近下午申时，夕阳在山，庵前花影闲静，空无一人，古槐树的叶子在风中簌簌地响。柳氏进了正殿，佛案上的香炉里，烧着几支香，香烟袅袅，堂内有些昏暗，蛛丝悬梁，陈设破败，并不见一个僧人。她从后门出来，又进了一间破败的小殿，一个老和尚坐在蒲团上，闭目诵经。柳氏问道："敢问师傅，上刹可否有一个曹姓的出家人？"那老和尚两眼半睁，头也不抬，手指了指侧门。柳氏道谢，与卫淑仪出了侧门，见几个和尚在洗菜淘米，一个和尚挑着柴，正从侧门进来，将柴担搁在墙上。柳氏打个问讯道："请问哪位师傅姓曹？"那个担柴的和尚合掌念一声佛，轻声说："小僧姓曹，法名宗虚。"他三十多岁，眉目清秀，新剃的头皮溜青，穿着破旧的僧衣，外面加着一件破袄，衣上有些雨痕，形质与其他面貌粗俗的和尚不同。柳氏道："请宗虚师傅借一步说话。"

　　曹葵跟着柳氏来到庵前大槐树下，柳氏说："有人寻你好几回，还去了你的家乡，去年才在这庵子里寻到你，你可知道她是谁？"曹葵道："不知道，莫不是我家的远亲？"柳氏道："不是，再猜。"曹葵低头说："遮莫是追债的人罢？"柳氏道："也不是。"曹葵腼腆地笑说："猜不出。"柳氏道："很多年前，你在太平城遇到一个人，你答应带她走，但因意外变故，你们分别后再也没有见过了，还记得她么？"曹葵顿时化成一尊泥塑的佛像，连眼睛都不动了，怔怔地站着。柳氏道："你就忘记了？"曹葵半晌才摇头道："她为甚么还要寻觅我？"柳氏说："我也问你哩？"曹葵嗫嚅着，欲言又止。柳氏道："她如今就在太平城中，明日要来庵中上香。"曹葵早上听香客说，城中来了个贵妃，原来是她，有些惊喜，又有些惊慌。柳氏说："她这回来太平城，不为别的，便是想见你一面。"曹葵道："小人有何能德，敢劳贵妃来见。"柳氏见他矫情，反问道："你不想见她么？"曹葵说："不是。"柳氏说："那你就不要外出，也不要吱声，一切听我的安排。"曹葵答应着。柳氏细致吩咐后，与卫淑仪告辞了。

　　次日清晨，太平知府、衙门差役还有孙贵妃差来的二十名亲军，先来到不惹庵，将几个闲杂人等都赶下山，庵中的僧俗人等，都唤到正殿前侍立。柳氏提着香袋，卫淑仪背着沉甸甸的青花包袱，亦早早来了。辰牌二刻，孙贵妃的凤轿停在大槐树下，庵中十二三名和尚都到山门前迎接。孙贵妃微微揭起凤轿的窗帘，看见几个和尚里一个熟悉的人面，就是曹葵，见他身披僧衣的寒伧模样，孙贵妃心中凄凉，忍不住流泪。柳氏见孙贵妃半晌未下轿，上前与抬轿的太监说："娘娘上山颠簸，先在轿中歇息一会。"孙贵妃拭去泪水，整理冠服，才掀帘下轿。众僧皆不敢仰视。

　　柳氏来到曹葵身边，说道："你们师傅耳朵不好使，说话口齿也不清，就请宗虔领着娘娘到庵中进香罢。"曹葵抬头看着孙贵妃，见其凤冠霞帔，端妍绝世，仿佛变了一个人，只是眉宇间略见年少时的形貌。曹葵的神情有些恍惚，正发怔时，柳氏轻声唤道："宗虔师傅！"曹葵忙应道："贫僧在。"柳氏转身向庵中走，说道："师傅领着我们来进香罢。"曹葵跟着她上了台阶，孙贵妃跟着他们从门右侧跨入正殿。孙贵妃先向如来佛像合掌礼敬，才从柳氏的香包里拿出香，在香烛上点着了，双手持香齐眉，礼敬如来佛像。她敬了三炷香，心中默许了三个愿。

　　上香毕，孙贵妃从后堂出来，看着曹葵，笑道："宗虔师傅，当年皇上在庵中题了一首诗，本宫想去瞻仰，请领路则个。"曹葵说道："贫僧也未曾见过皇上的题诗，据师傅说，当年庵中粉刷墙壁，被泥水匠涂掉了。"孙贵妃咂了一下舌头，轻叹道："可惜了，那我们到别处看看。"柳氏见后面有几个僧人和亲军跟着进来，忙说："娘娘喜欢清静，你们都留在正殿里，莫放闲杂人进来，我与卫姑姑跟着娘娘，有宗虔师傅领路便是了。"卫淑仪给太监小福与小顺使一个眼色，两人一左一右，站在后堂的门边。

　　四人穿过一处天井，进了后庵，殿阁与僧舍空无一人。柳氏站在天井进门边，卫淑仪则守着庵子的后门。孙贵妃进入一间观音小殿，曹葵也跟着进来。孙贵妃站在观音像一侧的阴影里，轻唤："哥哥。"曹葵怔了，说道："娘娘有何吩咐？"孙贵妃道："你不要唤我娘娘，我这回与你相见，你可知道万分不易呵。这儿无人，我们的话便都说了，不然来日再无机缘。"曹葵流泪道："妹妹呵，我原来以为你变了心，却不知是你的养父的主见。"孙贵妃道："也不是我的养父的主见。是朱元帅那日坐在我家的堂上，我要出门见你，被他看到了，一个叫陶安的人抢做媒人，我的养父也无可奈何，做了一桩顺水人情。我当天便唤使女来店中寻你，可你回乡去了，事先也不曾告诉我。"曹葵悲伤地说："我想告诉你，来你家门前转了半天，都有兵士守着，侯门深似海呵，不敢通报，总想等你出来，那天总不见你出来。"孙贵妃说："原来是这样？真是命中注定呵。我到了朱家后，做了第五房夫人，便不敢再来看你了。我知道你心里苦，据说后来你父母双亡，你又为人做保，被人追债，走投无路，才出家做了和尚。我这几年，托人好生寻觅你，才知你的下落。"

曹葵哭得泪水满面，说道："这真是命呵。妹妹，我一直忘不了你，又不敢想你，家乡住不下了，不得已才出了家，本想图一个清静，可心里总是不能清静。"孙贵妃道："哥哥，还记得那年元宵节么？我们去看花灯……"曹葵说："记得记得。"孙贵妃轻声道："你过来。"曹葵道："不敢。"脚步却向前挪了半步，孙贵妃也上前半步，牵住他的手，将他拉在怀中，紧紧抱着他，丰盈的胸部紧贴着他的胸部，脸贴着脸。她察觉到曹葵的下身坚硬地顶着自己，轻声道："这里不行，被人察觉，可是弥天大祸。"曹葵将脸贴在她的乳房上，手插入她的斜襟里。她神慌意乱，娇弱地挡着他的手，劝说道："不可，不可。"说时，身体微微颤抖，有些站立不住，还不时慌张地瞥一眼门外。曹葵说："我就是死了也心甘……"她说："这里不可，亲哥哥，来日，来日……来世……来世……"说话时，直喘息不定。

两人亲吻抚摸好一会，才平静下来。孙贵妃整了整冠服，用香巾拭了两人的泪痕。她指了指曹葵的僧衣下方，湿了铜钱大一片，曹葵忙用衣袖挡住。孙贵妃说："我明天就要回京城了，准备了一百五十两银子，是我历年的积蓄，拿不出更多了，你回去还了债，买田建屋，娶妻生子，从此我们就要割舍了。今生今世难说还能见第二回。"曹葵哽咽道："能见，能见。我不知妹妹这些年来心里怎苦，以为富贵荣名，享用不尽。我一直在这里做和尚，等你明年回来扫墓。"孙贵妃道："哥哥切莫做痴情汉。我能不能再回来，自己都不知道。你先还俗，还债，娶妻，好生忘记了妹妹。事已如此，你不要太执着，不要太痴心了！"孙贵妃迈步出了殿，来到天井前。卫淑仪从青花包袱里取出三封黄纸包的银子，递与曹葵，说这差不多是娘娘全部的积蓄了，让他藏在自己的房中。曹葵收下银子，去自己的房间藏好。

孙贵妃来到正殿，对庵中住持说道："这庵子破败了些，本宫回去后禀报皇帝，看能不能拨付些银子来修缮。皇上当年题诗不见了，他若问起来，你如何回答？"老和尚念声"佛祖保佑"，就说："死罪，死罪，请贵妃娘娘救老僧呵。"孙贵妃笑道："拿纸笔来。"老和尚唤人呈上笔和纸，孙贵妃站在一张案前，笑着写了几行字。柳氏在旁边看，原来是一首诗，笑说："姐姐真是好才思呵。"孙贵妃出了殿，来到大槐树下的凤轿前，回眸一顾，看见曹葵挤在僧众中望着她。孙贵妃看曹葵最后一眼，就登上轿，放了轿帘，说道："回去。"

孙贵妃回京前一日，天色将近黄昏时，她二哥孙蕃从扬州赶来，见了妹妹，跪拜道："贵妃娘娘万福。"孙贵妃淡淡地说："请起，坐罢。"哥哥站起来，斜签着身子坐着，堂上点着几支黯淡的蜡烛，四壁昏黄。孙贵妃端坐着，问道："哥哥这些年还好罢？"孙蕃忙道："还好还好。"他心里有许多话想说，想求妹妹在宫中照顾他的生意，可他不知道妹妹的心思。妹妹一直埋怨哥哥当年将自己送给孙如意抚养，她才会嫁与朱元璋；如今住在深宫里，少有人生的乐趣。兄妹说了几句场面上的话。孙贵妃就说："我困了，想早些睡，你也早些歇息罢。"孙蕃知道妹妹不高兴，也不敢多话。

次日清晨，天微微亮，孙贵妃全无睡意，坐在镜前，又将自己盛妆了。早膳毕，就登轿回京。孙如意与孙蕃以及太平知府等人跪在门前相送。凤轿出城时，十分热闹，几乎满城人都来相送。孙贵妃掀起轿帏，回望着太平城的北门，仿佛一生的欢娱与悲戚，都出入在这道城门之间。

册封皇子

孙贵妃回宫后，皇后在坤宁宫设晚宴款待，皇帝与六宫的姐妹都来了。皇帝问："一路上还安好么？"孙贵妃道："多谢陛下，来去都还平安顺利。"胡氏娇滴滴地说："皇上可不能偏心，五妹回去扫墓，臣妾也想在清明前回去。"皇帝道："你们不知道，回乡一次要花费朝廷几百两银子哩。一个七品官一年俸禄才七八十石米，折成银子不足八十两。下个月要册封亲王，用金子制作册子，还要用金子制作印，又是一笔大开销。"众姐妹听皇上这么说，也不再吵着要还乡了。

到了四月初一日，礼部尚书崔亮、翰林供奉陶凯来奏，已经造好亲王的册宝①，亲王之宝都是依照周朝的尺寸，还制定了册封礼仪。崔亮进献一套册宝，皇帝看了看，点点头道："你用心了，做得精细，那就在所定的初七日行册封之礼罢。"初五日，皇帝与太子、诸皇子和百官沐浴后，一同奏告太庙。初七日，册封开始时，皇帝穿戴衮冕，皇太子身着冕服，亲王各自穿戴着九章冕服，引礼班引着文武百官进入奉天门。引进官四人引着皇太子，引礼官四人引着五名年长一些的亲王，都由奉天东门进来。演礼毕，承制官高呼："有制！"赞礼官让亲王都跪在皇帝御座之前，宣制云：

---

① 册宝：册，指金册；宝，指亲王的金印。

奉天承运皇帝制曰：考诸古昔帝王，既有天下，子居嫡长者必正位储贰。若其众子，则皆分茅胙土，封以王爵，盖明长幼之分，固内外之势者。

朕今有子十人，前岁已立长子标为皇太子。爰以今岁四月初七日，封第二子樉为秦王，第三子㭎为晋王，第四子棣为燕王，第五子橚为吴王，第六子桢为楚王，第七子榑为齐王，第八子梓为潭王，第九子杞为赵王，第十子檀为鲁王，侄孙守谦为靖江王，皆授以册宝，设置相傅官属。凡诸礼典，已有定制。

于戏！众建藩辅，所以广磐石之安；大封疆土，所以眷亲支之厚。古今通谊，朕何敢私！

洪武三年四月（御宝）初七日

后宫晚膳后，皇后陪皇帝喝茶，议起日间的册封仪来，说道："这一番册封礼，让孩子们都拘谨了，谁定的这些礼制，也忒地繁琐。"皇帝说："娘娘这话差了，礼是繁琐些，但能让孩儿辈从小能守规矩，分主次，明尊卑，将来他们长大了，都去了封地，不至于生出乱子来。"皇后笑说："还是陛下说得好，臣妾知道了。"皇帝说："他们从小没有吃苦，不知道我们当初的艰难，朕想将来空闲了，将以前的事儿都说与孩儿们听听。"皇后道："陛下说得极是，不要等将来有闲，就趁着这几日给他们说说。"皇帝道："朕还政中书省后，清闲许多，过几日便给他们说说我们朱家的家世。"

过了几日，晚膳后，皇帝将太子和亲王都召集在文楼，还令翰林学士危素等人陪坐。皇帝对危素说："朕这些儿子，虽然有几个生于乱世，但多未经艰难，朕就做了皇帝，从此他们深居宫中，不知朕祖上的往事和朕当年的艰辛。朕今日与儿女们说说往事，你记下来，替朕作一篇碑文。你书法学智永，还学了赵子昂，将来立碑时请你书丹。"危素道："好，陛下说，老臣用心记下来。"皇帝于是说起当年的悲惨往事，絮絮叨叨，说了大半天。皇帝说得兴起，皇子们听得有趣，眼神眈眈地看着父母。朱棣不时追问"后来哩，后来哩"。危素却有些倦怠，心中想着正在编撰的《元史正》中的事。皇帝侧身看他一眼，喝道："吓，太素，你睡着不是？"危素身体一颤，睁大眼睛，忙说："老臣在听。"皇帝道："你听了也记不住，拿笔记下梗概！"危素只得起身寻笔觅纸，匆匆补记皇帝的口述。

次日，危素写成一篇《皇陵碑》呈来，文辞拟皇帝的语气而作。皇帝看后，感觉他似乎未竭尽才思，只是寻常记事，情味稍欠，摇头说："文字还算顺畅，但简略了些，是史家笔，不是文章家笔，不曾写出朕的意思。也难怪你没有亲历，听朕口述难免不能真切。"危素淡漠地说："陛下若不想写史，要做出有情味的文章，让皇子们能心生感触，须陛下亲笔来写，或能情真意切。"皇帝赌气说："哪天朕得闲了，是要亲自写一篇，刻在碑上，令子孙们知道朕当年创业不易，想必不会比你这个老翰林写得差!"

幽思

黄昏时，太子从大本堂出来，径至华盖殿，向父皇跪拜请安，说道："儿臣听了父皇忆说早年的艰辛，还想到宫外体察民间疾苦。上次野游后，又有好几个月未曾出宫了。"皇帝问："你想到哪里去?"太子说："儿臣想到城南山野人家去看看，能住几晚更好了。"皇帝道："如今是四月，不冷不热，天气还好。你二弟、三弟、四弟与你一同去罢。"太子不想同去的人多，因此说："如若只玩耍半日，实无益处，并不知农家生计的艰难。儿臣想住三两日，又怕弟弟们不愿意。"皇帝令值日太监左禄去唤朱棣、朱枫、朱棣来，问他们想不想到农家住三两日。朱棣、朱枫都说吃不好，睡不安，怕惹出病来，只想出宫玩半天，却不想去山野人家屋里住，只有朱棣愿意同去。皇帝道："你们两个去也好，仍着梁贞、周宗、南世卿领着你们去，都扮作城中百姓的模样，与上回一样。"太子道："儿臣正在学做诗填词，想请高先生也去。"皇帝犹豫一会，才说："你要多学经史，不必在诗词上用功。"

次日辰牌正，太子与燕王跟着梁贞、周宗、南世卿出了宫，从正阳门出来，穿街过巷，出了城，就来到野外，举目一片青葱，全不是宫中那几样颜色。朱棣得知又要去严家村，颇不愿意，嚷道："在郊外游玩最好，如何又去那村里?"梁贞道："你在皇上面前，不是说愿意去山野人家住么?"燕王笑道："不恁地说，如何能出宫玩耍?"梁贞说："太子殿下想再去看看山野农家。"燕王道："他情有独钟，那我何必跟着去哩?"梁贞笑道："《论语》中讲过'孝悌'，殿下知道'孝悌'是甚意思么?"燕王脱口道："我当然知道哩。"梁贞用先生的口气问道："你知道多少?"燕王背书一样回答："有子①曰：君子务本，本立而道生。孝悌也者，其为仁之本与!"梁贞夸赞道："殿下真个好记忆，深知孝悌的本义。古人讲孝悌，有'父慈子孝，兄友弟恭'的说法。哥哥想去，做爹爹的同意他去，是慈，弟弟■■着去，便是悌。"燕王说："那我跟着太子殿下去便是了。"梁贞道："燕王殿下有仁心。孔子说过为人孝悌的话，而好犯上的少了；不好犯上，而好作乱的就更没有了。"燕王嘟努着嘴说："我可不敢犯上呵。"太子笑了，拉了拉燕王的手，看着他说道："好兄弟，委屈你两三天。"燕王道："哥哥见外了，我也想在宫外自在几天哩。"

奉天殿午朝散后，皇帝总在想太子为何要在农家住三两日，是不是又去严家村。他为何总想着出宫玩耍，有甚么人让他念念不舍，便叫张焕前来，让他去亲军中寻两个可靠的人，身着便衣，出城后扮作樵夫模样，挑着一担柴，路过严家村时，进去讨碗水喝，打探详细回来禀报。

---

① 有子：孔子的弟子。

第二十三章

沈儿峪徐达救危局　奉天殿朱标斩左丞

沈儿峪

　　二更时分，都督府递来紧急文书，缄口处盖了徐达大将军印。皇帝一直留意西北战事，生怕徐达大军有失，每次拆封前，都有些担心，预想着前方的胜负得失。他急忙撕开封口，匆匆看了首尾几行，原来胡大海义子胡德济犯了军法，徐达请皇帝发落。

　　早在正月初三日，徐达、汤和离开京城，到太原与大军会合，在潼关驻了一日，领兵十万人出关西向，深入西北荒野数百里，进入安定县城①。徐达连续向皇帝递来许多机密奏章，皇帝得知王保保从六盘山退守到陕西行省北部的车道岘，此地距西北面的兰州六七十里，与沈儿峪②相距亦不远。皇帝预知沈儿峪将有一场大战，多次在手谕中吩咐徐达行军布营，处处都不能大意。徐达探知散落在附近城池里的元军多达八九万人，但不知道元朝郯王、济王、国公关思孝、平章哈扎尔、王保保妻小等人，都隐藏在车道岘和沈儿峪两处城垒中。

　　车道岘是一处狭长而高深的山沟，只有两条主道进出，易守难攻，王保保才借以屯兵。北面是辽阔无际的岭北行省，那里"引弓之士不下百万，归附部落不下数千"，还勉强能与大明军相持。如果王保保打赢了这一战，可以进军陕西、河南行省；如果败了，就只能退向西北与西北之外的地面。徐达不敢轻敌，令前锋左副将军邓愈领着五万精兵，追踪王保保的退路，在王保保的行营几里外，令军士伐木，立起寨栅，朝向寨外全是三五层削尖的树木，如密集的鹿角一样环护着军寨。寨内的帐篷里全是弓箭手，还夹杂着几百名火铳手，昼夜严装，防备着王保保的铁骑冲破寨栅。如果王保保的步卒前来抢寨，只要营中一声号令，帐篷中的弓箭手和火铳

---

　　①　安定县城：在今陕西子长县西北。
　　②　沈儿峪：在今甘肃省定西市北，在元末属陕西行省，与车道岘相距不远。

手立即向寨栅外射击。王保保不知邓愈营中虚实，趁夜领着几千骑兵，冲向大明军营。有的骑卒和战马眼明的话，尚能在鹿角数丈之外就死死地刹住，马蹄在草地上铲出一道深深的泥痕。有的骑兵和战马没有看见寨外的木刺，人与马大多被鹿角戳死。后面的步卒接近营寨时，弓箭手和火铳手同时发射，只听见嗖嗖嗖，呼呼呼，接着便是元军一片啊啊啊的惨叫声。王保保的军马突破不了邓愈的行营，只能远远地绕道。

徐达十万大军出了安定城，王保保又领着几万军马驻在车道岘前方的沈儿峪。两军行营很近，中间仅隔着一条数丈宽的大沟，相互间都能看见人马。徐达下令安设东、南、西、北和东北、东南、西北、西南八处营垒，每一处营垒独立成寨，攻破一处不会惊扰其他营垒，防备着王保保马踏连营。当日人马在沟中打了几战，互有死伤，尸体将沟填了一半。王保保从俘获的几个伤残大明军那里得知，左副将军邓愈最长于守，驻兵西北垒，偏将胡德济最长于攻城，守着东南垒。他虽征战在外，早就挂职浙江行省左丞，是一个文官，按正二品领取俸禄。蔡子英据各路探马所报，估计大明军散布在西北军马的数量，约莫在二十万到三十万之间，王保保只有十一二万人，其他不受他节制的官军虽有六七万，却多不能战，一听到厮杀声，跑得比谁都快。蔡子英定出一条攻其不备的计策。王保保知道徐达将邓愈的军马放在前面，他守住了，就可以拖累自己，等自己人疲马乏时，大明军便从后面杀上来。王保保知道徐达用兵极为严谨，担心偷袭不成，蔡子英却劝说王保保走这一步险棋，万一功成，便能以少胜多，全盘掌控沈儿峪的战机，败了也折损不了多少人马。

那日黄昏时，蔡子英领着人马在邓愈的西北营垒外佯攻，王保保却领着精兵一千余人，由一条小道去劫明军的东南营垒，这条道当地人唤作饿狼径。此径原是饿狼偷袭羊群的路径，两旁草深树密，加上风声大，极易隐蔽。王保保一旦攻破此垒，蔡子英和平章哈扎尔领着各部几万人马从西北杀入，与东南军马相应，意欲一举攻破徐达大军。此时胡德济所部军士正在造饭，他自己则卧在行军床上歇息。营垒四周十几名哨卒本应站在一丈高的哨楼上瞭望，因近日战事都在西北方位，他们不免松懈，都抱着枪，坐在铜钲上面闲谈，巡视的军校经过时也不加叱责。王保保的人马杀来时，胡德济仓猝失措，抢了一匹马，逃奔出去，向徐达求援。营中的人马自相惊扰，死伤无计。徐达急忙领三千军马赶去，营中的士卒看见一面大旗迎风飘举，上面有一个"徐"字，军心立即稳定下来，拼死反击。王保保不敌，领着几百人逃脱了。大明军收复营垒后，徐达当场斩了三名失职的将校，将人头在各营中传示。

皇帝知道千里之外徐达的心思，他不处罚主将胡德济，是怕自己怪罪他赏罚不明。如果斩了胡德济，胡大海连一个养子也没有了，徐达因此将他槛送京城。皇帝想起当年赵仲中失了安庆城，逃回应天，自己执意要将他斩首，这回按例也应当斩胡德济。沈儿峪胜败事关陕甘边境的安危，徐达大军溃败的话，兰州早晚也会丢失。**胡德济不是小失，而有大过。**当年胡大海的儿子胡三舍犯了禁酒令被斩，胡大海才收了胡德济做义子，如今又要处斩他的义子，皇帝十分为难，一夜辗转难眠。

早朝上，皇帝将胡德济被王保保偷营的事与朝臣说了，满朝皆惊，很多人估计皇帝会斩胡大海的义子。赵仲中失城被斩有先例，胡大海也死了很多年，群臣无人来说情。午朝时，丞相说他去午门外都督府监牢探看了胡德济，他到了京城不过二十几日，竟瘦了二十余斤。他说被王保保偷袭，险些让营垒失守，误了大军，自知罪责深重。但与赵仲中丢失城池不同，胡德济未曾逃逸，及时求援，营垒并未丢失。皇帝说："依朕的主见，赵仲中失了一城，还可以夺回来，因此事小；胡德济失了一营，险些让徐达大军溃败，事大。朕如今还政与中书省，许多朝事也不理了。如今太子年近十六岁，便付与他来处分。"丞相忙说："陛下圣明。"他知道太子宅心仁厚，因此十分放心。

夜语

皇帝在奉天门前见了胡德济，他戴着枷锁，头发零乱，又瘦又黑，跪在台阶下。皇帝想起他跟随徐达离京时，身披黄铜甲，头戴凤翅盔，顶上撒一朵红缨，战袍飘拂，八尺躯体煞是英武，眼前全然是一个阶下囚的模样。皇帝问道："你跟着你义父征战多年，也是知道用兵的人，如何会被王保保袭了营？"胡德济低着头道："罪将轻敌了。"丞相跪下求情说："陛下容禀，胜败兵家常事。胡德济轻敌而败，古人所谓吃一堑，长一智，他日还可重用。"皇帝看了看刘伯温，他抚髯不语，若一个局外人的模样。皇帝心想只消自己喝一声"推出午门外砍了"，天武将军霎时就会提着他的人头进来；如果要赦免他的罪过，又担心北征大军中再次出现轻敌致败之事。皇帝挥挥手说："先卸了德济的枷锁！"胡德济以为皇上会赦免自己的死罪，以头触地，眼泪与鼻涕齐下，阶下湿了一片。

皇帝知道自己的长子天性柔弱，平时有好生之德，如果让他发落，胡德济定能免于一死，太子也能在群臣中树立仁德之声。皇帝离开奉天门时，令张焕又差一个心腹亲军，着便服去严家村，召太子回来。初更时分，皇帝在华盖殿看书，左禄来报："陛下，太子在殿外候旨。"皇帝道："让他进来。"太子身着太子冠服，进入谨身殿，向皇帝跪拜问安。皇帝示意他起来，问道："村上好玩耍么？都不想着回家了。"太子站起来说："好玩耍，儿臣还想住两日，不知父皇何事急召。"皇帝不答，却问："严家村的人已经知道你是太子罢？"太子有些吃惊，没有回答。皇帝说："你是大明朝的储君，自与寻常百姓不同，万一盗贼们闻讯来到村里，你有一个闪失，如何是好？"太子道："如今天下太平了，京郊哪会有盗贼。再说还有南世卿和周宗在，村里的人家都很和善，儿臣如何会有闪失哩。"皇帝问道："你说出宫体察民情，京郊有许多村落可以去，如何又去严家村了？"太子道："儿臣喜欢那里的山野风光，村上的风物人情也别致。"皇帝笑了笑，冷不防问道："你莫不是看中了甚么人?"太子脸一红,低下头,手捏着腰间的玉佩,半晌无语。皇帝道:"你也不消隐瞒,男大当婚,女大当嫁,你是喜欢那个秀秀罢?"太子怔了,父皇如何知道了,既然他知道了,也隐瞒不住,索性说:"她为人贤淑,言语得体,手脚又灵巧,知情达理。"皇帝问道:"读书不曾?"太子说:"她会女红,农家活样样会,却因家穷,不曾读书。"皇帝道:"相貌如何?"太子道:"端正。"皇帝道:"你是不是喜欢她?"太子点点头。皇帝道:"你便是寻常百姓,婚娶大事也要家长与媒人商量,哪里能自炫自媒?自古婚娶都讲究门当户对,你是当今太子,将来的天子,她是一个乡下村女,又不曾读书,如何能做你的妃子?"太子道:"父皇没有见着她,倘若见着了,与她说几句话,便知儿臣说的不假,她有贤妃的品德。父皇不是说了当年的事么?母后也是寻常人家的女子,被滁阳王养育,不也助父皇成就了大业么?"

太子如此质问,皇帝有些生气,厉声道:"如今的情势与当年不同。当年朕实是一文不名,能与你娘结为夫妻,实是高攀老马家和滁阳王的门第了。你今日贵为太子,哪有娶京郊一介村女为妃子的?你今年快十六了,朕早为你想好了婚事,常遇春的女儿常氏,相貌端正,品性贞良,知书识礼,才与你十分般配!"太子道:"儿臣……未曾见过她,也不知……"皇帝见他吞吞吐吐的样子,知道他不太乐意,但皇家婚姻大事,由不得儿女辈自作主张。皇帝执拗地说道:"你的婚事,由父母做主,任不得你自个胡乱来。朕与你的母后请了一个媒人,就是你母后宫中的冯萱,她端正老成,与礼部的人去常府提亲,常家自然会同意。我们家送聘礼与常家后,定了日期,你便去常府亲迎。"太子道:"儿臣娶了常氏,请父皇准许儿臣来年再娶秀秀。"皇帝生气道:"一介村女,哪配得上你,不要再提她了,想都不要想!"太子也气恼,犟嘴一句道:"那儿臣来年迎娶她?"皇帝厉声道:"来年是哪一年?莫不是朕宾天的那年?好,好,等你做了皇帝,天下大事都由着你,你还想迎娶她不是?"太子赌气地说:"是。"皇帝恨恨地说:"你真是一个痴儿子!天下之大,大家闺秀,小家碧玉,都数不过来,任凭你选秀,你偏偏想着那个村女!"说时,不由地叹息好几声,又说:"都怪朕,让你出宫去体察民情,谁知你在宫中闭塞久了,见到的多是老大宫女,到宫外见了年少女子,便情窦初开,方生这一番孽情。"太子被父亲这么一说,有些恼羞,红着脸说道:"我还不想做太子哩,做一个寻常百姓才好!哪一天儿臣犯了事,请父皇收回儿臣的太子册宝,儿臣便做一个亲王,然后再生出些荒唐事,父皇贬儿臣为庶民算了!"

"休说这放屁的话!"皇帝几乎怒吼起来,恨不得给儿子一个耳光。太子亦觉有些失言,低头不再做声。皇帝平静好一会,才说:"且不议婚娶的事了,朕急宣你回宫,有一件紧要事让你做主张。"于是皇帝就说了胡德济守营失职之罪。太子轻轻地问:"父皇是要儿臣眼下拿一个主见么?"皇帝道:"不急。明日早朝上,群臣们两班齐时,着你当朝决断胡德济失职的事。"

太子断事

次日早朝。皇帝坐在奉天殿金台上，太子坐在左边一张紫檀木太师椅上。皇帝满有把握地说："朕有时躁急，既怕失了分寸，又怕顾及情面，因此将这件勾当付与太子处置。"群臣无声，都看着太子。

太子侧身看皇帝一眼，轻声问道："请父皇明示：不知是征询儿臣的主见，还是由儿臣来处置胡德济的生死？"皇帝微微一笑，看了看太子，和悦地说："自然由你来处置他。"太子说："儿臣谨承父皇圣意，想秉公执法。当年父皇下了禁酒令，犯禁者斩，胡大海的儿子胡三舍因犯禁被斩了，胡大海仍是忠勇不二，为何这般哩？是法不容情，诸将平等，因此胡大海也奈何不得，要怨只能怨他的儿子不听话。后来赵仲中丢了城池，自个逃回应天城，也被判了一个砍头，他的弟弟赵仲庸也无怨言，后来升作行枢密金事，在两军阵前勇猛厮杀，并未曾负气投奔张士诚。沈儿峪一战，大将军徐达用兵精严，如国手落子布局，处处关联，但胡德济全无临战警觉，致使营垒被王保保精骑突袭，若不是大将军及时来救，大军必受王保保前后夹攻，难免不败。胡德济罪不容赦。若因他是胡大海养子，便刀下留情，试问若寻常百姓家的男子犯了死罪，他也是家中独子，也可以刀下留人么？因此，依儿臣的措置，便要判胡德济一个死罪，明日拉到太平门外斩首！"

太子这番话才说完，群臣惊嘘一片。丞相怔住了，大出意外，瞪着眼睛看皇帝。皇帝未承想儿子竟有这般议论，振振有辞，句句在理，如有腹稿一般，不知是他自己的见识，还是几个太子的属官连夜商量出来的主意。皇帝仿佛一脚踏空，神思震荡得有些踉跄，既不能发怒，又不知如何将他的话驳回去，咬着牙关，气息急促起来。刘伯温站在丞相与六部尚书之后，不时左顾右盼，各人的神态都收入他的眼中。他的嘴角有一丝诡异的笑。皇帝不觉拍了一下紫檀御案。太子有些心惊，以退为进，说道："请父皇息怒，因儿臣适才得了圣旨，才敢决断他的生死，便说了直话，如有过失，请父皇恕罪。"

皇帝却生硬地笑起来，嘿嘿，呵呵，嘿嘿呵呵，说道："朕未发怒，你又何罪之有。只是朕在想，左丞胡德济并未逃回京城，胡大海只有这一个最喜欢的养子。你身为太子，竟没有一丝怜悯心么？"太子说："儿臣想，如果我是一介百姓，断断不想杀胡德济。如今身为太子，不得不为国秉公执法。依儿臣的主见，立即槛送胡德济到刑部大牢中，明天午时三刻开斩！"皇帝静默好一会，才说道："太子断了胡德济的失职之罪，且将胡德济下到刑部大牢待斩。此事已经议定了，太子回去读书罢。朕与群臣接着商议其他政事。"

早朝散后，皇帝坐步辇匆匆来到文华殿，挥手令周宗、南世卿和国琦等人出去，便叫太子到东阁里来。太子怔怔地站着，知道父亲要说甚么。皇帝先坐在榻上，一会儿又站起来，气咻咻地，手点了点太子的额头，声音却压得很低，说道："我的呆儿子呵，爹爹让你处分胡将军，是知道你向来有仁心，不忍杀他。你倒好，当着群臣的面判他一个死罪，让朕进退都不是了。你退朝后，许多朝臣都向朕求情，朕如若否决你的主见，那叫你当朝决断做甚么？"太子忙向父亲跪下，说道："父皇，儿臣有罪，原来不知奉旨措置胡将军的生死是假的。"皇帝抬头看着藻井，不停摇着头，又哭又笑似的，叹息道："说你呆，你还真呆呀！"太子说："儿臣心想娶秀秀的事，本不是儿臣能做主的，胡将军的生死，父皇分明让儿臣做主，儿臣原来仍然做不得主。"皇帝气得不知如何辩驳才好，跺了一下脚，恨恨道："好好好，你娶了常氏后，由你做主请媒人去严家村问吉，明年迎娶秀秀，好不好？胡德济也不要杀，好不好？"太子高兴地说："好，父皇说不杀便不杀，不是一句话的事儿么？"皇帝愁苦满面，轻叹一声道："哪是一句话的事儿？你当朝说了要杀胡德济，你可是将来要替朕做皇帝的人，自古道君无戏言，群臣都以为你是朝令夕改的人，那国事成何体统？"太子吃惊地问道："古人说了，一言既出，驷马难追，儿臣身为太子，已经说了将胡德济斩首，那真要杀他不成？"皇帝有些焦躁，说道："罢了罢了，明日早朝上，你再来听政，丞相先求情，六部尚书接着求情，你便说生死是大事，我尚年少，回去再想一日，后天晚朝上，你再与群臣说，胡德济死罪可免，但活罪不饶，仍发付徐达军中，降为千户，以观后功。群臣方才认定你是一个贤明的好太子"太子点点头道："好，还是父皇圣明。不必后天晚朝上说，明天早朝上便说。"皇帝道："那却是最好。"

次日早朝上，太子又坐在金台的左侧。殿头执事太监高呼："有事出班早奏。"丞相出班，手执象牙笏，为胡德济求情。丞相申告毕，退出班中。吏部尚书张明善、户部尚书杭琪、礼部尚书崔亮、兵部尚书刘贞、新任刑部尚书刘大昕、工部尚书安然一同出班。各人手持一笏，仿佛事先排练，异口同声念白道："臣等乞请太子殿下赦免胡德济死罪，官降一级，发付西北立功，请殿下准旨。"皇帝满意地点点头，在群臣的身影中看见刘伯温，伯温的笏插在腰带间，两袖静垂，恍惚在两班中隐身匿迹。皇帝见刘伯温无话，忍不住说道："刘老先生，相公与六部堂官都来说情，你身为御史，莫不有话说？"刘伯温出班道："禀报陛下，太子殿下天性早慧，贤明仁德，自有公断。"说毕，徐徐退回班部丛中。皇帝看着太子，太子说道："我年纪还小，生死是大事，依丞相和六部尚书的乞请，本宫不敢拂群臣之意，着胡德济降为千户，以戴罪之身，仍去西北立功。"话才说完，丞相忙说："殿下圣明！徐大将军学汉朝卫青不斩败将苏建，由天子处置，实有名将风度。"

群臣附议丞相之言，皆以为此事议毕，满朝和气。谁知刘伯温听了，却如鲠在喉，不吐不快，笑说道："相公这话说得也有理了，但相公不见齐景公时的大司马穰苴斩饮酒失时的庄贾么？大将军当日要杀胡德济，便一刀杀了，放在朝廷却议了好几天，谁不知道胡德济当年在信州、诸暨立了大军功。"丞相道："庄贾之过，不及苏建,穰苴杀了他想立声威,卫青却不是一个专擅的人!"刘伯温问道:"如何不是专擅的人?"丞相一时记不起《汉书》中的故事,静默之时,吏部尚书张明善帮腔道:"刘大人,你可知道,当年前将军赵信与右将军苏建合军才三千余骑,遇到匈奴大军,战了一天,汉兵大多战死。赵信领着八百骑卒奔降单于。苏建独自逃脱,寻到卫青的大军营。有人要杀苏建,理由是大将军出征以来,未尝斩裨将,如今苏建弃军独归,可以斩首,以明将军之威。有人说不能杀,兵法上说过'小敌之坚大敌之擒也①',苏建以数千人抵挡单于数万人,力战一日余,军士都无二心,逃回来却要斩他,是告知后来的用兵的人,兵败都不要回来了,投匈奴便好!"丞相如释重负,赞叹道:"张大人说得极是!"

刘伯温正想与二人争辩,皇帝摆手道:"三位爱卿都不消争执了。卫青是大将军,徐达也是大将军。卫青是皇帝的亲戚,不怕没有威严;徐达自投濠州以来,便是定远二十四将之首,也不怕没有威严。徐达可以临阵斩将,但他并未为了树威而自擅专诛,却让朕来裁决,真是名将风度。"丞相忙附和道:"陛下精熟《汉书》,臣仰承圣教,感愧在心……"话未说完,皇帝打断他的话说:"但依朕的主见,大将军日后临阵,还是不要姑息为上呵!"

晚朝后,皇帝召太子来华盖殿共进晚膳,夸奖太子早朝上言辞得体。太子告退后,皇帝在灯下批阅奏章。太监胡政来报,说新上任的监察御史袁凯晚间进言。皇帝问:"他写了甚么?"胡政呈上袁凯的进言表,只有几句话,上面写道:"臣闻诸将习兵事,未悉君臣礼,请于都督府延通经阅古之士,令诸武臣赴都堂听讲,庶得保族全身之道,惟陛下察之。"皇帝笑道:"这个袁景文在元朝只做过小吏,能诗,是一个才子,但不承想他还有些见识,能给朕提醒,朕便依了他的主张。"

皇帝搁笔时,遥想今夜三千里外的徐达在做甚么,王保保在何处安营设寨。

夜战

徐达早在攻沈儿峪和车道岘周围二十里荒野间,集结了二十万大军。皇帝点高丽崔氏侍寝的时候,徐达正给各营主将下达密令,于今晚子时三刻正,一同攻夺元军各处营寨,悬赏令上只写着一句话,"生擒王保保者赏银一千两"。

这一夜元军各营都被大明军突破,乱成一团,将校与士卒只顾逃命,连副将和亲军都来不及去唤醒主帅王保保。王保保被厮杀声惊醒,跳将起来,抱起身边憨睡的娇妻,到帐外抢了一匹马,大呼几声"蔡先生,蔡先生,快走!快走!"他夺路而逃,几个亲军马快,跟着他出逃。他一时分不清东南西北,好在天上还有一颗北

---

① 语出《孙子兵法》谋攻篇,意思是说两军对战时,人数少的一方若坚守抵抗,可能会被人数多的一方擒获。

斗星，算是他吉星高照，趁黑向北方逃。后面有几十个骑兵在追，他不知道是自己的骑卒还是大明军的骑卒，王保保和几名亲军只得将他们远远抛在黑夜深处。

二十九日后，黄昏时，徐达的战报送达皇帝手中。次日早朝，皇帝才坐下，笑容早在脸上透露出他的欢喜，突兀地说："朕曾经说过，王保保是一个奇男子，这回却被徐达打得凄惨了。"他说时，看着刘伯温，刘伯温也看着他，两人目光交会之处，心中都想着"王保保不可轻也"那句话。皇帝想用眼光告诉刘伯温，你说的那个"不可轻也"却被大将军打得不轻。皇帝接着看着捷报说："徐达整兵夺沟，与王保保军马恶战三日三夜，王保保兵败溃退，徐达领兵攻取车道岘，俘获郯王、济王、国公、平章以下文武僚属一千八百六十余人，将士八万四千五百余人，马驼杂畜以巨万计。"皇帝三言两语，说完了那夜双方共计三十万大军的混战。群臣震骇，有人正要称贺，皇帝却叹息说："奈何王保保逃了，逃向北方哩，北方有甚么？有看不到边的草地和沙漠，还有他的那个元朝皇帝，但要去那里，却有一条天险挡在他眼前，你们说是甚么？"群臣未及回答，刘伯温说："黄河。"皇帝笑着，手轻轻地拍着案上的奏章封皮，说道："正是。据徐达奏本上写的，'扩廓仅挟妻子从古城北遁去，至黄河，得流木以渡，遂奔和林，都督郭英追至宁夏，不及而还。'"说完，皇帝呵呵大笑。

刘伯温笑道："这根木头来得真是时候。"户部尚书杭琪说："这一千两银子没人得着。"兵部尚书刘贞说："这银子又不是你们户部出，是从大将军的军饷中支付。"杭琪问道："军饷又从何来，还不是出自户部？"兵部尚书刘贞语塞道："这个……你说得也是。"群臣都笑，皇帝也笑了笑，说道："王保保真是天无绝人之路，黑夜逃奔，不辨南北，可天上还有北斗星引着他。到黄河边上，没得船，水上却漂来一根木头。朕一直在想，倘若没这根木头，徐达就能生擒他么？郭英便能收到一千两银子么？"刘基道："王保保与妻子数人过河，大明军又无人看见，这事被写得若真的一般，哪能尽信？"皇帝道："想必河边居民见着了，告诉了大明军哩。当年司马迁写三代以前的史事，还不是去寻访各地的老民？他们如何说，司马迁便如何写。他一个汉朝人，哪里会知道前朝恁多暗室的阴事？"刘基曾与皇上说过这样的话，如今却被皇帝当成他的见识，因此扯淡道："陛下好记性。"

皇帝忽想起一人，说道："王保保有了下落，但他的先生蔡子英没有追上王保保，也未在徐达所俘的名册中，眼下不知何处。"刘伯温久闻蔡子英的声名，他中过元朝的进士，累官做到河南行省参政，是王保保的先生和军师，很想见见他，于是说道："他是一介书生，游不过黄河，或许还在定西与关中一带藏匿。臣差两个御史去陕西，请画工画影图形，悬金搜求，若寻着他，车马送到京城，献与陛下，可以从他那里打听到王保保许多隐秘的事。"皇帝道："刘老先生端的好主见。"忽问："那个胡惟庸现居何职？"丞相说："胡惟庸现在太常寺做寺卿。"皇帝说："太常寺是掌祭祀礼乐的事，据说惟庸在做宁国知县时，很有政声，宁国的百姓都受了他的恩惠。"丞相心想皇上问起他作甚么，难道要将他作为储相？忙借机推荐说："胡惟庸是有过人的才干。他从宁国知县升为吉安通判、湖广佥事，处处的才干都高于前任。他还时常向中书省进献良策，臣多采纳了。"皇帝看刘伯温一眼，刘伯温闭目养神，显然不认可自己的主意。皇帝体谅地说："调了几位中书省参政到地方，你近日政务繁杂，需要一个得力的帮衬，便令他做中书省参政罢。他做太常寺卿，埋没了他的才干，相公你看看使得不。"李善长说："陛下圣明。"

胡惟庸奉诏进入中书省作参政，才过二十余日，这天晚朝后，他与户部尚书滕德懋来华盖殿见皇帝。胡惟庸说奉丞相的钧旨，与户部官遍查了各地征收钱粮的账目，大致上推算出各地的富民数目，特来报知陛下。皇帝很意外，说道："早一向，我问户部尚书杭棋，江浙是富庶地面，不知有多少富户，他不知道，又问他江浙地面有多少人口，他也不知道。朕就换下他这个户部堂官。胡爱卿才上任，但知道朕在想着甚么，也是一个能见事做事的人。"

胡惟庸说："启禀陛下，江浙寻常的富户有一千多人，巨富的人有十几人，应天府、扬州府、杭州府、安庆府等富户纳粮数多达三十万石。这些富翁家有银子几十万贯，良田几千亩，有的人比一些府州县还富，合起来可以说富可敌国。"皇帝说："我大明朝不能没有富户，但富户聚集一起，又容易惹出乱事。当年元末起兵造反的人，都不是家无立锥之地的贫苦人家，实是中产之家引导贫苦的村夫造反。韩山童、张士诚、徐寿辉都不是最穷的人，就连相助朝廷的民间义军首领也是富户，有了这些富户在，朕便不放心。"胡惟庸说："微臣有一个浅见，若要消解富户们的势力不难，陛下令中书省拟一个名册，选取东南一些富户，迁居到濠州去。濠州向来穷，没几个富户，便让陛下龙兴之地的人跟着迁来的富户们学着发财。富户的银子可以带走，但田产与房屋都带不走，只得转卖，家财必散一半。"皇帝不由拍案，啪的一声，将胡惟庸和滕德懋都吓了一跳。皇帝说："朕看胡爱卿真能分我的忧，朕想到的事，你往往想到了，朕不曾想到的事，你也替朕想到了。"胡惟庸道："陛下过奖了。"

皇帝心中又动一念，笑问："江浙的富户你们查了出来，却不知天下有多少人口，你这个中书参政，想必不知道罢？"胡惟庸看了看手上的玉笏，恭敬道："陛下，我来中书省后，但一直与户部官料①天下之民，将各行省的户籍归总后，大致得知天下户九百四十一万二千七十三，口五千三十八万七千六百二十九。"皇帝惊叹起来，说道："你这个中书参政，朕真个问不倒你？莫不是敷衍一个数目，来搪塞朕？"胡惟庸道："陛下，微臣与户部官将各地户籍人口汇总，才得知此数，未必精确，但绝非凭空臆测。只是天下之大，山野江湖之上，有许多逸民，不在版籍上，定然有所遗漏。"

---

① 料：相当于如今说的人口普查。户指一个家庭，口指个人。

元帝往事

约莫二更许，乾清宫门才上锁钥，守夜的太监胡政在殿外隔着窗户轻声说道："陛下，大都督府递来大将军徐达的文书，说有要事要禀报。"皇帝心想半夜来文书，不是前方大败就是大胜，忙说："呈来朕看！"今晚侍寝的是惠妃小郭氏，她下了床，在东耳房的窗户缝里接了文书，递与皇上。皇帝拆开一看，失声道："皇帝驾崩了？皇帝驾崩了！"

小郭氏只知眼前的丈夫才是皇帝，不知他说的皇帝是谁，问道："哪个皇帝驾崩了？"皇帝道："我们的元朝皇帝。"小郭氏应了一声"哦"，毫不关心，登床先睡了。皇帝坐在灯下，神思怔怔然，自言自语说："元主守位三十多年，起初还能振作，可他用人无方，亲近小人，又十分好色，才有今日这等地步。"小郭氏冷不防插一句："他原来是昏君哦，死就死了，陛下早些睡罢。"皇帝笑了起来。徐达在奏报中说，这是左副将军李文忠报给他的消息。李文忠与左丞赵庸率步骑十万从大都出兵，打到察罕诺尔①，捉住一个元朝中书省平章，行军中见一人策马狂奔，骑兵追上去捉了他，原来是元朝报丧的人，才知道元帝于四月二十八日在应昌城病逝。

次日早朝，皇帝向文武百官通报了元帝驾崩的消息。群臣满面欢笑，正要向皇帝贺喜。只有危素闭着眼睛，神色有些伤悼。兵部尚书刘贞笑说："如今天上只有一轮太阳了，天日所照之处，皆是王土。"皇帝却是一脸悲戚，不看刘贞，却看着治书侍御史刘炳。刘炳面有笑容。皇帝说："刘炳呵，你本是元朝的臣子，今日元主死了，你不当贺的。"刘炳呆呆地站起，不敢点头，也不敢摇头。皇帝说道："朕早年生长在大元之世，他做了朕二十多年的皇帝，如今宾天了，卿等也不要太欢喜。他顺天应命，先回到草原，如今又到天上去了，朕要赠他谥号。众爱卿都回去翻古书，明日早朝，一起来为元帝赠谥。礼部官榜示天下，以后凡是北方捷报来了，曾经在元朝做官的不要称贺。"

群臣听皇上这么说，忙陪着皇帝一同悲戚起来。危素嗟叹道："呜呼，哀哉！至正皇帝②原来也不曾想到会做皇帝，可元朝的皇帝命中注定是他来做。"皇帝见元朝旧臣危素说话，就说："危先生在大都居住时日最久，曾经是皇帝的近臣，想必知道许多掌故，不妨说来听听。"

危素用衣袖印了印眼角，出班说道："说来话长了。当年泰定帝驾崩后，太师燕铁木儿与亲王、大臣迎立图帖睦儿，他就是后来的文宗。文宗即位后，宫廷里权争不休，有人说和世㻋才是泰定皇帝的嫡长子，应当立他为皇帝，于是遣使者迎来

---

①　察罕诺尔：在北京的西北，内蒙古自治区境内。
②　至正皇帝：元朝皇帝妥欢帖木儿在位时，最后一个年号为至正，此处用年号称呼他。

和世瓎，立为皇帝，他便是后来的明宗，却将已经做了皇帝的图帖睦儿立为皇太子。明宗即位数年后驾崩，文宗复正大位。明宗的长子因宫中纷争的缘故，被迁到高丽，居在大青岛中，四面是海水，不能与外人交接。他那时还不到十岁，孤苦伶仃。宫中有老太监说，明宗皇帝在世时，临幸的宫女太多，所生的儿女不能认得全。又有朝臣说，明宗酒后确实曾对人说过，他不是自己的亲生儿子。后来，有人向文宗告密，说高丽要奉他造反，朝廷便将他流放到广西静江，住在大圆寺中。寺里的秋江长老见他聪明，便教他读《论语》《孝经》，还教他习字，每日临帖两张。他生性好动又贪玩，入水捉鱼，上树捉鸟，自个做玩具玩，也好生可怜哩。秋江长老告诉他说，你是国家的金枝玉叶，不比一般百姓，见着大官人来，切不可随意说话，要自重才是。他应答着说好。说来也怪，每次有官吏来寺里巡查，他便端坐着，不乱说话，等官吏离开后，他又嬉戏如平时一样。他即位后，为报答秋江长老的恩德，多次赏赐长老，还扩建了大圆寺，增造万寿殿。他实是明宗的嫡长子，却比寻常百姓家的儿子都不如，有家不能归，却住在寺庙里……"

危素说着，竟泪流满面，群臣木然无语。洪武皇帝想起自己当年的身世，怆叹说："天可怜见的。"刘伯温插了一句说："不知是不是天意所设，还是元朝的气数将尽之故，妥懽帖木儿一日不登大宝，大元的皇帝就得接二连三地驾崩，此天意也。"危素道："恐怕是天数呵。文宗皇帝在位不到三年，驾崩了。大臣们又忙于寻觅新皇帝。太师燕铁木儿请文宗皇后立太子燕帖古思，皇后担心燕帖古思做了皇帝，疏远了母子之情，不同意儿子做皇帝，遂立明宗次子懿璘质班，便为宁宗。宁宗即位不过两三个月，又驾崩了。燕铁木儿再次请立太子燕帖古思为皇帝。文宗皇后说，我的儿子还小，明宗的长子在广西，现年十三，理当立他才是。朝廷于是差一位中书省左丞来静江迎接他，将他接到大都，太师燕铁木儿来城门外接见他，与他同车而行，细说迎立他做皇帝的意思。他年纪太小，又没见过世面，一路上受了惊吓，一句话也说不出来。燕铁木儿却不知道他的心思，以为他有意疏远自己，就生了疑心，因此他很久都不得立做皇帝。直到燕铁木儿死了，皇后乃与大臣定议，立他为皇帝。大概是至顺四年六月己巳日，先帝即位于上都，在位三十六年，年寿五十一。"

危素为避免明朝皇帝的忌讳，说起元朝皇帝时，不称华语名字，只称至正皇帝，或称"他"；可是他说到情动之时，竟然脱口说出"先帝"二字，朱皇帝果然不悦，忍不住嘲笑道："原来那个元朝皇帝的宝座，命中注定等着你的先帝去坐。据徐达奏章所说，危素的先帝原来是得了痢疾病死的。"群臣听了，都轻快地笑起来。皇帝又问："危爱卿，你在大都很久，蒙古语想必熟悉，妥懽帖木儿在华语中是甚么意思？"危素道："铁锅。"群臣哄然大笑，皇帝笑道："如今危老先生的那口铁锅破了，用不得了。"危素退入班部丛中，既有些羞愧，又有些恼怒。刘伯温替危素解嘲道："铁锅铸造于延祐七年，那年是庚申年，因此民间又称他为庚申帝。"危素点头说："刘先生说得是。"

丞相见皇帝不议政事，却说起元朝皇帝的始末来，便道："亡国之君，何必多议!"刘伯温道："他不是亡国之君!"皇帝问道："如何不是?"刘伯温道："大明军攻取大都，他与重臣逃到漠北，只是失了汉家天下，残元仍未尽灭。他最初受制于权臣，后来亲政后，与脱脱一时称作明君贤相，慨然有澄清天下之志。至正初年，他图治之意甚切，起复脱脱后，恢复科举，征召隐逸，减免赋税，开放马禁，削减盐额，编修辽、宋、金三史，实行儒治，开经筵，亲祭祀。自从至正四年黄河水患后，元朝国运将息，四方的汉人趁机起事，庚申帝顺天应命，沉溺享乐，怠于政事，无所作为，天下遂不可支。"皇帝道："刘老先生说得中肯。"刘伯温道："臣在杭州时，便听到民间传说一联'鸟啼红树里，人在翠微中'，便是庚申帝所作。"危素大声道："这一联真是庚申帝所作。他能写华语诗文，通经史，工书法，擅写大字，在宫中制作木器，造龙船，制宫漏，胜过大都许多能工巧匠。他还能观天象。"皇帝笑道："他的能耐真个多，不比朕少，还能观天象，可以做明朝的太史令了，就是做不好皇帝。"群臣大笑。

第二十四章

朱元璋赠元帝谥号　刘伯温立科举章程

赠谥

次日早朝，君臣商量为元帝赠谥的事，议论许久，一字未得。刘伯温问："上位，你说要赠他谥号，赠哪一个字为宜？'死于原野曰庄'，'武而不遂曰庄'，赠他一个庄字？'恭仁短折曰哀'，莫非要赠他一个哀字？"皇帝摆手道："这两个字都不甚好。"

礼部尚书崔亮看了一夜的谥法书，过目成诵，说道："《逸周书》上的谥法解中有道是，'外内思索曰思，追悔前过曰思'，'在国逢难曰愍，使民折伤曰愍，在国连忧曰愍，祸乱方作曰愍'，要不赠思，要不赠愍。"皇帝道："朕知道赠谥有一个谥法，都不用它，既不用庄，也不用哀，既不用思，也不用愍。他曾经是我的皇帝，也是你们的皇帝，我们从他手里重新取回汉家天下，不要贬损他，也不要讥讽他。先皇帝见徐达大军一到，就弃城北归，算是顺天应命，就赠他一个'顺'字，如何？"危素道："陛下，'顺'字不安，这是陛下的心思，不合元帝身份，不如谥一个'思'字。"皇帝有些不快，心想危素莫不是还怀念故主，睃他一眼，又看着刘伯温。伯温先是觉得顺字还好，思忖一会，却感觉极当，赞叹道："顺字极好，比思字好。"崔亮道："上位圣明，读书渊博，所赠谥的'顺'字，也不出古人的谥法。"皇帝得意地说："朕虽自幼失学，也看了几本书的。"崔亮道："《逸周书》上的谥法解有云，'慈和便服曰顺'，今有陛下的赠谥，可为谥法加上陛下这一条'信天应命曰顺'。纵览元帝的事迹，古时的谥法中大抵只有这一个'顺'字恰当，且让后人唤他做顺帝罢。"皇帝称心，群臣也一致说好。皇帝说："再次修补《元史》时，便将皇帝的生平事迹都写入《顺帝本纪》中，将病逝日期都记下来。危爱卿，人道你是元朝的活国史，你将知道的大都旧事，都写下来，付与国史馆罢。"危素却不作声。

皇帝喝一口茶，笑道："五月间，朕真是喜事不断，捷报连连，徐达令左副将军邓愈招抚西北的吐蕃部落，自己则领军马向南攻克兴元，参政傅友德为前锋，自徽州①南出一百八渡，至略阳②，克沔州，令指挥金兴旺等由凤翔入连云栈，合攻兴元③，元朝的守将出降。如今徐达的大军已经回到西安。看来中原已经无战事了。"

群臣照例道贺。兵部尚书刘贞见皇帝喜悦，手持玉笏，看着上面细密的小楷，忙凑趣说："据大都督府消息，李文忠将军攻破应昌城，俘获了元帝诸孙、后妃、亲王、官吏、宫人、士卒数百人，在城中宫室里获得宋、元玉玺和金宝共十五方，还获有宋宣和殿旧藏图书、玉册、镇圭、大圭、玉带、玉斧等，另有驼、马、牛、羊无计。只有皇太子爱猷识礼达腊跟着十数骑兵逃走了。李文忠令人清点造册后，全部送至京城。数日后，李文忠又派遣兵马追逐元朝残兵，路过兴州时，捉了元朝国公江文靖，降其兵民三万七千人，再经红罗山，又降元将杨思祖手下一万六千余人。如今大明军攻打元军，兵锋之利，声势之盛，简直如同当年元军攻打宋军一样。"刘贞这一番话，有声有色，如同说书人说书。群臣听了，一片赞叹。

皇帝问道："元皇孙、亲王及省台院官吏等送至京师时，将如何看待？"杨宪出班道："启奏陛下。臣请皇上在太庙前举行献俘仪式，所得元皇孙、亲王等人，仍穿着元朝的官服，由大都督府军士领着他们，依次敬献。"皇帝却想，汉人与南人顺天应命，取代了蒙古人的江山，不可再折辱元朝的王公大臣，就说："不必了，宝册都放到内库收藏着，何必多此一举。献俘的礼节，虽然古时就有，但武王伐商用了么？"杨宪不甘心，又说："唐太宗曾用过。"皇帝道："你道朕不看《唐书》？唐太宗那是对待王世充等人罢了，若对待隋朝的皇孙，他会用么？"杨宪叹服道："陛下说得极是，臣无知妄言了。"皇帝想起当年因他盗取张昶的书信，致使自己杀了张昶，如今他又想苛待元朝的皇孙和亲王，不像有丞相气度的人。

丞相道："臣等明日早朝上，在奉天殿向陛下进贺表。"皇帝说："元帝已崩，应昌也破了，大元的天数快完了。凡在元朝做过官的文武大臣都不要来贺，朕不想让你们为难。当年你们在元朝为官，如今在明朝为官，都是顺天应时，气节上无亏。元帝不战而北奔，能知天命。朕与文臣商量后，定谥曰顺。朕亲笔作了祭文，遣使者北去吊祭。他毕竟做过朕的皇帝呵。"次日早朝上，百官争相进献平元贺表，多是陈词旧调敷衍而成，皇帝看得厌倦，说道："顺帝入主中国将近百年，朕与卿等父母也曾享其太平，后来他们的国运终了，朕领兵马替天取了他们的江山，众爱卿为何都写出这般轻薄的文章来了。"令中书省将大半的贺表都退了回去，凡表中轻薄得意的话，都要改正。

---

①　徽州：在今甘肃省境内。

②　略阳：在今陕西省西南部。

③　兴元：在今陕西省汉中市。

散朝后，皇帝在华盖殿传丞相李善长来见。皇帝拿起御案上一张纸，在手中晃了晃，说道："中书省将元主病死的消息榜谕天下，让百姓们知道，这是好事。但榜文中有些夸大浮躁的话，便不好了。卿等为宰相，当取法古代贤相。过去你劝朕学汉高祖，尽力做圣贤，如今如何学着小吏的浮薄之言了？这是不知大体，对元朝妄加诋诮。虽然元朝是夷狄，但他们君主中国，将近百年，朕与卿等父母曾经都靠着元朝生养。元朝的兴也好，亡也好，都事关气运，朕得天下也是气运，何必将这些事在四方张扬？民间的有智识的人，口上虽然不说，心里未必认可你们写的榜文，可立即改了！"李善长受了皇帝这一顿训斥，既感意外，又十分惊惶，皇帝的心思真个难以揣摩，告示寻常百姓的榜文并无关国体，皇帝竟差人抄来看。榜文经自己改定后才发布，已经很用心，可是皇帝仍不称意，忙说："臣这便去重新拟一道榜文，差人即刻将旧榜撕了。"

皇帝在奉天殿接见元朝皇孙买的里八剌，其母与妃子们则同时去坤宁宫朝见皇后，皇帝与皇后安慰他们一番，赐给中华冠服，设宴款待。皇帝下诏封元皇孙为崇礼侯，将京城龙光山上一座大宅第赐与他们住；又因元后妃等人久居北方，不耐暑热，习惯食肉饮酪，与江南不同，令中书省臣将他们的饮食起居安排停当。若他们想回去，即当遣使送还漠北，不必强留。

弘文馆

朝中一时文士颇多，皇帝以为全在翰林院任职也不宜，想起唐朝设有弘文馆。本朝一切都仿唐朝旧制，于是设一个弘文馆，以胡铉为学士，刘基、危素、王本中、睢稼皆兼弘文馆学士，以备文学顾问。其实不过是皇帝想与人斟酌诗句，修改文稿，或饮酒联句，或读史析疑，一时寻不到人，便传弘文馆老学士来陪。

弘文馆设在文华殿。危素时年七十二，来京城后，因行动迟缓，早朝迟到几次。皇帝怜他老，特赐他一辆小车，免去早朝，只需按时到弘文馆当值就是了。他的寓所在长安街会同桥外，小小的两间屋，家无长物，只有一个老仆自随，稍微值钱的是他从大都带来的一箱手稿、几百册书和宫中史料厚厚的抄本，还有数轴赵子昂的书画和康里子山的手卷。

这日，皇帝来到文华殿的东阁，与翰林院、中书省、御史台的几个官员在说话。皇帝问道："那个平江的高启，近月可做了甚么诗么？"宋濂道："清明时，他做了一首诗，遍呈史馆中诸公。当时史馆也有几人长于诗的，相继步韵来和，写了六七首，臣都看了，觉得都不及高启的原韵。臣也想步韵一首，却无诗才，只得搁笔。"皇帝笑道："高启写了甚么好诗，让诸位先生都不敢做诗了？宋先生可还记得？"宋濂道："臣记得。"皇帝道："你是过目不忘，写来与朕看看。"宋濂道："臣便写。"他取了一支笔，在一张白麻纸上将诗写下。皇帝接了来看，诗云：

新烟着柳禁垣斜，杏酪分香俗共夸。①
白下有山皆绕郭，清明无客不思家。②
卞侯墓上迷芳草，卢女门前映落花。③
喜得故人同待诏，拟沽春酒醉京华。

皇帝道："'白下有山皆绕郭，清明无客不思家'，这两句，诗中最好。"宋濂道："陛下好眼力。"皇帝道："'无客不思家'，莫非高启也想家了罢？"宋濂道："清明时多回乡祭祖，他远居京城，思家也是人情之常。"皇帝道："'喜得故人同待诏'；高启真个喜欢在朝中做官么？"宋濂道："想必是真个喜欢，不然此诗不会这般轻快。陛下且看他'拟沽春酒'一句，有老杜'白日放歌须纵酒'的快意哩。"皇帝道："这首比他进献元史时写的那首好多了。"宋濂道："高启自小便有诗才。江西饶介在平江做淮南行省参知政事的时候，喜好文学，听说高季迪的声名，召他两回，他才勉强来了。张士诚新得了一幅倪云林④《竹木图》，此图萧散淡远，不染世间烟火气。饶介命高季迪题诗一首，限定'木、绿、曲'三字为韵。季迪随口便吟出一首诗：主人原非段干木，一瓢倒泻潇湘绿。逾垣为惜酒在樽，饮余自鼓无弦曲。饶介大惊，劝他留在平江，将来做官。季迪笑而不答。那年他才年十六哩。"皇帝不屑地说道："原来他自小就恁地心高气傲。饶介朕自是知道的，他能诗文，还写得一笔好字。当年大明军破了平江，捉了伪吴许多官吏，其中便有饶介，送到应天城来。"

刘伯温在一旁道："饶介才学之士，其实不必杀。"皇帝道："奈何他不愿为官，因此杀了！宋先生且说如今高启的诗写得如何了？"宋濂道："高季迪近年的诗，可谓才高气雄，音节响亮，明快俊发，洗尽元朝陋习，如吴兴赵子昂书法，贵有古意，虽然年纪不足四十，却渐成一家之体。古体近体，诸体都极擅长。臣向来喜欢他的

---

①　杏酪：《玉烛宝典》："今人寒食日，煮麦粥，研杏仁为酪，以饧沃之。"

②　白下：本指白石陂。相传东晋陶侃讨苏峻，筑白石垒，后人在旧迹上修建白下城。故址在今南京市金川门外。

③　卞侯、卢女：卞侯，指晋尚书令卞壶，苏峻起兵时被杀。墓在今南京市朝天宫一带。卢女，指莫愁。古乐府《诗中之水歌》有句："洛阳女儿名莫愁，十五嫁为卢家妇。"据《江宁府志》："三山门外，昔有妓卢莫愁家。此有莫愁湖。"

④　倪瓒，字符镇，号云林子、荆蛮民、幻霞子等，江苏无锡人。倪瓒家富，博学好古，四方名士常至其门。元朝至正初年，他预知天下大乱，散尽家财，浪迹江湖。他擅画山水、墨竹。早年画风清润，晚年平淡萧散。喜画一江两岸，竹树疏秀，笔简意远。他画石时多用侧锋干笔皴擦，名唤"折带皴"。传世水墨画有《渔庄秋霁图》《六君子图》《容膝斋图》等。著有《清闷阁集》。

近体诗。他作了一首《晚登南冈望都城》，有几句也甚好，如'云霄双阙开黄道，烟树三宫接翠微'，典雅近于唐诗。又有'残雪已销鸠鹊观，浮云不隐凤凰台①'，名词对偶极工。安庆城楼修缮后，安庆知府来书，向高太史索诗题于城楼上。他写了一首《寄题安庆城楼》，寄出前先让臣看了，诗写得苍凉沉雄，亦是十分地好：层构初成百战终，凭高应喜楚氛空。山随粉堞连云起，江引清淮与海通。远客帆樯秋水外，残兵鼓角夕阳中。时清莫问英雄事，回首长烟灭去鸿。他曾写了几首梅花诗，有二句极妙，令人过目不忘，'雪满山中高士卧，月明林下美人来'，风神清逸，不染尘俗。"刘伯温道："这两句清雅，只是格调不及宋人林和靖那两句。"皇帝叹道："恁地说来，高启也算会写诗，宋先生记性也真是过目不忘。"宋濂笑道："陛下过誉了，如今臣老迈矣，记性已大不如前。"

几个人正说着话，皇帝听见帘外脚步声橐橐作响，拖沓，迟缓，还听到咳嗽声。皇帝顺便问道："帘外是谁在走动?"帘外人郑重答道："老臣危素。"皇帝心想你到明朝才做了几年官，便自称老臣，称贰臣还差不多；又想起他临朝时，说起顺帝的种种好处，于是怪声怪气地说："朕还以为是文天祥经过哩。"话一出口，皇帝有些后悔，忙端起茶来喝。危素面皮通红，皇帝分明是在羞辱自己，从大都来应天城并非本意，皇帝当日优厚有加，此时却无端嘲讽，是何用意。危素本不想再说什么，可他读了几十年圣贤之书，气节二字却经常在他腹中作怪，实在忍不住，声音低沉而缓慢地说："若人人都学了文天祥，恐怕陛下的大明朝要少许多大臣哩。"帘内群臣都听到了，面面相觑，只将眼珠来动。

皇帝不明白自己为何会说出这样的话来，莫不是心底真看不起两朝为官的人?危素若呵呵一笑，也就罢了，他竟然不软不硬地顶撞起来，自己在群臣前好无颜面。中书省、御史台、翰林院的官员暗自吃惊，危素说话竟这么大胆，心想元朝的大臣是不是都与皇帝这么说话。他们看着皇帝，皇帝的笑容僵硬了，暗自咬着牙，盘算着如何回他一句话。若是破口大骂，失了君臣的体面；若让危素就这样抢白自己一句，自己是皇帝，如何甘心。皇帝没有再说话，危素见皇帝不说了，咳嗽几声，拖着步子，缓缓地离去。

御史王着猜测皇帝的心思，说道："陛下，危素是亡国之臣，又这般老惫，不宜列于顾问。去年，他失了三回早朝，有人弹劾他，陛下降了他的官，如今才起用，他不知恩图报，却如此放肆!"皇帝阴沉着脸，并不答话。王着道："依愚臣之见，如此老顽的人，不宜让他在弘文馆公干——"他的话没有说完，引得皇帝乜斜他一眼，像是在问"你意欲如何"，王着献策说："陛下，何不让他去守余阙②的祠堂?"

---

① 鸠鹊观：汉宫中的宫殿名。此处借指应天城皇宫中某一处宫观。凤凰台，在应天府西南杏花村中。相传南朝宋元嘉年间因凤凰集于此山而筑台。

② 余阙：元朝名臣。

皇帝心中忖度着，危素这个老货，自己怜他老，他不过知道一些书史，就重用了他，他却倚老卖乖，好生可厌，让他去守元朝忠烈名臣余阙的祠堂，也够他受用的了。宋濂早就觉察出皇帝的心思，劝说道："陛下说话无心，危素也是答者无意，都是一时脱口而出，臣请陛下不必介怀。"刘伯温喝道："王着，你与陛下说的这些话，实在不是做御史应当说的！"王着只是冷笑。刘伯温又劝皇帝道："上位，若让危学士去守余阙的祠堂，分明是羞辱他，与杀他无异。请陛下不必介怀。"皇帝很想不介怀，一笑了之，可他越想越气闷，霍然站了起来，赌气地说一句"我哪敢杀他"，匆匆离开弘文馆。

坠井

礼部侍郎来报，徐达遣人送来大都宫中的一头驯象，会解人意，可做拜舞，请皇上观赏。皇帝心中骤生一个主意，冷笑道："明日午朝前，牵大象来拜朕，令弘文馆老学士们都来，看那畜生拜也不拜。"

午朝时，百官都肃立于奉天殿。皇帝令群臣都步出殿外，站在丹墀上，令人牵来大象拜舞。皇帝站在丹墀中央，倨傲地等着大象来拜自己，可那大象屹立不动，也不正眼看皇上，任凭驯象人如何吆喝，那大象就是不跪。皇帝讪笑道："看来这象有人性，不愿意事二主，朕成全了它，牵到午门外杀了。"皇帝转身时看见危素，想起昨日他顶撞的话，气从心来，令人拿来两张纸，裁成长条，像对联一样，铺在殿中的几案上。皇帝捉笔在两张纸上写字，令内官用线穿了，挂在危素的脖子上。文武百官一看，右边一张纸写着"危不如象"，左边一张纸写着"素不如象"，都掩嘴笑成一片。宋濂失色，刘伯温瞠目结舌，心想皇帝莫不是喝醉了酒，不近情理。危素本是一个可杀不可辱的人，如果不曾在元朝为官，皇帝要这样羞辱他，他会立即将纸片撕了，当场脱下官服，掼下乌纱帽，向皇帝辞官。可他在两朝做过官，属于古人所讥的"贰臣"，跪拜过两个皇帝，恨自己的气节竟然比眼前这头野兽还不如，肚皮中那一股傲气被压制着，不由低着头，脸上一阵红，一阵紫，恨不得一头撞死在宫墙上。

中书省不久传来诏书，令危素不要去弘文馆当值，迁居和州，去守元朝忠臣余阙的祠堂。危素谢了恩，带着诏书，回寓所收拾行李。自顾老病之身，没有甚么怜惜，京城也没有多少留恋，可是这样被贬，心里实在屈辱和愤恨。很多人不知他为何才做几天弘文馆学士，就谪迁了。他自己知道是一言获罪。皇帝不让自己到各府县去做八品小吏，却让自己去守余阙祠堂，分明想用忠义气节来羞辱自己。皇帝诏书的言外之意分明，余阙能为大元国事而死，你为何偷生？危素深知亡国之臣殉国不难，在两朝为官却难上加难。次日早上，他带了一个老仆，骑着一头蹇驴，捎着书稿和几包寒俭的行李，刚出寓所的门，刘基、宋濂、高启、张以宁、胡铉等人赶来相送。刘伯温在酒楼上点了一席酒菜，为他饯行。危素很感激，喝了几盏酒，就哭了起来，说道："老夫至愚至鲁，他也不当这般折辱老夫，不如在午门外杀了老夫算了！"刘伯温劝道："危先生此行不是祸，却是福哩。和州嘉地，上位特地让老先生去养老。"危素说道："老夫葬身之地也。"刘伯温未留意他这一句话，有意谈起余阙其人的道德学问，不作伤心之语。高启想在席间作诗相赠，因心绪不宁，诗兴全无。刘伯温等人送他到渡口，依依惜别。危素与老仆二人登船，投和州而去。

危素到了和州，在余阙祠堂住了数月，翻检平生文字。《元海运志》费他十年精力，已被人借走；已经写成的《元史正》的史稿还在，就将《元史正》撕碎，连同未写完的《宋史纪遗》，在祠堂的香炉里烧了。风吹得灰烬满室，那些灰烬不甘心似的，在危素的头发上和须眉间乱转。他无意间看见门外有一个身影，衣衫褴褛，形同乞丐，因背着光，看不清面容，便问："你来寻谁？"那人问道："危学士，还认得我么？"危素撇了手中的字纸，近前来看，说道："十分面熟，像是大都的一个相识。"

那人进了门槛，握着危素的手，说道："在下是刘佶呵。"危素惊愕地张着嘴，半晌才说："刘大人？你如何到了这里？"忙拉着他的手，却寻不到两张椅子，说道："祠堂寒俭，连一个坐处也没有。"刘佶说："一言难尽。"他因见室内图书零乱，灰烬飘浮，问道："学士在烧甚么？"危素道："在烧无用的字纸。"刘佶捡起几片纸来看，说道："这都是学士在烧平生的心血呵！"危素叹息道："将死之人，留着这些在世间无益，徒增羞耻！听人说你随皇帝北巡，如何又来到江南？"刘佶于是将那夜追随皇帝出建德门，以及北方所见，历历说与危素听。危素老泪潸潸，说道："刘大人真糊涂呵，竟然不明去就。唉，也难为你了，投北不是，奔南也不是，这乱世间，还是一家子归隐山林，以全天年才是。"刘佶说："正是，不才一时愚鲁，抛下母亲与妻子，跟着皇帝北奔，追悔不及。红贼攻破大都后，我娘受了惊吓，便病死了，妻子出关来寻我。我一路从上都寻到大都，又从大都寻到江南，至今不知道他们的下落，估计被乱贼掳掠去了，今生恐怕难以团聚。"说时眼泪盈面。

危素感叹地说："人生关捩①之处，实是一转念而已。所谓一步错，步步错。老夫当日在大都要殉国，被和尚们劝住了，苟且活下来，惹得今日一身羞辱，还是当日死了好！"刘佶劝道："老先生是活国史，要为国珍重呵。"危素冷笑道："活国史，死国史，死活都无鸟用，还不是被明朝的人改来篡去！刘大人，你如何寻到老夫这里，莫不是有事求于老夫不成？"刘佶道："我原本以为大人在集庆做翰林，想托你去刑部求人，向各地发送寻人公文，打探我的妻儿下落。才知大人迁居和州，因此寻到这里来了。"危素淡然地说："老夫就算在集庆做学士，也不愿去求人。你

---

① 关捩：原是一种机械装置，借指紧要处。元朝耶律楚材《和贾抟霄韵二绝》之一："祖师点破新关捩，直指人心教外传。"

既然寻到了老夫，我也不能助你甚么事，且送你二两碎银子，缸里还剩下几斤米，我也用不着了，都把与你。"他拿出银子，用布袋装了米，递与刘佶。刘佶行囊已空，假意推辞一番，就接受了，千恩万谢。二人说了半天话，危素道："老夫年迈无用，行将就木，也无值钱的东西相送，你还是回乡去住罢，万一你妻子寻到你老家去，还能团聚。"刘佶道："我从老家来的，都无妻儿消息。在下就此别过了。"说时，向危素叩了三个头，怅然而别。

黄昏时，斜阳微茫。老仆人上街买菜未回，危素站在房中，先是疯癫一样大笑，接着又是撕心一般痛哭。枯瘦的身子摇摇晃晃，越过门槛，蹒跚地来到后堂的一口老井边。井水清冽，映照着他的白发苍颜。他两眼一闭，双腿一蹬，倒栽下去。扑通一声，惊起树上三两只寒禽，扑愣愣地飞走了。

圣裔

次日，中书省来报，危素投井死了。皇帝怔了好一会，心想危素还是有些气节，终究舍弃自己而去；自己不过是一时意气，过了一年半载，还会召他入京，他却以死来报。皇帝内心愤懑，生气地说："他死便死了，着和州知府备一口棺材收殓，好生安葬他！"早朝散后，皇帝心绪有些寂寥，去大本堂看儿子辈读书，在正堂上看到孔子画像。孔子的目光看着左前方，全然不将皇帝放在眼中。

明朝将要开了科举，考生要发挥圣人文章的义理，可是孔子是将近两千年前的人，谁也不知道他长着什么模样。孔子的家乡曲阜在济宁府，如今圣人的故乡早已入了皇明的版图，不再归元朝管辖，何不宣圣人的后裔来京，请他去国子监，坐在高堂上，受师生跪拜，让他向学生们宣读圣人的事迹。皇帝看《论语》时，觉得孔圣人的话说得极高明，但有的话又不认同，不能与孔子当面探讨，就想与他的后裔探讨，于是令中书省臣遣使者致书圣人后裔，宣他速来京城朝见。

十余日后，中书省臣来报皇帝，孔克坚一行人已经到京，正在午门外候旨。皇帝笑道："宣他一人进宫来，朕在华盖殿见他。"皇帝端坐在御座上，执事太监胡政引孔克坚进殿。皇帝笑问道："老先生还这般年轻？朕原来以为你是一个老夫子哩。"来人慌忙跪下叩头道："陛下容禀，臣是孔希学，家尊有病在身，令臣前来拜见陛下。"皇帝一听，顿时就变了脸色，手轻轻一拍几案，喝道："你家这位圣人后裔莫不是借口有病，看不起我这个出身布衣的皇帝？若惹老子性起——"皇帝的话未说完，吓得孔希学叩头不迭，说道："请陛下恕罪，家父真有病在身，不敢欺瞒。臣一家都是读先圣书的人，守着仁义礼智信。"皇帝听他这么说，又笑了起来，问道："我是让你爹来，你爹却让你来，你若不想来，莫不是让你的儿子来不成？"孔希学道："臣一家人不敢搪塞陛下，家父近年多病，每日都要服药。"皇帝执拗地说道："我要见你爹爹！你快快回去，我写一张手谕把你带着，药让他捎在路上吃，京城也有药，我宫中还有太医，院使郝致才跟朕十几年，大病小病都是他主持在治，哪里治不得你爹爹的病！"胡政吩咐一名太监领孔希学出宫，到客舍安歇。次日，宫中执事人等将皇帝的手谕付他，他仓促离京。

孔克坚见儿子这么快就回来了，忙问详情，得知皇帝不悦，心里慌张，颤抖地拆开皇帝的手谕，龙纹黄笺上只写了三两行：

孔老秀才教席左右：

  吾虽起庶民，然古来自民而称帝者，唯汉高祖一人也。尔言有风疾①，果然否？若无疾而称疾，则不可，谕至思之！

朱元璋 具

皇帝在手谕中既不称朕，又不署"御笔"，天子之宝也没有钤，孔克坚看了，却如闻惊雷，吓得全身颤抖，觉得天昏地转，话都说不出。他当晚急切地与儿子准备行李，次日天未亮，就与两个仆人匆匆上路，日夜兼程，十几日后来到京城。执事太监领着孔克坚进了华盖殿。皇帝当门而坐，孔克坚纳头便拜，说道："罪臣孔克坚拜见陛下，伏惟陛下万岁万岁万万岁！"皇帝听他一拜一呼，心中欢喜，忙说平身平身，怒气消了大半。他想如今天下初平，人心向背还要请这位衍圣公来相助，因笑道："老秀才，近前来，你多少年纪也？是圣人第几代孙？"

孔克坚向前爬几步，答道："臣五十三岁了，是圣人第五十五代孙。"皇帝问道："你在元朝任甚么职事？"孔克坚道："老臣曾在元朝做过国子祭酒，如今老病，还乡多年了。"皇帝说："我看你是一个有福快活的人，不委付你勾当做。你要常常写书与你的孩儿。你祖宗留下三纲五常垂宪万世的好法度，你家里不读书是不守你祖宗法度，如何中？您老也要常写书教训教训儿孙辈，休怠惰了，在我朝里再出一个好人呵不好！"孔克坚道："好好，陛下说得好。"皇帝说："朕不会慢待您老的，赐你孔府两千大顷田地，洒扫户一百一十五户，不会比元朝少罢？"孔克坚道："陛下恩典比元朝多得多，臣没齿难报。"皇帝说："坐坐坐，老先生坐着说话。"

皇帝与孔克坚说了一个多时辰的话，孔克坚谦恭备至。皇帝早令光禄寺卿备了几道菜，中午在华盖殿设酒席，有椒末羊肉、胡椒醋鲜虾、五味蒸鸡、糊辣醋腰子等。皇帝问道："老先生，羊肉可吃得？"孔克坚道："吃得吃得，只是臣近来牙松了，吃了肉总沾牙缝。"皇帝笑道："这有何难，席上为老先生备着红木牙签哩。"孔克坚又说："臣衰年多病，一日只吃鸡蛋大小的饭团，请陛下不消做太多的菜，臣吃不了许多。"皇帝道："你是圣人后裔，是朕的贵客，十个碗是少不了的。"光

---

① 风疾：中医中称风痹、半身不遂等病症，多由脑血管堵塞所致。

禄寺做了一席丰盛的菜肴。皇帝总是劝孔克坚多吃，孔克坚将皇帝夹的菜都吃了，觉得腹胀，入厕两回。

膳后，皇帝拿出《论语》与孔克坚讨论，正经地说："孔圣人说的'唯女子与小人难养也，近之则不逊，远之则怨'，这话说得通又不通，为何？女子好养，小人却不好对付。女子远离她们，容易成怨妇，这不假；小人太亲近了，却容易成奸臣，老先生你说是也不是？"孔克坚听皇帝这么解说，好如丈二的和尚摸不着头，却连声道："陛下说得是，说得是。"皇帝高兴，又细论了《论语》中许多话。孔克坚微微有些气喘胸闷，头也有些昏沉，很想躺下歇息，却强支撑着坐，不敢称病，皇帝说什么他就顺着说，不敢以先圣的道理来争论。

一个下午眨眼就过去了，皇帝留他吃晚饭，饭后又谈起孔子事迹。到了二更，一轮月亮映在宫上，皇帝令两个亲军提着灯笼，送孔克坚在宫外上马车。临别时，皇帝说："您老在京城多住些日子呵。来日朕还要请你去国子监，受学生们跪拜哩。您老若有闲情，还要为学生们多讲些圣人的事迹。"孔克坚平时连行走都艰难，时常心闷头晕，哪里还能这样折腾，心中实在不情愿，却只得喜悦地说："感谢皇上盛情，臣一定多住些日子。"老仆人扶着孔克坚上了马车。他坐下后，觉得左胸有些隐痛，心里发慌，心想自己恐怕要死在京城了。

过了两个月，约莫初更时分，洪武门门吏向胡政传来消息，孔克坚的家仆来宫外递呈陈情表，说主人近日感风寒，心疾复发，想明天回乡，请陛下准旨。皇帝看了陈情表，问道："京城春雨多，阴冷潮湿，莫不是孔老夫子不适？"皇帝令胡政取几两燕窝和一斤冰糖，差中书省值夜的正七品知事去寓所问候。知事回来禀报皇上说，孔克坚已经昏迷一日，问医吃药都不见效，估计活不了几天。他的儿子们已经来京，乞请送父亲还乡。皇帝于是恩准他们一家人享用驰驿。

六日后，中书省来报，孔克坚坐船到了邳州驿站，在船上断了气。皇帝惆怅地说："原来他端的有病，不合强留他在京城久住，北人真个不适宜江南气候呵。呜呼哀哉！"皇帝心想孔克坚是强留他在京城因病而死，危素却是与自己怄气而死，仿佛天下有才有德的人，都不屑与他这个布衣皇帝同时活在世间。如今朝廷与地方官缺员甚多，很多元朝的名士宁愿隐逸山林，也不愿在明朝出仕，好生可恶。皇帝准备开设科举，在民间选拔贤才。

科举程序

刘伯温得知危素投井自逝，惊诧至极，没想到他竟然如此刚烈。元朝亡时他不死，却死在明朝的任上，不免有兔死狐悲之感。晚朝后回到寓所，章氏在门前见了他，忙上前握住他的手，关切地问："伯温，你如何这般郁郁不乐？又有何伤心委屈的事？"

刘伯温颓然长叹一声，进了书斋，说道："我是一个没气节的人，当年在绍兴上吊死了便好。"章氏吓了一跳，忙说："先生为何这般说，可别吓我呵。"刘伯温握着她的手，与她一同坐下来。刘伯温说："危太素，元朝刚正之臣，归降了明朝，只因一句话触怒皇帝。皇帝听从朝臣谗言，将他贬到和州去守余阙的墓，分明想以余阙的气节来羞辱他。他在祠堂里住了几个月，烧了许多文稿，一头栽进古井里，死了。大都攻陷时，他有心殉国，有人劝他说你知道那么多国史，死了很多史事会失传，他才忍辱未死。李善长主修《元史》，贪多求快，有许多可笑的错谬。危学士写书纠正《元史》之误，书写成了，他却烧了，人也终作玉碎，不为瓦全。我也在元朝做过官，如今却苟活着，想起来心里难受。"章氏劝慰道："你与他不同。早年元朝不用你，你便辞官归乡，已是一介草民，不是元朝的官，不食其禄不谋其事，谈甚么气节？危先生是元朝翰林学士，又做了明朝的翰林学士，他如何能与你比？伯温，你真是一时糊涂。"刘伯温听她这么一说，倒有几分欣慰，说道："姐姐真会劝慰人。"章氏一笑，说道："不是我会劝慰，是你被气节二字迷糊了心窍。"刘伯温道："也是。我还有一件难堪的事，想说与你听听。"章氏道："你说。"刘伯温说："去年，皇上要杀一个大官，名叫陈亮，斩首之前，皇帝令群臣去训斥他，好让他死得明白。我真以为他霎时间便人头落地，狠狠地数落他一些不实的话，指责他将百姓视为囚犯，听不得半句忠言，对待下属如禽兽一般。我还斥责他在家为夫无状，为父不尊，全是我想当然的事。谁知我们几个愚蠢汉子斥责完了，皇帝却在刑场上将他释放，令他脱下囚服，穿上朱红官服，授他做太仓市舶提举，你不知当时我这张老脸真无处搁呵。如今想起来，面皮上像时刻挨着耳刮子，火烧一样辣。"

章氏听了，也为丈夫羞愧起来，脸竟然绯红了，说道："你能自省，也不失君子。"刘伯温道："我幼年便熟读《大学》，老大年纪了，却仍不知中庸之道，吃了皇帝的蛊惑，至今想起来，还羞惭不已。"章氏道："事已过去，你就不要多想。陶潜说得好，悟以往之不谏，知来者之可追。以后临朝议事，凡事能不多说，便不多说，实在想说，皇上不点名你也不要说。祸从口出，若皇帝听不进，不但害了自身，而且于国于家无益，岂不成了呆子？你就是性子急躁，心里藏不得半点事，如古人说的胸无蒂芥的人，你说是么？"刘伯温道："极是，极是。姐姐真是极聪慧的人，太知道伯温的为人了，说的句句是理。噫，江山易改，本性不移哉！"就将她拥在怀中。

二人吃晚饭时，刘伯温说："我本来不思饮食，被你这么一说，胃口大开了。"章氏道："那就多吃些了，细嚼慢咽。大明江山是皇帝的，刘伯温的身子却是你自家的，也是妾身的，休要轻弃了！"伯温笑道："娘子真个深明大义。"

礼部尚书崔亮进疏皇帝，国家取人之道，大略有四种选举之法：一是学校，二是科举，三是荐举，四是铨选。如今朝廷只用了三种，唯独科举未行。崔亮在奏章中说"开科取士，则读书者有出仕之望，而从逆之念自息"。皇帝看了崔亮的奏章，心想如今大明朝开国三年多，六部官吏与地方官实多空缺，是到了开科取士的时候，于是召集李善长、刘基、宋濂、杨宪、礼部尚书崔亮、吏部尚书张明善等人，来华盖殿中商议开科取士的事。

君臣商议数日，科举格式当依两宋旧制。宋时最初一年一试，贡院与考生都疲于奔命，春秋两季考期急迫，举子难以安心读书，朝廷靡费也颇巨大，因此定为每三年一举。先乡试，后会试。乡试在秋八月，所谓秋闱；会试在次年春二月，所谓春闱。初场可试《经》义，《四书》义，二场试论，三场试策，中试的人便是进士。进士分一、二、三甲。一甲三人，曰状元、榜眼、探花，赐进士及第。二甲若干人，赐进士出身。三甲若干人，赐同进士出身。中了状元的，按两宋旧制要开状元宴，挂花走马，让京城的百姓都来看，当地的父母官要去状元家报喜，让天下人都以读书做官为荣进。因为百千人写同样的题目，若文章不定一个规矩，一二十日间，几千篇文章，考官阅卷时，难以公正评判高下优劣。刘伯温提议文章当仿宋人经义，以古人语气为之，古文为主，也可杂以唐人骈文句式，起承转合自不可少，文章要有庙堂气象，方为合作。至于一定之规，也不便预先定下来；还要以宋人经义为法则，行文要浅近，不要生拗古怪，骈俪句子不可无，但也不可太多。君臣议论了几日，便定下了皇朝科举最初的体制。

洪武三年五月间，皇帝与群臣议定了科举格式，翰林学士起草了诏书，御笔改定后，各行中书省以及府州县将诏书抄写了，张贴在衙门与府州县的学校前，令天下读书人及时知悉。江南江北的人民，不论贫富贵贱，只要略通经史诗文，都欢喜如狂。——只因这一份诏书，尘封的前宋与元朝的程墨①文选，售价倍增。自江南到江北，或荒村寒窗，或深山古庙，或巨室高轩，或客途孤馆，夜间时常可见一盏熄灭多年的读书灯，装点着明朝太平清宁的夜色。

---

① 程墨：科举考试的范文。

第二十五章

李善长托病告长假　汪广洋奉母还高邮

斋戒祈雨

朝廷下了开科举诏后，读书人的心田如久旱遇甘霖，可是江南的农田却久旱缺甘霖。晚朝后，皇帝征询刘伯温，能不能再次演算天象，何日有雨。刘伯温这回乖巧了，断然道："天气变化无常，臣算不准，但上天降灾，总有缘由的。"皇帝追问道："是甚么缘由？"刘伯温沉吟道："依微臣看，或许朝廷失政，上天示警。"皇帝问道："朕能求得雨水么？"刘伯温见皇帝这么问，顺势说道："上位是一国之君，诚心祈祷求雨，检讨失政所在，或许能求到雨水。"皇帝不高兴地说："你这回不敢断定哪天有雨了？"刘伯温道："臣不是神仙，如何敢断定。但上位斋戒求雨，总比不求好。"伯温担心皇帝令他设坛求雨，又哄皇帝说："此事非上位亲为不可，他人替代不得。"

皇帝求雨心切，斋戒了一天，还嫌诚心不足，令皇后妃嫔们在后宫亲自下灶，给自己送饭菜。皇太子、亲王都奉旨来到斋所，与自己一同用膳。膳后，大都督府呈来大将军徐达军书，大明军连月告捷。邓愈自陕西出兵河州①，追元朝豫王到了西黄河，元朝陕西行省吐蕃宣慰使锁南普到军门归降，镇西武靖王卜纳剌也帅吐蕃诸部②前来纳款。自河州以西，朵甘、乌斯藏③等部皆归附明朝；邓愈的兵马走遍甘肃西北数千里而还。皇帝心想西北之地，人烟虽少，但土地辽阔，能归入大明朝版图，自然欢喜。这份捷报仿佛在皇帝的心间下了一场及时雨，焦躁的心情温润起来。

到了六月初，金陵赤日炎炎，酷热难当，十几日未雨，从早到晚，没有一刻凉

---

① 河州：在今甘肃兰州西南面八十多公里的宁夏境内。

② 吐蕃诸部：在今青海省。

③ 朵甘、乌斯藏：分别在今青海与西藏。

爽。这日皇帝身穿素服，脚穿草鞋，徒步出了朝阳门，到钟山祭云坛祭祀云神。他亲自在坛前铺些稻草，垫一匹粗棉布，坐在日头下，汗水如雨，中官不停地给他倒凉茶。晚上他睡在草垫上，衣不解带，山上晚风习习，倒也凉快，只是蚊子多，吸了皇帝不少血。群臣担心皇上日晒夜露，会惹出病来。他们却猜不透皇上的心思。皇上自从到了濠州城，总有天神相佑似的，取太平，攻采石，渡大江，平吴平汉，一路逢凶化吉，遇难成祥。明朝开国后，自己做了皇帝，锦衣玉食，独享三宫六院，莫不是上天开始厌弃自己了？皇后依皇帝之命，在坤宁宫的御厨里亲手做饭菜，都是昔日农家的蔬食，没有鸡肉鱼肉羊肉，用食盒装了，让太子和亲王步行送给皇帝。过了两天，仍不下雨，皇帝有些惊慌，来问刘伯温。伯温道："上位或许还不知朝廷失政所在，再者，上位诚心恐怕未到。"皇帝听了有些心虚，心诚不心诚，自己最清楚，可以瞒得内外大臣和天下的百姓，却瞒不过上天，也瞒不了刘伯温。原来三天前，皇帝身上长了痱子，午后回宫一次，忍不住唤了一个小宫女来侍寝，在龙床上兴云作雨，因此，云神便不在天上兴云作雨了。

日间树上蝉噪，天上烈日酷毒，全然没有一丝雨象。皇帝焦躁不安。本想在坛前日晒夜露，直到下雨为止，谁知从和尚做到皇帝容易，从皇帝再做一天和尚都难。第三日黄昏，皇帝怕晚上露宿受凉，伤及身体，给左右侍从说政务未毕，回到宫中住。但他多少有些敬畏上天，不睡在寝宫东阁里，那里闷热，睡在乾清宫西庑下凉床上的白罗帐里，比睡在坛前稻草上舒适多了。次日清晨，天仍无雨象，皇帝这一回执意要绝情欲三四日，绝荤食十余日，心已经虔诚了，可天仍不下雨，莫非上天怪自己吝啬？皇帝寻查失政的所在，下诏出内帑①彩纱一万四千匹，赏赐出征将校，还在常例之外发给军士薪米，且令磨勘司、刑部给狱中罪犯酌情减刑，令中书省、司天监等官吏去民间寻访通六经②之术、明治国之道的高人。

次日早晨天色阴沉沉的，云气翻动，上苍看来真的要为虔诚的皇帝酝酿一场大雨。到了辰巳之际，天上先打雷后下雨，江南农田，半日雨足。皇帝疑心诚意真的可以博取天意，不由暗自思忖着朝廷的失政所在。

告病假

新任刑部尚书刘大昕赶到中书省，报知丞相说道："相爷，大好事了，泰州城有人告发了张九四两个儿子的行踪，被捉住了。"刘大昕自湖广荆州分省赞理任上赴京，出任刑部尚书，数月来十分勤勉。他接到泰州知府传来的公文，就来报与丞相。

---

① 内帑：指明朝皇宫中收藏钱财的府库。

② 六经：六部儒家经典《诗》《书》《礼》《易》《乐》《春秋》的合称。

丞相问道："确信是张九四的儿子么？"刘大昕道："确凿无误。他们在泰州城一家陆记酒店里学做记账，被人认出。店主陆二曾是张九四的御厨，也被人认出，如今都槛押在泰州城中。"丞相道："参照大明律，要定他两个儿子的死罪才是，免得他们长大了造反作乱。"刘大昕说："按大明律，张九四在元朝算是'谋反大逆'罪，他的儿子自然是从逆，大明律上说本人凌迟处死，年十六以上皆斩。"丞相说："我将名册呈与皇帝勾取，秋后待决。"

次日早朝上，丞相临朝奏报皇帝，刑部已经搜捕到了张九四的儿子和御厨，如今下在泰州城的大牢里。他期待着皇帝的惊喜。皇帝笑了笑，怪声怪气地说："张九四可怜呵，自己国灭身死不说，连两个儿子都躲不住了，可怜可怜。"丞相说："臣与刑部依照大明律，拟了罪名，并不冤枉他们。"皇帝摆摆手说："先议其他大事，这件事散朝后，请相公来华盖殿商量则个。"

散了朝，丞相来华盖殿见皇帝，将死囚名册呈上。胡政接了，放在御案上。皇帝摆手示意胡政等太监退出，并说："将宫门关上！"门吱呀呀地关上后，皇帝面皮阴沉起来，拿起死囚名册掼在案面，啪的一声响亮，丞相一怔。皇帝说道："百室，你熟读《汉书》，合当知道汉朝丞相丙吉罢，知道他不问斗杀人命的事却问牛喘①的事么？"丞相道："臣知道，《汉书》中有丙吉的传。"皇帝道："自古知名宰相，都能识大体，不在细枝末节上费心力。张九四造反，朕也跟着滁阳王造反，在元朝都是造反作乱，做着千刀万剐的勾当。可张九四早就死了，他儿子几时谋反了？可有人证物证？当年张九四在时，他两个儿子不过十一二岁，都未成年，如今在泰州作佣工，你却要将他们投入刑部大牢。如今他们可是明朝的子民，不曾犯了大明律半点罪。你就忍心将老张家斩尽杀绝么？"

皇帝一番话说得李善长惶恐至极，忙跪下来，以头触地，说道："上位恕罪，臣愚昧无知。"皇帝道："那个刘大昕更是愚蠢！"皇帝才说出口，觉得失言，又说："刘大昕愚蠢！你身为丞相，却不曾明察，生怕误了他一桩大功。这样的人在刑部做堂官怕做得不久罢。"丞相道："臣有失察之罪。"皇帝道："六月间，江南久旱无雨，为何？是朝廷失政所致。朕吃了一番苦，日晒夜露，诚心向上天求了几场雨。朕还权于中书省，朝廷失政，中书省脱不了干系！"丞相不安地说："臣失职。"皇

---

① 丙吉问牛：丙吉（？—公元前55年），字少卿。鲁国（今属山东）人，西汉大臣。他为政宽大，若见掾史不称职，就给他放长假。丙吉做丞相时，一次外出，遇到因争路而斗殴，有人横死路上，丙吉经过却不过问，掾史感觉奇怪。丙吉继续前行，遇到有人赶牛，牛喘气吐舌，丙吉因此停下来，派小吏前去询问："赶牛走了几里路？"掾史怪丞相前后不分轻重。有的人还因此指责丙吉。丙吉说："百姓斗殴死人，有长安令、京兆尹管，我只需一年一次考核他们的政绩优劣，上奏皇上或赏或罚而已。宰相不过问小事，但春日未热，牛喘气吐舌，担心季节失调，将会出现甚么灾害，好预先防备，这是位居三公的人要管的大事，因此过问。"掾史于是心服，知道丞相丙吉识大体。

帝道："朕有一事与你商量。"丞相说："请陛下降旨。"皇帝道："你省中事务忙，这次会试你莫做总提调官了，朕想将汪广洋调回来，做中书左丞，明年由他做会试的提调官，你意下如何？"丞相颇不情愿，却只得说："陛下圣明，臣遵旨，便不任总提调官了，汪广洋博通经史，定能胜任此职。"皇帝说："相公，这里无外人，朕还有几桩事与你商量。"丞相道："臣恭承圣教。"皇帝说："上回相公与朕说了溧阳县等三县节妇的事，朕只是下旨表彰。但听礼部尚书崔亮说，这事关人伦教化，三个知县都乞请朝廷拨付银子修牌坊，你却不曾提醒朕。"丞相说："臣想过这事，但开国不久，国用不足，修三座大牌坊要花费几百两银子，臣便按下未报了。"皇帝道："银子是小事，节义是大事，你做丞相当识大体。这点轻重都分不出，还替朕省这点银么？"

丞相脸一红，忙道："臣知错了，回去与户部官商量，立即拨专用银子到那三个县去。"皇帝道："你主修《元史》，端的费了心力，但据翰林学士们说，史稿中差误不少。相公不要只图快，却不求精。"丞相道："臣尽心监修，极力避免差失，不负圣望。"皇帝又道："据人说你的兄弟在城中开了一座遮奢①的酒楼，你也入了份子。依朕看呵，你身为丞相，何必与民争利哩？"丞相听了十分吃惊，此事只有极少的人知道，皇帝如何也知道了，不免惊慌地说："陛下说得是，臣是入了些份子，赚了些银子，愿意悉数捐与户部罢。"皇帝语气缓和地说："不必了，你留着家用。开国不久，国力不丰，民力也不强，你虽为丞相，也不是很富赡的。朕早就想与你说些心底的话，就借今日你我君臣二人对面，说了这些，不要太介意了。朕看你一脸倦容，你若觉得身体欠安，告几个月长假便是，朕自然会准的……"丞相听皇帝的口气，他的话好像没有说完，自己却已经明白他的话外之意。自己身体康健，并无疾病，皇帝却让自己告假，与逼自己辞职无异，怔了半晌，才说："臣……臣的身子近年的确有些衰颓，大不如前了，臣想想……想休几个月长假，承蒙圣上眷顾，不胜感激之至。"皇帝见丞相明白了自己的意思，反而有些歉疚，安慰他说："你跟随朕年月很久，朕不会亏待你，将来论功，文在前，武在后。徐达功劳再大，座次也不会排在你前面。朕便不多话了，相公请回罢。"丞相道："谢皇上。"他迟重地站了起来，俯身退了数步，才转身离宫。

次日，早朝前，丞相府的管家卢仲谦来中书省，说丞相近日气短心悸，时不时有些头晕，起初并不曾在意。今日五更起床时，头晕耳鸣，险些跌倒，坐下喘息很久，才能站立，后颈一直僵硬酸胀，心悸怔忡，总觉得胸闷，正卧病在床，差他来太医院请医师去府上诊治，拜请杨宪临朝时向皇帝告假。杨宪十分意外。

---

①　遮奢：宋元时口语，表示了不起、出色的意思。

开中盐法

丞相病休之后，皇帝令杨宪暂时主持中书省政务。杨宪上疏皇帝，请实施开中盐法，此法宋朝时便有。所谓中，大致是指处在官与民之间的商人，开中的意思是说将朝廷专营的事务，放开让中间商去做。杨宪按例要先与丞相商议，临朝时丞相奏报皇帝，方才符合章程，但丞相因病向皇帝告了病假，在家中养病十几日，杨宪未与他商量。

杨宪说北方用兵，运粮不易。如山西大同的军用储粮，都从各地的官仓运来，还要送到各地守军的军仓中去，多是山路，道路险远，运费极多，人力也不便安排。近日山西行省上疏中书省，想让山西商人在大同军仓里每交米一石，太原军仓里每交米一石三斗，给淮盐一小引二百斤。盐是朝廷专卖，商人拿着盐引去贩盐赢利，弥补了交粮的本钱，还能赚钱，商人为赚取更多的钱，总会想方设法从各地有田之主那里买米，雇人马运到大同或太原军仓，充实军储，朝廷省了运输的种种繁琐，这就是开中盐法。皇帝觉得此法可行，称赞杨宪有理财的才干，下了诏书，一时开中盐法与军粮储备相辅而行。开中盐法在大同施行不久，皇帝并不十分放心；他从小就听说过元朝大小官吏贪赃枉法的事，令两名使者送手谕给徐达后，再去河南、山西等地，暗中探巡开中盐法实施的事。

杨宪坐在中书省值房，闲时抄写唐人陆贽的文章，常在手卷后盖上一方印章。胡惟庸从门前经过，见杨宪在把玩一方铜钮印，进来笑说："一块好黄铜，磨得锃亮。"杨宪笑说："铜不值几文钱，且看印文如何？"胡惟庸拈起来，看了看印面阳文，却不认识，摇头说："却是'两个黄鹂鸣翠柳'。"杨宪问道："此话怎讲？"胡惟庸道："不知所云。"杨宪笑了。二人说话时，翰林编修陈桱来到中书省，杨宪便拿出花押印章给他看，问道："陈学士，看看此印如何？"他端详一会，惊讶道："恭喜杨大人，这押字大富大贵。"杨宪笑问："如何一个富贵？"陈桱道："这'一统山河'四个字，极好了，只有天在上，更无山与齐者，分明是大人不久将居一人之下，千万人之上，如何不大富大贵！"杨宪道："陈学士好会说笑话呵。"胡惟庸笑道："是恁地四个字，原来杨大人心怀远志呵。"杨宪搪塞道："非也。这四个字不过是说如今皇明江山一统，却被你们曲解了。"

过了数日，晚朝散后，皇帝问杨宪朝中还有甚么文学之士，杨宪说："翰林编修陈桱善说会写，一笔赵字极好。"皇帝说："你说陈桱能说会写，还有一笔好字，朕便信你，任他做翰林院待制罢。"杨宪道："陛下圣明。"皇帝说："李相公近月身体欠安，往往心悸气短，省中无人主政。朕要将汪广洋调回京城，他与汪河曾经师事余阙，博通经史，一笔篆隶字写得好，不亚于徐铉①，又能诗歌，为人性情宽厚，想必与你能声气相投。朕想令他做中书左丞，你以为如何？"杨宪惊异不已，怔了好一会，静默不语。皇帝问道："你莫不是不赞同么？"杨宪道："臣不敢，朝宗实是能臣，只怕臣与他相处不善。"皇帝说："你们从前颇有些误会，今后相互谦让着，处事不难。"

吊唁

宋濂主持着史局，与众史臣挥汗如雨，赶进度续修元史，想尽快完成这一桩皇差。七月初，宋濂等人续修完《元史》，抄录后装订成册，续修共计五十三卷，纪十卷，志五卷，表二卷，列传三十六卷，凡前稿未完备处悉数补完。《元史》共计二百一十二卷。

皇帝粗略翻检，未及细读，问道："原来的差误都没了？"宋濂说："眼下所知的差误，史臣都改过来了。"皇帝问道："还会有错误么？"宋濂道："臣不敢说。元朝的史料浩繁，史臣中通蒙古语的人也不多，一个人名，两种译法，想必未知的差误也在所难免，倘若慢修三五年，定会更精当。"皇帝道："三五年太久了，就恁地定稿罢。"皇帝设宴犒赏史臣，礼部尚书崔亮未来赴宴。他上个月重病，一直未愈。杨宪想举荐中书省都事刘炳主持礼部，皇帝得知是他的同乡，于是指定陶凯做礼部尚书。过了些日子，崔亮因病而逝。皇帝心想凡修桥修路，时常要死人，崔亮是为修史而死。

崔亮寓居城中一处小巷，容不下很多人。皇帝应新任礼部尚书陶凯之请，准旨设灵堂在礼部门外，方便群臣吊唁。辰牌时分，李善长、刘基、宋濂、汪广洋、杨宪、胡惟庸、六部尚书郎本中、陈煜、陶凯、滕德懋、刘大昕、安庆、国子监祭酒魏观等二十几人相继前来，站成三行，在礼生的引导下拜祭。崔亮的妻子和儿子戴着孝，跪在灵柩前答礼。祭帏和纸钱在风中翻飞，挽诗挽词挽联晃动着一片雪白，洪武门内弥漫着悲凄之情。祭毕，群臣都前来向丞相问病。

刘伯温见李善长面色少了往日的红润，眉宇间也多了些愁色，步履也不如从前的轻健了，很意外他这么快就病了，心中疑惑不解，上前握手道："相公要为国保重呵。依不才看，相公的病以长养为宜。"李善长道："多谢老先生嘱咐。不才与老先生相交十多年，知人知面又知心的人，莫过刘老先生。岁月不居，时节如流，转眼间我们都老迈了，老先生也要多多保重。"刘基一面感慨，一面道谢。李善长又与六部尚书说了些话，便去登车。胡惟庸上前扶着李善长，善长摆手笑说："不妨，

---

① 徐铉：五代与北宋初人，在宋朝做过右散骑常侍，精研《说文解字》，善书法，学李斯小篆，隶书亦工。

不妨。"胡惟庸跟着车，在车窗外边走边说："相爷，开中盐法是国家大事，杨希武事先不与你商量，皇上也只与户部官议了议，便令翰林院下了圣旨，这是为何？詹鼎先生一手好文章，有庙堂气象，哪是陈樫那种村秀才可比，詹鼎先生却做不得翰林待制，杨希武在御前说他一句好话，便做了待制！"

丞相手搁在车窗上，说道："陈樫字好，为人也不是一无是处。下官一病半个多月，省中的事都拜托你们了；开中盐法好处很多，你也不要见怪。"胡惟庸道："相爷说得是。汪大人到中书省后，位在杨宪之上，在下却总见他处处避让杨宪，省中倒是杨大人说一不二了。"李善长说："他们性情不同，朝宗有文才，性情宽厚，希武略少些文才，但颇有实务的才干，不过刘伯温说他相器不大。"胡惟庸低语道："杨希武想做丞相，相公想必知道。"李善长并不回答，却道："你听我说一句，他们在省中，恰如一阴一阳，相互消长，你且忍受一些时日，自有你出头之日。"胡惟庸道："承蒙相爷赐教，卑职理会得。"李善长道："中书省无汪广洋，我还怕你与杨宪相争，如今他来了，又位居杨宪之上，你道为何？你揣摩不出皇上的心事么？"胡惟庸道："卑职不知呵，难道圣上并不信任杨宪？"丞相附耳轻声道："你处处让着他们便是，先由着他们邀宠得乖。"胡惟庸道："小的谨记相公的话。"

弹劾

数日间的朝会，君臣商议军政大事，满堂和气。这日早朝，皇帝点评中书省近两月的政事：一是赞赏开中盐法，二是赞赏汪广洋到中书省后，与杨宪共同主持中书省政事，一改旧习，做事雷厉风行。

早朝散后，监察御史凌说突然来华盖殿外，向皇帝递交上疏，弹劾汪广洋奉母不孝，回家后经常责骂母亲。皇帝阅后，想起自己当年安葬母亲时的悲凄情状，如今做了天子，富有天下，却无母亲可以奉养。汪广洋身为人子，竟然不敬母亲，不由大怒，咬牙切齿地问："他连亲生母亲都不孝敬，对朕会有多少敬意？"胡政侍立在旁，微觉地面冷风嗖嗖。皇帝想立即令人宣汪广洋进宫，当面责问，又想起古人所言"兼听则明"，不能听信凌说一面之辞，差人先去核实，再追究不迟。

次日早朝，皇帝并没有当朝质问汪广洋。散朝后，皇帝说："刘基、杨宪二位爱卿留下，其余退朝。"二位怔然站着，皇帝走下金台，问道："汪广洋事母不孝，你们如何看待？"刘伯温心中有几个疑问，一是汪广洋住在城北一处深巷内，凌说如何会知道他的家事？二是两个月前无人上疏弹劾，偏偏在此时弹劾。三是如果皇上贬谪了汪广洋，中书省便是杨宪一人主持，此事莫非与杨宪有关？近年刘基对朝廷是非颇有倦意，也不知道中书省谁是"杨党"，谁是"汪党"，只是隐然察觉事出有因，于是沉吟不语。皇帝问道："刘老先生，你身为御史中丞，掌朝廷纲纪纠察，御史台凌说弹劾广洋奉母无状，不知老先生有何高议？"刘伯温迟疑一会才说："臣从未去过汪大人家，不甚知情，请杨大人说说。"杨宪忙对皇帝道："臣与汪大人处事多年，颇有些交情。平时汪大人言笑温和，彬彬君子，断不是奉母无状的那般人。"皇帝道："杨爱卿既然与汪广洋有交情，朕就着你去查明此事，速速报我。"杨宪道："臣就着人去查访。"皇帝道："你快去办。"皇帝看刘伯温一眼，刘伯温抚髯沉思不语。皇帝问道："刘老先生在想甚么？"刘伯温说："臣在想为臣之道。"皇帝有意味地问："为臣之道如何说？"刘伯温说："能做到一个忠字就差不多了。"

几日后，晚朝方散时，杨宪领着中书省都事刘炳到华盖殿面圣。刘炳道："前天早上，趁着汪大人上朝，臣就寻到汪宅，过问了几户邻居，他们都说常听到汪宅中斥责的声音。"皇帝问："都是甚么时候？"刘炳道："都是汪大人下了晚朝回家后。因杨大人反复吩咐过，命臣多问一些邻居，臣都问了，除了不曾听见斥责的人，凡听见的人都说汪大人经常责骂他娘，也听到他娘骂儿子不孝。臣仍不敢轻信邻居们说的，便在汪宅门外站了一个时辰，果然听见汪大人斥责他娘好几回，骂她娘说老而不死。他娘便哭。"皇帝问道："你说的可都是实话？"刘炳道："臣句句是实。"皇帝道："朕知道了，你们回去罢。"

次日早朝前，天微微亮，皇帝来到华盖殿，令胡政去待朝房宣汪广洋进宫。汪广洋得知早朝前急宣，不知有何军国大事，急切赶来。他进了华盖殿，见皇帝一脸怒容，忙跪下问起居。皇帝问道："汪广洋，你的娘今年高寿？"汪广洋道："臣母今年八十四了。"皇帝道："常言道，七十三，八十四，阎王不请自己去。你莫不是指望你娘早些死罢？"汪广洋大惊，忙道："陛下，臣如何会有这般歹心？"皇帝道："若要人不知，除非己莫为。你在家奉母无状，朕都知道了！"汪广洋自辩道："陛下，臣自小读圣贤书，粗知忠孝廉耻。母亲年过八十，是我这个做儿子的福气，欢喜还来不及哩，岂敢奉母不孝。"皇帝冷笑道："你在家时常责骂老母，是不是怪他老弱无用，成了你的拖累？"汪广洋道："陛下，臣的母亲因年岁大了，耳朵有些聋，臣不大声说，她听不见。她近年多病，有些神志不清。臣的爹爹去世五年多，我娘总说他天天晚上在门外唤她，让臣开门，请爹爹进来。臣如何劝说，她也不信，臣便去开门，门外无人。我娘怪我开门迟了，气恼时的确骂臣是一个不孝的人。臣老家有两个外甥女，如今三四十岁了，她们小时，臣母还抚育过，与臣母十分亲近。臣母每晚都说她们在门外唤她，向她借银子。我娘抱怨说她哪有银子，她总听见外甥女说藏在床铺下，藏在碗橱里，我娘便向我诉苦说家里哪有银子，外甥女不信，却天天晚上在门外骂她。这分明是臣母老病的缘故，才有谵语和妄想，门外并无一人。因此，我娘生气时便说臣不孝，这事想必也是有的。"

皇帝一听，没想到事情并非自己想的那般简单，觉得汪广洋说得颇有道理，但又怕他撒谎，问道："竟有这事？你在胡言乱语不是？你以为朕老糊涂了？你对老母呼喝惯了罢！不是她耳聋，是你奉母不孝！你的话朕如何也不信！"汪广洋泪流满面，说道："陛下，臣母向来喜欢喝酒，喜欢吃肉，臣若买酒买肉回来，她便高兴，满面笑容，便说托儿子的福，有酒有肉吃，这些话却无人听见。臣下朝回家后，进奉汤药，从无半句怨言，哪里会责骂家母！"皇帝说道："你不孝的事，朕都知道了，并不是听一面之辞，任你狡辩，朕也不信。若按大明律定你一个不孝的死罪，反而害了你娘无人赡养。但中书省不能留你这个不孝之人，不孝之人必不忠！"汪广洋说："陛下，若有人弹劾臣不孝，可遣人令家慈和仆人进宫，当面质对，倘若真是不孝，臣愿被凌迟处死！"皇帝听他这么说，心想只听了刘炳的证辞，刘炳是杨宪的下属，或许不实，忍耐着性子道："好，好，但得如你所言，退下罢。"汪广洋叩头三响，退出华盖殿，径自去奉天殿早朝。

早朝开始后，当值殿中侍御史报："翰林学士宋濂、待制王祎二人未至。"皇帝问道："早一向，宋濂也失朝一回，朕未曾追问，是不是晚上喝醉了酒，早上睡得太熟，起不来？不是厌倦赶朝罢？"殿中侍御史因不知情，不敢回答。皇帝心想不知是这些老秀才睡过时辰了，还是有意怠慢自己，加上汪广洋有人弹劾奉母不孝，心中大为不快。

议事时，工部尚书安然出班奏道："亲王的宫城，臣以为当依据各位亲王封地的情形而择地，请秦王府用陕西台治，晋王府用太原新城，燕王府用元朝大都的旧内宫殿，楚王府用武昌灵竹寺基，齐王府用青州益都县治，潭王府用潭州玄妙观基，靖江王府用独秀峰前面的空地。"皇帝并无兴致细听，敷衍道："你这个工部尚书想得周到，既能节俭，又不失规模。明年工部安排人手，一个个去营造修缮便是。"议了三刻，宋濂才匆匆赶到殿外，半个身体隐藏在宫门外，皇帝低头饮茶时，他匆匆入宫，挤入班部丛中站着。君臣又议了钱粮事宜，约莫过了一刻，翰林待制王祎才仓促进殿，在门边跪拜道："臣早上睡过了，请陛下恕失朝之罪。"皇帝看了看两班，看见宋濂站在班中，问道："宋爱卿，殿中侍御史说你失朝，你却不曾失朝，莫不是他眼花了，不曾看到你？"宋濂恨不能隐身，忙惊慌认错道："臣失朝了，自知罪责之深，不敢被陛下看见，趁陛下吃茶时入了班，想散朝后向陛下请罪。"他边说边从班部丛中出来，与王祎并跪殿中。皇帝问："御史查一下，宋、王二位爱卿失朝几回？"殿中侍御史翻检手中的名册，答道："启禀陛下，今年宋学士朝会迟到五回，王待制朝会迟到三回。"皇帝道："天热天冷，朕都比你们起得早，你们见朕失朝一回不曾？"皇帝并不期待百官回答。百官却一声响亮道："不曾！"皇帝道："今日你晚来，明日他晚到，朕若要下圣旨，翰林待制都不在，谁来草拟圣旨？着翰林学士宋濂、待制王祎降为编修。"二人叩头谢恩。

奉天门晚朝后，皇帝在华盖殿用了晚膳，看一会书，到了初更时分，令左禄去传拱卫司指挥使毛骧来见。皇帝说你选两个机灵的军汉，身着便衣，立即去城北汪大人家门外，看看他在家是不是奉母不孝，休惊动了他，明日早朝后来报朕。毛骧领命而去。

贬谪高邮

汪广洋退了晚朝，到街上熟食店买了一斤东坡肉，八两黄酒，五张油蒸饼，回到城北家中。他曾在应天城多处租赁房屋，最初住在城南，租了几间精致的房屋，后来去山东行省作参政才退了。皇帝调他回京后，他又在城南租了六间旧宅，调去陕西做行省参政时又退了。这回调入京城，城南的大宅都被京官们租住，汪广洋才在城北访到了几间旧屋，月租一石米，或折银子一两。

宅子进门是一个小天井，有些空闲的土地，一侧种了些青菜，后面是四间半屋，外间为厅堂，平时在这里会客吃饭；左边是厨房和仆人的居室，厅堂后面是汪母的卧室，摆着一张雕花木床，一架旧榆木衣柜。有一间窗户，窗边有一个后门，外面是一间破旧的小木阁子，临着斜坡，阁子一半悬空，四壁透风漏光，裱糊了很多草纸。木地板中间空着一道五寸宽的缝，缝下能看见坡上嵌着一只大缸，堆满粪便，苍蝇成阵。一家人平时大小便都在这里。卧室旁边半间屋是汪广洋的书房，放着一张小床，一张琴条作书案，小书架上堆着许多书。室内仅容一人转身。砖墙上留出一处十字小眼，算是窗户。因为此处背光，日间室内仍然昏暗。汪广洋回到家时，家仆已经煮好饭，做了两个蔬菜，一盘炒羊肉，一盘酸辣鱼汤，摆在厅堂的桌上。仆人已经吃了饭，与汪母坐在厅堂门边，等汪广洋回来。

汪广洋回家后，让仆人将东坡肉再烧热，就给母亲倒酒，说道："娘呵，今日买了肉，买了酒，让您老吃了心里不荒。"汪母年老体衰，身体枯瘦，夏月稍凉的天气还要穿两件衣，左眼患圆翳内障多年，另一只眼亦浑浊不明，耳朵也有些失聪，就问道："我儿呵，你说甚么话？娘一句也未曾听清。"汪广洋大声道："买了好吃的哩，有肉有酒，您老不是说这几日只吃菜蔬，心里荒么？"汪母笑眯眯地说："好儿子，又有好吃的？皇帝又发米了？"汪广洋未及回答，汪母手指着门外，说道："儿呵，你爹每天这个时辰就在门外叫唤，你也不请他进来！"老仆人用木盘捧出一碗东坡肉，两碗米饭，放在厅堂方桌上，恭敬地说："汪大人，菜热了，请主母吃饭。"汪广洋扶娘到桌边，汪母刻板着面皮，说道："你爹在门外唤了好久，如何不让他进来！"广洋大声说："娘，门外没有人。你每天这个时辰说门外有人，儿都看了，一个人影子也不曾有。"他转身将油蒸饼放厨房去。汪母嘀咕道："他天天在门外叫唤，你就是不听我的话，不孝呵，不孝呵……"她反复念叨着这句话，颤巍巍地站起来，拄着杖，摇摇晃晃，来到天井里，要去开门，一边说着"我哪生了你这般不孝的儿子，亲爹都不认"，广洋从厨房出来，忙追上去扶住，生怕她跌倒，大声说："娘，你快吃饭，饭菜凉了！"她娘在桌边坐下后，汪广洋夹一块东坡肉放在她碗里，将一杯黄酒放在他娘手中，大声劝道："娘，你先喝杯酒，我便去门外看看。"汪母说："快让你爹进来，我们一起吃。"广洋不答话，为娘轻摇着蒲扇。

老仆端着木盘从厨房出来时，拱卫司的两个便衣军汉，一个叫王魁，一个叫赵晋，都是毛骧的心腹人，正在门外窥探，隐约听见汪广洋和他娘的说话声，但听不真切。王魁蹲下来，让赵晋站在他的肩头，叠作两个罗汉，伸头从天井里看去。汪母来到天井，汪广洋追出来，见墙头现出一个人头，吃了一惊，不敢大呼，怕吓着母亲，装作未看见，扶着母亲到桌边坐下，又跑出来，拉开门闩，看见两个人影跑向巷子深处。汪广洋心想蹊跷了，莫不是两个贼？也未多想，回来陪母亲吃饭。饭后打水给母亲洗脸洗脚，母亲睡下后，他才到旁边半间书屋点一支烛，看一会书才睡了。

次日早朝前，毛骧领着王魁和赵晋来华盖殿拜见皇帝。王魁说听到了汪大人叱责他娘，她娘或许生了气，要离家出走，边走边说汪大人不孝，被汪大人扶了回去。皇帝喝道："你说的是实情么？若有半句假话，朕便让你人头落地！"赵晋说："小人是亲眼所见，亲耳所闻。如果有半句假话，愿受千刀万剐！"王魁说："他踩在小人的肩头看到的，小人在下面也听到汪大人的娘说儿子不孝，好像生气要出走，我们便离开了。"皇帝说："朕知道了，你们都退下罢。"毛骧领着二人退出华盖殿。皇帝令左禄去传汪广洋进殿。汪广洋拜罢，皇帝道："汪广洋，你可知罪么？"汪广洋说道："陛下，臣……实在不知犯了甚么罪。"皇帝喝道："你奉母不孝，朕已多方打探明白了，这回断断容你不得。"汪广洋不知如何自辩，以头触地，恸哭起来，说道："陛下，臣可以不做官，但不能无辜背一个不孝的罪名。朝中有人若借礼教杀臣，臣死也不会瞑目！"皇帝冷笑，说道："你演戏倒好，入梨园行去罢，做官便不行了。"皇帝深信了刘炳和那两个军汉的话，心里已是憎恶之极，不想再与他多说一句，挥了挥手，说道："挟到午门外候旨！"两名天武将军架起汪广洋，汪广洋以为会被斩首，全身瘫软。天武将军挟着他前行，拖到午门外，扔在地上。

早朝后，皇帝当即下诏，以奉母不孝之名夺去汪广洋一切官职，令他明日归还故乡高邮，不许在京城停留。皇帝因其母年老，令中书省赠一张驰驿券，沿路享用免费车马船舶，另赐白银二十两，为汪广洋赡养母亲之费。汪广洋从宫中回来，老仆吃惊，忙问："大人莫不是忘了物事在家中？"汪大人道："皇上下旨让老夫回乡为民。"老仆惊骇得舌头打结。汪广洋说："这些日子劳烦你了，佣金今晚结清，你也另谋一户人家，我明天便与老娘回乡去。"汪广洋收拾被褥衣裳，书籍和字画装在两只竹箱中，此外并无余物。他向房东退了房，结了佣金，在城中购买些物品，预约了一辆马车。晚上，高启、谢徽、王本中、睢稼六七人前来送别，说些抚慰的话。次日辰牌时，汪广洋扶着母亲上了马车，有几个邻居送些鸡蛋、鞋袜和果脯作别。汪广洋收下了，作揖致谢。母子二人出金川门时，汪广洋回望着应天城，人烟繁盛，渐见太平景象，想起当年离京到地方做行省参政时，两三日宴请不断，饯行的朝官极多。如今离京时，中书省一个人也不曾来送，凄凉如此，不由恻然。

第二十六章

王御史粗心究隐事　朱皇帝暴怒斩重臣

高邮驿

　　杨宪向皇帝递了一道奏章，建议将汪广洋迁到海南去。皇帝将奏章留下，未曾回复，这便是"留中"。晚朝后，皇帝让杨宪留下来，召他来华盖殿。皇帝问："朕打算犒赏这些年来东西南北征战的大将，你可留意他们的战功？"杨宪道："臣于武将中，最服三人，一是徐大将军，二是李副将军，三是廖永忠。永忠自巢湖来投，向来战功卓著，鄱阳湖中那一番好厮杀，还不是多亏了巢湖的水师们。不知皇上将来封武臣公侯时，永忠是封公，还是封侯？"

　　皇帝摇头道："杨爱卿想得可真远哩。朕还未及细想谁封公谁封侯，各人自有各人的武功，朕届时当按大小行赏。"杨宪辞行时，皇帝突然问："杨爱卿，你如何偏偏问起他的事来？"杨宪道："臣想到他哥哥死了，他这些年来厮杀不易，便来问圣上。"皇帝又问："丞相当如何封？"杨宪道："文臣当居武将之后，丞相位在四、五之间罢。陛下平定四方，多赖武将的战功，文臣自然不及。"皇帝笑道："朕却不恁地想。百室从定远来投我，十几年来，调和诸将，征兵筹饷，定制钱①，议律令②，榷立两淮盐业，立茶法，开铁冶，定渔税，国用才一天天丰饶，军民不会困乏，将士们才能厮杀取胜。开国以后，他斟酌元朝制度，力主恢复唐制，监修《元史》，主持中书省政事，功劳何止在四、五之间，朕看他比徐达的功没得少。他虽无汗马之劳，但事朕很久，功很大，天下人都知道，你如何不知道？"杨宪见皇帝说得如此明白，忙说："臣只是不甚知道丞相当年的许多事迹，陛下所言极是。"皇帝笑说："你不是不知道，你很是知道，是怕朕定他的功太大了，你的功便小了，心里不安是罢？"杨宪心中最隐秘的事被皇帝说破，一时惶恐，忙道："臣不敢。"

---

① 制钱：明朝法定的官铸铜钱，不同于前朝旧钱和当朝的私铸钱。

② 律令：明朝的法律条文。

杨宪离开华盖殿时，一轮缺月悬在宫墙上，照得宫殿之甍如覆盖着一层霜雪，也照得汪广洋母子的旅途一片凄清，此时他们已经到了高邮城外的高邮驿站，门外一盏红灯笼似有十分的乡情。广洋前去敲门，驿卒见来人身无官服，便喝道："甚么人？"广洋轻声道："在下从京城回乡，持有官府驰驿券。"说时双手呈上，那驿卒接了，就着灯笼看，念道："兹有汪广洋罢官还乡……汪广洋便是你？"汪广洋道："是在下。"那驿卒道："你做过甚官？"汪广洋道："做过左丞。"驿卒挠头问："左丞是甚么官？莫不是国子监的教书先生？"广洋失笑道："一个寒酸的官，与教书先生差不多。"驿卒道："进来罢。"广洋作揖道："多谢了。"伸手从袖中摸出五枚洪武通宝，塞在驿卒手中，就扶着母亲进门，站在屋檐下等着，车夫将几件行李搬到驿站内。驿卒拿着驰驿券去见驿丞，才一会儿，忽听门内有人大呼："啊呀呀，汪大人，请恕小人失迎之罪呵，快快请进。"一个身着绯红官服的人飞奔出来，纳头便拜。汪广洋忙扶住道："使不得，在下已经削职为民了，如何当得起大人这般大礼。"驿丞道："汪大人可是敝驿的恩人哩。"广洋问道："这如何说？"驿丞道："敝驿相传自秦朝时便是邮亭所在，唐宋以来都是驿站，到了我大明朝已经破败了。高邮知州蔡大人便写书到京城，投与汪大人。那时汪大人做御史，便转与中书省，户部拨了三百两银子，修缮了旧舍，增建了两间正厅，两间厨房，五间马房，添了四匹马，驿船两条，这便是大人的恩德处。"广洋笑道："似有这回事，都过了好几年了。"他见四周无人，从袖中摸出一两银子，递与驿丞。驿丞面皮变了颜色，忙按住汪广洋的手，低声道："大人可不要陷小的于不义呵。"广洋脸一红，十分惊骇，忙将手缩回，赔着笑脸说道："惭愧。在下实不知公清廉如此。"驿丞摇头说："不敢说小的清廉，只是皇明的法度紧严哩。"

驿丞安排两间清洁的客房给汪广洋母子住，令驿厨做了几碟菜肴，打一壶酒款待。广洋陪母亲用了晚餐，打水给母亲洗脸，又替她洗脚，扶她在床上早早睡了。广洋正在看书时，那个驿卒进门便叩头，口称"小人死罪"，双手奉上五枚洪武通宝。广洋笑道："这几个钱权且赏你了。"驿卒惊疑半晌，见汪广洋看都不看他，再次叩头谢恩而退。又过了好一会，驿丞叩门，唤汪广洋到前堂去，说京城来了两个使者，请他接旨。汪广洋有些心惊胆战，不知皇帝要追加自己甚么罪。他跪着接了圣旨，原来皇帝给了他一个官职，令他到海南做教谕。次日，汪广洋借了驿站的马车，带着母亲回到城西熙和巷旧家。家中有妻子和三个儿子，小的七八岁，大的十四五岁，一家人好不容易相聚。次日，他拜见高邮新任高邮卫指挥使兼知州，将母亲与妻儿相托，原高邮知州蔡迁于洪武三年九月病逝。

第二天，汪广洋租了一头驴，让母亲骑着，领着妻儿去城外祭拜父亲的墓。广洋说："娘，爹爹死了好多年了，如何晚上会在门外叫唤。"她娘神情呆滞，似一句也没听见，只是傻笑着。广洋在城中寻访半天故旧，大半零落，多化作城外几堆黄土。他将历年积蓄一百多两银子交付妻子，叮嘱她细心照顾母亲，养育儿子。他在家中住了五日，辞别家人，到高邮驿去坐驿船，驿丞设酒饭饯行。汪广洋借着酒兴，在墙壁上写了一首诗，就坐驿船先到海边，再坐海上商船来到海南，在一所破败的官学里做一名教谕。

汪广洋贬谪海南后，皇帝并未下诏升杨宪的官，只是临朝说丞相养病在家，中书省暂由杨宪主政。胡惟庸心想，丞相在省中时都顺着杨宪，丞相告假后，自己不知如何安身立命，就差了两个心腹小吏去高邮，暗探汪广洋的行迹。

粮耗

早朝后，杨宪来华盖殿奏报皇帝，说开封府给户部送来军粮余额账册，军仓储粮三万六千余石，经查户部账册，扣除既支之数，不足数者有三百五十石。请皇帝下旨速捉粮官来京审问。皇帝道："不必了。储粮年久，如何会没有损耗？老鼠一年也要吃恁般多哩。只要不是粮官贪污失职，军粮损耗就不要再苛究了。"

这日午朝后，杨宪又到华盖殿求见皇帝。皇帝问道："还有甚么大事，临朝时如何不说？"杨宪道："臣不敢惊动当事人。"皇帝问道："甚么机密的事？"杨宪道："臣适才收到中军都督府转来的文书，长淮泰州卫军士运粮到淮安去，遇大风翻了船，漂没米约三百七十余石。这都是户部拨付的军粮，户部尚书滕德懋要责令那些军士赔偿！"皇帝冷笑道："那个户部堂官好生无理，军士遇大风翻了船，失了些米，岂得已哩？未坏军士性命便是万幸。这等天灾谁遇到谁撞恶运。户部若要他们赔偿，他们哪里赔偿得起，休要他们赔偿了。你告诉户部，核销损失的粮食，这是朕说的！"杨宪忙说："陛下圣明。只是据说漂没的粮食并没有三百七十余石。押粮的那个百户官说，漂没的那只船上，最多只装得一两百石，有人趁机多加虚报。"

皇帝听了，大为惊奇，说道："你道是谁人虚报？这个心思真是用得奇绝。倘若不曾漂没，不怕查出来么？"杨宪道："如不曾漂没，有人会参照开封军仓粮食的损耗，将虚报的粮食核销了，所得的银子装入私囊。"皇帝生气地说道："谁的胆子这么大？不要脑袋了？"杨宪道："嫌疑人或许在户部，那个滕德懋难脱干系！"皇帝道："朕知道了。"杨宪犹豫一会，又说："陛下，据人说那个高见贤收取句容的王主簿一件豹皮，托他去吏部举荐自己。高见贤真是小人，他在京城若知道有汉人取蒙古名字，说胡语，身着胡服，或身上无路引①，都捉到兵马司去打，说是奉皇帝的旨意，逼人交了银子才放走。"皇帝并不惊愕，好像是意料之中的事，只是轻叹道："高见贤跟随朕很早，如今想必骄横了。他曾与朕说，在京城犯赃定了案的人，都心怀怨恨，哪里还能住在京城，要与在外犯赃的官吏都发到江北的和州、无

---

① 路引：明朝时，凡居民离开居住地百里之外，需持地方衙门发给一种类似通行证的文书，名叫路引。这是限制居民自由活动的一种强制方式，目的是防止百姓聚众造反或作乱。

为去，那里荒田多，每人拨与二十亩去开垦，人还要当差纳粮。朕当时觉得是一个好主见。如若查实高见贤有这等不法的事，也发与和州去，以其人之道还治其人之身，休让他再留在京城！"杨宪按捺住欢喜，说道："臣遵旨。"

杨宪离开后，皇帝立即传兵马指挥司①都指挥丁光眼进宫。丁光眼身量瘦矮，面皮焦黄，唇边疏疏的两撇疵须，眼睛小而锐厉，灼灼闪光，颇如其名。皇帝吩咐他去开封府暗查军粮数，还去长淮泰州卫去查因大风翻船损失的军粮。洪武初年，皇帝设置兵马指挥司，司中的兵马从不用去行军征战，只是掌控城中巡捕盗贼、疏理沟渠、暂羁囚犯以及救火等事，捕捉在城中闲逛的游民以及乞讨、欺诈的奸民。兵马司还管理集市，每隔几天校正街市上的量器和秤、尺，稽查市场的中介"牙侩"的姓名，有时还可以按行情核定物价。兵马指挥司实权颇大，在城中差不多可以横行霸道，连应天府的人都怕他们。都指挥丁光眼是定远人，系丞相李善长所荐。街坊百姓都说除了皇帝与丞相，他没有再怕的人。城中传着一个顺口的句子：三寸丁，光闪眼。守城门，恶如犬。

晚间，户部尚书滕德懋、吏部侍郎樊鲁璞来城南胡惟庸寓所。胡惟庸急匆匆地与二人同乘一辆马车，匆匆赶到彩霞街，叩开丞相府的门。卢仲谦见是胡惟庸等人，也不通报，领着三人径自去丞相的书房。李善长躺在书房逍遥椅上看闲书，一手持扇摇着。胡惟庸等人来到书房，都跪下叩拜问安。李善长见三人同来，必有要事，就抛了书，站了起来，说道："都客套甚，请起，坐。"三人坐下。李善长坐在黄花梨书案前，两个使女献上茶和果品，就掩上书房门退出。丞相道："你们来舍下，不说老夫也知道为着甚么事。"胡惟庸说："汪大人贬官回乡，杨宪一手遮天，无中生有指责滕大人虚报粮损数目。相爷如今病好了，再不出来主持中书省，卑职等将无立足之地。此前他构陷汪大人，接着又将高见贤也告发了，如今他又构陷滕大人，恐怕明日他就要排陷丞相了。"丞相看着滕德懋道："思勉兄，虚报粮耗是一件要掉脑袋的勾当，为何会有这事？"滕德懋拍胸脯说："卑职若虚报一斗米，不得好死！"丞相道："若真个不曾做假，早晚会查实，休怕。老夫不是恁般贪恋相位的人，他想排陷也便由他了，能奈老夫何！"三人都吃惊地看着丞相，似乎听出言外之意。胡惟庸不敢相信自己的推测，说道："卑职愚鲁，请相爷明示。"丞相摆摆手，说道："我不消多说了，这事自有皇上公断。"樊鲁璞道："杨宪常来吏部，已命新上任的吏部堂官商暠着手考察京官与地方官，向皇上奏报各人的才干和德政优劣，不合他意的人都将黜落。"滕德懋生气地说道："这算甚么事！"

胡惟庸见李善长无动于衷，急切地说："滕大人，你将太原、大同开中盐法的事禀报给丞相罢。"丞相看了滕德懋一眼，问道："开中盐法出了甚事？"滕德懋道：

---

① 兵马指挥司：其职能兼有现在的公安局、城管局、工商局以及市政维护、消防等职能。洪武二十三年，改为五城兵马指挥司。

"卑职收到太原、大同等处的军储仓官吏上疏，检举有的商人所得的盐引数目过大，比输入军储仓粮数折换的定额还要多。大同街坊上居然有盐商一月暴富的，不知盐引是假，还是有人虚开交纳军粮数目。"丞相吃惊地问道："竟有此事？"滕德懋道："卑职也很意外，不知谁有这个胆量。"樊鲁璞断然地说："除了杨宪，谁有这个瞒天过海的胆！"胡惟庸以为此事会激起丞相的脾气，丞相却劝说他们道："都不要妄加揣测。持中将奏章面呈上位，上位自会令监察御史去查，早晚便知分晓。你们都忍耐些则个。"

次日早朝将毕，殿前执事太监道："有事出班早奏，无事卷帘退朝。"胡惟庸、滕德懋、樊鲁璞三人在班部丛中，不时相互看一眼。胡惟庸不自觉舔了舔嘴唇，迟疑片时，才持笏出班，奏道："臣胡惟庸还有一事要奏。"皇帝有些倦意，靠在紫檀木御座上，说道："有事快说。"胡惟庸道："据太原、大同等处的军储仓官吏所报，有的商人所得的盐引数目过大，比输入军储仓粮数折换的定额还要多。大同街坊有人传言，有两三个盐商一月暴富的。"皇帝道："真是人为利死，有钱粮处必有蛀虫。杨爱卿，你差两个御史去山西查实来报。"杨宪忙应承道："臣遵旨，今日便差人去查。"滕德懋出班道："臣有事奏。"皇帝道："说。"滕德懋道："开中盐法是杨大人的主见，为避免嫌疑，臣以为请刘伯温老先生差几个人去查为宜。"皇帝微微惊愕，问道："杨爱卿意下如何？"杨宪道："臣秉持公心。不知滕大人为何不放心？臣请陛下差滕大人同去。"皇帝道："户部的公事多着，着刘老先生差两个御史去查便是了。"散朝后，刘伯温差监察御史凌说、王着两人同去山西，吩咐他们凡事决断不下，以凌说为主。次日，皇帝写了一封手谕，暗地里差遣两个检校去山西。

丁光眼回到京城，先来丞相府，禀报李善长说，开封军仓损耗其实是一百五十石，军士运粮途中军粮沉船为二百七十余石，与户部所报不符。丞相问道："如何出入恁大？"丁光眼道："不瞒相爷，这军粮仓储，为是数目极大，一干一湿，还有鼠耗腐烂，往往损耗几百石都是常有的事，这里便大有玄机，若有人虚报折扣数目，也无从查实。"丞相问："你道是滕德懋盗窃军粮不成？"丁光眼说："不是他窃，是开封府虚报了折扣数，老滕想必知道内情，或许受了些军粮折换的银子。泰州卫所报漂没粮食实为二百七十石，不知户部为何擅自改为三百七十石，多报销的一百石，留在户部那里。"丞相心想自己如今病休，中书省政事由杨宪代理，皇上如何怀疑滕德懋贪墨，莫不是杨宪打探到隐情；又想到皇帝差丁光眼去查实损失军粮数目，莫不是怀疑自己也牵涉其中，试探自己会不会欺瞒皇帝。李善长良久才说："这事立即报与皇帝知道，真是老滕造假，他必死，不报，又是欺君。"丁光眼替丞相分忧，说道："那便如实报与圣上。"李善长想起滕德懋拍胸脯说他不曾造假，若他欺骗自己，死了也不冤，于是说道："滕德懋是老夫举荐的，不能再袒护他，彻查到底。你与老夫入宫面圣去！"

李善长与丁光眼将此事如实禀报皇帝。皇帝冷笑道："滕德懋胆大包天！开国才多久，连老子这个皇帝都敢骗。他才做几天户部堂官，原来是一个贪婪成性的人，便在钱粮中做起手脚来。传我的话，捉他下刑部，三司好生会审，若真有罪，判他一个腰斩！"二人承旨，正要退出时，皇帝招手道："且慢，我听人说户部尚书滕德懋有一个妻子，同住在城中寓所，丁光眼你去见她，告诉滕德懋贪污军粮，断了一个腰斩，看她如何说。"丁光眼道："臣领旨。"

一个多时辰后，丁光眼入宫禀报皇帝，说道："臣去了他们家，滕妻正在家中织麻，我唬她说，你丈夫盗军粮一万石，皇帝下旨要砍他的头。"皇帝忙问道："她是如何说？"丁光眼道："滕妻仍在织麻，生气地说，他是该死，盗国家恁多军粮，也不给一升一合①归赠老妾，活该报应。"皇帝十分不解，问道："她没半点求情？"丁光眼说："不曾为丈夫求情。"皇帝自言自语道："这便怪了，滕德懋贪了几百石军粮，老妻却说他不曾给一升一合与家人吃，所盗的粮食哪里去了？查实之前，将滕德懋寄押在监。"

午门廷杖

胡惟庸差遣去高邮的两个人回京，向惟庸密报了在高邮所见。汪广洋与母亲和妻儿住在一起，五日后，汪广洋安顿了家事，就只身去海南了。胡惟庸当晚来宫中求皇帝，皇帝听了，心想古人说的偏听则暗兼听则明也会有错？如果自己未错，到底错在谁那里。几日前，通政司呈上高邮知州转来驿丞的奏章，驿丞也说汪广洋虽然只在高邮驿住了一晚，事奉母亲却殷勤孝顺，晚饭后打水替母亲洗脸洗脚，早上替她整衣梳发。这是他亲眼所见，绝不像一个不孝之人所为。皇帝说："你们都回罢，再过些日子，朕再来追查这事！"

刑部、御史台、磨勘司三司会审时。滕德懋说自己被人陷害，两处粮损都不是他经手。刑部与御史台差人去户部查实，发现抄录的文书字迹与滕德懋不同，追查后，才发现是右侍郎韩诚故意更改。于是皇帝令刑部审讯韩诚，他招供说想将两次多报销的米粮，折换成银子，供养一家七口人，滕大人实不知情。皇帝下令放了滕德懋，将韩诚判一个绞杀。因滕德懋有失察之罪，免职，赠银二十两，令还故乡吴县。

凌说和王着先回京，一同来见皇帝，凌说说山西开中盐法施行并无不当，有两个商人发了小财，是他们从江南贩运丝绸茶叶去山西，到了山西货价翻了六七倍。皇帝问王着可是实情，王着说与凌大人一同去查，并不曾寻到开中盐法徇情枉法的证据。皇帝问军储仓官吏所说的事从何而来。凌说说那定是他们道听途说，一心想邀功，并没有实证。皇帝正等着那两个检校回京，他们奉旨暗中跟在凌说和王着的

---

① 一升一合：升和合，都是古时粮食的度量单位。

后面，因说："朕姑且信你们说的。"

又过了几日，皇帝差的两个检校回来了，其时已是申牌时分，皇帝传他们进宫来见。检校将所见所闻如实禀报皇帝，皇帝怔了半晌。一名检校呈上一封信，说是用皇上的手谕借了太原卫五十名军士，抄检了几个发了横财的商人店铺，店中有许多丝绸和茶叶，但这些丝绸茶叶从浙江运到山西，价也没有翻一倍，并不能一月暴富，却抄到这一封信。太原都指挥使因此捉了管军储仓的侯大使和几个商人，会同太原知府会审。侯某招供说是杨宪来书相托，他是京城大官，不敢不听，给杨宪的亲戚虚开了纳粮数目，当成鼠耗，多换了盐引，才获取恁多暴利。皇帝看了信，脸色霎时黑了，气得浑身发颤，将几案上的茶杯，狠狠地掼在地面，说道："立即将侯某在太原闹市决斩，抄没那几个不法商人的全数家财，发海南充军！"

奉天门晚朝时，群臣从待朝房出来，看见皇帝早就驾临了，面色不好看，都有些惶恐。文武两班站齐后，皇帝道："据朕所查，监察御史凌说弹劾汪广洋奉母不孝，全是凭空构陷。朕以为兼听则明，听了三面意见，也不知谁在欺朕。这也好了，朕有一个主见，自见分晓，这件事先按下不提。再说开中盐法一事，据凌说和王著二人前去查证所报，不曾有徇情枉法的事，朕也信了，但古人说得也好了，自作孽，不可活。若要人不知，除非己莫为。你能诓朕一时，能诓天地神灵么？若不是朕的两个亲信抄捡了物证，朕也不信你们这些人中会有贪婪之辈。其中有一个朕最宠信的人，竟然也三番五次来诓朕。朕已经忍了多时了！"说时，皇帝牙齿咬得咯咯直响。

群臣相互看着，都在猜测谁是皇帝最宠信的人。众人先看着胡惟庸，他也左看右看，只有杨宪低着头，他恨不得有遁地术。皇帝将那封信在手中挥了挥，说道："你们传阅罢。"值日太监接了信，递与胡惟庸，他看后没有递与站在左边的杨宪，却递与新任吏部尚书商暠，商暠递与礼部尚书陶凯，又递到兵部尚书刘贞、刑部尚书刘大昕、工部尚书安然的手中。六部尚书看后，传与刘伯温，他看一眼，就认出是杨宪的字迹，暗想杨希武聪明一世，竟作出如此愚蠢的事来，嗟叹一声，递与宋濂、詹同、待制王祎、起居注陈敬等翰林学士们传阅。魏观侍立在后班，看后交与殿中执事太监，侍立在金台旁边的胡政说："请传杨大人。"杨宪接了一看，竟然是自己写给太原军仓侯大使的私信，托他关照自己两个在太原经商的侄儿和伯父，多给些交粮数目，以便换取更多的盐引。

杨宪惶恐出班道："臣有罪呵。"皇帝问："你那书信上的图书①是甚么字？不会是天子之宝罢。"杨宪道："不是，不是，是臣请街坊上的刻手刻的一方闲章，文字是'一统山河'。"皇帝不解其意，问道："一统山河？是甚么意思？"杨宪正寻思如何回答，皇帝才不会疑惑。胡惟庸道："臣在中书省，听见翰林编修陈樫大人解

---

① 图书：指印章。

了一番，不知是不是解得当。"皇帝道："陈爱卿，你如何解的？"陈樫出班奏道："臣当日在省中看了杨大人的图书，信口便说'只有天在上，更无与山齐'，这实是微臣猥琐，想献媚而已。"皇帝点点头，慢条斯理地说道："你倒说了实话，退回班中罢。朕在想呵，这一句话的意思已经分明了哩，连陈学士都知道你杨大人将来想做一人之下，万人之上的那个人。但要做这个大官，不但要有宰相的才干，也要有出众的品行哩。"

群臣一片静默。皇帝突然厉声问道："凌说，此次去山西查验，朕以你为主，你这回如何辩解？"凌说道："臣有失察之罪，不曾抄检商户。"皇帝冷笑说："据钦差说，你在太原并不曾到商户那里去查，也不曾查对军仓的账目与粮谷数，这是失察，还是在诬朕？"凌说道："臣着实不曾想得恁周全。"皇帝看着杨宪道："杨爱卿，是你让他们去查实的，如今凌说的话与钦差的话不同，你有何话说？"杨宪满头是汗，背上的朝服全湿了，气息虚弱地说："臣一时也不知真假。"皇帝手握着拳头，在宝案上敲打着，狠狠地说："两般说法，总有一件事是假的，定有人欺朕！朕平生最恨欺诈的人了！来人哪，将杨宪、刘炳、凌说一同拘下，交付磨勘司。磨勘司令陈汶辉与刑部堂官和御史台三司会审，速速报朕知道，再来定罪！"

皇帝话才落音，奉天殿门外进来六个高大的天武将军，两人提一个，带出宫门外。皇帝道："王着，你这个监察御史，被凌说的美酒误了事。他天天劝你吃酒，你也不知推辞，喝得烂醉，半点实情也未曾打探到。当日朕与危素说了几句话，你不来劝朕，却说危素的坏话，朕将他贬到和州去，他却投水井里去了，都是你的好主意！"王着伏地叩头，连称"臣有罪，臣有罪"。皇帝道："免去王着的官，明日还乡，不与盘缠！"他看见刘伯温嘴角露出一丝狡黠的笑意，忍不住明知故问道："刘老先生，他是你的下属，你以为如何？"刘伯温向地面啐一口，说道："王着无才无德，陛下罢免他实是圣明。看他俸禄微薄，请上位发他二两银子。"皇帝点点头，说声"好"，顿了顿，又说："岳州那个知府蒋思德有才干，朕留意他好久了，他可任户部堂官，传他立即进京，省臣与吏部考察他一番，如德才兼备，朕便下诏委任。"

次日申牌时分，磨勘司令陈汶辉来宫中见皇帝，他禀报说三司会审了一个上午，已经审明了案子。刘炳、凌说都招了。凌说受杨宪指使弹劾汪广洋事母不孝，刘炳做了伪证。凌说去山西时，又受杨宪的指使，有意灌醉不善饮的王着，因此王着未能查到实情。杨宪与军储侯某串通好了，为他在山西阳曲的亲戚谋利。皇帝问道："毛骧差遣的两个军汉说，他们亲耳听到汪母说儿子不孝，想必不会作伪证，这又作如何解？"陈汶辉说："臣也不知道，要不要审问那两个人？"皇帝说："不必了，朕身边的亲军都信不过，那还能信谁？但这事实在有些蹊跷。"陈汶辉道："臣捎来了刘伯温老先生的弹劾奏章，他揭发凌说、刘炳作了伪证。刘老先生说他晚上去看了汪广洋的旧宅，房虽不大，却很深。前后多是木板，两边的界墙却是一丈多高的青砖粉墙，是为防火用。她娘年老体衰，说话声想必细若蚊蝇，隔壁邻居定然听不见，但那两个亲军却说了实话，她娘若在天井里说话，门外确实能隐约听见。刘大人因此起了疑心，已差御史台两名都事去高邮城，暗察汪广洋沿路伺候他娘的情形。"

　　皇帝心想刘伯温真是思虑细密，说的话十分在理，忙来看刘伯温的奏章，与高邮驿丞所言相近。刘伯温在奏章中写道："监察御史凌说受人指使，弹劾汪氏奉母无状，刘炳证辞亦不实，国人皆知朝宗之冤，唯蔽圣聪而已"。皇帝心想举国都知道实情，唯独自己一人被蒙蔽，气得大叫，刘炳、凌说简直无法无天，直将自己当猴耍。他的吼叫声好似野兽，眼放青光，脚跺地，拳捶案，一挥手臂，将几案上的杯盘和笔砚全扫在地上，丁丁当当，如一阵急锣密鼓。陈汶辉和左右太监、宫女都吓了一跳。皇帝咆哮几声后，脸色紫胀，沉闷地说："来人哪！"宫殿外进来了四名天武将军，貌如凶神恶煞。皇帝道："将杨宪那厮提入宫来，在午门外等着！"天武将军奉诏而去，皇帝又令胡政："即刻差人去告知仪凤楼上的钟鼓吏，立即敲钟，让文武百官都来午门前集合！"

　　晚朝还有几个时辰，百官听到钟声，不知皇帝有何紧要事务，都匆匆赶进宫来。几个太监在午门前截住众人，说不要进奉天门，就在此处候旨。百官虽不知是甚么事，但许多人有不祥之感，挤在一堆，东张西望。片时，午门里拥来几个天武将军，推着一个捆绑结实的人进来，这个人头上无官帽，只有一个发髻，身上却穿着大红官袍，唇上微有须，身量不甚高大，微微有些胖。那人被推至近前，文武百官都吃了一惊，竟是中书省右丞杨宪。天武将军将杨宪按在地面跪下，太监过了内五龙桥，跑向奉天门。过了一会，仪仗簇拥着八抬黄色龙舆出了奉天门。皇帝在午门前下来，背着手，神情峻厉，百官都哗哗地跪下。皇帝也不让百官免礼平身，来到杨宪面前，说道："杨宪，你可知罪？"杨宪伏地，不敢抬头，颤抖地说道："臣知罪。"皇帝喝道："罪在何处？"杨宪道："臣不合轻信刘炳、凌说二人的话，致使汪大人受了委屈。"皇帝道："汪广洋不孝之罪，朕还不知他们作伪证，是存心还是无意，但你在开中盐法上为亲戚做的好事，却有证据，你休想避重就轻，都从实招来！"杨宪道："臣只是想让亲侄和伯父在太原做生意图个方便。"

　　"来人哪，操棍来！"皇帝大喝道，眼睛里都要冒火，须眉奋张。几个胆小的年老文臣，吓得都跪不稳，倒在一边，又忙爬了起来再跪着。两员天武将军拿来红木棍，站在杨宪身旁。皇帝道："杨宪，事到如今，你还不从实招来！拿棍好生打！"话才落音，四个天武将军各自捉手拽脚，将杨宪按在地面，四肢平展如一个大字。另外两个天武将军手持木棍，朝杨宪臀部狠狠打下。一棍才落，杨宪痛得大叫，声音极惨，惊起宫外林间一群乌鸦，扑簌簌地掠宫而过。一连打六七下，每打一下，宫中都有噗噗噗沉闷的回音。文武百官都觉得自己屁股上跟着痛。杨宪受了几十棍后，眼睛模糊，呼吸艰难，腰部以下，尽皆麻木，叫声越来越小，口中喃喃道：

"皇上饶命……饶命……杨宪愿从实招……"

皇帝一挥手，天武将军就停了棍棒。杨宪已经不说话了，身体还微微在动。皇帝道："提冷水来！"太监提来半桶凉水，天武将军将水泼在杨宪头上，杨宪全身震颤一下，就醒了，两名天武将军架起杨宪，他身上水珠滴沥，头发和胡须都沾在一起，如从水中捞出一个溺死鬼。杨宪气息微弱地说："罪臣……一时鬼迷心窍……想让家乡的亲戚多赚些钱，凌说去山西前，也是臣让他隐瞒实情，劝王着多吃酒，但臣并未收受侄儿和伯父一文钱！"

皇帝听他这么说，又见他的可怜模样，怒火渐消，冷笑道："你做了高官，便为家亲谋私利，不知天下百姓的死活么？开国才数年，你便徇私舞弊，如果文武百官都学了你，百姓还有好日子过么？今日朕当着百官廷杖了你，是为儆戒！——众爱卿都平身罢。"话一落间，百官窸窸窣窣站起来。皇帝又说了一番话，才让百官散去。

宫灯辉煌，在地面映出刘伯温修伟的身影，皇帝临上龙舆回头看了刘伯温一眼，问道："刘老先生，你独立中庭，莫非还有话与朕说？"刘伯温从袖中拿出一张纸，递与太监胡政，说道："陛下，这是一个御史抄录汪广洋的诗，他题在高邮的驿壁上。"皇帝一听是题壁的诗，十分好奇，喃喃道："看看，看看。"皇帝不知他在诗中发了甚么牢骚，忙接过纸片，两个长随太监将两只灯笼凑近。皇帝看诗写道：去乡已隔十六载，访旧惟存四五人。万事惊心浑是梦，一时触目总伤神。行过毁宅寻遗址，泣向东风吊故亲。惆怅甓湖烟水上，野花闲草为谁新？[①]

皇帝怔了好一会，诗中有无限伤情，不大像一个不忠不孝的人所能道出，隐约地有些悲悯他，竟然用手抚了一下眼角。刘基看出皇帝的心思，说道："朝宗实是一个诗人，不像一个官人，恁地多情善感。"皇帝问："官人作不得诗人么？"刘基道："历来大官人做不得大诗人，如做得了大诗人，大官也会丢了。"皇帝笑道："也有几分道理。苏子瞻便如你说的，诗文越做越好，官却越做越小，去京城越来越远。"刘基说："文人若身世萧条，诗文往往能享盛名，但并不是诗人所愿，谁不想富贵寿考哩。朝宗曾师事余阙，为人安贫乐道。臣早一向曾去朝宗在城北寓所，如今房东一家人正住在里面。我说是汪大人的故人，来看看他的旧居，房东便放我进来。我内外都看了，一共才四间半屋，他的书房兼卧室是半间屋，窗户只是一个十字眼，或许离她母亲卧室近些，**晚间好照顾**，才旁着住，因此将外面一间稍大的屋让给仆人住。室内地面潮湿，**有些滑**，不小心还会跌倒。墙壁粉垩剥落漫漶，好像小儿在床上遗尿一样。最不堪是屋后出恭的地方，一个破木阁子，楼板上开了一只眼，下面一个粪缸，四面透风，寒冬里屁股都会冻得麻木。他做一个正二品的大官，却租着这般寒俭的屋住着。他若将家中妻子和三个儿子都迁来，哪里住得下。

---

① 甓湖：指甓社湖，在高邮县西北。

每月要付一两银子，他是付得起。他每年有五六百石俸禄，但米若不能在街坊卖掉，放久了却会生霉，家中也都放不下。若是九品小吏，每年才五十石米，一家人多的话，想在京城多租几间屋，恐怕都付不起僦金①。"

皇帝叹息道："老先生说得也是。只是开国不久，国力艰难，户部银子少得可怜呵。"他抚髯寻思一会，又说："我想起复汪广洋！"刘伯温向来认为汪广洋的才干可以做翰林学士，而不能胜任中书省左、右丞，更不要说左、右丞相了，皇帝总对汪广洋有所期待，将他这一番贬谪，像是有意而为，因此静默不语。皇帝问道："刘老先生以为如何？你曾经说他太褊浅，褊是说他气量小，浅是说他见识短。"刘伯温说："那时与他不甚相知，后来才知道朝宗性情温厚，为人平易，'褊浅'一评，今日来看或有不当。"

刘伯温很想说汪广洋宜作翰林，不宜做左丞，但见皇帝已经拿定主见，这一句话就按住未说。皇帝自语道："丞相意外病休，中书省一时无能臣，汪广洋官复原职，也未为不可。"刘伯温看着地面自己瘦长的身影，并不说话。皇帝看看天色，说："天不早了，老先生请回罢。"君臣二人道别。一人在内官和亲军的簇拥下入后宫，一人拖着孤独的身影出前朝。

起复

十一月末，汪广洋奉旨回到高邮，迎了母亲，坐着沿路驿站的车船，辗转到了京城，在洪武门外街坊上一家小客馆住下，立即进宫拜见皇帝。

此时已是午时，皇帝在后宫歇息，内官让汪广洋在奉天门外朝房里等着。一个时辰后，皇帝宣汪广洋来华盖殿，问道："你娘在哪里？"汪广洋答道："借住在金陵旅舍。"皇帝道："也委屈你这个大才子了。朕听刘伯温说，你此前在城北租赁房屋住，甚是简陋。朕心想呵，大官人要住大宅第才是，去年令工部在城南秦淮河边修造了三处宅子，要让有功的文臣住。以后国库里银子多了，还要多修一些大宅第。你此番受了杨宪的祸害，丢了官，你娘也跟着你一路上受了苦。你能诗能文，颇谙经史，不像是一个不孝顺的人，因此唤你回来，好生在中书省继续做大官。"汪广洋叩头道："臣谢陛下洪恩。"皇帝问："你在高邮时，可做得甚么诗文？"汪广洋说："臣不曾作诗文。"皇帝眉头一皱，心中有些恼怒，喝道："你再想想！"汪广洋寻思片时，说道："臣一路奉养母亲，实无诗文的兴致。"皇帝冷笑道："朕亲信你不疑，你却不说实话！"汪广洋惊慌起来，才想起酒后在高邮驿的墙壁上题了一首诗，只是一时遣兴，并不如意，未收入诗稿中，皇帝如何知道了？忙说："臣从高邮驿坐船去海南前，在墙壁上的题留处胡乱写了几句歪诗，过后便忘记了。"皇帝

---

① 僦金·房间租金。

笑了起来，说道："这便是了，朕说的就是这首诗，刘伯温也看了，说你是个诗人。你将来有诗文时，先抄来与朕看。"汪广洋道："臣一定请陛下圣裁。"

皇帝拿起几案上几张文稿，在手中晃了晃，说道："这是朕给有功的文武大臣的封赏，是朕拟定的，还不曾临朝与文武百官商量，刘伯温都没有给他看，丞相病休，也不曾看。你且看看，有何主见便说与朕听。"汪广洋近前来，双手从胡政手中接了文稿，细细看了一遍，赞叹道："陛下神明，封赏十分允当，只是……臣有一个妄见，不知当不当说。"皇帝说："朕哪有恁神恁明，若有不当处，你直说便是。"汪广洋犹豫一会，想说又不说，皇帝说："你说罢。"汪广洋道："常遇春子常茂年少，战功也小，位在汤和、费聚之上，臣以为……"皇帝笑道："这不只是赏他，还算是他爹的战功，可惜常十万一代英雄，却年寿不永，不能与朕共享富贵，因此朕将荫恩都付与他的儿子了。"汪广洋点头道："陛下神明。相公虽无战功，十几年来却在军政上费了心力，他的功劳不亚于徐达大将军，不知能不能列在首位。"皇帝惊喜地说："你也恁地看待？"

原来皇帝有意将李善长名列徐达之后，来试汪广洋的见识与度量，没有想到他竟然与自己想法一致，大有遇到知心人的欣喜，也更确信刘伯温当年议他"褊浅"实在偏颇，因此说道："你还是有气量。你看看还有谁有功，却未曾封赏？"汪广洋道："刘伯温老先生为人嫉恶，又不好结交，文臣中他算是有大功的人，不亚于丞相，名册上却不曾有他的名字。"皇帝道："朕夺你官职时，他不曾为你说一句话，你却为他说话？"汪广洋道："陛下，臣只是以事功来论，并不敢以个人喜好来论。"皇帝道："刘基是有功，但他最大的功只有朕知道，其他人却不知道。他也不计较封赏，朕一时还没有给他恩典。"汪广洋道："刘伯温实是文臣功劳第一哩。"皇帝道："第一不第一，朕说了不算，你说了也不算，武将们都认为丞相是文臣里功劳最大的，朕也奈何不得。只是丞相的功劳，文武百官都见识了，刘基的大功许多人不曾见识，他与武将又多无来往，朕怕武将不服，暂不封赏。"汪广洋道："陛下圣虑周密。"皇帝笑道："朕与你论短长争是非，你怕朕不高兴，便用'周密'二字来搪塞么？"汪广洋说："臣不敢。"皇帝道："朕去年差工部造了几处宅子，已经完工。朕下诏起复你后，你便去工部领房门钥匙，好生奉养娘亲，平时不要误了三朝时辰。"汪广洋叩头谢恩。皇帝道："这回你娘又来京城，请领她入宫，朕要见见她老人家。"汪广洋道："臣母老弱多病，又喜欢念叨，恐怕会唐突圣驾。"皇帝笑道："无妨，朕知道的，不会怪罪她。"皇帝吩咐一个值日太监，陪汪广洋到礼部借一辆安车①，载汪母到奉天门前。

汪广洋与母亲一同坐安车进宫。过内五龙桥时，广洋担心安车颠簸，就扶他娘下来，缓缓地向奉天门走来。皇帝远远看见一个枯瘦的老妪，白发苍苍，衣裳的折

---

① 安车：行走较平稳的马车。古时候朝廷通常给年长有名望的人乘坐。

皱都十分干瘪，颤颤巍巍，如秋风里一盏枯灯。广洋扶着母亲，步上台阶，皇帝已经站起来了。广洋忙附着老母的耳朵说："娘，眼前便是圣上，您老要叩三个响头哩。"他娘问："圣上是哪个？"广洋轻声说："圣上就是皇帝，您老见了皇帝，就要叩头。"他娘笑眯眯地说道："要拜要拜。"可是她的腿僵硬，广洋扶着她，半时也弯不下。皇帝近前笑道："都八十好几的年纪了，见了朕就免了跪拜，免得伤筋动骨，坐，坐。"汪广洋忙跪拜道："臣谢过皇上。臣替家母祝万岁爷万寿无疆。"说时，叩了六个头。皇帝道："好好，坐坐，与你娘坐着说话。"她娘坐后，眼神昏花，不看皇帝，也无一丝怯意，直看着对面的两个侍立的太监，嘴唇嗫嚅着，像在与他们说话。皇帝看着汪母，笑了起来，说道："汪爱卿，令堂是不是经常夜间这么念叨着。"广洋道："正是这样。"皇帝走近前来，俯下身道："老人家，你在说甚话？你儿子做了大官，为人孝不孝顺？"汪母道："孝呵，怎地不孝？老身能活到如今，全依仗着他了。"皇帝听了，笑容突然消失，点点头，叹息一声，喃喃自语道："凡事要坐实，难呵。今日亲耳听你娘说你孝顺了，朕便心安了。原来朕听到的，都是不实的话！"皇帝与他们母子说了些话，就令广洋领着母亲到中书省客堂歇息，着光禄寺为他们母子备一席酒饭。

次日，皇帝下诏，起复汪广洋为中书省左丞。诏书才下，工部立即来了两个都事，送给他城南新宅的钥匙，安排马车将他娘以及行李接到新宅。新宅共三进，大小共十一二间，厅前有一个小小的花园。汪广洋致书高邮知州，请他差人送自己的家室到京城来，路上的食宿费在京城偿还。

皇帝下旨令毛骧去抄杨宪的家，发现十两黄金，还有廖永忠写与杨宪的书信，信中写请"末将敬奉些许礼物，请杨大人眷顾"。皇帝大失所望。刑部堂官向皇帝请旨。皇帝说杨宪是重案主犯，贪赃枉法，不宜等到明年秋月决斩，应立即正法，以儆百官。三日后，刑部将杨宪从死囚房中提出，槛在车中，送到太平门外的荒坡上行刑。皇帝斩了杨宪，气犹未平，那个凌说奉命弹劾，刘炳挟私作伪证，都可恨之极，如果他们不做帮凶，杨宪构陷未必能成，也不会丢命，越想越气。刑部报来处决请示奏章时，皇帝给二人定了腰斩，抄没二人家财。

第二十七章

廖永忠临赏争功劳　高季迪登楼谈诗句

免死牌

十月间，皇帝下诏令徐达、李文忠等北征将士还京，将要论功封赏。他想起汉朝许多开国功臣，后来都死得惨，也不知道当朝的功臣日后飞扬跋扈，惹自己恼怒，会不会杀了他们。皇帝并不想再出现兔死狗烹的事，想起宋朝可以免死的铁券丹书，将来自己怒不可遏的时候，这块铁券丹书能成为功臣们的盾牌，抵挡住自己利剑般的怒火。这几日朝议时，皇帝说李善长、徐达、常遇春、李文忠、邓愈、冯胜等大将，功劳大，应当赐铁券丹书，免本人二死，免其子一死。皇帝本是额外嘉奖，刘伯温心中却有不祥之感，若将来皇帝非杀功臣不可，免死牌真个有用么？

胡惟庸却不像刘伯温那么想，丞相能得到两张铁券丹书，他就有两条命，只要不谋反，就算是酒后杀人，或贪赃枉法，或奸淫掳掠，犯了两次死罪都不会死。但没有一个凭据，恐怕皇帝临事时却不承认。胡惟庸上奏说："臣从前听过铁券丹书的事，但从未见过实物。我朝要做出一个模子来才好。"刘伯温知道自元朝以来，铁券未有定制，宋朝旧物已经不多见了。皇帝问礼部尚书陶凯知道不知道做，陶凯说没有旧制可依，不知道如何做模子。刘伯温说："听说台州旧族钱氏家里，藏有唐昭宗赐与吴越王钱镠的金书铁券，也是听说而已，不知还在不在。"皇帝笑道："刘老先生端的博闻。这便好了，着人去台州钱氏家里看看，如有，借来便是，用完还与他家。"

礼部派了两名小吏去，钱氏人家果然有，借回京城。礼部按其形式稍作改动，画了图样，令匠人做了模具。其形制大致如瓦，分为七等：公二等，侯三等，伯二等。各等的高与宽的尺寸不同。外面刻录功臣履历与受恩次数，里面镌刻免罪减禄之数，字迹嵌金。每副各分左右，左颁功臣，右藏内府，有故则合，用以取信。皇帝于是准旨，令礼部尽快请匠人按图铸造。

皇帝早排好了文武大臣封赏的次序，仍召集宋濂、刘基、胡惟庸、杨训文等人来华盖殿里商议。众人一致推崇徐达功劳最大，其次是常遇春。皇帝却道："徐达军功固然大，但丞相李善长跟随朕多年，运筹帷幄，调停诸将，筹集粮饷，虽不曾领兵厮杀，功劳却不亚于徐大将军。自从开国以来，他又主持中书省内外政务，人都累病了，依朕看呵，他的功劳要排第一位哩。"宋濂以及中书省臣等都赞同皇帝的话。因为开平王常遇春去世，封其子常茂为郑国公，皇帝还让李文忠、邓愈、冯胜封公，众人皆无异议。群臣中有人提名廖永忠、郭兴、汤和等也可封公，皇帝总能寻出他们从前的不是，群臣也不敢争执。有人认为邓愈曾经失了洪都，不宜封公，皇帝说他虽然遇到摧挫，但后来颇有军功，为人谦恭，自然可以封公。群臣也不再有异议。吵吵嚷嚷之时，刘伯温独坐在宋濂之后，饮着茶，一言不发。

君臣商议可以封侯的武臣，有汤和、费聚、吴良、吴祯、顾时、廖永忠、俞通源、朱亮祖、傅友德、胡廷美、韩政、唐胜宗等二十八人。宋濂道："伯温先生跟随皇上多年，才高盖世，功劳也与丞相相当，臣以为理当封赏。"皇帝才想起刘伯温在座，忙来看他，笑道："哦哦，是呵是呵，刘老先生自青田来投，功不可没。"刘伯温道："臣近年身体多病，食禄多了，也不能受用，休要与臣封赏。"皇帝像寻到一个借口，忙说："众爱卿听见不曾？刘老先生功劳大，却不居功，淡泊明志，朕听了都有些惭愧呵。"群臣以为皇帝会定下刘伯温的封赏，可皇帝接着却说起汤和在常州酒后胡言乱语的旧事。

封赏

十一月初，征虏大将军兼中书右丞相信国公徐达、左副将军兼浙江行中书省平章李文忠等大将还京。次日，徐达率诸将登奉天殿，奉上《平沙漠表》。皇帝坐在金台上，皇太子、亲王侍立左右，文武百官朝服陪列。徐达上贺表毕，皇太子、亲王行贺礼，中书省左丞相李善长领文武百官上贺表。第二日，皇帝在郊庙祭告征战大功。祭毕，皇帝即命大都督府、兵部收录诸将的功勋战绩，吏部确定勋爵，户部备办赏物，礼部制定赏赐礼仪程序，翰林院撰制诰命。中书省和六部一时繁忙起来。皇帝命汪广洋协助丞相主持封赏的事宜。

十一日清晨，皇城里旌旗飞扬，礼部早设好各类仪仗和器具，准备封赏大典。文武百官都身着朝服，依次进入午门，来到奉天殿前。辰牌时分，皇帝、皇太子、亲王等人都着盛装，来到奉天殿正门前。皇帝站在丹陛中央最上层，皇太子、亲王侍立两旁。左丞相李善长、右丞相徐达领文武百官排列于丹陛左右，向皇帝行礼。礼毕，皇帝说道："朕今日定封行赏，不是出于自己的私心，都是仿效古时候帝王的旧典。此事已经筹划两年了，因征讨事忙，无暇顾及，才拖延至今。朕想起当年创业时，天下大乱，群雄并起，当时有心建功立业的人，往往无法驭下，以致一事无成。朕当年不过一介布衣，本来无意于天下，今日能成此大业，都是天地神明的眷佑，不是人力所能得到的。自起兵以来，诸将从朕，披坚执锐，征讨四方，战胜攻取，立下的许多大功，朕如何敢忘呵。今日天下差不多定了下来，因此朕报以爵赏。今日的爵赏排序，经过群臣商量许久，最终由朕一人定夺。若有异议者，可日后在朝上与朕分辩。"

礼官宣读封赏名录，封公者六人：

进宣国公李善长为韩国公，食禄四千石；

信国公徐达为魏国公，食禄五千石；

常遇春子常茂为郑国公，食禄三千石；

李文忠为曹国公，食禄三千石；

邓愈为卫国公，食禄三千石；

冯胜为宋国公，食禄三千石。

封侯者二十八人：

中山侯汤　和	平凉侯费　聚	江阴侯吴　良	靖海侯吴　祯
济宁侯顾　时	德庆侯廖永忠	南安侯俞通源	吉安侯陆仲亨
江夏侯周德兴	巩昌侯郭　兴	淮安侯华云龙	长兴侯耿炳文
永嘉侯朱亮祖	颍川侯傅友德	临江侯陈　德	营阳侯杨　璟
六安侯王　志	延安侯唐胜宗	荥阳侯郑遇春	广德侯华　高
蕲春侯康　铎	南雄侯赵　庸	豫章侯胡　美	东平侯韩　政

以上诸侯各食禄一千五百石。宜春侯黄彬、宣宁侯曹永臣、河南侯陆聚各食禄九百石。薛显、汪兴祖二人虽封侯，但二人杀降、滥杀者多，均封而不与铁券。赐功臣以及各地镇守武将文绮及帛百匹、八十匹、六十匹，依次递减不等。赏赐京城羽林等卫军士八万二千余人白银、米、铜钱若干。

受封之前，只有丞相李善长与大将军徐达知道自己封赏等级，其他诸将间接打探了一些消息，都不能确信。礼官宣读封赏名录时，人人都屏住气，生怕听错或听漏了。冯胜担心自己未奉诏书擅自回京，恐怕封不了公。汤和一直为当年在常州时酒后失言懊悔，也担心封不了公。廖永忠向来认为自己功大，至少在邓愈之上，应当封公。邓愈想当年失了洪都城，北征时也没有打过大战，功劳在自己之上者大有其人，不做封公之想。封赏名录宣读毕，冯胜惊喜，汤和懊悔，廖永忠沮丧，邓愈感激。

左、右丞相李善长、徐达领着受封诸将谢恩。诸将之间相互道贺，不免议论纷纷，位次都有点乱了。李善长见武将们一时快意，未曾顾及君臣体面，忙挥着双掌向下拍着，示意诸将肃静。皇帝扫视一番，见诸将都注视自己时，才说："今日爵赏位次的高下，我多少也听人有些闲话，最终都是朕定的。朕的用心虽不敢说最恰当，但公正公平得很，绝无私情！"皇帝话一出口，丹陛间鸦雀无声，咳嗽不闻。皇帝看见汤和面皮上一副知足常乐的神情，竟然满是喜悦，不免有些疑惑，却道："御史大夫汤和，与朕自小同里，长大后从军，向来有许多功劳。但他嗜酒乱杀，不由法度，因此未能封公。"汤和点点头，面皮上的笑容丝毫不减，心中却不服，妄杀是不曾有的事，不过杀了几个犯了军律的人，嗜酒不过是当年在常州喝醉了，说了几句怨话，可他至今还记得；他却不记得当年自己写信招他来投军，不然他哪里能做成今日皇帝的事业。

皇帝接着说："中书平章政事廖永忠，在打鄱阳湖时，与敌船相接在一块，奋勇忘死，朕亲眼看到的，真是一条猛汉。后来做征南副将军，领舟师与汤和进兵福州，捉了陈友定。后来又做了征南将军，由海道攻取了广东等地，我少不了你的功劳，封你为德庆侯……"诸将以为皇帝还会责怪他溺死小明王，可皇帝浑然忘却似的。廖永忠听了不服，倒想皇帝当着众将的面责问自己溺死小明王的事。天下明白人都知道溺死小明王是自己平生奇功，自己承担了天下人的责骂，他却做了皇帝，为何不让自己封公，忍不住与身旁的顾时低声说些牢骚话。

武将们人人整肃，只有廖永忠左顾右盼，口中兀自念叨不休。皇帝看见了，问道："老廖，你在说甚么私话？"许多武将侧身来看他，顾时忙装作若无其事的模样。廖永忠也没好声气，唯恐其他人听不见，大声说道："上位呵，我老廖吃了亏，理当封公，如何只封侯？"皇帝恼怒之极，却不便当众发作，静默了好一会，才徐缓地说："廖永忠，你不服不是？汤和的战功比你大，他也只是封了侯，你为何……"廖永忠不等皇帝说完，就插话道："邓愈都封了卫国公，那我如何不能封公？我哥若不死，想必也能封公。"

皇帝气得身体发颤，手指着廖永忠，喝道："你不够封公的资格！你不是向中书省臣窥探朕的主意么？不是将从死人墓里盗出的金银送给杨宪么？你道是我不知道？你心里想要更高的封爵，我偏不与你！朕要封徐达为魏国公，他还谦让不要，说自己封侯就好了。你却抢着要封公。降一等，只封侯，不封公！"廖永忠被皇帝当众揭丑，脸憋得通红，高声道："上位，我招降元朝左丞何真，免了一场恶战，又攻取广西，去年还跟着徐大将军北征，打到那个甚么察罕脑儿，南北厮杀，身上伤了几百处，这都不够封侯么？"皇帝说："这些都是你的功，不是封你为德庆侯么？"廖永忠也想揭皇帝的丑，但又不敢直说，因道："我还有一桩大功你却不记得！上位呵，你亏待了我们廖氏兄弟！"皇帝知道他说的那桩大功就是溺死小明王，怒火才按下去，却又黯然添了一碗油，大喝道："你休要多话！我不曾亏待你们兄弟！"君臣一来一往争吵。徐达锁着眉，回头瞪了廖永忠一眼。李善长出列，来到廖永忠身边，低声说了几句，又回到原处。廖永忠才低下头，不再作声。

　　皇帝平静好一会，才轻声说："金都督郭兴，早年跟着滁阳王，后来又跟着我，掌着宿卫的事，十分忠勇。后来又跟着主将攻取宁国、婺州、安庆、衢州等地。在鄱阳湖上厮杀时，献计火攻之。又跟着我征战武昌，跟着徐帅攻取庐州，援安丰。开国后跟着徐大将军进兵中原，这般的资历，这般的战功，封公都不为过。但他平时散漫无拘，不守纪律，有时还仗着做过我的宿卫，不奉主将之命，封你做巩昌侯，也没有埋汰你的战功了。"郭兴听了，欢喜地笑了起来，只是纳闷当年在武昌救了皇帝的性命，皇帝为何想不起来了？皇帝不去揣度郭兴的心思，继续说道："平章李文忠向来会领兵，战功很多。他攻打应昌，赶走了元朝的太子，获了元朝皇孙、妃嫔、重宝，都归送朝廷，从不隐瞒，这些功劳最大，因此封公，位居第四，并不是因他与朕是亲戚哦。"他说这话时，转着眼睛来看廖永忠，他竟然冷笑着，还不停地喷着鼻子。

　　皇帝不想再招惹廖永忠，却看到了邓愈喜出望外的笑容，恐怕诸将都不服他能封公，于是解释说："御史邓愈，十七八岁便来投奔我，助我守住瓦梁垒，保住我们当初那些家当。后来跟着我渡江，攻克太平，定溧阳、溧水，下集庆，取镇江，还跟着常遇春攻取吉安和赣州，他都有战功。后来屡次任用，虽经历了几番摧挫，口里从无怨言。他二十八岁时，我便让他做了江西行省右丞，谁说他没有大功劳？开国以后，我命他为征戍将军，领着军马攻取南阳以北未附的州郡。今年年初，他以征虏左副将军跟着徐大将军出定西，杀到甘肃西北数千里外而归。这样的功臣能征善战，话又不多，能不封公么？"

　　武将们寂静无声，只有徐达说了一声"上位圣明"。皇帝沉吟一会，目光前后左右看了看，说道："左丞相李善长，虽无厮杀的战功，但事朕最久，供给军粮，协调诸将，未尝缺失。适才廖永忠与我争执他的功劳大小，聒噪不休，我都奈何不了老廖。李相公前去说了几句话，老廖便不与我吵了。他这个丞相有时比我这个皇帝有能耐呵。"话音才落，诸将发出一阵轻快的欢笑声。皇帝也笑了起来，说道："他主持中书省政务，也未尝失职，他职位高，加上自古文武之道，文在前，武屈次。他是文臣，理当位居第一。"徐达领头说一声"上位圣明"，诸将跟着附和起来。

　　皇帝看着徐达。徐达知道皇帝最后要点评自己，将目光停在皇帝胸前那条金龙上，不敢与皇帝目光对视。皇帝和悦地说："右丞相徐达与朕同乡里。朕起兵时便奉命领兵厮杀，南北征伐，常做统帅，劳苦居多，他的战功不消我一一道来了罢？徐大将军与李相公已经列于公爵，封无可封，只得进封大国，以示褒扬。"诸将听了，一片赞叹。皇帝这一番话，有人欢喜，有人感激，有人怨叹，有人愧恨。皇帝心想若要人人都封公封侯，皆不成事。真个要做到至公至当，也不可得，但话还得这般大言不惭地说。皇帝道："今日所定的封赏，如有爵不称职的，功不酬劳的，卿等可以在朝廷上公论，不要在人前人后埋怨朕！"左、右丞相领诸将叩头谢恩，无人再与皇帝争执。

光禄寺在奉天殿准备了酒席，功臣们两人一席。皇帝生怕廖永忠酒后胡言乱语，一个太监为皇帝夹菜时，就吩咐他去给廖永忠盛酒，低声告诉他说皇帝会赐他十坛御酒，席间休要多话，只顾吃酒便是。廖永忠一言不发。皇帝心里倒是七上八下，不时将眼珠来觑他，生怕他说当日是奉了密旨溺死小明王。正当此时，李善长站了起来，举杯祝皇帝万寿无疆，祝皇明国泰民安，风调雨顺。徐达接着站了起来，举杯向皇帝敬酒，祝皇帝万岁万岁万万岁。徐达见皇帝的眼睛时不时去睃廖永忠，也怕他说奉旨溺死小明王的事，又站了起来说："今日上位赏赐酒饭，是欢喜的时节，诸将只许喝酒吃菜，恭承圣训，不许谈兵论功，违者由上位处罚，列位以为如何？"众人叫好。皇帝没想到徐达的话说得如此及时，说道："皇帝请客，大将军是席长，就依了席长的话。若有人违规，连灌他十碗酒，让他胀破肚皮。"说得诸将欢笑起来。廖永忠板着面皮，似笑非笑。

功臣们辞别时，皇帝对大将军徐达等人道："卿等连年征伐，出生入死，如今天下差不多平定了，你们可以安心休息些日子。自今日后，或三日或五日一朝，平时在家里玩耍。朕若有事了，便差人来你们家相召。"

补封

刘伯温回到文庙，侍妾章氏来迎他，见他郁郁不乐，顺口用《诗经》中的话打趣地问他："既见君子，云胡不喜？"刘伯温想起郑玄故事①，答道："知我者，谓我心忧；不知我者，谓我何求。悠悠苍天，此何人哉？"章氏见伯温平时若是满面忧思，打趣几句他就笑起来，霎时忘记烦恼似的。小章这回怎么也让他高兴不起来。

几天前，小章隐约听他说过皇帝要封赏功臣，莫不是他没有得到封赏？她极聪慧机敏，不会明问这些事，只想如何让他开心，于是娇憨地偎在伯温身上，手抚弄他的长髯。伯温亲她的脸颊，又亲她的嘴唇。此时刘伯温苍容对红颜，大有岁月奄忽之恸，说道："刘基老矣，你却是如花美貌，似水年华，皇上赐你给老夫，虚度了夫人的青春呵。"小章笑道："先生说哪里话，你虽年长于小妾，心却不老。"

皇帝封赏武将后，一个多月来，刘基临朝未奏一事。这日散朝后，皇帝在华盖殿小歇一会，来到司天监。刘基见皇帝来了，便道："上位，近日太阳中不时出现黑子，人间季候也颇异于往常。"皇帝心想莫非没有封赏你，你便用天象来唬我么，问道："自去年来，朕多次听说太阳里现出黑子，怎地又有黑子了？"伯温低眉沉吟

---

① 郑玄故事：《世说新语·文学篇》载，"郑玄家奴婢皆读书。尝使一婢，不称旨，将挞之。方自陈说，玄怒，使人曳着泥中。须臾，复有一婢来，问曰：'胡为乎泥中'？答曰：'薄言往愬，逢彼之怒'。"问与答都是引用《诗经》中的话。郑玄家《诗》学流风，及于奴婢。

道："恐怕朝廷仍有所失政罢。"皇帝直愣愣地看了看刘基，见左右无人，阴沉着脸色，轻声喝道："刘基，你再三这般吓唬朕，端的为何？"刘伯温见皇帝直呼其名，想必他因天象迁怒自己，怔了一会儿，才说："上位……微臣……微臣不过据实直言。"皇帝有些过意不去，笑说："刘爱卿你有话就直言，不必借天象来吓我，你知道我是一个信天命的人。我真个失政，下罪己诏便是！"刘伯温道："臣岂敢吓唬皇上。臣才学疏漏，实不知为何太阳里黑子频频出现，故于朝政之事，宁信其有失，不信其无过，或许会得到上天的眷顾。"皇帝口气和缓地说："我依你说的，就诏令朝廷百官商议朝政得失。"刘伯温虚赞一句："上位圣明。"

皇帝看了看天文器具浑天仪，拨弄几下，这器具是刘基依照古法仿制，却看不出究竟。刘伯温说："上位，太史监掌察天文、定历数、占候等事，名称不好，不若改名司天监。"皇帝问道："这里有甚么计较？"刘伯温道："图一个名实相称而已。"皇帝点点头，就离开了太史监，到礼部来了。礼部尚书陶凯忙来迎接。皇帝问道："刘基说日中有异象，莫不是祭天神不顺所致？是否可增加郊坛陪祀的神位？"陶凯道："臣以为不必。汉、唐祭祀时陪祀之神甚多，十分繁琐，反而有亵渎神灵之嫌，取法并不相宜。"皇帝道："那就罢了。"皇帝总在想有甚么地方对天不敬，太阳才会给自己的黑脸看，便道："刘基要将太史监改名司天监，却是不当，司者，管辖也，谁敢管天？朕做了皇帝，再大也是天子，要改一个名才是，当有敬天的意思。你道改甚名才好？"陶凯想了想，说道："不如改为钦天监。《尔雅》上说，钦者，敬也。《尚书·盘庚》上有云'钦念以忱'，似比司天监名字好。"皇帝笑道："还是你这个新任礼部尚书见多识广，朕就用钦天监这个名字。"

徐达依皇帝所说，逢三逢五参加朝会。这日早朝散后，徐达想来华盖殿拜见皇帝。他在殿外犹豫好一会，才让执事太监通报皇帝，皇帝传他进去。徐达叩问起居后，满脸是笑，怯怯地说："臣有一事，不知当问不当问。"皇帝道："徐爱卿，与朕说话，为何这般不爽快？有话便说！"徐达道："青田刘伯温先生，功劳可不比李相公小呵。当年在应天城大战陈友谅，老先生用兵多方。鄱阳湖一战，倘若没有他的谋划……不知要打到几时哩。朝中政事如刑律、历法、礼仪、兵卫、科举等大事，据闻老先生多有创见，不知是他不要封赏，还是……"话未说完，皇帝手一挥，说道："刘基那些事，大将军或有所不知，他一则不贪富贵。朕想封他公爵，他都推让，说我当皇帝是天授，他如何敢贪天之功，若能让他的先人荣显便知足了。二则刘基性情狂狷，与朝臣多不和，胡惟庸与武臣们多不赞同封他。"徐达觉得自己糊涂了，难道皇帝真个不知道刘基的本意，实在忍不住说道："陛下，这……这这兴许是刘老先生谦让……"

皇帝笑了笑。徐达见皇帝有些不耐烦，不敢再说。皇帝道："近日，朝臣中也有人提到了为何不封刘基的事，既然天下人都知道他功大，不封赏自是不合情理，且容朕想一想，若要封，汪广洋历年也有功劳，丞相请了病假后，朕想重用汪广洋，他们一同封赏。"徐达道："微臣便为这件事来惊扰上位，浅陋无知，请上位恕罪。微臣这便告退。"他低头向后退了几步。皇帝招手道："徐爱卿多坐一会！"徐达又忙在一旁正襟危坐着。皇帝一边看《汉书》，一边与徐达说："百室做丞相，你道是中还是不中？"徐达大惊，立即感受到皇帝问话的分量，却又不得不答，吞吞吐吐地说："上位……上位……李相爷跟随上位多年，微臣记得当年军马厮杀时，全靠着他协调诸将，筹集粮饷。开国以来，李相爷总理中书，也是十分勤勉呵……"皇帝问道："这些事我都知道。你是右丞相，且说他那个左丞相中不中？"徐达一时说不出话，神情有些惊惶。皇帝见徐达很不自在，笑道："徐爱卿，谢夫人还盼着你早些回去，我不留你了，你且自便。"徐达如遇大赦，跪下叩拜，说道："谢上位，谢上位。"

徐达离开后，皇帝放下《汉书》，又在想封不封刘伯温。刘伯温自来金陵后，大小功绩比李善长要多得多；鄱阳湖上若不是他苦心用了舍得计，真是胜负难料。若不封赐总觉得愧对他，也会招惹天下人说自己寡恩，前思后想，决定封赏刘基。

早朝上皇帝与群臣议了政事，散朝后，群臣要离开奉天殿，皇帝说："朕还补封汪广洋为忠勤伯，食禄三百六十石；封刘基为诚意伯，食禄二百四十石。"群臣都很惊讶，刘基竟屈于汪广洋之后。礼官捧出圣旨，当朝宣读。赐汪广洋的制诰曰：

> 朕观往古俊杰之士，能识真主于草昧之初，效劳于多艰之际，终成功业，可谓贤知者也。汉之张子房、诸葛亮，独能当之。朕提师渡江，入姑孰，中书右丞汪广洋同诸儒来谒，就职从征，剸繁治剧，屡献忠谋，驱驰多难，先见之哲，可方古人。今天下已定，尔应爵封，特加尔开国翊运守正文臣、资善大夫、护军、中书右丞忠勤伯，食禄三百六十石。於乎！尔尚益坚初志，克懋忠贞，训尔子孙，以光永世。

> 洪武三年十一月（御宝）二十八日

赐刘基的制诰曰：

> 咨尔前资善大夫、御史中丞兼太子赞善大夫刘基：朕观往古俊杰之士，能识真主于草昧之初，愿效劳于多难之际，终于成功，可谓贤智者也；如张子房、诸葛亮，尔独能当之。朕提师江左，兵至括苍，尔基挺身来谒于金陵，归谓人曰，天星数验，真可附也，愿委身事之，于是乡里顺化。基累从征伐，睹列曜垂象，每言有准，多效劳力，人称忠洁，朕资广闻。

> 今天下已定，尔应有封爵，特加尔为开国翊运守正文臣资善大夫护军诚意

伯，食禄二百四十石，以给终身，子孙不世袭。於戏，尔能识朕于初年，秉心坚贞，怀才助朕，屡献忠谋，驱驰多难，其先见之明，比之古人不过如此，尚其敷尔勤劳忠志，训尔子孙以光永世，宜令刘基准此！

洪武三年十一月（御宝）二十八日

刘伯温不介意比汪广洋少了一百二十石食禄，不介意子孙不能世袭食禄，也不介意皇帝遣孙炎等人来请自己出山，改作自己挺身来投，却留意到了比汪广洋的制诰多了许多文字。皇上还记得在月底来补封他，虽然位居汪广洋之后，还是略感忻幸。古人不是说大厦千间，夜眠八尺；良田万顷，日食一升么？一百二十石米全家一年吃不完。因此，百官都来庆贺时，刘伯温作淡泊之状，汪广洋却有些意外惊喜，笑容占据他整张圆脸，将眼睛和鼻子都挤在一堆。

几天后，户部官来钦天监，将几把铜钥匙交与刘伯温。皇帝在城南拨了一处大宅与他，比赐与汪大人的房屋要大得多，明日便可搬去住。刘伯温十分意外，怔了好一会。户部官笑说："刘大人，皇帝说了，大官人要住大宅第，特地令户部将这座大的宅子给刘大人。"刘伯温喃喃道："上位还是能体谅老夫呵。"就领着小章来看新宅，青瓦白墙，正门清水脊式样，进门两边有两间马厩，南向是三间倒座房；再过一道垂花门，门两边各有一间小屋，是门人和侍卫的住处。垂花门内是一个精致的四合小院。中庭有几丛竹，还有桂花树、石榴树、蔷薇等草木之属。有一眼小池，中有游鱼数十尾，池边有一座小小的假山。正北是一间大堂，堂上有一座大屏风，上面画着水墨山水；两边有几间耳房，后面是卧室、厨房、浴室等。两边还有几间厢房。各房之间都有游廊相连。

刘伯温心想这才是皇帝给予自己的封赏，比虚职和食禄好得多，十分喜欢这幢宅子，却矫情地说："太奢侈了，太奢侈了，老夫德不称位呵。"小章笑道："那就辞谢了，我们仍住在庙里罢。"伯温道："不住白不住，住了不白住，老夫从此便成了白居易。"说时呵呵大笑，小章也附在伯温的身上大笑起来。伯温指着一间大屋的窗户，感叹地说："我客居半世，总算有一间清静的读书屋了。"

门楼谈诗

皇帝收到邓愈攻取甘肃河州的捷报，想写一首将士出征边塞的长诗。写了一个时辰，凑了三四句，却不能成篇，身边的太监与宫女无人会诗。皇帝搁了笔，步出乾清宫，天高气爽，信步登上奉天门楼，诗兴大发却憋不出一句诗，心中焦躁，就对胡政道："宣编修高启、谢徽来见。"

高启、谢徽二人正在史馆编纂元朝遗史，闻知皇帝召见，很是惊讶，就跟内官同去。路上高启悄声问："皇上不会要升我们的官罢?"谢徽道："也说不定哩。如若要升，让我们在翰林院做官才好，不要到甚么六部去。"高启道："做翰林自然好，六部事务杂碎，中书省人事更是纷繁，尤其不好久处。"

二人来城楼拜见皇帝。皇帝命赐座，上茶，就说道："朕收到邓愈打下河州的捷报，想写一首将士出征的诗，竟写不出来。莫非写诗真有甚么方便门径?"高启道："臣做诗二十多年，也不曾寻觅到方便门径。臣最初学诗便是摹拟前人的诗，仿作了许多首汉魏乐府体，如《古别离》《燕歌行》这类，像蒙童学写字时描红临帖一般。长大后才知道学诗，真个如陆放翁说的，诗在功夫外。"皇帝问道："你说学诗若学写字一样，朕第一回听说。高爱卿是说朕写不出好诗，是小时候不曾用足功夫?"高启忙说："皇上误解微臣的话了，放翁是说即使下功夫学了诗，也未必写得出好诗，所谓在功夫外，是说诗人更要有阅历。"谢徽在一旁说："高学士说得极是。"皇帝说："朕的阅历不算少，诗外的功夫足，还是写不好诗，恐怕是诗内的功夫少了。你可曾做过边塞、出征一类的诗?"高启道："早年读唐诗时，曾拟写过，因微臣足不出东南，未曾出塞临边，所写的出征诗都是出于想象。"皇帝道："你是人，朕也是人，你能想象，朕却想象不出么?你可记得做过的边塞诗?"高启想了想，说道："微臣早年有一首《关山月》：月出辽海东，朔云卷胡风;才升榆塞远，复照柳城空。影满雕弧外，光沉金柝中。思家举头望，今夜一军同。"皇帝笑道："拟写得不错，千里之外，如在目前。谢爱卿，你可有这般诗句?"谢徽道："微臣诗不及高学士，他拟唐似唐，摹宋如宋。微臣的诗才与想象都不及他，因此不曾做过出征、边塞一类的诗。"

皇帝做不出边塞诗，却想起当年的得意诗句来，笑道："朕当年领兵取浙西，路过太平，曾与武将们来到山上的不惹庵，与庵里的和尚说些闲话。和尚们好没眼色，不认得朕，总是前后询姓问名，朕也不理会他。离开时，朕在墙壁上即兴题了一首诗——"皇帝以为二人会急着问是甚么诗，谁知二人只是愣愣地听着，并没有追问。皇帝忍不住了，摇头晃脑，得意地吟道："杀尽江南百万兵，腰间宝剑血犹腥。老僧不识英雄汉，只管哓哓①问姓名!"吟罢，自个儿大笑起来。

皇帝不吟则已，一吟倒把谢徽镇住了。此诗气势粗豪，与寻常人的诗风大不相同。高太史临仿汉魏六朝诗体，形神兼具，却断然做不出这样的诗。皇帝虽说读书甚少，莫不真是天生圣人?谢徽叹服，说道："陛下好诗，不但压倒黄巢，也凌越大风歌。"皇帝哼了一声，说道："黄巢那厮算个鸟!汉高祖的诗才写得好。还是你们两个会作诗的人有眼力。莫小看这四句诗，一时即兴所题，竟是朕平生最得意的诗，至今也不曾超过哩。"高启笑而不语。

---

①　哓哓：唠叨。

皇帝突然想起唐人碧纱笼诗①的故事，自己这样的诗句，就算是寻常过客所题，庵里的和尚也要好生保存，便唤太监孙礼道："转告礼部尚书陶凯，着礼部的人到太平城外不惹庵去，看看朕当年题的诗还在不在。若不在，唤那两个老和尚到京城来！"孙礼领命而去。皇帝对高、谢说道："那几个山僧十分粗俗，不知将朕的诗留存了么。倘若不在，朕定要砍他们的脑袋！"谢徽道："陛下当年的诗，想必早已经碧纱笼着了。"

转眼将近晌午，皇帝道："你们精于诗律，能做得好对子，脑子定必聪明过人。朕要因才施用，升你们的官！"高启与谢徽相互看了看，不是惊喜，却是疑惑。皇帝道："高爱卿，朕让你做户部右侍郎。谢爱卿，你就做一个吏部郎中罢。"高启跪下道："臣年少不敢当这个重任。臣只是长于诗文，粗知声律，对户部版籍、钱粮、赋役、田亩清测等，一概不知。陛下若赐臣三品高官，天下的读书人都会笑微臣忝居其位，恐伤陛下之明。"谢徽跪下道："微臣于吏部公务也一无所知。"皇帝见二人都谦让起来，以为是读书人的矫情习气，笑道："七言律诗，五言排律，都是极不容易的事，高爱卿都谙熟，户部的户籍、钱粮这些事，一学便知。吏部是为朕管理官吏选授、封勋、考课的事，甄别人才，选优罢劣，辅佐朕治理天下。郎中不过是按上司吩咐做事罢了。谢爱卿做得好诗文，做一个郎中有甚难的！"高启道："陛下，臣不是假意谦让，虚应着唐宋升官时一辞再辞的例子。臣向来不知钱粮的事，算盘也不会用，实不能胜任户部右侍郎一职。"谢徽也说道："臣也是难胜其职。"皇帝收敛了笑容，才知他们不是假意谦让，而是不想受官，就问："你们端的想做甚官？不妨直说。"

高启道："臣蒙征诏，来修元史，修史完毕后，许多人的才学在臣之上，都赐金放还了，陛下却让微臣做了翰林院的编修，已是叨遇隆恩，岂敢还有非分之望。"皇帝问道："谢徽你哩？"谢徽道："臣安于做编修的本分，若陛下要升臣的官，臣想在翰林院中供职为宜。"皇帝冷笑道："你们看来想做翰林院五品学士喽。今日朕就不升你们的官，他日再说，你们回去罢，朕也要回宫了。"皇帝本想升二人的官，待二人谢恩后，一同谈诗论文，在楼上同进午膳。哪知二人都约好似的谢绝升官，皇帝脸色阴沉沉的。高、谢二人跪在地上，知道皇帝不悦，不敢抬头。皇帝站起来，转身离去。皇帝下了楼后，过了好一会，二人才敢站起来，愁眉苦脸，相互看了看，高启问道："得罪圣上了么？"谢徽道："不知道。皇上若要用我等，在翰林院里授

---

① 碧纱笼诗：唐代宰相王播自幼贫寒，曾寄居扬州惠昭寺读书。和尚有些嫌弃他。寺里习惯斋前敲钟。一日，王播听到钟声去斋堂，僧人已经吃完了斋饭。王播遂题诗寺壁，愤然而去。二十年后，王播出任扬州刺史，重游惠昭寺。寺中和尚都慌张起来。王播入寺，见旧题的诗句竟被碧纱笼着，不觉一笑，挥笔又题诗于壁："上堂已了各西东，惭愧阇梨饭后钟。二十年来尘扑面，如今始得碧纱笼。"

一个官便是，却让你做户部侍郎，我做史部郎中，都是你我不能胜任的职事。”高启道：“但愿皇上不见怪我们。”谢徽道：“皇上一时不悦，过了几天，想必不会再见怪的。”高启说：“那就好了。”谢徽问道：“你道圣上那首诗如何?”高启笑道：“诗是不差，奈何是截取宋人的旧作。”谢徽惊问道：“竟有这事? 宋人的诗如何作的?”高启道：“南宋名将刘锜曾在湖南昭山募兵抗金，游赐福寺题壁一首：迅扫妖氛六合清，匣中宝剑气犹横。夜观星斗鬼神泣，昼会风云龙虎惊。重整山河归北地，两扶圣主到南京。山僧不识英雄汉，只管滔滔问姓名。此诗不甚流传，不知皇上从何处看到了。”谢徽先是一惊，接着笑道：“原来恁样，皇上作了那首腰斩诗，瞒得了寻常读书人，却瞒不了无书不读的高太史!”高启低声道：“想必皇上忌讳这事，你切莫与外人说!”

早朝结束后，礼部官员领了两个老和尚来文楼见皇帝。皇帝打量两个老和尚，依稀还记得他们粗俗可憎的面目，便问：“朕召和尚来，要问问你们，当年朕在壁间的题诗还在不在?”两个老和尚跪下叩三个头，偷眼来觑，果然是当年那个一身敝衣的粗汉子，暗自叫苦。一个老和尚道：“贫僧不敢隐瞒，陛下的诗已经不在了。”皇帝大怒，喝道：“你们都是木头和尚，几时没有的?”那老和尚道：“陛下登基前几年，贫僧见庵子的墙壁破旧了，请人修缮，被泥水匠不小心粉刷了，因此陛下的诗早不在了。”

皇帝一听，手不自觉地将冠上的黄丝带抓得紧紧的，左右太监吓了一跳。另一个老和尚道：“陛下息怒。御笔题诗虽不在，却有一个才子游览庵子时，在御制诗墙旁边题了四句诗。”皇帝问；“他写了甚么话?”老和尚道：“那才子写道，御笔题诗不敢留，留时只恐鬼神愁。尝将法水轻轻洗，犹有精光射斗牛。”皇帝一愣，笑了起来，说道：“你这出家人，也会打诨语么? 是才子还是才女?”老和尚忙说：“不敢，不敢，实是那个才子写的。贫僧在皇上当年题诗的墙上用金丝楠木做了一个小框，围了起来，用黄绢写了一行字贴在木框上面。”皇帝急切地问：“写了甚么字?”老和尚道：“贫僧写着，皇帝当年题壁处。”皇帝哈哈大笑说：“你这两个老和尚，做了杀头的事，还会来讨朕的欢喜。罢了罢了，这一回姑且饶了你们，回去好生礼佛念经罢。”

晌午时，皇帝来到坤宁宫，与皇后共进午膳。皇后笑着问道：“陛下想必有些心思。”皇帝喝一口酒，说起不惹庵题诗的始末。皇后说：“真是巧呵。臣妾当年都不知道陛下能做皇帝，那些和尚如何能知，也别怪罪他们了。”皇帝说：“我倒不是怪罪那两个和尚，只是他们没有说实话，在欺骗我!”皇后有些担忧，小心地说道：“臣妾这便不知道了。”皇后注视着皇帝的细微神情。皇帝说：“那两个和尚说后来的诗是一个才子题的，我看是一个才女题的。”皇后被才子和才女搅得糊涂了，问道：“是哪个才女去庙里题诗了?”皇帝说：“还不是我们家的才女。”皇后先是一忹，就想起来了，说道："你是说五妹回家探亲时，去寺里题了诗？"皇帝说："不是她是谁？孙贵妃真是聪明过人，见我的旧题不在了，怕我日后追问和尚，便给和尚写了一首诗，好讨我欢心。"皇后高兴地说："这可是五妹一片心意呀，她怕大哥加罪和尚们哩。"皇帝说："我如何会加罪和尚，只想吓他们一吓。孙贵妃太能揣摩我的心思了，不知她在太平还做了些甚么事。"皇后劝说道："她以贵妃之尊还乡，众目睽睽的，不就是去养父母家住几晚，去庵子里烧香拜佛，还能做甚么事。"皇帝点点头，稍微放心了。皇后说："五妹近来多病，除了来臣妾这里请安，其他姐妹那里都不太走动了。"皇帝忽问："那个民女柳氏在哪里？孙贵妃不再请她入宫谈诗论词么？"皇后叹息一声说："那个柳氏和丈夫在城里做些小买卖，多时不曾入宫，我们都不知她的消息。"皇帝说："我就怕后宫出乱子，多靠皇后主持着，方能宫禁严谨。"皇后说："臣妾如今腿脚不便，也不想出宫，只是姐妹们住在宫里久了，也太闷的。开春后，陛下出宫巡视，不妨带着她们去宫外看看。"皇帝道："明年开春，皇后与妃嫔们都去钟山下玩耍几日，去后湖坐船。"

第二十八章

吴伯宗洞隐温经书　陈宗进夜游娱故友

丞相致仕

洪武四年初一日，皇帝御奉天殿，受文武百官朝贺。皇帝大宴群臣。命妇到坤宁宫朝贺皇后，亦赐午宴。其时天上微雪，前朝后宫张灯挂彩，一片祥瑞吉庆。

初二，辰牌时分，中书左丞相太师韩国公李善长来华盖殿，专程向皇帝行正旦贺礼。李善长拜罢，皇帝道："相公养病中，天又冷，贺正旦礼就免了。"丞相道："臣病了数月，如今还病得不轻，有丞相之名，而不能行丞相之实。汪广洋、胡惟庸等都是当朝能臣，才干都在臣之上。去年臣已蒙陛下封公，荣极当朝，臣想安心养病，谨向陛下致休，回定远县去。"李善长呈上《乞致仕疏》。皇帝匆匆看了看，放在案上，未曾想到丞相这么快就请求致休，看来他真的揣摩透了自己的心思，也体察到位极人臣的难处，才会主动辞官，回家乡去做一个富家翁。但皇帝不知道他是不是真心，并未立即答应，喝了一口茶，沉默片时，手抚了抚胡须，问道："你的病究竟如何了？"李善长道："一天天好起来，只是调养尚需时日。"皇帝说："病来如山倒，病去如抽丝。朕见你的面色暗淡，不甚红润，不如再将息一两月，等身体壮健了，再致休若何？"

李善长略为迟疑，才说："臣若忝居相位，身子却在家中休养，中书无人主政，恐怕朝野物议纷纭。入冬以来，臣往往咳嗽，胸闷气短，精力大不如从前，恳请陛下准臣休致。"说时，疾病仿佛凭空飞来，李善长剧烈地咳嗽数声，张嘴喘息着。汉唐以来，皇帝登基，丞相辞官，按陈腐旧套都要推辞三次，皇帝挽留两次，方见君臣之间的诚意。皇帝因此说："相公新受封赏，正当安享名荣的时候，事朕最久，军需、议律、典章、制度、爵赏、钱粮、人事、文诰，事无巨细，都是相公会同群臣商量施行，朕还是请相公三思。"丞相果断地说："臣已经思量数月，中书人材济楚，臣不能久居其位而不行其政，请陛下降旨，准臣致仕。"皇帝笑了笑，才轻松地说："功成身退，自古是作人臣称羡的事。丞相休了几个月长假，徐达长年出征在外，他那个中书省右丞相一职只是挂名。省中如今全是汪广洋、胡惟庸二人主持，小有政绩。相公若执意致仕，朕也不强留，着工部在定远为你造一所大房屋，你也好安享清福。"丞相道："谢上位恩赐。"丞相说："臣要回家服药，不能陪陛下长谈了。"皇帝道："百室请少留，朕就当你的面，着人草诏一道，你先看看。"左右唤来中书舍人，皇帝口叙旨意，中书舍人持笔草诏。书毕，皇帝改了几个字，递与丞相，说道："你看行文何如？"丞相看了说道："十分好，多谢上位。"皇帝道："晚朝时你便可接旨。"丞相连声致谢，出宫时，皇帝一直送至午门外。

丞相离开后，皇帝在华盖殿中召见刘基，开口就说："今日百室辞了中书左丞相，我当初若让你做左丞相，必能君臣尽鱼水之欢，也免了恁多烦忧事。"刘基不知道皇帝的用意，这像是他第二回请自己做丞相，听起来并无真心，不过是虚情假意，抚慰自己罢了，因说道："上位一番好心，臣自是深知，只是臣性情执拗，向来嫉恶，既不能调和诸将，又不耐案牍繁剧，连御史大夫都做不好，哪里还能做丞相！"皇帝似乎善解人意，立即换了话题，问道："汪广洋情性温顺，想他既是孝子，必是忠臣，他为相如何？"刘基有些失望，也有些厌倦，知道说了皇帝也不会听，淡然地说："汪广洋做翰林学士，想必极好。"皇帝道："那胡惟庸如何？"伯温笑了笑说道："若论相才与相器，他都能兼得，就像一匹好马，却怕他偾辕①覆车。"皇帝心中不以为然，心里在说你刘基这个看不中，那个看不上，还是你最有当丞相的能耐，你想当我更不放心哩。刘伯温从皇帝的眼神里，分明看出他的轻视与嘲笑。

皇帝沉吟一会，又说："明日是正月初三，我要去祭祀天地神明，出兵讨伐明升。"刘伯温笑道："攻取了西蜀，将来修造宫殿用深山名木不消愁了。"皇帝哼了一声说："我岂只是为了几根木头？"刘伯温问道："上位想必要令汤和为征西将军了？"皇帝说："我是要让汤和做征西将军。蜀道艰险，汤和计谋多。以周德兴为左副将军，廖永忠为右副将军，杨璟、叶升等率京卫、荆、湘三地的舟师，由瞿塘进兵重庆，傅友德为前将军，顾时为左副将军，何文辉等率河南、陕西地面步骑，由秦、陇两处进兵成都，你道此战凶吉如何？"刘伯温道："上位令大明军数路进兵，有秦、陇一路，伪夏便无江峡天险可守，一阴一阳，一正一奇，取西蜀如探囊取物。上位等着收捷报便是了。"皇帝笑了起来，手指了指刘伯温说："我几年的筹算，竟被你霎时看破了。"

两道圣旨

奉天殿晚朝上，丞相意外临朝，文武百官以为他久病已愈，将回中书省主政。

①　偾辕：偾，翻倒于地。《左传·隐公三年》："郑伯之车偾于济。"辕，指车前驾牲口的直木和套在牲口脖子上的曲木，此处喻车。

朝会开始后，太监胡政当朝高呼："李善长接旨！"丞相神情肃然，缓步出班，跪在殿中。太监胡政宣读皇帝圣旨：

奉天承运皇帝诏曰：天下已定，有功尽封，大将收戈解甲于武备之库，息马家庭，从善乐游，功名两全，古何过哉！中书左丞相李善长，事朕十八年，寅至戌归，勤劳多矣，汉之何、参①无以尚也。其年既高，久患沉疴，驱驰侍立，朕心不忍，业许其致政之请。

洪武四年正月（御宝）初二日

李善长叩头道："臣谢陛下隆恩！"太监又高呼："汪广洋、胡惟庸接旨！"二人振衣抖袖，昂然出班，一同跪在殿中。太监胡政又宣读第二道圣旨：

奉天承运皇帝诏曰：汪广洋才德双全，胡惟庸忠勤兼备，着中书左丞汪广洋为中书右丞相，参知政事胡惟庸为中书左丞，同理军国重事。宜令汪广洋、胡惟庸准此。

洪武四年正月（御宝）初二日

次日，皇帝赐临濠土地若干顷给李善长，置守冢户一百五十，给佃户一千五百家，仪仗军士二十家，财宝若干，让他荣归故里，还令工部为李善长在濠州选地修造府第。李善长今年不过五十八岁，还不算太老，皇帝劝慰他说，等他病愈了，去中都主持兴建临濠宫殿的一切事务。主持营造向来是一个肥差，皇帝有意弥补李善长辞相。李善长自然深知皇帝的用意，在京城安心养着没有病的病。

李府这几日忙着搬家。黄昏时，家仆们抬着一些桌椅、花瓶、木柜从后院的角门出来，在门外装上马车，送到城中典当铺去。雕花架子床、罗汉床、坐具等家什，都包着厚布，准备装上马车，其他如衣裳、酒器、帘帷、被褥、瓷器、图书、字画、盆景、金银玉器以及酒、米、豆、油等，都分门别类装在木箱、布袋和木桶中。堂上摆了二三十只大小箱子，搁着大大小小许多只布袋。

皇帝下旨，汪广洋以中书省右丞相兼任首科提调官。工部差人修缮文庙旁边的贡院，翰林学士们在想着考题。中书省拟了科举制度奏报皇帝，凡府、州、县学生员，民间俊秀子弟及学官吏胥习举业者，都可以应试。皇帝批复说，皇明初开科举，

---

① 何、参：指汉代名相萧何、曹参。

凡是文字词理平顺的人，都可以列入候选，用来激励读书和劝学上进。但吏胥①们不许应试，皇帝认为他们做官久了，很多人手脚不干净，心术已坏，因此不许应试。

东吴先生

江西金溪县城外有一座山，山中有个天然洞穴，荒废几百年，只因皇帝开科取士，夜里洞穴中点亮了一盏松油灯，说起来却颇有些传奇。

皇帝圣旨传到各省以及府州县，距应天城东南一千余里，江西行省金溪县新田村，有一个先生姓吴名仪，字明善，元朝乡贡进士，当地人唤作"东吴先生"，正在县城开私塾，教十几个小小蒙童。他听人说皇帝要开科取士，圣旨和科考程序都抄贴在县学墙上，忙赶去看。圣旨前围了许多人，他挤上前去，细看圣旨：

奉天承运皇帝诏曰：朕闻成周之制，取才于贡士，故贤者在职，而其民有士君子之行。是以风淳俗美，国易为治，而教化彰显也。

汉唐及宋，科举取士，各有定制，然但贵词章之学，而不求德艺之全。前元依古设科，待士甚优，而权豪势要之官每纳奔竞之人，夤缘阿附，辄窃仕禄，所得资品，或居贡士之上。其怀材抱道之贤能耻与并进，甘隐山林而不起，风俗之弊，一至于此。

今朕统一华夷，方与斯民共享升平之治，所虑官非其人，有殃吾民，愿得贤人君子而用之。自今年八月为始，特设科举，以起怀才抱道之士。务在经明行修，博通古今，文质得中，名实相称。其中选者，朕将亲策于庭，观其学识，第②其高下而任之以官。果有才学出众者，待以显擢，使中外文臣皆由科举而选，非科举者毋得与官。彼游食奔竞之徒，自然易行。

於戏③！设科取士，期必得于全才，任官惟贤，庶可责成于治道。咨尔有众，体予至怀！

洪武三年五月初十日

吴仪先生看了感叹道："读书人总算有出人头地的一日了。"人群中有人认得

---

① 吏胥：指古时候各级政府中负责文书与日常琐事的小吏，没有品级，个人权力小，俸禄极低，有些人办事时不免贪污腐败。由于吏胥整体数量大，因此能形成一种影响政治风气的势力。

② 第：等次。这句是说将他们分出等级，给予官做。

③ 於戏：古文中的感叹词，相当于现代汉语中的感叹词"啊"。

他，忙说："请东吴先生解一解圣旨，先生也可去应试的。"吴仪道："老夫便不去赶这场热闹了。皇帝的圣旨说得明白，元朝开科取士，对读书人是很优待，但汉人和南人就是中了科举，也做不了高官。有的蒙古人和色目人结识朝廷权臣，不参科举也能做高官，位列贡士之上，因此许多江南有真才实学的人都隐居山林，教几个学生终老。明朝皇帝想开科举来甄别贤人君子，以后文臣都要由科举选出来，不参与科举不得与官做。"他又看了左边的乡试程序，乡试共三场，人数不限，会试取一百名，就连高丽、安南、占城等国有经明行修的读书人，准许先在本国乡试，中了举便赴京师会试，不拘名额选取，大为感激，大明朝真如汉唐盛世，皇恩所被之处，华夷一体，不分中外。他忙回到寓所，晚上收拾行李，次日给儿童们放了两天假，他要回乡将消息告诉儿子。

吴仪到了村口，同乡正在造屋，建了两层楼，见了吴仪，远远招呼道："东吴先生，你如何回来了？进来喝杯茶则个。"吴仪到新楼前看了看，喝彩一声，接了凉茶，道了谢，说道："皇帝下了开科举的诏书，儿子吴伯宗今年三十六岁，老大不小了，想让他去试试功名。"同乡说："最好，大相公真个一身才学，埋没在乡间可惜了。"吴仪心想儿子吴伯宗二十岁后就在家乡耕种，娶妻龚氏，生了二女，平时在家读书耕种，偶然为乡里的丧事和修桥修祠堂作祭文和碑文，一身才学的确可惜了。吴家本是书香门第，曾祖父吴可在宋朝做过登仕郎；他的兄弟吴名扬曾参与文天祥勤王兵事。自从宋亡以后，吴家门第衰落，一家人隐居在乡下。吴仪设馆授徒之外，全家靠着祖上十几亩田过日子。吴家在乡里还算中产人家，住着几楹祖上传下的青砖青瓦旧屋，与邻居的屋相连成片，只间隔着高大的风火墙。吴家的旧屋比邻居的旧屋显得宏敞富赡，大堂右侧是一处花园，园中已无名花异草，种满了青菜，园中散养着许多鸡。一段围墙年久失修，已经颓败。

吴仪听同乡一夸，不免有些得意，笑道："我儿五岁的时候，我便教他读《三字经》《百家姓》《千字文》启蒙，读几回便能背。看看到了十六岁，已经熟读六经。我便让他学做制义文章，替他批改。他还算天资聪颖，文章越做越妙。"说时又叹息起来，"那时是元顺帝至元末年①。按元朝科举体制，年不足二十五岁不能参加科举。儿子到了二十五岁，已是至正十九年，也是天完国徐寿辉天启二年，宋国韩林儿龙凤五年，今上那时还只是宋国的吴王。天下大乱，南北道路阻塞，行旅的人常因战乱横死半路上，因此不敢让儿子去大都应试。"同乡道："皇明山河焕然一新，也是先生一家合当发迹了。"吴仪拱手道："多谢吉言，在下要赶回家，恕不多陪。"

吴仪回到家门前，嫡妻温氏和一位偏房，儿媳龚氏，一大一小的家仆都出门相迎。温氏说伯宗清早被邻村人请去写祭文，弟弟仲实被族长请去祠堂商量族里的事

---

① 元顺帝至元末年：公元 1340 年，次年是至正元年。

去了。吴仪令仆人老白进邻村唤伯宗回来。

一个多时辰后，年少的仆人莫攀龙进堂来报，大相公与老白回来了。吴仪来到花园边，从断墙望去，二人已经到了池塘边。因天气热，两人满头汗水，伯宗拿着一册书当纸扇，远远见了父亲，将书卷在手中，向父亲问安。吴仪接了书来看，竟是翻刻宋版的《王右丞集》，汗水湿了封皮。吴仪说："从今日起，这等闲杂书不可看了。皇上下诏明年要开科举，主考是当代儒宗宋景濂先生，连读卷官都是国子监祭酒魏观先生充任，极一时人才之盛。你要用心温经。我从县城赶回来，就是要告诉你这件大事。"

吴伯宗道："爹爹，儿子日间无事，也常看宋元程墨文选，还有各省的宗师点评文章，虽是无趣，却还在做无用功夫哩。"吴仪却担心儿子应试文章生疏了，说道："这哪里是无用功夫，却是功名的敲门砖，你的文章若做不过旁人，就在乡下终老一生，没世无闻，死后黄土一堆，三五十年后，世间无人知道你的行迹。"吴伯宗道："在乡下终老也好。"吴仪道："人生一世所图甚么？立功立德，立言立名。我回乡时，路上看见村里有人起楼，你且以《楼》为题，作两句破题如何？"吴伯宗笑道："爹爹，我又不是五六岁儿童，这村塾题目太容易了则个。"吴仪道："休要搪塞，快作两句破题来！"吴伯宗脱口道："因地之不足，借天之有余。——这般破题如何？"吴仪暗中惊喜，心想这个年纪老大的儿子，莫不真是天生的科举中人，自己顺口出一个题，都被他等闲破得巧妙，不知乡试里的正经题目，他能不能破好，于是让儿子到书房坐下，他也坐了。家仆白进端了两碗清冽的井水，让他们喝。吴仪说了诏书中的事宜，告诉他说："你留意这几个日子，乡试定于今年八月，在南昌府考。初九日第一场，十二日第二场，十五日第三场。会试定在明年二月，在京城考。初九日第一场，十二日第二场，十五日第三场，殿试在三月初三日。"吴伯宗扳着手指说道："儿子都记下了。"吴仪说："功名富贵便在这几场文章中。这三个月，你都不要出门，用心温经。"父子说了一番话，吴仪又将全家人以及两个仆人都唤到面前，告诉他们日间不要打扰伯宗读书，龚氏每日都做些好吃的菜给丈夫吃。

洞隐

同村有几个想应试的书生得知吴伯宗要参加乡试，不时来他家请教。大夫人温氏怕打扰了儿子的功课，想为他寻一个安静的去处。二夫人说阁楼上安静，有一个小窗户，既通风又能看见花园和池塘，不会闷坏。伯宗在楼上读了几天书，感觉楼下日常动静大，道上村民来来往往，闲话声隔着池塘还很响亮。他有时潜心温习经书，突然听到人语响亮，就十分烦躁。

有一个化缘的和尚路过吴家，得知吴伯宗找不到清静的读书之地，告诉他说县城南面有一个罗汉峰，宝塔峰在左，莲花山在右，山下有一个古庙，唤作西隐禅寺，峰上有一个天然洞穴，名叫罗汉洞，盛夏十分清凉，何不搬些卧具和书籍去，给寺里捐些香火钱便是。吴伯宗心想这倒是一个好的所在。几日后，他与仆人辞家上路。莫攀龙挑着一担竹箱，前箱是书籍笔砚，后箱是被褥衣帽鞋子餐具等，行了两日，来到西隐禅寺。吴伯宗与住持说欲借上刹读书，八月间好去参加省里的乡试，依例拜纳食宿钱。住持见他相貌清雅，谈吐不俗，又是应试的书生，说不定来日能光耀禅寺，就说食宿钱免了，如小楷写得好，为寺中抄几本经书便是。吴伯宗答应了。

次日，吴伯宗跟着莫攀龙寻到那个洞穴，洞口才能容一人进去，岩壁上面还有一个洞眼，日光可以进来，洞内空旷，有石桌石椅，还有一张石床。洞外林木青葱，只闻山风与鸟语，不闻人声。伯宗日间在洞中读书作文，渴了就饮洞中的岩泉，一日三顿饭由小仆送上山，晚上都回到寺中歇息。到了六月间，天气炎热，伯宗令小仆将卧具搬到洞中来，悬起蚊帐，晚上在石桌前点着蜡烛看书。山风清爽，万籁清寂。有时一轮明月照映洞前，满山草木生辉，恍如置身世外。莫攀龙用细松树做成一个木门，晚上放在洞口，后面用树杈顶住，以防野兽闯入。

吴伯宗日夜安心读书，不觉得寂寞。莫攀龙却百无聊赖，加上夜晚蚊虫多，身上多处红肿，痒得难受，有时埋怨说："相公，家里晚上读书清静，大老远跑到这山洞里来，不是自寻苦吃？"吴伯宗劝慰他说："常言道，吃得苦中苦，方为人上人。我入山便是为了出山，进洞是为了出洞。若不下一番死功夫，世间的荣华富贵功名利禄哪由得你去享受。"莫攀龙心里有了盼头，就说："小的跟着相公，将来享福便好了。"他在脸颊上拍了一下，摊开手掌，一只蚊子带血死了，嘟哝说："都是吃了我们的血，我们上山是来喂蚊子的。"

这天晚上，约莫两更时分，小仆莫攀龙已经先睡了，吴伯宗仍在松油灯下看书。洞外时有虫声唧唧。他隐约听见洞外有"呜呜呜"声响，似是狼嚎，伯宗知道江西地面自古少狼，却有老虎和野猪。洞外又传来"嗞嗞嗞"声，正纳闷时，木门的缝隙里却扔进一块石头，啪哒一声，接着又扔进一块石头，洞中回响清脆。莫攀龙惊醒了，坐了起来，掀开蚊帐，问道："甚么声响？"吴伯宗指了指洞外，恰好一阵山风涌入，松油灯闪烁不停，灯火发蓝，洞外传来几声低沉的笑声"呵呵呵呵"。莫攀龙惊慌道："有鬼，是山鬼！"吴伯宗却站了起来，大笑几声，说道："我不信世间有鬼神！洞外是甚么人，快现出原形来！"

"兄弟你好么……我一路来寻你……你却在这里。"那声音缓慢而低沉，装神弄鬼，不像平常人在说话。莫攀龙吓得浑身发颤，缩在蚊帐里。吴伯宗笑道："你不说人话，我倒怕你。你一说人话，我便不怕了！"他持着油灯，脚踢开松树门后的树杈，洞外挤进一个人影。吴伯宗将灯举起一照，惊问道："云阶兄，你如何寻到这里来了？天底下没几个人知道我今晚睡在这个洞里。"吴伯宗忙延请他进来，来人说自金陵来南昌，又来到金溪贩些糖糕和糯米，先去了一趟宋朝陆象山先生的旧家，便去新田来访贤兄，令堂却告知你在西隐禅寺中读书，我赶到庙里来。和尚说你近日都睡在洞中，就独自摸上山来，远远地就看见上面的洞眼映着灯光。莫攀龙见是大相公的相识，忙倒一碗凉茶，递与来客。

来客名唤陈宗进，表字云阶，浙江绍兴人，工诗词，能书画，早年跟着伯父在东南地面做着转运生意。三十岁后，自立门户，在沿海和内地经营着海产、茶叶、绸缎等，积蓄了上万两银子，平时藏富不露，乐善好施，最喜结交有真才实学的人。早在洪武元年，吴伯宗被县中一位富户请去，做一篇重修祠堂碑记。立碑那日，祠堂里做了酒席，宾客如云。席间有人问吴伯宗制义文章如何做，吴伯宗说得天花乱坠。那时陈宗进正在县中贩茶油，跟班有十几人，他被城中各大茶油铺、桐油铺子看作外来的大主顾。那富户因生意与他相识，请他做上宾，恰与吴伯宗同席且同坐一条长凳。陈宗进问了几个儒学经典中的疑问，吴伯宗顺口一解，旁征博引。陈宗进叹服了，出席拱手道，先生经书可真是纯熟呵，不才受益匪浅。吴伯宗忙站起来还礼道，尊兄过誉了。敢问尊姓台甫。陈宗进自报了姓名，二人因此相识。应陈宗进之邀，吴伯宗与他在城内城外纵情游赏四五日，谈古论今，皆引为平生知己。二人惜别后，伯宗回归新田旧家，宗进则去杭州贩运丝绸，过着亦游亦商的日子。

陈宗进提着一只食盒来了，放在石几上，打开盒盖，里面有炒牛肉、蒸鸡、腊鱼和猪肠子，还有一壶酒。吴伯宗大喜。二人一同扯着牛肉、鸡肉下酒，陈宗进也劝小仆喝酒，他说不会，陈宗进扯了一只鸡腿与他吃，他吃完又睡了。陈宗进说了些朝野与江湖上的新闻，中书左丞杨宪上任不过几个月，因罪被皇帝杀了。大宗伯崔亮人品学问极好，皇帝本来要他充任同考官，他却在七月间病死了，如今礼部是陶凯主政。他奉诏定下许多科举程序。

吴伯宗有些震惊，说道："据民间传言，杨希武是要做丞相的人，当年刘伯温说他有相才，只是少了丞相的器量，不曾想到皇帝竟会杀了他！"陈宗进说："据说是他诬告右丞相汪广洋，才致龙颜震怒。这回应天府乡试，皇上亲点刘基、秦裕伯为考官，宋濂、詹同等为同考官。秦裕伯是河北大名人，曾在元朝做过福建行省郎中，也是一个有学问的人。"吴伯宗说："据说会试主考官也是刘基。"陈宗进道："但又听人说，刘基推荐了宋濂做主考，说自己老病在身，精力不济了。上回伯宗兄曾与我说，不想困守乡下几亩薄田，也想游走四方做商人，不做书生了。我这回来访兄，便是想请兄一起做发财的勾当，谁知兄却要走科举功名的路子了。"吴伯宗道："一则家父的主见，二则我除却死读书，诸事不会。"陈宗进道："眼下若是宋朝，读书取仕自是极好的前程。洪武朝则不然，此处山外无人，我说几句妄言，你休见怪。今上自小读书不多，要成大事又不得不用读书人，但他骨子里又轻视读书人。他给朝臣的俸禄淡薄不说，还要一日三朝，老弱的人往往折腾得半死。金陵寓所冬天酷寒如冰窟，夏天又炎热似火炉。自古说伴君如伴虎，做帝王的往往喜怒无常，万一临朝说错一句话，触怒龙颜，轻则夺职，重则远迁，半世功名便作春梦一场。你说如今做官有何意趣？"吴伯宗点点头，说道："云阶兄的话极是，但不做这一番经历，如何知道个中滋味？"

陈宗进见吴伯宗执意科举，换了话题说道："我半个月前，到了金陵，贡院附近的客舍已经住满了，大多是参加应天府乡试的生员，夜夜都是读书声，傲金看涨。贡院不远便是秦淮河，日夜画舫来往，歌吹之声不绝。河两旁都是绮窗绣户，入夜后楼上挂满灯笼，街坊酒楼也挂着角灯，日日笑语，夜夜笙歌。楼上站着许多私妓和官妓，身着华服，心招目邀，令人神魂颠倒。一边是清苦读书，祸福未知；一边是香鬓消磨，眼前快活，人生一世，两种活法，任兄选取了。"吴伯宗笑道："秦淮河的金粉楼台尚未一见，听兄一说，如今即便做一个大官，也不如做一个富家翁快活。"陈宗进道："你既明白道理，今晚便放弃举业，若跟着弟在东南地面经商，每年付兄五百两银子做酬金，年终还有馈赠。生意场上的事并不多，由着许多跟班的去做，我们一路谈经论史，吟风啸月，花着银子如流水，美人美酒美景，走马灯似的在你我眼前转轮，不受官家半点拘束，何等快活？不出三五年，你便可在金陵买屋置业，过着诗酒生涯，晚上佳人剪烛伴读。若到了晚年，富贵还乡，买田置屋，娶妾生子，儿孙满堂。到了身衰神灭的时候，便寿终正寝，托体家山，此生有何遗憾？"吴伯宗笑道："听兄一番话，功名之心消了大半。"陈宗进也笑，说道："还有一小半未曾消。"他知道人各有志，不能强求，就不再劝说，闲谈些诗文和江湖逸事，到了三更，与吴伯宗主仆二人同挤在蚊帐里，胡乱睡至天亮，一同到寺里吃早斋。斋后，吴伯宗陪着陈宗进和他同行的两个伴当，在寺中游赏。

将近晌午，陈宗进要告辞，包了一封银子赠与吴伯宗做盘缠，足有五十两。吴伯宗再三推辞，却奈不过陈宗进的盛情。陈宗进说："以兄的制义才情，乡试中一个解元，实不在话下。如果会试高中了，又在殿试上论策称旨，凭兄一身堂堂相貌，说不定中一个状元哩。"吴伯宗笑道："自古中状元好如抓阄，前三甲难分伯仲，就靠文运凑巧罢了。"陈宗进则说："若你真个中了状元，我赠你五百两贺银，兄在乡里选一处风水宝地，修造一座状元府，来年不想做官了，隐居田园，也有一个安乐窝。"吴伯宗笑说："不敢奢望中状元。"

主仆二人送陈宗进一行三人，出了寺门，还走了三五里。陈宗进上马前，拱手道："贤兄请留步，明年金陵相见则个。"

南昌府乡试

八月初一，吴伯宗用小楷抄了两本《般若心经》和《妙法莲华经》付与住持，作为酬谢。他们吃了午斋，就离开西隐禅寺，到家当晚，弟弟吴仲实在门前迎哥哥归来，纳头叩拜，说道："哥哥呵，你这回若考中了进士，做了官，可别忘记弟弟了。"吴伯宗扶起弟弟道："我若做得京官，如何都会举荐贤弟的。"一家人在堂前告祭先祖。三日后，吴伯宗辞别母亲、妻儿和兄弟，与小仆登程。

行了两日旱路，乘船来到南昌府。赣江上船极多，千百杆桅樯如密林一般。江边的滕王阁只存遗址，三五株残树掩映着几堆碎石和瓦砾。吴伯宗从城西章江门入城，城楼宏伟壮丽。城墙约有三丈高，城内房屋却破旧低矮，街巷曲折狭小，青石板高低不平，行人和车马零乱，还依稀可以看见当年鏖战的痕迹。吴伯宗无心怀古，与小莫乘船过东湖，在贡院街附近的"学优客栈"住下。

初六日，吴伯宗去城西北的行省衙门礼房，填写一张表单，写明姓名、籍贯、年甲以及祖辈三代姓名，所治哪一部经书。初九日清晨，吴伯宗来到贡院前，墙壁上张贴了一张榜，上面写着入试生员的考棚号，吴伯宗编在地字号叁考棚。此次乡试只取四十人，却有四五百人来考。他在挤挤挨挨的人群中，来到贡院前列队。贡院内外都站着手绰木棒的军汉。开门时，一次放进四个生员，间隔着站在甬道上，由四条军汉搜身。

吴伯宗因天转凉，穿了一件月白色外衣，军汉喝道："脱衣!"吴伯宗将放着笔砚的小竹篮放在地面，脱下衣裳，解开里面的袷衣，露出胸腹皮肉。军汉的手先在他两腋一按，吴伯宗身体一颤。军汉双手顺两肋滑下，在腰间前后摸一摸，吴伯宗感觉痒兮兮的，那军汉双手又滑向两只裤腿外，上下搂一搂。吴伯宗以为搜检完了，那军汉还将手掌竖着插入他的裤裆下，在两只睾丸下边拨弄，检查是否有夹带。吴伯宗大感有辱斯文，敢怒不敢言。军汉喝道："脱下鞋袜!"吴伯宗将衣夹在怀中，作金鸡独立，先脱了一只脚的鞋和袜，让号兵验看了，穿上，再脱下另一只脚上的。号兵手不停地在鼻子前扇风，口中念叨："真是好汉屁多，秀才脚臭，快快快，穿衣穿鞋，向前面走!"吴伯宗草草穿上外衣，里外的扣子都不及扣上，袜子也来不及穿，趿着鞋，提起竹篮向前走。才走几步，后面一阵哄笑。他回头一看，一个老生员金鸡独立不稳，歪在地面，笔、砚、鞋袜、馒头撒了一地。吴伯宗叹息一声，来到号房前，领了草卷、正卷各十余张纸，还有一支蜡烛，入了号房，寻到地字号，从叁号考棚的横案板下钻进去，坐下来，才扣好衣裳上的扣子，穿上袜子。

全部生员都进入考棚，数员号军巡视一番后，主考官出示题目。号军举着用大字写着题目的卷轴，在考棚里缓缓地行走。考生们相继将头探出号房来看，整齐地好似许多马从马厩里伸出脖子一般。同考官高声念题三次：

> 大学曰："国治而后天下平。"中庸曰："君子笃恭而天下平。"孟子曰："人人亲其亲，长其长而天下平。"又曰："修其身而天下平。"天下平一也，所以致天下平有四者之不同，何欤?

吴伯宗匆匆记下题目，心想："一书一个主见，出这题的人真费了心思，要破好题，也得动一番心思才是。"于是取出笔和砚台，将一支北尾湖笔放在案上，笔竟向一侧滚动。吴伯宗自语道："天下平天下平，天下几时平过，如今连一张书案都放不平。"他研了一会墨，就伏案而睡。一会儿，号军过来问："秀才，莫不是病了?"吴伯宗无好声气道："无病，老夫在打腹稿!"过了一个时辰，吴伯宗想好了破题，写在草卷上："大学言'国治而后天下平'者，循其序而言也。孟子言'修身而天下平'者，推其本而言也。曰'亲其亲，长其长，而天下平'者，即修身国治之事。中庸之言'笃恭而天下平'者，则圣人至德渊微之应，中庸之极功也。"他心想出题者未必知道为何天下平有四种不同，不妨先鼓吹赞颂一番，就顺着字面的意思将题破了，虽不十分称意，但也想不出更好的破题写法。

　　晌午时，带了吃食的人可以在考棚中吃，没有吃食的人就得饿一天。莫攀龙在城中买了一碟炒鸡、一碟蒸鱼、一碗蔬菜、一碗米饭，竹筒里还盛有葱花蛋汤，用一只食盒装着，提到贡院前。号兵检验时，拈了一大块鸡肉吃，才让他送给吴伯宗。这一考棚里的鸡和鱼香溢到其他考棚，吃干馒头和冷炒饭的考生都探头来看，无人送饭菜的只得听任腹中咕嘟的抱怨声。吴伯宗吃饱了，心里不慌，继续将文章作下去。到了太阳快落山时，他开始抄誊正卷。天全黑时，考棚里全都点了蜡烛，如星河闪烁。一个老号军提着灯笼在各号巡视，一边走，一边吆喝："有冤报冤，有仇报仇。今夜作弊，来日砍头。"吴伯宗心中坦荡，全无疑惧，也有与人结冤结仇的考生，听了后心神恍惚，手也发抖，不小心污损了试卷。到了戌牌两刻，吴伯宗收拾笔砚和草卷，捧着正卷，高嚷一声："地字号叁房交卷。"一个号军闻声，提着灯笼赶来，领着他到门边交了卷。

　　吴伯宗在客舍里歇息两天，只是吃喝睡，不再看书。十二日第二场考《论》，题目是"礼以安上治民"，考后又歇息两天。十五日第三场考《策问》。吴伯宗吃得好，精力足，答题时文若泉涌，只觉得试卷纸短，不能尽兴。考完之后，吴伯宗觉得心身俱疲，连睡了三日。二十八日发榜，这天清晨，莫攀龙催促吴伯宗早早起来，去行省衙门前看榜。吴伯宗说："不消急，如果不中，看了也白看。如果中了，自然漏不了。"直睡到辰时，太阳照到了床头。莫攀龙从楼下大堂跑上来，踏得楼板吱哑哑地响，一路高呼："大相公，高中了，高中了，南昌府乡试第一名!"

　　礼房报喜的人来到"学优客栈"，敲锣打鼓，在店外大呼小叫。店主大喜，差小二去绸缎店买了一丈红绸，结着花悬在门匾两旁。吴伯宗下楼向众人拱手，众人都向他作揖道贺。伯宗令小仆给了两名报喜人各一百钱。其他应试生员，不论中与不中，都挤到店中相贺，请客吃酒，忙碌了一日。次日，吴伯宗到行省衙门拜见主考官与同考官，领了会试文书，与小仆收拾行李，又回到西隐寺，仍在洞中温经。到了十月下旬，天气转凉，怕大雪封山，二人才回到家中。乡下人得知吴伯宗中了解元，都送银子、衣帽和酒来贺。

　　几日后，吴伯宗得知邻近的浙江行省乡试解元名唤郑真，据说他的文章声名已经与金华宋濂相当。但他际遇不佳，还得通过科举求进取。

第二十九章

应天城春闱险落榜　奉天殿功臣喜受封

应天府乡试

南昌府乡试之时，应天府也举行一场乡试。皇帝亲点刘伯温、秦裕伯为考官，宋濂、詹同等为同考官。伯温再三以老病为由推辞，皇帝说乡试由不得你，会试时你不想再做考官，朕另选人。

刘伯温弟子徐之鼎、施杰伦想参加应天府乡试。刘伯温却说："你们的制艺文章，已高于寻常的书生，但老夫为主考，学生来应试，如果你们高中，必贻天下读书人口舌；如果你们未取，老夫又觉得深负你们平生所学，为之奈何？"徐之鼎说："先生说得是。宋朝欧阳修为主考官，选取了一篇好文章，想取为第一，又怕是学生曾几的，因此降为第二，拆封后才知是眉山苏轼的。"施杰伦说："你这么一说，我也想起苏轼后来知贡举，他的好友李方叔应试，却名落孙山。苏轼写了一首诗相赠，平生漫说古战场，过眼真迷日五色。"刘伯温道："正是这个道理。眼下为师劝你们不要做官。若你们有用世的心，老夫在皇上面前举荐你们，在国子监做一个助教，一面教，一面学，等你们都到了壮年，再出来做官。"

京城会试前，刘基、秦裕伯、宋濂、詹同等人都在开试前一日锁入贡院，十余日不得出来。他们每日翻阅《四书》，费尽心思出几道题目。聊天的时候，几个考官都说些插科打诨的话。秦裕伯是河北大名人，后因元末战乱，弃官归隐于东海边。吴元年时，吴王朱元璋曾令中书省致书与他，召他来应天城做官。他说吃元朝俸禄二十余年而背之，不忠；母丧守孝未毕，夺情而出，不孝。到了洪武元年，天下一统之时，皇帝再来征他，他却来了，许多人都十分不解。皇帝先授他侍读学士，他固辞，皇帝不允，不久改为翰林院待制，迁治书侍御史，在御史台御史中丞刘伯温手下任职。

阅卷的时候，刘伯温与秦裕伯同室批卷，不免说起元朝旧事。刘伯温笑问道："秦大人，皇上初征你不来，再征便来了，这是甚么道理？岂有烈女初聘不至，再聘便至的?"秦裕伯笑了，说道："刘大人有所不知，再征时我也不愿意来。当年我隐居的地面是张士诚的，皇帝那时还是吴王，管不着，奈何我不得。如今都归入大明的版图，就不得不听皇上管辖了。前年皇上见我初征不至，亲自写信与我，信中说，海滨之民好斗，裕伯智谋之士，与其人杂处，恐有后悔之时。我觉得奇怪，我向来与海边居民相处甚安，他们即使好斗，也不会来殴打我，皇上如何会这般说话?你道是——"刘伯温笑道："我道是皇上在吓你，你若不来，便无你的好日子过。"秦裕伯附耳道："正是，明朝这个开国皇帝又猛又狠，俺经不起他这一吓，与其被人乱棍打死，还不如来京城做几年官，闷死也罢。"刘伯温掀髯大笑说："真个难为你了。"

秦裕伯又道："与我同征还有一个松江郁文正，平时疯疯癫癫，一些正经也无。他见了皇帝，操着一口松江语。皇上问，你知书么?他说高似孔夫子，强似朱文公。皇上又问，能诗么?他说赛过肚子美，胜过李太婆。皇上听不明白，有人转译与皇上听，他说比杜子美李太白还会做诗。皇上心想有一个这样滑稽的人在朝，平时也多些风趣，如汉武帝有东方朔一样，就说朕要让你做官哩。他欢喜地说，我生下来就想做官，可又做不得。皇上问，如何做不得?他答道：上海八都郁文正，现患四肢风湿症。皇帝若还可怜见，饶了个条穷汉命。吟毕，拱手说'狂夫之言，圣人择焉'。皇上大笑，说果然是一个癫子，便不曾强征他来。"刘伯温说道："他还能顺口引出司马迁的话，分明是装疯，皇上未必不知罢。"宋濂与詹同路过门外，听见笑声，问道："刘大人有甚趣事大笑?"刘伯温道："考生墨卷中多有文理不通者，不觉大笑。"秦裕伯看着刘伯温说谎话时，并无半点迟疑，眼睛都不眨一下，也大笑了起来。宋濂看着他们大笑，也跟着笑了。

京城直隶乡试毕，刘基依文章高下，只取一百名，还说有一半文理不通。皇帝却说天下初平，各地百废待兴，再勾取二十名，因此只有八十名落选。当天晚朝上，吏部尚书商暠从袖中拿出一本京城与地方缺员的名册，说道："启禀陛下……六部的员外郎、主事大半空缺，地方有六成的府州县无副官，三成的州县无知州和知县。民间历年积案成山，百姓打官司往往要等上大半年，一些州县荒地无人开垦，钱粮税亦不能及时征收。许多县多依乡规民约，无为而治，但终不是长久之计，请陛下圣裁。"皇帝听了还未说话，商暠将名册映着昏黄的宫灯光，细看字迹，说道："吏部人手少，考功司无官吏，员外郎与主事也多缺员，倒还不妨，臣等日夜勤勉便是。可是陕西延安府绥德州无知州、巩昌府无知府，直隶广德府无知府已经多年了，多是各州府的同知在治事，积案久拖不决。县丞缺员有山西太原府交城县、静乐县，顺德府平乡县，西安府富平县、澄城县，山东济南府商河县、济阳县、长清县、东昌府华县，兖州府曲阜县，镇江府丹阳县，福州府侯官县，江西南昌府武宁县，九江府德化县，湖广常德府桃源县，衡州府衡阳县……"

皇帝听了心烦，手一挥，打断吏部尚书的话，说道："休要再念叨了，朕何尝不心急，但以前可用的人才太少。这回直隶录取了一百二十名秀才，陕西、北平、福建、江西、湖广、浙江等行省各录取举人四十名，先问问他们是想先去做官，还是想参加殿试，若要参加了殿试也是做官，大小还一样。"礼部官传达了圣旨，征求直隶与各行省的举人的意愿，浙江行省乡试第一名郑真与山西泽州府茹太素等各行省的七十二名举人，都愿意不再参加殿试。吏部于是发了委任文书，户部支付了盘缠，举人们相继去缺员的县做县丞和教谕。

郑真做了临淮县①教谕，除教书之外，亦十分清闲。很多年后，他著了一部《荥阳外史集》，记录了洪武年间首科进士的富贵春梦，还有天下读书人宁愿隐居也不出仕的心迹。他终生只做到县学的学官，位卑而清寒，七十二名举人大多与他一样，生前为皇明推行教化，身后寂寞无闻。

秦淮河畔

次年正月，过了元宵节，吴伯宗与小仆来到应天城，寻到贡院附近的街巷，许多客栈都挂出"客满"牌。二人寻了一家客多的酒店，吃了酒饭，稍觉暖和。伯宗袖着手，小莫挑着行李跟着，来到秦淮河边，又问了几家客栈，都说客满。一家店主说城北还有些客栈，只是路远些。伯宗站在桥上北望，城北灯光黯淡，秦淮河以南却灯火通明，像是两个冷清与繁华的标签。他不想去城北寻宿，正在顾盼的时候，忽听有人高呼："伯宗兄，你总算来了，我等你多日也。"

吴伯宗与小莫四处寻觅，却不见招呼自己的人。那人高声道："我在河对岸的楼上哩。"吴伯宗看见秦淮河对岸一座富丽的酒楼，朱红栏杆边，几个盛装的女子，环拥着一个人，正向自己招手。楼上张挂着许多灯笼，楼下的街道边也挂着无数的角灯，明如白昼。吴伯宗看清那人，原来是故人陈宗进，心中一阵喜悦。小莫说："我们遇到他，今晚不愁无处住宿了。"正说着话，陈宗进与女子们转眼不见。

吴伯宗正踌躇时，桥下穿过一艘画舫，泊到柳树下。画舫上走下一人，头戴深蓝色折檐暖帽，身穿一袭宝蓝色江绸直缝大袖宽衫，外罩一件貂裘皮袄，浑身富贵气象，近前拱手道："伯宗兄，请登船，旅途劳顿了，先在河上游赏一会如何？"吴伯宗见是陈宗进，一边答礼，一边高兴地说："听贤兄吩咐。"陈宗进命一个家仆模样的人，接过小莫的行李，说道："看你们行色，还没有寻着店，今晚住宿听任愚弟安排，行李由他先送到下处去。"吴伯宗道："劳烦云阶兄了。"陈宗进道："弟得知兄中了解元，十日前便从杭州来到金陵，恭候大驾。看贤兄这势头，连中三元也未可知呵。"吴伯宗道："岂敢奢望，不名落孙山便好了。"陈宗进道："贤兄不消过谦。"宗进握着伯宗的手，登上画舫。画船里坐着六名乐伎，年约十六七岁，雾鬓

---

① 临淮：在安徽省。明朝洪武四年，临淮县隶属凤阳府。

缥缈，香风袭人。有的戴着髢髻①，有的梳着双鬟，插着珠翠，各自穿着粉红、浅绿、鹅黄窄袖对襟褙子。或执箫，或横笛，或抚琴，或怀抱琵琶，或手执檀板，都看着吴伯宗，浅浅地笑着。吴伯宗不敢细看，神魂摇荡。陈宗进引见道："这位相公是南昌府解元，姓吴，单讳佑，字伯宗，是要高中状元的大才子呵。"乐伎们看着他笑。船上还坐着三个胖、矮、瘦的中年人，都戴黑色方巾，身穿青色直裰，忙站起拱手作礼。陈宗进说是一起做生意的钱员外、刘员外、杨员外。吴伯宗还礼时，眼睛却睃着那几个女子，果然人人容貌妍丽，姿态袅娜，迥异于所见的寻常女子。

陈宗进拉着吴伯宗，挨着一个抚琴的女子坐着，手指着几案，上面摆满瓜果、熟牛肉、糕点和酒，说道："伯宗兄，不必拘谨，随意拿着吃。"陈宗进斟了五盏酒，与吴伯宗和富商们共饮。乐伎们演奏丝竹。画舫行进时，吴伯宗抬头看着沿河两岸，似有许多秦楼楚馆，楼台的栏杆边，多倚着二三艳丽的女子，搔首弄姿。陈宗进说："这儿是销金窝，是温柔乡，也是云雨台。这回应天府乡试，一百三十二人应试，中举者过半，会试登第的人估计亦在半数以上。皇明开国之初，百废待兴，贤才实缺，以兄的才艺，会试中举自是不在话下，不妨在这里快活几日。"这话说得吴伯宗怦然心动。陈宗进道："如斯良夜，有美酒佳人，解元可有诗兴？"吴伯宗道："初入金陵，作了一首。"于是吟咏道："舟入天涯望晓晴，遥瞻王气在金陵。九天日月开洪武，万国山河属大明。文武复兴龙虎地，衣冠重整凤凰城。莺花似锦春如画，处处笙歌乐太平。"陈宗进抚掌大笑道："吴解元好才思！"几个乐伎也盈盈地笑了。

到了两更许，画舫泊在那座酒楼边，陈宗进引吴伯宗上岸，别了富商和乐伎。进了客堂，一个仆人领着小莫先去一楼入住。陈宗进和吴伯宗来到二楼，进了一间雅致的客房，雕花床，白纱帐，朱红色锦被垫被，墙上挂着两轴山水画，窗户边一对楠木圈椅和小几，铜盆里烧着炭火，颇有些暖意。一担行李已经放在床边。陈宗进说道："窗外便可看见贡院的屋顶，很近的。你若不嫌简陋，便住在这里。这酒楼的菜肴十分好了。"吴伯宗忙道谢，又说："这里太奢华，怕房金不菲罢。"陈宗进道："只要你喜欢便好，房金由弟赞助，不消挂虑了。小莫便住在楼下。"吴伯宗说："何必开两间房。"陈宗进道："兄独眠寂寞，弟少间便安排一个暖床的人来。"吴伯宗红着脸说："这如何使得？"却不由想入非非。陈宗进呵呵一笑，说道："今晚就此别过，少间有人敲门，你开门延入便是。"

陈宗进离开后，吴伯宗从行李中翻出书，在灯下看着，神思不安。不足半个时辰，他听到轻微的敲门声，心跳扑扑的，忙起来开门。门外站着一个十五六岁的女子，廊中灯烛之下，眉眼清妍，面白如玉，穿着粉红色衬棉褙子，里面露一段浅绿色抹胸，粉颈滑腻，酥胸丰盈，肌肤散发出令人醉迷的温香。吴伯宗不知如何是好。

---

①　髢髻：明朝女子戴的一种装饰性假发。

那女子娇柔地说道："相公，奴家一路吹了寒风，有些冷。"进门竟倚在吴伯宗的怀中，身体果然有些凉，却更见冰清玉洁，恍如神仙中人。吴伯宗遂生怜香惜玉之心，覆雨翻云之想，将她紧紧抱在怀中，胸膈间一股热气直冲脐下。

吴伯宗问道："姐姐尊姓芳名？贵处何方？"她只说："奴家姓柳，原来没有名字，妈妈取了一个名叫若烟。家在昆山。"吴伯宗再问家中父母兄弟如何，如何来到金陵，她却摇头不答。伯宗无心看书，与若烟说些闲话，就拥着她睡了。伯宗醒来时，天才微微亮。柳若烟披衣整鬟，不顾吴伯宗挽留，执意离去。吴伯宗整日心神摇曳，无心温经。到了晚上初更，他独坐灯下发怔时，又听见敲门声，急忙起身开门。吴伯宗开门一看，柳若烟含笑站在门外。吴伯宗惊喜之极，拉着她的纤手，迎她进来，将门关上，就抱着她说："好姐姐，我这一天都想你哩。"她笑而不语。

此后，柳若烟每日都晚至早归，若问她家事和风月场中事，她一概不答；若说闲话，谈歌论曲，却能说上一宿。

绝交书

到了二月初九日，鼓交五更，柳若烟就催促吴伯宗起床。吴伯宗却睡意浓重，抱着她不想起来。若烟强拉他起床。临别时，拥他一吻，娇声说道："祝相公高中，小妹就此别过。"遂飘然而去。吴伯宗有些失魂落魄。陈宗进陪吴伯宗与小莫吃了早饭，一同赶到贡院。首科会试的主考官是宋濂和鲍恂。

贡院前站着京师直隶以及各行省来的举子，约有五百多人。进贡院前按例搜检全身，吴伯宗取下暖帽，解开直裰，一阵寒风吹来，浑身凛冽，身体不由寒颤着。这回检查鞋袜时，不用金鸡独立了，光着双脚站在木板上，寒气透入涌泉穴，十分难受；他手提着鞋袜，手指冷得有些僵硬。吴伯宗排队进入自己的号房，坐下后，适才清醒的神思里又涌出睡意，身体也有些倦怠。昨晚一番云情雨态之后，柳若烟劝他早些歇息，他仍抚香弄玉，全无睡意。贡院上锁后，巡绰官领着号军巡场毕，宋濂让监试官公布第一场考题：

四书疑

孟子曰由尧舜至于汤五百有馀岁若禹皋陶则见而知之若汤则闻而知之夫禹皋陶汤于尧舜之道其所以见知闻知者可得而论欤孟子又言伊尹乐尧舜之道中庸言仲尼祖述尧舜夫伊尹之乐仲尼之祖述其与见知闻知者抑有同异欤请究其说

吴伯宗审题三四回，**神思纷乱**，眼睛涩得睁不开，恨不得再睡一个时辰，恍恍惚惚中，直对着题目**发愁**。他手支着脸颊，闭目养神，期待浑浑沌沌的神思能渐渐澄清。过了几刻，仍感意绪生涩，以前见题便能生发文思，此时竟然神昏思塞，十分着急。过了一个多时辰，将近中午，才勉强在草卷上写了几句："尝谓尧舜之道，中而已矣。见而知之者，此道也。闻而知之者，亦此道也。乐之者，此道也。而述之者，亦此道也。道岂二乎哉？"他一连用了几个"此道"，自知极不称意，却想不出更好的话为主考官释疑。中午小莫送来丰盛饭菜，吃了后，枕在号板上睡了半个时辰，仍想不出更好的破题，只好硬着头皮写下去，涂涂改改，三张草卷全写完了。天黑后，他才改定草稿，抄写正卷时生怕写错字，抄得缓慢。到晚上两更，三根蜡烛快烧完时才抄毕，拖着脚步，跟着号军出了贡院，怅惘地交了卷。

陈宗进在贡院外马车里小睡，见家仆说吴相公出场了，忙下车来问："如何？"吴伯宗摇头叹道："整日睡思昏沉，此时才清醒一些，临场文思全无，脑袋里像着了魔障一般，这回恐怕名落孙山了。"陈宗进惊讶道："错失在我。今晚让柳若烟不要来暖床了。"吴伯宗冷笑道："你让他每晚都来，今晚却不来！"陈宗进赔笑道："好好，还请她来。"吴伯宗自嘲道："若我名落孙山，正好跟你去做商人。"陈宗进自责道："愚弟失策了，本以为红颜伴你夜读书，能让你下笔如有神助，谁知却误了贤兄的大事。"吴伯宗打了一个哈欠道："这也不能怪你，怪我自己。孔夫子不是说，谁见过好德如好色的人？"

二月十五日，会试第三场毕，吴伯宗睡了两日。十日后发榜，吴伯宗天未亮就独自到礼部门前，先听其他举子的议论，前三甲中没有听见自己的名字，第一名叫俞友仁。他心里慌张起来，挤上前去。有人欢笑，手舞足蹈；有人叹息，高嚷"回家回家"；还有人哭泣，更有人大骂。他一行行看下来，不见"吴伯宗"三字，心神怔忡，一股寒气直涌天灵盖。他匆匆又看了数行姓名，才看到自己的名字，竟取在二十四名，心中惭恨不已，暗自埋怨起陈宗进来，喃喃道："损友损友，不可交也。"他回到房里，提笔呵砚，写了一封信，唤小莫上楼挑行李，说道："这店不祥，换一个客店！"莫攀龙不明缘由，挑着担儿下楼来，见大相公面皮不好看，不敢多问。吴伯宗来到房台前，请店小二将信转交陈宗进，要结算房金。店小二说陈员外预付了足额房金十两，不消再付了，吴伯宗遂偕小莫离开。

会试一毕，贡院附近的客栈又空出许多客房，街市也减少往日的烦喧。吴伯宗在贡院街一处僻静的"布衣客栈"入住，终日闭门不出，日夜试作策问文章。

陈宗进来客堂，请吴伯宗去吃早饭，店小二将信转给他，说他们主仆二人天才亮已离店，不知去向。陈宗进忙来看信：

顿首再拜云阶贤兄足下：

凤凰非梧桐不栖，龙虎因风云而至，以其秀林相感，元气相召者也。是以夷吾微而叔牙知，王阳荣而贡禹喜。

尔其金陵招饮，喜纵投辖之欢；石砚磨心，难明割席之志。深契旧谊，叨承初欢。奈何为欢之日长，为学之日短，故欲屏心静虑，守拙抱痾，遂书数语以遗足下，并以为别。

吴伯宗　谨具
洪武四年二月二十六日

陈宗进看到最后一句，想起晋朝嵇叔夜写给山巨源的绝交书，末尾就有一句"并以为别"，想必吴伯宗因会试失常，要与自己绝交，不免有些惭愧。他讪笑起来，怪自己多事；又见他信手写来的数行文字，却用了六七处典故，文采与意趣并具，就将信纸折叠了，放在夹衣中，打算不再去惊动吴伯宗。他日间仍在城中采集丝绸、茶油、生药、棉花等货物，在江边租赁数间民屋作仓库，商谈转运船价，晚上常去秦淮河边饮酒，听曲，狎妓。

殿试

二月间，吴伯宗每日在"布衣客栈"楼上客房读书。其时天气还冷，房中无炭火，吴伯宗坐在床上，拥着被子温习经书。

吴伯宗听到窗外有人在朗吟，"……五百有余岁，若禹、皋陶，则见而知之；若汤，则闻而知之。由汤至于文王，五百有余岁，若伊尹、莱朱则见而知之；若文王，则闻而知之……"其声隐隐约约。莫攀龙说道："相公，那个书呆子这两天四更就在念，不知读甚么，烦死了。"吴伯宗道："他在读《孟子·尽心章句下》。"心想再过数日，便是殿试，那人还在熟悉经文么？于是推开窗户，探头一望，见不远一间楼栏间有两个人，各执一卷书，其中一人闭目吟诵，摇头晃脑；另一个年长者看见吴伯宗，轻推了那人一下，那人张开眼睛，看见吴伯宗也握着一册书，抵在窗户边，那人忙向他拱手，吴伯宗也微微领首。

次日黄昏，饭毕，吴伯宗与莫攀龙从小巷出来，到街坊间闲行，忽有一人追上来，叉手道："敢问先生尊姓，小的姓赵名松，是陕西西安府渭南县人氏，是来进京赶考的，昨日在窗户间见了先生半面，先生手里也拿着一卷书，莫不也是等候殿试么？"吴伯宗说："在下姓吴名佑，字伯宗，江西金溪县人氏，也正在温经。"赵松道："伯宗先生，真是有缘，来来来，我引见一下。"他向吴伯宗介绍走在后面的两个人，一个是浙江山阴县赵旅，因为同宗，在客栈相识；另一个头发花白的叫姚宗敬，江西饶州府德兴县人。姚宗敬近前打量吴伯宗，作揖道："吴解元，晚生有礼了，在南昌府乡试后见过解元，因一时人多，不敢唐突前来结识，今日有缘相会。"吴伯宗忙答礼。赵松说："今日幸会，不如一同到秦淮河边看看金陵夜色，如何？"众人都说最好，一同到了秦淮河边。姚宗敬说："老拙是民籍，家中穷，只有几亩薄田，为因生计，荒废了举业。这一回会试侥幸不曾落选，但殿试策论，老拙不知如何做文章。"赵松说："殿试都不会黜落,只是官大官小的事了。我同学中有许多人不想做官,一是家里穷,盘缠少,二是乡土难离。"赵旅说："我朝应试的人不是很多,但高丽、占城却有人不远千里而来。我就遇到高丽来的三个举子,一个叫金涛,另一个姓朴,一个姓柳,都不能说华语,却能写华文,字也得法。我因好奇,便在客栈厅堂索笔与金涛谈了几句,他的字颇好,经书也熟,与中华士子差不多。"吴伯宗说："他不会华语,想必不便在我朝做官,但在中华上国高中科第,天下人皆知,高丽国王定会给他官做,这不失一条终南捷径。"众人都说极是极是。

赵松问："不知圣上在殿试中会问些甚么难题。"吴伯宗说："不才这些日子便在想皇帝御试策论的题目。江西乡试首场是问如何才能天下平,皇上或许会问治天下的道理。"赵旅说："吴先生说得有理,治天下之道,五花八门,不知如何说才能让天子眷顾。"吴伯宗说："天子敬天勤民,重人伦,厚风俗,如此引发开去,想必差不多了。"赵松说："伯宗兄说得极是,我回去作几篇论治理天下的文章,请兄批阅。"吴伯宗谦让道："不敢,一起切磋。乡试和会试回答策问,试卷中通常自称窃和愚,殿试便要自称臣了,留心便是。"姚宗敬道："这个自然不能错。"众人边走边说,暖足驱寒,闲谈至二更方散。

次日下午,姚宗敬作了几篇试答策问的文章,提着酒和牛肉,来"布衣客栈"拜访吴伯宗。吴伯宗见他文理不甚畅达,一边喝酒吃牛肉,一边为他讲解。这日临别时,姚宗敬告诉吴伯宗："山西有一个狂夫,也是来赶考的,目下住在金陵客舍,姓郭名翀,字子翔,身长八尺有余,腮边络一部虎须,倒像一个武举子。他每日与同乡贾敏、李约吃酒吟诗,高谈快论,醉了倒头便睡,从不温经书。据闻他酒后与贾、李二人说,他便是今科第一人,状元郎何足道哉!"吴伯宗有些惊愕,心想自古中状元的人,不只是才学过人,还与文运相关,竟有这样自负的人。姚宗敬问道："哪日前去拜访他么?"吴宗伯摇头,心想自古科举,北人多不及南人,并不想去惊扰他。

三月三日五更,天色阴晦,寒色侵晓。吴伯宗在午门外列队,搜检官指挥虎贲左卫所亲军搜检身份,完毕后,由几名鸿胪寺官领着考生依次进入奉天门。鸿胪寺卿在门前说了面见皇帝的礼仪,主考官说了答题的规矩,接着几个太监领着贡士鱼贯进入华盖殿。皇帝尚未驾临。一人一张试桌,在两边摆得整齐,中间让出通道。众人端坐着,都不敢左顾右盼。不多时,光禄寺官进殿,每人发大馒头一只,炙羊肉一片,鸡蛋汤一碗。光禄寺卿说是皇上吩咐的,供贡士们两餐饭,餐餐要有肉和鸡子,不要饿着你们了。贡士们同声谢恩。早餐毕,贡生们端坐待考。

殿试总提调官中书右丞相汪广洋、左丞胡惟庸,读卷官国子监祭酒魏观、孙吾与、李顾、王僎,监试官马贯、徐汝舟,掌卷官工部员外郎牛谅,受卷官周寅,弥封官陶谊等人,依次进殿。值日太监高呼："皇上驾到,诸生离席。"皇帝登上金台,左、右丞与众考官、贡士们向金台三跪九拜,同呼三声万岁。礼毕,皇帝才说:

"平身，请入座。"吴伯宗看见皇帝头戴折上巾，身穿明黄色龙袍，面有微笑，如一个老秀才模样。他打着濠州腔，慢条斯理地说："今儿个临朝殿试了也，朕心中有有有……有几个问题，不想如宋朝一样都写在纸片儿上，朕要当场问一问你们这些秀士们，你们可要听仔细了呵。朕说的这几句话，中了，你们便做文章，不中，你们也要做文章，都写出各自的道理来。明天，朕会同几个主考官来看，应答最称朕心的，便点做状元，如若有人写得文不对题，朕也不会罢黜，凡过了会试的秀才，都是朕要用的人，不消顾虑了。闲话不多说哩，怕误了秀才们做文章的时辰。——朕便出题了，有人说元朝是以宽纵失了天下，这话倒是新奇。自秦朝以来呵，多是以暴虐失了天下，不曾听说宽纵失了天下的。那朕便想呵，我大明朝当要如何治天下才是哩？如何明人伦，厚风俗，让天下从大乱归于大治，着你们都写出各自的道理来。"贡生们都凝视着皇帝，一个字不敢漏。皇帝端起茶喝一口，就说："朕的题目出完了，你们开笔罢。"说时，拿起会试的几份试卷在看。过了半个时辰，皇帝见一些贡士在作草稿，就步下金台，在殿中行走。贡士们埋头写字，不敢抬头。皇帝看看这个，又看看那个，转身步出华盖殿，到谨身殿批复奏章去了。左、右丞相在殿中巡视一回，也退出华盖殿。

近中午时，光禄寺又来人派餐，南人每人饭一大碗，北人每人面饼三张，猪肉炖冬瓜一盅，茶一盏。到了申牌时分，许多贡士相继交卷，弥封官陶谊将试卷前面写着姓名、年龄、籍贯及三代履历的卷头用纸包卷起来，盖上朱红关防印。天黑后，还有数名贡士点着蜡烛在誊写正卷。

第三十章

华盖殿貌相点状元　诚意伯病剧乞骸骨

点状元

第二日，魏观等人向皇帝呈上十份最佳殿试试卷，依次是郭翀、吴伯宗、吴公达、杨自立、赵友能、仇敬等人。皇帝传十名进士入华盖殿来，进士跪拜后，站成两排，各自报了姓名与年龄。

皇帝听到后排一人自报："臣郭翀，年三十四，治春秋，籍贯山西壶关。"皇帝见郭翀身长八尺，十分粗壮，眼睛却不大，鼻子宽而短，因此将脸面挤得向两旁拓疆。他的面色有些焦黄，唇边的髭须疏而短，如画中门神胡须的模样，皇帝心想古人说过"关西出将，关东出相"，眼前这条关西大汉，却是一个儒生，如果点他做武状元倒好，点作文状元却少了几分雅致。皇帝胡乱想着，又听到一人自报："臣吴伯宗，年三十四，治尚书，江西金溪人氏。"皇帝见吴伯宗身长七尺，五绺胡须疏疏郎朗，面色白净，眉目清逸，像是一个书香门第的世家子，心中有几分喜欢，忙抽出第二份吴伯宗的试卷来看。

吴伯宗在御试策试卷中写道："臣谨对。臣闻：古先帝王之治天下，莫不以敬天勤民为务，以明伦厚俗为急。故汲汲于求贤者，凡以为此也。钦惟陛下进臣等于廷，策臣以古先帝王之务。臣愚昧，何所通晓？然叨奉大对，敢不竭心尽知，上答圣问之万一乎？谨俯伏以对。"皇帝匆匆扫一眼文章的中腹，就来看文章的结束部分："方今上自皇都，下逮府州若县，亦既莫不有学。而陛下又躬行于上，日召儒臣，讲求治道。固已论之精，而行之当矣。制策称以'伦何由而可明，俗何由而可厚'为问。臣以谓明伦、厚俗，惟在于崇学校，以兴教化也。臣愿陛下益重教官之选，严守令之责，使居学校者，果能如胡安定之教于苏湖；居府县者，果能为文翁之化于蜀郡。则人伦不患其不明，士俗不患其不厚，而唐虞三代之治，无以异矣。又岂汉宋之可拟伦也哉？臣愚，不足以奉大对。谨竭其一得之愚，惟陛下裁择。臣谨对。"皇帝感觉条理明晰，对答得体，小字书法也工稳，与郭翀不相伯仲。北方曾是胡化百年最深重之地，点北人为状元不如点南人，转念之间，于是朱笔一点，在卷头的姓名边画了一个红圈。皇帝问了些话，便说："今日中午朕留你们在宫中吃酒饭，时辰还早，你们若有兴致，在殿中写些诗来，内官纸笔伺候。朕还要批阅奏章，午后与你们谈诗。"

午后，皇帝小睡半个时辰，就来华盖殿，贡士们每人都写了一首七言律诗，有才捷的写了三五首。皇帝细看着，郭翀与吴伯宗的七言律诗气象与藻饰都在其他八人之上，颇有庙堂情采，盛唐遗意，难道做得一手科场文章的人，诗文还写得恁好。皇帝先看郭翀的七律写道：

> 凤凰城阙紫霄间，历数丕承王气还①。
> 旧说图书符洛邑②，载瞻玉帛会涂山③。
> 太平有象耕桑盛，边奏无闻甲胄间。
> 自古英才跻盛美，愿歌天保达龙颜④。

皇帝看了颔联与颈联后，虽不全知典故出处，却感觉典雅，心中大加赞赏。他又看吴伯宗的七律写道：

> 凤凰城阙压金汤，龙虎旌旗护未央⑤。
> 万国衣冠朝玉陛，百蛮歌舞进瑶觞。
> 花迎宫扇红霞晓，日落天袍翠雾光。
> 江海小臣无以报，空将诗句美成康⑥。

此诗亦是端庄，对偶精当，只是末二句有些细琐，不比郭翀的结句正大。从体

---

① 历数：帝王兴替的次序。丕，大。

② 图书符洛邑：图书，上古典籍中记载河图自黄河中出现，洛书在洛水中出现。汉朝时将河图与洛书视为谶纬之学。郑玄则认为河图、洛书是天书，记载天神的言语。符，祥瑞之兆。

③ 涂山：《尚书》有："禹会诸侯于涂山，执玉帛者万国。"诗中用大禹与诸侯集会，很多诸侯国进献玉器和丝织品的故事，来赞美皇明和皇帝的尊荣。这两句用典出处高古，意象庄重，是典型的庙堂体诗句。

④ 天保：《诗经·小雅》中的篇名，诗云："天保定尔，以莫不兴。如山如阜，如冈如陵，如川之方至，以莫不增……如月之恒，如日之升，如南山之寿，不骞不崩，如松柏之茂，无不尔或承。"诗中连用九个如字来祝贺。后世祝贺寿庆的诗文中多用"天保"或"九如"。

⑤ 未央：汉朝宫殿名。诗中借指禁城中的宫殿。

⑥ 成康：成指西周周成王，康指周康王，他们相继在位四十余年，后世认为那是太平兴盛的年代，誉为"成康之治"，在诗中比喻洪武年间。美，赞美。

气来论，自己还是喜欢郭翀的诗。皇帝突然感觉自己好像一个富有天下的教书先生，一日之间收了一百二十名学有所成的学生，他们还乡时，都可以自称天子门生，自己决不会生气。那个高启不是很会作诗么？给他官不做，这前三甲的诗并不比他差，将来朝廷需要诗文制作，用不着高启谢徽那一干散漫的人，不如各赐二十两银子，放他们回乡去。

次日卯时，一百二十名贡士在礼部早食毕，站在午门前，礼部小吏在午门张挂黄榜，主事唱名：

第一甲　三名　赐进士及第

吴伯宗	郭　翀	吴公达

第二甲　十七名　赐进士出身

杨自立	赵友能	仇　敬	丁　辅	吴　镛
黄　载	王敬中	陈信之	刘　寅	杜　浚
王　谏	熊　谊	卢　赆	周子谅	毛　煜
王　谊	赵　旅			

第三甲　一百名　赐同进士出身

姚宗敬	王玄范	叶孝友	尹宗伊	金　涛
岑　鹏	李　升	贾　敏	梁　临	聂　铉
屠养浩	郑廷实	赵　铸	张正一	洪　烨
包　莘	危孝先	冯　麒	刘光先	郭　邻
魏　云	魏　益	张寿龄	林器之	赵实中
俞友仁	王　诚	康　缙	闻伯异	童　尹
林信孚	陈执中	林文寿	王　夏	黄　绶
齐季舒	刘　杰	陈　玄	郑　潜	陈章应
彭　泰	严　植	李　素	李　初	陈　彝
胡汝雨	管　贞	吴　权	张　鹤	刘伯钦
叶　砥	林　嘉	刘　铸	陈　拱	何文信
傅　晗	韩守正	何德举	王　砥	冯　本
林德亨	林大同	尔朱钦	伍　洪	邓原忠
蔡士实	叶德潜	王　锡	梁　安	杨　文
王　中	胡　澄	时执亮	柳汝舟	张　堂
胡　黻	孙　卓	智　审	喻文龙	黄德润
丁时敏	董时亮	陈　韶	胡宗禧	余　集

刘 中	周 潼	薛大昉	钟 霆	刘长辅
郑贞仲	黄 钺	何子海	袁 泰	张必泰
秦 亨	晋 罡	郑 钧	赵斗南	赵 松

　　吴伯宗听到自己名列第一，成了状元，一时间有些恍惚。郭翀当日自许第一，也做了榜眼，惊叹他有自知之明；会试第一的俞友仁却在第三甲中，真是功名富贵有定分。礼部官引进士们来奉天门谢恩。胡惟庸在中书省设宴。次日，进士们到孔子庙行释菜礼。状元穿绯红大袖官服，胸前是一品官服的补子，上有红日海水，一鹤凌空；头戴朱红状元帽，缀着几颗红绒球，镶着银花边，胸前挂一朵丝绸大红花，骑着头戴红花的赤色马。乐手鼓吹在前，一队绯衣差役相随，后面跟着一队身着绯红官服的进士，热热闹闹从洪武门出来。街坊上人山人海，满城争看状元郎。吴伯宗想起在山洞里温习经书的寂寥，不由感慨起来。当日中午，皇帝在华盖殿赐琼林恩荣宴，许多菜肴花样和名目皆是吴伯宗平生未见，心想古人说的锦衣玉食，富贵荣华，大抵如此罢。

科举党

　　皇帝授状元吴伯宗礼部员外郎，授榜眼郭翀吏部考功司主事，授探花吴公达户部主事。第二甲杨自立等人皆授予京官，多在六部做员外郎和主事。第三甲皆授县丞，皇帝想让他们在下层有一番历练，然后一级级升官。因各县远近贫富不一，为避免这些人挑三拣四，求近舍远，贪富嫌穷，亦避免吏部官受贿徇私，皇帝早有了主见，令吏部将写上县丞缺员的县名，折叠了放在几案上的青花瓷缸中，由两名监察御史在一旁监视，同进士出身的人按名位先后抽签。姚宗敬抽得西安府澄城县县丞，会元浙江杭州府人氏俞友仁抽得山东长山县县丞，他自繁华湖山名郡去僻远山城做官，不免嗟叹命运不佳。赵松抽得九江府德化县县丞。高丽人金涛抽得东昌府安丘县县丞。许多人抽到不喜欢的州县，却不怨皇帝，都怨天去了。皇帝也额外开恩，三名年过五十的同进士出身，由着他们自选去处。姚宗敬正好五十岁，不在额外之列。

　　到了上任之时，在京相识的进士们不是宴饮，便是诗文酬唱。在京做官的自然惬意，可是南人到北方做官，或北人到南方做官，临行时都欢娱少，愁绪多，在诗句中叫苦，原来功名富贵，到头恐怕是一场梦幻泡影。郭翀后来得知自己本列殿试第一，因为长相不称圣意，改做榜眼，一肚皮牢骚无处发泄，想辞官还乡，经进士们劝慰，又暂且忍住。众进士都赴任后，金涛在京城犹豫很久，才上表辞官，说自己不会说华语，不便在中国任职，请还敝国。皇帝准旨，赠予路费。后来，高丽国王得知他在中华上国考取了进士，下诏授金涛翰林院编修。几年后，金涛的官做到高丽国的丞相。

皇帝赐给状元郎一幢四合小宅院。每日都有许多人慕名找吴伯宗作序题诗，免不了馈赠银子和酒食，小莫欢喜得不得了，总是念叨说，端的是吃得苦中苦，方为人上人。伯宗更是烦恼又快活，走笔如飞，博得一片喝彩。皇帝赐榜眼、探花各五间屋，第二甲中的进士因不必赶着早中晚三朝，则在城中里仁街、存义街、时雍街租着屋住，与鞍辔坊、铁作坊、织锦坊等百工作坊隔着一道河和好几道街，稍能远避市声喧哗。有的三三两两合租着几间屋。许多人因为住得近，经常来往，多成了相知。休暇日结社郊游，作文，吟诗，填词，商量经史，很少有人奔走权臣之门。这些来自乡间的书生们，多以攀附为耻，持气节相激励，渐渐被朝臣目为"清流"，或者唤作"科举党"。进士们诗酒雅集时，有意无意之间，皆以状元吴伯宗为首领。

皇帝微服去钟山，下山时恰值雨后天晴，钟山之上现一道彩虹，惹得皇帝诗兴大发，吟了两句"谁将红绿线两条，连云和雨系天腰"，想续后面二句，沉吟许久，都接不上来。回宫后，地面积水未收，皇帝来到华盖殿前，看见两个内官穿着新靴在积水中奔走，水珠飞溅。皇帝喝道："站住！"两个太监就立住了，皇帝斥责道："靴子虽不甚贵重，都是百姓的劳苦，老百姓做一双靴子，也不是一天便做得成，你们如何这般不爱惜，穿着在雨水中跑？"令左右亲军将两个太监按在凳子上，各打十杖。皇帝来到华盖殿，召来汪广洋，告诫说："从今以后，文武百官入朝，遇到天下雨雪，准许着雨衣，脚穿木屐上朝。"皇帝批阅奏章时，却想起两句诗未完，又传吴伯宗来问。伯宗不假思索，便续了两句，"应是晚来銮驾出，万里长空架玉桥。"皇帝大笑道："状元郎果然好才思！"

进士们在城中聚饮时，吴伯宗说起皇帝先打太监屁股的事，又说起为皇帝续了两句诗。谁知进士们并不以续诗为荣耀，反而嘲笑吴伯宗"以诗媚上"。吴伯宗有些意外，面生惭色。

乞身表

暮春三月，城外踏春的游人如织。刘伯温却没有踏青的雅致，连日不定时地腹痛。他请了太医来诊治，吃了好几剂药，不见转机。他手探摸着腹部，似有块垒在内，像是郁结的愁绪凝聚而成，坚硬如石。章氏细心照顾着他，不时给他诵读古人诗文，刘伯温于温柔乡中，稍微纾解老病的烦恼。

刘伯温得知首科状元是吴伯宗，让弟子抄录他和榜眼郭翀的文章来看。看了两三遍，感叹道："郭翀的文章与见识略在吴伯宗之上，诗亦有北人刚贞之气，奈何皇帝以貌取人。几百年后，郭翀的身世与文章便无多少人知道，吴伯宗却成了皇明的开科状元，这是命呵。"施杰伦道："先生，这篇状元的御试策，颇有些苏轼的文风，既不求骈散，亦不讲声律，但音节顿挫，论事精审，深得古文之妙。只是会试的文章规矩稍严了些个。"刘伯温道："我朝首科的策论文章，实是宋体，苏子瞻的文章既学了汉人贾谊，又学了唐人陆贽，笔力曲折，往往写得题无剩义。我朝定下乡试、会试文章的规矩，实不得已。若不限字数，任意发挥，字多者或得便宜，因此字数有一定之规。文章规则亦须限制，千万考生临场，任你千万种情性，也要写出一种笔调，一种文体，以便公正阅卷和评定，分出高下，规矩严实不得已。这种文章开笔要破题，试其读书精思的功夫到未到，读书不能精思，便不能深解题义，便破不好题。承题要意顺，接着开笔写去，替圣人发挥经义。我看了吴状元的文章，大致可分八段锦绣，连缀成篇。古人所谓文章之妙，有潘江陆海之说，但这种应试文章，如果写得如翻江倒海一般，便不好阅卷，因此，应试的文章不宜有辞赋气，不能有诗词家气，要有秦汉辩士之风，恐怕后人不知其中的难处和妙处，必笑我这个始作俑者。"

施杰伦说："先生之言极是。只有极聪明的人才能做好这种应试文章，怪不得唐宋之间国家科第中人才迭出。"刘伯温道："正是，但自唐宋以来，也有许多诗词名手，不愿为这种规矩所囿，终生作不出这种应试文章的。"施杰伦说："弟子近日也学写时文，看别人文章觉得容易，动笔前若有构思，下笔后却时常不知如何措辞才好。"刘伯温笑道："你便是刘勰说的'意翻空而易奇，言征实而难巧'。经史不可荒废，做学问讲究日益之功，一天天都在长进才好，时文倒不必再留意。你们还是多学些务实的学问才是。元末有一曲戏名叫《状元袍》，有两句词写得贴切：有人五更负笈赶科场，有人中年辞官归故里。"说到这里，刘伯温沉思起来，李善长为相数年，日夜勤勉，皇帝都不称意，他无病却装出一身病，辞官还乡。自己是真有病，与皇帝意见日渐不合，却想装出无病，岂不可笑。皇帝春秋鼎盛，大小事都不放过，既想还政中书省，又不信任中书省；六部尚书稍不称意，就更换下来，求治之心太急迫了。如今天下初定，自己的军国谋略皆派不上用场了，像是户籍上的"畸零"① 之人。伯温于是嗟叹道："老夫一身顽疾，京城不能久居了，不日向皇上辞官，回乡间闲居去。"徐之鼎不解先生用意，问道："皇上才送先生这座大宅第，不住京城，岂不空置了？"刘伯温说："这座宅子不过是一间旅舍，暂寄一身皮囊而已。心不宁，身便不安，住在这里也不快活。倘若心安了，身无遇而不适也。"

这天晚上，小章知道刘伯温因病要辞官还乡，不免悲戚。伯温说："还是圣上知道我的心思，将你早早地赐与我，比赐那个诚意伯和那二百四十石食禄不知要好多少。"小章说："皇上赐了这座大宅，你辞了官，也可住在京城呵。"刘伯温道："我在京城不乐，想叶落归根，带着你归隐青田，离京城远些才好，也让你见见大

---

① 畸零：不能成为整数的零余数。《宋史·高宗纪五》："以诸路税赋畸零，增收钱专充上供。"《明史·食货志一》："鳏寡孤独不任役者，附十甲后为畸零。"古代户籍与土地记录文字中，凡孤单的人或者小块零碎的土地，都名之为畸零。

夫人和我的两个儿子。我家乡风物秀逸，水土滋润，宜林宜耕，宜隐宜居，只是担心你在乡下不适，与大夫人不便相处。"小章道："我是好想去看看你的家是甚么样，但也不知与大夫人相处如何，恐怕被她嫌弃。"刘伯温道："她是一个贤淑的人，我在时，你不要怕，就怕我死了……"死字才说出口，小章立即按住伯温的嘴，说道："你会长命百岁的，不要说死。"小章其实最怕伯温骤然而逝，自己从此无所寄托，不知如何才能度过余生。伯温只要说病说死，她就害怕。刘伯温知道小章这个心思，每次说到自己的死，是让她早有准备。伯温笑说："我不说这些了，只怕乡间清贫，居室饮食十分粗疏，在在都不比这里。"小章道："我自小长在贫贱人家里，哪里都住得，粗茶淡饭都吃得，女红也做得。我们就早些归乡，你到哪里，我就跟你到哪里。"刘伯温道："我就便向皇上呈乞身表。"小章说："好，我陪你到乡间住。"刘伯温吟诵着前人的辞赋道："归去来兮，田园将芜胡不归，既自以心为形役，奚惆怅而独悲。悟以往之不谏，知来者之可追。其迷途实未远，觉今是而昨非。"

这月二十三日，刘基晚朝后来华盖殿，向皇帝呈乞身表。皇帝看毕，客气地挽留说："如今朝中万事待兴，老先生如何便要辞官？"刘基说："微臣痼疾难起，不想客死京华，因此向上位乞身。"皇帝见他气色果然焦黄，如残秋草木枯萎之状，不再假意相留，说道："老先生若执意还乡，朕便不勉为其难了。"刘伯温道："承蒙陛下赐了一幢大宅第，臣离开后，将退还户部。"皇帝摆手道："那房子是赠把你的，你人走了，房子也是你的，你卖了租了都由着你，户部如何还会收回来。"刘伯温听了感激，说道："那容臣让与两位弟子住，他们学业有成，如果圣上准许臣举荐，我那两个学生没有做官的才干，到国子监做教师倒还合适。"皇帝道："老先生教的学生，哪里会有差的。朕着吏部考查后，让他们去国子监做助教。不知他们为何不参加直隶乡试？"刘伯温说："臣做主考官，弟子们来应试，考取考不取，都是两难的事呵。"皇帝说道："真个难为老先生了。"刘伯温道："臣向陛下告辞。"他向皇帝叩了三个头，站起来时，皇帝从书案后起身过来，送刘伯温到奉天门。

刘伯温回到家中，见到小章，高兴地说："皇上准老夫辞官还乡了。"小章问道："我们几时上路？"刘伯温道："将书册与家中用物收拾了，再去宫中交割职事，便可启程。"次日，户部官来刘宅，送他一百两银子和两张驰驿券，还送来皇上的亲笔信，信中有两首诗和一张手谕。刘伯温看了手谕，放入袖中，就与小章一同看诗。小章问道："皇上的诗好怪？"刘伯温道："何处怪了？"小章说："你看皇上的诗，他先替大人问，'不居凤阁调金鼎，却入云山炼石炉'。好像皇上不知先生辞官还乡后做甚么勾当，便又替先生作答，'先生此去归何处？朝入青山暮泛湖。'"刘伯温道："他婉劝我奉旨游山玩水，莫做不法勾当。"小章笑问道："真是这个用意？"刘伯温道："我也不知道。作诗毕竟是作诗，也不宜细究太过，我家乡并无可以泛船的湖。"刘伯温不介意御制诗如何说，却想皇帝为何送两张驰驿券。京官的住宅大多狭小，自己住的大宅可以住四户人家，皇上却不让自己退还，莫不是皇上将来还会召自己还京么？

晚上，伯温在灯下揣摩皇帝的手谕，起草回复文字，小章送上热茶，调剔灯芯。伯温说："我有些话要回皇上，恐怕要写到三更，你先睡。"小章说道："莫受着凉了，写不完，明儿再写。"伯温道："我想一气呵成，从此不再理会朝廷的公干了。"次日清晨，伯温在前厅的花坛边焚烧草稿，两位弟子从厢房出来，前来请安，说道："先生早安。焚草纸的事，先生吩咐学生们来做便是。"刘伯温道："区区小事，何必劳动二位。"徐之鼎问道："弟子有一事不明，先生此前的奏章、草纸都保存着，这回为何要焚烧了？"伯温道："这些草纸已无用处，烧了放心。皇上来手书，向老夫询问天象，老夫正好借此议论一番时政。"二位弟子恭敬道："不知先生可明示一二？"刘伯温道："我一夜写了数千字，简约来说，大致是霜雪之后，必有阳春。今国威已立，宜少济以宽大，不可峻急求成。皇上常说元朝以宽纵失了天下，因此执意要救之以猛。老夫则以为猛则伤国家元气，不能感召天和，当以宽大行政。数千言大致说了这些。你们切不可与外人道，以免贻人口实，惹出是非。"二位弟子答应道："出自先生之口，止于弟子之耳。"

几日后，刘伯温交割了钦天监、弘文馆的事务，打点了行李，书籍太多，剩下的米太多。刘伯温将一方旧砚、几部宋版书籍和元朝名臣书画留下，指着剩下几大堆书和十几袋米，对弟子们说："这些书老夫都看完了，册册都有老夫的批注和勘误，你们若到国子监做助教，便将这些书送到藏书室去，说是一个老学究送的便是。这些折禄的米和诚意伯的食禄，我们吃不完，国子监有些贫寒人家的子弟，你酌情分赠与他们，也不要说起刘基的名字。"弟子们问道："先生收藏这么多书不要，上百石的米也不要，岂不是两袖空空回去？"刘伯温笑道："我的曾祖父，在宋朝时做过翰林，每逢阴雨积雪，便登上高处观望城中居民的烟突，无烟的人家送米赈之，老夫也算是继绍祖德罢。再说，我有至宝，其他不足珍。"二位弟子不解何为"至宝"。刘伯温将小章搂在怀中，还在她的脸颊上吻了一下。二位弟子从未见过老先生这样不拘形骸，微微地脸红。

刘伯温入宫与皇帝告别，很想重复上次离京说的两件事，犹豫好久，心想再说一回，皇帝也不会接受，说了等于白说，反而增添君臣间的不快，但不说自己也不快，只说了一件，濠州地狭，实在不宜建都，请陛下慎思。皇帝心想刘伯温真倔强，仍念念不忘自己在家乡建都的事，如果是其他朝臣一而再再而三地劝谏，早赐与他一顿廷杖。皇帝虚应着刘伯温说："好，朕自会慎重。朕问天象的事，你可答复了？"刘伯温不语，从袖中取出答天象问的条陈，皇帝接了，连说"好好好，过后细看"，就放在紫檀木案上，并未开启。二人说些别情，也无多话。皇帝未赐宴，只说要差十名护卫相送。刘基婉谢说人多沿路太招摇了，有一个老仆人相随就行了。刘伯温拜别皇帝，再到翰林院、大本堂、钦天监、御史台等几处辞别朝中诸友。徐达、宋濂、汪广洋、胡惟庸、魏观、秦裕伯、詹同、王祎、宋思颜等几十名京官都来饯行，有人赠银子，送绸缎，刘伯温都婉谢了。刘伯温带着小章和一个老年伴当，驿站安排一辆马车，接了几件行李。弟子们要送先生回家，刘伯温以不要荒废学业为由，未许他们同行。

第三十一章

高季迪萧条归故里　长春宫喜庆迎新人

赐金放还

高启一个同乡来应天做生意，受高启妻子所托，特意来见高启。高启问及家中妻小，同乡说家中平安，两个女儿都好，只是挂念他。高启诗兴大发，一连作了两首忆女儿的诗，还写了一首赠妻子的诗，封缄后托同乡送回去，说到了九月，天气凉爽了，就接她们来京城住。

书信才送出三日，中书省官吏来史馆传皇帝口谕，赐高启、谢徽二人白银各一百两，着二人还乡。高启几乎不敢相信这是皇帝的口谕，心凉了半截，愣了好一晌，才意识到原来辜负了圣恩，十分惭愧，也有些后悔。此时高启正在教太子做七言律诗，想去与太子辞行。谢徽道："罢了，陛下放我们回去，太子也留不下我们，在乡里住些年月，等太子登基了，自会召我们进京。"高启觉得有理，就与谢徽草草收拾行囊，从金川门出来，登上江船回乡。高启难以平静，倚在舱中，拿出笔砚，涂涂改改，写了一首诗，安抚自己仓皇的心情，诗题为《辞户部之命东还始出都门有作》："诏贰民曹出禁林，① 陈辞因得解朝簪。臣材自信元难称，圣泽谁言尚未深。远水江花秋艇去，长河宫树晓钟沉。还乡何事行犹缓，为有区区恋阙心。"谢徽看了愈加羞愧，辞户部官是实，但出都门是皇帝下诏打发的，与贬职为民一样。他与高启的心情相近，只是不想在户部做官，耐不了算盘与账目的繁琐，但并不想离开翰林院，诗中"区区恋阙心"，也道出自己的心情。

高启行船吴江之上，遥望城郭，依稀如在梦中。船过枫桥时，想起当年入京时在此处泊了一夜，送行的朋友设酒食款待，那夜酣畅得不能成眠，此时却怅惘之至，

---

① 诏贰民曹：贰，古指副车，这里指副职。民曹，官署名，汉成帝时设置。隋朝时称为民部。唐朝因避太宗李世民的讳，又改称户部，后来用作户部的代称。"诏贰民曹"的意思是皇帝下诏让自己做户部右侍郎。侍郎是户部的副职。

于是写了一首诗自遣：故人当日送登畿，此地停舟醉落晖。惭愧临河旧攀柳，尚留青眼看人归。船过了枫桥，行了一段水程，薄岚中还看不见青山上那座熟悉的旧塔，故乡似乎还是那么遥远。旅途中他时常做噩梦，梦中皇帝多次下诏授官，官秩也越来越高，他辞谢得心慌意乱，醒来后心跳如狂。当他在沿途听到满耳的乡音时，才感觉真的回家了。夕阳之下，他站在船头，终于看到了那座半隐于烟树中的寺，寺中的那座塔。小桥映着春水，乳鸭自在地游戏着。一株大树挡在村路上，已经到家了。

邻近相识的人都来屋门前贺，"高学士，你这回是衣锦还乡了，听说你做了户部侍郎了？""太史几时还京？圣上是淮人，能听出你说的吴音么？"高启有些尴尬，想告诉他们自己已经辞官，不再还京，却又怕同乡不相信自己有官不做，猜测出来是皇帝免了他的官，于是用新作的一句诗来回答："呵呵，锦衣今已作荷衣①"。乡邻们听不明白甚么是"荷衣"，只听出"锦衣"，还是一味地羡慕和夸赞，"阿呀，好呵好呵，如今高大人衣锦还乡了。"到了家中，妻女前几日接到来书，以为高启来接他们入京，欣喜相迎。高启却面无喜色，支吾道："京城米贵，房子又小，就向皇上辞了官，回家团聚，从此一家人不必在他乡做客了。"女儿们失望，妻子也大感意外，见他有难言之隐，也不再多问。高启写了一首词《忆秦娥》，文字间也顾不上格调和气象，纯用村俗俚语，真是慌不择路，急不择词：功名骤，时人笑我真迂缪，真迂缪；不能进取，几年落后。一场翻覆难收救，布衣惟我还如旧，还如旧；思量前事，是天成就。

数日间，太子未见高启来大本堂讲说诗词，午膳时便问父亲。皇帝道："高启只作得几首歪诗，却想做翰林，朝中能做翰林的大有人在，还轮不着他来做。六部中能做实事的人却少，我便让他做户部右侍郎，他却再三辞谢，想必他不是嫌官小，是耐不得繁琐，耽误他作诗填词。这样不能做实事的人，我留着他有甚么用处，就将他与谢徵赐金放还了。"太子惋惜道："儿臣正向他学诗。"皇帝道："你要学诗，状元吴伯宗不在高季迪之下，榜眼郭翀的诗也好。翰林学士中哪一个不会做诗？我也做得。诗做得再好，于治国理政无甚么益处，白白耗费精力。李煜、赵佶的诗词如何？能保国安民么？你以后还要多在经史上下功夫，将历代治乱的大事都记在心头，将来做了皇帝，不要沉迷诗词歌赋，莫做昏君便好了！"

太子一听，心中气恼，脱口就说："父皇，有人说陛下在不惹庵里题的绝句，是借用了宋朝刘锜的七律！"话才说完，皇帝的脸骤然红了，神态既惊骇，又恼怒，仿佛一个神不知鬼不觉的惯偷，终究被人揭发出来。皇帝半晌才问："谁说的？"太子道："谢徵先生说的。"皇帝追问道："果真是他说的么？"太子迟疑片时才说：

---

① 荷衣：屈原《离骚》："制芰荷以为衣兮，集芙蓉以为裳"，后人以"荷衣"比喻隐士的服装。

"是高太史告诉他的。"皇帝见底细被高启翻了出来，怒不可遏，忍着性子，说道："那便算是我抄古人的诗！休要再说了！过几日我为你完婚罢。"太子摇头道："儿臣正在用功读书，还不想纳妃。"皇帝道："你先迎娶常遇春的女儿，册封了太子妃，定了位份，过了一年半载，再为你迎娶那个秀秀。"太子见父亲这样许诺，也就默认了。

太子婚事

太子迎亲前一日，常府内外洒扫一新，礼部官在常府大门外设置太子位次。常府门上高悬两盏大红灯笼，门额上结着两丈红绸，两座石狮子也披着彩。大门两边张贴着皇明首科状元吴伯宗奉旨撰书的楹联：

> 引凤吹箫，恩出九重沾雨露；
> 攀龙摘桂，喜盈六合耀门庭。

早在洪武三年八月间，皇帝和皇后就为太子商定了一门婚事。那日，皇帝召太子来华盖殿，父子一同用膳。膳毕，父子喝茶时，皇帝才说有一件事与你商量，你到了婚娶的年纪，爹为你相了好几个功臣的女儿，只是开平王的女儿年纪与你相当，门第也相称。明日我就差人去常府提亲。明年开春后，你们便可成亲了。太子心里总想着秀秀，托辞说自己还年少，正在攻读经史，不想恁早就成亲。皇帝问道你莫不是还想着那个秀秀？太子见心思被父亲点破，霎时脸红了。皇帝劝太子说，你先与常氏成亲，嫡妻还是将门闺秀才好，来日你再迎娶秀秀罢。太子知道拗不过父亲，只好应允。

几天后，常府大门上张灯结彩，礼部四名使者赍着礼物，来到常府行纳采、问名礼。过了三日，礼部官接连来常府，连日行纳吉、纳征、请期之礼①。礼部官回宫禀报皇帝，皇帝去太庙告祭祖宗，向神明占卜，问得了良辰吉日，婚期定在洪武四年四月二十日。

亲迎这日，天明时分，东宫属官皆着朝服，站在文华殿外。宫门外陈设着卤簿、鼓吹。太子身着冕服，乘龙舆从宫中出来，侍卫跟随两边，导从在前引进。到了宫门外，太子从龙舆上下来，登上太子辂车，太子宾客梁贞、王仪，太子谕德秦镛、卢德明、张易等人跟随着，一同来到常府前。常府街已经清道，无一个闲人往来。按礼仪所定，方位有讲究，太子将来是要南面称尊的人，不能从北面下来。辂车停

---

① 请期之礼：周代确立婚姻六礼：纳采、问名、纳吉、纳征、请期、亲迎。在《礼记·昏义》中有记载。后来六礼成为汉族传统婚嫁的标准礼仪。

下前先转向，面向南面停下，太子才从辂车上下来，站在预定的位次上。

此时，常氏女在闺阁中换上后妃的礼服——华丽的褕翟服，头上插上镶凤缀珠的花钗，两名傅姆左右拥着她出阁，南面静立。主婚人是礼部尚书，身着仙鹤补服，头戴展角乌纱帽，肃立于西阶之下。一番繁琐的程序后，引进官才引导皇太子进入常府的门，后面跟着执雁的人。因前番献雁，雁受了惊，先死了一只，另一只悲鸣数日，也死了。皇帝觉得不吉利，令人用玉雁替代。太子接了玉雁，主婚者跪下受雁，站起来递与左右执事家仆。蓝氏夫人自大堂上出来，站在阁门外，太子于是以女婿之身叩拜岳母蓝氏。尽管蓝氏事先知道朱标要拜岳母，但她眼中只有太子，未有女婿，惊骇得敷着厚粉的面容失色，仿佛铅粉都要一层层剥落，又不敢去扶。太子拜了三拜，站在位次上。东宫先期差遣来的两名宫女，还有常府的两位傅姆，在前面引着常氏出来。

太子眼睛直视着堂上的侧门，知道那一刹那的注视，便会在心中铭刻自己的喜恶。他看着前面两名少女和两名中年傅姆的身影，心怦怦直跳。四名引导官向左右散开，常氏女子一身盛妆，从堂的侧门出来。她面上敷了一层粉，唇上点了胭脂，细画了娥眉，头发精致地梳理，插着两枝花钗，相貌端正。太子不知道是喜欢她，还是不喜欢她；与秀秀相比，她有一身大家闺秀的气质，秀秀却是一种山野性情，伶俐而敏感。

常氏站在母亲的左旁，主婚人按着事先拟定的话说："戒之戒之，夙夜恪勤，毋或违命。"常氏女娴静不语。朝廷拟得这些斯文句子，蓝夫人背诵了多日还记不住，临场有些慌张，又有些兴奋，很吃力地说："勉勉……勉之……勉之，尔尔尔……尔家有训，往承惟惟……钦……惟钦。"随后是常遇春的二夫人，常氏的庶母说话，她的位份低一等，只消说一句话："恭听母亲之言。"常氏女按着程序答应道："儿谨遵母命。"礼生向堂外示意，又有人传话门外，门外炮仗声大作，一阵青烟从门庭前升起，鼓吹齐奏。常府都沸腾起来，人不分贵贱，年不分长幼，都喜不自胜，人人都像分享到了这份尊荣。

主婚人高呼："良辰已至，请新娘升舆！"宫人和傅姆左右搀扶着常氏。她雍容前行，登上八抬肩舆，出了常府大门。她在门外降舆，换乘凤轿。随后太子出了府门，登上太子辂车。又是一阵震天价响的炮仗声，鼓吹奏得更热烈。一行人前呼后拥，缓缓地出了常府街，轰动了应天城，街坊间的百姓都夹道观看。

常氏到了文华殿宫门外，太子先入宫中，面向西面站着，司闺引导着常氏到殿内，面向东站着。太子向常氏作揖，引着常氏进入宫中东洛，礼生捧出两盅酒，二人行合卺礼。将近晌午，太子与常氏同至华盖殿拜见皇帝、皇后以及妃嫔。一番皇家礼仪不必细说。

常氏按司闺嬷嬷所教，称皇帝皇后为父皇母后，自称儿臣。皇帝早令光禄寺准备了宴席。宴后，上茶，皇帝说："太子新婚，可以休闲三天，此后继续上学，经史断不可荒废。太子妃暂时住在西六宫中的长春宫中，宫中已经布置一新，日常用具都添置齐备，宫人和太监都已就位，午后你跟着司闺嬷嬷到长春宫歇息，若宫中缺少物品，向母后说一声，再着人去内府供用库领取。这几日都由司闺教些宫中的规矩，明上下尊卑朝夕问安的规矩便是了，并不曾有许多虚应的繁琐礼节。太子妃请安下心来，从此居在宫中，来日的太平富贵是享用不尽的。"常氏又拜，说道："儿臣谨遵父皇之命。"皇后点头笑道："你是大家闺秀，言谈举止，都十分得体，父皇称心，我也满意。你日夜都勤快些，与太子琴瑟和谐，将来相夫教子，才能母仪天下。"常氏又拜皇后道："儿臣谨遵母命。"常氏一一拜见妃嫔，默记封号，生怕将来记错了。皇帝见常氏女目不斜视，话无多言，处处谨慎，想她初来宫中，不大自在，就说："太子妃劳累大半日了，就回宫去罢。片时，宫中的医婆会来长春宫，黄昏时你按她的话行事便是了。"常氏不知医婆是甚么人，从容拜别，盈盈地退三步，俯首，转身，提裙迈出宫门，坐着八抬凤轿到长春宫。过了二刻，皇帝隐约听到一阵炮仗声，接着隐闻数声铳响。他知道那是太监们在长春宫里驱邪纳吉，迎接新人。

黄昏时，胡政领着医婆来华盖殿拜见皇帝。皇帝道："你近前来说。"医婆向前膝行几步，含笑细语道："禀报万岁爷：适才奴婢奉旨查验了常氏的身子。"皇帝急切地问："她可愿意么？"医婆说："奴婢说是奉旨来验，是宫里的规矩，都是为龙子龙孙着想。她就同意了，进了东阁，放下帘子，就躺在床上，脱光了衣裳，任奴婢上下看验了一番。"皇帝又追问："查验得如何了？"医婆道："她说昨日沐浴了，奴婢闻了腋下，未闻到狐臭，也无汗味，还有些香味。一对奶子雪白，只是稍小些，乳头也有，像米粒大小。肚脐眼有一个涡，可容下一颗珍珠，不会滚出来。肛门无痣疮。周身无一处伤疤。已经缠足了，不是平底足。初生了阴毛，只有细细的少许。阴唇闭合。奴婢查验她是处子之身。"皇帝说："朕知道了。你说了今晚与太子圆房的事么？"医婆道："奴婢都细致说了。"皇帝问："她眼下可能受孕？"医婆笑眯眯的，献媚地说："能，能，她说十二岁时就来初潮，如今快十五了。她屁股大，身子结实，定会为皇上生一个如意的龙孙哩。"皇帝点点头，笑说："好，你请回罢。"医婆跪拜三下而退。

二更时分，空寂的宫中传来两声沉闳的鼓声。太子在东宫行将就寝，皇帝的长随太监胡政来了，太子有些意外，忙问："胡公公，我爹莫不是传我过去？"胡政笑道："不是传你过去，是让奴婢传话与殿下，殿下万不要怪罪奴婢。"太子道："既然是我爹吩咐的事，我如何敢怪公公，请说便是了。"胡政讪然地笑道："奴才奉了这一桩坏人好事的勾当。皇上说了，洞房花烛，夫妇之情，本不应管束，但殿下还在读书，将来要为人君，断不可因闺房之乐而误了读书的心思，将来万万不能做一个荒淫之君。因此吩咐奴才，在三更初头，便来唤太子妃回后宫去睡。以后夜夜如此。皇上意思是让殿下一不要误了睡眠，二不要坏了身子。"太子听了，脸涨得通红，生气地说道："我今晚一个人睡，你让她回后宫去！"胡政赔笑劝道："殿下，万万不可冷落新人的心呵。俗话说得好，一日夫妻百日恩。今儿个晚上同房，是周公之礼呵。"太子转身入阁，边走边说道："皇帝的话，你与她说去！"

常氏乘凤舆来了。胡政引她入阁，当着二人的面，又将皇帝吩咐的话细说了一番。常氏倒是识礼，说道："父皇真是体贴做儿女的，儿臣便按父皇叮嘱的行事。"胡政说声告退，放下阁帘，又拉上文华殿的大门。几个亲军和两个太监在宫外值夜。胡政先回华盖殿禀报皇帝去了。

转眼到了三更。胡政在三鼓前，匆匆赶到文华殿东阁的窗外，轻声说："殿下，殿下，时候到了，奴才奉旨接太子妃回宫哩。"太子大声说："知道了！"胡政吓得一吐舌头。转眼间，常氏就出了宫门，发髻与衣裳一如来时的模样。胡政不敢多问，令八名太监抬着常氏回长寿宫去了。

谢恩表

刘伯温与小章别了京城，借驰驿舟车之便，加上新授的诚意伯封爵，一路上大小驿站的驿丞和驿卒莫不尽心供奉，生怕有半点怠慢。居所宽敞雅洁，饮食精美。刘伯温回想当年在处州时，为元朝公事奔忙，时常一个人夜宿驿站，孤馆寒灯，无人识得刘伯温。如今在大明朝享着浮名虚荣，天下人尽知，不由感慨世事沧桑。

日暮，小章时常挽着伯温的手，在驿站外的野江边闲行。晚风吹拂，草树簌簌地响着，风中有些晚芳的香味。远山笼在暮烟里，农人行走在回家的村路上，鸡犬声隔树可闻。眼前一片温暖的太平乡景，令刘伯温愈发回家心切。他细细观赏道边的野草闲花，正青翠芳艳着，恰如身边小章的青春年岁。当山间渐渐现出一轮清淡的缺月，其时天色将暝，正是将夜未夜的辰光。伯温又想起自身的老病，人生正是天色将夕的时候，心里暗生无限的惆怅。他一面缓行，一面吟诗："春风既和柔，春日更皎洁。夭桃红如锦，繁李白胜雪。黄蜂与紫蝶，亦各竞时节。人生有忧乐，譬如天上月。……"小章笑道："很久未见你写这样清新的诗句了。"伯温叹息一声说："近年病久了，人也老了许多，写诗时不觉多了些暮气。旅途上有你相伴，不觉得怎么愁寂，便吟一首诗消遣。"回到客馆，小章扶着楹柱，有些想呕吐。伯温先以为她感了春寒，又怕她水土不服。她呕了几下，未吐出一些食物。伯温手抚她的额头，却清凉如玉，突然惊喜起来，想必小章已经有了身孕。

次日，伯温与小章坐上回乡的驿车。小章笑道："你昨晚回来可又写了一首诗，说是想超达，却是怕死。"伯温忙问："如何见得？"小章："你写'人生多忧患，死去百患消。但恨不便得，无由脱鞿辔。浮荣何所贵，何异掠草飙。一生与一死，一夕复一朝。周器忌盈满，老子戒矜骄。园林无恒芳，江海有回潮。委心从大化，庶几永逍遥。我都看明白了，你若不是怕死，如何会安慰自己说'永逍遥'，难道回乡不逍遥么？"伯温将小章揽在怀中，手抚着她的脸，说道："人之生老病死，是自然之常。我并不怕老死。只是有你在，我便多了十分的牵挂。富贵浮荣，不过是草上风过，江海潮起潮落。我这一世，如今到了落潮的时节。但心中总是不安，为是有你在……"这话还未说完，小章已经泪水盈面，伯温忙用衣袖替他拭去。小章强作一笑，侧着身来看伯温，说道："你也哭了。"伯温道："我没哭，只是老泪不听使唤呵。"

十二三日后，刘伯温抵达家乡，已经是四月初。他见了故乡山水草树就有喜色，京城一肚皮烦恼都忘却了。乡中亲友闻讯前来相迎，村道上十分热闹。小章来拜见大夫人富氏，一个中年村妇模样，双手皱且瘦，面颊似经过霜雪的柿子树叶。小章跪拜，说道："姐姐安好，小妹有礼了。"富氏忙道万福，双手扶起她，拉着她的手，引进堂屋，忙招呼家仆们准备茶水和酒饭。

乡居无事，刘伯温日间读书作文，每日薄暮，常与小章十指相扣，逍遥于长林丰草之间，载歌载咏，且笑且谈，恍如神仙之侣。晚上，饭讫，家政初息，一家人都聚在油灯下，听刘伯温说起朝野掌故。刘伯温饮着村中的浊醪，两位夫人剥着南瓜子吃，二子侍立静听。刘伯温想如今天下太平，日子闲适，还得感谢皇帝，便令长子刘琏准备笔墨，依例撰写一本《谢恩表》。次日，令长子刘琏与老仆二人送至京城。

自从刘伯温离京后，皇帝并不觉得早朝时少了一人，可是过了二十几天，渐渐思念刘伯温来。这天下午，胡政来报："陛下，刘基的长子刘琏在宫门外察言司，说是要来呈刘基的谢表。"皇帝惊喜异常，忙说："快快快，宣他进宫！宣他进宫！"中官引刘琏来到华盖殿。刘琏见了皇帝，行三跪九叩大礼，说道："臣刘琏祝陛下万岁万万岁。"皇帝满面是笑，说道："平身平身。"上下打量刘琏，说道："你倒也有几分刘老先生的模样。"刘琏呈上刘基谢恩表，胡政接了，转递皇帝。皇帝打开细看。表云：

伏以出草菜而遇真主，受荣宠而归故乡，此人之所欲而不易得也。钦惟皇帝陛下，以神圣文武之姿，提一旅之众，龙兴淮甸，扫除群雄。不数年间，遂定中原，奄有四海。神谟庙断，悉出圣衷。舜禹以来，未之有也。

臣基一介愚庸，生长南裔，疏拙无似，其能识主于未发之先者，亦犹巢鹊之知太岁，园葵之企太阳，以管窥天，偶见于此，非臣之知有以过于人也。至于仰观乾象，言或有验者，是乃天以大命授之陛下，若有鬼神阴诱臣衷，开导使言，非臣念虑所能及也。圣德广大，不遗菁菲，远生唐虞，功疑惟重之典，赐臣以封爵，赐臣以禄食，俾臣回还故乡，受荣宠以终天年。臣窃自揆，何修而膺此？犬马微忱，惟增愧惧。

臣已于洪武四年四月初四日到家，谨遣长男捧表诣阙，拜谢圣恩。臣基无任激切屏荣之至。谨奉表称谢以闻。

刘伯温所写的，恰是皇帝想看的，文不甚深，意不甚诘，情不甚矫，只是有些话皇帝觉得耳熟，好像从前在哪里听过，连看三遍，笑道："你爹真是忠臣呵，文章写得也好哩。朕才收到广德侯华高的来表，他说自己养病多年，不曾远征，封赏的时候，皇帝竟给自己封了侯，心中惭愧又感激，于是请命去广东边海修筑城堡，以防海盗，城堡也是今年四月初四日事竣，你爹恰好这日到家。"接着便问刘基回乡后日常琐事，刘琏都如实回答。皇帝问："你想不想在京城做官？"刘琏道："出门时，我爹说了，我学业未成，还做不得官。"皇帝笑道："你可知道，你出门时，你爹便预料朕会给你官做罢？既然你爹恁般说了，朕也不强命你为官。你在京城住些日子，回去跟你爹学习经史，来年朕给你官做，中不中？"刘琏拜谢。皇帝又问："你爹爹的病情怎地了？"刘琏道："陛下容禀，爹爹说，他如今肚子里有一块硬结，担谅着不好了。"

皇帝听了，并不在意，正说着话，大都督府经历朱垲来报。皇帝问道："有何紧要军情？"朱垲说："禀报父皇，广德侯华高呈来急报，他已身患重病，恐怕会死在异地，请求还京。"皇帝很意外，忙说道："朕准了，着翰林学士草诏付他！"

赠谥武臣

这天黄昏，皇帝得到大都督府传来的噩耗，华高奉诏自广东还京，在琼州因心疾而死。皇帝想起以前派他出去厮杀，他总说有病，要跟在自己身边做亲军宿卫，自己怪他怕死。如今他壮年便死了，果然有病，好在已封他为侯，也无歉疚。华高的遗体运到京城，皇帝听宋濂说他虽是一代功臣，却家贫不能营葬，墓地都修不起。皇帝原来听人说他的妻妾善于经商，家有积财，因此给他的俸禄稍薄，不信他那么穷，着人去查华高的家财，不过三五间屋，一妻二妾，只有一义子名华岳，家境并不富裕。皇帝很感叹，想不到功臣里竟有这样清廉自守的人，老实人不能吃亏太多，于是下诏追赠俸禄三百石，用于办置棺椁和修筑墓地。因他无子，诰命铁券放入墓中。他当年与俞通海等人自巢湖来投，体弱多病，又无多少能耐，却很听话，皇帝因此追赠他为巢国公，也让其他武臣知道皇帝不负跟随多年的功臣。宋濂、詹鼎、秦裕伯等人根据《谥法解》的说法"死于原野曰庄""武而不遂曰庄"。华高为武将，又死在琼州，皇帝圈定华高的谥号为武庄。

据徐达密报，王保保自从和林大败大明军后，军马向南推进，近十万军马驻在云需府附近，他则居在察罕脑儿行宫里，准备召集各路人马，突破关塞，来攻取大都。皇帝差使者去漠北，送信给王保保，想让两家结为亲家，劝他审时度势，归降大明朝，也封他为齐王。皇帝前后派了五六名使者，王保保皆未回复，使者也未归来。

六月间，皇帝正式册封常氏为太子妃，又与皇后商议，想为次子朱樉选一门亲。皇帝总认定王保保是当世奇男子，哥哥如此英雄，他的妹妹想必也不会逊色。如果让次子与王保保的妹妹成婚，自己便与王保保这个奇男子沾亲了。他的妹妹与父亲被俘后，徐达送到京城，住在一座大宅院里，军士日夜监视着。皇帝差礼部官与阿鲁温提亲。阿鲁温有些意外，虽不太情愿，但人身都不得自由，哪里敢不同意。几日后，朱樉迎娶王氏到宫中。

第三十二章

德庆侯逼降大夏国　洪武帝贬谪老宋濂

请罪

　　傅友德、廖永忠平定了西蜀，奉诏回到京师。皇帝与太子都来龙江驿迎接，回宫后赐酒饭。十几日后，汤和与朱亮祖亦奉诏班师还京，暂驻龙江驿。大都督府官吏来龙江驿，与汤和说皇帝与太子都不来了，着他们骑马入城。汤和想起领兵入蜀后，迟迟不进兵的事，心中惶恐不安，立即领着诸将来到长安门前，卸下了佩刀弓箭，到了奉天殿外，依次在丹陛上恭恭敬敬地站好。

　　皇帝升了御座，诸将进殿，再拜，三呼万岁。皇帝淡然地说："汤将军，你知罪吗？"汤和又立即跪下，叩首道："臣知罪了。"皇帝却笑了，说道："汤将军，你这回打仗，也不争先了。在大溪口逗留恁久，鱼是吃饱了，大功劳却都让与傅将军和廖将军了呵，起来罢。"汤和缓缓地站起，红着脸，辩解说："臣与傅将军不通音讯，一时误了进兵。"皇帝冷笑道："你这么机灵的人，也会误了进兵？你自个儿不想争功罢？我因此也不赏你，你也别怪我。"汤和松了一口气，说道："臣进兵缓慢，岂敢怪上位。"皇帝道："起来罢。朕的赏赐向来公平，平蜀的功劳，算不上你的，连第三都算不上，周德兴第三。"汤和连声称是。次日，平蜀诸将入宫接诏，执事太监孙礼捧出圣旨，高声宣读道：

　　奉天承运皇帝制曰：平蜀之功，以傅友德为第一、廖永忠为第二，分别赏白银二百五十两，彩缎二十表；周德兴为第三，蓝玉为第四，赏周德兴白银二百两，彩缎十五表，赏蓝玉白银一百五十两，彩缎十表。杨璟进兵无功，赵庸中道而返，朱亮祖行兵过缓，中途又擅杀军士，都不予赏。钦此。

　　　　　　　　　　　　　　　　　洪武四年十月（皇帝之宝）十一日

汤和听出圣旨中没有自己的名字，不赏不罚，也未斥责自己进兵迟缓之事，暗中揣摩皇帝用意。皇帝问了武将们一些征西的细节，将近晌午，令光禄寺在武楼中设宴相待。酒席间，皇帝端着酒杯来劝酒，先劝傅友德，其次劝廖永忠等人，最后才劝汤和饮酒。汤和十分惶恐，谦恭备至。酒席毕，皇帝在武楼与诸将谈兵事，兴致甚高。汤和虽是征西大将军，却有意站在征房前将军傅友德身后。皇帝也不看汤和一眼，自与傅友德谈及平夏的事，不时呵呵大笑。

诸将相继出宫，汤和走在最后，到了午门前，他站住了，前思后想，就回转身，向宫里走。到乾清宫外，问中官胡政，皇帝在何处。胡政说，皇帝在华盖殿看书，汤和又去华盖殿，太监邱忠进去禀报皇帝，皇帝宣汤和进来。汤和一进殿，就跪在地上，高声道："上位，臣汤和有罪呵。"皇帝远远听见声音，问道："汤爱卿何罪之有呵？"汤和道："臣不敢不说实话，请上位恕罪。"皇帝道："你且说实话，恕你无罪。"汤和道："臣因未封公，只封侯，心中不知足。此番征西，上位付与臣重任，臣却犹豫不前，误了兵机，也失了战功，臣万分愧悔呵。他日朝廷仍有征战的事，望皇上不弃臣，仍令臣担负重任，臣定拼命厮杀，不敢有半点延误。"说时，竟号啕大哭，可干号半晌，却哭不出一滴眼泪，只得用衣袖掩着脸面，让皇帝去想象他愧悔莫及的情状。

皇帝站起来，抛了书，缓缓走向汤和，握住他的手道："汤将军平身，知错便好。我也不曾斥责你，你竟哭得这般伤心……"皇帝将脸凑近汤和，侧着头打量他，撑不住笑了，说道："你看你看，你一进宫就号啕大哭，我却不见你有半滴眼泪呵。"汤和见皇帝笑了，也不用衣袖遮拦脸面，说道："陛下，元朝时，民间说哭有三样。"皇帝问道："哪三样？你且道来。"汤和仿佛在演戏念白，说道："有泪有声谓之哭，有泪无声谓之泣，无泪有声谓之号。前两样多是妇人女子的哭，臣是一条汉子，遇到伤心自责的事，即使是死爹死娘，臣要如妇人那般哭，满脸都是泪水，呼天抢地，臣实在哭不出呵，只能无泪有声地干号。"他借机又干号了几声，来烘托自己这段念白。皇帝大笑起来，觉得快乐，说道："罢了，你是说了真心话，这般干号却让我发笑。我也没有责罚你，你倒自己来认错，好呵好呵，我来日用兵遣将，不会忘记你的。"汤和就等着皇帝这句话，再拜道："谢上位。"皇帝道："汤将军请坐着说话，上茶。"

喝茶时，君臣说了许多闲话后，皇帝才说："当年你写信与我，我才投军，方成就这一番事业，你有大恩于我呵。这番平夏，你是迟缓了些，能知错了，我如何会怪罪你，你安心便是了。"汤和听了皇帝这么说，心中感激，辞别时，又多叩了几个响头。皇帝唤住他说："你得闲时，去翰林院国史馆，将平夏的大小事儿都说与学士们听，让他们都笔录下来。"

平夏事略

却说洪武四年正月，汤和领大军西征，还未至武昌，夏国已经得到探报，太尉吴友仁奉旨出战，在瞿塘峡布下精兵，将大明军挡于峡外。傅友德到陕西后，顾时、何文辉、陈德等副将都以为要去西北防备王保保。傅友德探知青州、杲阳空虚，阶州、文州守军薄弱，扬言要从金牛关①杀入蜀中。他选出精锐士卒五千人为前锋，自己随后领着大军趋陈仓，并不去金牛关。顾时等大将不知用兵意图，傅友德才说当日在华盖殿承皇帝密旨，从西北出兵平定夏国，避开瞿塘峡和金牛关的天险，作为奇兵。汤和大军从瞿塘峡西征，作为正兵。

三月间，皇帝得知杨璟进兵瞿塘峡不利，汤和与傅友德也没有传来捷报。原来蜀军自恃瞿塘峡天险，太尉吴友仁令平章莫仁寿等大将镇守，以铁索横断关口，杨璟的水师不能逆江而上。西蜀君臣都放心了，估计大明军年内攻不进西蜀。明朝的皇帝也放心了，就指望着蜀兵严守着瞿塘峡；如果他们在瞿塘峡设空城计，放大明军逆水而上，皇帝反而会担心。差不多时日到了，皇帝又命永嘉侯朱亮祖为征虏右副将军，从京城出发，奉诏到江西、湖广行省领兵五万人前去相助。

傅友德的大军来到阶州，阶州城中有一员猛将，人称双刀王，十分勇悍。傅友德也手持双刀，呼喝着士卒一同登城。军士们见主将两把刀左砍右剁，人头滚滚，士气激昂，半日就杀入阶州。双刀王被双刀傅活捉，守将逃到文州。傅友德领兵抢渡白水②，攻下青川杲阳关，分兵数支夺取江油、彰明③。四日后，傅友德与诸将领兵攻取龙州，准备发兵绵州。夏国丞相戴寿与太尉吴友仁得知消息，忙抽调瞿塘峡的精兵去援汉州④，守护成都。

夏国知枢密院事总领军马的大将军——人称太尉的向大亨，奉皇帝之诏，领兵来汉州城下抵抗大明军。其时夏国皇帝明升才十余岁，母亲彭氏垂帘听政。明升既无权谋，又少政见，丞相戴寿掌控着军国大政。戴寿早年与明朝皇帝朱重八一样，连名字都没有，因做了天完国巡司弓兵牌子头，人称戴牌。明玉珍镇守沔阳时，戴寿职为万户，后来劝明玉珍攻取重庆，做了皇帝，戴牌的官也做到丞相。他指望官做得久，人活得长，取名戴寿。向大亨也是拥戴明玉珍做皇帝的功臣，皇帝赐给他大宅第，妻妾十几人，儿女二十多个，奴仆上百人，享不尽荣华富贵。大明军平夏，

---

　①　金牛关：在阶州、文州的东南面，处于金牛古道上。若从金牛关入蜀，比阶州近，但此关险峻，易守难攻，因此大明军绕道到更远的阶州寻找突破口。

　②　白水：即白水江，在甘肃境内，在阶州之南，文州之北。

　③　江油、彰明：在今四川境内。

　④　汉州：在成都东北面，相距百余里。

要夺了他们的富贵荣华，二人自然要忠勇护国。

傅友德令都督佥事蓝玉为先锋。蓝玉领五千精兵，夜袭向大亨军营，放了一把大火，向大亨仓皇逃脱。傅友德领精锐随后而至，天突然刮起大风。傅友德觉察大风竟然迎着自己的军马吹，立即呼喝大军绕了几里路，改为顺风进兵。夏军见大明军借着风势，卷地而来，惊慌失阵，死伤无计。向大亨逃向成都。傅、蓝合兵一起，大破绵州城。夏军虽每战必败，连失数城，但仍恃汉水天堑，拥兵固守。近日春雨多，汉水高涨，大明军船少兵多。蓝玉有些发愁了。傅友德却高兴起来，说他最喜欢水战，蜀山树木多，造船最容易不过，河水越高越好。傅友德下令在山中安营，令将士伐木造船。数日后，大明军已至汉水的消息传到成都，满城惶恐不安。

到了五月，大明军已经造好了数百余条战船。傅友德心知此次北征，皇帝虽让汤和做了大将军，自己才是皇帝托付的主将。傅友德得知汤和大军仍阻于瞿塘峡，担心自己的粮草消耗太快，难以为继。蓝玉献计说，何不削木为牌，在每张木牌上大书攻取阶州、文州、龙州①、绵阳等城的日子，投入汉水，木牌顺流而下，汤和早晚必知。傅友德采纳了。谁知汤和还没有见着木牌，汉水下游的蜀军却先拾得几块，方知几座城池都被大明军攻破，许多军士吓坏了，相继逃奔。蓝玉没有想到几片木牌竟有如此声威。

傅友德令步卒在船上演练水战，不过二十余日，傅友德将步军都练成水师。顾时和蓝玉都叹服，老傅果然是巢湖水寨老贼出身，端的好手段。傅友德一声令下，几百只战船横剪汉水，半天就攻破了对岸的营垒，很快逼近汉州。向大亨列兵八千人于城下，以逸待劳。傅友德领兵一万出战，夏军败退城中。次日，吴友仁、戴寿闻讯，领兵来援。傅友德与蓝玉又领重兵在山中截住吴、戴军马，将夏军杀得大败。傅友德攻下汉州，戴寿、向大亨奔走成都，吴友仁逃向古城。傅友德令顾时守汉州，与蓝玉同领大军攻取古城，吴友仁又逃向保宁②。

汤和自归州发兵，攻打瞿塘峡，因江水骤涨，进军不利，于是驻师大溪口。他每次想起皇帝给他封侯不封公，总是无法释怀，这次争得征西头功，又能如何？日间闲得无事，就坐在船上钓鱼。皇帝接到傅友德的捷报和战况，就放心了；又得知汤和仍阻在大溪口，十分不快，写手谕付他道："傅将军冒险深入，连克数城，蜀已无险可恃。此时正宜水陆并进，使其首尾受敌，将军何其怯也？"汤和既惊惶又惭愧。当一块木板漂到他的钓船边，他好奇地捡起一看，才知傅友德已经深入蜀地好几百里，攻取十几座城池，自己还在钓鱼。当晚，汤和召集将校，下令明日天亮全军移营。

副将军廖永忠领舟师攻打瞿塘峡，留守瞿塘峡的兵士设铁索飞桥，横据关口。

---

① 文州：今甘肃文县；龙州：四川境内涪水边上。
② 保宁府：在四川省的北部，治所在阆中市。

大明军若强行逆水进船，被铁索横阻，船过不了关。如果放大火烧断铁索，夏军便会在飞桥上砸石头，放乱箭。廖永忠心生一计，令人将江中的小船全数泊到岸边，将船翻个身来，军士们都站在船底下，头顶着船底，双手扶着船边，前面有人喊路，山路深浅曲折，前面引路的人都事先提醒。每人背着三日的粮，竹筒里装着水。山中不时有雨，将士们将树叶织成蓑衣，人人都披一件，如一队行军的绿蚂蚁，顶着一片片如树叶般的小船在山中穿行。走了三日，这天五更前，廖永忠选出精锐水军，乘着小船，从渡口兵分两道，一道攻打陆寨，一道攻打水寨。下流明军水师见自家的水师在上流进攻，立即从下流进兵。夏兵挡不住上下夹攻，弃关逃奔。廖永忠令人斩断铁锁，焚烧铁桥，很快攻取夔州。汤和得知战报，不敢拖延，领兵星夜赶到夔州，与廖永忠会师。

汤和知道夏国已经不堪一战，下令分兵西进。他自领步兵，廖永忠领舟师，约在重庆会师。廖永忠领舟师西上时，声势煊赫，沿江州县望风而降。大军到达铜锣峡时，明升得知大惊，右丞刘仁等大臣劝奔成都。明升的母亲彭氏哭诉说举国都败成这样，即使逃到成都，也不过是拖延一些日子，有甚好处！刘仁问太后的主意。彭氏说大明军入蜀，势如破竹，如今城中的军民虽有数千人，却都惊恐之极，哪里还会为国家效力，就算逼迫他们出战，不死也会逃了，城池早晚会破，不如早早归降，百姓和家眷都能免受祸殃。主降的大臣一致附议。主战的大臣见瞿塘峡没有挡住大明军，重庆早晚守不住，都不敢再主战。明升尚未成人，听母亲这么说，全无主见，只有顺从。彭氏于是派人向廖永忠示降，廖永忠因征西将军汤和未至，自己是副将军，不敢受降，驻军于朝天门外等候。

几日后，汤和大军到了重庆。次日，明升令人将自己捆绑着，口衔着皇帝玉玺，母亲彭氏跟在后面，与右丞刘仁等文武数十人到军门前献降。汤和按皇帝出征前的旨意，加以抚慰，令军士严禁侵扰城市，违者必斩。汤和令明升写了书信，令戴寿和向大亨的家人去成都招降。两三日后，朱亮祖的兵马陆续到达重庆。

傅友德兵临成都城外。戴寿和向大亨还想收复夏国失地，实在征不到精兵强将，就从云南征集二十只大象，军士高踞大象背上，列在城前，意欲拼死一战。大明军很多人没有见过大象，见象群沉阗阗地向这边冲来时，大明军阵势开始扭曲。傅友德肩膀中了一箭，他忍着痛，一面大呼"临阵脱逃者斩"，一面拍马独出，立于阵前，肩膀上那支插在肉中的箭如同令箭。蓝玉见傅友德拼了命，勒着马，高挥着长枪，站在傅友德身旁，用枪尖指着正在后退的军士，大明军才稳住了阵脚，都挺着短刀长枪，面对着一群大象沉沉地逼近。谁也不知傅友德大军里有一支五百人的火器营，入蜀之后一直未用。傅友德给火器营下了将令，全数来到阵前，一时枪铳声震天，弓箭手射出急雨般的乱箭，象群受惊，转身倒走，踩死许多可怜的夏国兵士。戴寿和向大亨领残兵入城。黄昏时，向大亨收到儿子送来的家书，得知皇帝和太后已降，自己的宅第与妻儿完好，大明军秋毫无犯，于是封存府库粮仓，与戴寿领着部属归降。傅友德收得归降兵马三万余，又与朱亮祖合兵攻取了不愿归附的州县。汤和令周德兴会同傅友德所部人马，合攻夏国最后一座不降的孤城——保宁城，生擒悍将吴友仁，槛送京城。

汤和也令人送明升、戴寿、向大亨等人去京城。大船夜泊夔峡时，戴寿和向大亨都睡在舱底，趁大明军熟睡，摸出身上的小铜锤和凿子，暗中凿船，想与夏国皇帝和大明军水师同葬于江水。守军发觉后，将二人捆绑起来，押上船头槛守。戴寿经过明升所睡的船舱，突然大呼："陛下，臣不能尽忠了!"明升听见呼喊声，不知出了何事，戴寿与向大亨一同跃出船舷，头朝下，直插江底，滚滚江水淘去两位英雄。

受降

皇帝得知了平夏的事迹，令翰林院学士都记下来，付与国史馆。早朝上，皇帝与中书省、六部、太常寺、翰林院等官吏临朝商量受降等礼。朝臣请皇帝按五代时后蜀孟昶降宋的故例。

礼部尚书陶凯道："宋太祖乾德三年，蜀主孟昶归降，孟昶及子弟伪官李昊等三十二人至午门下，都着素服纱帽，进献待罪表，俯伏于地。通事舍人扶孟昶起来，鞠躬听命，中官宣制释罪，孟昶等人再拜，三呼万岁。皇帝赐孟昶等袭衣冠带，孟昶再次跪受，各人就次换衣裳，然后入见于崇元殿，孟昶等人再拜于陛殿上，宣徽院使承旨引孟昶至御座前，孟昶鞠躬，太祖亲自抚问。孟昶还位，然后与其官属皆舞蹈，再拜，三呼万岁，出殿。百官称贺太祖。"皇帝道："竟然恁地繁琐，礼部参照宋例制定一套明升朝见礼罢。"几日后，礼部献上一套受降礼，足有两千多字。皇帝一看，比宋朝还繁琐，心中不喜，说道："明升年幼体弱，国中的政事多由朝臣主持，他能有多少主张？自与孟昶不同。再者，让他行受降礼，先还得花几天教会他，受降时排场大，恐怕会吓着他，就免了他伏地献降表的礼仪。朕也有许多儿子，实在不忍心消遣明玉珍的儿子。"陶凯连忙称赞皇帝仁德。

明升到达京师后，一行人安置在客舍里。他将降表呈给明朝的皇帝后，不知明日生死，晚上难以安睡。皇帝收到降表，细细来看：

……乾坤正一统，知天命之有归；日月仰大明，抚华夷之无外。万方丕显，四海同欢。钦惟皇帝陛下，功轶禹汤，德侔尧舜。运乾元不息之妙，寰宇肃清；秉神武不杀之权，生民永赖。收豪杰于纷争之日，施仁义于垫溺①之时。景运维新，皇谟丕显。故无往而不克，无令而不从。

臣升僻处偏方，懵无学识。既靡窦融先机之智，又乏钱镠达事之宜，见同

① 垫溺：垫，陷沉，淹没；溺，没于水中。

井蛙，计穷穴兔。揣罪实由于己，启衅用匪其人。自揆愚蒙，冒干天讨。顾闭关之何益，遂开门以来降。迎拜道旁，窃效子婴之系颈；仰瞻天上，敢希孟昶之倾心。谨将军马钱粮府库及土地人民以献。……

皇帝看罢降表，心想夏国的翰林学士中也有文章之士，引史据典，颂德歌功，措辞极尽谦卑恭敬，掩不住君臣失国的凄惶，不由地有几分伤感。

次日，皇帝传明升一行人入宫。明升于奉天殿拜见皇帝，其母去坤宁宫拜见皇后。皇帝赐宴，参酌三国时吴国孙皓归降后，封为归命侯之例，诏封明升为归义侯，赐冠带衣服和大宅。皇帝认定夏国太尉吴友仁首发兵祸，拒不归降，诏命斩首。其余被俘将校，都迁徙到徐州屯田，归降的大部分降兵都并入军中。

至此，四川行省差不多都归于大明版图。皇帝再不愁修造中都和京城皇宫无名贵木料了。

诗谏

大明朝灭了小夏国，战事渐少，文治方兴。皇帝诏令工部修缮文庙，将古帝舜、禹、汤、文等供奉文庙和国子监中。早在这年二月，皇帝升宋濂为奉议大夫兼国子监司业。宋濂考察古礼，见皇帝钦定的祭祀文庙、国子监的典礼多不合古法，与国子监祭酒魏观、助教贝琼等议论古礼，常说后世谈古礼的人，都取法孔子，后世若不以古礼祭祀孔子，是为亵礼。

这日皇帝下朝后，信步来到奉天门外西鹰房，侍卫与长随太监跟在身后。皇帝早就听说高丽献来了海东青，就抽暇来看。鹰房里有一个大铁笼，里面装着两只鹰，都立在横梁上。皇帝与它对视一番，那鹰不示弱，直愣愣地盯着皇帝看，像在比谁的眼睛更锐利，更有杀气。驯鹰人的鞲臂上还立着一只大鹰，看起来很驯良。皇帝问道："这只鹰能捕野兽么？"驯鹰人道："这只鹰极善捕兔，是开平守将送来的，据说已经训了多年。"皇帝远远地看着，并不敢靠近。驯鹰人道："夏天宫外树上老鸹叫的烦人，臣将这鹰一放，好几天没有鸟来。"皇帝笑道："难怪今年夏天很清静，原来少了鸟噪。"他想写几句吟鹰的诗，却迟迟写不出来，对孙礼道："去宣宋濂、唐肃、宋思颜几个秀才一同来看鹰。"

宋濂等学士们都一同来了。皇帝问宋濂道："这鹰为何唤作海东青？"宋濂想了半天，在腹中搜寻典故，说不出缘由。皇帝笑道："世间学问，未必尽在书本里。"就来问驯鹰人。驯鹰人答道："启禀陛下，鹰品中最贵重的，辽人称之为'松罗昆'，华语译作'海东青'。纯白为上，白毛杂有其他毛色者为次，灰色者又次。辽国人最擅长用海东青，常用它捕捉天鹅。"皇帝道："原来是这个来历。"遂令驯鹰人放鹰捉兔。皇帝见那只鹰霎时就捉住一只兔子，驯鹰人接了猎物，鹰扑簌簌地落在他的鞲臂上。皇帝抚掌道："这海东青好生了得!"驯鹰人道："鹰眼看得远，宫里的草浅，兔子哪里藏得住!"皇帝笑道："朕用人也当用海东青这样的人!"驯鹰人道："陛下圣明。古人便说朝廷要善用鹰犬。"皇帝有些意外，看了驯鹰人一眼，问道："你可读过书？会写诗么？"驯鹰人道："臣不曾读书，也不会写诗。"皇帝转身来看诸学士，说道："诸位爱卿，今日看鹰捉兔子，不妨写几首诗来玩耍。王维写过'草枯鹰眼疾，雪尽马蹄轻'；杜工部写过'竦身思狡兔，侧目似愁胡'。诸爱卿都来写鹰，与古人比一比高下。"

宋濂以为皇帝召他来，是商量文庙和国子监祭祀孔子礼仪的事，谁知竟让他陪皇帝一同赏鹰。皇帝还与粗卑的驯鹰人谈起用人之道，觉得有损自己的身价，不敢直言，却想着做一首诗来规劝。他寻思片时，便说："臣已得了四句。"皇帝笑道："你且道来。"宋濂道："圣主停机务，闲来鸟兽房。当知天子乐，自古戒禽荒。"皇帝听了前面二句，还不知好坏，听了最后一句，不禁有了怒气，本是召这些秀才们来赏鹰，吟诗为乐，不过消闲片时而已。他们却不知好歹，将自己看成沉溺禽荒的人；宋濂相随自己多年，竟这般不能体察自己。皇帝冷笑两声，说道："朕偶尔看它一两眼，还不至于禽荒罢。"宋濂误以为皇帝有悔改之意，自己仿佛化身魏征，笑着劝诫说："陛下时时要防微杜渐呵。"宋思颜见皇帝不悦，体味着古人说的"忠言而善道之"的道理，不敢在诗中讽喻皇帝，便托年老思钝，作诗不出。

唐肃讨了一支笔，一张纸，点点画画，也凑了一首七言绝句。他寻思诗句时，不曾听见宋濂的诗，也不知皇帝说了甚么。皇帝见唐肃诗成，就说："你且吟来。"他得意地吟道："雪翮能追万里风，坐令狐兔草间空。"皇帝听了，脸上微有笑意，说道："这两句有些意思。"唐肃接着高声吟道："词臣不敢忘规谏，却忆当年魏郑公①。"皇帝骤然变了脸色，喝道："朕天天勤于政务，既不要女乐，也不住豪华宫室，一日三餐饭菜与百姓家没甚两样。朕偶然来鹰房看鹰，你们这一班学士们就做出这等诗来，是劝谏朕，还是讥笑朕？朕偶然看几回鹰，在你等心中便成了荒政的昏君不是!"宋濂见皇帝生气了，忙赔笑道："陛下，这几句歪诗也许不中听，却是为臣的忠心，有道是自古——"皇帝一挥衣袖，仿佛将宋濂未说完的话拂得破碎，他只得和着唾沫咽到喉咙下面去。皇帝转身便走，宋濂等人忙跟在后面。

转了几道墙，忽听到一声虎吼，宋濂与唐肃面面相觑，看着皇帝的背影，却不敢再说。皇帝转身说道："句容山里虎多，为害村里，猎人捕获了，县令送到京城来，官里在宫外租屋养着。"宋思颜忙跪在一旁，说道："臣有一句话，不知当不当说。"皇帝道："你说。"宋思颜道："陛下，句容老虎为害，既然捕获了，杀了最好，虎皮为陛下做一个褥子，冬夜驱寒最好，虎骨付与太医院，可以做药，以备不

---

① 魏郑公：魏征，字玄成，唐朝下曲阳人。唐太宗时拜谏议大夫，左光禄大夫，封郑国公，世人称魏郑公。其人以忠谏唐太宗而知名后世。

时之需。如今豢养在民居里，臣恐怕费官里的食料太多。"皇帝点点头，说道："你的主意好，你便与工部官说了，将老虎杀了，虎皮做成一张坐垫，给皇后送去。虎骨着太医做成膏药，泡制药酒。"宋思颜叩头道："陛下圣明。"

议礼

宋濂在大本堂为太子讲解《尚书》，太子见他神情不乐，课后就问："宋先生有甚么烦心的事？"宋濂叹息一声，迟疑半晌，才说："圣上去鹰房赏鹰，臣一时愚鲁，不合作了一首诗规劝，惹得圣上不高兴。"太子忙劝慰道："宋先生，想必是我爹一时之怒，过几天他便会想起先生的忠厚，请不要介怀。"宋濂感激地说："谢殿下。"太子又说："我总有一日会将鹰房和野兽房拆了，鹰犬全放走。我最不喜欢这些，闻到气味便不适，诗文书画自可娱情养性，玩那些禽兽作甚！"宋濂惊喜之极，嗟叹道："殿下说得好。东汉和帝的和熹邓皇后，在和帝崩后，迎立才百余天的刘隆为皇帝，尊她为太后。她临朝称制，便将上林苑的鹰犬全数放了。殿下这样的见识，与古代明君贤后一样，都是我皇明的福气呵！"这话说得太子很喜悦，说道："我才疏识浅，都是听宋先生讲解经史，略有领会。"

清晨，太子按例去华盖殿请安。皇帝更衣毕，正在看奏章，问道："儿呵，你近日读了甚么书？"太子恭敬地说："启禀父皇：近日儿臣跟着宋先生学《尚书》，揣摩三代帝王的事迹。"皇帝点头说："好。"提笔批复着案上的奏章，太子按例也将告退。可是太子却站着不动，轻声说："父皇，儿臣见过宋先生奉旨写的那首五绝，惹了父皇不高兴，儿臣本不当多说，只是宋先生一片忠良之心，恳请父皇明察。"皇帝抬头看儿子一眼，问道："他都告诉你了？"太子说："儿臣见他郁郁不乐，问了他，他才说惹怒父皇，愧悔莫及。"皇帝批阅着奏章，仍未抬头，说道："知道了。"太子又说："前几天，父皇下诏升翰林学士宋思颜做河南按察佥事，儿臣以为宋先生还是在京做官为好。"皇帝吃惊地看了太子一眼，说道："我有意让他去地方历练！他能监督我的言行，到提刑按察使司去做佥事，协助按察使振兴地方扬风纪，澄清吏治，如何不行？"太子道："正是。宋濂先生学高望重，儿臣觉得他做吏部尚书、礼部尚书都好，请父皇迁升他的职位。"皇帝抬起头说："宋濂是一个老秀才，天生一个教书先生，做国子监司业最好，你如何想让他做大官？"太子不服，说道："宋先生有宰相之才！"皇帝有点恼怒，喝道："你懂得甚么？"太子就不再说话了，缓缓地退出华盖殿。

早朝将毕，宋濂出班道："臣做了一篇《孔子庙堂议》，尚未定稿，定稿后呈陛下圣览。"皇帝道："你先简略说说。"宋濂道："臣想说的是，世上说礼，礼都取法孔子，后人却不以古礼祭祀孔子，便是亵礼，是为不敬哩。"皇帝道："你细细说与朕听。"宋濂道："古时候，先师的牌位都是东向。汉章帝巡幸东鲁，去祭祀孔子，章帝西向再拜。唐朝《开元礼》中说，先圣孔子的牌位东向，先师颜渊的牌位南向，献祭官西向行礼，还都是古意。如今袭用开元二十七年的礼制，移动神位南向，失去了神道尚右的规矩。"皇帝皱眉，心中迷惑，摸不清方向，便问道："礼部堂官陶凯先生，我们如今祭祀，可是南向的？"陶凯忙答道："是南向。"皇帝说道："宋爱卿，你再说下去。"宋濂道："古时用木牌做神主位，天子诸侯的太庙中，都有神主。《开元礼》中记载，先圣的神座设在堂上两楹之间。今沿用开元八年的旧制，捏泥土作成肖像，失了神灵英明之义。"皇帝说："捏土作为圣人的神主位，是朕的主见。朕少年时做和尚，寺里的金身佛、菩萨、金刚，都是泥做的，如何就做不得先圣孔子的神主位？"

宋濂道："陛下容禀：这便是古礼与俗礼之别了。古礼祭祀孔子，都用木牌作神主，不曾用泥土做肖像。非但不能用泥土，就连进入主祀的人也有讲究，不可乱入。《礼记》上说'凡始立学者，必释奠于先圣、先师。'所谓先师者，譬如汉朝时教授《礼》的有高堂生，教授《乐》的有制氏，教授《诗》的有毛公，教授《尚书》的有伏生等人。古时候的学者，非其师不学，非其学不祭。学校废了之后，天下学生都不知谁是他的师。孔子集君圣之大成，颜、曾、思、孟，实传孔子之道，尊孔子以为先圣、先师而通祀天下，自然合适。若那七十二弟子，只在国子监中祭祀，便与古礼不相悖。《开元礼》中载，国子监中祭祀先圣孔子，以颜子等七十二贤人配祀，各地州府只祭祀颜子。如今以言性恶的荀况，事奉王莽的扬雄，宗尚老、庄的王弼，不拘细行的贾逵，倡议缩短守丧时日的杜预，结党权势的马融，都厕列主祀中，臣不知那是一个甚么道理。"魏观站在班部丛中，不由叹服道："宋学士真个精于《礼》学，说得极是！"皇帝看见魏观面有讥讽之色，心中大为不悦。

这些人进入主祀的名录，其实是皇帝定的。明朝开国后，最初祭祀文庙，礼部曾来请示皇帝，除了孔、颜、曾、思、孟等先圣先师外，还要祭祀甚么人，皇帝不知，问唐朝时所祭为何人。礼部奏道，唐朝将七十二贤人配祀，另将荀况、扬雄、王弼、贾逵、杜预、马融等人都做主祀。皇帝不知古礼，礼部报来，他都同意了。经宋濂这么一说，皇帝虽不知合不合古法，但心中不大高兴，觉得失了天子的体面。宋濂不知皇帝的心思，仍发挥着为太子讲解经史的兴致，说道："古时候，做儿子的品德即使与圣人相当，也不能在父亲吃饭前先吃。禹不在鲧之先，汤不在契之先，文王、武王不在窎之先。颜回、曾参、孔伋，算是儿辈，像在堂上享用酒饭。颜路、曾点、孔鲤，像是父辈，却在廊庑间进餐，颠倒人伦，莫此为甚，臣不知道这是一个甚么道理。"群臣见忠厚的宋濂都不免语挟讥讽，有人笑了起来。这笑声让皇帝火上添油，却发作不得，暗中咬着牙。国子监祭酒魏观笑道："陛下，这些失礼之处，文庙修缮后，都宜改过来。"皇帝不作声。宋濂看皇帝一眼，以为皇帝在用心听他讲课，仍是娓娓道来："古时候，读书人见到老师，献菜为贽礼……"他引经据典，又说了许多道理。

皇帝心想自己定的许多礼仪，按古礼来说多为失礼，都得更改，自己全然是一个不知古礼的皇帝；又想起宋濂与太子说的话，太子如今只信他，不信自己这个做皇帝的爹爹，心中厌恶起来。又想将来太子做了皇帝，定会让宋濂做丞相，岂不是书生误国？更加担心起来，于是冷淡地问道："宋爱卿，你做国子司业也不止半年罢？"宋濂不知何意，说道："臣做司业已经八个月了。"皇帝道："既然恁久，祭祀先圣恁样重大的事体如何不早奏！如今修缮文庙，你才说起古礼。祭祀之礼改来改去，成何体统？"这一番话将宋濂镇住了。国子监助教贝琼道："臣在国子监中，也与宋学士讨论多日，宋学士事事以古礼为准，而不知古礼又取法何处？祭祀宜诚宜敬，凡事皆囿于古法，便是泥古。我要写一篇《释奠解》来反驳你。"皇帝便道："你说得好，你写你写，泥古便是迂腐，朕赞成你写。"

两日后，奉天门晚朝刚散，宋濂回到国子监，有内官来了，口称："宋濂接旨。"宋濂忙跪下，内官宣读圣旨，以宋濂议祭祀之礼，没有及时上奏，谪为安远县①知县。诏书来得太突然，宋濂全然没有预料。国子监祭酒魏观亦被谪，出为龙南县②知县，理由也是议礼不及时。

太子得知宋濂被贬，匆匆来见父亲，跪在华盖殿中，说道："父皇，宋先生老弱，不宜出迁。他博学多识，正教儿臣读《尚书》，作古文。"皇帝按住手中的书，忍住不发作，半晌才道："他与魏观议礼没有及时上奏，以致朝廷祭祀文庙时多处不合古法，父皇才贬谪了他，让他日后上疏勤快一些，办事不要拖延。朝中能写一手好古文的大有人在，父皇为你再延请一位便是。朕将出使吐蕃的翰林待制王祎召回来，他的先生是元朝的大儒柳贯和黄溍，文章作得极好，不逊于宋濂。你爹也能写古文，当年付与在外厮杀的武将们的手谕，多是我亲笔写的。他只是一个老秀才，全无做宰相的本事！"太子道："儿臣颇喜宋先生道德文章，父皇不如免了他的国子监司业，留在京城，不要出迁就是了。"皇帝道："圣旨已下，难道你要我收回来么？安远县在江西，与金陵不远，又不是蛮荒之地，那里正少一个知县，让他知道一些民间疾苦也好。"

太子无话，愣愣地站了一会。皇帝眼睛看着书，面皮阴刻。太子知道他含怒未发，叩首而出，到后宫来见母亲，哭着请母亲去求情。皇后道："你爹的脾气你娘知道，刚下的圣旨，一月半月是不会更改的。你爹早几天与娘说了，你将来想让宋先生做丞相，可是他全无地方历练的经验，不知民生艰难，哪里能一步就做到丞相？你爹想先让他去地方经历一番，便是这个意思。到了明年，娘为宋濂先生说说情，调他回京，你再跟着他读书就是了。"太子听了母亲和言细语的劝说，又觉得父亲事事都有他的道理。

---

① 安远县：今江西省安远县，在其南部。
② 龙南县：今江西省龙南县，在安远的西南。

第三十三章

陈御史直言谏皇帝　唐学士俗礼惹祸事

书付刘基

华高病死后两日，弘文馆致仕学士罗复仁在家乡病逝。皇帝不由胡思乱想：华高在四月初四日城堡修造完毕，刘伯温也是这一日回到旧家。如今华高意外病逝，不久罗复仁也死了。一武一文相继去世，像是上天刻意安排似的，不知刘伯温是死是活。罗复仁致仕还乡前，曾赐他玉带、袭衣、名马、铁柱杖、坐墩与饮食用具，还有几十两银子，刘伯温除了领取一些米外，差不多两袖清风还乡，越想越愧疚，也越想越心焦，生怕刘伯温近日病死，立即差中书省一个都事和一个检校去南田乡武阳村，探视诚意伯近况。

都事和检校从武阳村回到应天城。二人才迈进华盖殿，皇帝急切地问："诚意伯还在世么？"二人忙回答道："还在还在。"皇帝放心了，就徐徐地说："你且说说见闻。"二人跪拜毕，禀报说刘伯温在乡里每日无事，不是饮酒吟诗，便是读书作文；有时与村民弈棋，从不计较胜负。青田县令久闻刘老先生的大名，两次求见，都为刘基谢绝。皇帝忙问："为甚么不见？"都事说他也不知为何不愿相见。那知县不死心，不穿官服，大晴天却穿了一身蓑衣，戴着竹笠，不想让刘基远远认出来。那天刘基正在洗脚，见有老农来访，忙让刘琏请进家门。刘基穿了鞋，与客人对坐说话。刘基问道："请问先生从何而来，枉驾寒舍有甚事体？"那人站起来，脱了竹笠，跪拜道："在下姓胡名次山，在青田做个知县，久慕先生声名，为求一见，只得如此了。请诚意伯受小人三拜。"刘基变了脸色，说道："小民岂敢受长官跪拜，折杀刘基了，当不起，当不起。"他忙到书房去，关上门，不再相见。皇帝心想刘伯温如此谨小慎微，顾忌什么事哩？

刘伯温在武阳村鼾声如雷，正是奉天殿灯烛通明早朝时。唐肃策马赶到长安右门，神色慌慌张张。他原本天未亮就醒了，因贪睡片晌，再醒时已经天色大亮，忙穿衣戴冠，仓促赶朝。宫门当直亲军笑说："唐大人才来？皇上都临朝多时了。"唐肃闷声不响，一路奔跑，来到奉天殿前，喘息不已，心跳怔忡，半响才敢捱近门槛边，战战兢兢。两班文武百官都转头来看他。

皇帝端坐在御座上，两只眼直愣愣地盯着唐肃。唐肃进来，扑通跪下，说道："臣唐肃上朝来迟，向陛下请罪。"皇帝冷笑道："哦，原来是唐爱卿呵。你可是一个自称不敢忘规谏的词臣，早朝你姗姗来迟，如何能规谏朕哩？"唐肃叩头道："臣下回不敢误了早朝，请陛下恕罪。"皇帝道："今天你来迟，明天他来迟，让朕一人坐在这里等你们不是？"唐肃伏地不起，不敢再说话。皇帝道："免了翰林学士唐肃的官，到中都给武将们做一个文书罢，那里没有一日三朝，你想睡至几时便几时了。"唐肃原以为会下狱，却只是发付中都，意外欣幸，忙叩头谢恩。

皇帝贬了宋濂，免了唐肃，忽思刘基，好像有许多话要对他说。近来平了西蜀，刘伯温隐居乡中，未必及时知道。钦天监近月报来天象有异，皇帝有些心虚，不知自己哪些地方失德失政。这日中午，天气有些热，宫女在旁不停地为皇帝打扇。皇帝睡了片时，就坐起来，捉笔展纸，为刘基写一封信。

刘伯温山居，八月间不知炎热，日间就在桐树下弈棋，晚上只消一把蒲扇就能带来一夜的安睡。他想这样清静地消遣日子，京城的客人尽量少来荒村。谁知京城里还是来了两名使者，见了刘伯温，纳头便拜。伯温忙扶来客起来，说道："使不得，使不得。皇上差遣的使者，小民如何敢当大礼。"延入家中，看座上茶。使者捧出皇帝的手谕。刘伯温洗了手，在堂前焚香，才细心打开来看：

皇帝手书付诚意伯刘基：

　　近西蜀悉平，称名者尽俘于京师。我之疆宇，比之中国前王所统之地不少也。奈何故元以宽而失，朕收平中国，非猛不可。然歹人恶严法，喜宽容。谤骂国家，煽惑是非，莫能治也。

　　今天象叠见，且天鸣已及八载，日中黑子又见三年。今秋天鸣震动，日中黑子，或二或三或一，日日见之，更不知灾祸自何年月起也。卿居山中，或有深知历数者，知休咎者，与之共论凶吉。前者，舍人捧表至京，忘问卿安否。今差克期往卿住所，为天象事。

　　卿年高，家处万峰之中，必有真乐。使者往而回，勿赍以物，茶饭发还。

洪武四年八月十三日

刘伯温看毕，知道是皇帝亲笔的口气，感激莫名，在使者面前向北跪下，叩头三响，口中道："老臣风烛余年，上位还记得，惭愧惭愧呵。"晚上，刘伯温在烛下为皇帝回信，许多话已经说了一次，还想再说，思如泉涌，洋洋数千言，如"人于霜雪之后，皆有望春之情。矫枉过正不宜过久，久则民不堪其忧。日中数见黑子，此天象之常，如人面有痣，不足虑也。陛下当以宽政仁治，以舒天心"云云。他想自己反复劝阻皇帝，皇帝未必接受，但此言如刺在喉，不吐不快。

十几天前，刘伯温就得知大军平了西蜀，皇帝在信中又言及此事，自己作一篇《平西蜀颂》免不了。伯温成稿后，修改再三，搁笔之时，天已经微亮，闻见远村鸡鸣。刘伯温请夫人用粗茶淡饭招待使者。家中藏有一坛老酒，想款待使者有些舍不得，恰好圣旨里说了"茶饭发还"，正好替自己省酒。刘伯温将一信一颂交给使者，不送一件乡中土物。刘伯温道："皇上定等着臣的回音，老夫也不便久留二位天使了。"使者吃了中饭，喝一碗茶，拜别了刘伯温。

直谏

奉天殿早朝毕，皇帝来到文华殿，进入东阁，脱去折上巾，靠在楠木椅上，看翰林院学士起草的诰命文字。宫女解开他的发髻，为他栉发。胡政来报："陛下，御史中丞陈宁、侍御史商暠前来奏事。"皇帝道："我披头散发，如何好见大臣，让他们在殿外稍候。"

却说陈宁做了太仓市舶提举，不受当地百姓一文钱，不吃海外商贾和朝贡使者一顿饭，在当地有清廉之名。市舶提举司向来是一个肥差，好人进去变坏人，瘦子进去吃成胖子，清官进去被引诱成贪官。皇帝有意试陈宁几年，若他有一件贪墨之事，就斩了他，谁知他到任后清廉近于苛刻。胡惟庸做了左丞后，就向皇帝推荐陈宁，说他性情刚正，嫉恶如仇，才德兼具。自从诚意伯刘伯温辞了御史中丞一职，去做弘文馆学士，此职一直空缺，陈宁可以胜任。皇帝于是下诏调陈宁回京，令他做御史中丞。

皇帝栉了发，戴上冠，整理衣裳，才从容步出东阁，坐到御座上。陈宁进殿，叩头毕，奏道："陛下容禀：臣有几件事不便在朝上说，因此早朝散后，臣求见陛下，乞请陛下恕臣唐突之罪。"皇帝笑道："朕让你在外历练，如今果然有长进，你说来听听。"陈宁道："臣以为如今刑罚过于宽松，陛下赏罚过于随意……"皇帝打断他的话，说道："朕倒是头一回听你说刑法宽松，刘伯温还说朕治国太猛了哩。陈爱卿道是朕的赏罚过于随意，说来听听。"陈宁道："臣听说近日刑部犯人有叫王升的，在京城做买卖，因故与人争执，将人打伤，关在刑部狱中。他给在平凉做知县的儿子写一封家书，劝儿子熟读《律令》，严守法度，又托儿子方便时买附子二三枚，川椒一二斤，都要经税后寄来。陛下得知了，以为这个罪犯身在囚中，尚能如此教子，良心未泯，罪若不大，就让刑部放了他，还赏白金十两，这可比赏赐征战的兵士还多。臣以为不是不可赏，也不是不可赦。赏不宜过重，赦也不宜全免，免得他人有侥幸之心。"皇帝说道："王升虽有罪，但不是人命案子，身在牢中，还能恁般教子，理当从宽。这件事刑部已经发落了，爱卿何必多话！"

陈宁见皇帝语气委婉，似有悔意，接着谈论刑法轻重之事，说道："臣以为当今用刑宜重，法宜严，让天下人都惧刑畏法才是。为官为吏的人要处处明察，以防层层奸诈乱法。刑重则人不敢轻犯，吏察而下无隐情。"皇帝道："陈爱卿这个意思是好的，是为朝廷社稷安危计较，但细想起来，却有不相宜的地方。你且想一想，法若太重了，刑罚必会太滥，官吏太明察，处理政事便会太苛刻。百姓在苛政之下，犯法的人唯恐会越来越多；做官的人处处钩索下情，反而会滋生虚假的事。你看那石头山并不险峻，草木才茂盛哩；水里若金多铁多，水不是不清，却不养鱼。古人立法呵，置刑呵，是来防恶卫善的。上古唐虞的时候，君主轻刑，百姓不犯法；秦朝种种酷刑都用着了，监牢里的人多得像集市，反而让天下人都想反叛。始皇帝的子孙，享国有多少年？因此，法要正，刑要平，做官的要公要明要勤，但却不要太察，太苛。朕听说过唐太宗那时节平刑缓狱，天下的老百姓都心服。岂有用商鞅和韩非子那般苛法，却可以致取尧、舜之治的？"

陈宁觉得皇帝的话句句在理，但观其近年作为却是言行不一，还想争执几句，却见皇帝低头在批复奏本，并无心思与他们细论。陈宁看了看商暠，商暠向门外使一个眼色，二人正要起身出宫。皇帝低着头，边看文书边说："你们少留。朕正在看翰林院学士们起草的武臣诰，你们且听那文章套语'佐朕武功，遂宁天下'，朕总觉得这两句话太大了，不甚平实，天下还未曾安宁下来。二位爱卿想得出好句子么？"陈宁不假思索地说："臣以为，这两句套语改为'辅朕戎行，克奋忠勇'便可。"

"辅朕戎行，克奋忠勇。"皇帝嘀咕着，揣摩着这两句，点点头，说道："改得好，原话太过了。相传尧、舜还怕博施，大禹也不敢骄傲自满。朕如何敢用那般夸大的话。自今以后，各有司官吏行文措辞，都要平实，不要太夸张失当才是。"商暠不失时机称赏道："陛下真是圣明。"皇帝笑道："圣明不圣明的，朕不过还没有糊涂到自欺罢了。当年朕渡江后，陈爱卿住在集庆一个元帅家，教几个武将的弟子，代军帅上书言事。我当时看了，便称道你的文章好，召你试写讨元朝的檄文。你下笔词意雄伟，就让你做了行省掾吏。如今看来，没有埋没你的才干。"陈宁道："臣向来感激陛下知遇之恩。"

二人辞别时，皇帝道："胡丞相奏报，想在乡里设置粮长，朕一时也不知利弊如何，你们回去想一想，到时都来议一议。"二人答应着。皇帝又问道："刘伯温因病致仕还乡，从此不能回京城来做官，可朕还想起复他。陈爱卿，你意下如何？"陈宁脱口道："陛下圣明。刘伯温这等奇才，断断不能放他闲着！"皇帝有些意外，问道："他当年可是无端斥责你一番，你竟然不恨他么？"陈宁淡然一笑道："大丈夫以国事为重，岂以私人恩怨为意！"皇帝拍案道："好一个陈宁！"他笑了笑，挥挥手，示意二人退出。

陈宁迟疑片时，忍不住说："陛下，臣心里还有一句实话想说。"皇帝道："说！"陈宁道："我本想与陛下探讨刑罚轻重得失，可陛下的心思全在武臣诰的文字上，竟向我这个御史中丞问起文章的末道来。"皇帝有些吃惊，直视着陈宁，问道："还有话说么？"陈宁道："依臣之见，这哪是陛下要操心的，差翰林学士去改便是了。"皇帝信口问道："差哪一个翰林学士去改？"陈宁道："宋濂、唐肃都能改。"皇帝听出言外之意，淡然地说道："知道了，你们退下罢。"二人出了宫，商暠道："老陈，你端的胆大，这些话都敢与皇帝说。"陈宁瞥他一眼，冷笑道："不与皇帝说实话，尽说谀言与假话么？"

俗礼

十一月底，皇帝令郭英、郭兴等监修中都宫殿的大将数十人回京城来，过了年再去。皇帝在武楼召见从中都回来的武将，听他们介绍工地上的情形。几日前，早有人向皇帝禀报了中都营建的进程，与郭英、郭兴等人说的差不多。皇帝听了武将的奏报，劝勉监工诸将一番，突然唤道："郭四。"

郭英忙应答道："臣在。"皇帝慢悠悠地说："朕时常想的是保天下，你想的是保着自身与自家么？"郭英不知皇帝之意，忙说："臣天性很愚鲁，也时常念着这事。"皇帝问："这事是甚么事？"郭英答："是是……是保天下的事。"皇帝见他答非所问，便道："你不知道朕问你甚么事。朕说与你知道，朕命军士们去临濠造宫殿，你等又唤他们到你家中做事，这岂是保全自身与自家的道理？"

郭英想起在临濠监工时，曾调来十几个手脚伶俐的军士，在家中侍奉左右，这事皇上如何知道，一时不知所措，忙跪拜顿首请罪，"臣知罪了，再也不敢了。"皇帝道："起来罢，朕不会加罪于你。你可要时常动些心思，朕与你等虽有君臣之别，其实情同父子。一个儿子被责，其他做儿子的知道怕了，恁的才可以保家呵。"皇帝说这一番话不要紧，其他监工的武将吓得不轻，半晌无人说话。皇帝看见诸将惶恐不安，又说："中都造宫室，都是千年的大计，不可草率。你等在那里劳作将近一年，也辛苦了，朕备了些酒饭，你们开怀来吃。"

席间，皇帝满脸是笑，劝酒，劝菜，武将们才渐渐开怀畅饮起来。皇帝说："你们在京城安心过年，明年再去为朕监工中都。朕迁都时，都要赏赐你们这些有功之臣。"郭英道："谢陛下圣恩。"皇帝问道："朕将那个失朝的唐肃发付中都，你可认识他？"郭英道："臣知道，他在中都替臣等起草文书，早起晚睡，无事时便看书。"皇帝问道："他可曾有怨言么？"郭英答道："臣不曾听闻。"

皇帝心想他只是写了一首劝谏诗，自己一时不快，就免了他的官，文武百官想必在心里笑话自己气量短小。早一向那个陈宁竟然将他与宋濂并称，可见唐肃是一个才学深厚的人。皇帝立即传话与胡政，令翰林学士前来承旨草诏，差遣使者去中都将唐肃召回，仍在翰林院做学士。

几日后，唐肃奉旨回京，立即进宫谢恩。他跪在华盖殿中，一副诚惶诚恐的模样。皇帝有些过意不去，关切地问："唐爱卿，你瘦了，面皮也焦黄了，在中都想必不安身罢？"唐肃道："臣在中都为了不失职，与监工的武臣们同吃同住，日晒夜露，面皮便黑了。那里的饮食自不能与京城相比，人因此也瘦了些。"皇帝笑问："你来日还会不会向朕进谏？"唐肃迟疑半时，才说："忠言宜善道之。"皇帝道："你的意思是说，若朕不听，你便不再多话了？"唐肃道："若陛下听不进，臣反复劝说，反而让陛下不快，因此臣想，不敢不谏，也不敢强谏。"皇帝道："你要做魏征才是，莫怕朕做不得唐太宗！"唐肃道："陛下圣明。"皇帝道："你在中都辛苦了，就陪朕在宫里吃一顿酒饭罢。"唐肃道："谢陛下。"

皇帝食毕，在御座上喝茶。唐肃有了几分酒兴，想与皇帝套些亲近，口中嚼着饭菜，右手执着筷子，向皇帝拱手，含混地说："谢陛下酒饭。"皇帝愣了一下，就变了面皮，大声问："这是甚么礼节？"唐肃并未介意，随口道："这是臣乡间的俗礼。"皇帝道："俗礼是寻常人间的礼，岂可用于天子！"心想唐肃莫不是怀恨在心，要羞辱自己，顺手将茶泼在唐肃的衣裳上，用力砸碎茶杯，啪的一声响亮。皇帝喝道："来人哪，将唐肃这厮捆绑了！"唐肃目瞪口呆，吓得半死，一口饭菜不敢咽，也不敢吐，将许多解释的话语都堵塞在喉咙里。两名大汉应声而来，一人将唐肃反剪了，另一人取了一条大绳，将唐肃捆个结实。唐肃面色苍白，双腿一软，张嘴叫痛，饭菜从口中掉在地面。他一脚踩在饭菜上，哗地跌倒在地，顺势跪地求饶道："陛下恕罪呵，臣不敢冒犯天威呵！臣酒喝多了呵。"皇帝冷笑道："你自量读了几天书，得意忘形，朕召你回京，你便在朕面前恁地放肆无礼，全无君臣之分。朕不会杀你，将你捆绑了，拴着你回老家越州山阴去，从此不消在中都日晒夜露了。"

唐肃得知不死，伏在地面，半晌才说"谢……谢陛下隆恩"。话才说完，他张口哇的一声，将腹中的酒饭全呕吐出来。皇帝指了指宫外，两条大汉会意，左右提着他出宫，扔在午门外。吏部两个差役即日将他送往山阴。

山阴道上

山阴城外，山间草木葱茏，烟云清淡，果然尚存几分晋人顾恺之所谓"千岩竞秀，万壑争流"的佳色。两个差役是粗汉，不知观赏，闷头走在前面，唐肃走在后面。他身上捆绑着几道麻绳，还引出一道六七尺长的绳索，攥在一个差役手中，如牵着一只牲口。

唐肃一路上顾盼山光水色，还沉吟着诗句，酒瘾却被前面疏林里一面酒旗招惹了。唐肃唤道："两位班头哥哥，不才实在走不动了，脚软口渴，身上还有几文钱，在店里买碗酒喝。"一个差役道："天色还早，再走一程罢。"唐肃道："上下，小的实在走不动了，也请你们喝一碗山阴黄酒，味儿沁甜的哩。"这话说得差役们口中湿润，却说："替你解绑还要捆上，也恁麻烦，到了下处你再请我们吃酒罢。"唐肃道："不消解开绳索，店中酒博士将酒放桌上，我自家衔杯，便可吃了。钱在我背上褡裢里，请上下自取便是。"另一个差役从褡裢里摸出十几文洪武通宝，买了三碗黄酒，将一碗搁在桌边，唐肃将嘴凑上去，衔着碗边，吧嗒地饮着。

旁边桌上坐着几个衣衫华贵的人，其间一人注目唐肃好久，见他吃酒的可怜模样，便上前拱手道："敢问先生高姓大名？"唐肃苦笑道："说出来被家乡人笑煞了，在下山阴唐肃。"那人惊问："莫不是翰林学士唐肃先生？"唐肃道："从前做过几天翰林，敢问先生高姓大名。"那人道："在下陈宗进，也是山阴县人，在外做转运买卖，正往金陵去，不期与唐先生在道上相遇。冒失动问一句，先生不戴枷，却被捆绑着，不知犯了《大明律》哪一条罪名。"唐肃见差役在旁，使一个眼色，却说："休要提起，都是罪人的过失。"

陈宗进愈加好奇，问道："不知先生认识吴伯宗么？"唐肃笑道："如何不识首科状元郎。"陈宗进说声"少陪"，就来到两位差役面前，一人手上塞一锭银子，说道："劳烦两位大人暂将唐肃先生松绑，在下想请这位同乡吃酒。"差役掂量着这锭银子，少说也有五两，就勉强答应了。陈宗进点了几道菜，要一壶酒，请唐肃吃，又在另一桌给两个差役点了几道菜。唐肃低声说了此次回乡的经历，陈宗进听了感叹不已，问道："先生如何拿着筷子向皇帝拱手？"唐肃说："都怪老朽贪喝了两杯酒，一时发了昏，见皇上赐酒饭，席间还与我有说有笑，便将皇上当成故人，仿佛重修旧好，一时忘了形，就拿着筷子行了答谢礼。哪知龙颜震怒，唬得老朽肝胆俱碎，当日的酒饭全呕吐出来了，至今还夜夜做噩梦哩。"唐肃叹息着，眼泪与鼻涕齐流，在下颌汇聚，都滴沥在碗里的残酒中。他端起酒碗，仰头饮尽，陈宗进又给他斟满一杯，问道："请问吴伯宗在朝中行迹如何？在下与他也曾相识。"唐肃扯着衣袖，擦拭眼泪，说道："如今想必是他得意的时节。宫中一切应制诗文楹联，皇帝便令吴状元写，他又快又好，往往能称圣意。"陈宗进道："常言道伴君如伴虎，但得吴兄善始又能善终，不负十年寒窗读出来的富贵荣华。"唐肃听了只是笑。陈宗进说："不才曾请他去做商人，他不愿意，看来还是做状元好，虽然清苦些，却能心满意足。"唐肃道："老夫没有这一番经历，以为读书人先中状元，再做翰林，是极好的际遇了。如今方知做商人才是天下第一等潇洒人物，可谁能理会得哩。"二人说得投缘，两个差役见天不早，过来催促上路。陈宗进才站起来，唤仆人拿出一封锦缎包的银子相赠，足有五十两。唐肃坚辞不受，陈宗进硬塞在他的褡裢里，说道："我们路上背着嫌重哩。先生清贫还乡，应急时或用得着，请赏赐陈某薄面，不必推让了。"唐肃才受了银子，反复道谢。上路前，差役又将唐肃捆绑好，牵着上了路。陈宗进站在店外，目视许久，才与同行数人策马而去。

据陈宗进后来在同乡那里得知，唐肃回家后，深居不出，皇帝再也没有召他回京。几年后，他就病死了，家人正愁无钱安葬，在他的书箱里翻出一只锦缎包封，里面还剩下二十多两银子。

陈宗进到应天城后，忙着在城中收购江宁县的棉花和丝绸。棉花都囤积在秦淮河边一家木板仓库里。到了年末，陈宗进将事务打理完毕，清闲无事，午后独自来状元府，轻叩铜兽门环。开门者是仆人莫攀龙。他见了陈宗进，却像不认识，冷淡地问："相公寻谁？"陈宗进笑道："小莫，就不认得我了？我前来拜会状元郎。"说时，双手奉上名帖。莫攀龙接了名帖，却说："我家主人外出会友了，等他回来，小的便告诉他。"陈宗进说："今日不巧，那明日晚上来拜。"次日晚上，城中灯火初上，陈宗进又来状元府求见吴伯宗。莫攀龙说主人访客酒醉，早早睡了。

天微微亮时，状元府开了一道门，有人先提着灯笼出来，站在一旁，一辆马车徐徐驶出。状元街边早停着一辆马车，此时跟了上来。后面的车内有一人唤道："吴兄，吴兄，新年拜节了。"前面的马车内一人侧目而视，淡然地说："陈兄，如何大清早便遇着你？"陈宗进笑道："只因见状元郎一面不易，今晚兄若有闲，请兄来秦淮河边绮香楼小饮。"吴伯宗道："今晚弟已有约。"陈宗进笑道："莫不是托词？"吴伯宗道："非也。弟要赶朝，不能与兄久话了。"说着就放下车帷。陈宗进呵呵一笑，令车夫停了车，笑说："如今做官不易呵，年末也不能安生。"

几日后，散了晚朝，吴伯宗与郭翀、吴公达、杨自立、赵旅等进士们，在秦淮河边的鹤鸣楼宴饮。众人开怀谈笑的时候，忽见河边杨柳掩映之外，火光冲天。楼下有人大呼："失火了！失火了！"只见河边街坊间军民人等，都杂沓赶去救火。约莫半个时辰，火渐扑灭。吴伯宗等人去桥上看，才知河边一处看守仓库的老苍头，用火烛照明，不小心烧了满仓的棉花。一艘画舫靠近岸边，船舷上伏着两个全身湿濡濡的人。吴伯宗听人说，二人都是仓库棉花的货主，日间交割了三百两银子，因这一场火，折了本钱，还欠着他人一百多两银子，绝望时便投水自尽，被游船船主救起。几个游客将二人扶上岸。二人呼天抢地，嚷着"不活了，没脸回家"，仍挣扎着要赴水。

岸边来了一人，一边说"借光借光"，一边拨开众人，来到画舫边，拱手道："生死事大，钱财事小。二位主顾，你们的货未上船，还算我的货。货烧了，银子还在我这里，都归还你们。你们小本经营，才做这一回大买卖，便遇祝融之灾，若坏了大本钱，如何为生？休要寻短见了！"二人听了，怔怔然看着来人。来人左右挽着二人说："请二位到鹤鸣楼吃酒压惊，顺便向店家借火烤了衣裳。六百两银子今晚就归还你们。"

二人忙跪下叩头，说是再生父母。吴伯宗借着画舫灯笼的微光，看见那人竟是陈宗进。

出使

晚膳后，太子来华盖殿见皇帝，问起唐肃先生为何遣送还乡了。皇帝不便说实话，只说："他狂悖无礼，朕将他放还山阴了。"太子问道："儿臣敢问父皇，他是如何狂悖无理？"

皇帝瞪太子一眼，一时还不好搪塞。太子知道父亲或许又逞一时意气，将唐肃打发走了，就婉劝道："父皇，王祎先生曾与儿臣论史，曾说为君者当忠厚以存心，宽大以为政，取法天道，顺应人心。雷霆霜雪，可暂用一时，不可常用"。皇帝听了，觉得与刘伯温的话有几分相近，十分刺耳，好像朝臣都认为自己为政太猛。皇帝又觉得这话不像是王祎在劝太子，而是说与自己听。似乎自己在王祎眼中，就是一个不忠厚、为人苛刻、逆天道背人心的皇帝，常使雷霆霜雪一般的性子。他不敢当面说与自己听，就说与太子听，让太子转达自己。皇帝越想越觉得有理，心里极不痛快，说道："王祎是一个书呆子，只会空谈。朕本来令他替代宋濂去大本堂教你们读经史。因他太迂腐，就不曾选他。"太子说："父皇，王先生的才学与宋先生一样好，儿臣多次向他请教经史。王先生都说仁义为治国之本，他哪里是迂腐的人哩。"

皇帝不想与太子争辩，心里却在想，自己不用王祎，若太子将来登基做皇帝，必将重用王祎。太子天性柔顺，王祎又常教他仁义道德，太子如何能约束那些如狼似虎的功臣们，早晚会守不住江山，心中很是忧虑。

早朝无大事，奉天殿中灯烛辉煌，皇帝与文武百官同观中书省新绘的大明疆域图。皇帝指点形势道："去年将士们平了四川行省，元朝在中原已无尺寸之地，可云南还是元朝的土地呵。"早在元世祖时，世祖皇帝封第五子忽哥赤为云南王，忽哥赤死后，又封他的孙子为梁王。至正年间，梁王的儿子把匝剌瓦尔密又嗣了王位，镇守云南。大明军破了大都，元帝北走，梁王把匝剌瓦尔密还独据西南一方。去年底，徐达捉了他们的使者，那使者说梁王每年都遣使者到塞外，依旧向北元皇帝执大臣的礼节。

汤和出班请战道："请陛下差臣去平云南。"皇帝道："云南路远，出兵不易，若能劝降最好不过。"汤和道："臣愿领十万大军，去城下劝降把匝剌瓦尔密。"皇帝看都不看汤和一眼，却看着班部丛中翰林院待制王祎，说道："王子充与宋景濂，都是浙东两大名儒。若论学问之博，王祎不如宋濂；若论才思之雄，宋濂又不如王祎。"王祎不知皇帝为何夸赞自己，虚应道："陛下过誉了。"皇帝说："朕看云南太远，不想动兵，便烦王学士去云南走一遭，说说天朝的威仪与仁德，王爱卿意下如何？"

王祎十分意外，似乎也揣测到皇帝的意图。前年，王祎曾与朝臣闲谈时说圣朝要行仁义，除猛政，少些雷霆霜雪，多些和风细雨。有人将他的话告诉了皇帝。皇帝很不高兴，正赶上差人去招降吐蕃，就令王祎前去。王祎并未推辞，给家眷安排好身后事，就上路了。他到了陕西行省的兰州城，为战乱所阻，未能进入吐蕃地面，在西北停留大半年。后来皇帝过意不去，将他召还。王祎知道此次去云南比去吐蕃更险恶，不是寻常出使，而是严遣。皇帝以为他会托辞年迈体弱，谁知他却豪壮地说："臣足力尚健，去得了兰州，便能去云南！"胡惟庸不忍心王祎远入云南，出班道："启禀陛下，王学士才从西北归来，身体疲乏，如今又身兼太子教授一职。臣推荐一人出使云南。"皇帝问道："胡爱卿，你推荐谁？"胡惟庸道："新科状元郎吴伯宗，相貌好，文章好，字好，言谈也好，四好才子。差他去云南，凭三寸舌，为陛下取七十城，定能成功。"皇帝看着宫门外，说道："宣状元郎进殿。"吴伯宗是礼部员外郎，从五品的官，还不能入殿参与朝会，平时都站在丹陛上。太监声传吴伯宗，伯宗进入奉天殿。皇帝问道："状元郎，胡相公举荐你去云南，你意下如何？"吴伯宗稍加思忖，才说："臣愿领陛下差遣。"皇帝笑了笑，说道："新年来了，宫中还有些文章制作，需要状元郎的笔墨，这一回差使便免了，还是烦王学士去。"王祎低语道："臣去是去得，只怕……"皇帝问道："你怕甚么？"王祎已经估算到此行的结果，索性明白地说："臣只怕这一去，便再也见不着陛下了。"皇帝见王祎看到了后事，仍哄他道："不消怕。去年我们逼降了明升，云南虽远，等来年我大明军一到，早晚必平云南，梁王不敢不想后路，不会将你怎地，休怕，休怕。"王祎摇摇头，以示自己并未被皇帝哄了，说道："梁王不比明升，臣不怕死，死不足惜呵。"皇帝笑道："此去虽有几千里，但半年间可以往返。说来又巧了，北平守军捉了云南梁王的一个使者，已送到京城，名叫苏成，差他带着你去云南，朕恭候佳音。"王祎心里有些悲凉，知道此去可能难归，却淡然地说："臣领旨。"

早朝散后，吴伯宗回到礼部，怔怔地坐了许久，心想如果皇帝听了胡惟庸的话，自己这个状元郎立即成了一介使者，能否活着回来亦未可知，祸福全在皇帝一念之间，不免有些后怕；又想起那天冷遇陈宗进的情形，不免惭愧起来。

第三十四章

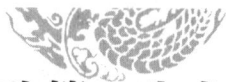

陈御史纠群僚改籍　朱皇帝念早日抱孙

迁高丽

洪武五年元宵节，皇帝令工部在宫中御花园里做了一个灯会，大大小小有二三十盏灯，当门是一座大鳌山灯。皇帝令文武百官五品以上以及陈理与明升等人来宫中赏灯。群臣中没有王祎，他在初九日，与苏成一行数人，赍着皇帝诏书，取道去云南了。皇帝赏灯时忽有诗兴，一时却做不出诗，唤来状元郎吴伯宗，说道："命你做一首诗把我。胡政，纸笔伺候！"

才过一会儿，胡政就捧来吴伯宗诗稿，皇帝心想状元郎的才思真快，看后暗自叹服，诗颇有盛唐气象，于是高声吟道："黄道天晴拥佩珂，金陵王气肃然多。江吞彭蠡来三蜀，地接昆仑带九河。凤阙晓霞红散绮，龙池春水绿生波。华夷正值升平运，端拱无为保太和。"群臣中有人大呼："陛下好诗！"皇帝笑而不语。有人皱眉，觉得这首诗不太合皇帝身份，气格像是唐诗，不是皇帝平时的诗风，莫不是他人所拟。也有人不信皇帝仓促之间，能即兴作出这样的诗，睨视旁边状元郎吴伯宗一眼。吴伯宗离开御花园时，太监左禄追上来，悄悄送他一个红包封，说道："莫声张，这是皇帝赏赐你的五两银子。"

陈宁早知皇帝将唐肃贬职为民，见着皇帝兴致颇高，问道："据说陛下已将唐肃从中都召回京城，如何一直不见他来赏灯？"皇帝说道："他为人轻狂，朕赐他还乡了。"陈宁问道："不知他如何轻狂？"皇帝瞪陈宁一眼，说道："你这个御史，事事都要问个明白么？"陈宁无趣，转身离开了。皇帝见陈理、明升二人同行，窃窃私语，心中疑惑，前去问他们在京城饮食居住安好否，是否读书。陈理恭敬地答道："臣在家中请了先生，教臣读《四书》。"皇帝问："明升，你读过《四书》么？"明升说："臣在蜀中时，已经读过了《四书》。"皇帝问："那如今还读甚么书？"明升道："现在读司马温公的《资治通鉴》。"皇帝心中纳闷，明升去年失了国，做不成皇帝，还读此书做甚？莫不是还想复国不成？却说："读史可以兴亡得失呵。先生是谁？"明升道："是臣的旧属赵先生。"皇帝此前听中书省经历说，二人在家中说话时常有怨言，或许就是先生们教的。如果来年他们二人真的惹自己生气，说不定一怒之下会杀了他们，以绝后患。可皇帝又想，他们都是归降之人，府中除了朝廷安排的几名亲军外，再无兵马，无兵马自然反不起来。但湖广以及蜀中之人，知道他们在京城，说不定以他们的名义起事，也未可知。万一哪天疏于看护，二人潜出京城，岂不埋下祸根？

灯会散后，皇帝召汪广洋、胡惟庸、陈宁等人来议陈理、明升之事。陈宁故作反语道："陛下这般忧虑，何不寻他们一个不是，赐死便是了！"胡惟庸一时没有听出陈宁的疯话，忙说："他们都是归降的人，理当厚待，不如迁到中都去，着人暗中看守便是！"皇帝说："陈爱卿太狠，胡爱卿太缓，都不是好主见。有人说陈理心中有隐情，明升还想做皇帝。依朕看他们都年少，言语上的过失不必加罪。朕倒是担心他被身边的小人蛊惑，不能保住富贵始终。但他们长大后，真个有不臣之心，惹来杀身之祸，朕也委实不忍杀他们。"陈宁笑道："陛下不喜欢唐肃，便将他放还家乡，何不也将陈理、明升也放还家乡去。"

胡惟庸知道陈宁在戏言。皇帝却有些恼火，说道："这如何能一般看待？"汪广洋道："臣倒有一个主意，何不将他们迁徙到高丽松都去，送些金银财宝给他们，保他们衣食无忧便是了。令那高丽国王给他们选两处宅子，饮食衣裳的用度，礼部年年供给。那里清静，民风淳朴，与中国又远，想必可以全身远祸了。"皇帝道："还是左丞相的主见好，与朕的心思相合。"众人见皇帝认可，都附议汪广洋。

众人告辞时，皇帝留下汪广洋和胡惟庸，说道："前年，朕让那个岳州知府蒋思德做户部尚书，也不太称意。新年里朕说要办一个元宵灯会，问他做多少只灯，开销多少银子为好。他说做一百零八盏，每盏五两银子，树上挂些小宫灯，还做一座大鳌山灯，备些酒茶和瓜果，约莫开销一千两银子。朕便知他不会体恤民生，做三十六盏灯便是了，花四百两银子就行，哪要用上千两银子。如今只花了三百六十九两银子就办好了，朕还是想让他去做知府，户部再换一个尚书，与你们二位商量。"汪广洋有些为难，去年户部就换了李廷桂、蒋思德、秦文绎、杨训文、宋冕、徐本、海渊七名尚书，不知皇帝选谁才能称意，就说："容臣再去甄选。"

元宵节后，陈理、明升都在各自的府中读书写字，等着二月间天晴了，想到郊外踏青。皇帝却下了一道诏书，迁陈理、明升两家人去高丽。二人十分惊慌，忙托人进宫，请求皇帝准许他们在京城居住。皇帝差人回复说，不是京城不留他们，只是京城人多嘴杂，对他们不利，迁到远方可以避免是非，终生安享太平，是为着你们好。你们从武昌和成都带来的金银、美玉、锦织器物以及妻妾和名马，都准许带到高丽去，沿路不得扣留。皇帝令礼部赠他们许多金银和锦缎，遣元朝宦官延达麻失里以及明朝内侍孙向等人，领着几十名亲军，一路相送，还送彩缎纱罗四十八匹给高丽王。二月初，陈理与明升两家男女共二十七人，几百亲军护送着，带了金银珠宝等物品，在城北渡口上了船，涉海去高丽。陈理、明升离京时很依恋，他们不知何时才能回来，登船前哭哭啼啼，几个旧臣都来相劝。

明升到了高丽，高丽恭愍王来接见他。明升拿出明朝翰林学士笔录皇帝说的话，呈与国王：

> 钦奉圣旨：那海东高丽国王那里，自前年为做立石碑祭祀山川，飞报各处捷音及送法服，使者重叠，正好生被暑热来为那般？我想着限山隔海，天造地设生成的国土，那里的王们有仁政，管抚得好时，天地也喜。我这里勤勤的使臣来呵，为哪般上头，我一年光景不曾教人去。于今令中书省收拾纱罗缎子四十八匹，差元朝旧日老院使送去，选海船一只，用全身披甲的军人在船上面防海，就将那陈皇帝老少、夏皇帝老少去王京，不做军，不做民，闲住。他自过活。王肯教那里住呵，留下；不肯时节载回来。① 恁省家文书上好生说得仔细了②。

右丞相汪广洋担心高丽国王慢待陈理与明升二人，请状元吴伯宗代他拟一封信，送与高丽国王：

> 曩因元政不纲，群雄并起，各拥兵众，分据土疆。我圣上乘时启运，奋兴淮右，肇基江左。命将四征，削平群雄。陈友谅据湖湘，妄称大汉；明贞据有川蜀，僭号大夏。
>
> 是以圣上统命六师，亲临湖广。其陈氏势穷力屈，率众就降。去年春命中山侯、颍川侯等总率师旅，水陆并进，直扫川蜀。明氏力不能支，衔璧请命。皆已钦蒙圣恩，特加赦宥，保全其生。然揆之以理，不可使久处京师。今令各将家属往王国闲居。如可则留之，其不可则仍发回还，尚翼裁度。

高丽王看了中华上国君相二人的两件文书，心中虽不情愿，哪里敢送回来，就将高丽国延安、白川两县所产当作贡物，赠给陈理和明升两家，将松都③北梨井里的兴国寺分给明升一家人作为邸宅，配以奴婢十余人。陈理住在青阳县松林寺，妻

---

① 这句的意思是高丽王愿意让他们在那里住，就让他们留下来。"不肯时节"，是元末濠州方言，"时节"是根据朱元璋的方言用这两个字替代，"不肯时节"意思是不愿意的话。中书省这份公文完全依据朱元璋的口语记录而成。

② 恁省家句：这一句是皇上给中书省官员说的，要他们将自己的话记得仔细，让高丽国王明白。

③ 松都：今朝鲜开城。

妾数人都从中华相随而来。后来，明升与郡夫人坡平尹氏结婚，生有四男二女，子孙竟绵延数百年不绝，也算是因祸得福。陈理后受赐为"平汉君"，生有二女，后有外孙数人。高丽国有人持因果报应之说，明升之父不过是乘时割据，陈理之父弑君自立，延及子孙的余庆与余殃自不相同。

高丽王派遣周谊等五名使臣来应天城，带来了高丽参等贡品，先参拜右丞相汪广洋，转达高丽王的话，说汪丞相真是一个大善人，说话有分寸，处处安排得妥帖。如今陈理、明升他们已经在高丽安居下来，日间清闲无事。内使孙向病逝，因路途太远，灵柩就地安葬；另一个使者延达麻失里潜归北元。汪广洋禀报皇帝，皇帝召周谊来华盖殿，状元吴伯宗作陪。周谊献上高丽王《贺明朝平定西蜀文》，引经据典，书法端正，吴伯宗奉命为皇帝边读边解，皇帝大喜。

皇帝问道："陈理、明升住在哪里？每日间做甚么事？"周谊说："陈理、明升如今都住在松都，都有田产，配有邸第和奴婢，饮食与居室都渐渐习惯，并无怨言，每日读书写字而已。"皇帝道："他们居于远方，可以全身远害了。"周谊说："敝国国王想送朝中官吏子弟来京师国子监读书，请陛下恩准。"皇帝道："上学固然是美事，但涉海太远，有心来京城进学的可自来，不想来的不要勉强，请转达朕这个心意。"周谊道："臣一定转达陛下的盛恩。"皇帝又道："高丽与京城相距太远，一年进贡一次频繁。古时候中国诸侯，每年一小聘，三年一大聘①，九州岛之外的，三十年一聘，略表诚意而已。如今高丽国的文物礼乐，与中国很相近，可行三年一聘，所贡的物品并不要太多，只依了古礼便是。若要每年遣使者相见也行，但不必年年进贡方物。"周谊道："敝国国王想年年进贡，并不嫌烦。只是往年我国使臣渡海朝贡时，两番被飓风打翻了船，死了使者，失了贡品，想请皇上准许我们改由辽东进贡。"皇帝并未多想，说道："那就从辽东来罢。"

周谊再拜，谢了恩典。皇帝吩咐礼部厚待来使，设酒饭相待。此前官军平定沿海倭寇时，俘获的人中有几名高丽人，有的被迫为盗，有的自愿做贼。皇帝都放他们跟着周谊涉海归国。

改籍

汪广洋在朝臣中寻找做户部尚书的人选，许多人都不想做。广洋无奈，只得向皇帝推荐曾做过户部尚书的徐本和海渊等人。皇帝也找不出更好的人，仍令他们同时做户部尚书。皇帝想起一事，问道："朱守仁去山东莱州巡查，有甚么结果？"汪广洋想了想，才说："他正在起草奏章，近日便能呈与陛下。据他说莱州匪患已平，百姓乐于开垦荒地，官吏们也勤政爱民，恪守职事。有的小吏还在闲地上种菜。"

---

① 聘：古时诸侯之间遣使相互通问叫聘，小规模的聘叫问，通称聘问。

皇帝问道："为何自家种菜？"汪广洋说："或许家中人口多，俸禄微薄，自家种菜，稍许能省点钱。"

朱守仁是新上任的工部尚书，在元末曾做过元朝的枢密同知，大明军攻打庐州，朱守仁献城归顺。他在明朝为官十分谨慎，奉旨去山东莱州诸郡考察官吏归来，到中书省向汪广洋和胡惟庸禀报了考察事宜，许多实情不敢说，只说了官吏籍贯的事。那天散朝时，胡惟庸在甬道上顺便与陈宁说，莱州府的知府是登州府人氏，登州府的知府老家在青州，青州的同知籍贯在济宁。他说完还羡慕地说一句，他们在家乡做官好生便利。

谁知陈宁一听大怒，说道："岂有此理！近年朝廷任用官吏，不分籍贯，许多人竟在家乡郡县为官，不是佐以结党营私之便么？相公柄政，这般陋习如何不改？"胡惟庸受了一吓，说道："我哪里敢自作主张，理当先奏明圣上。"陈宁正色道："如此大事，你临朝时如何不说出来。请相公速速去报老头子，这般风气，我看了便憎恶。天下许多事坏，最先便坏在做官的人那里！"胡惟庸笑道："你行事太峻急了，这事还得与汪相公商量，他是右丞相，我这个左丞不可擅越。"陈宁板着面皮道："恕陈某话说得直，相公有才干，就恨性子太缓。"惟庸笑道："文武之道，一张一弛。下官执意将你从地方调入京城，就是图你行事之急，以补下官之缓。"陈宁呵呵大笑，有些得意之色，说道："汪相公少才干，为人太浅。朝中体制弊端百出，起弊振衰，扶正去邪，原本都是他的职守，他却不动声色，不是他不想做，想必他那个书呆子全然看不到。"惟庸道："你莫要这般议论他。汪丞相有调和六部的本事，上承圣意，下宣政令。"陈宁道："我只是说了实话。皇上未必信任老汪做丞相，或许是试一试他的深浅，中书左丞相早晚是你做的。做丞相的人不必有学问，但能识大体，有气量便可。"惟庸刻板着脸道："你休要胡言，我气量小。"陈宁道："你比李丞相气量大。你不去奏报皇上，我明日早朝上去奏报，吏部铨选官吏时，南籍的人去北方做官，北籍的人来南方做官，以断绝亲友们贪缘攀附之机。你休怪我抢了中书省的彩头。"惟庸道："还是我去奏报罢。"陈宁反问道："不先与汪丞相商议了？"惟庸笑道："与你这个御史商量了便可。"

皇帝很赏识胡惟庸的主见，就令汪广洋督办此事。汪广洋说："这种弊端由来已久，自唐宋以来就有了，在我朝理当去除。本来是朱守仁发现北人多在北方做官的事，他却未写在奏事的公文里，公文里写的多是细枝末节的琐事。"皇帝问道："莫不是朱守仁有所顾忌？"汪广洋道："臣不敢说。明日便着手去核实地方官的籍贯，吏部官依圣旨将南北籍官吏调换。"皇帝道："你身为右丞相，不要等省臣们来议，你才想起来。"汪广洋红着脸道："臣有失职之罪，明日便着手改过来。"

次日，吏部调令文书雪片似的飞往各地，南北籍都改在异地做官，一时朝野官吏在道路上忙乱起来。过了半月，陈宁退朝时，与侍御史商暠行走在甬道上。商暠轻语道："我与人闲谈时，听说有的南方人不想离家太远，晚朝后便去吏部改动籍贯，将南籍改为北籍，北籍也有改为南籍的，恁地一改，还是在靠近家乡地面做官。果然上有计策，下有对策。"陈宁吃惊地问道："竟有这事？直娘贼！在天子眼皮底下，敢公然造假！"商嵩笑道："这也是孔子说的，父母在不远游，游必有方。山西人若在福建为官，父母有病，来回一次都不得了。这也是人情之常。"陈宁道："放屁，既然做官，尽忠便不能尽孝，哪有你这般道理的！"商嵩脸一红，嘿嘿笑了笑，说道："陈大人说得是。"

陈宁匆匆去吏部，推开正堂大门，高声责问新任吏部尚书詹同道："詹大人，凭甚么让朝臣擅改籍贯？"詹同满脸茫然，说道："在下还不曾听闻。"陈宁说："等你听到了，他们都早到自己家乡做官了。"詹同心虚，忙说："在下失察，罪过罪过。"就唤了两名小吏，陪他到吏部文选司帐房审查履历表，陈宁一直在旁边看着。几个人晚饭也不吃，直查到二更，陈宁拉着詹同入宫求见皇帝，改籍贯的人有十一人，全是吏部文选司主事邹铨所改，但科举中第二甲赐进士出身的人却无一人去改。皇帝问道："那些进士们还是有节操。你是御史，你说如何处置？"陈宁道："依臣所见，改籍者免职为民；文选司主事邹铨猥劣，公然纵容造假，杀！"皇帝寻思一会，才说："你想免了十一个人的官，朕哪里去寻人做官？还是调换地方算了，罚俸一个月，稍做警示。邹铨杖二十，免职为民。"陈宁道："陛下宽仁。"他看见几案上有许多糖糕和芝麻饼，说道："向陛下讨几枚饼吃。"皇帝问道："嘴馋了？"陈宁道："为查南北改籍的事，臣等还未吃晚饭哩。"皇帝招手道："来来来，都拿去吃。"陈宁端起盘，拈着芝麻饼吃，也劝詹同吃了几枚。

次日，皇帝在早朝上传口谕说，据御史中丞陈宁所奏，有人想图回家路近，改了籍贯。自今日起，改动的人一律自行改回来，已经到家乡任职的，吏部都将他们南北调换，罚俸一个月，不再追究，如不主动改回来而被查出，一律免职，永不录用。若有继续改动的，杖三十，发沧州充军。以前有人不喜欢陈烙铁，但百姓们喜欢。朝中要多几个这样的御史，看谁还敢做奸弄猾。

早朝后，皇帝传新任吏部尚书詹同与侍郎等人来华盖殿，叮嘱道："你们恁些做官的，想治好百姓们，必定要先能自治。朕准许中书省所议的南北籍异地做官，诏书才下几天，便有些人擅自改籍，如此这般能治好百姓么？"詹同道："臣将细审履历，不放过一个改动的。"皇帝道："六部中的官，吏部权最大，户部钱最多。去年一年中，朕便换了五名吏部尚书，郎本中、李仁、陈修、李守道还有你。有的才任十几天，最长的也不出五个月。你去年底才上任的，朕也不知你能做多久。"詹同不安地说："臣在位一日，便尽职一天，不敢懈怠。"

晚朝散时，詹同出宫，路过工部，见堂内微有灯光，就径自进来，见尚书值房还亮着灯，朱守仁还在看营造草图。詹同笑道："朱大人呵，你去山东诸郡考察一番，在山东做官的人就苦也。"朱守仁搁下草图，忙问缘由。詹同说了皇帝下令南北籍官吏须异地做官的事。朱守仁先是一怔，接着嗟叹一声，自责道："我都不曾写在奏章里，只是随口与胡相公说了，竟然闹出这么大的事来。我可犯了众怒。小心再小心，还是不小心。"詹同冷笑一声说："谁信你写没写？守仁守仁，终是不仁。呵呵，朱大人好自为之罢。"

六日之后，胡惟庸来报皇帝，南北官吏改籍之事，因皇帝所责，中书省督办，三五日之间就禁绝了。他大赞皇帝圣明，奸邪难欺。皇帝说道："若不是那个朱守仁为我朝除弊政，不是欺瞒了朕？他算是一个有见识的人，朕想提拔他，他是哪里人氏？"胡惟庸道："他是徐州人。"皇帝道："徐州不南不北，地属中原，着他去北平行省参政罢，离他家乡也算远了。"胡惟庸道："陛下圣明。"皇帝说："那个陈烙铁性情刚正，眼里容不得沙子，我朝需要这样的人。"胡惟庸道："老陈是一个大公无私的人，可托付重任。"皇帝摇头说："凡是做官的人，个个心里都有一个私字。不是有没有的事，而是字大字小的事。"胡惟庸听了不服，又不敢争辩，强拉着刘伯温来试，赔着小心说："想必诚意伯刘伯温心里没有私字。"皇帝笑了笑，说道："他呵，私字很小，又藏得很深，如何能说没得。"

念旧情

初更的时候，皇帝从华盖殿回乾清宫，即将就睡。大都督府值日官在门外递来急报，值日太监问皇帝看不看。皇帝有些心惊，这么晚有急报，恐怕不是好事。皇帝匆匆来看，惊悉徐达五万人马，与王保保十万大军相遇于和林城外五十里。大明军大败，死四万余人，伤五六千人。徐达领兵杀出一条血路，领着数千人逃回营寨。王保保探知徐达军马虚实，徐达营垒中还有几万人，也不再来攻打，收兵回到和林城中。皇帝失声叫声"老天爷呵"。

却说王保保在沈儿峪大败之后，仓皇之间借流木渡过黄河，又召集北元各部军马数万。此时，当年"中州十虎"或战死，或伤残，或隐退，只剩下贺宗哲一人，他还有七八万军马。王保保于是与贺宗哲会合，兵威复振于漠北。大将军徐达得知，领着十五万大军来到岭北行省。这回王保保有备而来，欲与大明军决战。

皇帝看完战报，睡意全无，十分忧虑，喃喃自语道："徐达从未这般大败过。这是天要败朕呵！"徐达领兵北上之后，迟迟不过岭北，显然有所顾虑，自己曾写手谕催他出战，才有和林之败。那里弥望的是无边的沙漠和草地，数百里不见人烟。许多士卒不适应岭北的水土，都病倒了。徐达在途中令汤和领兵三万，从另一条路征和林，以便照应。王保保得知徐达大军深入岭北，召集众将，调集各部兵马共十余万，号称二十余万，意欲厮杀一场。王保保虽然数次大败于徐达，但这回知道徐达犯了兵家大忌，深入岭北，不辨虚实，粮草难继，真是天助杀戮。

徐达大军距和林①两百余里时，探马从各处来报，前方只见一些牧民，不见元兵。徐达令大军继续前进，来到距和林百余里的地面，下令安营设寨，却迟迟不敢起兵。他接到皇帝催战的手谕后，才亲领五万军马去打和林。浓重的阴云垂映着无边的沙草地面，风起草飞，沙尘迷眼，旷野上十分荒凉。大军走了一日，前方探马竟无一人归来，徐达正疑惑时，看见前面地平线上出现了一排细细的黑点。征战惯了的将士们都知道，那是元朝的兵马。这些兵马多得望不到边际，从三面向徐达大军拥来。徐达完全没有想到王保保还有这么多的人马，立即传令三军立住阵脚，准备应战，但大军已经慌乱。两军接战时，才交战半个时辰，大明军已呈败势。

又过了两日，皇帝又收到徐达的急报，他向皇帝请罪。原来汤和分兵征和林时，到了一处叫断头山的地方，不明虚实，遇到数万元兵。汤和兵马既疲惫又干渴，士气不振，战死万余。大将章存道战死，汤和腿上受了箭伤。如今汤和残部一万多人已与徐达大部相会，守在营垒中。皇帝这回知道王保保的余威之盛，立即写了手谕，令徐、汤领着军马速速退出漠北，并说胜负兵家常事，稍加宽慰。

宋国公冯胜挂征西将军印，这几日给皇帝送来了好消息。他与临江侯左副将军陈德、颍川侯右副将军傅友德领兵攻打兰州。友德领骁骑五千直奔西凉，接连大败残元军马，与冯胜会师，收降元将部民八千余人，获得金银印若干，牲畜二万。至此，甘肃全境悉归入大明朝版图。皇帝见三路出征的兵马，只有冯胜一路大获全胜，十分欣慰，心想冯胜用兵，只要能避免轻率，便十分放心，想大赏冯胜。几天后，有人自西北归来，细说诸军的隐秘：冯胜在营中隐藏了许多骆驼和军马，与上报数量不符，还私自买卖牲口，所得银子都在军中消耗了。皇帝又决定不赏赐冯胜，心里还防备着他。

征南副将军吴良送来奏章，他领兵出靖州，平定五开、潭溪、古州诸蛮，收编入籍百姓一万五千人，收集逃散兵士四千五百人，牛和马四百余头。毛骧也传来捷报，他领兵大败倭寇于温州下湖山，获倭船十二艘，获倭刀、倭弓等兵器若干，生擒一百三十余倭寇，槛送至京城，诏命斩首。近年因倭寇侵袭嘉兴府海盐县、福州府宁德县等地。当地官府土兵屡被倭寇打败，百姓涣然如一堆散沙，一听倭寇来，往往连村逃到山中，家中财物牲口被倭寇洗劫一空，房屋搬不走，多被倭寇放火焚烧了。区区两三百名倭寇竟在福宁县屠杀居民三百余人，焚烧屋舍千余家，抢走县中官仓粮食二百五十石。皇帝闻知大怒，又不想调大军征剿，遂令羽林卫指挥使毛骧、于显、指挥同知袁义等领卫军精兵三千人，搜捕沿海倭寇。皇帝心想徐达北方大败，冯胜在西方大胜，吴良在南方小胜，毛骧捕倭甚众，聊可安慰。

左副将军李文忠领兵北伐，率领都督同知何文辉等由东道出居庸，顾时由西道出兵，共趋和林，俘获元朝官属子孙及军士家属一千八百余人，都送至京城。李文

---

① 和林：今蒙古共和国鄂尔浑河上游东岸哈剌和林。

忠以为皇帝会临时赏赐。他全然不知皇帝早收到来自李文忠军中的密报，前方战事艰苦，双方死伤过多，大明军折损四员大将。皇帝不赏赐李文忠。

皇帝一直不信王保保能打得过徐达。刘基多次劝告自己"王保保未可轻也"，自己就是不信他，还当作笑话。自己远在千里之外，却多次遥授徐达用兵，全然不顾"将在外君命有所不受"的兵法。皇帝觉得与刘伯温赌输了这一回，心里有些怄气，又有许久不曾得到刘伯温的消息，不免有些想念他。

谈洋巡检司

五月间，天久不雨，皇帝发愁，令太子以及后妃们都吃素，在祭坛上向天连连祷告。到了七月，京城却大雨不止，皇帝也发愁。城中积水盈尺，居民张着伞盖亦不便行走。宫中平地积水数寸，丹陛下的数只水龙口中终日喷出两三尺远的水柱。

晚间，皇帝在乾清宫看奏章，风吹进宫殿来，掀动书页。皇帝心神不宁，淅淅的雨声中，他听见细微的碰撞声，寻觅声响出处，看见青花茶杯中的茶水微微颤动，玉雕笔筒里的湖笔也在颤动，窸窸有声。皇帝想起前几日太原府呈来的奏章，阳曲县在七月辛亥那天地震，估计京城也地震了，忙大步走向殿外，呼着太监和宫女们都出殿，站在殿前数十步开外。不一会，乾清门外有人跑了进来，溅起一路的水花。那人大呼："地震了！地震了！请皇上出宫！"皇帝见是钦天监的灵台郎，说道："惊慌甚么？"那灵台郎来到皇帝眼前，跪在雨水中，奏道："臣在监中，见地动仪动了起来，就赶来禀报陛下，请陛下出宫。"皇帝道："你快起来，朕知道了。"过了半个时辰，地面没有动静了，皇帝才回到宫中。

皇帝见久雨不休，像是天泣，地动异常，像是地怒，不免有些心虚，于是下诏免除应天、太平、镇江、宁国、广德诸郡县的田租，以息天地神灵之怨。皇帝不由想起刘伯温，他是一个上知天文下知地理的奇人，于是写了手谕付他，咨询京师风雨与地动的吉凶。很快，皇帝收到刘基的回信。他说地震是地理常事，金陵自古地震灾害少，不消担心。刘基还在信中向皇帝奏报一事。青田县南近两百里处有一地名唤谈洋①，地处温州与福建交界处，地理偏远，山势高峻，是一个法网疏漏之地。方国珍作乱时，有一些强悍之民聚集在那里，先是贩卖私盐，接着拦路剪径，做起盗贼的勾当。方国珍归降后，那一伙人不受招安，仍做盗贼，请皇帝在谈洋设立巡检司，委派官吏管理，驻兵士把守，以防他们变乱。皇帝这回不敢慢待刘伯温的奏报，立即传汪广洋来，令中书省在谈洋设置巡检司，吏部委派官吏去。

胡惟庸将此事告诉陈宁与商暠，刘伯温不在其位，还为皇帝谋事，用意何在？陈宁说刘伯温是想家乡安宁，不生乱象，为的是想安度晚岁。胡惟庸却说："我询

---

① 谈洋：今浙江文成县南田区朱阳乡。

问了刑部和御史台，青田县方圆一百里多处有盗贼出没，他为何偏偏让皇上在谈洋设巡检司？"二人皆说不知。胡惟庸说："我差人去查，内中必有蹊跷。你等休要以为刘伯温公而忘私，他肚皮里自有一个如意算盘，敲得噼噼啪啪响哩。"陈宁皱眉道："相公莫不是另有所谋？"胡惟庸道："你如何想恁多？我只是为公家计较。"

诗简

李文忠在应昌俘获的元朝皇孙，羁居金陵，起居饮食难安，时常想念北方，于是上书明朝皇帝，请求北归。皇帝有怜悯之意，令吴伯宗依据皇帝的口述，拟了一封信，差人送与元嗣君。吴伯宗写道："朕观前代所获亡国子孙，先献俘庙社，其有阳示优待者，不久非鸩即杀。朕则不然，君之子至京，今已三年，朕宾礼之，以俟君遣使来取归，必不食言。至君家天运已去，人心已离，朕始议兴师为吊民伐罪之举，此乃天运，非人力也。"皇帝召见元皇孙，说上回朕致书你爹，你爹不回信。这一回元朝的嗣君仍不回复，不遣使来接你，朕便不好送你北去，你不妨也写一封家书，与朕的书信一同捎去。元皇孙亲自执笔，用蒙古语写了一封信。皇帝怕他传递京城机密，让翰林院中的四夷馆蒙古文译字生看了，说无机密事件，皇帝才放了心。

前月，前礼部侍郎曾鲁抱病多日，自知一病不起，向皇帝乞身致仕。皇帝见他年老多病，准了旨，谁知他到了半路，竟病死了。皇帝得知消息，感叹说："礼部又少了一个才臣。"怅惘之际，突然想起贬谪的宋濂，于是传宋濂来华盖殿相见。两个月前，皇后曾多次劝说皇帝，翰林学士王袆去了云南，缺一个良师教太子，不如将宋濂先生请回来。皇帝于是将宋濂从安远县召回京城，任他作礼部主事，兼教太子读经史，作古文；同时还召回去龙南县做知县的魏观，也做了礼部主事。

皇帝看见宋濂两鬓白发多于青丝，眼睛也有些浮肿，面有倦意，人苍老许多。自己一时意气，让他在江西做了一年又两个月的知县，吃了些苦头，心中有些愧意，安慰他说："宋爱卿，朕上回让你做安远知县，的确是大材小用。朕本不同意，吏部说安远县缺一个知县，朕为的是给安远县百姓降福，着你去了，但不忍委屈爱卿太久，今年十月间就召你回来了，请您老做个礼部主事。"宋濂道："谢陛下。"皇帝道："礼部主事的官小了，依你的才学可做礼部尚书哩。你离开京城后，太子很惦记着你。如今回来了，朕请你做东宫赞善大夫，好生教诲太子读书。"宋濂并无多话要说，与皇帝之间多了一道隔膜，不比从前了，叩头道："谢陛下隆恩。"

黄昏时，使者从北方回到京城，带回了元朝嗣君的回复。皇帝忙说："把来我看看。"使者呈上书简，胡政拆了封，双手将信呈上，皇帝见是一首华语所写的七律：金陵使者渡江来，万里风烟一道开。王气有时还自息，圣恩无处不昭回。信知海岳归明主，亦喜江南有俊才。归去诚心烦为说，春风先到凤凰台。

皇帝惊讶得笑了起来，说道："元朝这个嗣君，竟以诗来答朕。"这八句诗似乎是在赞自己，仿佛他们也认了"王气自息"的天命，期待自己将元朝皇孙送还，看作"圣恩昭回"，大明开国是"海岳归明主"，心中一时欢喜，打算送归元朝皇孙。但怕自己解错诗，被他们讥讽了还不知道。着人去中书省宣汪广洋、胡惟庸等人进宫。汪广洋细味诗意，说道："此诗若不是元主所作，定是汉人所为，恭维之意不假，但其用意甚明，是想要陛下归还皇孙。"胡惟庸道："汪大人所言有几分道理。"皇帝道："危素说过，元帝多能写汉诗，擅书法，此诗或许真是元朝嗣君所作。"因问："汪爱卿且说说，朕要归还元朝皇孙么？"汪广洋道："理当归还。"胡惟庸道："此诗有敬重陛下的意思，但未必是元主的本意，或许是写诗人的意思。想必是元主不愿意回信，大臣劝他，他犹豫不决，才同意以诗代柬，含混其词。臣以为故人之情尚可以诗代柬，两国间的大事，用诗作为回复，似不大恭敬。皇孙不必立即归还。"皇帝点点头道："胡爱卿说得有理。倘若元主不来书信，皇孙还得在金陵住下去。"胡惟庸道："臣也持这个意思，皇孙不可送归。"皇帝斜视汪广洋一眼，广洋胡须短而疏，眼皮松而弛，捻须时低头寻思的模样，看起来老耄糊涂。皇帝说道："还是胡爱卿的主见好。"

晚间，皇帝唤太子来华盖殿，将这首诗让他看。太子看了两遍，微微摇头。皇帝问道："这是元朝嗣君差人送来的信，只有这首诗，无一个多余的字，你看这是甚意？"太子略加思索道："这是无可奈何之意。"皇帝问："怎地一个无可奈何？"太子说："他们的王气自息，皇明圣恩昭回。海岳归于明主，江南大有俊才。春风不度居庸关，先到金陵凤凰台来了。诗意哀而不伤，却有一种无可奈何听之任之的意思。送不送还元朝皇孙，全由着父皇。"皇帝不自主地笑了，全然没有想到儿子竟然能这样解诗，与中书省两员大臣所解又不同，因问："你如何会解诗来着？"太子道："仰高学士所教。"皇帝知道高学士是指高启，早赐金放还原籍，儿子竟然还念念不忘，又问："要不要将元朝的皇孙送还？"太子道："何必与他们一般见识，送还最能见父皇的仁德。"

皇帝示意儿子说："坐，坐，坐着说。"太子就坐在御案旁的紫檀木椅上。皇帝看了看太子的脸庞，朗秀，有些纤弱，还有一些未脱尽的童稚气，低声地说："儿呵……你你……你纳娶常氏女一年多……都快两年了。据太医说，你们早到了生育的年纪，若说要生儿育女，早就为朕生了一个皇孙来了，如何却迟迟没得动静哩……"皇帝的话隐隐约约，说一半又隐了一半。太子低下头，微微地脸红。皇帝说："你说，如何没得动静？"父亲语气平和，太子却觉得严厉，想起与常氏同眠时，每到三鼓，胡政必来窗外叫唤，二人往往话未说完，常氏就坐轿回宫，十分厌烦。近月天寒，太子为图省事，让常氏不用宽衣，两人躺在床上说话，常氏也顺从了。最初那几夜，他与常氏有几回身体厮磨。太子深夜独眠时，总想象着秀秀睡在身边，不免冷落了常氏。因此，婚后一年多，常氏还是处女之身。这些话如何能与父皇说，说了白白惹他恼怒和失望，不免暗自烦闷着。

皇帝见太子不说话，问道："还想着那个秀秀？"太子不答。皇帝温和地说："如果你真想着她，不嫌弃她卑微，到了明年三月，朕差礼部官去她家提亲，你便迎娶她入宫罢。"太子立即站起来，在父亲面前叩了三个响头，满面笑容地说道："谢父皇！"他满脸都是隐藏不住的喜欢，刹那间如同变了一个人。皇帝看着儿子，微微地叹息一声。

太子离开时，看见殿边放着一只铁笼，里面有两只白兔，问道："父皇不赏鹰，却赏兔子了？"皇帝觉得儿子的话有几分婉谏之意，心生一丝暖意，和悦地说："这是河南百姓献来的，说是雌雄一对。你看它们多亲密，整日都挤在一起，嘴挨着嘴，一起吃草，一起睡觉。我看你读书辛苦，留给你去玩，每日无事时喂养着，将来还能生出小兔来哩。我也指望你能早日生一个儿子来呵。"太子却不理会皇帝所说，却道："它们本是野生，如今装在笼子中，想必不快活。儿臣想放归野外，请父皇准旨。"皇帝无奈叹息一声，才说："两只小兔子，就随你的意。"太子说声谢父皇，令南世卿提着笼子回东宫。

第三十五章

朱皇帝挟愤骂孟轲　郭榜眼披雪谏午门

混账话

入冬一个多月，金陵下了一场雪，宫中寒意袭人。早朝后，皇帝出了奉天殿，信步来到大本堂。宋濂讲完了课，坐在一旁看书，太子与亲王或读书，或习字。

大本堂空旷而寒冷，几盆炭火驱散不了积重的寒气。太子与亲王都穿得很厚，桌上放着几只手炉。皇帝问冷不冷，太子说不冷，其他怕冷的人也跟着说不冷。宋濂陪着皇帝来到太子的身旁，皇帝查看太子近日的功课。他的书法学元朝赵子昂，清逸秀媚，娟娟可爱。皇帝看太子日渐成长，有几分慰藉，说道："天子之子，与公卿士庶的儿子不同，他们的儿子系一家的盛衰，天子的儿子则系天下的安危。太子呵，你承国家神器之重，贵有天下。公卿士庶不能修身齐家，败了只败一身一家，若天子不能正身修德，岂但败坏一身一家，宗庙社稷都可能不保，天下生灵也会跟着遭殃，你不怕么？能不警戒么？"太子点点头说："儿臣怕，一定会小心谨慎。"皇帝道："你今年十七岁，快要行加冠礼了。经史日日要读，字也要入帖，将来批复奏章，可不要被大臣们背地里讥笑你字丑。朝中的政事，你如今也可以旁听，将来做了皇帝，主持朝政时，不至于生疏。"太子道："儿臣记住了。"皇帝道："我就着中书省草诏一道，百官奏事都要先启禀你，从此你都要熟悉朝野大小事体。每日晚朝时你都来听，不懂的地方可来问我。"太子道："儿臣遵命。"

过了一会，皇帝关切地问道："最近在读甚么书？"太子说："读完了一半《尚书》，又读《孟子》了。"皇帝道："可有心得？"太子说："有。"皇帝说："你说来听听。"太子道："孟子告齐宣王曰：君之视臣如手足，则臣视君如腹心。君之视臣如犬马，则臣视君如国人。君之视臣如草芥，则臣视君如寇雠。"皇帝问道："这些话都是孟子说的？"太子道："是。"皇帝看宋濂一眼，说道："孟轲这话有些不中听！"宋濂怔了，却不敢说话。

皇帝回到华盖殿，翻出《孟子》一书来看，看了十几页，惹出一肚皮怒火。午朝上，皇帝驾临奉天殿，双手不自觉地按着折上巾两边垂下的飘带。执事太监惊慌了，不知这一回皇帝要为谁动怒。省、部官吏尚未上奏政事，皇帝先说话了："朕自小便听说孟轲是亚圣人，动不动就说王道和仁术，后人都用孔孟之道来治国。可朕今日看《孟子》，才发现那个孟轲说了许多混账话！"满朝文武大臣都吃了一惊，谁也没有想到皇帝会在早朝上骂孟轲，一时议论纷纷。皇帝从衣中摸出一片纸，觑了觑，说道："你们听听，这些话是不是混账话？'孟子告齐宣王曰：君之视臣如手足，则臣视君如腹心'这话还说得不错；'君之视臣如犬马，则臣视君如国人'，便有些不敬了。众爱卿再听听，'君之视臣如草芥，则臣视君如寇雠'，直是放屁的话！又有'民为贵，社稷次之，君为轻'的话，这是甚么狗屁！难道朕的尊威贵重还不及一个寻常百姓？更有甚者，'君有大过则谏，反复之而不听，则易位'，'闻诛一夫纣矣，未闻弑君也'，反了！反了！倘若此老还活在今日，岂可免我一刀！直可杀他一百回！"说时，眼睛在两班中寻觅，好像要当朝揪出孟轲，推出午门斩首。

群臣仿佛天要塌下来，议论鼎沸。皇帝一拍御案道："都不要议论了。翰林院为朕草诏，将孟轲在文庙里的配享礼遇撤去，着翰林学士们删节书中一切混账话，旧版烧了，重新刻版，刊行全国。以后各府县学校，考试不得再以删去的文字为题作文，科举也不准以删去的文字为题取士。凡在朝上进谏的人，以大不敬论！朕将令金吾卫兵将他当作箭垛子射了！"话才落音，满朝静了下来，群臣相互对视，无一人议论，像在等待一个不怕死的人出班，为孟轲说几句公道话。

皇帝的目光巡视群臣，像赌着气似的。他不准大臣来谏，可真的无人说话，又有些失落，反而指望有人挺身而出，为孟轲争辩。过了好一会，有一大臣持笏出班，群臣都来看他，是现任吏部侍郎钱唐。他在洪武初年曾任刑部尚书。群臣不免为他担心。

满朝文武百官都等着钱唐与皇帝言语交锋。钱唐徐徐地说："臣明日早朝来谏！"群臣有些失望，以为他没有打好腹稿。皇帝也纳闷了，仿佛一场戏正要演到精彩处，对手却有意冷场，就问："为何眼下不谏，却要明日来谏？"钱唐轻淡地说："只因老臣今日不曾准备好棺材。"百官听了，闻所未闻，无不震惊。皇帝也很意外，咬着牙，赌气地说："就算你明日抬着棺材来，朕也不饶你！"

冒死进谏

午朝散后，一路上群臣议论纷纷，到了各自的值房，还在议论，恨不得让天下人都知道皇帝骂了孟子。六部尚书都将此事说与下僚听，值房里许多人搁下公事，为孟轲抗争。因近日天寒，皇帝免了站在丹陛上的官吏早朝，吴伯宗听本部尚书陶凯说起此事，实在忍耐不住，嚷道："自古孔孟并称，而且同祀，自汉代以来，从未有过撤销配享的事。我朝要撤，恐怕不祥。《孟子》一书，万古不刊，一个字都不许抄错，如何还能删节？大人当朝时如何不劝谏皇上？"陶凯道："你未参与朝会，你若在时，便知端详了。"

榜眼郭翀在刑部得知这事，真想大骂皇帝几句，说道："'君之视臣如草芥，则臣视君如寇雠'，这话有何错处？难道皇帝将臣民看得狗屎不如，臣民还将皇帝当作贤君？自古不爱民的皇帝，有几个能得善终？"新任刑部尚书端以善喝道："郭才子，你喝了酒不是？皇上说了，若有人临朝进谏，以大不敬论，大不敬的罪名，砍头也不为过。"端以善又对群僚说："公等在署中议论几句便是了，不要再传出去。皇上只是一时气恼，过些日子便会消气，都散了，都散了，回各自的值房公干去。"

是日晚朝散后，百官从宫中出来，进士们都走在一处，簇拥在考功司主事郭翀的身旁。进士们相交一年，更认可郭翀的学问与人品，有事都来与他商量，吴伯宗也敬仰他几分。吴伯宗说道："皇上要撤孟子配享，删节文字，我们这些读孔孟书的人，不应当只顾自身的名荣，都不敢与皇上抗争。"郭翀说："状元公说得极是。不才有一个主见，我们联名上书，请皇上不要撤孟子配享，更不要删节文字。"状元吴伯宗、户部主事探花郎吴公达、吏部主事杨自立、赵友能、兵部主事丁辅、礼部主事陈信之、刑部主事吴镛、刑部司计黄载、户部主事杜浚等十几名进士，都同声说好，请榜眼起草，他们都愿意署名。

次日早朝前，天还未亮，郭翀来到刑部正堂，见刑部尚书端以善与钱唐站在堂中说话，只听钱唐说："老夫昨晚在三山门寿材店定做一具棺材，付了一两定金，吩咐家中老妻和儿子，我近日若死了，便埋在钟山脚下乱坟岗上。"端以善劝阻道："钱大人何必在皇帝气头上争执，过了六七日，下官自去劝谏。皇上早说了谁去进谏以大不敬罪论处，身死名灭，究竟何益哩？"钱唐正色道："老夫富贵荣华已阅，娶妻生子事毕，读孟子书，虽不才，多少也知道读书人养气之道。老夫若为孟子死，死而不悔！"

郭翀拱手道："钱大人，我们这些科第中人，也与大人持一个道理，身死名灭不计较，但不能辱没孟子。昨晚学生受众进士之托，写了一篇《谏不可撤孟子配享及删节孟子疏》，状元、探花以及赐进士及第者十五人签了名，晚生还想去征集几个签名，请察言司呈报皇上。"端以善和钱唐惊愕地看着郭翀。端以善说："皇上有口谕，谁去进谏以大不敬罪论处，你还不知道罢？"郭翀道："昨晚大人便与晚学生说了。"端以善道："那你们如何还去以身试法？"郭翀道："晚生不只是为孟子，更为名教，并不知道是以身试法。"端以善摇头，心里感叹着北人的耿介。钱唐近前说："让老夫先拜读榜眼郎的妙笔。"郭翀双手呈上手卷，说道："请大人教正。"钱唐在蜡烛下细细看着，边看边吟，赞叹道："果然是一篇好文字，难怪最初主考将你的文章推选第一。"他又看了一遍，说道："老夫当年读书，过目不忘，如今半老，要看三遍才记得住。"说时，他又细看一遍，郭翀以为他会交还自己，却见钱唐将手卷在蜡烛上引着火。郭翀急忙来抢，端以善上前挡住他。钱唐道："榜眼郎的绝妙好辞，老夫看了三遍，记诵在心。我早朝上见着皇上，与皇上说去。我死后，烦端大人告知世人，这些话都是榜眼郎写的。你们十年寒窗，做了天子门生不易，前程无限，国家也正需要你们这些科第高材，用不着自毁前程，容老夫去便是了。"端以善道："钱大人说得在理。"早朝的钟声响了，端、钱二人匆匆出了刑部大堂。

当日四更许，皇帝就醒了，心里憋着一口气，看看钱唐是不是抬着棺材来进谏。临朝时，群臣叩拜毕，分两班站立。皇帝神情冷峭，在金台坐下后，目光扫视群臣，像等着一曲戏开演。汪广洋按下军政钱粮的事不奏，群臣亦无人出班奏事。汪广洋静静地肃立，预想着如何婉劝皇帝。

朝会静默好一会，如戏开场前的静候。钱唐将要说的话，在心中预演一遍，就昂然出班，执象笏于胸前，说道："臣……臣要为罢孟轲配享一事进谏陛下！"他看着皇帝，皇帝也看着他，两人目光在半空中交锋。群臣都屏住气，咳嗽声不闻，静听开场白。钱唐说道："孟子的话，不是无端发语，如'君之视臣如犬马，则臣视君如国人'，如'君之视臣如草芥，则臣视君如寇雠'，是先有其君，然后有其臣。陛下天姿高迈，圣德可追古帝王，是圣贤之君，不是孟子所说那样的人君。孟子所言'民为贵'，不是一夫一丁之民，是天下百姓之谓。若天下无民，天子有江山社稷何用？无民，君自何来？这便是孟子民为国本的意思！"群臣等着皇帝说话，看这场文戏如何演下去。谁知皇帝冷笑一声，心中早有台词，喝道："你说得好！可君无戏言，朕早说了，敢进谏的人以大不敬罪论处，来人哪，将钱唐推到殿外，把箭射了！"两个天武将军过来提钱唐，钱唐大叫道："陛下，《孟子》之文可以删节，但罢其配享，自西汉以来都无这等事。此事系乎道统与民心，望陛下三思而行！"声音越说越大，余音在奉天殿的梁间盘旋着。皇帝大怒道："君要臣死，臣不得不死！抗旨强谏，便是一个大不敬的罪，金吾亲军将箭射他！"钱唐也激愤起来，高声大吼道："臣为孟轲而死，死有余荣！"他大步出殿，站在丹墀上，意气填膺，面无惧色。两个金吾兵听皇帝说"射他"，并未说"射死他"，拈弓搭箭，弦也未曾引满，觑了好久；其中一人瞄在他的右臂上，先发一箭，嗖的一声，箭应声射入钱唐右臂。钱唐向后趔趄几步，却没有倒地。他咬着牙，一步一撅走近宫门，那箭尾还兀自在他右臂上晃动着，因官服是朱红色，大家都未看见流血。汪广洋见皇帝的喉头咽了一下，慌忙出班跪下，说道："钱唐愚鲁，但忠心为着皇明的江山社稷，求陛下饶他性命。"

右丞相汪广洋一跪，文武百官都跟着跪下。皇帝并不想另一箭射死钱唐，喝道："看在百官的面上，就饶了他！"门边值日太监胡政连忙跑到门外传话，大呼道："皇帝有旨，饶了他！饶了他！"两个金吾兵立即将箭从弦上退下来。皇帝道："令钱唐进殿来！"钱唐肩膀上带着那支箭，大步走进宫来，站在宫殿中央，高昂着头，那支箭仿佛成就了他一身气节。钱唐说："臣还请陛下听臣一言，不要罢孟子的配享!"皇帝道："满朝只有你一个不怕死的。礼部都不来谏，你这个刑部旧尚书却来谏。朕怜你一片忠心，赦免你的大不敬之罪，但朕说的话不能收回，罢了孟轲那厮的配享，着翰林院即刻删节《孟子》书中的混账话，朕过目后再刊行天下，若有违误者，别怪朕不给情面了!"钱唐道："臣不服，还有话说!"皇帝赌气道："还有甚么话?"

钱唐慷慨陈词道："夫孔孟并称，垂教万世，天下共尊其教，故天下得通祀孔子，孟子配享，自古以来无以废其一也。天下民非社稷、三皇则无以生，非孔孟之道则无以立。尧、舜、禹、汤、文、武、周公、孔子，皆圣人，孟子其亚也。然发挥三纲五常，畅说王道仁术，载之于经，仪范百王，师表万世，使世愈降而人极不坠者，孔子力也，孟子亦与焉。今日主祀孔子，孟子配享，非祀其人，祀其教，祀其道，祀其理者也。今使天下之人，读孟子书，敦其教，遵其道，而撤其配享，何以维人心，立世教也……"

皇帝大吼道："好秀才! 当朝背书哩，这是谁写的文章?"钱唐道："臣昨夜所拟。"皇帝有些厌烦了，说道："孟轲说了许多混账话，还值得配享? 你便是说得天花乱坠，朕也听不进去，休要逼朕将你射个通透! 死得像一只刺猬模样。朕意已决，着礼部立即施行!"钱唐见榜眼的文章也说不动他，白白吃了一箭，不再忍着痛，大叫两声，倒在地上，闭着眼睛装死。皇帝手一挥，喝道："散朝罢!"他走下金台。汪广洋立即差人去传太医。皇帝唤住汪广洋说："若钱唐还活着，着翰林学士草诏，将他发到州县做官去。"汪广洋想了想，就说："扬州府尚无知府，臣拟发扬州府去。"皇帝道："不行，扬州离京城太近，又是一个烟花名城。他不做知府，贬做知县，不能让那厮安闲了。"汪广洋心里敬重钱唐，不想他被皇帝发赴偏远之地，想起凤阳府西南的寿州没有知县，说道："他是北籍，寿州缺知县，发赴寿州最好。"皇帝道："就饶他下在寿州罢。"太医赶到奉天殿，脱了钱唐半边朱红官袍，月白色单衣上染上一大片血迹。钱唐紧闭着眼，一动不动，群臣都霍地叫了一声。太医问皇帝道："启禀陛下，臣要抬他到太医院，方能为他取箭，请陛下准旨。"皇帝说道："去罢。"

晚膳后，皇帝心情沉闷，坐在华盖殿批阅中书省票拟的奏本。看见胡惟庸在僧录司的奏本上票拟道"时天下僧尼、道士、女冠凡五万七千二百人，皆给度牒，以防伪滥。自开国以来，估略天下户六百三十一万四千六十二，口三千九百七十二万四千六百二十九①，僧尼人等不宜再多。礼部官有言，以往度牒之给，皆按人头卖钱，一本白银五两，以资国用，号免丁钱，臣以为实不妥。当限制僧尼人数，寺庙多一个出家人，桑田则少一个农人，恭请圣裁。"

皇帝心想胡惟庸有实干之才，就用朱砂笔在一旁批道："这等惰男懒女，住高

---

① 户与口：户指家庭，口指人口，指全部的家庭成员，与丁不同。

大宫观，有口无心念着经，不事产业，太清闲了也。三年内不准再给度牒。免丁钱也不收，着为例。"

午门夜雪

金陵向晚的天色，黯然的彤云密织，浓酽欲坠，萧瑟的寒风从宫外刮来，冷冽侵人肌骨。又是晚朝前的辰光，百官匆匆来到奉天殿，分两班侍立。皇帝驾临后，两名守午门的太监从五龙桥上跑来，低头垂手站在两班之外。皇帝问道："慌慌张张的，门外有甚么事？"一名太监道："禀报陛下，郭翀领着二十名进士，跪在午门外，要面见圣上。"皇帝一听，脸色蓦然变青，站了起来道："众爱卿，都跟朕去午门外，看看那些秀才们有几个脑袋！"汪广洋、胡惟庸与陈宁等人，都十分惊骇。

皇帝来到午门外，径至郭翀面前，俯首问道："你莫不是还为着孟轲的事么？"郭翀道："正是。臣等以为孟子学说，如司马光说的，是天下公器，不可以陛下一人喜恶而撤配享，经书不能删节。请陛下以天下大义为重，慎思明辨！"皇帝第一回听到"天下公器"四字，觉得新奇，又十分恼火，喝道："我若执意要撤，执意要删，你们又奈何？"郭翀道："我们便在午门外长跪，以忠撼陛下之心，以诚动陛下之意，直到陛下心回意转。"皇帝冷笑道："你们不回家吃晚饭，也不回家睡，就恁地在午门前跪一宿么？"郭翀道："是。"皇帝想不出午门跪谏符合《大明律》哪一条罪名，何况这么多进士跪着，不便责众，但心中意气难平，冷冷地吐几个字道："你们就跪到天明，从天明又跪到天黑罢！"说完，转身上了步辇，回奉天门去。汪广洋忙来劝郭翀道："榜眼郎，你好糊涂，你们一身前程不要么？夜里这么冷，你们非冻死几个人不可。"汪广洋不知晚朝前，郭翀与进士们凑了份子，都在城中吃了酒饭。此时腹中不饥，身上还热着。郭翀并不听右丞相的劝阻，顺口引前人诗句道："孔曰成仁，孟曰取义；惟其义尽，所以仁至。读圣贤书，所学何事？而今而后，庶几无愧！"汪广洋嘀咕道："榜眼郎是聪明人，莫作书呆子！这是文天祥临刑前写在衣底的诗。如今是太平年月，你们岂不爱惜自身呵！"进士们不听。汪广洋便让胡惟庸来劝。惟庸劝道："你们都起来罢，休要意气用事，于朝廷和自身两无益处，快快起来，我出钞请列位到南风楼吃酒去。"郭翀说声"多谢"，仍跪得如一个石头人。

皇帝来到华盖殿，批复着中书省的票拟和察言司令呈来的奏章，心神不宁。胡政来报："陛下，汪大人要面圣。"皇帝道："若是为那些进士说情，朕便不见！令他回家去，好生伺候老娘。"胡政应命而去，片时回来禀报道："汪大人回去了。"皇帝问道："他说了甚么话？"胡政道："他只说领旨，便出宫了。"皇帝颇为失望，他身为右丞相，此事应当去劝那些进士们，或者叫上六部的官吏，两人架一个，将那些人拖回家去。但这些话皇帝不会明说，免得失去天子体面，却期待汪广洋能自个理会，谁知他竟然出宫了。他这个右丞相都不去平息此事，其他官比他小的人便不好出面。想到这里，皇帝摇头叹息，嘀咕道："汪广洋真是一个书呆子。"

两更初，皇帝坐肩舆出宫，说到坤宁宫去。皇后见皇帝冒雪而来，既欣喜，又有些疑虑。皇帝这个时候来中宫，定然遇到不顺心的事。皇后令宫女热了一碗粥，皇帝喝了两口，就放下了，说道："粥做得好，只是我食不甘味呵。"皇后笑道："陛下有甚么心事，说来臣妾听听。臣妾虽不敢干预朝政，但多少能说一个理儿，让陛下宽心。"皇帝道："也无甚么大事，先睡罢。"睡到三更，皇后醒了，见皇帝还没有入睡，轻声问道："大哥，你怎地了？以往向床上一倒，便打起鼾来，今晚却久久睡不着。"皇帝淡然说："有十几个读蠢了书的进士，晚朝后一直跪在午门外。"皇后惊得睡意全无，忙问道："眼下还跪着么？岂不冻坏了那些才子呵？大哥如何这般惩罚他们？"

皇帝冷笑说："不是我要惩罚他们，是他们自个儿要跪的。"皇后听出话外之音，又问："他们莫不是有甚么事要劝陛下，陛下不听，就跪谏一夜了？"皇帝不知如何回答才好，将责任推到孟轲身上，埋怨他道："都是孟轲那混账引起的，他的书中写了许多昏话，我一要撤了他的配享，二要删节《孟子》书中的混账话，先有几个朝臣不赞同，后有十几个读了四书五经的进士们也不赞同，朕不听，进士们便在晚朝前跪在午门外。"皇后看一眼窗外，炫着一片白光，想必前槛已经堆雪，寒夜定然会冻坏那些进士出身的朝官们，温婉地劝道："臣妾不曾读书，不知孔孟之道，但是知道那些大臣和进士们读了书，他们再三来劝谏陛下，都是为皇明江山社稷着想，不是为自家，谁愿意大雪天跪在午门外呵。我们睡在这暖阁里，烧了炭火，还觉得窗户缝里冷风嗖嗖的，他们生生在雪地里跪一夜，不死也会病着。"皇帝赌气地说："我定要在《大明律》里寻一个罪名，将榜眼郭翀杀了！"皇后失色道："臣妾不敢议论前朝的事，但有一个理儿，想与大哥分解。我皇明开国之初便要杀跪谏的榜眼，一是不祥，二是被天下后世笑话！"皇帝知道宋朝有一个被后世称道处便是不杀士大夫，觉得妻子说得在理，又意气难消，说道："如果不杀，就将他贬职为民，让他这一场科第高中当作春梦一场！"皇后见皇帝不杀榜眼，心想他只是一时意气用事，与朝臣们赌气，失声笑了，说道："说不定那些进士们中了科举之后，才知道俸禄少，离家远，京城租着屋住也不大容易，很多人想辞官回乡，你贬他们为民，岂不顺了他们的意？"皇帝片时无语，心想杀不行，贬为百姓也便宜了他们，只好仍给官做，但不能留郭翀在京城做科举党的班头，总得寻一个理由将他迁谪离京。皇后劝道："大哥，你得想开些则个。这些状元、榜眼、探花可都是你亲自点的，算是天子门生，哪有先生不爱惜自己的得意门生？"这话说得皇帝心中一阵慌乱。

皇帝掀开被，坐了起来，说道："不睡了，睡不着！"皇后劝道："天色还早，再睡一会罢。"就扳着他的身子躺下，盖上被子，一只手横过他的胸部，抱着他的肩膀，将他紧紧搂住。皇帝被皇后一劝，一哄，意气渐渐释然。他没有想到十七名进士午门雪夜一跪，自己竟然一夜心神不安，心头如压着一块巨石。皇帝说道："我得起身一会。"便披衣下床，皇后以为他小解，看着他走到宫门边，轻叩数声，唤值日太监道："左禄，左禄，你过来，朕有话吩咐。"门外立即有人答道："奴婢在，奴婢在。"皇帝在门内说了几句，只听门外人答："奴婢领旨，即刻便去，即刻便去。"皇帝回到榻上，皇后又将他搂在怀中，微凉的身体被妻子温热的身体一暖，有一种说不出的舒适。他偎在妻子的怀中，渐渐地睡去。

却说午门之外，百官散后，只有几个门吏值夜。他们手笼在袖中，抱着长枪，瑟瑟缩缩，在午门前来回走动。宫灯昏黄，是冬夜唯一的温暖。自初更起，天上下起纷纷扬扬的鹅毛大雪，半个时辰之后，宫殿与地面盖着一层寒皎的积雪，进士们乌黑的纱帽上和朱红的官服上，都堆着白色的雪，人物的须眉全然不见，宫灯投出一尊尊凝重的身影。无一人说话，悄无声息，只有雪落的簌簌声响，远远望去，如一堆排列着的石头。他们身体的微温融化地面的积雪，双膝所据之处，已是湿漉漉一片。到了四更时，天色才有熹微的晨光，午门渐渐打开了，黝黑之间亮出一道光来，遥见一队朱红灯笼，摇摇晃晃，从门券下出来，前面走着两个官，后面几个人抬着两只桶，还有人提着竹篓，里面装着许多碗。前面两个官来到进士面前，高声嚷道："奉皇帝旨意，每人赐姜汤一碗，再赐鸡子肉汤一碗。"

郭翀、吴伯宗等人颇感意外。光禄寺卿盛了一碗一碗的热汤，少卿和寺丞等人双手恭敬地递与进士们。郭翀接了汤，一口喝尽，其他人跟着喝了，有人悄然泪落。光禄寺卿说道："你们真是赤诚哩。下官奉旨连夜宰杀了一头猪，切了许多新鲜瘦肉，放了五十只鸡蛋，撒些葱花和胡椒，做了一桶浓汤，你们趁热喝了，多喝几碗。"进士们一人喝一碗姜汤，喝一碗鸡子肉片汤，都不多喝一碗。喝完了，接着跪。到了五更初头，又有两只灯笼从午门里出来，一个太监近前高呼："传皇帝口谕：孟子配享不撤销，官家的书删节《孟子》一些话，民间的私刻不再限制，你们都回去罢，朕不加罪，怜你们一片忠心，回家睡半日去。"进士们听了，一时并无动静。太监左禄来到郭翀前面，赞叹说："还是你们这些进士厉害，有气节，也有主意。钱大人吃了一箭，圣上都不听，你们一跪，皇帝头一遭收回成命。还是你们这些读书人厉害！"说着挺着大拇指。郭翀漠然无语。左禄说："皇上恢复孟子的配享，民间印书任便，你们要体谅皇帝的难处，都请起来家去，莫负了皇上一片心意呵。"

郭翀才站起来，其他人也跟着站起来，仿佛石头都变化成人。众人抖落帽子和官袍上的雪，无欢喜，无悲叹，相互看一眼，眼神在刹那间交汇。郭翀伟硕的身躯在前面冲雪而行，从长安右门出来，靴子踏在积雪上，咯吱咯吱地响。他用乡音低唱着几句词："寂寞山城人老也。击鼓吹箫，却入农桑社。火冷灯稀霜露下，昏昏雪意云垂野。"

归 田

徐达、李文忠等武臣奉旨回京过年。新年里，皇帝宣徐达、李文忠二人来华盖殿。君臣饮着酒，吃些果品，说着闲话。皇帝不免告诫他们一番。次日，命魏国公徐达、曹国公李文忠等往山西、北平，修理城池，练兵训将，防着北元残兵南侵。从此，徐达镇守北平长达三年。

皇帝将外事托付徐达，大抵可以放得心，将内事托付汪广洋，任他做右丞相，如他稍能称意，左丞相今年便让他做。胡惟庸虽是左丞，省中的事不分大小，都有主见，票拟条理明晰，不需自己再费心思，往往照发便可。皇帝想起汪广洋这几年无所建树，大失所望。权衡了好几天，决定将汪广洋出迁到广东做行省参政。那里四季不分明，气候暖多寒少，也适宜他娘居住。

早朝散罢，汪广洋回到中书省，一名太监进来，高呼："汪广洋接旨。"汪广洋得知皇帝让自己去广东做行省参政时，有些意外。胡惟庸闻讯赶来，见汪广洋跪在地面，一时也怔住了。胡惟庸并未感觉欣幸，他也不知道来日是吉是凶，于是与吏部尚书詹同、御史中丞陈宁去华盖殿为汪广洋求情。皇帝说："我试用汪广洋好几年，终不称意，才将他外放，你们休要多议了！"三人从华盖殿出来，陈宁恭喜道："胡大人不久要高升了。"胡惟庸摇头说："居下位未必是坏事，居上位未必是好事。"

二月初，礼部尚书陶凯请教宋濂，一同商量删节《孟子》一事。宋濂怕被天下读书人嘲骂，推荐国子监助教钱宰参与其事。他是会稽人，吴越武肃王十四世孙，元朝至正年间中了甲科，精通《四书》，今年已经七十岁。陶凯还在翰林院中寻了几个编修，十几日就做出一部《孟子节本》。

《孟子》删节一事已毕，钱宰又回国子监当差，教书之余，清闲无事，看些前人诗文集，即兴写了一首诗，过后便忘。次日早朝，君臣议罢政事。皇帝在班部丛中寻一人，问道："钱宰哩？"礼部尚书陶凯道："禀报陛下，钱宰是国子监助教，从八品，按例在殿外丹陛上临朝。"皇帝道："哦，唤他进来。"才过一会，钱宰进殿，肃立殿中，答道："臣在。"皇帝问："你昨日在国学里作得一首好诗呵，还记得么？"钱宰十分吃惊，皇帝如何知道自己昨日写了诗？以为皇帝称赏，连忙说道："臣记得，请陛下赐教。"皇帝道："你且吟来。"钱宰摇头晃脑吟道："四鼓咚咚起着衣，午门朝见尚嫌迟；何时得遂田园乐，睡到人间饭熟时。"他笑盈盈地看着皇帝，等着赐予赞赏。

皇帝冷笑道："你在诗中写'尚嫌迟'，朕何时嫌你迟来呵？"钱宰一听，吃了一惊，仿佛失脚跌入冰冷的水池中。群臣也有些惊慌，一时寂静无声。钱宰以额触地，说道："臣一时胡言乱语，请陛下恕罪！"皇帝却笑了，说道："钱爱卿不必惊惶，平身罢。朕也喜欢作诗，想给你改一个字，如何？"钱宰道："陛下请改。"皇帝道："朕看还是将'嫌'字改为'忧'字，你意下如何？"钱宰道："陛下改得好，改得好！臣诗才拙劣，辞不达意，原意是怕来晚了，失了早朝，不合用一个嫌字。"他仿佛从冷水池中跳入温水池中，有说不出的舒适。皇帝说："你嫌朕曾经将几个失朝的人贬了官罢？我看你不是笔误呵。"钱宰顿首道："臣不敢。臣用字失当，要改过来的，谢陛下赐正。"皇帝捻着胡须，轻声自语道："钱肃，钱宰，又是你们姓钱的！"心中恼怒难平，决意将这个无用的老官打发回家，因说："你不必谢了。朕今日就放你回老家去，好生睡觉，睡到饭熟时才起来罢。"胡惟庸想劝说皇帝，先看陈宁一眼，陈宁微微摇头示意。

散了朝，钱宰回到国子监。将近晌午，一名太监送来圣旨，皇帝赐他归田。次日，钱宰收拾行囊，带着一个仆人，租了一辆牛车，悄然出城，取道投会稽而去。他不曾想到竟因一首诗"得遂田园"之乐，惊喜中不免有些惶恐。他更不曾想到，离开京城后，还安享了二十年田园清福。

钱宰离京后三天，苏州府有几位老民来京，到长安门外敲打登闻鼓，嚷着要面见皇帝。值日御史先报与御史中丞陈宁，原来是他在苏州做知府时，将逃避差役的人捉了回来，打伤致残六七人，伤后致死一人；另外还有土地契约、水塘纠纷等多年的积案未结，要向皇帝告状。苏州近年无知府，多是同知与几名府中经历在受理官司，判官、知事、经历等职位还空缺五六名，受理的官司排到半年之后。陈宁立即去皇上那里陈情，说苏州是张士诚的旧都，那里的人多感张士诚当年的恩惠，不守大明朝的法度，很多人为逃差役和粮税，都逃到外地，被捉了回来，如今他们竟然来京城告恶状。陛下若要受理，就算将朝廷大事都搁置了，一两个月都理不清，不如着吏部选一个有才干的人去做苏州知府。皇帝心想这些都属于地方长官的职事，如果自己去接待他们，皇帝岂不是做起知府的事来，因此不见，令陈宁去劝说。陈宁也不愿见他们，遂差御史张度劝老民回去，说朝廷给苏州委任知府后，再去当地衙门告状。

吏部尚书詹同临朝奏道："不只是苏州百姓的官司打不完，还有很多府州县向吏部要人，知府、知县尚缺两百多人。前年的举人和去年的进士都分派到京城和地方，仍远不足用，这如何是好？"皇帝说："明日早朝上，中书省与六部一起商议，想出一个良策才是。"

第三十六章

吴苑旧游野江平远　禁城春梦明月清寒

罢科举

早朝上，百官议论朝廷用人一事，意见纷至沓来。午朝与晚朝仍在议，稍有一些眉目。晚朝后，皇帝传胡惟庸和吏部尚书詹同来华盖殿，商定今年会试以及地方缺员的事。

吏部尚书詹同说："陛下，元朝时法度宽纵，但各行省和路、府、县长官甚是礼遇读书人，官府多任着他们的性子，愿做幕僚的便做幕僚，愿隐逸山林的便隐逸山林，他们大多图一个闲适自在，多以隐逸相标榜。皇明开国以来，这些读书人疏懒惯了，无进取心，给官都不想做。柳州府知事是慈溪人孙原哲。陛下在金陵开六科取士，他不参与，县令反复催迫他，才到京师，在吏部应试。他的文章、品德两全，中了选，才令他做柳州府知事。山西沁水县何振纪，朝廷开乡试，他不来，县令强送他到京城，参加吏部考试，论春秋时吴国和楚国两个人物的事迹，很有见识，当时的大宗伯崔亮很惊奇，保奏他做了霸州保定县的主簿。还有明州鄞县陈刚，知县敦迫他就试，他不肯受约束，不参加乡试，到了第二年，强征到京师，在吏部参加群试，中了选，授了神木县知事，皇上还赐与他纱帽绮衣银束带，他也曾来奉天殿谢恩。如果让他在做官做民中任选，他还是不想做官。"

皇帝拍了一下几案，大声喝道："这都是元朝法度宽纵所害！读书人安逸惯了，不想经世为用！如今战乱初平，万事待兴，他们不耐辛苦，就不想出来做官，不想为朝廷出力！乡试中了举人的都是贤才，会试不过在贤才中再选一选，分出前三甲而已，谁中状元，不只是文才好，运气也要好，想必祖坟相中了好地方。依朕看呵，凡乡试里录取的人，都不是庸人，个个都可以做官！"

詹同附议道："陛下说得极是。便是不参加乡试的人，也有实干之才，就是不想出来做官罢了。譬如金溪汪子昭与状元吴伯宗是同乡，现年五十多岁。他早在二十多岁时就在县中负有才名，家住在江边上，清贫得很，后来县令强荐他到京城，参加吏部考试，将他定为上选，要授予他做同知。他却求告吏部尚书说，鄙人年老，一身是病，胜任不了官家的事，强迫他做官，只是穿上官服戴着乌纱帽吟诗作赋，白白浪费酒饭，顶不上用处，并不是爱惜自身，又怕被官吏弹劾他不为朝廷所用，请尚书郎本中不要授官。郎大人不准，他就天天来求情。那几个月间，他在京城租屋住，户部发的饭钱都快吃光了，同列的几百人先后授官而去，他却不为所动，执意要辞。郎大人见他怎么死心，想他说的老病怕是托辞，就请太医去看，果然有肺痨病在身。郎大人当时便禀报了陛下。"皇帝道："朕记得这件事。太医都看了有病，朕便赐他回去了。"

胡惟庸道："臣以为开国六年多，国家亟需贤才，中书省拟发文移到各府州县去，告知民间那些聪明正直的人，贤良方正的人，孝悌友爱的人，愿意便好，不愿意的都要征到京城来，一体任陛下选拔。各省的贡士、贡生，尚不老成的，都要先进太学读书，学有所成再去乡试，民间的贤才直接征来便是了。"皇帝看着胡惟庸，眼角露出笑容，说道："还是胡爱卿的主见好，强征也真个实非得已！但却合朕意！"

皇帝还有一些话不便说出来：就是那些进士们在京城做官，往往声气相投，常以气节相标榜，朝臣称为"进士党"。榜眼郭翀的名荣本在状元吴伯宗之下，可进士们都认他做班头，凡事能一呼百应，午门跪谏定是他的主见。含状元吴伯宗在内前二甲共十九名进士，都情愿与他一起跪，杀也杀不得，贬也贬不得。皇帝断然地说道："乡试的举人可以给官做，山林隐居的贤才，德行文艺都有可称道的，有司官征来，送到京城，朕给以礼遇，都要任用他们，何必一定要再开会试，分出前三甲来，多此一举！"詹同劝说道："陛下，唐宋以来，科举取士是朝廷用人的正途，既然首开了科举，万万不要废止了。"皇帝生气地说："朕下诏开科取士，以为赶考的人很多，会挤破贡院的门槛，如今看来四方的饱学又老成的人，多不愿出来应试。他们一则不想被国家所用，二则在家乡耕种几亩薄田，闲逸惯了，不愿与朕一同来收拾战乱山河。赴京赶考的举子人数怎少，凡是来考的就算尽数录取，朝廷还不够用，哪里还经得起甄选。再说了，前年取的那些秀才们，大多是后生少年，三二十岁的人，看他们下笔作诗作文，引经据典，满嘴大道理，像是大有作为的模样，等放到了府州县里试用起来，能理政处事的人太少。朕是真心实意寻求贤才，而那些秀才们都用虚文来应付朕，有道是'自古铁锅煮白米，没有铁锅煮文章'的。你们想一想，朕说得中不中？明年还开考作甚么？"

詹同不知如何对答。胡惟庸听出皇帝的意思，忙道："陛下所言极是，暂罢京城会试，只开乡试，与朝廷用人并不相悖。"皇帝问道："苏州府积案不少，百姓们都到京城来打官司了。那里一直缺少一个贤能的知府，谁去最好？"詹同道："魏观从龙南县调到京城，做了礼部主事。他在龙南县颇有政声，是一个有吏才的人。"皇帝问胡惟庸道："你这个中书左丞意下如何？"胡惟庸道："臣也听说魏观有百里之才，苏州府正缺一员知府，不如放他去苏州。"

二月间，朝廷于是下了罢科举诏，各地举人俱免今年会试，全部赴京听选。吏部安排一部分举人在国子监中继续读书，另一部分到各京城衙门中实习吏事，名唤"历事监生"。国子监年轻的学生唤小秀才，年长的学生唤老秀才，都是皇帝寄予厚望的人。

吴苑访旧

高启与谢徽被皇帝赐金放还后，谢徽去了杭州，在一户富贵人家教几个蒙童。高启不愿远游，在家中过着亦耕亦读的日子。他的书斋挂着一副楹联：爱闲却道无官好，居远非嫌有客多。

江畔村居的情味，其实不免有些黯然。邻家都借不到几册书，终老乡村虽不是一件憾事，只是衣食与居所难安，做梦都有漂泊之感。春雨连夕的日子，屋漏地滑，难得有三四日晴，全家忙着请人修屋；漏雨将书和被褥淋湿了，最是家居难堪的事。夏日渐至，西园绿树渐成浓阴，妻子与婢女携着二女外出时，高启往往倦倚在书窗边，几案上焚一炷香，近看如古篆盘结的烟，远观窗外青碧的菜畦和田园，田园之外是一道平远的江景。仿佛只是一炷香的时光，不觉一天将暮了，起身卷起竹帘，放燕子回到梁上的巢中，听着池塘里青蛙成阵地乱鸣。有时妻子摘菜回来，女婢在厨房做饭菜，煎炒之声清响可听，书房里都弥漫着菜蔬的香味，还有柴火煮米散发出微焦的饭香。他有时就放下诗书，来到灶房门边，看着妻子与婢女忙碌着晚餐，就逗着两个女儿背诗词。到了秋日，他照例会有木叶摇落成悲的诗心。看那向晚时分，半村残照，牛羊跟着牧童走在村路上，天上的雁归飞得急切，就会感觉草木的零落，秋心的悲凉。他在重阳节看不到陶渊明眼中的菊花，往日的诗友们为衣食飘零四方，无人陪他登高吟啸，心思只能在诗中消解。池塘边柳树半枯，柳叶纷纷飘落水面时，他想见自己映在镜中纤瘦的面庞，正在萧飒的愁思中一天天老去。

平日家里缸中水尽，他不舍得让妻子去挑水。婢女体弱，又不能负重。高启自思是一介须眉，且是一家之长，试着挑着一担木桶去打水。回来时，路上往往能遇到几个乡邻，见他肩上两只水桶晃荡着，淌出一路的水迹，就掩袖笑他。若遇到刻薄的村夫，还会问起他的隐情说："高学士，你回家住恁久，怎地不去京城做翰林了？"有人借机嘲讽道："高先生是读书人，如何做这般粗活，命下人们去做才是。"也有人婉劝说："挑水种田，都不是你的长处，你作诗填词才是正经的，要不教几个蒙童也是好的。"高启觉得羞愧，低头装作未听见，走得更快，两只水桶如风中灯笼一般，水淌出更多。回来后不免懊恼，于是在诗中嘲笑同乡，顺便借孔子当年的遭遇自遣，"薄俗相轻吾敢怨，鲁人犹自笑东家。"

洪武五年立春后，村里的私塾请高启去教书，学堂设在高氏宗祠里，有十几个儿童，每月有二两五钱银子，名曰束修之仪。高启犹豫几日，自思渔、樵、耕、读，只会一件事，就是读书，琴棋书画中也只略会围棋。他的字学赵子昂，因为心思在诗歌而不在书法，用笔纤弱，赵字的精妙用笔学不出；小楷也不太工整，无人请他抄书或抄经。妻子劝他去教书，闲暇时多，并不耽误作诗。他勉强同意了。

二月细雨连日，高启正在堂上讲《论语》，领着儿童们放声吟诵，看见门外来了三个人。其中一人径自来到堂下，竟然是故人魏观，高启十分惊异，将书一抛，忙走下堂来迎接，拱手问道："杞山兄，你如何会来这里？"魏观笑道："承皇帝隆恩，放不才到苏州来了。前日到府中交接完毕，今日得闲便来探访季迪兄。"高启惊喜道："不承想杞山兄要做不才的父母官了，苏州府的百姓准拟有福。"魏观客气地说："岂敢。"

魏观说前年因在朝廷议礼，龙颜不悦，出迁江西龙南县做知县。去年十一月才奉诏还京，做了礼部主事。他顺便问及高启为何辞谢户部右侍郎，不比在村中教几个蒙童好么？高启讪然一笑，低头叹息着，不想做户部官是实，但不想离开翰林院也是实，谁知皇帝不悦，索性连翰林也不让自己做了，赐金放还与免职差不多。这些心事面对故人也无法启齿，只能借两句诗来回答说："旧事堪愁今懒说，相看已是解忘言。"魏观会意，便引开话题说："我在府内独居冷清，城中无几个相识。待我清理积案，便接兄来城中住，城东有许多好房屋，为兄物色一处便是。兄在城中谋生，自比在乡间稍强。"高启道："多谢了，若我要去举家都去。"魏观道："那不在话下。"高启请魏观到村店吃酒饭，魏观说："你点酒菜，我出钱钞。"

酒饭之间，魏观与高启正在说话，忽听门外人声喧闹。店主人来到魏观的脚边，纳头便拜，说道："小民拜见知府大人。"魏观惊讶地问道："你如何知道我是知府？"那店主人道："恕小民眼瞎，不认得父母官大人。恰才店里有一个客官，从金陵来，见过大人，临别时就告知了小的。父母官大人驾临敝店，岂敢不来拜见。"魏观笑道："原来是恁的，快快起来。门外又是何人在喧闹？"店主人道："大人容禀：村上的人得知父母官大人在敝店吃酒，要来叩拜，有的人还要申冤。"

魏观放下筷子，站了起来，说声："季迪兄，失陪片时。"就来到门外。门外挤满了村民，几个年长的人站在前面，年轻的人都在后面的泥泞里站着。两位年长的村民来到店前屋檐下，跪拜在地，说道："魏大人，老汉有礼了。"魏观忙上前扶起，握住老人的手道："老乡有甚事？"老村民说："魏大人呵，您老来苏州才三天，老民可早听了大人在龙南县的好名声。皇帝召大人进京，龙南县的百姓都舍不得放你走呵。苏州前任知府是陈宁，他征赋苛急，倘有延误，就烧铁烙人肌肤，人呼'陈烙铁'。我们村里人因苏州府赋税重，都逃到外地，陈烙铁派出差役，将在逃的村民都捉了回来，一顿好打，有的受伤的人无钱治病，半年就病死了。陈宁调入京城后，苏州多年无知府，都是同知大人在理事。我们得知魏大人来做父母官，乡里的读书人都呼大人为'莼川清风'①。我们有些冤屈，要请父母大人做主呐。"

魏观兴致欣然，请三位年约五六十的村民，一同进店吃酒。三个村民死活不敢入座。魏观道："圣上已经下诏，天下即将举行乡饮酒礼，这是周朝便有的礼制，唐宋两朝最盛，元朝时中止很多年。皇明体制要追摹唐宋，因此要恢复乡饮酒礼。苏州府在秋季举行，借以序长幼，别贵贱。你们都是长者，吃几杯村酒不算甚么，酒钱由下官来付。坐坐坐！"三个村民才局促地坐了。魏观劝村民饮了两杯酒，答应道："我回府后，你们写状子来告，如不会写字，到衙门里来，我差书手替你们写，真有冤屈，本官为你们申冤。"三个村民又叩头拜谢。酒饭毕，高启抢着付酒饭钱，魏观按住他的手腕，说道："这顿酒饭钱，若是你付了，便是陷弟于不廉。"高启执意要付，问道："款待朋友，岂会伤兄的清廉？"魏观道："话是这般说，但兄不知皇帝告诫我们这些下到府县里做官的人，吃百姓人家一顿酒饭，不付钱便是贪官。皇上说天底下除了吃父母的饭，哪还有白吃的事！兄应知弟的难处。"高启说道："圣上吏治真严，真个爱民心切呵。"就由着魏观付了酒钱，

魏观到门外与父老揖别。高启送行来到江边。江草萋萋，枫树青青，水天间有一种平远之意。魏观指点江上道："吴淞江真是清绝，唐人诗句'枫落吴江冷'，便是写这条江罢？今日站在江边，才知道此句浑然天成，可惜不是秋天。"高启道："正是。"魏观道："苏州真是好地方。"高启道："苏州近年来风俗浇薄，人心不古，有兄主持此地，不出数年，苏州政绩当为天下楷模。"魏观道："弟何才何德，兄过奖如此！欲富苏州之民不难，要明教化，变风俗，却是难事。"高启笑道："以兄的才干，上天假以时日，富苏州之民，化苏州之俗，都可指日而待。"魏观道："我尽力而为，但得不负所望。"

登船前，二人执手道别。高启遥望西北，应天城在那个方向，问道："不知太子近来如何？还在大本堂进学么？"魏观说："太子每日都去大本堂读书写字。前年皇上让他迎娶了开平王的女儿，太子似乎不喜。据说太子野游时，认识了一个民女，想纳为妃子。皇上起初不同意，后来又说今年三月请人为他说媒，迎娶那个民女入宫，也不知真假。"高启喃喃道："太子深情人也。"

迎娶

这天晚朝散后，礼部尚书陶凯来华盖殿见皇帝，说道："陛下去年答应太子一件事，不知还记得么？"皇帝问道："甚么事？哦，想起来了！你如何知道？"陶凯道："太子宾客梁贞先生受太子之托，昨日来礼部，给臣提起这件事。陛下曾说准

① 莼川清风：魏观是湖北蒲圻人。蒲圻地名语出孙权所作"蒲草千里，圻上故垒；莼蒲五月，川谷对鸣"，因此蒲圻又别称莼川。

许太子在三月里迎娶民女秀秀，要尽快去提亲了。"皇帝道："这事我记着哩，你请回罢，我自有安排。"

约莫二更初，皇帝将寝之前，没有点一名后妃来侍寝，值夜的太监左禄知道皇帝有心事，要独眠乾清宫。皇帝唤左禄道："左禄，你进宫来。"左禄忙进了宫，一会就出来了，匆匆向午门外走去。约莫过了两刻，左禄提着一只灯笼，领着一个高大壮健的人，身着绯红锦衣，头戴乌纱帽，二人一前一后，顺着宫墙的暗处疾走。此人来到宫门外，几个佩刀值夜的太监看见是金吾侍卫都护府的都护张焕，都吃了一惊，说道："张都护，好久不见了。"自从张焕做了都护府的二品都护，只有皇帝出宫巡视，他与郑泊才会领着亲军侍卫相随。若皇帝在宫中时，则由太监守护宫城，外面的皇城都是由张焕、郑泊等人节制的各卫亲军守护。张焕入宫后，左禄关上宫门。不足半个时辰，张焕从宫中出来，跨出宫门时被门槛绊了一下靴子。左禄要提灯笼去送，张焕轻声道："多谢左公公，不必相送了。"

次日中午，太子趁皇帝午睡时，与梁贞要出东华门。守门的太监赔笑道："胡公公来传话了，近日为殿下商议迎娶的事，天气还凉着，殿下不宜出宫城。"梁贞说："殿下想到朝阳门外玩耍，就半个时辰，你就放行罢。如若不然，将来殿下做了皇帝，小心你的脑袋！"那太监慌张地说："不是奴婢不让殿下出宫，是万岁爷不让。如果不让殿下出宫，奴婢将来要掉脑袋；如果让殿下出了宫，奴婢霎时便要掉脑袋，奴婢两头为难呵。"太子见他这么说，体谅他的难处，说道："既然我爹发了话，这几日便不出宫了。"二人回到东宫。梁贞道："殿下，秀秀已经来城里了，要不要将提亲的事告诉她？"太子说："不用，我爹说要差媒婆和礼部官到她家去纳采问名，让她惊喜一回。"梁贞说："恁地更好。"

晚上，礼部尚书陶凯来到华盖殿，与皇帝和太子商量明天请媒婆去严家村纳采、问名的事。太子道："请上林苑监捕捉两只活雁来，要一公一母的。"皇帝道："只有秋天大雁才南飞，如今才三月，天还凉着，雁少，捕获很不容易，还是用玉雁替代罢。"太子说："活的鸿雁才最吉庆，用完了，仍放它们飞走。"皇帝道："捕捉费人力，你也体谅上林苑官的难处，以后都用玉雁便是了。"又问陶凯道："这回到民间纳采，不必再请坤宁宫的宫人冯萱，你到城中请一个品性端正的媒人便是了。"陶凯说："差应天府官媒张媒婆去，功臣家多是请她去提的亲。"皇帝道："那最好了，着太子宾客王仪与礼部官陪着去。"

次日午前，王仪与礼部两名使者从宫外回来，到东宫门外，太子闻讯，忙出来相迎，问道："一路顺利么？"王仪道："甚是顺利。我们辰牌时分来到严家村，见着了秀秀的父母，他们听张媒婆说是来提亲的，都惊住了，不敢问是哪一门的亲，说秀秀到菜园摘菜去了，正在塘边洗菜，便去唤她回来。张媒婆见秀秀从门外进来，笑说，你是那个秀秀罢？老身从应天城来，要为你寻一户好人家哩。秀秀一听就急了，登时就变了脸色，说我还小，不用提这事。"太子忙问："后来哩？"王仪道：

"臣自是知道秀秀的心思。张媒婆说,秀秀呵,你莫急,你还不知道这是哪一门子亲。老身告诉你,是当今皇帝令老身前来替太子殿下纳采的,是结的皇亲哩。秀秀不敢相信,以为是媒婆赚她。礼部官奉上两封银子各一百两,玉雁一对,她的爹娘才信了,欢喜得不得了,满口答应,立即告诉媒婆秀秀的生辰八字,还说乡下人不知礼数,请大人们不要见笑。"太子问:"秀秀说了甚么?"王仪道:"她见了礼部官身着官服,呈上两包黄绫包的银子和一双玉雁,才知道是真的,说这是做梦罢?还问殿下近来安好么?"太子惊喜地:"你告诉她,我很好么?"王仪说:"臣告诉她了,说皇上宫禁很严,那几日不准太子出来,不得已失了约。秀秀说她知道你的难处,不会见怪。"太子听了欢喜之极,说道:"王先生,烦你明日去礼部,再与媒人去秀秀家,将六礼都办齐了,快快迎秀秀进宫来。"王仪道:"皇上说,比及太庙占卜后,再备礼告知女方家,再送聘礼,行纳征礼。殿下不消急这一时,再过十几天,便可迎娶了。"

两日后,皇帝与礼部官说,太庙占卜得了吉兆,再差官媒去严家村送聘礼。太子欢喜得无法言喻。皇帝差梁贞、王仪与两位礼部使者与张媒婆再去秀秀家。太子查看礼部礼单,有黄金五十两、白银二百两、锦缎十匹、银酒具、瓷器、金钗等,十分满意,仍去大本堂读书习字。太子临帖时总是心神不宁,等着梁贞、王仪早些回来。

将近巳牌,胡政急匆匆来到大本堂,神色慌张,在太子耳边轻声说:"皇上召殿下去华盖殿。"太子欢喜地说:"我即刻就来。"收拾笔砚和书籍,站了起来,整了整衣冠,飞也似的赶往华盖殿,胡政在后面急追。太子一进宫门,见梁贞、王仪与陶凯和两位礼部使者都跪在地面,皇帝没有坐御座,却站在宫中。太子见这种情形,心中惊异,忙问:"父皇,出了甚么事?"皇帝神情悲戚,招手道:"儿呵,你近前来,坐坐,坐下听我说……你可不要太难过了。"太子问道:"出了甚么事?出了甚么事?"皇帝语不成句,缓慢地说:"礼部官和太子宾客、张媒婆等人去秀秀家……谁知她昨日在塘边洗菜,失足滑入塘里……已经不能回天了……"太子怔住了,忙问跪在地面的人道:"梁先生、王先生,秀秀怎的了?是死是活?"二人朝太子叩头,说道:"请殿下节哀顺变,秀秀昨日黄昏时在池塘边洗菜,失足滑入水中,发觉时已经溺死了……"太子听了,"啊哟"一声,头向前一倾,双眼一闭,身体缓缓地软下来,眼看要瘫倒在地。梁贞忙膝行上前,将太子托住。太子面色苍白,牙关紧咬,不省人事。皇帝神情失色,惊慌起来,叫道:"啊呀!"大步奔过去,单膝跪在地面,双手抱着儿子,连声大呼:"我的儿呵,我的儿呵……快快快,传太医!快快快,传太医!"

太医急匆匆赶来,先掐人中,没有动静,再按脚底涌泉穴,又在后颈、头部与两肋处按摩。约莫一刻后,太子张开眼睛,神情痴痴的。太医让他饮了几口热茶,他才苏醒了。皇帝长叹一声,踉跄退了几步,一屁股坐在椅子上,说道:"真个吓死我了!"皇帝令两名太监扶太子出宫,登上龙舆,回东宫歇息,太医跟着去。太子躺在东耳房的床上,才一会儿,皇帝、皇后、太子妃以及皇上六宫妃嫔都匆匆赶来了,拥在东耳房里劝慰。太子喃喃道:"她好好的,如何会溺死呵?是不是有人害死了她?"皇后近前抚慰道:"儿呵,是她自己失足溺死的,谁敢害死她呵。人死不能复生,你要好生将息,莫伤了身子呵。"皇帝道:"儿呵,你莫胡乱想了,是她自己命苦,失足溺死了,都是朱家纳采和问名的人家,将来要做太子妃的人,谁敢动她一根寒毛?"皇后慰劝说:"你爹说得是。差礼部的人去吊唁了,聘礼都送给她们家了。娘知道你难过,你要想开些才是。"皇后泪流满脸,太子一直啜泣着。皇帝用手巾擦拭太子的眼泪,又印了印自己的眼睛。

常氏在一旁抚泪,神色悲凄。皇帝转身对常氏说道:"太子妃呵,从今晚起,你整夜都陪在东宫睡,日间也陪着,多加劝慰,切莫让他伤了身子。"常氏应承道:"儿臣遵旨。"皇后补充一句说:"你们大婚都快两年了,也要替皇上生一个皇孙才是。"常氏红着脸,微微地低下头,有说不出的隐衷。皇帝将皇后和妃嫔都召到华盖殿,说道:"太子遭此意外,正伤心着,这几日他休了学,你们日间都轮流来看顾他,多加劝慰。"众人领命。皇帝问孙贵妃说:"成穆贵妃,自从那个柳氏与你相识后,来后宫做客有好几回罢?"孙贵妃答道:"陛下容禀:柳氏善诗词,臣妾平日里无事时,也喜欢写诗填词,就约她来宫中几回,都是谈论诗词,解解闷哩。"皇帝道:"几年前,宫禁宽松,内外交往的事也不免。如今宫禁严了,宫外的命妇逢年过节,都在坤宁宫中拜见皇后,不要私自去结交,也不要请到各自宫中去。那个柳氏还陪你到太平,同去不惹庵进了香罢?你还题了诗是不?下不为例!"

皇帝不怒自威,孙贵妃不敢看皇帝,低着头,心里七上八下,提心吊胆。皇帝道:"休要再唤她入宫了,你们烦闷时,到御花园走一走,到坤宁宫陪皇后说说闲话,便能打发日子了。"孙贵妃道:"臣妾遵旨,以后断绝与柳氏来往。臣妾上回去了太平城扫墓,了却平生的心愿,再也不会出宫了。"

辞章

太子休歇数日,又来大本堂读书,国子监生国琦、王璞、张杰一同陪读。日间太子无心思读书写字,总是发怔。国琦故意说些趣事,太子也无兴致听。

散了课,亲王相继离开大本堂,太子请梁贞和国琦、王璞稍留,问道:"梁先生,你以为秀秀是失足溺死的么?"梁贞说道:"皇上都说是失足溺死,想必是的。"国琦说:"我不曾去过秀秀家,那水塘没见过,不敢断定真假。"太子道:"我曾经在那塘堤上经过,塘边的水浅,秀秀即便滑入水中,也才齐膝,如何会溺死?我便不信!"梁贞道:"臣虽觉得蹊跷,但无证据,也不敢胡乱猜测。"太子又对王璞说:"小秀才,你最会作骈文,我也想作一篇骈文来。"王璞问道:"是写序还是赠别?"

太子道:"都不是。平时向宋先生学古文多,却不知如何才能作好骈文。"王璞道:"骈文是四六句子,稍加对偶,撷取典故,连缀起来便成骈文了,间或加上几句古文便更见高古。殿下当取法六朝骈文,六朝骈文又以庾信、徐陵为佳,唐人多学他。不要学唐以后的骈文便是。"太子道:"小秀才说得极是。唐骈过于工整,律骈更是严谨,难免不雕辞伤气。"他见梁贞袖手在旁,就说:"梁先生请回罢。"梁贞、国琦告辞后,太子将一张手迹递与王璞:

> 惟皇明洪武五年三月辛未,某妃薨。律谷罢暖,郊原回寒。催秀蕙于芳林,销香魂于水泽。尔其风华秀整,容貌清妍。逸态发于天姿,嘉怀驰于襟韵。悼冥途之已远,悲芳履之不临。陟冈何臻①,雪涕罔极。呜呼哀哉,予抱丧淑之伤,谁怀殄美之忏……

王璞低吟着太子的文稿,原来太子早就会写骈文,取法六朝,又有唐朝骈文气息,品格不俗。文中称某妃,宫中并无妃子薨逝,知道是太子称呼秀秀。王璞看毕,体味着太子文辞之外的悲思,说道:"殿下情胜于辞。"太子道:"你说得是。临文之际,许多话写不出。"

晚膳后,太子来到宫门外,左右小太监提着灯笼紧随着。太子道:"休要像跟屁虫一般,离我远些!"小太监们就在一丈开外跟着。太子在东宫的天阶上独步,风露凄凉,碧宇辽远,一轮明月悬在宫观之上。他想着与秀秀相处的欢娱辰光,如今却生死两隔,不觉泪水盈颊。常氏见太子久未回宫,就出宫来寻,见他独自在看月光,小太监都不敢近前。常氏来到太子身边,温婉地说:"殿下,夜里风冷露凉,臣妾请殿下回宫去,为臣妾讲讲《千家诗》罢。"太子不语,半晌转过身来,见常氏站在月光下,看着他微笑,竟然多了几分姿色。常氏上前挽着他的胳膊,扶着他缓缓回宫。

吏部尚书詹同差人来文楼值房,传梁贞到吏部正堂。詹同笑道:"朝中许多文臣想致仕还乡,不知梁先生也想归隐田园么?"梁贞惊讶地问:"莫不是在下失职?"詹同的笑很快就隐去了,说道:"你为太子殿下做了甚么事,你自家心里明白!"梁贞道:"不才不过教他读书而已。"詹同冷笑道:"若要人不知,除非己莫为!"梁贞心中很惶恐,忙问道:"在下有过失,今日便辞官,不知使得么?"詹同道:"如何使不得?"梁贞在吏部借了纸笔,即刻写了致仕疏,托詹同转呈皇帝。次日,皇帝准梁贞辞官还乡,赐银八十两。梁贞在回绍兴府新昌县的路上,晚上入住一家客店,喝了三五两酒,腹中渐渐作痛,就到房间睡,两更时竟病死在客舍里。

---

① 陟冈何臻:陟,登;冈,山。这句意思是说登高远望,如何还能见到她。"陟冈"语出《诗经·魏风·陟岵》:"陟彼冈兮,瞻望兄兮。"

　　黄昏降临应天城，街坊的市声渐息，人影稀疏。城中华灯初上，或明或暗，在夜色中闪烁，远远看去如微明的星河。吴记纸笔店才插上几张门扉，正要上闩时，有人敲门。柳氏开门来看，却是孙贵妃的宫女卫淑仪，她有几分慌张。柳氏忙说："卫姑姑，快请进来。"卫淑仪朝街坊间看了看，就进了店门。

　　柜台上一盏油灯，撑开四围的昏黑，映着三个人的眉目，有些恍惚迷离。卫淑仪先掏出几十文钱，说道："柳姐姐，买一百张泾县纸，五支湖州笔。"柳氏拿出一刀纸和五支笔放在柜台上，将铜钱推了过去，轻声问道："权当我送与贵妃娘娘习字写诗用。——莫不是宫中出了事？"卫淑仪轻声地说："是呵。太子出宫郊游时，认识了一个民女，二人情投意合。皇上说替太子去说亲，谁知送了聘礼后，没过几天，她便在塘里失足溺死了，太子因此病了好几天。皇上口谕六宫，以后妃嫔们都不许与宫外的人交结，命妇也只限足坤宁宫和后花园。皇上还知道了姐姐陪贵妃娘娘去太平不惹庵的事。早一向，太子宾客梁先生突然辞官还乡，却死在路上的旅馆里……"

　　柳氏听了心慌，问道："那我们如何是好？"卫淑仪道："贵妃娘娘说，她这一生已无遗憾，就老死在宫中，活着再也不出宫了。娘娘差我送二十两银子与你们，将店子转卖了，走得远远的，不要再到京城来。"卫淑仪从包袱里拿出一封银子，一本小册子，塞与柳氏，说道："我不能久留了。贵妃娘娘卧病在床，托我代她与你们夫妻道别。贵妃娘娘说今生的缘分都藏在心里，相互记念着就是了。这些银子是她的些小心意，这本册子是她留存的诗词，送与你做一个记念。没有署名，你知道就是了。"柳氏点点头，忙问："多谢娘娘了，她得了甚么病？"卫淑仪摇头说："我也不太知道。太医不能进后宫看病，都是我们向太医陈述病情，太医开了方子，我们捡了药来煎服。贵妃娘娘每日昏昏欲睡，气短心闷，好静不好动，形容消瘦。"柳氏道："莫不是幽思成疾？"卫淑仪说："恐怕是的。"她拿起纸和笔，要出店门。柳氏又拿起几支笔，顺手在柜里拿出两本空白册子，递与卫淑仪。卫淑仪道谢，急匆匆出了店门。

　　三日后，吴子奇张贴启事，将门面和店中的货物全部转让，过了几天，就带着柳氏，租了一辆马车，捎着轻便的行囊，沿着官道向西走，不知投向何方。从此，他们夫妇再也没有来到应天城。柳氏与孙贵妃云树两隔，音讯皆无。

第三十七章

高季迪寄食苏州城　刘伯温请罪华盖殿

青邱子诗抄

苏州府衙门沿用元朝都水行司衙门，位处胥门内，形制狭迫。元朝时，苏州的府治设在内城吴子城①，此城相传为伍子胥所筑，为吴国王宫所在。张士诚夺了平江，将吴子城里的寺庙改建王宫，府治迁到外城里的都水行司衙门。大明军攻破平江时，王宫多毁于战火，当地人称此处为吴宫废基。

苏州府现有三进，自历战乱之后，都有些破败。第三进是几间瓦屋，知府所居之地。后面有一处小花园，已经长满乱草。二进是会客厅，只有几张旧桌椅。正堂两侧是东西班房、六科房、东西厢房、监狱、厨院等。正堂上方"明镜高悬"匾额是魏观上任后所挂。皇帝圣旨，各府县衙门正堂上方，都要悬挂这四字匾额，下安百姓，上警官吏。府正门至仪门之间，有一面鼓，如今已经破损。仪门内的黑栅栏也多破残，正堂的屋顶还漏出天光。府内地砖多处残损不平。

魏观坐堂第一天，正门前挤来很多百姓，都带着状子，如土地契约之争、借款失信、征粮苛派、耕牛盗窃、稻田用水争斗等乡间多年积案纠纷，魏观都全部受理。忙了几个月，觉得身心俱疲，于是给吏部上了一疏，说苏州府政务纷烦，判官、知事、经历等职事还需五六名。

皇帝看了魏观的奏本，问吏部尚书詹同道："魏观向吏部要人，你们给了几人去了？"詹同答道："朝中人手不足，各地官吏也未满员，不能调拨，一时未曾遣人去。"皇帝道："魏观莫不是想做一番大事？你便从国子监选三四个老成的秀才去苏州，跟着魏观习吏事，将来做他的左右手。苏州是张九四的旧都，江南一二等富庶之地，他想必有所作为。"詹同道："臣这就去选。"皇帝又道："那个高启也是苏州

---

① 吴子城：旧址东至苏州市公园路，西抵锦帆路，南临十梓街，北傍干将路，处在古城中轴线上。

人氏，自从朕放他回乡，一直不曾见过他的诗了，不知他近年可有甚么新作。"詹同道："臣就为陛下去寻访高启的诗集。"

当日史部遣人在书肆里购得一部《青邱子诗抄》。皇帝饭后无事，在乾清宫灯下看。他最喜欢高启的七律。高启写皇帝车驾从太庙祭祀后还宫，诗有两句"汉酎祭余清庙闭，舜衣垂处紫宫开"。写晚登京城南冈望都城宫阙有"云霄双阙开黄道，烟树三宫接翠微"，又有"残雪已销鸫鹊观，浮云不隐凤凰台"。皇帝心想自己或许做不出来，但首科状元和榜眼都写得出来，未必见奇。高启居在江畔，诗中有"未有佳儿书漫读，既无俗客酒频倾"，说自己只生了女儿，但有诗友酬唱，并无俗客，因此酒兴很浓；又有"年少即闲真信拙，诗成虽好可言才"，可是他连户部侍郎都不想做，是一个不求上进的人，自恃能写几句诗，哪算得上人才。又看到"疏柳一旗江上酒，乱山孤棹道中诗"，皇帝觉得诗情摇曳，江山行旅的况味，被他细致地写出；又看到《梅花》诗有"淡月微云皆似梦，空山流水独成愁""立残孤影长过夜，看到余芳不是春"，写得清灵疏秀，有几分才气。"蛛曳林风吹欲断，鹭经沙雨洗偏明"，诗句状物体察细微。五律中有"往事愁人问，虚名畏客称。无才任萧散，敢望鹤书①征"，隐约写出他被赐金放还后的羞愧和期待。皇帝在心里跟自己说，"鹤书"就不要再指望了。

皇帝看到《青邱子歌》写道："蹝屩厌远游，荷锄懒躬耕。有剑任锈蚀，有书任纵横"，笑了起来，喃喃自语："好一个疯秀才！"读到下一句"不肯折腰为五斗米，不肯掉舌下七十城"，心想高启莫不是因为这个缘由，才不做户部侍郎？接着再看"头发不暇栉，家事不及营。儿啼不知怜，客至不果迎。不忧回也空，不慕猗氏盈"，倒是写得很真切，就是有些聒噪。当皇帝读到"不惭被宽褐，不羡垂华缨。不问龙虎苦战斗，不管乌兔忙奔倾"，便不笑了，心想自己当年与陈友谅、张士诚作龙争虎斗时，他高卧山林，充耳不闻，对世事如此冷淡，真是一个太平之世无用的闲人。

皇帝看了许多七律，来看他的七绝，忽见一首《题宫女图》："女奴扶醉踏苍苔，明月西园侍宴回。小犬隔花空吠影，夜深宫禁有谁来？"皇帝有些纳闷，高启在京城里，未曾进得后宫，这首诗写后宫景致竟历历如画。忽然想起有一晚，自己喝了酒，留下一名宫女在乾清宫侍寝，正要行云作雨之时，宫女才告知刚刚来了潮信，可自己情性已动，不能自制，令胡政去宫女的睡房里另选一位十六七的宫女。宫女来时，隐闻宫墙外亲军值房的狗在叫。高启莫不是写那晚的事，借着为《宫女图》的题诗来讽刺自己荒淫么？想起他的《青邱子歌》中有一句"不容在世作狡狯"，这便是他的"狡狯"么？

---

① 鹤书：又名鹤头书，是古代用于招贤的诏书。汉朝的诏书称之为"尺一简"，与鹤头有几分相似，故名鹤头书，后世称为鹤书。

　　这日早朝上，吏部尚书詹同点评了十几个知府的吏治和才干，最后说到魏观。去年底，吏部尚书詹同会同吏部侍郎吴琳等人，考察天下守令政绩；到了洪武六年二月，吏部考核各地守令完毕。魏观到任后，先清理历年积案，然后增建苏州的学舍，聘请王行、周南老、徐用诚等当地名士做教授，定下学舍的礼仪和学规，不分贫富，招收当地才俊入学。因学生多，一时经史书籍不足，又因宋元以来印行的经史颇多舛误，魏观请高启来府中校对经史。高启又推荐闲居在家的故人王彝、张羽，同来府中修订经史，兼做学中的教授。皇上下诏要举行乡饮酒礼，苏州施行最快。魏观请来苏州有名望的乡绅如周寿谊、杨茂、林文友等数十人，参照《礼记》和唐朝的礼法，在府中行乡饮酒礼。士绅们饱食酒饭，都说一时间就恢复了唐宋旧仪。相邻的扬州府、常州府、淮安府的知府得知了，都来苏州学乡饮酒礼，借机打打秋风，免不了白吃白喝。苏州百姓打官司，不论大小，魏观都亲自过问。他还明令府中大小官吏都不得收受老百姓一文钱，不准吃百姓一顿酒饭，轻则杖击，重则入狱，一时苏州吏风整肃。各县的奸猾之徒，无赖之辈，凡为患城乡者，一律发配到远方充军。

　　詹同奏毕，吏部侍郎吴琳禀报考察结果，奏道："吏部考察去年各府州县长官，魏观上任将近一年，苏州府政化大行，课绩为天下守令第一。"皇帝说道："想不到魏观真是有才干的人，一年之内，便改了陈烙铁那几年的苛酷行政，能宽厚为政，明教化，正风俗。苏州的人应当很感戴他罢?"陈宁铁青着脸，想辩解几句，却又忍住了。吴琳忙说："苏州是张士诚的都城，民风未化的时候，陈御史以苛酷为政，力矫弊病，也自有他的难处。魏知府上任后，皇上的仁政实施久了，苏州的民风也淳化了，百姓们感戴的是陛下的隆恩，功在万岁呵。"皇帝笑道："放魏观去苏州做知府，原先是胡爱卿的主意，朕采纳了。依吏部的考绩来看，苏州地小，魏观才大，比杨宪厉害，莫非也是一个相才?"

城居

　　吴苑二月的细雨，梦境一般飘拂，轻笼在十梓街青瓦白墙之间。夏侯桥旁的寓所里，微雨渐歇的时候，雨气已侵入高启新得的诗句："衣含夕润霏烟里，帘隔春寒细雨中。"他鉴赏着窗外的一条小河，半篙春水，小船往来如梭，织出激滟的縠纹。向晚的街市已归于静寂，晚霞何其绚丽，晚芳又何其冷艳。菜园里一畦畦青碧的春韭，一朵朵粉黄的豆花，沾溉了半日清莹的疏雨，迷离于浓酣的晚醉。柳丝捕捉出晚风的姿态，成群的归鸟穿过平芜上的烟霭；疏薄的杂树，萧索又含着生意，恰如诗人斯时斯地的心境。

　　高启应魏观之邀，来苏州府校对经史。次月，就将一家人移居城中，在夏侯里①租了一处清静住宅。苏州一年小住，京城的喧嚣渐渐淡忘，一家人挤塞在太平年月的间隙里，倚着故人知己——更兼自己的父母官——苏州知府魏观的庇护，安享着城居宁静的日子。这是自己最闲适最欢娱的辰光，淡泊如水，依稀若梦，他人或许感觉萧索，自己却深深体味着其中的奢豪。自小心无大志，能读几部闲书，交几个知友，作诗，饮酒，在名缰利锁之外消度中年，已经很知足了。

　　这日，高启正吟哦着诗句，王彝、王行、张羽、徐用诚结队来访，进了书斋，高启忙起身相迎，问道："又要喝酒去？"王彝道："杞山兄才从京城回来了，差小厮招我们去衙门里喝酒。"高启说："极好。"就与妻子说了声，与王彝等人去城中的知府衙门。魏观站在后堂客厅门边，身着朱红圆领裳，头戴乌纱帽，腰束着一条花犀带，脚踏一双粉底皂靴，满面笑容。他握住高启的手，说道："好些日子不曾与诸位喝酒了，今晚无事，痛饮一场。"王彝道："魏大人从京城回来，我们理当设宴接风，如何让你破钞了。"魏观笑道："如今风气是官吃民不可，民吃官则可。休要闲话了，坐坐坐，吃酒吃酒。"

　　酒席间，王彝好奇地问起今年朝廷考核的事。魏观喝了两杯酒，兴致颇高，有些得意地说："这番吏部考核，两位部堂大人清正廉明，我一丝一毫的土物也不曾送，酒饭也不敢请他们吃，却被评为优等，龙颜大悦，令我们这些守令都在奉天殿里吃酒饭。"高启说："不是我谬赞，杞山兄经历多，有大才干，不比我这个太平之世的无用人。早在龙凤年间，兄便做了起居注，约莫在洪武三年便做了太常卿，那年秋又升做翰林侍读学士，年底又做国子祭酒，此后做过知县，最知乡里民情，回京后做过礼部主事，去年春做了知府。一年间苏州风气大变，评为天下郡县最优等，实非偶然。"魏观笑道："季迪兄将弟的履历记得恁准，真是天资高纵，过目不忘。"王彝说："他不愧做过国史院编修，好记性。"高启道："杞山兄不是俗吏，因此弟与兄最初相识的时候，便留意兄的行迹，兄端的是能做一番事业的人。"魏观趁着酒兴，发挥道："多谢谬赞。皇上赐酒饭时，还说了苏州府几件好处，如本府最先推荐乡饮酒礼，狱讼较去年少，又兴办学校，祭祀孔子。六部每一季要稽核那些钱粮账、驿递、马牧、仓库、河渠、沟防、道路等，我一处都不敢马虎，经中书省和六部会同考核，侥幸评了最优。"众人叫好，举杯相贺。

　　王彝问道："京城可有甚么新闻？"魏观道："朝中六部人事有变。我去京城前，皇帝又动了几个六部堂官，礼部尚书陶凯、刑部尚书吴云为湖广行省左、右参政，刑部郎中颜希哲为户部尚书。因中书省胡大人劝说皇上，吴云仍做刑部尚书。"高启叹息道："在朝为官不容易呵。"王彝道："还是辞官为民好。"魏观道："还有一件新闻，皇帝下诏设给事中，共十二个人，品位不大，才正七品。"高启说道："大

────────────────

　　① 夏侯里：在苏州市十梓街西段，锦帆路南口对面，原有夏侯桥。

约秦朝时开始设置给事中一职，隋朝改为给事郎，唐高祖时又改回给事中，为正五品的官，有权审议驳回诏敕奏章，品位虽不大，处事之权甚重。圣朝体制崇尚唐宋，这便是圣上用意所在。"魏观道："正是。皇帝担心将来批复奏章出了错，无人发现，以致小错铸成大错，才设置这个给事中，铸了一枚给事中印，推选年长的人掌管印信。圣旨上说大事覆奏，小事签署而后颁行。有过失的话，封还再奏。凡是京城内外上的奏章和皇帝旨意，分类抄出，给事中要驳正其中的违误。平时详细查看诸司的奏本、朝廷大事的日录、皇帝旨意记录等事，分为吏、户、礼、兵、刑、工六科，每科二人。凡是行省以及各府及京城各衙门向皇帝奏事，都有给事中站在殿廷左右，执笔记录皇帝的言语，避免消息蔽塞和被大臣欺瞒。"

高启叹息道："皇帝真是圣明啊，但若有人想做弊，改动奏本，譬如增减钱粮数目，给事中未必能觉察。"魏观用手指比划着，笑道："休想擅自改动。皇帝早说了，日后文武百官的奏本一律用厚白纸，浓墨楷书，纸的末端必定要写上纸多少张，字多少个，哪一个字起，哪一个字止。奏本的背后写明谁上的奏本，书写人是谁。谁想加一个字，或者想在中间增加一张纸，给事中便会数纸的页数和文字数，一旦发现了，可有欺君之罪，谁敢去试？"高启叹服了，忙端起酒喝，像是给自己压惊。

众人散后，已经三更。路上张羽对徐用诚道："徐先生精通周易，回去为魏大人占卜一卦如何？"徐用诚道："好。我用铜钱卜卦。"次日，几个人在知府衙门二堂前相见时，张羽低声问徐用诚道："卦象如何？"徐用诚说："今日早上，我净了手，焚了香，用三枚铜钱占卦，得了第十二卦，否，天地否，乾上坤下。有闭塞不通之象，上下不和之意。大象不佳，天气上升，地气下降，天地之气不交，主闭塞不通。运势亦是上下不和，百事不通，凡事宜忍，方能否极泰来。"张羽道："这是凶卦，如何破解？"徐用诚笑道："这不过是茶余饭后的游戏，不必当真，用不着破解。"

乞皇恩

三月十二日，王彝来高启寓所，高声说道："季迪兄，杞山兄高升了！"高启忙问："莫不是调到中书省去？"王彝道："非也，吏部移文才到，着他去四川行省做参知政事。"高启"啊也"一声，神色有些惆怅，问道："他在苏州才一年多，政化初见成效的时候，为何将他调走？"王彝道："吏部考察天下守令，魏大人为天下最优，想必皇上器重他，升了他的官。"王彝道："于他而言是喜，于我们而言是愁。你是跟他入蜀，还是仍寓居城中？"高启心想举家入蜀十分不便，魏观不在苏州，再寓居城中无趣，想回乡去住，惋惜地说："那我仍回大树村去。"王彝道："不只是你我不想他入蜀做官，城中许多父老也不愿意，闻讯后都围在衙门前，恳求魏大人留下。"高启惊问道："百姓们真要挽留他？"王彝道："是呵，但皇帝下了诏，吏部的公文也来了，已是成命，哪里挽留得住！"

这一句话触动了高启的心思。他在史馆时，听翰林学士说起元末缚鸡者为守令申冤的事，做了一篇《书缚鸡者事》。自己若去城中寻几个耆旧，托他们相助，或许能挽留住魏观。高启赶到知府衙门后堂，几个差役正在收拾书籍等用具。高启拱手向魏观道贺。魏观笑了笑，颇有几分踌躇，问道："兄愿与我一同入蜀么？"高启道："我一人去不愿，举家前去又不便，不知苏州新知府是谁。"魏观道："皇帝左迁工部侍郎王虎为苏州知府。"高启问道："不知他有甚么过失？他名字里有一个虎字，真个如狼似虎的话，苏州百姓便有殃了。"魏观道："想必不至于。据闻工部侍郎王虎在修缮城濠时，不知体恤工匠，冬月里病死了几个人，因此左迁为苏州府知府。"高启问："那会做得一个好父母官么？"魏观道："他想必有前车之鉴，不消多虑。"高启忽问道："弟曾见元朝时县官断案，被告与原告在定罪前，不须都跪着，有时还坐在县衙堂上陈词，执法十分宽纵。兄在大堂上审案，原告和被告双方都要跪下了，这是为何？"魏观说："这是皇帝的旨意，审案之前，先要折损原告得理不让人的心思，还要让原告与被告都敬畏官吏与法度。"高启道："皇帝是想天下的百姓都做顺民罢？"魏观道："皇帝说元朝以宽厚失国，要济之以猛，令官威而民卑，天下才会安宁。"高启说道："原来是这样。"

每日有许多苏州百姓都在府衙前挽留魏观。很多年长的人都跪在正门内，门外簇拥着许多人，还有人不停地哭。魏观已经歇了衙，整顿了行李，等王虎前来交接。过了十几日，京城来了两个吏部的差使，身着绯衣，来府中传递移文。皇帝因苏州许多老民进京挽留魏观，恩准魏观仍在苏州做知府，俸禄依行省参知政事之例。魏观很意外。消息一传开，苏州全城都欢喜起来，许多人放鞭炮，敲锣鼓，热闹之极。

高启与王彝等人提着酒来贺。高启拱手笑道："还是苏州百姓有福，不才也有福，杞山兄不必入蜀了。"魏观说道："皇帝竟然令吏部改了委任文书，本朝闻所未闻。"高启道："你有恩于百姓，百姓自然记得你，舍不得放你走。据闻他们结队到京城敲打登闻鼓，惊动了圣上，还有一些人在京城举着两根竹竿，中间横着两丈阔的红布，墨书三个大字'乞皇恩'，应天府新任知府兰以权得知后，就报知了皇帝。想必皇帝因此令吏部改了委任文书，着兄仍在苏州做知府。"魏观叹息道："你都怎地知情呵。百姓真是一片赤子之心！"高启道："元末以来，我常见匹夫攘袂群起，以申其愤的，如今又见匹夫联袂群游，为兄挽留的，可见民心可用。"魏观道："我既然留任苏州，当尽心以报苏州百姓，待五月间天气转暖，先疏浚锦帆泾，以方便航运，再修缮一下衙门，多建学舍，多让百姓子弟来读书。"高启道："极好极好。"

苏州卫都指挥使，姓蔡名本，皇帝当年守在和阳时，他便前来投军，虽无多少文墨，却颇能厮杀，有许多战功。都指挥使隶属于大都督府，还要听兵部约束，知府管不着他。蔡本性情粗豪，喜欢饮酒，魏观与他兴趣迥异，平时相见时说不上几句话。蔡本自知是一介武夫，魏观做过翰林，难免不看低自己，也未多心。

到了五月初，魏观召集府中推官、经历、知事以及高启、王彝、王行、张羽、徐用诚和城中十几名绅士，商量疏浚锦帆泾事宜。蔡本府中有几个幕僚，多是半瓶子醋的秀才，才短学疏，量小气窄，酒后与蔡本说："蔡将军，魏大人疏浚锦帆泾，请了许多人去商量，却不请将军，是甚么道理？"蔡本道："他是知府，疏通河流与老子无干，请不请何妨。"幕僚说："此言差矣。请不请是他的事，去不去是将军的事，他分明不把将军放在眼中。"蔡本借着酒兴，得意地说："蔡某是万岁爷的渡江旧将，虽不曾封公封侯，万岁爷自是知道我的战功。那魏观做过甚事！万岁爷打下武昌时，才聘他做一个国子监助教。"他呵呵大笑，喝几口酒，便将烦恼全忘却了。那幕僚说："当年贾鲁修河，征集十几万人，有阿速卫军监守，还是被明王韩山童鼓动起来，反了元朝，才致使天下大乱。圣上乘时龙兴于濠州，平定四方祸乱，才开了皇明。魏观疏浚锦帆泾，少说也要有几万人，却不报与将军知道，若无一兵一卒监守，万一有人学着松江盗贼钱鹤皋聚众造反，皇上追责下来，将军面皮上不好看。"蔡本问道："这如何是好？"那幕僚说："将军休要发愁，稍加留意便是。我等不才，愿为将军解忧，自有分说。"

谈洋王气

这日晚朝后，皇帝差太监去传胡惟庸。胡惟庸不知何事，匆匆赶到华盖殿。皇帝指着案上一道奏本说："刘伯温差他儿子刘琏给朕送来一道奏章，恰才到了朕这里。他的家乡百余里外，有一个叫做茗洋①的地方，出了一桩乱事，京城竟无一人知晓！"胡惟庸见皇帝神色不悦，跪下说道："臣不知出了甚么乱事，请陛下明示。"皇帝说："茗洋卫军中的百户周某领一百余人逃至山中，聚众为盗，反叛朝廷。府县缉盗官吏是元朝旧吏，未曾将他们捕捉来，因此隐匿不报。武阳村的村民怕盗贼到本村来抢掠，报知了刘伯温。刘老先生自从归隐后，从不问政事，青田知县想见他，他都躲避着，但这件事非同小可，才给朕写了一本奏章，朕方才知道这事。"胡惟庸心想刘伯温倚仗着功臣殊遇，先不将奏本递到察言司或中书省，竟然直接递与皇帝，分明不将自己置于眼角，说道："臣今日便同御史台与大都督府商量平乱的事。"皇帝道："你不要忙着商量平贼，先差人去青田县查个明白，先报朕知道便是。"

胡惟庸召集御史中丞陈宁、新任兵部尚书乐韶凤、刑部尚书吴云、监察御史张度等人，还请来大都督府都督同知华云龙、郑遇春、陆仲亨、都督金事唐胜宗、都督府经历周斌等人来中书省，一起商量茗洋平乱的事，晚间去城中吃酒。武将们平时只听皇帝调遣，向来不理中书省与六部。如今见胡左丞来请，还有酒饭吃，都来

---

① 茗洋：在今浙江省文成县东头乡。

了。胡惟庸细说茗洋军士逃入山中为盗的原委，华云龙、郑遇春、陆仲亨、唐胜宗等人喝着茶，一句话都不说。陈宁道："青田知县怕皇上追责，隐瞒不报，刘伯温才将那件事直达圣上。如早差御史台的御史去巡按府州县，这样的事便隐瞒不住了。"胡惟庸见武将们都无心思听，笑道："烦扰诸位将军了，这事有何高见？"陆仲亨说："皇上下诏，发出调兵符牌，我等领军马征讨便是，哪消说恁多闲话。"胡惟庸笑道："陆帅豪爽人。请诸位将军集会，也是皇帝的旨意。下官差人去查明实情，再禀报皇上，若要出兵，自然有劳诸位将军了。"集会散后，胡惟庸到城中集贤酒楼设宴。这座酒家是官家所开，六楹大小，高台重檐，格局宏敞。酒楼临江有一处精致的阁子，既能避人眼目，又十分雅致。席间，武将们开怀痛饮，陆仲亨说："何不先来酒楼，边吃酒肉边商量，便不消生受了。"胡惟庸道："下回若议军国大事，便来酒楼商议，不消一些虚文。"

散席后，陈宁拉住胡惟庸问道："老胡，你请这些武夫来做甚么事？不怕老头子猜忌么？"胡惟庸道："请他们来商量平贼的事，下官已向皇上请了旨。"陈宁道："中书省不能调兵，若要用兵，先由大都督府报知皇帝，请了兵符才能发兵。"胡惟庸道："我如何不知道？我想向皇帝推荐出征的武臣。"陈宁道："相公，这些人可都是渡江旧将，一个个都有大功，赏赐丰厚，恐怕你一个都用不上！"胡惟庸仿佛被他看穿了五脏六腑，惊骇失色，忙前后左右看了看，并无闲人，才低声道："老陈休要胡说！"陈宁笑道："你心知肚明，休要瞒我，我日后与你细说。"这话说得胡惟庸惊疑不定。

胡惟庸差刑部尚书吴云去青田县，吩咐道："上个月，皇上要将吴大人外调到湖广行省做右参政，下官在皇上面前说你颇精刑名之学，暂不宜外迁，皇上便留大人在京城。此番去青田县，要将事儿查个明白。你是晓事的人，莫负下官所望。"吴云道："在下理会得。"十几日后，吴云回京，到中书省报知胡惟庸道："卑职去了青田县，茗洋军卫百户周广三等人反叛，入山做了盗贼，至今不曾剿平。又听当地人说，青田县还有一处邻近福建的僻远地面，名唤谈洋，当年方国珍作乱的时候，聚集了很多私盐贩子。刘伯温回乡后，据说曾多次去过谈洋，那里并无盗贼，刘伯温却想请皇上在那里设置巡检司。"胡惟庸问道："那是为何？"吴云道："刘伯温想到了百年后的事，想在谈洋相地修墓，看中那里有王气！据青田知县说，那里的山都是百姓的私家山林，百姓不愿卖地，他请皇上设巡检司只是想驱赶百姓。"胡惟庸道："原来恁地，这事便好办了。"

晚朝后，胡惟庸与吴云去华盖殿见皇帝。胡惟庸说："禀报陛下，据吴大人所查，诚意伯所报茗洋有逃军的事是实，但谈洋并无盗贼，诚意伯却让陛下在那里设了巡检司。据当地百姓说，谈洋有王气，刘伯温想在这里选一墓地安葬，怕百姓不愿迁居，就令朝廷设巡检司驱赶百姓。"皇帝问道："真有这事？"吴云道："臣去了谈洋，也去了茗洋，茗洋是最要设巡检司的地方，刘伯温却不申报朝廷，却将巡检司设在谈洋，图的是自己选墓地时，好逼着百姓迁居。"

皇帝紧攥着拳头，仿佛被最有诚意的人欺骗，顿时激起恼怒，自己的陵墓都没有选好地址，他便想着百年以后的事，怔了好一会，仍不敢相信刘伯温会欺瞒自己，追问胡惟庸道："胡爱卿，你道此事端的可信么？"胡惟庸道："臣不敢捕风捉影，青田知县也说谈洋有王气。他与刘伯温素无怨仇，不会诬陷他的。"皇帝说："若刘伯温真为谈洋的王气才让朕设巡检司，是一个甚么罪名？"吴云抢答道："一则是欺君之罪，二则是谋逆之罪。这两个罪都是要杀头的！"皇帝问道："吴爱卿，朕让你处治刘伯温，你将如何处置？"吴云道："刘基为臣不能尽忠，遣人捉刘基与刘琏到京，一并斩首，全家妇女一律充军海南，永世不得还乡。"皇帝听了冷笑起来，呵了一口气，说道："你这个刑部堂官好手段！端的要斩草除根哩！"吴云道："他开国虽有功，但此罪非小。万一他的儿子占了王气，恐怕会乱了陛下的江山。"皇帝说道："朕便令你这个刑部尚书差人捉他入京，三司会审后，定下刘伯温两条罪名，砍了他的脑袋，胡爱卿意下如何？"皇帝两只眼睛直视着胡惟庸。吴云未及回答，胡惟庸慌忙摆手道："不可不可。陛下，刘老先生是封了诚意伯的功臣，吏部无权将有伯位的人捉入京城。"皇帝道："那还不容易。朕下一道诏书，差张焕选几名亲军校尉去青田，一把枷锁将他锁来便是了。"胡惟庸道："锁他来不难，就算刘伯温有大罪，皇帝要杀他，臣恐怕天下人不知实情，有损陛下仁义好德之名呵。"皇帝微微地点点头，问道："那你意下如何？"胡惟庸道："臣以为先宣诚意伯进宫，问个明白，再差一个御史去谈洋细查，两处对质后便见分晓了。"皇帝说道："你真个有丞相的气量和才干！你差翰林学士拟一道圣旨，责问刘伯温相中谈洋王气的事！看他如何说！"胡惟庸道："臣即刻便去。"皇帝心想，若刘伯温认了罪，便饶了他；若他否认，百般自辩，便定他一个罪名。

二人告退时，皇帝唤住胡惟庸道："且慢，你再说与草诏的翰林学士知道，先夺了刘伯温诚意伯的爵位，看他有何话说！"

刘伯温在书屋里为两个儿子详解《今文尚书》，小章坐在一旁聆听。刘伯温用乡音解说道："尚者，有上古的意思。这部书多写西周的事，如果此书未能流传，西周许多的史迹便无从知道。因为抄传错误和遗漏，到了汉朝，这部书多处不能通解。今文尚书是秦末伏生所授。秦始皇焚书后，伏生还藏了一部。后来武帝时修缮孔宅，在孔子旧居墙壁里发现许多古书，也有一部《尚书》，因是战国时的篆书写的，称作古文尚书。伏生传的书是用隶书写的，在汉朝称为今文尚书……"

堂屋门外先传来几声狗叫，接着有人大呼："刘基接旨！"声音不雄不雌，纤细又有些锐利。伯温闻声从书屋赶出来，抬头看见两名天使神情倨傲，白眼向着屋梁，又着双腿。或许因为阉割的缘故，裤裆松松垮垮。刘伯温颤颤地跪在天使的裤裆前。天使宣读圣旨道：

奉天承运皇帝圣旨：朕初闻尔刘基言，瓯、括间有地曰谈洋，聚有盐盗，始于方氏之乱。尔上书请设巡检司，朕深信之。今有司官发尔之奸，盖谈洋之地有王气，尔欲图为墓，恐民弗与，遂请立巡检以逐。尔相从朕十五年，用兵四方，尔亦与谋焉。今恕尔欺朕之罪，故不夺其名而夺其禄，若有所辩，可谒朕陈情。

圣旨宣毕，那一个看不见摸不着的诚意伯爵位，顷刻化为乌有。刘伯温听到"王气"二字，这是皇帝最忌讳的事，朝廷竟有人要置自己于死地。老病之躯，行将就木，还有人不放过自己。他感慨中无限凄凉，低沉地说："谢皇帝隆恩。"双手接了圣旨，颤巍巍站起来，小心地供在堂前神案上。他弯着腰，赔着笑道："请两位天使吃茶，稍坐片时，即刻杀鸡做菜。"富氏托着一只木盘，放着几杯茶，从灶房出来。天使冷淡地说"不消吃了"，转身出了堂屋门，跨上马。连马都有轻蔑之色，先喷了喷鼻子，后扬起尾巴，噗噗噗，在刘伯温屋前排出一堆粪便。

小章怀抱着幼女，急切地问："伯温，甚么王气呵？我们一家人在家里好好的，如何会惹上这般祸事？"她秀眉蹙然，眼中含着泪，令人怜爱。刘伯温轻叹说道："几句话如何说得清。"全家老小一时都恐慌万分，向他问吉凶。五岁的女儿见他神情悲伤，心里害怕，来拉他的衣袖，望着他撒娇地唤着"爹爹抱，爹爹抱"。刘伯温俯身抱起女儿，抚慰她说："好闺女，不怕，不怕。"

刘伯温心想倘若全家因此事断送了性命，岂不是奇冤，平生第一次慌了神，在堂屋踱着步，寻觅应变之策。他担心明天或者后天，门外突然来十几条都尉府校尉，将他们全家逮入京城问斩。

晚饭后，刘伯温请大夫人富氏和小章来书房，吩咐道："我明日就要进京请罪，拜托大姐和二姐主持家中的事，我与老仆两人上路便是。"富氏含泪问道："先生，你究竟有甚么罪？你甚么时节去了谈洋，这分明是诬告！"刘伯温道："就算是诬告，我也要向皇帝请罪去，认了罪，兴许皇帝会饶了我这把老骨头，全家方才无忧。"小章说："你身边无人照觑，我不放心，我要陪着你去。"富氏劝说道："先生就让妹妹陪你一同去罢。"晚上二更时，刘伯温右腹痛起来，小章替他按揉。二人大半夜未睡，到了凌晨，刘伯温腹痛才渐渐减轻，稍稍睡了一个时辰。天未亮，刘伯温早早起来，收拾好行囊，整理了诗文旧稿，又坐在书桌前写字。儿子们知道父亲病得厉害，恐怕走不得远路，都来相劝。刘璟说自己代父进京请罪。刘伯温道："此事关我们全家性命，我不去，谁去都没有用。"又拉刘璟到书房来，关上门，吩咐儿子道："你爹这番入京，难卜吉凶。你在家中日日都要留意动静。爹要给你说一句机密的话：你们兄弟将日用行李、吃食和银子准备在两个包袱里，如京城来人**抄斩刘家**，你不要坐等着他们来捉，带着你娘从后山树林里那条小道出奔，沿路改姓换名，装聋作哑，投奔到湖广宝庆府，那里有我们的亲戚，或许能在那里避祸一生。如收到爹的信，京城无事，封上必有'平安'二字，让你母亲与乡中亲友都不必惊慌。"刘伯温从桌上拿起一封信，说道："事情急迫，便打开此信。若收到平安信，则立即将这封信烧了，烧前切不可开封！"刘璟说："儿子谨记了。"他恐惶地接了信，放在衣里。

这日上午，刘伯温扶病上路，小章与一名老仆相随，全家哭哭啼啼送别。乡中亲友也来了近百人，送了二十里。一路上，刘伯温怀负罪之心，不愿意享用朝廷的驰驿，跟着南来北往的行旅，免不了车马劳顿，夜宿晓行，远不能与来时相比。路上走了六七日，快至京城时，天色向晚，刘伯温一行三人到了龙江驿。宏敞的驿门前，看到六七位戴乌纱帽的官迎来揖往。老仆人劝刘伯温到驿馆中歇息，吃些官家的酒饭，刘伯温不许，在前面半里的一家小客栈里入住。客堂前自报姓名刘七，这是刘伯温在刘氏宗祠的排行。堂内坐着许多南来北往的商旅，正在吃酒饭，吵吵嚷嚷，远近几只蜡烛的昏光映着刘伯温的须眉，无人识得这个衰惫的老者。

次日清晨，刘伯温一行人租了马车，行走在官道上。初夏的晨风清凉，吹拂他的衰鬓。他听着车轮轱辘声，暗思往事，心绪浑茫，翕张着唇，微吟着几句诗：

> 病身最觉风露早，归梦不知山水长。
> 坐感岁时歌慷慨，起看天地色凄凉。

小章问道："你路上还有心作诗？"伯温道："哪里还有诗兴，这四句诗是王安石行经江西弋阳县，夜宿葛溪驿时所作，不过那时是秋天。"小章点点头，说道："情味倒是有些贴切。"

刘伯温到了京城，已是将近晌午时分。他让小章和老仆先到京城宅第去歇息，二人却执意在西安门外等着。刘伯温到宫门前递上名刺，值日太监领着他去华盖殿。刘伯温在殿门外大声叫唤道："上位呵，上位呵，罪臣刘基请罪来了……"声音衰老，微微有些颤抖。皇帝吃了一惊，没有想到刘基这么快就进京了，忙到宫殿门边来看。刘基一身病容，瘦得只余一具骨架，支撑着一身皱皮囊，须发皆白，行走缓慢，全然不见当年豪纵之气。皇帝说道："刘基呵，进来，进来罢。"刘伯温进了宫，颤颤巍巍地跪下，以头触地，说道："上位，刘基死罪呵！"皇帝见他如此衰惫，冷冷地说："起来罢！"刘伯温道："上位免我刘家死罪，罪臣刘基才敢起来。"皇帝分明听出他掉了一颗牙齿，说话漏风，话音不甚清晰。皇帝沉吟片时，有些烦躁地说："朕……朕便免你全家死罪！"刘伯温道："罪臣谢陛下。"说时，他摇摇晃晃地站了起来。皇帝令左右赐座。

皇帝开口便问道："谈洋的王气如何？"刘伯温听皇帝说起"王气"，心里一怔，很快就镇定下来。如果自己辩解，皇帝越发不信，索性胡乱认了，因此说道："臣曾见谈洋的山林上似有王气，如今想必还有。"皇帝道："你想在那里选墓地么？"刘伯温道："罪臣心想年寿所剩不过几年，便去看了好几处地，那里虽有王气，但去臣的家乡太远了。"皇帝道："你选好墓地了么？"刘伯温道："罪臣选好了，就在罪臣家十多里外的一座山下。"皇帝道："那里风水如何？"刘伯温道："只是家乡一处寻常的小丘，自古未见王气。"皇帝稍微放心，说道："太医院多名医，朕看你一身病，大不比从前了，在京城安心养病罢。"

刘伯温见皇帝不再加罪，就放了心，感觉腹中饥饿，想试探皇帝会不会赐酒饭，就说："谢皇上。罪臣到京后，即刻便进了宫，尚未吃饭。"皇帝却问道："陪你来京的是甚么人？"刘伯温见皇帝这么问，知道皇帝还忌恨着自己，说道："家中一个老仆，还有圣上赐的章氏，多亏他们一路相送，不然罪臣到不了京城。"皇帝问道："你的两个儿子为甚不送你来？"刘伯温道："家中男丁不多，命愚子留在家中伺候他老娘。罪臣若在京城免了死罪，便会写信招他们三人同来。"皇帝道："朕已经夺了你的爵位，就不再降罪了，你写信让小儿来京城相聚罢。"刘伯温道："多谢陛下，罪臣回去就写信报平安，只是二子年幼，在家中侍奉母亲，缓些日子再让他们来京罢。"皇帝道："也好，你这回可不要借口老病再回乡去。朕还不曾想身后的事哩，未曾选定陵寝用地。朕得闲了，与你到钟山下走一遭，看看地去。"刘伯温道："罪臣领旨。"皇帝道："你回去罢。"刘伯温缓缓地站了起来，恭敬地后退数步，才转过身去，蹒跚地迈出宫门。

第三十八章

刘伯温受胙罚薄禄　朱元璋勘陵迁高僧

鼓腹楼

　　刘伯温从长安右门出来，与小章和老仆夫到城中吃了酒饭，就往旧家走。一路上，他歇息了四五回，才回到皇帝赐予的宅第。此时庭院葱绿，阶台静洁，树上鸟声清悦，如迎故人归来。他来到书房前，轻推门扉，室内陈设如同往日，只是桌面有些微尘，屋角多些蛛丝。老仆夫擦拭了书桌，准备笔砚，就出门买菜。伯温在书桌前坐下来，写了一封家书，封缄好后，颤抖地在封皮上写下"平安"二字。

　　小章收拾了卧室，扶刘伯温歇息。睡了一个多时辰，门外有人说话，刘伯温披衣起来，弟子徐之鼎、施杰伦正恭候在门外，见了刘伯温，纳头跪拜。刘伯温扶起二人，说道："请到前堂坐地说话。"三人入座后，徐之鼎、施杰伦询问了刘伯温的病情，说了些京城见闻，还说了些国子监的事。

　　天色将晚，老仆正要准备晚饭，宋濂托家仆宋强前来请刘伯温赴宴。宴设前面街坊的鼓腹楼。几年前，皇帝令工部修筑几座官家酒楼，鼓腹楼为其中一座。刘伯温邀两位弟子同去。宾主喝了几杯酒后，说起鼓腹楼楼名①的出处，谈兴渐浓。施杰伦有些醉意，说道："如今做官不易。据人说新淦人邓伯言，五十多岁，宋先生向朝廷举荐他，说他极会作诗。皇帝于是在华盖殿命他写一首《钟山晓寒》诗，看了其中两句：'鳌足立四极，钟山蟠一龙'，觉得极妙，手拍了一下几案。伯言以为诗未写好，误触龙颜，惊吓倒地，竟然吓昏了。皇帝令两个太监将他挟出东华门，冷风一吹，他醒了过来，可有此事？"宋濂虽有些酒兴，但神思明晰，心想真是刘伯温的弟子，甚么话都敢议论，瞥一眼刘伯温，他竟呵呵地笑。宋濂又看了看小阁

---

　　① 鼓腹楼：楼名语出《庄子》："夫赫胥氏之时，民居不知所为，行不知所之，含哺而熙，鼓腹而游，民能以此矣。"用今日的话语说，吃饱了，撑着肚皮，四处行走，百姓们只知道这样过日子。

子的门外，并无旁人，轻声说道："世兄，切莫说宫中的事呵。"施杰伦问道："为何？"宋濂说："我家的书房墙壁上挂着一幅横批，上写着两个字：温树。凡来敝舍的人，若谈经史文章，老夫便谈；若说起宫廷内外的事，老夫便指着那两个字。"宋濂将"温树"二字说得极慢，施杰伦听得明白，问道："温树，温室之树？"宋濂点点头。

　　刘伯温怕弟子不知出处，说道："这个典故出自班固《汉书·孔光传》，孔光是孔子十四世孙。有人问孔光：'温室省中树皆何木也？'他不说，却说起其它的事来，只因为他不想泄露宫廷中的事。"施杰伦忙说："先生博学，弟子受教了。"酒宴散时，宋濂叮嘱徐之鼎、施杰伦说："二位世兄，恕老夫多言了，要多读经史，少说是非。"刘伯温说："宋先生说得是，再加上一句，便是不要做官，读书育人才是正道。"施杰伦道："先生说得是。学生因酒楼上无外人，才放胆说了几句。"宋濂轻声说："有无外人都不要说，小心墙外有耳。"说时手指了指门外，好像门外隐藏着人在窃听。刘伯温微笑着，摇头晃脑，如童子背书一般："孔子之周……观于太庙……右阶之前……有金人焉……三缄其口……"宋濂正色道："正是。古人慎言，无多言，多言多败。"刘伯温又说："多言多败，也有不多言而败的，成败自有天数。"宋濂责怪道："哪有你这般教弟子的？"刘伯温笑了，忙说："你们听宋先生所教才是，我说的是酒话。"大家都笑起来。

　　刘伯温在宅中歇息三日，心想京城闲居下去也不坏，日间去太医院寻医问药，调养身体。这日黄昏，门外来了一个太监。老仆闻声开门，太监站在台阶上说："传皇帝口谕：着刘伯温明儿早上起参加朝会，不要失朝了！"老仆恭敬地应诺着，忙来书房转告，刘伯温嗟叹道："苦也，苦也。"晚饭后，刘伯温令家仆准备一辆轿，说要去城中拜访一个故人。小章道："伯温，天色恁晚了，明晚早些去罢。"伯温道："不想再拖延了。我去去便回，不妨事的。"

　　两个轿夫抬着轿子来到城中一座宅第前，伯温下了轿，在门前轻叩铜环，门内出来一个小厮，问道："你寻谁？"伯温道："请将名帖呈与你家主人。"那小厮说道："你稍等着。"他关上门。片时后，门又打开了，一个人出来相迎，却是陈宁。刘伯温道："老夫早就想登门拜访，却迁延至今。"陈宁步下台阶，搀扶刘伯温进门，里面是一个小小的四合院落。二人来到大堂，刘伯温整理衣冠，向陈宁作揖道："陈先生在上，刘伯温向你赔罪了。"陈宁忙前来扶住刘伯温，客气地说："不敢不敢。"

　　二人在客堂上分宾主坐下，小厮递上茶，陈妻端来果品，道声万福。刘伯温起身答礼，看一眼陈妻。她脸上微微地笑，眉宇间却有些忧愁，更像一个老年使女。陈宁招招手，陈妻恭敬地近前来。陈宁板着脸吩咐说："你去买一只肥鸡，下灶做些好菜来下酒。"刘伯温道："我坐会便走，不消劳动老嫂了。"陈宁挥了挥手，陈妻敛眉退下。刘伯温道："当年老拙在刑场上，无端斥责你，如今一刻也不能忘怀。

每日夜深，老夫反躬自省，羞愧难安。趁着这回入京，还能走动，便登门来赔罪了。"陈宁道："事都过去好几年了，老先生还记在心里。"刘伯温叹息道："老拙几十岁的人，白读恁多经史，惭愧呵。"陈宁大笑道："刘老先生要放得下才是。你吃了老头子的蛊了①，我也中了他的蛊。老头子将我们都玩弄于股掌之间哩。"刘伯温看着陈宁一脸无谓之状，倒怪自己多情，轻声地说："真个被你说着了。"

陈宁说话声粗豪，言语无忌，唾沫飞扬。刘伯温道："你说话声响大，不怕家仆听见，传了出去么？"陈宁道："我家没几个外人，在家里说话，我还怕个鸟！"伯温笑着摇头，看陈宁一眼，陈宁也看他一眼，两人都会意似的。陈宁于是说："谈洋王气的事……"伯温摆了摆手说："这件事不要说了，老夫登门来拜访，不是为这件事来的。是非自有公论，且由着他去了。"陈宁道："那我也不说了。"就唤那个小厮过来，吩咐几句。不一会，一个人匆匆来到门外。陈宁唤道："儿呵，过来与刘老先生见礼。"一个二十余岁的后生上堂，来拜刘伯温。陈宁说："这是我的长子孟麟，颇好经史，若刘老先生不弃，请多指教。"刘伯温见他眼神深湛，气质不俗，便道："若得空闲，一起切磋经史。"陈孟麟拜道："多谢刘先生。"刘伯温扶起他，喝一口茶，便与陈宁父子道别。

因次日要早朝，刘伯温一夜睡得不安，天未亮就起来。小章扶着他到门外，搀扶他上了马车。他经过玄津桥，到了西安门外，在宫中绕到午门前，与朝臣们寒暄几句，在曙色里等待开启宫扉。忽见一阵人声喧哗，百官向两边让开，有人喝道："丞相到！"刘伯温转身望过去，矮而胖的胡惟庸从车驾上走下来，心想此时胡惟庸还是左丞，却被他的家丁家将呼做"丞相"了。早朝上，皇帝令太监宣读诏书，授刘伯温弘文馆学士。刘伯温浑身觉得不自在，当朝说"臣老病在身，肺病多年，肝病也久了，行将就木，精力大不如前了"，皇帝却不理会，说道："我看你还老当益壮哩。"

刘伯温的妻子富氏收到家书，就与两个儿子来到京城。刘伯温想与家人在京城闲居，脱离朝廷是非之地，连上两本辞官表，等了一日，未见皇帝批复。刘伯温去问吏部尚书詹同，他说："想必留中了。"刘伯温问道："留中②了，秦汉故事？"詹同笑道："是呵。留中留中，留在宫中，不批不答，你上表也是白上。你便做弘文馆学士罢，皇上请你一日三朝，连一官半职也不与你，那如何使得？"刘伯温嗟叹道："老夫才不稀罕甚么学士，做一介草民最好。"詹同叹息说："我也想做草民，奈何如今想做草民也不可得。"

---

① 这句中的老头子指皇帝朱元璋。蛊，指蛊惑，意思是指上了皇帝的当。

② 留中：秦汉以来，皇帝将大臣的奏章留在宫中，不作处理。《史记》："四月癸未，奏未央宫，留中不下。"秦汉故事，指秦汉就出现的旧事。

答皇帝问

　　早朝散后，皇帝传宋濂来华盖殿，笑问："宋爱卿五日前与客人吃酒了么？"宋濂有些惊愕，问道："五日前？……"他寻思半时，忙说："老臣想起来了……那日请刘伯温先生去酒楼吃酒。"皇帝再问："在哪一个酒楼吃酒？"宋濂说道："是鼓腹楼。"皇帝又问："还有甚么人？"宋濂道："还有他的两个弟子，现在国子监教书。"皇帝问道："酒席上说了甚么话？"宋濂有些惶恐，心想那天楼上并未看见其他人，说的话皇帝如何知道，墙外就算有人窃听，也未必听得真切，于是试探地说："臣与刘伯温谈些诗文，他的弟子说起鼓腹楼的楼名，臣与他将出处说了一番。"皇帝问道："还说了甚么不曾？"宋濂心想如果实说，怕误了刘伯温的两个弟子；如果不说实话，唯恐皇帝探听到当日楼上说的话。宋濂酝酿一会，说道："臣……臣平时不胜酒力，喝了两杯酒……便不记得说了些甚么，大致说了早年臣借书抄书的事，谈论一些宋元以来名贤的诗文……"皇帝问："吃了甚么酒？有何下酒的菜？"宋濂道："酒是黄酒，炖了一只鸡，蒸了一只肥鹅，煮了一条鲤鱼，炒了一盘牛肉，一盘豆腐，两盘青菜。"宋濂背完菜谱，心跳得慌，眼睛不敢看皇帝。他听到皇帝的笑声时，才抬起头来看，皇帝笑说："五日前的事宋爱卿都记得清楚，未曾有一句骗朕！"宋濂放了心，壮着胆气说："老臣向来不打诳语！"

　　皇帝示意宋濂坐下，问道："刘伯温才干如何？"宋濂稍加思索，说道："上知天文，下知地理，学识洪富，为人足智多谋，慷慨有大节，刚直不阿，不结党营私，是当今张良、诸葛亮这般人物。"皇帝问道："你莫不是推许过高了？"宋濂心里吃惊，忙道："陛下恕罪呵，这是微臣的无知妄见。"皇帝叹息说："奈何刘伯温如今老病在身。"又问道："陈宁如何？"宋濂道："为官耿直，有才干。"皇帝问："那胡惟庸如何？"宋濂道："老臣与胡大人交往甚少，不甚知道，但胡大人的才干，想必朝野共知。"皇帝又问："魏观如何？"宋濂道："他有吏治之才，又精通经史，清正廉明，大器之才，可为天下守令的榜样。"皇帝问："魏观比胡惟庸如何？"宋濂笑而不答。皇帝追问道："你如何不答朕的话？"宋濂道："说假话，是臣欺君；说真话，又妄议大臣，实在为难呵。"皇帝道："你实说便是。"宋濂道："魏观为文能作翰林，为政能作知府，有宰相的才干。"皇帝有些意外，问道："魏观有宰相之才？那詹同如何？"宋濂道："他是一个忠厚长者。"皇帝问道："吴云为人清廉么？"宋濂道："吴大人元朝旧臣，想必安贫乐道罢。"皇帝冷笑道："朕令吴云做了湖广行省参政，有人告发吴云收人钱财，就将他召回京城来了，正待罪哩。"宋濂惶恐道："臣一派胡言，有失察之罪。"皇帝笑道："他也不过收了二两五钱银子。朕可怜他清贫，暂不治他的罪。"宋濂道："陛下圣明。"皇帝说："数月之前，徐达的部将截获云南梁王使臣铁知院等二十余人，送到京城。铁知院等人要去投漠北，交结残元皇帝。那个王祎出使云南久久不归，是生是死都不知道，朕又差归降明朝的元朝威顺王儿子伯伯去云南，伯伯也一去不归。朕已令吴云跟着铁知院等人，明天离京，去云南劝降梁王，顺便打探王祎的消息。"宋濂问道："陛下，王祎先生去了恁久不回来，再送吴云大人去，恐怕……"皇帝说："朕未处罚吴云，令他戴罪出使，将功折过。"宋濂担忧二人的安危，却不敢再劝皇帝。

皇帝问起钱唐、商暠、汪广洋、陶凯、秦裕伯、王祎等人如何，宋濂只说陶凯、秦裕伯、王祎的好处，却不说钱唐、商暠、汪广洋等人。皇帝笑道："宋爱卿，为何只说他们的好处，不好的如何不说？"宋濂道："臣说他们的好处，是臣与他们还有些交往，因此大略知道；臣不说他们好处的人，是臣与他们交往不多，不能尽知，岂敢妄言？"皇帝道："宋爱卿说得好。朕想让你参预政事，加授你一个散阶，作中顺大夫，你意下如何？"宋濂才明白皇帝问自己五日前宴请的事，原来是在考察自己，可与这么精明的皇帝共理政事，恐怕晚上睡不好觉，日间吃不好饭，不如只教授太子罢了。宋濂忙跪下说："老臣并无其它长处，略知经史，做得一些诗文，没有理政的才干，诚望陛下不要再加臣的官。"皇帝见宋濂惶恐的样子，说道："平身平身，你若不想升官，朕不升你的官便是了。你安心去教太子读经史，作古文也好。"宋濂连忙叩头谢恩。皇帝说："朕见狮子山临大江，明年春月里，想在山中建一座楼，名叫阅江楼。朕要写一篇《阅江楼记》，宋爱卿也写一篇，楼修好后，都刻在楼上，任四方百姓来评，看谁写得好。"宋濂有些不安地说："臣奉旨应制，但不敢与陛下比文章呵。"

日间课毕的时候，太子问宋濂道："宋先生，中书省新近征来一位老先生，姓桂讳德偁，字彦良，不知学问如何？"宋濂伸出拇指称赞道："他好学问。"太子笑道："想必不及先生了。"宋濂道："他是一个奇人，认字最多，慈溪人，元朝时中过乡贡进士，曾为平江路学教授。张士诚、方国珍曾多次征召他，他都不去。皇帝一征，他欣然而来，可见是一个识时务的人。"太子问："他长于甚么学问？"宋濂道："他长于《说文》，能识能解古今许多奇字，被读书人称为'字海'。他为人持重，博古通今，是一个有见识的人。"太子道："那最好了，我读汉朝的文章，许多字不认识，也不会解，请他来教。"宋濂道："那臣向皇上推荐他做太子正字。"

皇帝传宋濂、桂彦良来华盖殿，将自己平生所作诗文原稿让二人看，想让他们寻一寻错字别字，订正之后印行。宋濂才翻几页，发现多处笔误和错字，却不吱声，只赞皇帝好才思，就将文稿递与桂彦良。彦良不去纠错字，捧着诗文稿，看到一篇皇帝新作《睹春光记》，在御座前高声朗诵，摇头晃脑，声彻殿外："洪武六年，岁在癸丑，正月十有二日，甲寅。时当已漏，坐大本堂，阅幼儒习诵诗书……"值日的太监们惊愕不已，心想这个貌似忠厚的老先生可真会取悦皇帝，都探头来看。彦良声情并茂，句读停当，皇帝有得意之色，笑道："桂爱卿是一个朴直的人，不会谄媚。依宋先生的推举，就让你做太子正字罢。""桂爱卿"连忙叩头谢恩，惹得宋濂有些醋意。

这日宋濂在大本堂讲完经书，陪读的人都离开了，太子请宋濂喝茶，又说起秀秀溺死的事，问道："宋先生，你说可信不可信？"宋濂面有难色，沉思不语。太子道："宋先生，你说便是，我不会说与旁人知道。"宋濂犹豫许久，才说："殿下，臣无凭无据，不敢妄议呵。"太子道："先生只说可不可疑，但说无妨。"宋濂手抚长髯，低头寻思，久久不说话。太子流泪道："先生不信学生么？"宋濂见太子流泪，心里更慌，忙说："臣不敢，实在不敢乱说呵。"宋濂想起刘伯温的弟子在酒席上言语无忌，何不推与他们的先生去说，因此道："刘伯温先生遇事有先见之明，能洞鉴毫微。殿下如得方便，不妨去问问他。"太子擦了擦眼泪，嘟努着嘴道："那好罢。"

次日晚朝后，刘伯温才出奉天门，一个人迎面而来，拱手道："刘先生，太子有请你去文华殿相见。"刘伯温见是太子宾客王仪，问道："何事？"王仪道："谈经问字。"刘伯温道："问字有太子正字桂彦良，谈经有宋濂，莫不是有其它事么？"王仪笑道："在下不知，太子正等着哩。"刘伯温跟着王仪进了左顺门，趄向西，望着前面明晃晃的宫灯，站住了，说道："宫中有例，其他朝臣不得擅自去东宫。"说时转身就往回走。王仪追上来道："都快到了，何不去小坐一会。"刘伯温道："如果皇帝有旨，我便去。太子有事相托，你就站在这里说，宫中眼目多，恐有不便。"

王仪近前两步，细声说："皇帝原来要为太子迎娶民女秀秀，行了纳采问名礼，正要去迎娶回宫，秀秀却意外溺死了，太子不相信，又无凭据，日夜忧思，像变了一个人似的，因此请先生前去析疑。"刘伯温道："我也无凭无据，若说析疑的话，此事端的可疑。若在塘堤上失足滑落水中，溺死了，才合情理。若在塘边洗菜，滑入水中，塘边往往水浅，不应有没顶之灾。"他拉王仪近前来，附耳说："这事你转达太子，秀秀溺死前几日，宫外有谁进了华盖、谨身二殿，此事为朝廷所忌，由着太子去问最好。你若不怕死，自去打探便是。"王仪知道"朝廷"意思是暗指"皇帝"，忙说："多谢先生了，不才这便去转达太子。"刘伯温转身穿过左顺门，匆匆出了宫城。

质疑

次日，太子参加早朝毕，步出奉天殿外，看着皇帝起驾回华盖殿，就喝住胡政，问道："胡政，你如实说与本宫听，秀秀溺死前几天，有甚么人到宫中来了？"胡政道："殿下，奴婢那日未见有外人到宫中来，来的都是皇帝传的中书和六部的大臣。"太子一连问几次，胡政都说未见陌生人来。又次日，早朝毕，太子见着左禄，就来问他道："左禄，秀秀溺死前几天，有甚么人到宫中来了？你如实说！"左禄吃了一惊，低着头说道："奴婢……不不不曾见过有外人到宫中来……"太子见他说话吞吞吐吐，心生疑惑，喝道："本宫再去问其他人，等本宫查出来，哪日剥你的皮！"

左禄立即明白"哪日"是太子登基做皇帝之日，吓得魂飞魄散，说道："殿下容奴婢想一想，只因过了好几个月，一时怕想不起。"太子冷笑道："想不起？按皇帝的规矩，能进宫城里来的，除了朝臣和太监外，就是亲军，能有多少人来？你会想不起？"左禄轻声说："好像……张张……张焕一个晚上进宫来了。"太子道："我知道了。"

次日午膳后，太子令太监小安去金吾侍卫都护府，传张焕来东宫。太子坐在东耳房的御座上，侍奉的太监都垂手站在阁外。不足三刻，太子听到阁外的步履声，小安引着张焕来了。张焕身着朱红锦衣，头戴乌纱帽，佩刀已经解下，神色峻峭，两道剑眉十分英武。张焕进了东耳房，跪拜道："祝太子殿下千岁安康。"太子使个眼色，小安退出东阁，放下珠帘，唤着其他太监都出了宫。

太子直视张焕，不唤他起来，问道："张焕，你如实说来，秀秀是不是你溺杀的？"张焕以头触地，大声说道："臣着实不知道呵。"太子冷笑道："我都问明白了，秀秀死前几日，有人见你入宫，你在宫外当值，为何入宫来见皇帝？有甚么隐事，你从实说来！"张焕抬头直视太子，目光炯炯，坦然地说道："臣记得几个月前，有一个晚上，左公公传唤臣入宫，只因皇帝次日要去巡城，吩咐臣选几十名亲军，扮作百姓，在街道上随行，过了几日，臣便听人说秀秀失足溺死了。"太子道："你敢对天发誓么？你若有半句不实，千刀万剐！"张焕厉声道："臣近一年来，都守着皇城，日夜不敢懈怠，从未到郊外去。臣有几条性命，敢杀皇帝差人去纳吉问名的人！"耳房里有些闷热，汗水从张焕的双鬓间溢出，啪嗒滴在地砖上。太子见他说得如此斩截，无半点支吾，神色亦坦然无惭色，静默一会，突然大喝道："张焕，你如不说实话，等我做了皇帝，第一个要剐的人就是你，还要溺杀你全家的妇女！"张焕以头触地道："臣冤枉呵！臣冤枉呵！"太子质问道："是不是皇帝令你去溺杀她的？你说！你说！你说！"张焕挺直身躯，大声说道："殿下，你这般说是陷臣于不义，陷殿下自身于不孝！"太子倒被张焕的话镇住了，眼泪潸然，良久，语气柔弱地说："张将军，你请回罢，莫说是我传你到东宫来的。"张焕恭敬道："臣谨领殿下令旨。"他站起身，退三步，转身出了耳房，大踏步出了宫。

入夏以后，天气渐热。起居注文原吉、陈敬、阎钝等人一日三朝都跟着皇帝，奉天殿深不透风，汗水时常将衣帽湿透，乌纱帽边还磞出一层白白的盐霜。若在晴日，午朝后白日当空，从奉天门到长安右门，宫中树荫少，许多朝臣散了午朝，吃了皇帝赐的酒饭，不回城中的寓所，大多在宫中值房午休。

六月初一，皇帝赐起居注文原吉、陈敬、阎钝、给事中崔莘、翰林编修张翀、马亮、陈敏、秘书监直长萧韶等人夏被、防蚊帏帐和竹制几榻各一件。刘伯温午间有时也不回家，在弘文馆的地面铺一张竹席，坦腹而卧。他听人说起皇帝赏赐朝臣，自叹老病无用，已经不入皇帝眷顾之列。一日三朝，皇帝与百官在议论军政大小事时，刘伯温闭目养神，身在庙堂，心在山林。

这月下旬，皇帝诏令浙江按察司副使孙克义为刑部尚书，令户部郎中吕熙为户部尚书。七月初四，因国子监祭酒空缺，皇帝命御史中丞陈宁兼领国子监事。七月十三日，皇帝在早朝前忽然下了一道诏书，令中书左丞胡惟庸为中书右丞相，令御史中丞陈宁为右御史大夫。胡惟庸如再进半级，便做到大明朝的左丞相，位极人臣，陈宁再升半级便做到御史台的长官左御史大夫。刘伯温向来淡泊明志，仍觉得意外，也说不清自己是嫉恨还是愤慨。自己做了很多年御史中丞，皇帝一直吝啬御史大夫，宁愿将御史大夫挂在常年出征在外的汤和与邓愈身上，也不与自己做，还用丞相一职来试探自己。七月十七日，皇帝又以兵部尚书乐韶凤为翰林侍讲学士，刑部尚书孙克义、四川行省参政刘仁同为兵部尚书，四川行省参政刘惟谦为刑部尚书，吏部尚书詹同为翰林学士承旨，仍兼任吏部尚书。刘伯温深感朝事纷乱，皇帝处事过于急躁，很多人做尚书不足半年，换了又换。如今自己是负罪之人，已没有当年强谏的底气了。

晚上，两位弟子回来了，到书房看先生。刘伯温搁下书，自言自语道："假使我的话不验，才是苍生的福分呵。"两位弟子不知先生的意思，忙问："朝中有何变故？"刘伯温说："皇帝终究让胡惟庸做了右丞相，左丞相早晚也是他做的。"徐之鼎道："陈大人今日也到国子监视事了，问了我专攻甚么经书。"刘伯温道："陈宁这条茶陵蛮子，天性是一个恶人，本性倒不坏，做事有才干，只是一个霹雳火的性子，只怕他来日为圣上所不容！"徐之鼎问道："他做了学生的上司官，那学生如何处事才好？"刘伯温说："你们不骄也不谄，休要去结交他，也不要去惹他，只管治你的经史，教好国子监生便是，他不会将你们怎的。"

受胙

早朝散后，刘伯温静坐在弘文馆窗下看书。门外来了一个差役，小心地问道："敢问哪位大人是刘学士？"刘伯温见一个皂衣老汉，手里提着一大块猪肉，心想从来没有人向翰林学士行贿的先例。他穷尽才智，也想不出来者有何公干，答道："我便是。"那差役拜毕，说道："刘学士，陈大人差小人来的，他分与大人十斤肉，差老儿送来了。"刘伯温问道："哪个陈大人？凭甚么分与我十斤猪肉？"那差役道："是御史大夫、国子监祭酒陈大人，肉是祭祀先师孔子的祭肉。"刘伯温道："原来是陈宁的美意呵，分我一块胙，自古不陪祀不受胙，陈大人想必知道。"差役被两个"胙"字唬住了，听不懂，站着发晕，不知他收还是不收。刘伯温知道他没听懂，只好用平常的话说："我未曾亲临祭祀，哪里能收受祭祀供奉的猪肉哩？"那差役道："胡丞相与参政冯冕大人也未去祭祀，陈大人也差人切了二十斤猪肉与他们哩，其他陪祀的每人分三五斤。陈大人说了，刘先生曾是御史台的长官，不能将故长官忘记了。"刘伯温觉得这话符合世态人情，自己也寻到一个借口，看见那块肥厚的肉是猪肚皮下的五花肉，可做一大锅东坡肉吃，就说："那我就收受了，替我感谢陈大人。"

郭翀在吏部考功房当值，户部主事吴公达来见。郭翀起身相迎，笑道："探花郎来访，莫不有甚么新闻？"吴公达道："榜眼郎，国子监祭先师孔子，户部出银子买了一腔猪。祭祀完后，孔老夫子一片猪肉未曾动用，猪肉都被大臣们提回家去了。按古礼不陪祀不受胙，丞相、参政、弘文馆学士，都未去祭祀，却分了肉。"郭翀道："你告诉我，是谁不陪祀而受胙。"吴公达说："听堂官吕熙大人说，胡丞相、冯参政还有刘伯温都受了胙。"郭翀摇头道："刘伯温先生读圣贤书，自是知道不陪祀不受胙的道理，如何也收了猪肉，他不是一个清廉的人么？"吴公达说："这便不知道了。"晚朝时，郭翀向皇帝参了一本，弹劾三员大臣不陪祀而受胙。

次日早朝，皇帝议政将毕，才说起陪祀与受胙的事，说道："胡爱卿忙于机务，抽身不开，想祭祀而不能成行，事先与朕说了。你刘基却是学圣人的道理，平时闲着无事，却不去国子监陪祀，后来的学者不会效仿你么？不去祭祀却享用祭肉，在礼上说得过去么？武臣们是不知道理的人，还不足指责，你刘基连这个道理都不懂么？"刘伯温羞惭地说："臣贪那十斤猪肉好做东坡肉吃，一时嘴馋，不曾拒收。"有些朝臣掩嘴在笑。皇帝道："停刘基、冯冕俸禄各一个月，陈宁不及时禀报朕知道，停俸半个月。胡爱卿先与朕说了，因公事未去祭祀，肉是省臣代收，他不知情。以后凡是不预祭，不分肉！"散朝后，宋濂走到刘伯温身边，笑道："伯温兄，你一世清名，都被十斤猪肉坏了。"刘伯温也无好声气，反问道："我想连草民都做不成，要这一世清名干鸟用？何不图一顿口腹之快！"宋濂说道："你还会辩，不知悔过！"刘伯温借着孟子的话替自己说道："我岂好辩哉，不得已也。我有甚么过好悔！"

刘伯温回到家中，说起此事，章氏大笑了，两个弟子也觉得好笑。章氏抚慰道："这一锅东坡肉可值一个月的俸禄，吃起来才更有味。"刘伯温道："人老了，心也贪了。"章氏说："你不算贪，只是如今不沾声名罢了。这事传出去，天下读书人只会觉得好笑，以为我们居在京城里，平日里吃肉不易。"刘伯温道："还是你最会安慰人。"

近日，皇帝又改工部侍郎刘昭先为礼部尚书，赞善大夫赵壹为工部尚书，刘伯温实在不知皇帝的意图。刘昭先长于土木，并不长于礼制，赵壹以学问品行知闻，由县学里的训导当作贤良推荐，到京城做了赞善大夫，教太子读书，算是一个良师，并不知土木营造，因此很想向皇帝上一本奏章，劝他用人不宜朝三暮四。用人如用器，取其所长才是。李善长监修《元史》，就是因为皇帝催逼太甚，以至差误甚多。

刘伯温这几日正犹豫要不要进谏，谁知过了五六日，皇帝下诏授中书右丞相胡惟庸特进荣禄大夫，授御史大夫陈宁荣禄大夫，授御史中丞商暠资善大夫，授中书参政冯冕、丁玉中奉大夫，授翰林学士承旨兼吏部尚书詹同、户部尚书俞溥嘉议大夫，授翰林侍讲学士、礼部主事兼太子赞善宋濂及户部侍郎赵好德中顺大夫。按皇明开国体制，大夫一职都是散阶，是名誉上的虚衔，并无实职。中顺大夫为正四品，实职低，散阶高，俸禄便依散阶的份额，因此是一项实惠的荣耀。刘伯温向来不在乎俸禄多少，仍不免有些惆怅，加上不时腹痛，每日忙着问医寻药，精力逐日衰减，眼神愈加昏暗，写字费力，奏本也搁下了。

勘陵

　　这日早朝匆匆散了，太监胡政在丹陛上留住刘伯温，请他去华盖殿。皇帝坐在御案前，案上放着一张碟子，上面覆着一只龙纹青花碗。皇帝见刘伯温来了，一个作怪的心思涌上来，笑问道："你猜朕适才吃了甚么。"说时，还舔了一下嘴唇。刘伯温觉得无趣，摇头道："不知。"皇帝却兴致不减，激他说："人道刘伯温未卜先知。当年行军征战的大事，多被你料到了，如何算不出朕吃了甚么？"刘伯温看见御案上面有些细屑，皇帝的嘴角还有一粒焦黄的芝麻，就说："烧饼。"

　　皇帝立即揭开龙纹青花碗，里面果然叠着几只烧饼，笑道："刘老先生果然能未卜先知呵。来来来，你也吃一枚。"刘伯温上前，拈起一枚吃。皇帝站了起来，走到刘伯温身边，和气地说道："我罚你一月的俸禄，是朝廷的公事，想必你也不怪我。我与你实有私交。我偶然做了皇帝，得一个私交不容易，老先生体谅则个。"刘伯温心中忽生一丝暖意，知道皇帝话未说完，说不定还有补偿。他正胡乱想着，皇帝轻声道："区区一个月的俸禄不值几个鸟钱，我付你一百两银子，每月差光禄寺臣送你家里十斤猪肉，你莫声张便是。"刘伯温说："多谢上位，臣不会乱说。上位补偿臣，想必有所差遣。"皇帝呵呵地笑了，说道："人道刘伯温有先见之明，我多番领教你预见大事的本事，连小事你都能预见哩。——你都去选墓地了，我还不曾去选地，今日宫中无事，天气不冷不热，身着两件衣裳，上山去也不会出大汗，差你陪我去钟山南坡走一遭。"刘伯温道："臣久居城中，正有游山之意，上位有此行，臣不胜欢喜呵。"皇帝道："怕你托病不想出城哩。"刘伯温道："臣实有顽症，恐怕好不了，但上位差遣，敢不奉命！"

　　皇帝车驾出宫，刘伯温、新任工部尚书赵翥、钦天监官吏等人亦乘车相随，来到钟山独龙阜玩珠峰下。张焕、郑泊领着一队亲军在前方探路。有人带着兵器，有人扛着铁锹和锄头等器械，后面跟着一队皇帝的卤簿。十月初冬天气，风有些微寒。山中杂树掩映，溪水潺潺，衰草零落，野鸟群飞。皇帝站在半山间，指点着钟山形胜，问道："这里风水如何？"刘伯温眺望四围，独龙阜北枕钟山，钟山又有三峰，极合华盖三台，尊极帝座之意，西南有前湖，东有青龙砂，西有白虎砂，呈卧虎藏龙之势。前面有三道河，自左流向右，所谓冠带之水，不由叹服皇帝初定的地址，说道："金陵王气与龙脉，便横贯在这里了，造陵最好。"皇帝说："朕也是这个主意，已与几个工部的官商量了几回，这里地面开敞，造陵体势很大，仍依着前朝后寝三进形制，依山为陵。只是方坟不好看，改为圜丘，形制是前面方，后面圆。前面修一座下马坊，后面便是神道、宝城、明楼、崇丘。朕宾天后，躺在棺椁里，文武百官若来祭祀，要沿神道步行好几里路才到墓前。陵园里着五千军士守着，山林里养长生鹿千头。"刘伯温道："好大排场！"皇帝叹息道："再大的排场也是虚的，纵有千年铁门槛，终须一个土馒头。"刘伯温笑道："陛下这倒是实话，只是这个馒头恁大，馅儿太小。"皇帝睒他一眼。

二人从山上走下来，都有些累了。皇帝看见前面有一座小塔，是一个和尚的墓，就坐在塔底下歇息，问道："刘老先生，你看穴定在哪里最好？"刘伯温左看右看，前看后看，又借着钦天监官吏的罗盘看了看，寻思好一会，还了罗盘，突然抬头看着皇帝，手一拍掌，说道："龙蟠处即龙穴也！"皇帝没有听清，再问一次道："你说甚么？"刘伯温道："陛下坐的位置便是龙穴！"皇帝低头一看，有些吃惊，说道："这里是一个和尚的墓，恐有不便罢。"刘伯温心想你不也是一个和尚么，因说："他那个和尚没有这个福气安在这里，以礼移墓便是。"皇帝笑说："普天之下都是我的土地，朕将他的墓移开，不消致礼了。——来人，唤一百军士挖开！"刘伯温摆手道："恐怕不妥。"皇帝说："无妨。"

赵瞀与张焕呼喝几十名军士，都绰着铁锹和锄头，一边挖塔基，另一边齐力推宝塔，一会就将宝塔推倒。军士们挖了大半个时辰，将墓地挖开，里面有两只大缸，上下扣着，揭开上面的缸子，里面端坐着一个和尚，身体干枯发黑，僧衣都腐烂了。皇帝道："不知是哪一个和尚。"刘伯温道："从墓碑看，这是南朝的宝志和尚，生在建康东阳，说来也巧了，他与陛下同姓。"皇帝有些惊愕，笑道："莫不是这个高僧先替朕占着这块宝地？看来正穴就在这里了。"刘伯温道："这块地想必是陛下才能占得。宝志和尚有先见之明，所作的谶语多有应验。他曾作过一首诗：'昔年三十八，今年八十三。四中复有四，城北火酣酣。'梁武帝萧衍便命人记下。萧衍早年领军马攻入建康，建了梁朝，那年萧衍三十八岁。后来宝志和尚出家的同泰寺着火，日子为四月十四日，应了'四中复有四'这一句，萧衍这年八十三岁。"皇帝笑道："这事奇是奇了，莫非他想让自己的诗应验，有意在梁武帝八十三岁这年的四月十四日纵火，也未可知哩。"刘伯温又说："那还有一件奇事。宝志和尚对一个朝臣何敬容说，君日后必贵，终究却是何败何而已。何敬容做了丞相，便压制何姓的人做官，可最终被河东王萧誉弹劾去职，也是应了河败何的话了。"皇帝笑道："这事说得更奇了。"

皇帝对工部尚书赵瞀说："你唤人将缸子盖上，用绳索系好了，迁移到三五里之外。"赵瞀从随行亲军中调来几十名军士，将缸子捆了绳索，齐力来抬，却抬不动。刘伯温道："宝志和尚不想走，陛下要礼敬他才是。"皇帝半信半疑，向宝志肉身长揖，说道："朕将师傅移到灵谷寺，不用旧缸了，用金棺银椁，拨庄田三百六十顷供奉香火，还造一个七级浮屠。"说完，皇帝喝令军士再用力抬，军士们发一声响亮的呼喊，才将两只缸子抬出来。皇帝笑道："我不与他许几个愿，他原来真个不想动哩。"

皇帝与刘伯温等人从前面小坡下来。皇帝脚下一滑，顺势揿住了刘伯温的手臂。刘伯温双手忙扶着他的胳膊。于是二人相互搀扶着从小坡上下来。刘伯温难得与皇帝如此亲近，前思后想，还是忍不住说："上位呵，恕臣说得直截，那个定远胡惟庸不宜为相！"皇帝见他突然说起胡惟庸，怔了一下，问道："老先生有何高见？"刘伯温说："他外面软似糯米团，里面却像生硬的炸糕，恐怕日后上位消受不了。"皇帝虚应着他，问道："还有谁不称职？"

刘伯温真个以为皇帝虚心求教，脱口道："赵翥先生做太子先生最好，营造不是他的所长，如何能做工部尚书？"皇帝瞥刘伯温一眼，说道："你有所不知，他曾经向朕奏定天下每年制造军器之数，还与朕议定藩王的宫城制度。朕选陵寝地时，他也出了许多主意，朕便想试用他。你以为工部尚书人人都能造楼建屋么？徐达、汤和与朕一样，不是天生便会厮杀。他们都出自乡野人家，给他们军马，他们便能成为名将。工部尚书能善于经营便是了，造楼建屋自有匠人们去做。"刘伯温未曾想到皇帝竟然这么说，真是人心隔肚皮，各有各的想法，相距咫尺，实隔天涯，后悔自己多言，说了也白说，就松了手。皇帝觉得自己的话有些训斥的意味，手指点着前面，口气缓和地说："刘老先生，我们再向前走，那里据说有一座吴国古墓。"

刘伯温顺着皇帝所指的方向，看见了梁朝的墓碑。二人又向前走，登上前面的孙陵岗，相传三国孙权葬在这里，因年岁久远，只剩下残碑，已不见陵墓。皇帝手指了指说："如今天下都入我大明的版图，他们的墓地都要让给朕！"刘伯温觉得皇帝太霸道，淡然地说："上位，自古江山易主是早晚的事，明朝也享用不了万古江山。"皇帝猛然看他一眼，很不高兴，想斥责他几句，又怕他笑自己量小。刘伯温笑了笑，说道："今年上位迁动他们的墓，可上位有所不知，上位开了后帝迁前王墓地的先例。他年若又有后帝将上位的陵寝迁走，如何是好？"皇帝大惊，问道："依你说如何哩？"刘伯温说："依堪舆家所议，孙权的墓虽在这座山上，却不知位置所在，想移墓便得挖开半座山。"皇帝问道："吴国国君如何不修墓地？"刘伯温道："他想必先是有墓的，后来铲平了。两汉时，皇家与权贵多喜厚葬，陪葬多有铜器和玉器。到了三分天下时，盗墓成风，曹操为补给军饷，设了发丘中郎将和摸金校尉，他们领着军士专门去盗墓。吴国国祚短，才五十多年，四五个皇帝。孙皓降晋前，或许担心亡国后先祖的陵墓被盗，便令人平了墓地，年岁久了，后世都不知陵寝所在。陛下要移孙陵，只得先挖开整座山。依臣看孙陵岗正好做案山，替陛下守陵，不是最好么？"

皇帝一听要挖山寻墓，心知其难，笑道："你说得有理，我便依了你。"遂传工部尚书赵翥近前来，慷慨地说道："孙权也是一条好汉子，他的墓地不要动，留他替朕守门！"刘伯温道："最好。"皇帝回头看他一眼，说道："如今只有你还敢在我面前说直话，其他人都不敢说了。你说多了，我又不甚喜欢，但你一句也不说，我又想听。如何是好？"

第三十九章

华盖殿郭翀秉刚正　上梁文高启罹祸殃

金陵夜话

金陵五月，日间渐热，黄昏时晚风才有些凉爽。刘伯温洗浴毕，穿着白色窄袖凉裳，小章陪着他，一同在前院曲廊上闲行。伯温摇动折扇邀着晚凉，却驱不散内热，神情有些怅惘，脚步有些踟蹰，心事重重；听着虫儿在花草里吟唱，看着淡月洒进满院的幽光。

一个家仆从垂花门外进来，禀报道："刘大人，吏部尚书詹同大人来拜。"刘伯温有些意外，忙起身去迎。詹同拄着杖，两个小厮左右扶着，从门外进来。刘伯温道："同文兄，你是贵客又是稀客呵。"詹同笑道："伯温兄，我来向你道别哩。"伯温说："道别可以在宫中晚朝后，您老晚间来访，我想兄有一肚皮话寻不到人说。"詹同手指了指刘伯温，说道："你真个料事如神么？实不相瞒，弟①心里郁塞着哩，不与老兄说，会憋闷死。"

伯温扶着詹同在曲廊边坐下，小章便去花木间追看萤火虫。伯温笑道："我们都是圣朝的贰臣，如今都行将就木了。"詹同自负年长，争攀资历，说道："你是贰臣，我还是叁臣哩！"伯温问道："如何说？"詹同道："很多人都知道我在汉国做过翰林学士承旨，却不知我在元朝至正年间，还做过郴州学正哩。"伯温道："你在元朝官做得小，不及我的官大，勉强算三臣罢。"

二人闲聊几句，詹同便议起今年正月以来的朝事。詹同感叹说："三月初一，圣上传谕大将军徐达、左副将军李文忠等人还京，徐达只领着三千人回来。"刘伯温笑道："他若领着十万大军回京，皇帝会夜不安眠的。"詹同也笑了，说道："那是。不知伯温兄病情如何了？"刘伯温叹息道："我这病每况愈下，但想不到方国珍会病死在我前头。"詹同道："我也有些意外。"刘伯温说："三月中旬，我去太医院

---

① 古人同辈往往相称兄弟，为示敬意，不论对方大小，一律称对方为兄，自称弟。

寻医问药，听太医说方国珍病重，百般医治，未见好转，谁知到了二十六日晌午，方国珍的两个儿子到中书省报丧。"詹同问道："你当年力主捕杀方国珍，如今为何去他的灵前叩了三个头？"刘伯温道："方氏为天下首乱，我当年在元朝为官时，力主捕杀他是想儆示天下群盗。他后来割据台州，与圣上抗争多年，穷途末路才来请降。皇帝免了他的罪过，授他广西行省左丞，食禄却不用赴任，他也图个清闲，在京城享了好几年的清福，如今寿终正寝。家慈当年病逝时，他竟然遣使者前来吊唁，送来不菲的奠仪，我这回奉奠仪白银十两，总算还了他的厚礼；逝者为尊，叩头不失礼节。很多早年起事的豪杰都死于非命，他虽然天年有限，也活了五十六岁，算是他的福报。"詹同道："你们是老对头，说得中。"

二人正说着话，小章与夫人富氏提来了酒壶、酒盏，摆着一方小几，放一碟干鱼，一碟炒牛肉。詹同欢喜道："二位嫂夫人真个是及时雨。"伯温道："我的两个姐姐都是极体贴细致的人，善解人意。"小章说："我们为你们助兴哩。"她盈盈地道一个万福，就与富氏离去。二人喝着酒，吃着菜，谈兴愈浓。詹同道："今年四月下旬，圣上将广东参政汪广洋召回京，任御史台长官左御史大夫，又将四川行省参政侯善调入中书省任参政，将四川行省按察司佥事茹太素调入京，任作刑部侍郎，郑思先为刑部郎中。我反复劝说圣上，不要更换太频，莫令地方官奔走于道路。圣上不听，真不知道他的用意。"刘伯温说："他信不过右丞相胡惟庸和右御史大夫陈宁，却偏偏用着他们，真不知他用意何在。他恐怕连太子都不相信。"詹同叹息说："他老人家真个是孤家寡人了。"刘伯温说："万事物极必反，恐怕会天怒人怨。"

詹同说："老夫也有这般担忧呵。早一向，日本国遣僧人宣闻溪、净业喜春等人来京城，贡献马及岛国土产。如今日本国诸侯持明与良怀争做岛国之主，宣闻溪等人带来书信递交中书省而无表文，皇帝觉得倭人失礼，拒收礼物，却赐宣闻溪等杭州文绮、苏州纱罗各二匹，随从也有赏赐。"伯温无可奈何地叹息，说道："倭人必然大喜，会写信招其他和尚来，赚明朝的赏赐。"詹同惊讶地说："这事真个被你说中了。我听礼部官说，日本国果然又来了僧人宗岳等七十一人，说要游方中华上国。前日到了金陵。户部劝皇帝不要再赏赐了，皇帝却说，海外的和尚是追慕中华上国而来的，住在城中的客舍费钞，着他们都住在天界寺，每一个人赐布一匹，自去城中请人制作新僧衣，穿着体面些，莫让他们穿一身破败衲衣回国，有失中华衣冠之邦的体面。"刘伯温笑道："这些日本和尚是来大明皇帝这儿化缘的。皇帝赏赐守边的军士米和布时，从来舍不得多给，款待日本和尚却慷慨。"

詹同说；"还有一件事，我从兵部尚书刘仁那儿听来的，淮安侯、大都督府都督同知华云龙镇守北平，正忙着为皇帝第四子造燕王府，增筑北平城。皇帝突然付手谕与他，令他回京，责怪他妄取元朝宫中的物品。其实不过两把雕花椅子，几匹锦缎而已，都不是元帝御用之物。还责备他让蒙古人、色目人等在军中任职。元朝军官在我朝任职，已是旧例，徐达、常遇春的军中也不少。胡人的妻妾不愿北归的，华云龙便分配给从军将校做家室，他自己也娶了两个。这些隐秘的事，又远在千里之外，皇上如何知道？"刘伯温道："军中向来有很多朝廷的耳目，哪如我们坐在这廊上说话，出兄之口，入弟之耳。"詹同点点头，又说："华云龙有两回端坐在案前看皇帝制书，没有跪在使者前看，皇帝也知道了。皇帝当年在濠州做镇抚时，华云龙就去投军，是定远二十四将之一，历年积功不少。如今皇帝一纸手谕，便夺了他的兵权，令他向何文辉交割。"伯温抚髯沉吟，良久才自语道："圣上莫不是防着甚么变故？"詹同道："会有甚么变故？"刘伯温说："我胡思乱想的。"

詹同道："昨日，高丽王王颛又派遣使者周谊、郑庞等人奉表到京城，贡献高丽的土物，请求陆路行经辽东地面入贡。礼部官吏说，高丽王想年年入贡，看似有诚意，实是贪图天朝上国的赏赐，表中仍写着元朝主收贡品的'大府监'。"刘伯温说："元朝设有这个衙门，但我朝却无这个衙门。高丽入贡已久，难道不知道么？"詹同说："皇帝觉得高丽国王用意不诚，经辽东陆路入贡，或许路上还想私会蒙古人，因此不见周谊，命礼部退还全部贡品，也不回赠。"刘伯温道："高丽国正骑在墙头，若打下云南，安了辽东，高丽国才会一心臣事明朝。"詹同说："小国的智谋，想必如此。"

二人喝尽了酒，下酒菜也吃得馨净，詹同站起来，说道："夜深了，我不久坐了。今日晚朝前，我已向圣上乞身①。今夜与你畅谈一番，十分痛快，顺便道别了。"说时，向刘伯温作揖，伯温道："近月天热，你致仕后先在京城闲居着，等天凉了，你再回乡去。"詹同道："最好，在京休歇三个月再还乡。"

次日早朝上，皇帝令胡政宣读敕书，批准詹同致仕，褒赞詹同的历年政绩。詹同致仕后，皇帝觉得朝廷礼制典章编修，少了他不行。目下正是用人之际，岂能让他闲居在家。过了一个月，六月初九，皇帝得知詹同仍住在京城，又差人送诏书到他家，起复詹同为翰林学士承旨兼吏部尚书。詹同叫苦不迭，辞谢三次，说不是不想做官，只是年纪太大，七十二岁的人，既老且病，实在消受不起。皇帝开恩，令他仍做翰林学士承旨，不再兼任吏部尚书，每日只须参加晚朝。

次日晚朝后，奉天门前，夜色初至，宫灯微明，刘伯温与詹同并行。伯温道："您老就在翰林院终老算了。"詹同叹息说："只得如此了。"又近前轻声说："淮安侯华云龙昨日死了，你知道么？"刘伯温十分惊讶，以为是皇帝赐死，忙问："如何死的？"詹同说："据兵部刘仁从大都督府得知，淮安侯奉旨还京，死在凤阳府濠梁驿馆里。那日驿丞请华帅来吃早饭，亲军去叩门，半晌无动静，打开门一看，华帅直挺挺地死在床上，身体都僵硬了。凤阳知府差人收殓，至今不知死因。"刘伯温道："功臣便这般死了，汉朝兔死狗烹的事，莫非将出在圣朝？"詹同道："或许真

---

①　乞身：古时的大臣事奉皇帝，仿佛身体都献给了皇帝，请求辞职和退休为乞身，意思是讨回自己的身体。

是意外，也未可知。国史馆日间按吏部报来的行状，托我在他的履历里补了两句，'洪武七年，或言云龙据元相脱脱故宅，且僭用故元宫中物。召还，命何文辉往代。未至京，道卒。'"伯温冷笑道："就恁地几句便打发他了？"詹同道："那还能如何？"二人草草数语，各自散去。

又过了几天。晚朝上，群臣肃立在奉天门下，皇帝意外来迟。他入座后，说道："据大都督府来报，南阳卫指挥金事郭云病死了。"说时长长地叹息一声，满面悲情。文武百官一片惋惜。刘伯温知道皇帝悲伤的缘由，华云龙是一个该死的人，郭云却不是一个该死的人，可天意并不眷顾人意。皇帝说："开国以来，朕有储相，也有储将。郭云便是朕的储将，是朕为子孙留着的，可惜天不留他。当初朕令他做溧水知县，百姓都称道他。朕又让他做武官，升南阳卫指挥金事。他身体强健，如何也想不到他会病死。他的长子郭洪年十三，让他将来做飞熊卫指挥金事，也算世袭父亲的职事了。"

上梁文

七月初秋，京城的炎热稍退。夜风渐生凉意。皇帝坐在华盖殿中，批复通政司和大都督府送来的奏章，看见一本封皮题"苏州卫指挥使蔡本谨呈"，就先来看这本。

奏章里说，元朝时苏州的府治设在内城吴子城。张士诚夺了平江，在吴子城里的佛寺规模上改建王宫，十分壮丽，却将府治迁到城西胥门内都水行司衙门。张士诚兵败时，乱兵纵火焚烧了王宫，只剩下一堆瓦砾，皇明设置苏州府后，将废墟稍加修整，府治仍设在都水行司衙门。魏观见府治残破，位置偏僻，低矮潮湿，便在张士诚旧王宫故基上新建衙门。近日郡治上梁时，魏观大摆宴席，张灯挂彩，还请高启作了一篇《上梁文》。文章附在奏本后面。皇帝来看高启的文章：

> 帝德无极，开景运于圣朝；民心咸归，拓丕基于故地。栋梁乃架，羽翼斯飞。高屋生光，良辰是简。云蒸霞蔚，多士踵事增华；虎踞龙蟠，三吴凝神钟萃。仰衣冠①于旧国，修德居贞；弘礼乐于皇明，施仁履信……

皇帝看了前两句，便知这是一篇四六文章②。第一句"帝德无极，开景运于圣朝"，像是唐宋文章的套语，赞美自己这个皇帝。"拓丕基于故地"一句，故地想必是张士诚的旧宫，他早已国灭身死，开拓他的旧基想做甚么？再看到"虎踞龙蟠，

---

① 衣冠：本指衣裳和帽子。这里大致是指读过书并且具有一定财富的士大夫和乡绅。
② 四六文章：指骈体文。

三吴凝神钟萃"这句，心生疑惑，古人说京城的钟山虎踞龙蟠，有王气凝聚，苏州莫非也是一个虎踞龙蟠之地？魏观推重张士诚的衣冠旧民，莫不是心怀异志？

皇帝搁下蔡本的奏章，又看大都督府的奏章。王保保屯兵沙漠，意欲南犯，据探马得到消息，王保保如今在北平以北六七百里外的金阁山。皇帝于是手书敕令，令李文忠、顾时防备着王保保，召傅友德、朱亮祖还京。以前好几个使者去见王保保，都被他扣留，与他结成亲家后也不理睬自己，还大败徐达的军马。皇帝不愿与他再战，想差一个人去劝降他，选来选去，想起王保保的宿敌李思齐。

李思齐归降明朝后，洪武三年授中书平章，不须上朝理事，只是按这个官职享用俸禄，除了逢年过节，没有皇帝召见，也不须入宫。这天皇帝差人传他进宫，李思齐正在园中练剑，怔了好一会，忙吩咐家人一番，跟着中官去宫中。皇帝见了他，说你的儿子李世昌是一个好汉子，将授他做金吾卫指挥同知，你的外甥郑玉也有一身武艺，将授羽林卫镇抚。李思齐见皇帝要为儿子和外甥封官，必有所托，心中愈加不安。皇帝说，没事也不会惊动你，这番宣你进宫，是请你去见一个老朋友。李思齐正猜测着，皇帝说托你送信与王保保，劝他归降明朝算了，也封他做一个王。李思齐惊出一身冷汗，这与杀自己无异，却不敢推辞，便说陛下恩重如山，定将陛下的信送到王保保手中。

李思齐奉旨离宫后，皇帝又传陈宁进宫，说起魏观在吴宫废基上修造知府衙门的事，令他差一个监察御史去苏州暗访。五月以来，魏观令人疏通吴子城西面的一条小河，名唤锦帆泾。到了七月间，河两岸还有许多河工暂住的茅棚。每日河工们牵扯着马和骡子拉淤泥，有的卷起裤脚，挑的挑，挖的挖，河上一片忙碌。

近日，工地上来了一个河工，三十七八年纪，面皮黑黄，两颊尖瘦，身着粗布短衣，卷起裤脚，与其他河工一起清淤泥。因河间人多，各队混杂，河工们也未问他是哪一队的。晌午前收工，河工们都在河堤上树荫下吃饭，新河工端着饭碗，与他们一起吃。新河工问道："这河已经淤塞几十年，父母官为何着急要疏通？"一个矮小的老河工说："这一条锦帆泾，相传是吴王阖闾开凿的，当年只为游赏，后来却方便了船运。元朝时埋塞很多年，魏大人开这条河，一是便民，二是想理顺苏州的风水。"新河工问道："如何能理顺风水？"那个老河工说："这条河在城中卧龙街的西面，龙要饮水，锦帆泾淤塞了，水便少了，不利于龙，因此要疏通。新建的郡治是伪周的旧王宫，也是图一个王气。"新河工问道："魏大人要这风水王气做甚么？"那老河工说："想必是要施惠百姓。"一个中年河工说："听人说苏州自古有王气，但风水不利，吴王阖闾国运不长，泰州张王的国运也都不长。"那个新河工问道："魏大人原来要去四川行省，升了官，不知为何未去，仍在苏州做父母官？"另一个高瘦的老河工笑说："那是魏大人的好友高启的功劳。魏大人正等新官来交割，高启寻到城中几个耆旧，那些耆旧召集一些青壮闲汉，给他们钱钞，买了几丈白布，用两根竹竿撑着两丈阔的红布，墨书三个大字'乞皇恩'，在京城游街，惊动了圣驾。皇帝顺从民意，便令吏部又下了文移，魏大人领参知政事俸禄，仍做苏州知府。"新河工道："原来是恁的。"

新河工就是御史张度，因受陈宁差遣来苏州暗访，他既不去见蔡本，又不见魏观，却去民间打探风声。他回京后，先见了陈宁，陈宁吩咐一番后，领着他去华盖殿见皇帝。张度叩头毕，说道："陛下，臣去百姓中打探明白了，魏观新造郡治，又疏通锦帆泾，兴灭王之基，开败国之河，确是心有异图！"皇帝听了沉默不语。张度又说："魏观未去四川行省上任，仍留在苏州，实是高启等人设法挽留，只是陛下不知情，臣在苏州打听到了。"皇帝问道："甚么事？"张度于是说了高启请人来京城游街挽留魏观的事。皇帝觉得自己上了当，大为恼怒，说道："高启那厮竟敢操纵民情！他们想做甚么？"张度离宫后，皇帝传都尉府两名校尉进宫，付他们一张手诏。

魏观正坐在堂上看案卷，堂前跪着被告和原告数人。两名使者登上正堂台阶，高呼"魏观接旨"，堂下站着都尉府校尉领着的十二名亲军。魏观忙整理官服，跪在堂前。天使当即开读，圣旨简短，内有"魏观擅兴灭王之基，大开败国之河，异心昭然，即日夺去官职，高启、王彝二人同谋，一并捉入京城问罪"等语。宣毕，魏观怔了好一会，才高声嚷道："冤枉呵！"被告和原告见知府大人高呼冤枉，都吓坏了。

圣旨宣毕，四名都尉府亲军大步登堂，左右架住魏观，摘去乌纱帽，剥去官服，戴上枷锁，贴上封皮，牵到大堂前。府上同知、通判、推官和一班差役都惊住了，无一个人敢近前。都尉府亲军再去府学，高启正在讲学，负责府学的老教授唤高启到学前门外，高启不知何事，跟着他出来，看着门外站着许多锦衣亲军，还有两个太监，其中一个太监高声嚷道："奉诏捉拿高启！"几个虎狼般的军士拥上来，左右挟住高启。高启喝道："我犯了甚么罪？"太监道："少废话，锁起来！"两个军士将一具枷锁卡住高启的脖子，又锁住他的双手。片时，府学教授将王彝唤到门外，也一并捉了，戴上枷锁。亲军将他们关在苏州卫军营寨中。此事轰动苏州城，近千名百姓都来军寨前询问消息，得知是皇帝旨意，又不知三人罪名的真假，都无主见，吵吵嚷嚷，议论大半夜，都不愿离去。蔡本调来几百军士，守在军寨门前，将百姓挡住。

次日，都尉府校尉请蔡本备了一辆囚车，将魏观、高启、王彝槛押车中，府中的同知、判官等十数人也一同上路，进京等候审讯。高启的妻女哭着来相送，吕勉等六七名弟子也赶来了，无不惶恐。高启在妻子耳边叮嘱许多话，又与弟子们说不要急于进取功名，用心读书便是，也不要为他性命担忧。城内几千名百姓赶来送别魏观，送茶送饭，还有人赠银子做盘缠，都被苏州卫军挡了回去。许多人呼天抢地，大呼"魏大人冤枉"，因有皇帝手诏，百姓们不敢挡住去路，都拥在囚车前后，奔走呼喊着，看着囚车哑扎扎地出了苏州城。

面刺

皇帝下诏收捕魏观、高启等人的消息，数日之间传遍东南士林，无不震惊。朝廷百官得知后，在值房里议论纷纷，连后宫都知道了。因谋反事大，朝野不知真相，没有人敢贸然为他们鸣冤。太子得知此事，晚上来乾清宫见父亲，说道："父皇，高先生除了吟诗作文之外，哪里会有谋反之心的。"皇帝道："你看过他几首诗？几篇文章？魏观疏通锦帆泾，新建郡治，处处都图王气和风水，不是想谋反是甚么？朕今日所为，都是为你的子孙打一个万代江山！你不要多话，朕自有主张！"太子见父亲怒气冲冲，不敢多说，怯怯地告退了。他迈出宫门时，心想做儿子的都不能与父亲多说几句话，还会有谁敢替高启申辩冤屈。他想起自己的母亲，于是去坤宁宫求情。皇后说谋反是大事，既然发付刑部，如果真有冤屈，皇帝就会平反，不用着急。

前任吏部尚书詹同和现任吏部尚书吴琳惊恐不安，是他们将魏观评为天下政绩最佳的守令，如今皇帝却以谋反罪将魏观捉了，不知自己将获甚么罪名。数日后，吴琳以老病为由，向皇帝请求致仕还乡。皇帝见吴琳入春以来，告假好几天，看来不是装病，就同意了。皇帝临朝时，说了几句有关魏观谋反案的事，胡惟庸、汪广洋、陈宁以及六部尚书，竟无一人求情。刘伯温觉得有悖常理，莫不是中书省事先有人发了话，一律不许为魏观、高启说情。他听说查魏观的事是御史张度，张度却是陈宁差遣，定然奉了陈宁的主意。刘伯温不知陈宁为何要置魏观于死地，如魏观必死，高启等人也必死。自己"谈洋王气"一事还没了结，若为魏观谋反事辩护，皇帝既不会赦免魏观的死罪，还会令自身不保，两无益处。皇帝议了几件军政的事，将魏观案交与新任刑部尚书刘惟谦。

去年皇帝对刑部诉讼、判决等许多事项不悦，六部尚书连换了十个，有人上任半个月就撤了下来。刘惟谦去年曾任过几个月刑部尚书。他奉旨参酌唐律，与刑部群臣详细拟定了《大明律》。皇帝下诏逮捕魏观等人后，次日又令刘惟谦做刑部尚书。皇帝当朝说："朕要让百姓知道并不冤枉魏观谋反。刘爱卿精熟刑律，着你好生审问，按律定罪，录个坐实的口供，便来报朕知道。"那日散朝后，皇帝又传刘惟谦到华盖殿来，君臣密谈了半个时辰。

皇帝午睡起来时，太监胡政轻声道："陛下，吏部考功司主事榜眼郭翀在午门外递来一本奏章……"皇帝道："他有事先报与吏部尚书，晚朝时再奏与朕知道！"皇帝见胡政迟疑不决，喃喃道："他在……"神色有些慌张，问道："奏本在哪里？"胡政匆匆来到殿外，捧着奏本进来。皇帝打开一看，上面只有一行小字："臣郭翀愿以吏部考功司主事一职相抵，求见陛下！"皇帝心想是见自己一面太难，还是主事的官太小？很不高兴，赌着气似地说："传他进来！"

郭翀来到华盖殿，叩头毕，站了起来，说道："臣为高启鸣冤！他新作《郡治上梁》诗，一片赤心，不是协赞谋反的人写得出来的。"皇帝问道："你看到诗了？"郭翀道："是。"于是吟诵那首诗：

> 郡治新还旧观雄，文梁高举跨晴空。
> 南山久养干云器，东海初升贯日红。
> 欲与龙廷宣化远，还开燕寝赋诗工。
> 大材今作黄堂①用，民庶多归广庇中。

郭翀道："南山干云器，是指贤才。东海一句是指皇恩普降。龙廷宣化，是说魏知府想为陛下推行教化，虽是褒美之诗，实是大雅之作，岂能因他写了一首《上梁文》，便断定他要与魏观谋反？魏观去年为天下守令楷模，陛下都说他有相才，今年便说他谋反，他有多少军马？"皇帝道："他谋反不谋反，朕已交付刑部审讯，不消你来多说了！高启的诗与你相比如何？"郭翀道："臣不工诗，只是读了几年春秋。高太史的诗圣朝第一，古今诸体都擅，俊逸雄健，刘伯温先生、宋濂先生、汪广洋先生都十分赞许。古体近于魏晋，近体得唐人气质。臣以为元朝以来，无人能及！"皇帝听了冷笑，说道："他自认为是一个狷狂的人，曾在诗中讥讽朕，以为朕看不出来哩。"郭翀道："高太史的诗温柔敦厚，哪里会讥讽陛下。"皇帝拿起一张纸片，上面抄着一首诗，题为《吴城感旧》，递与郭翀看：

> 城苑秋风蔓草深，豪华都向此消沉。
> 赵陀空有称尊计，刘表初无弭乱心。
> 半夜危楼俄纵火，十年高坞漫藏金。
> 废兴一梦谁能问，回首青山落日阴。

郭翀听了，估计皇帝疑心赵陀和刘表二句暗讽自己，解说道："陛下，此诗意思分明，不过是借着怀古说起张士诚的旧事，三四句说张士诚称周王后，无进取之心，五六句检讨张氏的得失成败。"皇帝听他这么说，仿佛理会了诗意，又道："你说高启的诗恁地了得，朕看他有一首诗，竟然合掌，六七岁的儿童都知道回避的。"郭翀惊道："请陛下指明合掌所在！"皇帝说："他有一首诗，一句写宫，一句写殿，宫殿本是一个东西，岂不是合掌！"郭翀知道皇帝说的合掌出自高启《岳王墓》诗，就说："臣记得这首。"皇帝道："你说。"郭翀吟道：

---

① 黄堂：古时指太守的厅事。厅事的墙壁上涂着一种黄色矿物质雌黄，故名黄堂。此处指苏州新知府衙门。

大树无枝向北风，十年遗恨泣英雄。①
班师诏已来三殿，射房书犹说两宫。
每忆上方谁请剑，空嗟高庙自藏弓。
栖霞岭上今回首，不见诸陵白露中。

郭翀道："陛下，此诗体气稳健，辞气畅达，苍凉沉雄，格高韵远，起句与收句绝无松懈。诗句合掌不合掌，不在字面，却在诗意。前句三殿大抵是指南宋临安大庆殿、垂拱殿、延和殿，后句两宫却是指宋徽宗和宋钦宗，字面意思相近，诗的意思全然不同，因此不是合掌。这十四个字抒情纪事，极具才情。诗家真个要写出合掌的句子，想必不甚容易。"皇帝心中钦服，好像顿悟了合掌的道理，却问道："你道是朕连合掌都不知道么？"郭翀虚应道："臣不敢。"皇帝道："你是榜眼郎，你有才思，当朕的面作两句真个合掌的诗来！让朕见识见识！"郭翀寻思一会，心想平生作诗词不下六七百首，一时要作出两句合掌的诗来，竟然不可轻易而得。突然想到民间一首俚语诗，改了几个字，缓缓地吟哦道："佳人开牖慢，美女启窗迟。闭户斜阳际，关门落日时。"皇帝听了，呵呵大笑，说道："四句诗，只说了两件事，端的处处合掌，榜眼郎果然才捷。你坐着说话罢。"

郭翀说道："谢陛下，臣想站着说。"皇帝道："由你自便。"郭翀见皇帝面有喜色，说道："陛下，臣不擅长作诗。宋朝有一个和尚写了一首《宿山房即事》，句句合掌，比臣的高明一百倍。"皇帝笑道："你念来听听。"郭翀道："一个孤僧独自归，关门闭户掩柴扉。半夜三更子时里，杜鹃谢豹啼子规。"皇帝道："有趣有趣，是比你那首写得好。"郭翀见皇帝和颜悦色，顺便引入宋朝的话题，说道："陛下，说起宋人的诗，臣想到宋太祖的事迹。"皇帝问道："甚么事迹？"郭翀道："宋太祖曾在密室刻碑立誓'不杀士大夫及上书言事之人。子孙有渝此誓者，天必殛之'，因此宋朝皇帝不杀读书人。有朝臣控苏轼诗涉讥讽，也只贬他到黄州，免了死罪，后人才能看到前后《赤壁赋》。"皇帝脸上还挂着几丝余笑，摆手说道："高启哪里比得了苏轼！朕也不学宋太祖，宋朝重文轻武，边患不断，受尽辽国和金国的凌辱！"

郭翀见宋朝皇帝事迹说不动皇帝，又说："贞观元年，唐太宗对黄门侍郎王珪说过，中书所出的诏敕，难有意见不同。原来设置的中书、门下，本是用来相防失误的。人之意见有是有非，都是为公家的事。有人要护着自己的短处，忌讳听到别

---

① 大树句：此句有象征意味，大树无枝比喻能守护边疆的文武能臣没有了，北风比喻金兵。此句大意是说国家已经无人能抵抗北方的侵略。十年遗恨，指岳飞十余年间，未能真正收拾失去的国土，迎回被掳去的两个皇帝。

人指正自家的过失。有的害怕结下怨隙，有的相惜颜面，明知政事不当，也即刻施行，这实是亡国之政，卿辈特须在意防范。陛下，可知唐太宗其实不想臣民都做奴才，万一自己的主见错了，天下臣民唯皇帝圣旨是从，岂不是全天下都误事了？皇帝不是神仙，他如何能永保宸断不错。他令大臣'勿上下雷同也'，若是大臣一味顺从、顺旨，唐太宗便严加斥责，实是千古未闻的事，可见贞观之治不是偶然而得。"

　　皇帝的笑容全然消失，神情漠然，好像听见当没听见，或者听见却没听懂，话不对题地说："开国六七年，朕日夜尽心尽力，却不见天下大治。"郭翀见皇帝执迷不悟，就直白地说道："陛下若要杀高启，无论他们谋反与不谋反，不过是想儆天下隐居不仕的读书人。魏观乃天下守令的楷模，也因怀疑他谋反被斩的话，苏州如何能大治！天下如何能大治！"皇帝听了，怒火中烧，手握着拳头，说道："依你所说，高启实有诗人的本事，说他是我朝的一等诗人也不为过，绝无谋反的事，理当不能杀，是么？"郭翀道："正是。"皇帝问道："那朕便不杀魏观、高启如何？"郭翀信以为真，大喜道："臣替天下贤吏和才子们谢陛下隆恩。"

　　话未说完，皇帝一拳砸在几案上，茶杯都吓了一跳，喝道："朕的主意已经定了，任你好说歹说，朕都不会听。朕请他做户部的侍郎，他不做，魏观一招他便到城里来教书，老子这个皇帝还不如他一个知府么？不能为朕所用的人，再有天大的本事，能写几首诗有鸟用？天下的士子都如他恁般样，朝廷岂不是没得人可用？你这个榜眼郎，这回与朕说了一番诗，还为高启求了情，朕不加罪你。高启是一个无用的闲人，若刑部审后有重罪，朕不得不杀！"郭翀听皇帝这么说，高启不论有罪无罪，都难免一死，也按不住心中怒火说道："陛下不怕后人评说么？"皇帝道："老子是皇帝，生杀予夺都做不得主张，那做皇帝干鸟么？天下的读书人都要为朕所用，杀个把吟诗作赋的闲人，不值鸟事！依朕看呵，从今往后，谁还想高卧山林，不为朕用的，看他有几只脑袋供朕来砍！"郭翀见皇帝盛怒失态，高声道："臣……无言以对！"皇帝手指着宫门，喝道："你出宫去！"郭翀失望又恼怒，心想一个粗野的穷和尚偶然得了天下，却如何能治好天下。本想诱劝皇帝不杀高启，才耐着性子陪他谈诗，谁知皇帝执意要杀，绝无回旋余地，深感悲凉。郭翀闭着眼睛，不想再看皇帝一眼，说声"臣告退"，转身出宫。

　　他从午门出来，吴伯宗等几位在朝做官的进士，远远围上来问："郭大人，劝说得如何？"郭翀也不看他们，大步向前走，说道："皇帝已不近情理，高太史恐怕有性命之忧。"吴伯宗追上去说道："我们去弘文馆寻刘伯温，请他去劝说圣上。"郭翀冷笑道："寻他有何用，他连自身都难保。除非皇后知道了，她去劝说，或有一线生机，但后宫宫禁极严，不许与前朝互通消息，皇后也不能求助了。"吴伯宗道："那我们都救不了高学士了？"郭翀道："祷告苍天罢，愿皇帝能回心转意。"

　　数日后，吏部接到皇帝圣旨，令郭翀为直隶广德府知府。陈宗进闻讯后，在鹤鸣楼设了盛宴，请来吴伯宗等几名进士为郭翀钱别。自从那夜秦淮河边失火，陈宗进慷慨退还全部货银，吴伯宗才知陈宗进并非俗商，与他欢悦如初，郭翀等人也因此与他相识。席间，陈宗进请郭翀为先父写一篇行状，润笔费二百两，预付一百两，其实是资助郭翀。郭翀自以为用文字赚钱，不失君子爱财之义，就收下了。众人痛饮狂歌，到半夜方散。次日，郭翀还有些宿醉，骑着一匹马，鞍上拴着两只行囊，捎着一百两银子，几卷书，几卷文稿，几件秋冬衣物，赍着吏部委任文书，沿着驿道去广德府上任。

腰斩

九月初四，魏观、高启、王彝谋反案审毕，刑部断了案，主犯魏观拟斩首，从犯王彝拟斩首，从犯高启又因诗涉讥讪朝廷，拟腰斩。公文呈献皇帝，他朱笔一挥，三条性命再无生还之理。太子求母后去劝父皇。皇后不知高启其人，孙贵妃来后宫请安的时候，说高启是皇明写诗最好的人，与唐朝李太白差不多，绝不可能参与谋反。皇后与皇帝共膳时，很委婉地劝说皇帝，不要杀高启。皇帝神色峻肃，并没有多话，仅用魏观和高启在刑部的供词答复皇后。皇后知道谋反事大，又不知更多详情，怕惹怒皇帝，责她后宫干政，不敢再说了。

早朝议事毕，皇帝才说魏观谋反一案，满朝静默无声，过了好一会，陈宁出班道："陛下容禀：魏观有罪，高启无罪。李白追随永王东征，曾作《永王东巡歌》。永王要造反，李白哪里知情。请陛下赦免高太史，他只是一个书生，放还算了。"刘伯温听陈宁这样直言，十分惊诧。皇帝道："高启都招供了，刑部定了案，你还想翻案么？"陈宁道："天下人都知道高启冤屈！"皇帝喝道："魏观一案，是你差御史去查的，如何又为高启翻案了？"陈宁咬咬牙，说道："魏观罪在兴故王之基，或有异志。高启一介书生，何罪之有？"皇帝大怒道："好一个陈宁，刑部都定了案，你还聒噪不休，想陪斩不成么？"陈宁瞠目结舌，压制着满腔怒火，不再说话。皇帝说道："文武百官年六十以下的人，都跟着朕到太平门外去看行刑。散朝！"刘伯温五月间才过六十三岁生日，不用去看了。

近日细雨，今日竟然放晴。太平门外湖边的刑场早围着几百闲人。湖边有几株柳树和榆树，一只喜欢吃人肉的老鸹，站在树枝上叫了几声，就在空中盘旋，等着死尸供养。囚车到了刑场，几个壮健狱卒打开囚笼，将魏观三人提下车。三人捆绑得结实，背上插着草标。文武百官与皇帝车驾相继而来。

将近晌午，秋日明艳，湖上草树历历，天清水碧，是一个宜诗宜歌的境地。主斩官宣读圣旨，围观者如潮。到了午时三刻，监斩官高呼："时辰已到，开斩！"魏观看一眼高启，高启也看一眼魏观，二人嘴角还有一丝笑意，算是道别。王彝双腿早软了，两名狱卒挟着他，拖向刑场中间。主斩官下令道："斩谋反主犯魏观！"魏观闭上眼睛，神情枯槁，仿佛已经厌弃洪武之世，不愿再多看一眼。刽子手双手高举着鬼头刀，向魏观的后颈一刀砍下，刀锋过处，人头落地，躯体向前仆倒，断颈里喷出一道热血，飞射七八尺远。第二个斩王彝。他早吓昏了，瘫在地上，坐不稳，跪不直，全身震颤，眼睛紧闭，牙关紧咬，面色惨白。一个刽子手扶着他，另一个刽子手举着刀，觑了一会，眨眼间，刀从他的脖子间爽利斩过。

两名壮健军汉从马车上抬下一架铡刀，安放在法场中央。一个刽子手将宽大雪亮的刀锋向上推，闪出一张巨大的虎口。两个粗猛的刽子手将高启按倒在地，一个抬着高启的肩头，一个抬着高启的脚，将他俯身横放在铡刀虎口中。高启睁着眼睛，看着地面半青的秋草，草间有几只蚂蚁在爬，还有几朵零星的白菊。几个刽子手细声说了几句话，其中一个刽子手双手握住铡刀柄，宽大的刀锋在日光下分外眩目。铡刀缓缓下落，刀口紧紧地抵住高启的腰。监斩官高呼："开铡！"刽子手踮起脚尖，高抬手臂，将一身胖大躯体的分量都移到刀柄上，大喝一声，狠狠地将铡刀向下压。高启未发出一丝声响，却听见铡刀发出嘎嘎嘎嘎的碎骨声，那是铡刀斩断高启腰椎骨的声响。片时间，冰冷的铡刀就从高启薄瘦的腰间切过，血将白刃和刀座染红。高启的上半身和下半身掉在铡刀的两侧，血液从断躯两端涌出，在草间凝成血块；下半身的肠子蠕蠕地溢出身外，流出黄色和红色混杂的黏稠汁液，两条腿竟在地面抽动。上半身还是半条活人。围观的人都惊呼一声，胆小的掩住了脸，眼睛却在指缝中窥视。有人喃喃说："惨！惨！真惨呵！"这些百姓们大半不识字，鉴赏不了高启诗句的妙处，却看到高启的死亡，不约而同地惊叹着。

高启眨着眼睛，竟然扭过头来，望着铡刀那边另一半身体，仿佛向自己的另一半告别；嘴唇嗫嚅着，呼吸愈来愈紧，近处的看客看见他的胸部微微起伏。他好像在吟诗。围观的人中有人惊呼"高启还活着"，"高学士没有死"。高启的右手微微在动，手指沾满血液，眼睛仍有光亮。刽子手敞着肚皮，粗黑的寒毛直延入腰带以下，像凶神一般站着，鼓突的眼睛看着面前的两截躯体。文武百官与围观的百姓都看见高启还活着，手还在动。高启的眼睛直视着一个人，那个人身着明黄色衣裳，衣裳上绣着龙纹，是皇帝朱元璋。皇帝直视着高启的眼睛，像一只猛虎与一只山羊对视。皇帝觉得高启眼睛里有无限怨毒的光，如一支无形的箭射向自己。皇帝大声对刑部尚书刘惟谦说："他一刀斩不死，将肩膀再斩两刀！"刑部尚书前去与监斩官说。监斩官与主斩官说，主斩官喝令刽子手。两个刽子手抬着高启的上半身，将右肩膀放在铡刀内，斩一刀，右肩膀断了，高启的眼睛眨了一下。皇帝大喝道："再斩！"刽子手将左肩膀放在铡刀内，斩一刀，左肩膀断了，高启的眼睛又眨了一下。皇帝又大喝道："当胸再砍一刀！"侧刀从高启的胸部铡下，上半身又分成两块。高启的眼睛再也不动了。

秋日在高启瞳孔里慢慢褪色，四围的人影渐渐模糊，灵魂从身体里挣脱，涌入昏黑的旋涡，飘飘然升起。他看到自己零落在地面的破碎肢体，无畏惧，无贪恋，也无爱憎；又看到了文武百官，有人掩面，有人发怔，有人在流泪。那个穿龙袍的人仍站在那里，还未离去。片时之间，高启的眼前突现一片光明，渐渐地喜悦起来，人浮在天上，轻如片羽，越升越高，脱离尘世，升到云层的上面，云层之上是仙界，真应了他"不容在世作狡狯，复结飞佩还瑶京"的诗句。

　　皇帝想起古人八步成诗、八叉成诗的典故，大吼道："量那厮有八步诗才，眼中无物，就斩成八块！"刽子手得旨，不敢怠慢，拾起高启的几块躯体，前后共铡了七刀，高启分成八块。青邱子的血将这一片秋草染红，仿佛献给明年春草以无限生机。

第四十章

穆容宫孙贵妃销魂　龙凤图廖将军获罪

血书

晚朝后，刑部尚书刘惟谦来报皇帝，叩头毕，跪在地面说，高启在第一刀腰斩后，手指沾着血，在白纱衣上写了几个字。皇帝很惊讶，忙问道："甚么字？"刘惟谦说："臣老眼昏花，认不真切，便将纱衣割了下来，进呈御览。"皇帝道："给朕来看。"

刘惟谦从袖中拿出一片月白色的布，血迹斑斑，递与左禄。皇帝接了展平来看，几个血字有些模糊，细细辨认，像是三个"冤"字，最后一个字血迹将干，若有若无。皇帝顺手扔在地面，说道："那厮还敢叫冤！"刘惟谦劝道："陛下息怒。高启临死时并未出恶语，伏惟陛下明鉴。"皇帝说道："魏观谋反案是你主持审定的，杀头也是你按《大明律》拟定的，他哪里冤了？"刘惟谦以头触地，不敢抬头，自己奉旨审讯魏观等人，皇帝要定他们的死罪，决斩名册也是皇帝最终圈定，如今却责怪自己，不免惶恐，委婉地说："魏观本不愿招供谋反，打得皮开肉绽也不招，臣说他倘若招供了，可免两名从犯高启、王彝的死罪，他才招了供的。"皇帝有些不安，厌烦地说："你退下罢！"刘惟谦道："谢陛下。高启有几个弟子，想收拾残肢，请陛下降恩。"皇帝手一挥，说道："由着他们去！"

弟子吕勉等人在法场收拾高启八块遗体，拼成一具全尸，收殓在一口棺木中。有一个老者给吕勉送来一笔奠仪，足有一百两，只说捐赠者是他主人，家乡同在苏州府。吕勉等人扶枢回到大树村，在高氏祖山草草安葬。因高启身负谋反的罪名，家人不敢立碑。高启的诗文存稿大多被焚烧。高氏那些日子里，总是神思恍惚，见着高启的几个弟子和邻居们，就经常哭诉，说丈夫被皇帝赐金放还时，夜泊应天城外的龙湾，他爹托梦给他，在他手掌心写了一个"魏"字，说这个人千万不要与他相见。丈夫回乡后，就住在大树村，教几个蒙童，绝不入城，谁知魏大人找上门来，丈夫也没得奈何，跟着他进了城。谁也不知这个梦的真假，听了后无不感叹。

才过几年，高启的墓被乱草掩蔽，许多人慕名前来凭吊，都不知所在。好在高启的诗文早已散布人间，至今仍在流传。

此时已是九月末，永宁宫中的树落了叶，在花坛里的枯草上堆积着，有几分萧瑟。孙贵妃近来大病一场，不曾出永宁宫的宫门。她一共生了三个女儿，次女早夭，两个女儿都住在永宁宫中，与宫女们一同照顾母亲。

晚膳后，皇帝起驾到永宁宫，来到东耳房。孙贵妃躺在榻上，有些意外，要起身相迎。皇帝说你睡着，我坐在你床边说话。皇帝坐下来，握着她的手，觉得清瘦而微凉。孙贵妃道："陛下，臣妾是一个知足的人，跟着皇上享受了许多年富贵，还为陛下生了两个公主，也知足了。常言说得好，生死有命，富贵在天。臣妾得了这一身病也是天意，经常头痛肚子痛，也不知道是甚么病，太医们都尽了力，皇上万万不要责怪他们。"皇帝道："朕不会怪太医的。你安心养病便是。"孙贵妃道："陛下，臣妾恐怕一病不起，有一句话不知当不当说。"皇帝道："你说便是。"孙贵妃道："臣妾是女流之辈，读书不多，又无见识，本不当议论朝廷政事的。"皇帝道："你说。"孙贵妃道："臣妾入宫前读过几天《中庸》，若陛下治国，宽严两不误，不要太偏执了，便是最好。陛下常读经史，这个道理当比臣妾明白。"皇帝却想这是妇人之仁，姑且虚应着她，点头道："朕理会得。"

皇帝看见书案上有一本书，拿了起来，封面题为《缶鸣集》，翻看几页，却是手抄的字迹，问道："高启的诗集？这书从哪里抄来的？"孙贵妃还未说话，卫淑仪惊慌地跪下道："回禀陛下，贵妃娘娘病中无事，令奴婢出宫时，顺便到城中书肆里买几本诗集来。店主说有一本诗集最好，已经缺货，便请人抄了几部，奴婢不懂诗，就买了下来给娘娘看。"皇帝问道："你们还知道甚么？"卫淑仪说："奴婢不知道。"孙贵妃说："臣妾看了诗抄，才知道是长洲人高启作的，不知他是甚么人。"皇帝道："几个月前，他与苏州知府魏观一同谋反，这个月腰斩了，诗集都在禁毁中，休要再看了，看些古诗便是！"孙贵妃有气无力地说："臣妾遵旨，再也不看了。刚才臣妾说的治国的道理，都是胡言乱语，请陛下不要介意。"卫淑仪看见孙贵妃的眼色，站起来忙将诗抄撕了，紧攥着一团乱纸，又跪在地面。皇帝道："中庸之道甚好，你的话也说得好。"皇帝觉得正宫空荡荡的，有些凉意，药味也重，说道："御花园旁边的穆容宫新近装修，门窗严实，冬天好避风，你如方便，搬那里去养病罢。"孙贵妃道："谢陛下。"

皇帝离开永宁宫，坐在龙舆上，快出永巷时，皇帝说："去坤宁宫！"皇后闻讯，站在宫门内笑脸相迎，见皇帝面有愁色，说道："陛下，太子妃身孕已有九个多月了，陛下不久就要做皇爷，恭喜了。"皇帝露出一丝笑意，说道："好好，也恭喜你呵，大姐你也要做皇奶奶了。"皇后请皇帝到东耳房坐，宫女献上茶，摆出果脯和糕点。皇后说："每日儿子们来请安，都说起一个人，他的诗写得好。"皇帝问道："是高启罢？"皇后说："不记得他的名字。既然儿子们都说他的诗写得好，何不请他到宫里教他们学诗?"皇帝犹豫了一会,才说:"高启令我甚是失望,大姐休要再说起他,就当世间没有那个人。"皇后语塞,点点头,片时又说:"儿子们⋯⋯说起苏州府一个姓魏的知府,前年还是天下守令的楷模,今年九月初便被斩首了,说是谋反。太子也说了,那个姓魏的谋反实无证据,或许屈打成招。陛下,臣妾深居后宫,不宜议论前朝的事,只是儿子们经常在臣妾面前说起,臣妾便劝劝陛下,请不要降罪。"皇帝道:"朕会再差人去苏州查明真相。前朝的事,大姐在后宫也不要太挂怀了。"皇后道:"陛下说得是。太子说那个魏知府的尸首被几个苏州商人收殓了,寄放在城南的报恩寺里,魏家的人不敢运回去,也没得盘缠。"皇帝道:"朕知道了。明日令中书省发一个文书,户部赠他们家眷两百两银子和两匹文锦,将灵柩运回家乡厚葬便是。"皇后说:"还是陛下好心肠呵。"

皇帝回到华盖殿,才坐下来,值日太监左禄来报:"禀报陛下,出使塞外的李思齐大人回来了,在宫外求见。"皇帝道:"哦,真好呵,朕差了许多人去,都不见回来。他七月间离京,总算还能回来。快快传他进宫来见朕。"李思齐进了华盖殿,拜倒在地,右手手掌撑在地面,左手的衣袖却虚软空垂着。皇帝忙问道:"你的左手怎地了?"李思齐缓慢地说:"臣将它砍下来,临别前赠与王保保了。"皇帝暗中一惊,说道:"免礼,赐座。"左禄将一张花梨木圈椅向前挪了挪,李思齐坐了下来。

皇帝道:"李将军,你将前因后果说与朕听。"李思齐道:"陛下容禀:臣辞京前,便写了遗书与家人⋯⋯"皇帝问道:"你以为自己不会活着回来?"李思齐道:"臣难卜此行生死。一行人几经周折,来到塞外王保保大营,见着了他。他如今也有些老迈,面容憔悴,像是有病在身的人,说话也不如当年洪亮。臣献上陛下的书信。王保保见我来了,笑说与我打了多年,结怨结仇,一直未能了断,想不到还能在塞外见着我。他令人宰羊温酒款待臣,臣住了四日。临别时,臣又劝他归顺陛下,请他回一封信。他说无话可回,令六七名骑兵送臣回来。到了一处驿站,一个校尉道,主帅有命,请先生留下一件物事为别。臣说我们一行三个人,三匹马,几两碎银,身上几件衣裳,没有甚么能赠送。那校尉道,主帅说了,将军留下一只手臂便可。臣霎时便明白了,我与王保保交恶多年,他一直怀恨在心,如何甘心让臣全身回来。臣知道进了他的地面,性命都是他的,何况一只手臂,便拔出腰刀,将左臂齐肘砍断,捡起左臂,递与校尉。校尉接了臣的左臂,插在腰带间,说声多谢,纵马而去。因路上无药物,伤口化脓,半边身体也肿胀了,至今还有脓血流出。"他撸起衣袖,露出包着几层白帛的肘端,上面浸出黄色红色褐色黑色交织的痕迹,散发出一丝腐恶气味。他淡然地说:"臣恐怕活不久了"。

皇帝心想李思齐真是经过千百场厮杀的汉子,方能临难不惊。王保保那厮也真狠,不要他的命,却要他一只手臂,分明是给自己脸色看。王保保越不臣服,皇帝越钦服,常遇春在皇帝心中的座次,仿佛都要被王保保挤到后面去。皇帝安慰说:

"李将军一路辛苦，朕也不留你久坐，着人送你去太医院诊治，清洗伤口，换些御药房的金疮膏，想必不消半月便好。"李思齐道："谢陛下。"正要叩头，皇帝说免了，一个御前太监扶着他出宫，投太医院而去。

洪武七年九月初七日晨，李思齐的长子李世昌来中书省报丧，他爹昨晚死了，时年五十二。早朝后，皇帝遣礼部官去李宅祭奠。到了下午，礼部尚书来报皇帝，李思齐的爱妾郑氏午后自缢而死。皇帝十分感叹，令礼部追赠淑人，谥曰贞烈，令工部在京郊上元县向村选一块吉壤，将二人合葬。

议礼

天蒙蒙亮，两名尚衣宫女正伺候皇帝换衣，后宫两个女官急匆匆地跑来，禀报乾清宫长随太监胡政道："胡公公，孙娘娘在穆容宫宾天了。"胡政吃了一惊，慌忙来见皇帝，皇帝尚在梳发，见胡政神色异常，便道："何事恁地慌张？"胡政跪下道："禀报陛下，孙贵妃宾天了。"皇帝匆匆梳理完毕，赶去穆容宫。宫中哭成一片。皇帝看着孙贵妃躺在床上，上了妆，就如睡着了一样。皇帝说道："传朕的旨意，罢朝一日。"

皇帝因孙贵妃没有儿子，与文臣们商量谁做孝子。礼部尚书牛谅奏道："《仪礼》上说，父在为母服期年①，若庶母则无服。"皇帝却道："父母的恩德都是一样的，古礼分出高低贵贱长短，未免不合人情。着宋濂先生等去考定丧礼，将来做为定式。詹同相助宋濂一同考证。"

宋濂知道儿子辈为庶母服三个月的缌麻丧②，是周公礼制，两千余年无人更改。皇明开国以来一直沿袭，为何还要自己来商量。宋濂与翰林学士们议了半天，心想或许皇上宠爱孙贵妃，因此想改变成法，皇上又不愿意直说，才让文臣们去考证。宋濂、詹同与学士们到文楼中遍稽古书，考证了半天，宋濂记下古籍中论及母丧的话。与翰林学士们多次商量时，赞同服丧礼三年的有二十八人，赞同服丧一年的有十四人，就奏报皇上。皇帝也不细看古人是如何说的，很满意这个考证结果，说道："三年之丧，是天下通丧。朕看翰林学士们主张三年的比主张期年的多一半，这不是天理人情所在么？"宋濂道："孙贵妃无子，只有两个女儿，陛下，这丧礼如何施

---

①　期年：一整年。

②　缌麻丧：古丧服的名称，是五服中最轻的一种。五服为：斩衰、齐衰、大功、小功、缌麻。因为庶母是父亲的妾，位次于父亲的嫡妻。不是庶母亲生的儿子，他们为庶母服丧礼的程度低于嫡母。

行？"皇帝深思一会才道："贵妃生前颇喜爱櫹儿，櫹儿也很亲近她，就让他斩衰①三年，太子与亲王齐衰②一年罢。"

皇帝令宋濂草诏，确定子执母丧礼，皇帝说："子为生母，庶子为其母，皆斩衰三年，嫡子、众子为庶母③，皆齐衰杖期④一年。宋爱卿考证得好。你们将来编一部《孝慈录》，印行天下，朕来作序。"太监送圣旨至东宫，太子接了旨，觉得与他所奉的古礼不同，便问："这是甚么礼制？谁定下的？"使者道："听说是宋濂先生考定的，皇帝准了旨。"太子正色道："宋先生这个礼法考证未免失当。礼书上写得分明，我只要戴三个月的孝。我要跟父皇说去。"

太子匆匆出了东宫，大本堂正字桂彦良正在批阅太子文章，听见太子说话，忙跟了出来。桂彦良早听说学士们在议论更改礼法的事，自己并不赞同宋濂的做法，忙说："殿下，微臣一同去可使得？"太子边走边说："桂先生请来。"太子与桂彦良直奔华盖殿，近侍太监还不及去禀报皇帝，太子就跨进门去。皇帝正在看书。太子来到父亲眼前，说道："父皇，这事不合古礼！"

皇帝见是太子，听他没头没尾说话，笑着问道："甚么事不合古礼？"太子道："按礼制，常人为庶母服三个月的缌麻丧，这是周公定下的礼法，大夫以上则不服。陛下贵为天子，而令嫡长子为庶母服杖期一年，是不敬宗庙，不重国体。儿臣不敢奉诏！"皇帝听得明白，怔了一会，想反驳却不知如何说，想骂又不便骂。他端起茶杯，喝了一口茶，将茶杯砸在几案上，溅出许多茶水，说道："岂有此理！你才读几本古书，知道甚么古礼，便敢抗旨？"太子跪下道："儿臣不敢抗旨，只是陛下这道圣旨有悖古法，儿臣恐不敬宗庙！"

桂彦良见太子竟与父皇较起性子来，恐怕他执拗到底。眼下太子妃常氏怀胎九个月，若父子不和，常氏必然惊忧，忙跪在太子侧旁，劝道："殿下，理当顾及君父之情，不宜执着古礼而损了大孝。"太子一听"大孝"二字，就低着头，也不再说话。皇帝听桂彦良说得在理，为自己圆了场，就摆摆手，彦良会意，扶太子起来，一同出宫。过不多时，皇帝见太子穿着一身衰服进宫来了，恭敬地跪在自己的眼前，

---

① 斩衰：衰通"缞"（cuī），五服中最重的丧服。用最粗糙的生麻布做成，断处外露，不收边，丧服上衣叫"衰"，因称"斩衰"，以示略无修饰以尽哀痛，服期三年。

② 齐衰：齐衰亦作"齐缞"（zī cuī），古丧服名称，"五服"中居二等，次于斩衰，用粗糙的麻布制成，衣裳分制，缘边部分缝缉整齐，故名齐衰，与斩衰的毛边有区别。五服的具体服制及穿着时限视与死者关系亲疏而定。

③ 嫡子、众子为庶母句：嫡子，指父亲的正妻的儿子。小说中指太子朱标。众子，是指父亲全部的妻妾生的儿子。庶子为其母，意思是父亲妾的儿子为他的亲生母亲，要戴最重的孝。

④ 杖期：古时一种服丧礼制，清后渐废。杖，是居丧时手握的木棒，表示悲痛不便行走；期，是指一年的丧期。期服用杖故称"杖期"；不用杖则称"不杖期"。《仪礼·丧服》中有详细记载。

十分惊讶。太子说道："儿臣愿为孙贵妃服一年的孝。"皇帝怒气顿消，忙扶起他，说道："儿呵，真个难为了你。回宫去罢，小心将息着，不要读书太苦，切莫伤了身体。"太子起来道："儿臣遵旨。"皇帝看着儿子出宫的背影，叹息一声，心想他如果一味执拗下去，真不知拿他如何；但又想是谁劝服太子，顺从了自己的意思，莫不是宋濂和桂彦良。皇帝心想自己在位时，太子对二人言听计从，将来自己宾天了，太子说不定会任宋濂为丞相，更改自己确立的祖制，坏了皇明万里江山的根本。宋濂只是一个宿儒，长于经学和古文，绝无做丞相之才。皇帝不免有些忧虑。

晚上皇帝正在乾清宫洗脚，御前近侍来报："陛下，常妃生了，母子平安。"皇帝忙问："是男是女？"近侍说道："是龙哩。"皇帝大喜道："好呵，好呵。"他连脚也不及擦，就穿了鞋，也不唤龙舆，疾步去东宫，太监们抬着龙舆去追。皇后见皇帝来了，抱着孙儿给他看，说道："陛下，你看你看，这模样儿多像你呵。"皇帝笑道："像我？我哪里是这般红孩儿模样罢。"皇后道："给他取一个好名字罢。"皇帝想起东坡词"雄姿英发"，指望孙子不像儿子那样文弱，脱口道："就唤做朱雄英罢。"

皇帝在坤宁宫中设宴，请妃嫔和命妇都来喝酒。这几日，贺表如雪片般呈来，百官们极尽赞美之能事。可到了第三日，朱雄英晚上不安睡，总是哭。第四日，朱雄英上吐下泻，全身烧得厉害。太医院的名医都来会诊，说是皇孙天生体虚，得了伤寒。又都不敢用药，怕医不好，如若皇孙病死在襁褓中，说不定被皇帝砍头。皇后见孙儿奄奄一息，怕皇帝迁怒太医，说道："陛下，雄英或许先天不足，太医们都担心干系重大，不敢轻易用药，怕医不好获罪。"皇帝道："传朕的话，只管下药，万一治不好，朕不加罪。"后宫妃嫔有人议论，说是宫中邪气太重，或许是怨魂凝聚。皇后也有几分害怕，因不知魏观谋反案的真假，未曾劝动皇帝，为了消灾避祸，劝皇帝去各地请些高僧来宫中，祈禳祸灾。

皇帝想起那个形容古怪的道衍和尚。礼部使者奉旨到了苏州，在西山海云院中访得了道衍。道衍既惊喜，又懊恼，原来他正卧病在床，虚乏得很，走不得路，连说话都没有力气。使者离去时，道衍嗟叹道："天命呵，我真要老死在这山中了么？"。皇帝见道衍未至，却见到另一位宗泐和尚，他相貌清朗，颇知经史，能诗善文，佛经尤为通博。皇帝早年在于觉寺看过一些经书，常与宗泐谈经，十分投缘。和尚们在后宫中做完法事，领赏钱回去了。皇帝将几个通晓佛经的和尚留在京城，陪着自己谈经说佛。朝臣们经常看见几个和尚在宫中行走，十分憎恶，但却不敢进谏。

转眼冬至将近。这日太子来大本堂，神情不乐。桂彦良问道："殿下，莫不是有甚么心思？"太子说："昨晚我与父皇一起审读文臣拟的南郊祝文，父皇看了一半，就一掌拍在案上，骂道，蠢秀才，这等俗话也写到祝文里来了，大为不敬。"桂彦良吃了一惊，问道："谁拟的祝文？"太子说："翰林待制王僎先生和翰林编修王琏、张凤五个文臣一同草拟的，詹同大人审定，还有翰林修撰孔克表、翰林侍讲学士乐韶凤等十几个文臣看了，宋濂先生也看了，都没发现这两个俗字。"桂彦良十分纳闷，说道："孔克表是孔子五十五世孙，博学能文，尤精经史；詹同是翰林学士承旨兼吏部尚书，满腹学问；宋先生更不要说了，博通古今，当世硕儒。他们都是饱学之士，怎地看不出来哩？"太子焦虑地说："父皇说都要降罪。"桂彦良问道："皇帝说是甚么俗字？"太子道："甚么'予'字、'我'字，都写在祝文里了。"桂彦良急得跺脚道："他们真冤枉呐！殿下读《尚书》时，可记得成汤祭祀上帝说'予小子履'，周武王祭祀周文王的诗也有'我将我享'的话么？《尚书》里的'予'字和'我'比比皆是，如《大诰》里有'予惟小子'，'我有大事'，'予'字'我'字哪里是甚么俗字，这原本是很高古的字眼，三代时就用了。学士们用的字都有出处呵。"

"记得，记得，"太子欢喜地说，"桂先生好学问呵。"又做出一个鬼脸说："我爹爹自己读书少，还怪别人大不敬。"桂彦良惊愕得须眉飞动，太子转身就跑出大本堂，一溜烟奔向华盖殿。桂彦良站在堂前等了好一会，太子又跑了回来，边跑边笑道："桂先生，桂先生，父皇说正字先生的话是对的。"

探视

洪武八年正月，皇帝在奉天殿受朝贺，大宴群臣，群臣中少了一人，那就是刘伯温。去年腊月间，刘伯温感染风寒，加上肝病变重，向皇帝告假，在家中休养。

宴毕，朱元璋向胡惟庸问起刘伯温的病情。胡惟庸忙说今日得闲便去刘府探视。皇帝嘀咕一句道："今日得闲便去，早就当去探视了。"胡惟庸连连称是。此时天色阴晦，黄色宫瓦上盖着一层白色薄霜。皇帝觉得新年不及往年那么欢娱，凄怆之情萦绕宫观间，拂之不去，散了还来。皇帝起驾回华盖殿，传奉诏还京的徐达来见。徐达拜毕，便说："上位，臣在京城闲居久了，还是想去北方做守备，边境安宁中国才安宁。"皇帝笑道："徐爱卿说得极是，但边备自有李文忠、汤和、傅友德、蓝玉、王弼等人，爱卿不消急哩。"徐达唯唯答应着，心里却不知道皇帝召见之意。皇帝说："新年里，朕有一件喜事与你说。自古亲臣相契的，都结为婚姻。朕第四子气质好，爱卿也有一个好女儿，两个人可以般配。好男好女，我们这两个老头子足以安慰哩。"徐达有些意外，说道："臣女今年十三，恐怕太小，不涉世事呵。"皇帝道："朕先说与你知。朕第四子明年十七了，明年初成婚罢。"徐达答道："臣领旨。"皇帝道："今年你还留在京城，为儿女们办了婚事，朕再委付你大事。"徐达答道："臣领旨。"

这日黄昏，有人来叩刘伯温家的门。老仆开门来看，却见门外站了六七个头戴乌纱帽身穿大红袍的官员。老仆道："敢问大人尊姓高名。"前面一人道："在下胡惟庸，闻刘老先生卧病多日，前来探看则个。"老仆得知是丞相，忙说："请进，小的这便去禀报。"刘琏兄弟在堂前看见胡丞相，也吃了一惊，忙跑去告诉父亲。刘伯温说道："请他们进屋罢。"胡惟庸身后跟着陈宁、冯冕、丁玉、商暠和两名太医院名医，一同步入刘伯温卧室。胡惟庸进门便高呼："刘老先生，在下来看您老了。"刘伯温应声道："胡丞相枉临寒舍，折杀老夫了，久病之躯，不便起身相迎，恕罪恕罪。其他几位大人，恕刘某不能起身相迎了。"胡惟庸道："老先生，病情如何了？"他来到床边，坐在床头方凳上，伸出手来，刘伯温与他握着，说道："胡相公机务繁忙，还抽身来看老拙，老拙心里不安呵。"胡惟庸道："刘老先生是开国功臣，早就要来探望，在下被公家的事所累，迁延至今。在下请来两位医道高深的太医，请他们为先生诊治，不知老先生是甚么病症。"刘伯温说："这几年来，我的右肋骨下面痛，痛的时候要着力按揉才缓解，不思饮食，又腹泻，眼睛也看不清。有医士说是肝胆积气所致。"胡惟庸嗟叹着，点点头，站了起来，请一位太医坐下，为他切脉。太医问了病情，望闻气色，说道："似是积症，以平肝去积为先。"太医诊毕，移坐书桌前开药方。

胡惟庸又坐在床头方凳上，两只手握着刘伯温的一只手，说道："京城有许多名医，只要在下知道的，都可以请来，有甚么药寻不到！就算在昆仑山上也要寻到，务必将先生的病治好。"刘伯温道："相公费心了，老夫感激不尽。"胡惟庸说道："在下奉上白银五两，略表心意，区区之意，还望先生收下。"刘伯温笑道："丞相大人的钱，如不收的话，相公或以为刘基傲慢；倘若收了，却无以为报，又惭愧难安。"胡惟庸笑道："刘老先生何必想恁多，请收下。"就将那包白银放在床边，刘伯温道："丞相盛情，老夫收下了。"胡惟庸道："正月春寒，这屋里颇冷，在下令人从内府领些木炭来，多添一盆火。"刘伯温道谢。胡惟庸道："家中如有甚么不便，着人来中书省通报一声便是，在下当尽力相助。"刘伯温道："多谢了。"仆人端来一盘茶水，胡惟庸等人喝着茶，说些闲话，就要告辞。刘伯温探出身子，说道："陈大人，请你近前来。"陈宁忙挤上前，说道："老先生，不才在这里。"刘伯温颤颤地握住陈宁的手，说道："老夫当年无端斥责你，总是愧疚在心。"陈宁笑道："老先生休要再提了。"刘伯温说："你可是一个志略远大的人！"陈宁道："某一介陋才，哪里有甚么志略。"刘伯温笑了笑。

胡惟庸等人离开刘府，他与陈宁同坐一辆马车。陈宁轻声惋叹说："这一向死了不少人，先是方国珍病死，接着便是功臣华云龙病死，悍将郭云病死，天下守令的榜样魏观谋反死，皇明诗士高启陪斩，降将李思齐断臂死，失宠的孙贵妃病死，待罪的刘伯温想必也时日无多。这些人是死是活，已经于世事无补。只有那一个人死了，才能翻转天下大势……"陈宁将"那一个人"说得很慢很重。胡惟庸警觉地问："谁？"陈宁淡然地吐出一个字："他！"胡惟庸会意，有几分惊骇，摆摆手，颤抖地说："不可！不可！"良久，胡惟庸说："最近京城会有些动静。"陈宁问道："甚么事？"胡惟庸说："你等着看。"

次日，胡惟庸着人按太医开的处方，在宫中御药房拣了草药，送到刘府；又有中书省差役挑着两担木炭送来。刘伯温令家人煎药。刘璟道："爹爹，谈洋之祸便是胡丞相惹来的，如今他请来太医，未必安好心，这药说不定有毒，爹爹不要吃！"刘伯温道："胡丞相来家中看我，岂有令太医下毒之理？"刘琏道："我们按他的方子拣药罢。"刘伯温道："他们哪里敢在药里下毒！你们不知人之常情，我在世时，皇上因近年的罅隙，便冷落我；若我死了，天下再无刘基时，便会记念着我。假若丞相果真毒死我，皇上岂能放过他？这些草药即使治不好病，也是胡丞相一片心意，如何都得服用了。"小章道："先生的话极是。"刘伯温连服了数日汤药。

秋夜灯下，刘伯温拥着小章而眠。他如今体衰，饮食不振，自知是将死的人。他喃喃说道："我死万念俱休，只是放心你不下，想为你寻觅一个好去处才心安。"小章不做声，依偎着他，悲戚流泪。刘伯温道："我若死在乡下，你如与夫人住在老屋里，也太清贫了些，住在这京城的大宅中最好。我死后，你带着小女来住，我的余财可让你请得起两个仆人。"小章赌气地说："你若死了，我便跟你去。"刘伯温抚慰道："休要这般短视呵。宇宙无穷，人生难再，你要珍惜才是。你若跟我去，我便死不瞑目。我死后，你守节一年，任你改嫁张三李四，休管旁人闲话。你若能嫁给一个富贵人家子弟，才算不负我，我在九泉之下也心安了。"小章啜泣道："那你别死就是了。"刘伯温道："生死有命，我的大限要来了，早晚要有一个安排。你如不想改嫁，就住在京城这套大宅中，我求皇帝眷顾你，保你衣食无忧。"小章道："我不想独自住在这里，不能与你一起住，守着这幢大宅心里难受。"刘伯温道："若你真不想住，那我还有一个主意。"小章道："甚么主意？"刘伯温道："城外有一座古寺，唤作鸡鸣寺，在鸡笼山东边的山脚下，有一个师傅叫道琳，我与她相识。那寺庙清静雅致，后面院落里常年住着几个女施主，跟着道琳念经信佛。你若愿意，将来小女长大了，十四岁便许给一个人家，你便去那里住。"

赐死

徐之鼎与施杰伦从国子监回来，在街坊一家茶肆里吃了两盏泡茶。京城的茶楼聚集着四方来客，往往互通消息，有关朝廷与江湖的传言多在茶肆里传播。

二人听到邻座有人在说："近年海边常有倭寇来犯，州县官府都奈何不得，百姓们一听倭寇来了，成村连镇地逃往深山。前年皇上令德庆侯廖永忠领舟师出海捕倭，直如老鹰捕小鸡。他将上百艘倭寇兵船打沉，斩杀数百人，淹死的数不清，海滨才见太平。"另一个老者说："老廖是巢湖水贼出身，极擅水战。叵耐倭寇惹恼了皇帝，才差他去平倭，是杀鸡用上了牛刀。老廖也做得出来……"说时，掩着嘴笑。那人问道："您老笑甚？"老者笑道："老夫听人说，海边的百姓说起倭寇人人性淫，喜欢奸淫我朝的妇女。八岁不嫌小，八十不嫌老。老廖得知大怒，在那些倭寇斩首前，先令人将他们的阴茎和睾子连根割了。阴茎与当归、薏米、淮山一起炖，睾子与鸡子、核桃仁一起炖。据说老廖每天吃两碗，惹得他阳具经日不倒。他奉诏回京后，只得天天去秦淮河边的秦楼楚馆败火。"

那人听了，先是目瞪口呆，接着大笑，不甘落后，说道："您老知道他这个佚事，我也知道一件哩。前年四月间，廖将军平倭奉诏还京，他从龙江驿回到廖府，在大街上骑着一匹大马，拥着三五百军士，旗帜招展，城中许多百姓都来看，好生威风。皇帝御笔写了八个字赐与他。问他甚么字，他脸通红，半晌认不出。皇帝令太监捧一百两白银赏他，笑道这些白白的东西你认得么？廖将军说认得，是银子。皇帝大笑，说这八个字你不识得，朕读与你听，廖将军才知道是极好的话。"老者笑了，问道："宫中的事，你如何知道？"那人说："我也是听别人说的，想必是廖府的人传出来的。后来有人告诉他这八个字可了不得，除了徐、常二帅，无人敢当。今年城西廖将军宅第大门两边，挂着两张黑漆镶金的木牌，便书了皇帝的御笔。"老者问道："是哪几个字？"那人说："功超诸将，智迈群师。"老者抚髯沉吟道："这八个字，挂在徐府门前却好，挂在老廖府门前便不好了。"那人道："有甚么不好。当年廖将军接小明王到应天，江上翻了船，淹死了宋国皇帝，被皇帝见罪，封侯而不曾封公，如今他得了御笔八个字，算是补偿。"老者轻声说："此言差矣，小明王不死，今上①如何好做皇帝？小明王非死不可！"那人举起茶杯，笑说："还是您老有见识。廖将军着实功大，府上的家丁也是仗着主人的势。几个月前，他的家丁在街坊与人争执，将人打成伤残，应天府兰大人差人去捉凶犯，家丁将差役们一顿好打。后来刑部差两名差役前去廖府捉拿，也被挡在府外，凶犯至今未捉拿归案。"老者说："这岂不是惹祸上身么？"

徐之鼎与施杰伦回到刘府，向先生请安，说起茶肆的见闻。刘伯温心想御笔在家中悬挂还好，如何能刻出来悬之府外，连街坊寻常百姓都知道了，莫不是皇帝在试他的深浅和贤愚？徐之鼎说："弟子不但在茶楼听到一些街谈巷议，就连在国子监也听到许多传闻。一些功臣的子弟都在国子监读书，康茂才的儿子康铎，丁德兴的儿子丁忠，俞通源的儿子俞祖与廖永忠的儿子廖权都常在一起玩耍，没一个人喜欢读书，常说起各自家中的事，免不了要攀比一番。廖权说他爹没有封上公，却得了这八个字，连大将军徐达的府上也没有哩。廖府这几日家中大摆宴席，将康铎、丁忠、俞祖都请去了。俞祖说府中老都管差人买酒买菜的便有十几人，请来的厨师也有五六位，晚上府中红烛高烧，宾客盈门，如白天一般；还请来一班乐师和戏班子，在庭园中连台唱戏。有人说廖永忠家中用的坐垫和被褥上都有龙凤图，恐怕僭越了。"刘伯温冷笑道："永忠真是一介武夫！"施杰伦说："云南未平，北元还有几十万军马，倭寇仍不时侵袭沿海，廖帅是水战悍将，皇帝还要用他罢？"刘伯温说："如

---

① 今上：古时指当代的皇帝，这里指洪武皇帝朱元璋。

今多他不多，少他不少。你们记着，这些事都在我这里说说，切不可与其他人说。"

过了数日，这天晌午前，徐之鼎匆匆赶到刘府，告诉先生一件要闻。天未亮时，有几千亲军去了皇城，全身披挂，带刀挂箭，街坊间的百姓听到一片脚步声响，都不知出了甚么事。适才全城张贴告示，今日戌牌时起，全城宵禁。刘伯温觉得情形有异，莫不是有人反叛，但转想皇城南北都长驻着金吾、羽林、留守卫军共两万余人，徐达在龙江行营中还有三四千军马，无人敢擅自起兵谋反。刘伯温劝徐之鼎先回国子监，吩咐儿子刘琏、刘璟近日都不要出门。

申牌时分，刘伯温午睡起来，小章扶着他在院里闲行，苍苔有些软滑，伯温手持着竹杖，缓缓地行走，像怕踩着蚂蚁一样，忽然听见门外一阵杂沓的步履声和嘚嘚马蹄声，刘伯温喃喃地说："人马行进声整齐，莫不又是一队军士在门外经过？"小章想扶刘伯温到门外去看，刘伯温却说不必了。晚上掌灯时，因城中宵禁，徐之鼎与施杰伦没有回来吃饭。次日午后，弟子二人匆匆赶到刘府，徐之鼎道："先生，今日城中出了一件大事，街坊都还不知道。"刘伯温忙问道："何事？莫不是皇上差人去杀老廖？"徐之鼎说："先生料事如神呵。廖帅不知犯了甚么重罪，皇帝竟然将他赐死了……"

刘伯温一听，失声"呵呵呵"了数声，手一松，竹杖丢到一旁，眼前一片晕眩，人往地面坠。两位弟子忙搀扶住他。刘伯温怔怔地问道："老廖果真赐死了？"徐之鼎说："昨日下午赐死的，已经收殓在棺材里，皇上下诏要以侯礼厚葬他，家人都平安无事。"施杰伦道："据康铎说，昨日上午，徐达与李文忠奉旨去龙江廖营，将千户以上军官全都调到宁波卫，军校都并入李文忠和朱亮祖的军中，防备着廖永忠抗旨谋反。龙江各大行营的兵将，若无圣旨，一律不得调动。"刘伯温神情严峻，赐死廖永忠之后，又将赐死谁呢？自语道："上位要除一员悍将，竟恁地周密呵！"

洪武八年三月二十四日，一队亲军从刘伯温宅前经过，来到廖府门前，军士先取下门前两张漆牌，内官手托圣旨，高呼："皇帝圣旨！"径自闯入廖府，几十名如狼似虎的家丁，睁着眼睛，却不敢阻拦。几名亲军跟着太监来到客堂上，太监高声道："廖永忠接旨！"廖永忠还有些醉意，从内宅出来，跪在天使前。天使开读：

　　奉天承运皇帝诏曰：朕看你廖永忠虽有功劳，但过失也不少。当年封赏前，你便到省臣那里窥视朕意，以徼封爵。朕与你封侯而非公，你便心生怨恨，诽谤朕多时。今年三月，你在家中不守法度，僭用龙凤，放纵家丁作恶。朕念你功大，不付法司，赐你一个囫囵尸首，着你自个了断性命。

　　　　　　　　　　　　　　　　洪武八年三月（御宝）二十四日

次日上午，廖永忠得知皇帝下旨将他军中的千户都调走了，军马也分拨到其他营寨中，要去宫中见皇帝问缘由，皇帝却不准他进宫。他以为皇帝一时恼怒，来日仍会令自己领军马去平倭和收拾云南，万万没有想到皇上原来要赐死自己。

廖永忠大叫道："这诏书是假的！我有功于皇上，他如何要赐死我！我还有免死牌呵，我还有免死牌呵，皇上说了可以免我二死！快拿免死牌来！快拿免死牌来！"天使冷淡地说："皇上又没说要杀你，让你自个去死。自尽不在免死之例！"廖永忠大呼道："我不死，我不自尽！我要见上位，有人要陷害我！来人哪！来人哪——"大小家丁提着兵器闻声赶来，恶狠狠地将十名亲军团团围住。有一个家丁手持着一张免死牌，跑在最前面，仿佛要用免死牌来抵挡皇帝的圣旨。府中老都管从门外跑到堂前，气喘喘地叫道："大人，皇上令五百名金吾卫军将府四面都围住了。"廖永忠道："着人骑快马，去龙江大营中调我旧部军士三千人来！我要面见上位！"老都管道："大人，皇上今日上午已经夺了将军的兵权，千户都调到宁波卫去了，军士全并入李文忠等人的军中。"廖永忠惊醒了，站着发呆。

胡政等四名太监大步进来，胡政对廖永忠道："廖将军不要焦躁，请来无人处说话则个。"廖永忠便同胡政进了书房，胡政出示皇帝手谕。廖永忠忙打开来看，很多字不认识，唤老都管来念：

朕说与廖永忠知道：你在京城无事生非，僭用龙凤，放纵家丁，这还不说。当年着你接皇帝来应天城，却因风翻船，淹死皇帝，朕未责你失职之罪，你却四处妄说，陷朕于不义。今赐你死，家人无罪，休要惧怕。你死后，朕令你长子袭爵。倘不奉诏，朕以谋反罪论处，全家抄斩。你若不糊涂，当知朕意。

廖永忠听了，大哭不已，边哭边说："免死牌原来是假的，上位，你不能这样赐死我呵，免死牌一死都免不了，鸟用也没有！"胡政却不阴不阳地说："这免死牌，是你杀人放火，奸杀他人妻女时，犯了死罪，要杀头时，可以免死。但圣上说你的罪太大，让你自个儿了断，免死牌便没得用了。"老都管道："胡公公，莫不是谁要害廖将军，发了矫诏？"胡政冷笑道："我亲自在圣上面前领了圣旨，谁敢发矫诏？"

胡政令一名太监捧出白绫一道，另一名太监将白绫悬在书房的梁上，说道："廖将军请自便！"永忠手抓着白绫，扯得紧紧的，悲摧之极。太监催促道："将军请尽快了断，倘若第三道手谕来时，将军还未了断的话，你一门老小性命就都险了。"永忠既绝望又害怕，哭诉道："上位，你负了永忠呵，你赐的免死牌原来鸟用也没有……"他嚷着要酒喝。胡政唤家丁捧来一坛酒。永忠抱着坛，一口气饮了大半，坐了半响，头渐渐昏沉。自个儿端来一只小杌子，站在上面，将头放进白绫圈中，泪如雨下，双腿颤抖，迟迟不愿蹬翻小杌子。胡政想早些完事，将小杌子一脚踢开。廖永忠壮硕的身体沉重地落下，颈椎发出清脆的断裂声响。

第四十一章

马皇后急智奉天殿　刘伯温长眠武阳村

归故里

刘伯温夜间常做噩梦，好几回梦见皇帝差人送毒酒来，胸口一阵绞痛，人就惊醒了。他心想自己若被赐死，或被冤斩，平生功业便是一败涂地。

时值暮春，天阴雨久，刘府的花竹木石间，弥漫着凄迷之雾。刘伯温病剧，卧床不起，右肋间痛楚难忍。皇帝多次令太医前去诊治。这日太医探了脉象，问了病症，对恭候一旁的刘琏道："令尊脉象见滑，管见弦。手触右腹有硬疙瘩，郁积之气在右肋下，其病在肝。肝于五行属木，令尊平时是不是多泪，眼睛也不好使？"刘琏道："正是，他很久不看书了。"太医道："令尊的病，大概是常年怒气与积忧所致。看他的病症，大限或在今年，短的话不出两个月，公子当留意。"刘琏惊慌起来，忙问太医有甚么好药方，求他救治，太医道："先开几味药，吃了再看看。"刘琏与庶母和弟弟商量，决计让父亲尽早还乡。刘琏征得父亲同意，替他写了一封上皇帝归老青田的表，皇帝看了，又听了太医的陈情，特敕刘基归乡。

使者来到刘基宅中，高呼："刘基接旨！"刘基卧病在床上，富氏告诉使者说："大人已经下不了床。"使者道："哪有不下跪接旨的事？"两个家仆托着他下床，扶着他跪在地面褥子上。他全身瑟缩。使者宣读诏书：

> 朕闻古人有云：君子绝交，恶言不出；忠臣去国，不洁其名。尔刘基，括苍之士，少有英名，海内闻之。及元末群雄鼎峙，孰辨真伪者谁？岁在戊戌，天下正当扰乱之秋，朕亲率六军，下双溪而有江左，独尔括苍未附，惟知尔名耳。吾将谓白面书生，不识时务。不久而括苍附，朕已还京。何期仰观俯察，独断无疑。千里之余，兼程而至。谒朕陈情，百无不当。至如用征四方，催坚抚顺，尔亦助焉。
>
> 不数年间，天下一统。当定功行赏之时，朕不忘尔从未定之秋，是用加以

显爵，特使垂名于千万年之不朽。敕归老于桑梓，以尽天年。何期祸生于有隙，至是不安。若明以宪章，则轻重有不可恕。若论相从之始，则国有八议。故不夺其名而夺其禄，以国之大体也。若愚蠢之徒，必不克己，将谓己是而国非。卿善为忠者，所以不辩而趋朝，一则释他人之余论，况亲君之心甚切，此可谓不洁其名者欤？恶言不出者欤？卿今年迈，居京数载。近闻老病日侵，不以筋力自强，朕甚悯之。

於戏！禽鸟生于丛木，翎翅干而飔去，恋巢之情，时时而复顾。禽鸟如是，况人者乎？若商不亡于道，官终老于家，世人之万幸也。今也老病未笃，可速往括苍，共语儿孙，以尽考终之道，岂不君臣两全者欤！

洪武八年三月（御宝）二十七日

使者好不容易念完，刘伯温口称"谢恩"。使者漠然离去。小章与富氏扶刘伯温到床上歇息。刘伯温悲凉地说："好一句忠臣去国，不洁其名！"小章忿然道："你都将好名声让给皇帝了！"刘伯温无语，只觉得很累，躺下来，合上眼歇息。次日，礼部主事等人奉旨送来白银一百两，文锦两匹，另遣来礼官两名，马车三辆，送刘伯温一家人还乡。

临行前，两名家仆左右扶着刘伯温。伯温说要到宅前屋后看一看，微微地说："此番离去，再也不会回来了，长恨此身非我有呵！"直说得小章与富氏黯然神伤。宋濂等人坐车前来刘府相送。宋濂送来五两银子，如今一两白银在京城可以买一石米，够宋濂吃大半年，这五两银子算是大人情。刘伯温婉谢不收。宋濂执意要送，刘伯温执意不收。宋濂见他不是虚应客套，才将银子放回袖中。

刘伯温一行人出了巷口，天下起细雨，微有春寒之意。街坊上的行人都停步来看这几辆车，不知大清早甚么人急于赶路。刘伯温卧在安车内，小章坐在一旁，富氏与儿子们坐在第二辆马车里。二位弟子骑着马，与送行的人送至城南十里长亭。宋濂、汪广洋、詹同、陈宁以及他的儿子陈孟麟、商暠与弘文馆学士们都下了车，站在刘伯温的车窗下，刘伯温从窗帷中与众人握手道别。伯温面色枯黄，反复拱手道谢，声息微弱。刘伯温与陈孟麟说："公子，你爹令你与我学经史，奈何老夫衰病如此，也不能与你商量学问了。"陈孟麟说："多谢先生还记得晚生。我已经与先生的两个弟子相识了，日后多向他们讨教。"刘伯温点点头。宋濂、詹同知道刘伯温大限将近，此别即是永别，很多话都哽咽得说不出来，只是老泪潜然。

刘伯温到了青田县的地面，就在车窗边看山林景致，手指点着远山，气息虚弱地说："又回到武阳了，这回便不再离乡了。长眠故土无须恨呵。"乡亲得知诚意伯回来，都来莲花墩相迎，足有三四百人，敲锣打鼓，热闹非常。

中都见闻

　　三月底，刘基病归青田的时候，中都行工部①尚书来报，临濠新建的圜丘、方丘、日月社稷坛以及太庙等已竣工，三大殿初具规模。皇帝想起刘基曾多次劝说临濠非建都之地，自己一直不听。如今刘基病危，恐怕再难还京，有一种说不出的凄怆，却又无处倾吐。四月初二，皇帝想出宫散心，再巡中都，一是看宫殿修建进程，验功赏劳；二是谒皇陵，祭奠先祖。皇后思乡心切，也想与皇帝同去，皇帝准了。帝后车驾至滁州时，遣六名礼官去和阳祭岳父郭子兴墓，皇帝则带着工部新任尚书薛祥等官吏和几千亲军，投西北濠州城而去。

　　距濠州旧城七八里，驿路上远远看见一队人马，约有六七百人，拉着大车，搬运巨木和巨石。那队人看见路过的几千军马，摆设着皇帝和皇后卤薄，十分惊讶，很快都知道皇帝皇后回乡巡视。督工号令民夫们停下来，跪在道旁，让出驿道。皇帝下了车，让民夫们都站起来。民夫们衣裳褴褛，满身尘土，面容污垢，形同乞丐，见了皇帝不敢起来，跪在地面四处张望。

　　皇帝看见几辆大板车，每辆车有三十多个轮子，便问："这辆大车运了恁多木头，要多少人才拉得动？"一个督工近前来，跪在地上说道："陛下容禀：这辆大车要两百人同时用力才能拉动。"皇帝又见工匠们背着许多铁圈，因问："你们背着铁圈做甚？莫不是做大水桶洗澡？"有一个工匠道："禀报陛下，因这木石沉重，木车轮走了几里路就碎了，小人们就想了个主意，在木轮上套着一个铁圈，木轮便能走得远些。"皇帝看见铁圈护轮的大车，有的轮子上的铁圈也断裂了，就问："这铁圈如何断了？"工匠道："只因石头和树木太重，行了几里，铁圈反复挤压也会断裂，小人们停下来，再换上铁圈。"皇帝问："这般折腾，车一天能走多远？"工匠道："快的话，一天能走十多里路，慢的话才六七里。"皇帝轻叹一声，说道："你们且站起来，拉车让朕看看。"有一个民夫站立不直，皇帝近前来看，他的一条腿伤了。皇帝问他如何伤了腿，旁边民夫说他运木头时，不小心被木头砸伤了脚。皇帝说："你都伤残了，还在劳作，朕心不忍，赐你二两银子，回家去，有司官将他从差役名册上划去。"民夫忙叩头谢恩。

　　十几个督工模样的人提着藤条，敲打着车上的巨木巨石，啪啪有声，因有皇帝在，不敢鞭挞民夫。几百民夫各就各位，拉着大绳，全身的肌肉都棱棱突起，听监工一声号令，民夫们喉咙里发出嗨嗨嗨嗨沉闷的声响，大车缓缓地蠕动起来，**铁圈轮哑哑直响**，沉沉地辗过地面，遇到石头，车微微地震动一下，地面咯咯地直冒火星。皇帝惊叹起来："**铁石相磨，还有火星哩！**"他心想濠州既无巨木，也无名石，

―――――――――――――

　　① 行工部：专门负责中都营造的工部派出机构。

都从异地运来，不知要花费多少民力物力，也不知中都几时才能修建完毕。皇帝感叹一回，与众人道别，民夫与监工们又跪拜相送。皇帝上了车，皇后说："这些百姓也太劳苦了，陛下何不赏赐些银子？"皇帝碍不过皇后情面，遂令随行的户部官，一人赏钱一百文。

皇帝和皇后在濠州旧城住了一晚，次日去巡视城西凤凰山南面的中都。一路上看见成百上千的民夫在搬运木石，许多人穿着破败的粗麻布单衣，汗水淋漓，其中一些人近于赤裸。到了凤凰山下，一片平畴间，四面的城墙已筑，午门与奉天门以及门楼都修筑好，三大宫殿已经盖了琉璃瓦，四围脚手架林立。因地形偏狭，皇城的规模远不及京城。宫墙内空地上，有许多成排低矮的茅屋，那是民夫们吃住的地方。工场上约有数万人在劳作，远远看去如成群的蝼蚁。

前丞相、太师李善长移居中都，奉诏总督工程，闻帝后一同出巡，忙来相迎。皇帝想起他借病辞了丞相职，心里仍有些愧疚，慷慨赏他许多米、酒、茶、盐等。皇帝问道："中都有多少工匠？"薛祥道："这里约有八万余工匠，其中有一万余是囚徒，以工役终生。"皇帝问："那些人都是甚么罪犯？"薛祥道："有的是私铸铜钱的，有的是拦路抢劫的，有的是为患乡里的，有的原是州县官吏，因滥设吏卒欺压乡民获罪的，有的是在关隘处胡乱设关、擅设职官的，也有的是师公巫婆假降邪神获罪的；还有几百名未及斩的死囚，为防他们逃脱，都戴镣在劳作。这一伙死囚顽劣不改，有时聚众闹事，互有斗伤，当场斩杀了三四名。"皇帝道："有贩私盐的囚徒么？"薛祥道："也有几十个。"皇帝道："朕最恨贩私盐的人。张九四出身盐贩，方国珍也是，都是奸猾之徒。他们当年有了点钱，就不安分，要夺大元的江山。中都完工后，这些囚徒与其他不是死刑犯的分开槛守，他日都要杀头的。"薛祥吃了一惊，说道："这个……臣谨记了。"皇帝道："囚徒们在工地上劳作，有不安分的，定不能饶，当杀便即刻杀了。"薛祥说："是。"

皇帝一行人从洪武门进来，看见钟鼓楼下搭着一个巨大的木架，架子上有曲折的楼梯，便问："这做甚么用的？"李善长道："这是将铜钟运上楼的层台。"皇帝问道："是江阴侯吴良在监铸的大钟罢？"李善长道："正是。他去年奉陛下手谕就去富春山中，征来金工名手何成等人，谕以皇上的旨意，何成即日就领来匠人十六人，一同到了凤阳，便开坊铸钟。"皇帝一行人来到钟鼓楼下，江阴侯得知皇帝驾临，领着大小工匠都来叩拜。皇帝令他们平身，说道："这钟多大？"吴良道："此钟高十六尺有五寸，厚六寸，径长十尺有五寸，围三十四尺有奇。炼青赤铜六万五千斤，去年冬天十一月浇铸而成。臣正在督架层台，架设篓簌，需选一千多个壮夫，拉巨绳，扶巨木，才能将这铜钟运到钟楼上去。"皇帝道："真是不易呵，你们辛劳了。"皇帝见工匠中有一人披麻戴孝，便问家中死了甚么人。那人跪下道："去年小民的哥哥铸钟时，因未留心，搬运时用力过大，不小心跌入一池铜汁中……"皇后惊叫了一声，懿容失色。皇帝摇头叹息，一脸悲悯，急问："救上来了么？"吴良道：

"陛下容禀：当时只见铜汁池中一阵青烟，眨眼便不见了人影，哪里还救得及！"皇后请那个工匠平身，说道："你们兄弟铸钟，有功于国，工部要好生抚恤。"薛祥忙应承着。

工部尚书薛祥召来监工的工部侍郎、司务、营缮等官员，陪着皇帝、皇后登上祭坛，形制与京城相当。工部侍郎梁敏奏道："禀报陛下，这社稷坛所用土壤，不是当地的土壤。臣等奉陛下之诏，取五方之土来建社稷坛，直隶应天等府并河南省进黄土，浙江、福建、广东、广西进赤土，江西、湖广、陕西进白土，山东进青土，北平进黑土。天下郡县计有一千三百余城，每地以土百斤为准，都是取于当地名山高远的地面。"皇帝道："好，好，真是费心了。"工部尚书薛祥指点着中都工程格局，说道："中都城墙周围四十五里，都是土筑。共有九道门，南为洪武门，北为玄武门，筹划要建数条大街，南北街共有九十余坊，小街二十八条，设十八道水关。皇城的御道踏级文用九龙、四凤、祥云，丹陛前御道文用龙、凤、海马、海水、祥云，都是请天下能工巧匠，精心雕刻。三天一朵云，七天一条凤，十天一条龙。这还不算，那禁城午门的石雕，以及两侧的须弥座，五六尺高，花纹更繁，要半年才能雕完一座。蟠龙石础也要三个月才能雕刻一座。那禁城的墙做得铁打的似的，不但用桐油、石灰，还用糯米作浆来砌砖，要害处更是溶了生铁来浇灌哩。"

皇帝问道："工序细是细，却怎地费时？能否快些么？"薛祥道："快是快得，只是一快便粗糙了。臣上任后，便令工部官吏以及中都城的监工精细着，不得敷衍塞责。"皇帝道："建中都所用的石料，样样要精雕细刻，那何年才能雕刻完？"薛祥道："臣等怕赶不上工期，在各地征来了更多的石匠，如今进程快了一半。"皇帝道："真是辛苦那些工役了，令监工不要催逼太甚，衣食供给不能缺，病了延医来治，死了也及时安葬。当年元朝亡了天下，祸从修河换钞而起。朕不想修建中都，惹得百姓们都来怨朕。"薛祥道："谢陛下恩典，臣都记下了。"中午，帝后在宫中用膳毕，睡了一个多时辰。

午后，皇帝与皇后去看奉天殿，薛祥和梁敏等数人相随。皇帝牵着皇后的手，一步步登上丹陛。薛祥和梁敏见皇帝与皇后说着亲密的话儿，远远相随在后。帝后进了奉天殿，皇帝看着簇新的画栋雕梁，想起当年在于觉寺做和尚，斋饭都吃不饱，如今却有两处都城和万里疆土，呵呵笑了。皇后问道："大哥笑甚么？"皇帝脱口说："老子自从不做和尚，十几年间胡做乱做，竟做出这般大事业！"说着呵呵大笑。皇后听了皱眉，挤着眼睛睃皇帝一眼，也忍不住笑，说道："哪能恁地说。"皇后抬头看见一名画工在梁间描画，他的神色有些惊惶，忙用手指了指耳朵，又捂了捂嘴唇，示意画工装聋。皇帝也看见这名画工在梁间描金，自悔失言，面皮上笑容骤隐，杀气顿生，大呼道："兀那画师，你画了几日？"皇后忙说："陛下，那个画工是一个聋子，他听不见哩。"皇帝见画匠正在细致描画，似若未闻，连呼三次，画匠都不应，问道："真是个聋子？"皇后笑道："万岁爷唤他，他都听不见，不是聋子么?"

刺客

将近黄昏，李善长请皇帝和皇后到兴福宫小坐。这是后宫里即将完工的宫殿，四围的树木高大茂密，横枝旁逸到宫墙之外。

此时天色渐晚，皇帝与皇后坐在两张交椅上，喝着茶，说着闲话。众人侧立两旁。皇帝不自觉地抬头看了看屋梁，隐约看见梁上有影子在动，像猴子一般敏捷，倏忽隐藏在梁柱之后，因梁间昏暗，看不真切。皇帝唤道："太师呵，我看见这梁上有一个人！"李善长发怔时，一件东西打在地砖上，火花一闪，"啪"的一声。皇帝定睛一看，一把飞刀在地砖上跳了一下，落在自己的靴边。皇后忙站起来，挡在皇帝面前。李善长看见一个瘦小的身影在梁间奔窜，破瓦而去，只听得屋顶上一片清脆声响，大呼道："有刺客，来人呐！来人呐！"李善长侧耳细听，仿佛是殿角铜铃在风中摇响。侍卫张俊、郑泊拔刀在手，一同飞身奔出宫门，门外的亲军都吓了一跳。二人在殿外仰望屋脊，不见人影，又转到宫殿后面，也不见人，只见旁边树影摇动。二人喝令侍卫亲军在兴福宫各处搜查，也不见一个疑人。皇帝走出宫外，细语吩咐李善长、薛祥和行工部等官吏，说道："竟然有人胆敢行刺朕。盘查所有役夫和监工！一个都不放过！"李善长忙说："陛下，若说有人行刺，恐怕各地盗贼都来效仿。"皇帝问道："太师有何计较？"李善长道："臣听说工匠中有人能施厌镇法。他们长年劳作，心生愤懑，要用厌镇法坏皇上的王气，伤皇上的性命，不如追查施厌镇法的人，借机排查刺客。"皇帝心想自己来兴福宫，除李善长以及工部尚书等人外，其他人并不知道，刺客如何会先隐藏在梁间，莫不是工匠里有飞檐走壁的人，临时起意，就低声道："你说得也有理。薛爱卿将当日造这座兴福宫的工匠名册都寻齐了，刺客熟知路径，必混在工匠中多日，内外交结，要取我性命。太师差人按名单捉来，若查不出刺客，尽数斩首！"李善长说："臣遵旨。"

当晚，薛祥令中都行工部经历张晃去拿名册。张晃寻来名册，报与工部尚书薛祥。先后修建兴福宫的工匠，共有一千七百多人。薛祥知道这一千七百多条无辜性命，大多数上有父母，下有妻儿，都想早些建完中都，回去与家眷相聚，盼望来年饥有食寒有衣，做一个太平之世的顺民，并无半点反心，哪里会藏着刺客，岂能不明不白地将他们斩首。名册上每一个姓名，便是一条人命，倘若减少一个，或换上一个囚徒，不过举手之劳，却积了一件大功德。转想若这样却犯了欺君之罪，弄不好自己也会被斩，不免犹豫再三。他想起当日修建兴福宫的人，一半以上都轮换到他处，可以不算作这名册中人，加上填写名册的人，疏于书法，字迹狼藉，不易辨认，剔除笔迹模糊的姓名，别人也未必知道。他对张晃说："这名册不实，我要核实了再报皇上，人命关天，万万不可草率！"张晃会意，说道："全由大人做主。"

薛祥在囚徒名册里选出一些重罪的人，还有一些不服管束的人，共计七百多，将原始名录涂改得更潦草。次日，薛祥重新抄录一本名册，与张晃道："此事不可再与他人说，否则我也要搭上性命。"张晃道："大人救了一千多条性命，功德无量，小人也想积德哩。"

薛祥将名册报与皇帝时，不免惶恐，生怕皇帝差人来核对名册。李善长来报皇帝，工匠中并未查出刺客，也无人知道刺客行踪。皇帝大怒，认定只有工匠才知道潜入宫中的路径，宁可错杀，也不可放过一个疑犯，于是不再令人追查，令李善长领一千中都卫军按名单将工匠唤来。未被传唤的工匠以为皇帝要赏赐那些人，倒羡慕起来。黄昏时，几百工匠被带到城外五六里地，亲军将他们都捆绑起来。使者宣读圣旨，责以敷衍塞责毁坏工程聚众谋反之罪，悉数斩首，共计七百二十六人。一时工匠们都大呼冤枉，惨叫声惊天动地，奈何荒山野岭，只有风声，还有鸟儿飞过。

工匠们见传唤的人无一回来，才知道出了祸事，有人传言是聚众谋反，工匠们惶恐不已，唯恐大祸临头。这日有几名工匠从奉天门楼上跳下，跌得脑浆崩裂，每人手上都拿着一张黄纸，下面画着一道符，写着一行字"李善长全家死尽，中都尽焚"。薛祥收到符，没有呈与皇帝，对张晃道："工匠们都以为是李太师一句话，坏了七百多条工匠性命，因此诅咒李太师。"张晃叹息道："李太师也没奈何呵。"皇帝得知有人自杀，还诅咒李善长，大为震动。当晚，皇帝百感于心，总不安宁，一气之下杀了那么多人，还让李善长背负罪名，担心上天难欺。皇帝核定侍书学士起草的祭告圜丘文时，见文中没有向上天请罪之意，于是改动几句，加上"土木之工繁兴，役重伤人，当该有司，叠生奸弊，愈觉尤甚。此臣之罪有不可免者。然今功将完成，戴罪谨告，惟上帝后土鉴之"等文字。祭祀时，皇帝手捧祭文，跪在坛前，高声宣读，同祭的臣民听了，无不心怀感激。祭毕，皇帝赏赐军士，赠夏衣五万余件，银八万两。军士山呼万岁。

四月十六日，是皇帝父亲的忌日。皇帝与皇后去钟离乡孤庄村祭奠了父亲陵墓。下山时，皇帝脚一滑，被大脚皇后一把扶住。皇帝道："真个是大脚好呵。"皇后笑说："那是。"皇帝说："奉天殿梁上那个画工不是聋子，我自是知道的。"皇后惊问："你如何知道？"皇帝说："你怕我一时说话漏了嘴，被画工传出去，坏了我这个皇帝名声，担心我杀了他。"皇后有些心慌，紧紧挽住皇帝的胳膊，婉言劝道："陛下呵，得饶人处且饶人。"皇帝道："当日看在大姐情面上，便由了他去。"皇后松了一口气，说道："臣妾谢陛下了。"

这几日晚间，皇帝愈来愈不安。早上起来，觉得耳边总有人在细语，午睡时噩梦频频，有人要行刺。他在梦中见到一人，形容清瘦，看不真切，腰间一片血污，仿佛认识，分辨时却又陌生，醒后竟不知其谁。下午，皇帝召来李善长、工部尚书和行工部官吏等人，说他想罢建中都，不知众人意下如何。李善长却说："工程若停下来，中都便成半残，如何是好？"薛祥道："陛下圣明。营造中都，劳费过大，这里地形偏狭，便是建好了，陛下也未必迁都来这里。陛下若下诏罢建，实是圣明之举。"工部大小官吏一致赞同。李善长也早察觉皇上有罢建中都之意，不再多劝。皇帝于是令翰林学士草一道诏书，以劳费过大为由，自即日起罢建中都，着工部将财力物力移于改建京城大内的宫殿。当天下午，皇城内一切工程除钟鼓楼外，都停下来了，只许继续修筑未完工的外城。

几日后，是皇帝母亲忌日，皇帝又回孤庄村祭奠母亲的陵墓。回宫前，在中都又下了一道诏书：

> 近营中都，闻军士多以役死。盖盛暑重劳，饮食失节，督其役者逼之太急，使病无所养，死无所归。朕甚悯之，尔其速遣官具医往视，病甚者给舟车送还其家，仍沿途给医治疗，且敕督促者不要驱迫太甚。

洪武八年四月（御宝）二十二日

皇帝回京后，察言司递来积压多日的奏章，翰林院呈来印制的《洪武正韵》。此前，皇帝看前人诗句，有一些韵脚都不十分押韵，便问长于诗的学士。学士们都说古今音律有变，旧韵来自江左，多失正音。皇帝令学士乐韶凤等人参考中原雅音，编一本新韵书，便是这部《洪武正韵》。皇帝翻着韵书，想写一首七言律诗，写到第三句，却写不出来，就差人传状元郎吴伯宗来联句。

陈宁来中书省，说与胡惟庸道："六部大臣多来相公府上拜谒，科举中人竟无一人来拜相公。那些人虽然满腹经史，并无实干之才，却好清议。皇上喜欢与状元郎吴伯宗谈诗联句，不免要问他朝廷得失。"胡惟庸道："便由着他说去。"陈宁道："我怕他几句话，坏了相公的前程。你不做丞相，我一人难成大事。"胡惟庸见陈宁说得如此严重，嘀咕道："我上回差人去请吴伯宗来府上吃酒，他却借故不来。"陈宁冷笑道："他连相公的情面都不领！"胡惟庸忿然地说："我在圣上面前，只消说一句话，便可坏他的前程。"陈宁责怪道："那何不去说！那些书呆子自视清流，相公若不消遣他们一番，他们真个不知深浅。"

几日后，胡惟庸进华盖殿奏事，告辞的时候，小心地说道："陛下，那个吴状元诗文过人，只是恃才傲物，竟胆敢嘲笑陛下。"皇帝问道："如何嘲笑的？"胡惟庸说："他说陛下作诗时不时出韵，若写不出下句，便传他去续写，他的诗却成了陛下的制作。"皇帝很意外，追问道："他真个这般说么？"胡惟庸道："臣也是听大臣们说的。"皇帝道："首科进士们，多长于诗词文章，世事多未经历练，连一个知府也未必做得好。相公给他换一个职事罢。"胡惟庸道："吴伯宗不思进取，做久了礼部员外郎，迂腐疏阔。近闻凤阳行工部少一个做文书的，不妨调去。"皇帝道："也好，你去与吏部说。"

次日，吏部下了文书，吴伯宗怔住了，一时心中五味俱陈，不曾想到未去相府吃酒，竟然被丞相贬到凤阳，极为恼恨。莫攀龙得知主人被贬，嘟哝着嘴说："这回不但要苦了相公，小的也要跟着受苦。当年跟着相公在山洞里住，喂饱了蚊虫，满心指望着跟着相公到京城享福，谁知如今要到凤阳去住。"吴伯宗听他这一说，想起苏轼贬谪他乡，一个老妇人嘲笑他"学士昔日富贵，一场春梦"，说道："我不想连累你，你回家去罢，我独自去凤阳便是了。"莫攀龙又说自己不是不想去凤阳，只是到了成家的年纪，父母催他回去。他就收拾行李，拜辞了吴伯宗。

陈宗进得知吴伯宗发付凤阳的消息，在酒楼设宴饯别。席间，陈宗进笑说他当日有言在先，你若中了状元，奉赠银子五百两，助你在家乡修一座状元府，光耀乡里。今日状元郎屈尊去凤阳，就将银子奉上。吴伯宗谦让一番，才收下银子，告假二十余天，将银子送到家里。吴家在新田村平畴间选了一块吉地，着手营造状元府。同乡见状元还乡，还要大造府第，都送钱送礼来贺，吴家十分热闹。吴伯宗每日迎来送往，满脸强堆笑容，心里却有说不出的悲凉。

吴伯宗到凤阳后数日，新任吏部尚书盛原辅来华盖殿面圣。原来的吏部尚书吴琳因老病致仕，丞相推荐盛原辅充任吏部尚书。盛原辅禀报皇帝说，据广德府同知来报，知府郭翀审完许多官司，便将官印和官服都放在大堂几案上，人却不见了。皇帝问道："他躲哪里去了？"盛原辅道："据府上的衙役说，那晚郭翀与当地几个读书人饮酒吟诗，喝得大醉。三更许，他送客出了衙门，却到江边去了，从此不见踪影。"皇帝问道："投江自尽了？还是弃官不做？"盛原辅说："若说自尽，好几日不见尸首。"皇帝憋了一肚皮闷气，说道："是死是活，都由着他去。朕不稀罕那些死读书的书呆子！若收到刘伯温的消息，即刻报朕知道！"

皇帝哪里知道郭翀早就厌倦官家的事。那夜大醉，在县城的小河边买船东下，大歌东坡学士词"长恨此身非我有，何时忘却营营。夜阑风静縠纹平。小舟从此逝，江海寄余生"，投太湖而去。自此，郭翀隐逸在浩荡山河间，行踪消逝于这一行文字之外。

夏山

刘伯温到家当晚，腹痛剧烈，浑身汗透。小章终夜为他按揉，困倦已极。伯温每日服两剂草药，总不见效。他几乎日夜都会腹痛，肚皮渐渐鼓胀起来。刘伯温让小章到别室去睡，令两个儿子日夜轮番按揉。

次日，刘伯温病痛稍轻，小章搀扶伯温到书房来坐，令儿子从几个书箧里寻出《天文书》《百战奇略》《天文秘略》《观象玩占》《玉洞金书》等，堆满一张书桌。刘伯温缓慢地翻检平生手稿，叹息道："成我是这些书，败我也是这些书。"他又翻出历年积聚的天文、兵法手稿以及平生诗文奏议，粗分类别，忙碌了两日，吩咐刘琏、刘璟道："这本《百战奇略》你们兄弟留下。其它的书籍和这些草稿，都装在几只瓷坛中，封上蜡，藏在后山的地穴里。你们尽心学经史便是，不必学术数、天文之道。"刘琏问道："倘若我们不学，爹爹的绝学岂不会失传了？"刘伯温道："失传又如何？这些学问只利于帝王家，无益于苍生，不学也罢。你们在乡下耕读便好，不必出来做官。"二人于是说他们都不学，也不做官。伯温一面磨墨，一面说："当今之务，正在重德轻刑，以祈天命长久。中都劳民伤财，强建无益。各地形胜要害之地，宜与京城声势相连络。朝臣宜考核其德才而后用，用之则不疑，天下事非一蹴而就，六部堂官宜久用之，不可一年数迁。科举实选才之正道，不可废止……我这些意思都想与皇上说。"小章道："先生，你早些歇息罢，还挂念着这些事！"伯温道："开国八年多了，天下百姓还困苦如此，我不写出来心中不安。皇上早晚会惦记着我，若召见你们兄弟，这封奏章不必递交中书省和察言司，面呈圣上便是。"两个儿子答应着。到了三更，刘伯温写了两千余字。

刘琏和刘璟轮流伺候父亲十余日，刘璟便说我实在受不了，三天三晚没睡好，大清早倒头便睡，到午饭前才起来。刘伯温给小章说："爱妻呵，你去告诉大姐和两个儿子，即刻准备后事，丧葬从简，谢绝乡人一切奠仪，也不做酒席。"小章说："你还好好的，莫胡思乱想了。"刘伯温道："我只有几天活了，趁早着手为好。"小章悲摧无语。

刘琏兄弟为着墓地着急，与两位母亲商量，要去请风水先生来相地。刘伯温得知后，唤二人到床前，说道："我的墓地早就选好了。"刘琏问道："莫不是在谈洋？"刘伯温道："你这个呆子呵，还念着谈洋，那是胡丞相陷害你爹的哩。我的墓地就在武阳村中，南十七里石圃山脚下，夏山东向，那里有一块平地，远远望去，四面多山，还有溪水，山清水秀，是一块清静的好地。你们兄弟可不要声张是爹相的地，说是随便寻的便是。"刘琏兄弟说："儿子知道，不会乱说。"二人不想父亲的墓太寒俭，寻到堪舆师和石匠，二人依着他们的主意，画了许多张营造坟墓的格局。墓道两边有石马、石狮、石将军，墓的周围用青石条砌成三层，正当中立一石碑。石匠也请好了。晚上二人掌灯与父亲看。刘琏道："请爹爹审视坟墓图样。"刘伯温接了图，看也不看，支起身体，伸手就在灯上引火烧了。兄弟二人面面相觑。刘伯温说道："要它作甚？墓字，上草下土，若用石铺，怎地生草？古人造字，皆有来历。《说文》上说，墓，丘也。《礼记·檀弓》有'古也墓而不坟'的话，你们都学过《礼记》，坟是甚么？不过土堆而已，古人的墓只有一棺，连土堆也不要，试问汉张良蜀诸葛的墓今在何处？"二子默然。刘伯温道："谈洋王气之祸，你们兄弟还不曾吓着？我死后，装入棺中，停五七日出门，挖一口深穴，将棺埋了，一件陪葬物都不要，坟上垒一堆黄土，让人知道这里是墓地便可。我们家本不富裕，大兴土木无益。你庶母的棺木尚停在后山上的草亭里，来日一同随我下土，黄泉之下也多一个伴。"

这几日晚上，刘琏睡意昏沉，替父亲按揉一个多时辰，四更时分便睡了，还打起鼾来。刘伯温腹部剧痛时，肝火上升，大嚷道："你们这两个畜牲，这便受不了！推三阻四！"次日早上，伯温向小章叹气说，这两个儿子真无用，白读圣贤书了。小章劝道："久病床前无孝子，他们也是人肉身，怎地熬了十几夜，也是辛苦。"晚饭后，一家人在后堂吃饭，小章陪在卧室床边。刘伯温说要小便。小章端来一只瓦罐，揭开被子，将瓦罐伸在两腿间，好一会儿，才滴沥几点尿。刘伯温咬牙憋着气，说道："小便也排不出了，好胀！"小章很急，说道："伯温，再去请医师来罢。"刘伯温道："医师来了也奈何不得，你将罐子放在床上，我慢慢来挤。"又过一会，小章来看，他仍排不出几滴尿液，神情十分痛苦，咬牙道："胀得受不了，尿脬都要胀裂了。"

晚饭后，刘璟早早睡了，刘琏来唤道："弟呵，今日是你替爹按摩了。"刘璟含糊地说："我都快要累死了，几个晚上不曾睡好。"刘琏道："我何曾睡好，谁不想多睡些？"二人吵了几句，小章在门边轻语道："你们都劳累了，好好睡，今晚我陪着。"

次日是四月十七日。黄昏时，刘伯温满面红光，说卧久了，想到门前看看，全家都高兴起来。小章搀扶他来屋前小道上缓行，看看暮色，听听风声。天全黑时，村中闪着稀疏的灯光，刘伯温回到卧室，有些倦意，坐在太师椅上。小章沏了一杯茶，陪坐在一旁。刘伯温道："你们兄弟都回房看书去。"二人应命而退。刘伯温移过油灯，在灯下看着小章，伸手抚摸着她的脸，说道："我只是舍不得你……"

小章一听，泪水潸然，说道："先生，你可不要舍下我呵……"话未说完，就抽泣起来。刘伯温道："我死后，你不要太伤心，可知性命如传灯，我们的女儿已续了你我的性命。"他拿起小章的手，放在肚皮上，说道："我肚子里有一块石头，你摸摸，这是平生块垒未消。"小章不敢摸，刘伯温捉着小章的手来摸。小章按了按，惊讶道："好大好硬呀，痛么？"刘伯温道："痛的时候要命，此时却不痛了。"小章道："去年好像还不曾有罢？"刘伯温道："去年就有了，只是没有这般大。"二人说了好一会话，伯温就上床躺下，让小章唤儿子们进来。两个儿子侍立床头。刘伯温道："琏儿呵……"刘琏近前，俯下身道："儿子在。"刘伯温气息微弱地说："倘若有一天，皇上召你进京，问我死前的模样儿，你便说我肚子里早年积着一块小石头，先如栗子大，后来如桔子大，再后来便如拳头一般大，一直不消。痛时全身汗湿，在垫被上能显出一个人影子。"刘琏大惊，问道："爹爹，要皇上知道爹爹的一身病痛罢？"刘伯温道："是呵。让皇帝知道我的死状，将来或许会体恤你们兄弟。那个胡丞相的药，吃了半点成效也无，还不如不吃。"刘琏道："莫不是他下了毒？让爹爹的病慢慢加重！"刘伯温喝道："你休要胡说。他的药都是好药，并无一点毒，只是我病重如此，药物不能治呵。奈何你爹活着时扳不倒他……"说着就叹息起来。刘琏说："他能诬告爹爹，我们就不能诬告他一回？"刘伯温说："你们休要做小人勾当。你爹还能死在家中，胡丞相若不知节制，恐怕连你爹爹的下场也不如。你不要去妄说是我吃了他的药，肚子里便长着一块石头。你爹的病由来已久。"刘琏说道："儿子知道了。"刘伯温道："我有些困，想睡一会。"刘琏应答着，关上门离去。

刘伯温睡了一个多时辰。小章端来药，唤道："伯温，喝药哩。"大声连唤数次，刘伯温仍不应。小章失手，药碗掉在地面，啪地一声响。她前奔且大呼："伯温！伯温！呵……"她伏在刘伯温的身体上，发出一声声撕心裂肺的呼号，大夫人、儿女们与众家仆们，都听到划破屋壁的凄厉哭声，惊惶地赶到卧室来，哭成一片。刘伯温身体僵硬，尚有一些余热，双眼微合，只是再也唤不醒了。

刘伯温安葬在武阳村石圃山脚下的夏山。此地林泉有野逸之趣，春烟氤氲，夏云散淡，真是一处极好的长眠之地。皇明二百七十六年，后来出现九座诚意伯墓，谁也不知哪一座墓里遗留着刘伯温的枯骨。

小章在伤悼之余，翻检刘伯温诗文遗稿，在书箱底看见伯温一首早年旧作，是他学诗时模拟汉魏乐府，诗意写女子为丈夫所弃：

> 忆昔嫁君时，红颜艳春华。今与君别离，明珠化为沙。女儿嫁夫愿偕老，何异青菘缠蔓草。一枝一叶俱有心，生死长当两萦抱……

刘伯温溘然长逝，仿佛抛下小章而魂归道山。小章诗未看完，浑身颤栗，伏案放声恸哭。小章居家一年，后来就带着小女来到京城，在刘府住了数年，将女儿许配给城中一户人家，就到城外鸡鸣寺出家，与青灯古佛为伴，尘世间再无她的消息。

第四十二章

胡丞相印大明宝钞　朱太子游中都古迹

密语

皇帝独坐华盖殿，批复奏章之际，心中烦乱不安，一会想刺客是廖永忠的家人收买来的，一会想是陈友谅和张士诚的心腹人，在江湖上收买剑侠，报覆国之仇，一会想是工匠不堪终年劳苦，选一个手脚伶俐的人，趁机行刺，还想是苏州富户重金收买敢死之徒，来取自己性命，以解被逼迁徙之恨。皇帝又想起榜眼郭翀不辞而别，像遗弃了自己这个皇帝，好生可憎。自己从小因家境贫极，读书不多，诗文也是胡乱制作，相比那些饱读诗书的进士们，倒不免自惭起来。皇帝很想令刑部发下海捕文书，大搜天下，将郭翀捉到京城问罪，又恐天下人笑话自己量小。索性让他逃官算了，好像朝廷不曾有榜眼郭翀其人，省得自己这个皇帝被他小觑。

胡政送来一本奏章，说是青田县递与察言司的。皇帝打开来看，才知诚意伯刘基于本月十八日病逝家中。十八日是七天前，自己还在濠州，那天心神不安，似有不祥之感，下诏罢建中都，刘基却在那天死了，是巧合还是天意？皇帝半晌没有说话，想起刘基生前多次劝说自己罢建中都。自从刘基去国还乡，无人犯颜进谏中都工程之事，心中倒有些怅然了。

次日早朝前，皇帝登上金台，入座之后，神情悲伤。良久，才说："天下已经没有刘伯温了。"群臣默然。刘伯温死后十几日，皇帝才得知诚意伯草草营葬在家乡一个寻常之地，心中倒有些歉疚，差两名礼部员外郎带着丰厚的银子和布帛前去祭拜。皇帝想起刘伯温平生功业，便说："功臣的儿子辈多在京城，做官的做官，上学的上学，刘伯温的儿子却都在乡下。朕令相公在中书省设一个考功司，便令刘伯温的大儿子刘琏做考功监丞罢。列位有事早奏，朕今日心里不快。"

胡惟庸出班奏道："禀报陛下，眼下中书省及在外各行省都设置了宝源局，铸造铜钱，因铜料不足，各地官府催逼百姓出铜，民间只得毁坏铜质器物输送官府。铸造铜钱很辛劳，还有奸民私自盗铸的事，再说商贾转运，铜钱重，道路远的话，铜钱不能多带，十分不便。"皇帝说："我听说宋朝已有交会法，元朝的时候也造交钞及中统、至元宝钞，这些纸钱省便，流转也容易，可以去除铸钱的害处。"胡惟庸道："陛下圣明，若准许印发宝钞，天下贸易便简便许多了。"皇帝说："你这个丞相比我这个皇帝还急。我准旨了，你即刻施行便是。"胡惟庸见皇帝一口应承，有些意外，忙说："谢陛下。"皇帝笑道："当年脱脱丞相发宝钞，坏了大元的江山；今日胡丞相发宝钞，是要护持大明的江山哩。"群臣都笑了。胡惟庸有些踌躇满志，仿佛平生建功立业的壮志雄心，都激发出来。

两个月后，晚朝才散，胡惟庸来华盖殿，捧出一叠盈寸的纸钞，上面都盖着"户部样钞"朱红印，呈与皇帝过目。皇帝拿起来看，纸钞高一尺，宽六寸，青色质地，四围是龙文花栏，横题其额为"大明通行宝钞"。皇帝将宝钞在手中抖了抖，发出簌簌声响，问道："这纸片儿厚实，用甚么做的？"胡惟庸道："工部令纸匠选用桑树的树枝和树皮造的印钞料纸，取其经久耐用。"皇帝说："当年元朝时发的至正宝钞，纸质粗劣，宝钞昏烂了，官府又不给倒换，宝钞往往破碎，多少贯都看不清，本为便民，实为害民。你要户部行文，着各地官府及时倒换昏钞①。"胡惟庸道："臣谨记了。"皇帝细细鉴赏着宝钞。宝钞两旁又用篆文书写八字"大明宝钞，天下通行"，中间画图出铜钱贯状，十串为一贯，还印有一句话"中书省奏准印造，大明宝钞与铜钱通行使用，伪造者斩，告捕者赏银二百五十两，仍给犯人财产"。胡惟庸在一旁解说："五佰文的宝钞，画钱文五串，四佰文的画四串，依此递减。每张宝钞一贯准铜钱一千，银一两，其余都以此为准。宝钞共有六等：一贯、五佰文、四佰文、三佰文、二佰文、一佰文。一佰文以下交易允许用铜钱。"皇帝说："朕知道了，都由着你去办。来日户部没钱了，你着人印钞便是。民间禁止仍用金银和物货交易，违者治罪，谁告发了，将没收的财物赏与他。"胡惟庸道："倘或钞印得太多，米价腾升，老百姓便不会用大明宝钞，都用铜钱去了。"皇帝道："朕知道，适量印些便是。"

胡惟庸回到中书省值房，有差役来报："禀报相爷：吴大人的仆役从云南回来了，在省中大堂求见。"胡惟庸忙出值房，那个仆役见着胡惟庸，就叩头大哭，说道："相爷，吴大人在云南被人杀了！"胡惟庸忙扶起他，都坐下，说道："你莫急，细细说来。"老仆役说："小的跟着吴大人和铁知院到了云南，住在沙糖口的驿站。铁知院那厮心想他们奉使去漠北，半路上却被大明军捉了，又回到云南，怕梁王加罪，便诱说吴大人，逼他穿着胡服，编织辫发，假扮元使，再仿造一本元朝皇帝的制书，骗梁王说从漠北回来了。吴大人不答应，铁知院便杀了他，另一个老伙计也

① 昏烂与昏钞：古人有关纸钞的术语。昏烂，指纸钞破旧，上面的字模糊不清。昏钞，相当于现在的残损币，要求专业银行及时回收清理，送到人民银行统一销毁。《元典章·户部六·昏钞》："字贯俱各昏烂，不堪辨认。"

扣押了。小的死里逃生，才回到京城。"胡惟庸问道："王祎先生下落如何？"老仆役道："小的不曾打听到。"胡惟庸抚慰一番，给面点与茶水与老仆役吃了，才让他回家歇息，自己即刻去宫中禀报皇帝。

天色将晚，承天门外御道两旁点亮了稀疏的路灯。陈宁从设在宫中的御史值房出来，见中书省窗棂间有灯光，便进入大堂。丞相值房外，两个老差役坐在门外，昏昏欲睡。胡惟庸坐在值房大案前批复文书，见是陈宁来了，忙请他坐，不无得意地说："皇帝圣明，准许发行大明通行宝钞了。大明朝国富民强，指日可待也。"遂令两个老差役去烧茶水。陈宁并无几分喜悦，却道："相公，纸钞哪比得了银子和铜钱。元朝就是滥印纸钞，坏了江山。皇明将来太仓寒窘，难免不滥印，便会害了天下百姓。"胡惟庸说："这个理如何不知，下官不准工部滥印，禁止户部滥发便是。"二人说着话，两个差役进来献茶。陈宁道："我有一句心腹的话说与你听，不知相公信不信得过我。"胡惟庸见他说得这般小心，忙到门外，令两个老差役先回家去，才说："此间无人，就你我两个，天知地知，你知我知，你说便是。"陈宁说道："老头子看谁不顺眼，便将谁严遣到险危之地。王祎想必早成了棺中枯骨，威顺王的儿子也一去不返。吴云因受了他人二两五钱银子，老头子就让他跟着铁知院去云南送死。倘若哪一天老头子看不惯你我二人，我们也会死在蛮荒之地！"胡惟庸将手按在陈宁的手上，摇头道："这也奈何不得。"陈宁道："我曾与相公说了，死一个人便能扭转天下大势。你听说老头子在中都险些遇刺么？"胡惟庸说："听说了。"陈宁道："知道老头子去中都的，除了薛祥，便是李善长，还有许多修筑中都的工匠。他们知道老头子早晚必去。那个刺客隐藏在梁间，至今却查不出刺客是谁人指使，真是怪了。"胡惟庸道："李太师不是怎样的人，你莫胡想。我原来还以为是你暗中差遣的哩。"陈宁冷笑道："我有怎愚蠢么？再说我哪里能寻到刺客！"他又在胡惟庸耳边问道："相公敢不敢做？"胡惟庸有些惊慌，低声说："陈大人，你劝我谋反不成？"陈宁摇头道："我不是劝相公谋反。老头子升天了，相公便是想做皇帝，可是内有太子，外有武将，你能做得了皇帝么？"胡惟庸道："下官做梦都不敢谋反，但不知陈大人是甚么意思。"陈宁道："太子天性平和，宋学士与王学士都说他将是一代仁君。倘若老头子宾天，太子早日登基，你这个丞相才大有可为，这便是孟子说的'闻诛一夫纣矣，未闻弑君也'，诛独夫而安天下，何乐不为？就看相公敢不敢！"胡惟庸睁着眼睛，张着嘴，面有震惊之色，连连摇头说："不敢！不敢！"他忙去门外看了看，大堂空无一人，只有几支蜡烛忽忽地烧着。陈宁看着他，也不说话。良久，胡惟庸才说："原来……原来你有怎的远谋。我一直以为你想劝我做皇帝，便不敢接你的话。今日你既然说得明白，这事虽不是谋反，却也是诛九族的勾当。"陈宁喝尽杯中茶，站了起来，说道："我话便说到这里，此事也不宜急，三五年不算晚，容日后再议。我先回家了，告辞！"

胡惟庸从衣袖里拿出两张"大明宝钞"，递与陈宁。陈宁怔了，问道："相公这是……"胡惟庸道："户部印行的新钞，区区两贯，权且笑纳。"陈宁正色道："这是公家的钱钞，你我岂能私相授受！"胡惟庸讪然一笑，说道："你这个御史说得好，我明日便退还户部。"陈宁细语道："相公志略远大，万万不可因小利而坏大事！"胡惟庸说道："惭愧。有时下属反复馈赠，谢绝一两回还好，回数多了便手软。"陈宁道："这也难为相公了。好譬一条壮汉遇到一位佳人，室中无人，佳人却以身相许，一回两回，尚可忍受。若反复如此色诱，想要洁身，哪里使得。自古官场利诱，与色诱相近。"胡惟庸笑道："人生在世，财色二关确实难过。"

胡惟庸送陈宁到省堂门外，边走边说："圣上想与徐大将军联姻，下个月便去徐府提亲。"陈宁道："我也听说了。"陈宁别后，胡惟庸才发现自己出了一身汗，神魂都有些恍惚。

燕王相亲

端午前两日，清晨，秦王、晋王、燕王等人来到坤宁宫，向皇后问安。亲王散后，皇后留下燕王，告诉他说："我与你爹给你说了一门亲事，是魏国公徐达的大女儿，名唤徐妙文，今年十四，人很贤淑，相貌端正，知书识礼，人称女诸生。"燕王道："娘，虽说婚姻大事要听父母之命，媒妁之言，但儿子想先见她一面。"皇后笑道："男女授受不亲，未成亲之前，如何好见面？"燕王道："每年正旦和冬至日，父皇都在宫中赐宴。后天便是端午，请母后在坤宁宫设宴，宫外的命妇都请来，着人先告诉徐夫人，请她顺便将女儿带来，儿臣便能在小阁里隔着帘儿看见她。"皇后笑道："那我给你爹说去。"

早朝后，皇帝与太子下了朝，同至坤宁宫。皇后给皇帝说了燕王的主见，皇帝道："倘若端午宫中赐宴，那中秋也自然不可少。"皇后道："陛下何不破例一回？让武圣童先见一见徐妙文，万一他看不中，便选她的妹妹徐妙锦，妹妹听人说也是才色双全哩。"皇帝思忖片时，说道："你说的也是。儿女婚姻大事，虽说是依父母之命，媒妁之言，但儿女们两情相悦，自然更好。端午是怀屈原大夫，他是一个忠臣，赐宴文武百官和命妇，也是一桩好事，就为武圣童破一回例，让他先看看那位女诸生。"皇帝说话时，不由回头看了看，才发觉太子侍立身后，神情怅惘。

端午这日，文武百官去奉天殿赴宴，宫外命妇则去坤宁宫赴宴。后宫设仪仗、女乐，十分热闹。皇后着礼服升座，皇妃、皇太子妃、王妃、公主都着礼服出阁，行礼后就座，接着徐达夫人与胡惟庸夫人率诸位宫外的命妇就座。奉御执事人遍插菖蒲剑于殿内及东西两庑，殿角上烧起艾叶烟。司膳和典膳女史在各人的食案上摆着凉糕粽、红豆粽、红枣片、蒜煮黄鱼、烧猪肉、腌黄瓜等菜肴，每人斟雄黄酒半杯。皇后举杯，与命妇们同饮。

燕王站在殿内小阁中。大小命妇入座后，燕王藏身阁内月形门边，掀起珠帘探看徐妙文。殿中一时人头攒拥，后面的人都被遮拦了，竟寻觅不到她，只听见徐达夫人谢氏高声谈笑，毫无顾忌。燕王只得等着宴席散后再来看。过了半个时辰，宴席才散，命妇们与皇后、皇太子妃、王妃、公主等人告别，缓缓地出了宫门。燕王正焦躁时，看见皇后留着一个命妇在宫门内说话，旁边站了两个女子，梳着双鬟，婷婷袅袅。一人穿深青色褙子，下为浅蓝色百褶裙，轻笼着一双三寸金莲，面容清雅，端妍娴静；另一人穿浅绛色褙子，不过十岁左右，未脱稚气。燕王心想就是她们两个了，那一个矮些的比高些的还要漂亮，想必是妹妹徐妙锦，可惜她竟恁地小。皇后送走徐夫人和她的女儿，朱棣就从阁中出来。皇后问道："看见了么？"朱棣道："儿臣看见了。"皇后问："你可称意？"朱棣低下头，微微有些腼腆，手弄着佩玉，半晌不语。皇后道："那个高些儿的就是姐姐徐妙文，你爹相中了她。你若不称意就快说，免得后悔。"燕王说："儿臣依了父皇。"皇后笑道："那便好了。"

次日清晨，太子与亲王向皇后问安毕，同出坤宁宫时，太子在丹陛上与燕王朱棣说："贺喜四弟了，能娶到如意美眷，也不虚人生一世。"燕王笑道："只是缘分凑巧，殿下娶得贤太子妃，将来定能做明君，臣弟娶得贤妻，将来便做一个贤王。"太子听出燕王的言外之意，自己天生能做皇帝，他娶一个如意娇妻算甚么，只能做亲王而已。太子轻叹一声，说道："我宁做一个寻常百姓，也不想做皇帝！"秦王朱樉走在二人身后，像是打听到了机密，忙转身入宫，截取其中一句话，告诉皇后说"太子不想做皇帝"。

皇帝来坤宁宫与皇后用晚膳时，皇后将太子说的话告诉皇帝。皇帝吃了点菜，就放下筷子，不想再吃了，神情有些悲恸。皇后说："他虽然生在皇帝家，也真是可怜人。"皇帝有些焦躁，说道："休要再说这些了。朕想了一个主意，让太子去中都巡视，差人在朝中大臣家的女儿里和宫女中选几个十六七岁的女子，模样与那个村女秀秀相近便是。大臣家和宫女中选不出，便去城中百姓家寻访，招入宫来，陪着他一起去游山玩水，但得我们那个痴儿子能选到一个爱妃，这回我们全依着他的主意。"皇后叹息说："真难为你这个爹爹了。"皇帝道："我们生了这个痴儿子，也奈何他不得。长孙生下来便体弱多病，我便问了老太医，他说了，若夫妇不能尽鱼水之欢，经年琴瑟不调，生的儿子便少见灵秀，却常见体弱多病的，往往夭折。常氏怀胎十月，想必不甚舒心，生的朱雄英瘦瘦弱弱。"皇后面有忧色。皇帝说："自古一个肚子同时怀两个胎的，一个人的精血分与两个人用，少见有天资聪颖的人。往往是偷情的男女，男饥女渴，鱼水难分，常生出天资异禀的人。"皇后笑了笑，说道："这也有几分理儿。"

奇男子

到了月底，那日天色向晚时，皇帝来到坤宁宫。皇后见皇帝神情不悦，忙笑说：

"大哥有甚么事不开心？"皇帝道："才散了晚朝，朱垍来报我，说王保保在哈剌那海的官衙死了，妻子毛氏伤心过度，也上吊死了。"皇后心想王保保的妹妹现今是自己的儿妇，他哥哥病死，妹妹必定伤心，掂量着如何将消息告知她。皇帝说："早一向，朱垍呈来顾时从北平递来的消息，王保保移兵到金山之北，大明兵前去征讨，他避而不战。我当时不知道他的用意，多次致书王保保，他都不作回复。如今看来，那时王保保已经大病在身，才领兵避战。"皇后委婉劝道："朱垍这个义子，向来忠勤不二，比我们的亲生儿子都不差，还在做大都督府正四品的经历么？"皇帝道："他早升作了大都督府的金都督，正二品的大官哩。大都督府长官左、右都督，正一品同知都督等人，多是出征在外的武将充任。京城大都督府的职事，我都委付朱垍在掌管。"皇后就不再多言。

皇帝差人传朱棣和他的嫡妻王氏来坤宁宫，告诉他们王保保病逝的消息。朱棣笑问道："舅舅死了，怎远如何去吊唁？"王氏一听，叫声"哥哥呵"，就昏倒在地，朱棣埋怨道："真是弱不禁风，怎地便晕了头？"皇后忙呼"传太医"。两名太医赶来，救治好一会，王氏才渐渐苏醒。

次日早朝上，皇帝告诉文武百官王保保病逝的消息。群臣大喜。皇帝却道："他的妹妹如今是我的儿妇，他如今死了，也与朕沾亲带故，如同朕死了一个亲友。"群臣立即从大喜转为大悲，做出默哀的样子。皇帝道："如今王保保有了下落，可他的教师爷蔡子英至今不知藏在哪里。几年前，朕令人画影图形搜求，军士在陕西南山搜到了他，押他到了长江边，他趁机逃脱了，改了姓名，至今不见踪影。"刑部尚书刘惟谦道："臣奉陛下旨意，正在江北搜捕。"

过了些日子，刑部尚书来报皇帝，蔡子英藏身在洛阳城外，为农家舂米，装做不认字，被人认出，已经捉到京城。皇帝久闻蔡子英的声名，要看看他是甚么样的人物，就在奉天门前传他来见。蔡子英戴着枷锁来了。皇帝见他面容清瘦，却蓄着一部络腮短须，参差不齐，笑道："你的胡须好生奇怪。"蔡子英道："如何奇怪？"皇帝说："你是王保保帐下的诸葛亮，却生着一部张飞的胡须。"蔡子英生气地说："我本是一部长须，被汤和那厮烧了！"皇帝呵呵大笑，问道："他如何烧你胡须？"蔡子英说："我被官军捉了，戴着枷锁，过洛阳的时候，见着汤和，我长揖不拜。军士强让我跪，我也不跪。汤和见我一部长须，他却是三绺短须，心中嫉恨，举着火把便烧了我一部好胡须。"皇帝摇摇头道："那个汤和真个顽劣不改，如是徐达便不会这般待你。"蔡子英有些得意地说："汤和烧了我的胡须，我也不跪。我老妻恰在洛阳，带着儿女要来见我，我也避而不见。"皇帝问道："你六亲不认，真个要做和尚不成？你早年在元朝中过进士，后来在李察罕手下做过参军，又做过王保保的军师，后来做到行省参政。朕看你是一个有才智的人，要与你官做哩。"蔡子英岸然道："我不做和尚，也不做官！"皇帝问道："你想如何？"蔡子英道："我为元朝尽了忠，为主人李察罕父子尽了义，一事无成，国破家空，做一个闲人算了。"

这话说得皇帝心生怜悯，心想他辅助王保保多年，大事未成，让他在明朝做官只是消耗俸禄，放他北归又担心他惹事；又问他一些王保保的事迹，觉得他颇有迂腐气，难怪不能助王保保成大事，说了一番闲话，就令人领他出宫安置。

巡中都

入了秋，京城天气渐渐凉了。太子久居禁城，十分郁塞。皇帝传太子来华盖殿，问道："中都的宫殿虽然罢建，但规模已成，如今天气转凉，你想不想到中都去游观？"太子立即答应了。皇帝说："秦王、晋王、楚王、靖江王几个人一同去，住几个月。燕王婚事在即，便不去了。你们在中都好生跟着先生讲武习文。"太子道："儿臣遵旨。"皇帝见太子面色清瘦，神思伤感，心里有些难过，说道："太子妃常氏体弱，雄英生下来就多病，你若相中哪一个女子，这回都顺了你的意思。"太子想起秀秀，觉得天下无人能替，淡然说声："儿臣告退了。"

皇帝诏令侍讲学士知制诰同修国史兼赞善大夫宋濂、太子亲军侍卫南世卿以及各王府的长史等人同行，护卫亲军有两千余人。一路上陈设着太子卤簿，旌旗飞扬，衣甲鲜明。出了京城，太子请宋濂同车而行，宋濂谦让道："臣不敢。"太子拉宋濂的手道："师父不必拘礼，一路上好与师父说话。"宋濂才登上太子的车，其他几位长史则同坐一车。宋濂教授太子学习经史，已近十余年，凡一言一行，都按礼法劝讽，致太子于大成。每每谈及前代兴亡治乱之事，必拱手道，当是这样，不当那样。太子敛容静听，微微点头。太子平常在众人面前，称宋濂为先生；二人相处时，常称宋濂为师父，在心中视之若父。父皇不过生了自己，虽做了皇帝，人品与学问都不及宋濂。宋濂告诉太子说："殿下，老臣接到山东济宁知府方克勤的来书，他有一个儿子叫方孝孺，年十九，比殿下小两岁，博通经史。信中附来他的几篇诗文，都十分老成，当地人称读书种子。方大人想让他跟着我学经史，他若来京，我引见与殿下，一起论学，不知殿下旨意如何。"太子高兴地说："我正想见识他这样的读书人。"

太子一行来到池河驿。黄昏时，太子在灯下看书，京城有使者来了，是华盖殿奉御太监。太子有些心惊，不知京城出了甚么事。那太监说："奴婢奉圣上旨意，送来一件东西。"太子疑惑地问："是甚么？"使者取下黄包袱，打开了，里面一件物事包着锦绫，太子接了，拆开锦绫，是《舆地书》中的《濠梁古迹》一卷。太监说："陛下请宋先生按书上古迹，与殿下游赏，且作讲解。"

次日清晨，太子将书给宋濂看。宋濂说："殿下，临濠的古迹，涂山和荆山最著名。涂山在钟离县西九十五里，荆山在县西八十三里，二山本相联属，淮水绕荆山之阴。大禹治水时，凿通了，水始流于二山间，百姓省了道长艰险的苦，这是大禹的功绩。"宋濂借机劝勉太子说："大禹治水是疏通，他的父亲鲧治水则是堵塞。

理政与治水一样，要顺势而为才好。"太子道："师父说得好，学生受教了。"宋濂说："临濠最有名的典故，却是庄周在濠上观鱼。他说水中小鱼儿出游从容，是鱼之乐。惠子说，你不是鱼，如何知鱼之乐？庄子说，你不是我，如何知道我不知鱼之乐？我是站在濠梁上知道的。濠梁便是濠水上的桥，如今却不知这个古迹在何处了。"太子道："庄子善辩。但谁知道我的心思？"宋濂道："老臣知道。"太子说："师父不是我，如何会知道？"宋濂和悦地说："老臣从殿下眉宇间知道的。"太子笑了。

一行人来到中都新城。太子入住宫中春和殿，亲王住在未完工的后宫中。春和殿内宫灯荧煌，阁中布置精洁，还有几分喜庆，直如婚房一般。东宫太监小郭子说："殿下，圣上吩咐奴婢，在中都由宫女们伺候殿下了。"太子问道："这是甚么道理？"小郭子说："奴婢不知道。"他到门外唤了一声，都进来罢，五个宫女盈盈进宫，站在殿中，皆敛手娴静地站着。太子匆匆看了一眼，笑道："如何跟来了恁多宫女？"小郭子道："殿下，这是圣上先差来的，照顾殿下饮食起居。"太子又看她们一眼。左边第二个宫女眉目娟秀，身材娉婷，有一种似曾相识的神情。太子有些恍惚，近前来看，问道："你……你姓甚么？"那宫女说道："回禀陛下，奴婢姓吕。"其声娇婉动听。太子笑说："你好像我见过的一个人。"宫女微微低着头，轻声地说："奴婢此前并不曾见过殿下。"太子问道："你有名字么？"宫女道："奴婢尚不曾取名。"太子觉得这几个宫女都有些眼熟，其间吕氏最像一个人，又端详一会，才说："小郭子，宫女不消恁多，只留下她，其余都领出去安歇罢。"小郭子答应着，领着四个宫女离开了。太子对留下的宫女说："你就叫秀秀，名字唤作吕秀秀。"吕氏道："谢殿下。"吕氏端来温水，为太子洗脸洗脚，铺设被褥，体贴温存。太子闻到她身上一丝丝的肌香，有些身不由己，忍不住问道："你今晚就陪着本宫，好么？"吕氏道："奴婢遵旨。"太子问："你父母在哪里？"吕氏道："都在京城。"太子有些惊异，又问："你爹是谁？"吕氏低下头，迟疑一会，才说："我爹吕本。"太子瞪着眼睛看她，问道："太常寺卿也叫吕本。"吕氏怯怯地说道："那就是家父。"太子说："你爹即使是农夫，我也愿意，何必在朝做官哩。"

次日清晨，太子坐在春和宫廊庑间读书，吕秀秀坐在一旁。四周清寂，秋气爽凉，树间鸟声婉转，令人心生安稳。残叶委阶，轻风掠过，仿佛仙人扫落叶。一抹晨光斜映着玉砌雕栏，时光静美。宋濂看见一个宫女竟坐在旁边，十分惊讶，按例太监与宫女都应站着。太子见宋濂来了，忙起身说："师父早。"秀秀也站起，敛裙致礼。宋濂笑说："殿下好学，大清早便读书。"太子说："此间幽静，正好读书哩。"宋濂说今日陪殿下去游一处濠梁古迹——涂山。太子侧目吕氏，说道："师父，我想请她同去，不知使得么？"宋濂会意，便说："使得使得，最好不过了。"

太子游山归来，兴犹未尽。晚间，秀秀为太子磨墨，太子在灯下作了一篇《游涂山记》，念与秀秀听。秀秀说："奴婢虽不曾读书，却知道殿下的文章作得极妙。"

太子看她妖媚一笑，不觉情动，站起来，将她拥入怀中，说道："秀秀，今日与你同游，便知你是一个聪慧伶俐的人。跟我回宫中去，住在东宫里，好么？"秀秀十分羞涩，低着头，说道："奴婢遵旨。"

太子回京时，皇帝早得知儿子在五名宫女中，最喜欢太常寺卿吕本的女儿，大觉欣慰；又看了宋濂批阅的太子作的古文，颇有几分宋濂的文风。皇帝下诏进宋濂为翰林学士承旨，过了些日子，召见宋濂的儿子宋璲和孙子宋慎入宫，在华盖殿里闲谈半日，诏令宋璲做中书舍人，宋慎做仪礼序班，与他们说些为官之道。宋濂领儿孙拜谢皇帝时，皇帝笑道："不必谢了，我还要谢你才是。爱卿为朕教太子、亲王十余年，朕如今也教了你的子孙半日。"

洪武九年正月初，皇帝令礼部使者一行人来到徐府，行纳采、问名之礼，定下迎亲之日。数日之后，燕王将徐氏迎到府中。徐达嫁女事毕，奉诏出守北平。正月二十七日，皇帝诏令礼部宣制官在奉天殿宣布册封徐氏为燕王妃。皇帝又为女儿临安公主动起心思来。她今年十四岁，到了出阁的年纪，无甚姿色，亦无甚才能，娇生惯养，略学过些女红，读过几篇蒙学。皇帝在功臣的子弟中选来选去，选定了李善长的儿子李祺做驸马。因为中都早已罢建，李善长又回京来住，得知此事，自然欢喜，择日热热闹闹迎娶回来。

官仓

正月底，皇帝为查看新年京城的民情，微服上街，巡视一番后，进入一家茶馆，与两个便衣亲军侍卫在角落坐下，听着茶客说闲话。旁边的茶客们说起江湖上的事，又说到做京官的事来。茶客说做京官就要做户部的官和军储仓的官，京城的官仓又多又大，若出了损耗，可以归罪于老鼠，换出的粮食还不是搬到自家去了。皇帝听了，大为惊异，百姓中都有这样的传言，想必事出有因，只是自己深居宫中还不知道。

次日早朝后，皇帝召来胡惟庸与新任户部尚书李泰等人，要去京城军储粮仓巡视。胡惟庸心想皇帝不相信户部，也未必相信自己这个丞相。李泰此前在福建按察司做佥事，洪武八年十月任户部尚书，上任不足三个月。他与前丞相李善长虽沾着点亲，但在福建为官能清廉自守，才举荐他做户部尚书。胡惟庸忙劝道："陛下，这细琐的事，差微臣和御史等人去查便可，何必亲临。"皇帝却说："朕不是巡查，只是抽验，看看是不是有人盗我的米粮！"胡惟庸只得唤上李泰和几个户部侍郎等人，陪着皇帝前去。

一行人来到京城官仓的账房。几个仓储小吏人称攒典、斗级的人抱来一堆账册，军储仓大使、副使跟在后面。李泰查看账册时，房间里微尘浮动，惹得他不时咳嗽，声响沉闷，近于撕裂肺腑一般。皇帝拿起一本账册，从账房出来，手指着账册说：

"朕要清点二十七座谷仓和豆仓。"军储仓大使、副使忙引着皇帝去点。皇帝一一汇总后，账实相符，有些不甘心地说："不知这些大军仓内的粮草如何，打开几处仓廒与我看！"丞相有些为难地说："陛下，这都是官攒人①做的事，如若要查验，臣这便去看。"皇帝却说："我先看，快快打开那座仓。"皇帝手指着前面一座。李泰就令军储仓大使、副使安排人去打开。几个小吏应声前来，登上梯子，打开仓板。皇帝走上梯子，胡惟庸忙劝道："陛下小心呵。"皇帝道："上几步楼梯，跌不死的。"他来到仓边，一股异味迎面而来，心中纳闷，手插入仓内的谷里，里面有些热，还有些潮湿，问道："李爱卿，这军储仓粮如何又热又湿？"李泰忙唤军储仓大使过来质问。大使说："禀报陛下，近来雨水多，谷受了潮，加上仓储封闭，不能透风，湿热散发不出，就微有些热，并不妨事的。待天晴了，臣等让人在地面晾晒，便能除湿去霉。"

皇帝抓出一把谷子，闻了闻，狠狠砸回去，大怒道："放屁，你道朕四体不勤，五谷不分？朕早年也在乡里务农，休要糊弄了我！京城的大军仓廒，每座不下万余石，种田的良民务必交纳干圆洁净的谷豆上仓。但朕知道有一些奸顽的恶民，只知道省事图利，通同收粮的攒典和斗级人等，将湿谷上仓。试想一想，交纳一百担湿谷，放在千万石军仓的谷中，湿热蒸发之后，满廒的谷豆全坏。交纳的谷少，损坏的谷多，哪里不出现天灾人祸？"军储仓大使、副使听皇帝这般指责，不知所措，跪在地上，辩解说："陛下，臣不敢以身家性命谋利呵。这些谷交来时，都是干圆洁净的，存放仓中几个月，加上天雨，便又热又潮，只要未发芽，天晴时晾晒后，出仓碾出米来，都是完好的。"皇帝说道："打开豆仓与朕看！"

皇帝又上楼梯，来查看豆仓，仍然有些蒸湿，就抓出一把，下来了，摊开手，说道："想必又是奸顽人户，通同官攒人等，拌水豆入仓，借以增加斛面的重量。米坏了人还能勉强吃，豆坏了六畜都不吃，人留着做甚？每一间仓不下万余石豆罢？因一户奸顽，掺水交纳，湿热一蒸，全仓尽坏，朕看这里的仓储里，谷和豆都是湿的！"胡惟庸劝道："陛下，仓官说的或许有理，如今连月阴雨，本来是干的谷豆，囤放久了，也都潮了，等天晴再晾晒，又是干圆洁净的。"皇帝面皮铁青，哪里听得进去，喝道："着刑部官查出这些军仓的官攒人等，处以极刑！"正副大使叩头道："陛下，我等并未作弊呵，请陛下明察。"李泰在一旁婉劝道："陛下，容臣尽快查明，再行处罚不迟呵。"皇帝道："着刑部的官去查，你是户部堂官，休要维护他们。回宫！"

一行人陪皇帝回到了宫中，皇帝在华盖殿前，就站住了，问道："李爱卿，百

---

①　官攒人：指官和攒这些人。官是主管仓库的官员，如大使、副使等；攒，是仓库基层的役吏攒典。上文里的斗级是与攒典级别相当的役吏，与攒典负责仓库验收、称重、出纳等事。官攒人通称管理仓库的大小官吏。

姓们说江浙地面富庶，却不知有多少富户。"李泰想了半天才说："陛下，臣到任不久，还不及查实。"皇帝又问："那天下有多少人口？太仓还有多少银子？"李泰咳嗽几声，寻思好一会，也答不出，忙说："臣这便去查，速报陛下知道。"皇帝摆摆手道："朕都知道的，只是问问你。你先回户部去罢，不消查了。"李泰离开后，皇帝与丞相说："李泰一问三不知，朕要换了他。朕的次子朱樉生情粗野，不学无文，让李泰去秦府做一个右傅，好生教他读些书，顺便养病。开封府的知府王博有才干，让他做户部尚书，相公意下如何？"

胡惟庸面有为难之色，心想李泰才上任不久，户部的事正在熟悉，至少要让他任职一年以上。丞相才说出这个意思，皇帝教训他说："朕对六部最挂念的不是兵部和吏部，却是户部，民生国计，都事关户部呵。百姓无饭吃，就要抢，就要反。做官的不能及时领取俸禄，便会去索取贿赂！"胡惟庸说："陛下圣明。户部确实干系重大，微臣开春后便差吏部官去开封府考察王博。"

几日后，刑部官来报，现已查明，京城军储仓十名攒典和斗级人等，与奸诈的百姓勾结，将湿谷和湿豆入仓，致使军仓谷和豆损坏几万石。皇帝大怒，令刑部判决凌迟四人，斩首四人，两个斗级挑断脚筋，挖出膝盖，仍留在军储仓当值，用于警醒后来的人。晚朝后，皇帝当朝说了军储仓掺水入库的事，太子一直没有说话。散朝后，太子来华盖殿见父皇，说道："那些官攒人虽有些可疑，却不曾查到交纳的百姓，刑部却将官攒人当成有罪的人捉了，一番严刑之下，他们哪里不会屈招。就算他们有罪，断脚筋，挖膝盖，也超出五刑之外，不合大明律，请父皇查实后，从轻发落。"

皇帝说："太子有爱民的仁心，好，但你深居宫中，民间的生计有所不知，顽民和奸吏的种种诡计也不知晓。你知道么？自朕即位以来，朝廷管理百姓事务，除了防范盗贼之外，水旱灾伤是急务。各处水旱灾伤，虫害发生，老百姓向官府告灾，很多地方官府不搭理，为何不理？救灾既要费心费力，又无钱财可图，自是不理。如果搭理的话，有的官府通同顽民将荒田作熟田，减少灾情，便能将朝廷赈济的钱粮克扣。或者以熟田作荒田，虚增受灾田地，骗取朝廷更多的赈济，中饱私囊。将荒田作熟田，小民得到赈济少了，愈发觉得生计艰辛，怪朝廷不体恤小民；将熟田作荒田，顽民和奸吏们自以为得计，却不知天灾人祸，总有一天会发现，到时要砍头，就后悔不及了。"太子说道："父皇小时候长在乡间，自是知道百姓的艰难。但天下顽民与奸吏，毕竟是少数人，父皇如何常以有罪看待他们？"

皇帝叹息着，摇摇头，看着太子清瘦的面庞，既怜爱，又生气，说道："不是我将他们都看成有罪，君子小人都在一念之间，也不是天生便能分出君子小人。老百姓受灾伤的时节，君子难做，小人易做。几年前，高邮州有水灾，我令户部两个进士去灾地踏看，一个是户部主事探花吴公达，一个是第二甲赐进士出身户部主事杜浚，他们科举之前，都是农家子弟，知道做农活，也知道乡下人的诡诈。二人才进城，州里的官吏和一群百姓就捧着受灾的清册来了。进士们好生奇怪，问道，我们还未去受灾的田亩实地踏踩，就献来这些清册做甚么？官吏说是马前册。你道是好笑不好笑？可恶不可恶？倘若这些进士接了清册，吃了他们的酒饭，受了他们的钱财，也不去实地踏踩，他们说受灾多少，便赈济多少，朝廷多拨的钱粮都肥了贪吏和顽民。好在那些进士人人清高，以节操自重，酒饭一概不吃，钱财一概不受，执意要去田间踏踩，再核对马前册里上报的灾田数目，奏请朝廷如实赈济。"

太子听了，默然无语，不知当日父皇为何未将此事让自己知道。皇帝说："你以为这事就罢了么？还不曾哩，官吏们怕进士发现马前册与受灾田亩数目不合，当日安排进士入住后，便到乡下纠集一干顽民，竟然连夜将快熟的禾稼全数铲除，引水灌溉，做成受灾田地的模样。谁知次日进士到田间，有老民暗地里告诉他们这些隐事，我也因此知道了。我小时候生在元朝，都不曾听到官府有这样诈骗朝廷赈济的事！"皇帝见太子皱着眉宇，知道这些事出乎他的意料之外，就问："高邮州同知刘牧是这事的主使，你道如何处治才是？"太子迟疑片时，才说："依儿臣看，按律撤职，笞二十，流放一千里。"皇帝说："流放？砍脑袋都便宜他了，我着刑部判他一个千刀万剐，凌迟处死。涉事的顽民全部枭首，挂在田边的树上，家财全数没收入官，看后面还有谁学着他们的样！倘若我心存半点仁慈，不知民间会出现多少奸弊的事！"

太子被父亲这一席话震住了，心也服软了，低声地说："儿臣听父皇这番话，知道了古人所说'人心惟危'这话的道理。儿臣告退了。"皇帝站起身来，送太子到宫门外，看着他远去的背影，微微地嗟叹。

第四十三章

朱元璋臆断空印案　郑士利义草献言书

济宁知府

五月间，皇帝将开封府知府王博调到京城做户部尚书。六月间，皇帝与中书省商量后，下诏将行省改为承宣布政使司，不再袭用元朝行省旧称，取消实职空缺多年的行省平章政事与左右丞三个职位，改行省参知政事为布政使，正二品，为承宣布政使司长官，掌一省的行政。朝廷有德泽、禁令，布政使上承于皇命，下宣于百姓，据此施政，是为承宣布政的用意。京城不设承宣布政使司，由中书省直辖，故名直隶。

王博到京城不久，就遇到新任监察御史韩宜可、马亮、严钝、方征向皇帝检举一件事，山西理问所①理问和副理问二人，将私印大明宝钞的罪犯释放了，说是查证不实。山西参政颜希哲、王仲立理当斩首。皇帝知道布政使断案多依据理问官所呈报的卷宗，理问官说哪一个罪犯查无实证，便可释放，并无渎职之罪，于是下诏将山西两个理问官斩首。监察御史韩宜可和马亮仍不罢休，弹劾山西布政使司二名参政，理当连坐。皇帝就不高兴了，说负责审讯的人是理问官，整理案卷的人是理问官下面的小吏。参政平时综理大事，只能依着他们的案卷断案；如若案卷造假，参政也觉察不了，若说有过，过在失于觉察，连坐就太过了，扣三个月一半俸禄便是。

王博知道皇帝法网森严，为官十分谨慎，亲自过问钱粮账务，经常与户部小吏用算盘核对账册，忙到深夜。他在开封知府任上，知道朝廷很多实权分散在许多不入品级的芝麻官手里，皇帝只知道高官易管，却不知道各地胥吏难治。近日，王博

---

① 理问所：理问所为布政使司（相当省政府）下属的官署，掌握刑事审讯，设理问一人，从六品，副理问一人，从七品。这些官很小，但亲自主持刑事勘察和诉讼，职权很大，往往一句话可以定人生死。

查阅各布政司报与户部的田亩账目，山东济宁府开荒新田甚多，在十三道布政使司中为最。济宁接连三年俱获丰收，两州二十县，家有余粮，府库富饶。户籍竟从三万增至六万，税赋由万余石增至十四万四千余石。王博怕监察御史们查出造假，便去禀报皇帝。皇帝也有些疑心，问道："朕记得洪武初年方克勤做过临清知府，后因母亲老病，辞官还乡。洪武四年间，朝廷又征他入京，吏部应试时名列第二，出任济宁知府。他有甚能耐让百姓踊跃开荒？三年间人口和税赋便增加恁快？"王博道："臣尚不知实情，只是从各地报来的田亩数目看，济宁府的垦荒最多，户籍与税赋账表也是济宁府报来的。臣听人说他当年做临清知府时，十日之内便为徐大将军筹集了三四万石粮草，想必当地百姓都信服他罢。"皇帝道："你差几个人去济宁府查看，如果他真有能耐，便将济宁府兴农之术推介到其它府县去。他做济宁知府才三年，百姓便多生出一半的人口来？税赋由万余石增至十四万四千余石？这也太神速了些罢？你差人去查，如实报来。"王博道："臣遵旨。"

几年前，中书省应皇帝之命，为鼓励天下百姓垦荒，定下新垦的荒田三年后才收田税的制度，各地府县百姓大喜，都去开荒。后来皇帝觉得三年太久，又下诏提前征收，许多府县官吏们只有奉诏催征，百姓都说朝廷旨意年年变，今年明年不一样，许多人都放弃开荒，田地又渐渐荒芜了。济宁知府方克勤与百姓相约，承诺本府的田税一定按诏书所定，三年后再收，府中大小官吏不得从中作弊，若有人举报，必将严惩，因此，济宁府新开垦的田地又渐渐多了。他又在济宁设立数百处社学，修葺孔子庙堂，年轻子弟争相入学。济宁教化渐渐兴盛起来。

方克勤熟读孔孟之书，以德化民风为己任，公余则读书教子，常与当地文士交游。他一不吃人宴请，二不收人分文钱财。有一回，兖州知府差一个书僮赠他两只新鲜大蟠桃，克勤大怒，打书僮屁股十下，退还回去。兖州知府与他平级，心想打狗还要看主人，送蟠桃分明是自己的主意，与书僮何干，因此嘲笑方克勤矫情。济宁府所辖曹县，有一个名叫程贡的知事，去乡里公干，在百姓家吃了一顿酒饭未付饭钱。方克勤得知，令差役鞭笞他二十，勒令补付饭钱与百姓家。府县官吏薪俸薄，又不敢白吃白拿，只在心里埋怨方知府。方克勤经常说的一句话便是"沽名的人必先立威，立威的人必殃及百姓，我不忍心"。济宁知府以下官吏，无人敢擅作福威。他退堂之后，就脱下官服，穿上一件布袍，破旧如僧衣。此袍已经穿了十多年。他一日三餐有一个规矩，一天不吃两餐肉。近年皇帝用法苛严，朝中士大夫被贬谪的人多，凡路过济宁，方克勤都设酒饭款待，接济钱物。他做了三年济宁知府，许多因战乱外逃的人相继回来，因此户口增了数倍，垦荒增了数千顷，府县也日渐富足起来。

他有两个儿子，长子孝闻，次子孝孺。孝孺，字希直，今年十八九岁。他自小聪慧，六岁时能作七言绝句，乡里人人称奇。十五岁随父亲来到济宁，平时看多了父亲的行事作派，限定自己每天读书要达一寸厚，人称"读书种子"。

到了十月底，王博来报皇帝，说户部差人去济宁府，方克勤不曾按朝廷政令提前一年半收取垦荒田税，还将官仓中的粮抵了征收的税，因此当地农民乐意垦荒，官仓赋税着实增多，济宁府的百姓都感激青天方大人。皇帝听了，冷笑道："皇帝老子要提前收税，他方大人抗旨不遵，要造福一方，百姓不知道还有我这个老皇帝罢。"王博忙劝说："陛下圣明，能用方克勤这样的好官。"皇帝问道："朕要提前收税粮，他抗旨不遵，还是好官？朕贬的人路过济宁府，方克勤却用公家的酒饭钱款待他们，这算沽名不是？济宁府户籍增加一事，查实了不曾？"王博道："人口一时太多，居住又分散，一时清查不出。当年战乱时，很多人逃亡他乡，听说方知府的好声名，都陆续回到济宁来了，还有其他地方的百姓，也慕名迁居到济宁府，因此人口增加了不少。据当地耆绅所言，三年增加一倍赋税，实是百姓们感知府之德，踊跃开垦种地，增收后交纳来的。"

皇帝隐约嫉妒起来，区区一个地方官，竟比自己这个皇帝还深得人心，于是又差一个御史杨约去济宁府暗查。杨约与济宁府所辖曹县的一个知事程贡是故人，程贡吃了方克勤一顿鞭笞，就说些捕风捉影的事。杨约知道明朝法度，怕朝臣中有人指责程贡诬告方克勤，自己跟着获罪，于是微服暗访方克勤的过失，两个月却一无所得。杨约不耐烦，见府中一个老年差役日间打瞌睡，就捉了他，威逼半日。那差役屈打成招，说方知府近日盗用官库木炭两百斤，用于家中取暖，并不曾付钱。杨约回京后，报与皇帝，皇帝也不与中书省丞相和吏部尚书商量，立即着翰林学士草了一道诏书，免去方克勤知府之职，迁谪江浦县①衙门做一个七品小吏。

方克勤收到诏书，圣旨责他盗用官库木炭两百斤，用于家中取暖，因此降职，他有些意外。那时正当十月，天气未寒，家中用不着木炭取暖。方克勤遂以范文公"不以物喜，不以己悲"自遣，竟不上书辩诬。他向新任知府交割了公务，收拾行囊，雇了一辆马车，起程去江浦县。方孝孺兄弟想随父亲同去，方克勤命方孝闻回家乡海宁，开馆授徒。方孝孺随自己顺路去江浦县，再去京城投奔宋濂，拜他为师。方克勤离开济宁府时，近万百姓赶到府前街送行。方克勤穿一袭粗布衣裳，未曾戴帽，只结一个巾帻，路上扶起许多叩拜的百姓。百姓们送茶送蛋送鸡，捧着面饼和鞋袜相赠，眼睛里满是泪水，都舍不得方知府离开。方克勤只喝了老民敬奉的一杯茶，其余一件礼物不收。

方孝孺随父到了江浦县，小住几日，遵照父嘱，带着一个书僮过江，来京城投奔宋濂。此后，方孝孺住在宋濂府上，跟着他学经史和古文。因宫禁严谨，宋濂一直未领方孝孺去见太子。

---

① 江浦县：在南京的对面，隔着长江，在明朝属应天府管辖。

老官

七月以来，户部正堂每日从早到晚忙碌着，柜台前挤满各行省以及府州县来的计吏，与户部核算上半年的钱谷账目。各地的方音嘈杂一片。明朝沿用元朝体制，各府州县将本地钱谷数目汇总造册后，再去户部核对。这几处账册数目核对无误，上半年银粮考核方才完毕。

通政司向皇帝呈来湖州百姓的举报信，说湖州府的官吏刘执中等人不谋公而谋私，砍伐官府籍没凌说的山场树木和楠竹二十九万根，安排五千名差夫搬运，卖遍附近的府县，私运几千根到自家，还送与府里的几个推官，送到京城户部只有二万余根。工部竹木局大使吕惟贤参与作弊。皇帝立即差宫中的几个旗军去查，在龙江木料场清点，果然只有二万七千五百一十六根竹木。皇帝大怒，凌说就是协同杨宪贪赃而死，湖州的官吏仍与他一样贪，于是下旨将刘执中、吕惟贤处斩，追缴私自运走的竹木。据御史来报，在湖州只追回一千余根竹木，其他二十多万根全然没有下落。皇帝对工部和户部管理营造和钱谷的官吏愈加不放心，经常差人前去暗查。

工部尚书来华盖殿，带来一套生员的巾服。今年以来，皇帝或许年事渐高，事事喜欢复古。他看奏章时，见天下驿站的名称多俚俗，如跳马驿、换金驿、草桥驿，竟请翰林学士来考古订正，俚俗的驿站名重取新名，连扬州驿也觉得不高古，改为广陵驿，镇江驿也俗，改为京口驿，一共改了二百三十二个驿站名。皇帝又见儒士、生员、监生的头巾与衣服，式样不一，大多不好看，有失国体。早在洪武三年的时候，皇帝想令天下士庶戴庄子巾，增其神采，因此很多读书人像算命先生，道貌岸然。皇帝也觉得不佳。想起强征杨铁崖来应天城时，他戴着一只黑头巾，自己不认识，问他是甚么巾。杨铁崖戏言"此四方平定巾也"。其时天下行将平定，龙颜大悦，记住了他头上那个四四方方的高帽子。皇帝令礼部尚书考证宋元士人的巾服，画了几种式样，工部依图制作了几只四方平定巾，皇帝令人试戴，有的如胥吏模样，有的如差役模样，也不太称意。这回工部按皇帝的身量，做了一套儒巾和襕衫，衫用深青色布绢，宽袖皂缘，儒巾也是深青色，正面镶一块玉，比喻君子如玉的德行，想做出读书人都喜欢的式样。皇帝脱下龙袍，穿上襕衫，戴上头巾，在铜镜前一照，呵呵大笑起来，传旨今日去坤宁宫午膳。

将近晌午，皇帝坐龙舆来到坤宁宫。皇后出宫来迎，远远看见皇帝未穿龙袍，先是一怔，就捂嘴笑起来了。皇帝张开双手，问道："好不好看？穿了像甚么人物？"皇后上下打量，才说："看是好看，像是一个老官。"皇帝大笑，皇后也大笑。太监听见皇后称皇帝为老官，便说与宫女听。宫女们嘴杂，背地里都称皇帝为老官，以至于前朝的文武百官也有所耳闻。

皇帝散了早朝，回到华盖殿。早膳毕，换上青色襕衫，戴上儒巾，令太监去传张焕，让他与四个亲军都身着便服，在户部门前等着。因山西私印假钞案，又因济宁知府方克勤擅自免税的事，皇帝不大放心户部与地方官吏，想微服前去探看。

皇帝出了午门，穿过承天门，远远看见户部前面的御道上有许多人来往。张焕与几个亲军身着便服，看见一个老秀才模样的人近前，怔了一会，忙簇拥上去。几个亲军在后面偷偷地笑。皇帝进入户部正堂，当中是一排柜台，户部官吏站在里面，各地计吏站在外面，人声喧嚷，正堂略显得拥挤。此时天气有些闷热，许多人摇着纸扇，室内气味混杂。皇帝挤在人群中，不动声色，细听着外地计吏与户部官吏说话，谁也不知道皇帝就在身边。皇帝看见一个户部官将一张账表放在柜台上，户部官说道："您老这张账表数目少了十三升谷，估计汇总错了，烦您老回去再填写，盖了印报来。"柜台外那个老计吏有些惊慌，说道："小的已经很小心了，还是算错一笔，这如何是好？从四川到京城，来回一个多月，将近两千里路程，且不说盘缠多少，便是出入三峡的水路，也是万分艰险呵。求大人行行好，容小的即刻改过来。"户部官说："这没奈何，账表改不得，错了就得回去重新填写，不然是在下失职，堂官要责罪的。您老下回细致些则个。"皇帝见户部官这般细致严谨，心里高兴。那个老计吏说了许多求情的话，户部官说声"这可使不得"，不再理他，受理其他人的账簿去了。

皇帝正想转身出来，一个中年计吏在旁边笑说："您老是头一回出错罢？一回生，二回熟；走了弯路，学了乖巧。下回呵，您老先在衙门里拿着几张空白的账页来，骑缝①那里盖上印，万一与户部数目不符，在柜台上填写就是。我是山东人，若错了一笔账，还得白走八九百里路，那几时才到？"那个老计吏问道："小的上路前，反复核对，并无错误，如何又错了哩？"中年计吏道："您老汇总时不错，但各地上缴官仓的谷子，运送的路上受潮了，便会重秤，若经太阳晒，便会少秤，到了官仓，哪会一升一合都不错哩。"老计吏叹息说："苦也，这番苦了老汉呵。"旁边另一人道："还不是么！去年我不知道这种方便，半年间竟来京城两次。好在我是浙江的，路上来回只花了十几天路程。这回我也带了几张空印的表册，心里便不慌张了。"三个人说话时，皇帝都听得真切，心想户部与各地钱谷数目不同，各地的计吏就在户部即时填写，弄虚作假岂不易如反掌，自己若不是微服来户部探看，哪里知道有这样的事。皇帝正想着，那个老计吏转身看着皇帝，问道："老端公，你也来户部公干么？若与户部账面有误，便是一趟苦差也。"皇帝不答。老计吏嘟囔着，走出户部大堂。

皇帝匆匆回到华盖殿，脱下青色襕衫，穿上明黄龙袍，老官又变回皇帝。他对胡政道："速传新上任的刑部尚书商暠领几个差役来，再传御史大夫汪广洋、陈宁、

---

① 骑缝：指两张相连的表的中间部分，在这里盖上印，户部与地方政府各保存一份，每一份只有半边印，相当现在某些格式的介绍信。

磨勘司令刘惟谦四人来华盖殿!"又令张焕、郑泊进来,将黄金铸的调兵牌与他们,去传大都督府佥都督毛骧和陈方亮,令他们领两百军士,先将户部各道门都堵住。汪广洋、陈宁、刘惟谦不知何事,匆匆来到华盖殿。皇帝生气地说:"户部官吏与各地官吏公然作弊,你们这些御史,平时少看些诗文,多去户部和工部暗查,休要都要我这个皇帝来管!"众人十分意外。陈宁忍不住问:"户部出了甚么事?"皇帝说了自己在户部的见闻。陈宁不以为然,轻淡地说:"空印的事,臣听说元朝就有了。"皇帝大喝道:"正是元朝法度宽纵,早就亡国了!"

过了好一会,商暠从太平门外的刑部赶到华盖殿。皇帝道:"商暠,你领着几个差役去户部搜查,看谁身上带了盖着印的空白账册,将户部尚书王博还有左右侍郎王庸等和经理钱谷的官吏,一发都带到这里来。汪广洋,陈宁,刘惟谦,你们都在这里等着,与朕会同审问,看看到底有多少人在欺朕!"皇帝说话时,脸色发青,浑身颤抖。商暠领旨而去。

陈宁见皇帝盛怒,才知事体重大,婉劝道:"陛下,各地官府来京城办事,府文上先盖印,错了账时备用,只是为了便利。我朝开国以来,已经沿用多年,不过是核账的程序,并非今年才有的事;空印的账册也不能造假,望陛下明察。"皇帝冷笑道:"明察?我偏要暗察。若不是我微服去户部,还不知道有这般好事哩。你休要多言,霎时审问便知!"皇帝训斥三人半个时辰。刑部尚书商暠领着十名差役,押着户部尚书王博、户部侍郎王庸、程昭、户部员外郎程昱等侍郎、郎中、主事七八人,还有十几个站柜的清吏司小吏,进了华盖殿,都跪在地面,一时小小的宫殿壅塞起来。商暠手里拿着一摞账页,说道:"禀报陛下,搜出十三张空白账页,都盖了官印。"皇帝大声问道:"十三道布政司都作弊了么?"商暠道:"不曾,有的布政司有三两张,有的府州县也有一两张,有的却没有。"

皇帝一拍御案,喝道:"王博,你从实招来!"王博浑身一颤,说道:"陛下……陛下容禀:空白账页预盖骑缝印,实实实……是临时权宜之计。计吏便是胡乱填写,也不能在官仓中支取钱谷,只只只……只为核账时两处不误的方便。"他说话时,上下牙齿打战,舌头也僵硬了。皇帝一听,大怒道:"放屁!你们户部贪赃枉法,瞒天过海,休说朕不知道!"王博愈加惶恐,声细如蚊,说道:"陛下,这这这……是为地方计吏节省路费计较。有的人路远,错一笔账,来回要要要要……折腾数月,人也病了,路费也用尽了。臣等实无作弊的事,还望望望望……万岁爷明察。"皇帝道:"这事朕亲眼所见,亲耳所闻,你还让我明察,莫不是说我眼瞎了?"王博道:"陛下,臣不是这个意思,臣在开封府做知府时,知道府中计吏的辛苦,到了户部后,便给各地计吏一些办事方便……真个没有贪赃枉法的事……"皇帝道:"有钱谷处必有贪官。朕下诏印行大明通行宝钞,才过了几个月,山西便有人私印。你们不守朕的法度,朕也不惜你们的人头。不知你在开封做知府时,有没有贪赃枉法的事,都带到刑部去,好生审问!"王博额头触地,哭诉道:"陛下,臣等户部官实在委屈呵。"

皇帝冷笑说："你委屈，王庸你不委屈罢？"王庸不敢抬头，吓得一句话说不出。皇帝说："王庸你做右军都督佥事的时候，贪了军中的钱物，坐事当死。你在朕的面前痛哭流涕，说了从前种种过失。法司要按大明律从事，朕说，人莫难于知过，你能引咎自责，将来或许能再做一个好人，便令你到西南边地屯守，不久朕又让你做卫军卫指挥使。如今你做了户部侍郎，胆敢公然做假，这回你还想活命？"王庸不知如何自辩，叩头道："臣死罪呵，臣死罪呵。"

胡惟庸闻讯赶来华盖殿。皇帝说："相公知道了户部空印文书的事罢？有甚么话说？"胡惟庸说空印文书是元朝就有的旧例，绝无贪墨的事。皇帝说朕都知道，你不要再罗唣了，着刑部尽快审查出来，报与朕知道。胡惟庸见皇帝怒火正炽，也不敢继续申辩。

过了十余天，刑部尚书商暠将空印的事都查清了，陈宁来中书省见胡惟庸，说道："相公，有七个布政使司、六十几个府州县曾盖了空印账表，临时在户部填写准确的数目。皇帝认定空印便是欺君大罪，下诏将用了空印的布政使、知府、知州、知县以及副职等二百多人全部捕入京城。户部尚书、侍郎、郎中、员外郎等官吏捉了十几人，户部为之一空。只有户部侍郎周斌和郎中偰斯未涉空印案，皇帝让他们同时做户部尚书，相互监察。中书省左司都事徐铎为户部侍郎，以户部员外郎徐伯善、秦相府录事张宗、户部主事尚质、刘中沁、源县知县邵善为户部郎中，户部主事苏鹏翼升户部员外郎。不知他还相信几个户部官！"胡惟庸叹息说："这事不但本官震惊，京城军民也大为震动，街坊上议论纷纷，真不知这件事如何了断呵。"

救父

宋濂从宫中回来，告诉方孝孺说，令尊也牵涉到空印案。他被人从江浦县逮捕到京城，现关在刑部大牢中。方孝孺十分惊惶，匆匆赶到刑部大牢看望父亲。父亲蓬头垢面，形容憔悴，衣裳破裂，多处有血痕。孝孺跪地大哭，悲摧之极。方克勤说："我心中无愧，对得起天地良心，死便死，你不必作儿女之态。爹爹这回恐怕难以生还，你好生跟着宋濂先生读书。他年学业有成，做一个忠孝节义的人！"方孝孺说："父亲受了甚么冤屈，儿要为父亲申冤！"方克勤说："爹做济宁知府时，同意先在空白文书上盖印。皇帝追查空印的事，查到我身上。如我能用一条命替代济宁府其他几条命，也无怨言。"方孝孺不停地哭。方克勤喝道："你读《孟子》书，当知道心中养气，有甚么好哭？"方孝孺强忍着不哭。方克勤说："你回去罢，好生读书！"方孝孺说道："爹爹，天下人都知道你冤枉。儿要为你申冤，你为儿细说空印案的事，儿要上书皇帝。"

方克勤已抱必死之心，听儿子这么说，又动了生望之念，沉默好一会，徐徐说起当日的事。去年七月中旬，简大人来见他，说已经核对府中的账目，造了清册，这几日便要差人去行省和户部核实。依他看今年得改一个法子。倘若按去年的做法，府中账册若与户部的账册有一升一合不符，这一千多里路就白走了，回来重填账册再次进京，一是费盘缠，二是费时日。去京城来回将近两个多月，若要去两回，半年的时光全消磨在道路上。不如参照济南府、东昌府等地的做法，先在几张空白文书上盖了骑缝印带去。方克勤有些犹豫，不便答复，只说先将今年六月以前的府中钱谷收支数目，再细细盘点一次，先与山东行省核对无误后，再报与户部。简政与计吏再次核对了钱谷清册，呈给方克勤审阅。方克勤核准后，着人上报行省，钱谷账目与行省核对无误。简政带着两个要去京城的计吏，前来请示方克勤。简政说计吏怕与户部账目不合，又白走一趟，还是先盖几张空白账表捎去。方克勤体谅差役的难处，也想节省公家的差旅费，就说通融一下也未为不可，就怕户部不许。那个计吏却笑了，说道户部官早知道了，见怪不怪。若账目不合，小的在柜台上填一张便可，便省去许多事。简政指着空白表册的中缝与他看，说在这中间盖一个章，一半留在府中，一半报给户部。方克勤翻了翻表册，心想有人想从中作弊也不大可能，就同意了。

方孝孺听了父亲的诉说，问道："这不过是例行公事，皇帝为何震怒？"方克勤叹息说："皇帝恐怕天下官吏在欺骗他罢。我久慕宋濂先生的道德学问，想送你去京城拜宋先生为师，顺便托计吏送一封书信和十斤腊牛肉与宋先生。但他们是公差，我不敢借公差办私事，要付大明宝钞三百文。计吏见我托付一件私事，还要送他们的钱，都不收。我说，你们不收，我便不敢相托，两名计吏方才收下。"方孝孺流泪说："爹爹，你一生清廉，奉公守法度，还不免牢狱之灾，定是皇帝受人蒙蔽，儿一定要向皇帝陈情。"方克勤说："空印的事自有公论，我扪心无愧！"

方孝孺从监狱回来后，将父亲说的事写成一本陈情表，跪求宋濂呈送皇帝。宋濂看了心里很悲摧，但又感觉很为难。自从洪武二年以来，刘伯温的话皇帝大多听不进去，何况自己，又不忍心拂学生之意，答应他明日散早朝后去见皇帝。次日散了早朝，宋濂在宫内徘徊一个时辰，瞻前顾后，看见华盖殿就在眼前，却挪不动脚步。他回到家中，方孝孺急忙来问情形如何。宋濂老泪纵横，说道："为师无能呵……"方孝孺追问道："皇上到底说了甚么？"宋濂哽咽着，摆手道："休再问了，为师能做的，定然会为你做。此事为师实在无能呵。"方孝孺见先生如此悲苦，也不再追问。良久，宋濂沉吟道："为师还有一个主意。"方孝孺忙说："拜托先生了。"宋濂道："我明日去大本堂讲解经史时，将你这本表文送与太子，请他见皇上。"方孝孺向宋濂叩头。

次日晚上，宋濂散朝归来。方孝孺见先生神情黯然，心中不安。宋濂用衣袖擦了擦眼睛，悲凉地说："为师请太子去说情了，皇帝看了陈情表，还问是谁差他送来的。好在太子说他有所耳闻，空印案事出有因，查无实据，便让为师的学生为他爹爹写了一本陈情表，陈述你爹没有贪赃的事，请皇帝放了。皇帝大怒，说凭你这点仁心，不消三五年，便要坏了皇明的基业。太子殿下也没奈何呵。"方孝孺流泪道："殿下将来必是仁君！"宋濂点点头，亦不再多言。

十几天后，宫中侍卫亲军几百人去城中抄查户部尚书王博、侍郎王庸、程昭、员外郎程昱等人及主管钱谷账册的官吏等二十余人的家。抄王博在城南的寓所时，门外聚集很多百姓，他们都想看看皇明空印案大蠹家里贪了多少金银和粮食。几十名侍卫亲军进去后，半个时辰后出来，只抄出几十本书，几轴旧画，一只陶缸里盛着十多斤米，几斤黄豆，十几两碎银。百姓们都默不做声，有人说王大人是清官，有人说王大人早就将财宝转到别处，与乡下富户诡寄田产一样。侍卫亲军全部抄查毕，来报皇帝。皇帝听到王博、程昭、程昱等人家中都没有抄出赃物，大失所望。只在王庸家抄出三百多两银子，五六匹丝绸，还有八只银碗和许多铜器、玉器。皇帝稍微安心了，说王庸的俸禄哪里能办齐恁多家伙，好生审问。

到了九月初，刑部尚书商暠将审讯的事向皇帝陈述。皇帝说这些昏官官贪官，留着何用，全都砍了脑壳。刑部尚书商暠知道用空印文书是《大明律》上没有的罪名，即使定罪，也罪不及诛，可皇帝执意要杀人，意不可违，也不敢强谏。皇帝见他不说话，问："商爱卿可有异议？"商暠迟疑道："臣有一句话，不知当不当说？"皇帝厉声道："求情的话，自不当说！"商暠咽了一下，犹豫地道："臣不敢求情，只是臣以为——"皇帝质问道："你以为甚么？"商暠道："臣以为涉及空印案的人虽有阘茸①之过，但只为贪图一时省钱省事，许多人并无贪赃欺瞒的重罪，请陛下赦免他们死罪。"

皇帝大怒道："王庸都招供了，他很多家财都是向老百姓索取来的。其他人就算没有贪赃，岂说没有欺瞒？空印的事天下人都知道，就是瞒着朕一人，这是欺君之罪！不是重罪么？还要赦免？你这个刑部尚书真是做糊涂了！"商暠听了一颤，忙说："臣是一时糊涂。"皇帝冷笑道："你这个刑部尚书，真是一片仁心呐。你读圣贤书，便信了孟轲那个老儿说的，人性之善如水向下走么？"商暠见皇帝说起孟子，仍不死心，忙借着《孟子》的话来劝道："陛下，孟子说的极是呵，他说恻隐之心，人皆有之；羞恶之心，人皆有之。若陛下以恻隐之心赦免空印案一干人犯，他们必能激发羞恶之心，谨慎为政，岂敢再有半点懈怠。"皇帝说："孟子的话还没说完哩。他又说了，人若在水里乱跳乱进，水会溅到人的头上；洪水泛滥的时节，水会漫上山顶，哪里还会往低的地面走？这是为何？是情势逼出来的。人也有不善的，便是这般情理造成的。你说恻隐之心羞恶之心人皆有之，朕却说贪婪之心人人也有。几年前，朕准许中书省印行大明宝钞后，料定中书省与工部、户部以及朝野

---

① 阘茸：指平庸低劣。汉桓宽《盐铁论·利议》："诸生阘茸无行，多言而不用，情貌不相副。"

等官吏定会有人作弊。今年三月间，朕便改楚府录事①韩宜可、翰林院编修马亮、任敬、王璡等人，秘书直长萧韶、赞读阎裕、起居注严钝、给事中方征等做闲职的十六人做监察御史，充做朕的耳目，到京城内外明查暗访。这些人不负朕的期望，查出地方上许多奸弊的事。你想想在户部做官的人，他们准许各地空白文书先盖印，不是吃了人家的，便是拿了人家的，不然哪会有这般好事？那个户部侍郎王庸家抄出那么多家财，是天上掉下来的么？那个方克勤在山东得民心，却是抗旨不遵，不是沽名钓誉是甚么？这些人都有欺君之罪，留了何益？天下还怕没人做官不成？"商暠惶恐地说："陛下……说得是……只是臣不知道如何判决……"皇帝断然地说："你知道判决的！你先判了把朕看，朕再用朱笔勾取。"商暠颤抖地说："臣……臣知道了。"

求言诏

近月星相异常，东南又有水患。皇帝心想，空印一案涉案达两三百人，斩了他们，不知上天会不会降祸。皇帝不怕人怨，只怕天怒。恰在这日，钦天监来奏"五星紊度，日月相刑"。皇帝更加相信上天垂象，是要他勤勉自省，不免有些心虚和惶恐，于是下了一道征求直言的诏书：

> 朕本寒微，因元多事，试与群雄并驱，十有七年，艰难万状，方得偃兵息民，称尊海内，纪年洪武已九春秋矣。
>
> 迩来钦天监报：五星紊度，日月相刑。于是静居日省，古今乾道变化，殃咎在乎人君。寻思至此，惶惶无措手足。惟诏告臣民，许言朕过。
>
> 於戏！于斯之道，惟忠者仁人之心，能鉴朕之不德；假公营私者，又非贤人君子。

洪武九年闰九月（御宝）二十日

诏书即刻速递到各布政使司和府州县。京城十三道城门边都抄贴一张，许多认识字的百姓指指点点。十余日之间，皇帝隔三岔五来问察言司和中书省，民间却无一人献言，朝臣也无一人献言。

皇帝很失望的时候，才收到民间第一本献言书，十分惊喜，打开来看，其它几件事都不计较，却计较献言的人大谈空印案一事：

---

① 楚府录事：楚府即朱元璋第六子朱桢在京城的府第。洪武三年以来，皇帝为各王府设置各种官吏，录事为其中一种，正七品。

陛下欲深罪空印者，恐奸吏得挟空印纸为文移以虐民耳。夫文移①以完印乃可，今考核书册，乃合两缝印，非一印一纸比，纵得之亦不能行，况不可得乎？钱谷之数，府必合省，省必合部，数难悬决，至部乃定。省府去部，远者六七千里，近亦三四百里，册成而后用印，往返非期年不可，以故先印而后书。此权宜之务，所从来久，何足深罪！

且国家立法，必先明示天下而后罪犯法者，以其故犯也②。自立国至今，未闻有空印之律，有司相承，莫知其罪，今一旦诛之，何以使受诛者无词！朝廷求贤士，置庶位，得之甚难。位至郡守，皆数十年所成就，通达廉明之士，非如草菅然，可刈而复生也，陛下奈何以不足罪之事而坏足用之材乎？臣窃为陛下惜之！忠愚之言，伏望陛下明鉴。

皇帝看毕，扔在几案上，说这个为空印案说情的人，不会秉公议论，定会出于私心，看他家有谁关在牢中。于是令刑部将献言的人捉了，好生审问。刑部的差役捉住了上献言书的人，此人名叫郑士利，是湖广按察使佥事郑士元的弟弟。郑士元因空印案在刑部关了数月。皇帝得知后说，果不出我所料。

汪广洋看了献言书副本，十分叹服郑士利的见识，空印案涉及的地方长官和户部官，都是几十年才有所成就，算是通达廉明之士。他们的性命不是野草，割了还会再生。皇帝不能用不足以加罪的事而坏足以大用的人才，这将伤及国家根本，立即来华盖殿劝谏皇帝说："陛下有求言诏在先，郑士利上献言书在后。陛下曾许诺，'惟诏告臣民，许言朕过'，请陛下宽恕郑士利。"皇帝冷笑说："这话我是许诺过，你却不曾看到我写的另一句话？'假公营私者，又非贤人君子'！他不是为朝廷献言，却是为他哥哥打了一顿屁股在叫屈哩。"皇帝手指在献言书上点了点，说道："全天下就算他们郑氏兄弟聪明，朕是一个昏君，空印案的原委都不知道！你与刑部好生去审，谁是他的同谋，再来报朕知道。"

汪广洋与刑部尚书会审郑士利。郑士利说："我哥哥郑士元是湖广按察使佥事，为官又清廉，又有仁心，因空印案在刑部大牢里关了数月。我带着哥哥七岁儿子，来到京城，住在客舍里，想去求人救兄长，上告无门。承蒙御史大夫汪大人上奏皇帝，说郑士元不是副职，又不掌印，羁押了数月，乞请释放。皇帝准了旨，令刑部

---

① 文移：又叫移文，古代官府中的一种文书，与牒相类，多用官署之间交流。如：移会、移告、移知（移文通知）、**移劾（移文弹劾）**、移报（移文报告）、移复（移文回复）、移牒（以正式公文通知平行机关或个人）。

② 以其故犯也：这一句有现代法治的意识。意思是说做了法律没有明文禁止的事不能算有罪。

杖击我哥哥一百，便放出来。我接了哥哥在客舍养伤。哥哥伤好了些后，我就说哥哥，你好生冤枉呵，当时如何不向皇帝申辩？

"哥哥说，胡丞相和汪御史、陈御史都劝不住圣上，我申辩有何用。我说皇帝下了求言诏，愚弟要向皇帝献言！哥哥劝我不要写。我说，皇帝不知道一纸空印的文书，是做不了奸弊的事，才认定空印是大罪。若有人说得明白了，在元朝时就有，不过是一个权宜之策，如何会判杀头的罪？皇帝圣明，哪里不会醒悟的？我哥哥却说，贤弟，你说的圣上都知道哩，他比我们都明白。人道圣上以猛治国，以严治官，他哪里会不知道！你切莫做这件砍脑袋的事呵。我也着急，心想皇帝如果知道这是权宜之计，如何还要处罚恁多官吏？自古国家立法，必先明示天下，明令不准触犯。开国至今，并无空印的罪名。从户部到地方衙门，都用了空印文书，并无不妥之处。一旦皇帝说有罪，杀头的杀头，流放的流放，全不依三法司的程序，天下官吏如何心服口服？"

"我哥哥只是摇摇头，说我的话句句在理，但也无用。皇帝下了求言诏，但诏书中分明说了，假公营私的人不是贤人君子。你上书若为空印案说情，便是假公营私，万一逆了龙鳞，必然受祸！我只想劝皇上不要杀无罪的人。哥哥如今已经放了出来，我献言非为哥哥求情，不是假公营私，于是就在客舍写了几日，有时边写边哭。我的侄儿见我总是哭，就问叔父为甚么天天哭？我说叔叔要上书皇帝，怕皇帝不听，惹祸上身，连累你爹。但如果皇帝听了，或许能救数百条性命，因此叔叔一直两头为难。侄儿出去一会，又进来说，我爹爹请叔父过去说话。我来到哥哥的房间，坐在床头。哥哥说，贤弟既然写了献言书，就不要顾忌了，立即送到察言司，若能救得几百条性命，我们兄弟又怕甚么？我写完后，抄了一本正稿，就献与皇帝了。"

汪广洋听了，赞许郑士利的胆识，却为他惹怒皇帝发愁。刑部官吏散后，汪广洋与他细语道："你好不晓事，我为你哥哥说情，他才杖击一百，皇帝便将他放出来。你献言也就罢了，如何再议空印案一事？这分明是拔虎须，扯龙髯！谁是你的同谋？"郑士利道："不才为空印案言事，本是一件掉脑袋的勾当，还有谁会与我同谋哩？"汪广洋一心想让郑士利免罪，刑部尚书也不想牵涉其他人。汪广洋呈供词与皇帝看的时候，在一旁婉劝说："臣等会同刑部审讯，郑士利不是为了私利，只为朝廷献言，请陛下宽恕他无知之罪。"

皇帝细细看了供词，大开恩典，说道："若说没有同谋，朕看他哥哥必是同谋，就不再追究了。让他们兄弟辛苦一番，都发到江浦县做两年苦役。"汪广洋道："陛下圣明，臣还有话说。"皇帝道："说！"汪广洋道："郑士利虽是一介小民，但献言书中说的话，也有些道理。我朝能做到一方守令的人，都是数十年才有所成就。人的性命不是草芥，斩了不能复生，伏望陛下赦免他们的死罪。"皇帝断然道："这些人欺瞒我，不杀不行！"汪广洋又劝道："恳请陛下赦免济宁知府方克勤，他是一个贤人君子，是百姓眼里的大清官。"皇帝冷笑道："朕要一年收一次粮税，方克勤却奉旨不遵，仍要三年收一次粮税，还要减收，这样的清官只会沽名钓誉。人家好心送来两只大桃子，他不收也就罢了。书僮是奉主人之命送来的，他打书僮屁股做甚么？他这回滥发空印文书，不是渎职是甚么？我这个皇帝都不如他会沽名。陈宁后来查实他并未盗用两百斤木炭，实是差役被逼诬告。他却不上书辩诬，图一个甚么？不过嗜名如命而已！这样的人就算为子孙留着也是祸害。"皇帝这一番话，居高声远，汪广洋被镇住了，正想再为方克勤辩护几句。皇帝见他拘谨的模样，心中烦躁，喝道："你休要再说了！做官的人，有几个不贪？朕在元朝时，乡下的社长只要有点芝麻大的权，便要吃要喝，索取钱财。这些地方守令，还有户部的官，有几个干净？"

汪广洋退出后，皇帝用朱笔在刑部的奏章上勾取拟斩首的姓名，令翰林承旨草拟诏书，凡涉及空印账册的布政使、知府、知州、知县一律处死。勾取斩首的姓名有户部尚书王博、侍郎王庸、程昭、员外郎程昱、主管钱谷账册的官吏以及原济宁知府方克勤等地方官吏共计二百多人。副职杖一百，充军一千里外，掌印官杖八十，充军八百里。

决斩

中书省值房灯火通明。丞相胡惟庸与御史大夫汪广洋、陈宁、刑部尚书商暠、勘磨司令刘惟谦以及监察御史马亮、严钝等人商量营救之事，可谓明朝居一人之下，千万人之上的高官皆聚于此。

胡惟庸哭丧着面皮，叹息说："我们这么多人，恐怕也救不出一个人。"陈宁说："济南方克勤以清廉闻名圣朝，连他也要杀，岂是一个猛字，简直是疯了！"众人失色，生怕陈宁因言语获罪。陈宁的话搅动汪广洋的悲思，广洋嗟叹道："如何是好呵？"众人议了半个时辰，皇帝威严权重，谁都没个好主意，都枯坐着。商暠见时辰不早，劝道："圣上主意已定，都不要去惹他生气了。"陈宁霍地站起来，手指着商暠说道："还不是你负责审的！判决也是你草拟的！"商暠心虚地说："陈大人呐，这……这你就冤枉老弟了，这……这这其实都是圣上的旨意哩，我哪里能做半点主张。"陈宁大声道："那还商量个鸟，都回家挺尸去！"他端起茶杯，连茶叶都喝了，粗野地吐出一口茶叶，将茶杯向几案上一掼，茶杯掉到地面，啪的一声响，如同他的心碎。

皇帝晚膳后，就坐在华盖殿，才批复几本奏章，站起来踱步，茶喝了一盏又一盏。鼓交初更时，值夜太监左禄来报："陛下，皇后娘娘和太子殿下求见。"皇帝忙坐在御案前，手拈起一支笔，作批复奏章的模样。皇后与太子向皇帝问安，皇帝示意二人坐。太子不时看着皇后，皇后面含微笑，手掌搓着手背，神情不安。过了一会，皇帝才徐徐说："都夜深了，皇后和太子来见我，想必是甚么紧要的事罢？"皇后还未说，太子站了起来，急切地说："父皇，你一口气要杀两百多个官吏，他们真是罪不当死呵！儿臣以为杀了王庸一个贪官就行了，其他人都是忠厚老成的人，清廉奉公，是社稷的能臣，不能杀呵！"

皇后忙附和太子说："陛下，太子说得有几分道理。臣妾虽读书少，不明事理，但从小便听长辈说法不责众，请陛下仔细思量。"皇帝站了起来，看着二人说："皇后和太子有所不知呵。我何尝要发猛杀恁多人，实在是不得已呵。我在世时，朝野这些官吏都敢欺弄我，我若不在世时，依娘娘和太子的仁慈，不知有多少官吏会胡乱作为，恐怕那时你们都禁止不了，最终坏了国家根基。他们用空印文本，明说是图省事省盘缠，实是害民伤理，必有所图，只是一时未便查出。民间种种奸弊的事，我都了如指掌，休想欺瞒得了。上回我与太子说了高邮州上报水灾不实的事，京城军储仓官通同顽民拌水谷豆入仓的事。近月又有民间揽纳户虚买实收的事，你们知道么？"

皇后说："臣妾深居后宫，如何能知道。"太子说："儿臣听御史说过，知道了。"皇帝说："民间有一种无籍的刁民，不事产业，到乡间揽纳粮草。许多纳粮纳草的百姓，并不知道那些揽纳的人有何产业，为了省路费，一概将粮草付与他们，解到京城来。岂知那些无籍的刁民将粮草在集市上高价卖了，带钱入京，送钱给官仓的奸吏，当作粮草已经实收入仓，其实粮草并不到仓。等到户部和御史们前去会计，发现账实不合，他们才招出实情。你们说说，无籍的刁民当不当死？官攒人等当不当死？纳粮纳草的正户当不当罚？倘若我不如此严厉，奸顽的事又不知变出甚么花样来哄我。我全数砍了他们的脑袋，谁还敢来欺瞒我？治国要严，不能太讲仁慈。有人说空印文书是例行公事，不曾有欺诈的事。岂不知事先在空白文书上盖印，便是欺诈，谁知道有多少人用空印文书谋取私利？又查出多少奸弊的事来？朕不管他们如何隐匿，以不变应万变，杀！本来要杀三百多个涉空印案的人，因太子求情，我还是赦免了一百多人。我要让天下人知道，将来有多少人犯事，我都不会饶！"

太子看着皇后，皇后的面容上不见微笑，只有惊愕，再也说不出话。太子站了起来，气恼地说："父皇将这些能臣都杀了，儿臣将来也做不了大明江山之主！"皇帝厉声道："我如果今日不杀，你来日更守不住大明江山！这事不要再议了，刑部断的案，我勾取了姓名，诏书早发到刑部去了。天也不早，你们早些歇息！"

行刑那日，军士们押着布政使、知府、知州、知县以及户部官吏二百二十一人到太平门外。湖边又像赶集似的。死囚们散着头发，被捆绑得结实，背上插着草标，低头跪在湖边。半城的百姓都来看热闹，大呼天子圣明。方孝孺挤在人群中，看见许多待斩的人，神情颓败，像愧疚着自己的罪过；只有父亲神色不改，昂着头颅，纵目远视，嘴唇微动着，像在吟诗，心中大为震惊，都忘记了哭泣。

第四十四章

叶训导奉诏献直言　宋学士致仕归故里

叶伯巨

山西汾州府平遥县有一个训导，名唤叶伯巨，字居升，浙江宁海人。元末时就有文名。洪武初年，他因通经学，进入国子监读书。洪武八年因各地官吏缺员甚多，吏部选国子监生充任各地官吏。据明朝南北籍异地做官的制度，他被吏部委任为山西平遥县儒学训导。他得知皇帝下诏求言，一时百感奔集，忧国忧民起来。孔夫子说过"邦有道，危言危行"，倡导正直说话，正直行事。他以为明朝算是有道，自己身荷国恩，口吃皇粮，理当向皇帝献策进言。朱家即是国家，国家亦是朱家，若朱家一乱，国家必乱。

叶伯巨当日就对县学的学生道："目今日天下有三桩事不当，即使朝廷不下诏求言，我也想说，何况皇帝有明诏哩。"县学里有几个深明世事的老学究，嘲笑他道："皇帝求言不过是一时心血来潮，想听百姓们的好话。京城的权贵们未必不知朝廷得失，皇帝何必向天下百姓求言哩？你若真个要说圣朝的弊政，也只说两分坏处，八分好处，龙颜才会大悦，说不定会升你的官。倘若只说皇帝的不是，即使说中了，皇帝也不会听，莫惹祸上身便是万幸。"叶伯巨道："当今皇帝圣明，诏求直言，想必是担心有过而不知。我一介野民，奉诏献忠言，不献谄言，皇帝如何会降罪于老民？"一个老学究说道："叶先生所言也有几分道理。皇帝求直言，未必不是真心想听。只是多一事不如少一事，献了直言又能如何？孟子道'穷则独善其身'，子曰，'不在其位，不谋其政'，何必操那一份闲心。"叶伯巨道："老夫有话不说，如骨鲠在喉，不吐不快。倘若上了书，皇帝不听，老夫无恨。倘若老夫不说，朝廷的弊政却在百十年后贻害天下，我便愧做吃了皇粮的读书人。"

叶伯巨构思几日，有了腹稿。一个静夜，家中老小都睡熟了，他独坐在书斋的灯前，点着一盏细豆芽似的油灯，砚中磨了大半池墨，挺着清瘦的脊背，就落笔了。他开笔写道："臣观当今之事，太过者三：分封太侈也，用刑太繁也，求治太速也。"文章开了头，如开了水闸，思如泉涌，一泻千里，走笔如飞。数日间，他写完初稿，修改了几天，删除一切游辞，用小楷抄了一本，呈与平遥沈知县。

察言司收到平遥县的献言表，抄了一件副本后，立即送到华盖殿。晚朝初散，皇帝得知又有人进言了，十分喜悦，忙打开来看。伯巨写道：

> 先王之制，大都不过三国之一①，上下等差，各有定分，所以强干弱枝，遏乱源而崇治本耳。今裂土分封，使亲王各有分地，盖惩②宋、元孤立，宗室不竞之弊。而秦、晋、燕、齐、梁、楚、吴、蜀诸国，无不连邑数十。城郭宫室亚于天子之都，优之以甲兵卫士之盛。臣恐数世之后，尾大不掉，然后削其地而夺之权，则必生觖望③。甚者缘间而起④，防之无及矣。

皇帝看到这里，就皱起眉头。他本意是想听朝野指出自己用人得失，谁忠谁奸，却惊异平遥县的训导议论起自己的家事来，自语道："这个秀才想说甚么？"叶伯巨竟然预言数世之后，皇帝削亲王的封地和兵权，亲王必生怨望，或许会乘机起兵，那时就不及防备。这话说得皇帝有些隐忧，但他不信七国之事会出在本朝，深感"尾大不掉"这一句村话刺耳，像在嘲讽。皇帝接着看：

> 议者曰："亲王皆天子骨肉，分地虽广，立法虽侈，岂有抗衡之理？"臣窃以为不然。何不观于汉、晋之事乎？孝景，高帝之孙也；七国亲王，皆景帝之同祖父兄弟子孙也。一削其地，则遽构兵西向。晋之亲王，皆武帝亲子孙也，易世之后，迭相攻伐，遂成刘、石之患。由此言之，分封逾制，祸患立生。援古证今，昭昭然矣。此臣所以为太过者也。
>
> 昔贾谊劝汉文帝，尽分诸国之地，空置之以待亲王子孙。向使文帝早从谊言，则必无七国之祸。愿及亲王未之国之先，节其都邑之制，减其卫兵，限其疆理，亦以待封亲王之子孙。此制一定，然后亲王有贤且才者入为辅相，其余世为藩屏，与国同休。割一时之恩，制万世之利，消天变而安社稷，莫先于此。

叶伯巨以汉景帝削地而亲王构兵的故事，劝皇帝限制亲王的疆土，减少卫军，限制疆域大小，"割一时之恩"方能"制万世之利"。皇帝觉得他将自己当成了汉朝的贾谊，依了他的话，才能消除天变，社稷安宁。皇帝嘀咕道："这些都是放屁的

---

① 三国之一：国，首都，此句是说大城市是首都的三分之一面积。

② 惩：鉴戒。

③ 觖望：有意见，有异议。《史记·韩信卢绾列传》："欲王卢绾，为群臣觖望。"

④ 缘间而起：含蓄地说将来有可能出现趁机起兵，夺取皇权的事。

话。分封我朱家的儿子，关你甚事！"皇帝头也不抬，信口问一声："你们看是不是屁话？"胡政、孙礼连忙应声道："是是。"他们见皇帝的面色不好，早就惶恐不安，哪里敢多言。皇帝耐着性子，接着再看：

> 臣又观历代开国之君，未有不以任德结民心，以任刑失民心者。国祚长短，悉由于此。
>
> 古者之断死刑也，天子撤乐减膳，诚以天生斯民，立之司牧，固欲其并生，非欲其即死。不幸有不率教①者入于其中，则不得已而授之以刑耳。议者曰：宋、元中叶，专事姑息，赏罚无章，以致亡灭。主上痛惩其弊，故制不宥之刑，权神变之法，使人知惧而莫测其端也。
>
> 臣又以为不然，开基之主垂范百世，一动一静，必使子孙有所持守。况刑者，民之司命，可不慎欤！夫笞、杖、徒、流、死，今之五刑也。用此五刑，既无假贷，一出乎大公至正可也；而用刑之际，多裁自圣衷，遂使治狱之吏务趋求意旨。深刻者多功，平反者得罪，欲求治狱之平，岂易得哉！近者特旨，杂犯死罪，免死充军；又删定旧律诸则，减宥有差矣，然未闻有戒敕治狱者务从平恕之条。
>
> 是以法司犹循故例，虽闻宽宥之名，未见宽宥之实。所谓实者，诚在主上，不在臣下也。故必有罪疑惟轻之意，而后好生之德洽于民心，此非可以浅浅期也。
>
> …………

这些话皇帝看得脸红耳热，"历代开国之君，未有不以任德结民心，以任刑失民心者"，岂不是暗讽自己失德？近年用刑猛烈，许多官吏都因小过砍了头，岂不是他说的"任刑失民心"的意思？难道自己这样做，明朝的国运便短么？皇帝有些气恼，分明是讪谤自己，但句句都击中了自己的隐处。他心想自己真个用刑太过，责官太苛么。倘若如今做官的人动辄获咎，百姓们便不羡慕做官。做官的作为越大，获罪也就越多，真如叶伯巨所言"古之为士者，以登仕为荣，以罢职为辱。今之为士者，以溷迹无闻为福，以受玷不录为幸②，以屯田工役为必获之罪，以鞭笞捶楚为寻常之辱"么？这些情形皇帝早就有所察觉，以为天下只有自己知道，叶伯巨却说得分明，仿佛在斥责皇帝的种种罪过，不由恼羞成怒，强忍着怒火，接着再看：

---

① 率教：实行教化，遵循教化。

② 这句意为：以混日子无作为当成福气，以有缺点不被录用当成幸事。

汉尝徙大族于山陵矣，未闻实①之以罪人也。今凤阳皇陵所在，龙兴之地，而率以罪人居之，怨嗟愁苦之声充斥园邑，殆非所以恭承宗庙意也。

皇帝用罪人修建中都，此前无人来谏，刘伯温也不曾提及。如今被叶伯巨拈出，一件好事被他说成一件凶事，大不吉祥。皇帝向左转动手卷，继续看下去，仿佛听见叶伯巨在耳旁絮絮叨叨地教训自己：

昔者，周朝自文、武到成、康之世，教化大行。自高帝至于文、景之世，而始称富庶。盖天下之治乱，气化②之转移，人心之趋向，非一朝一夕故也。今开国已有九年，偃兵息民，天下大定。纪纲大正，法令修明，可谓治矣。而陛下切切以民俗浇薄③，人不知畏惧，法度一出而奸弊迭生，政令一下而诡诈数起。

因此，朝信之而暮猜疑者有之；昨日所进而今日被戮者有之。乃至令下而寻④改，已赦而复收。天下臣民莫之适从。臣愚谓天下之趋⑤于治，犹坚冰之泮⑥也。冰之泮，非太阳所能骤致。阳气发生，土脉微动，然后得以融释。圣人之治天下，亦犹是也。刑以威之，礼以导之，渐民以仁，摩民以义，而后其化熙熙。孔子曰："如有王者，必世而后仁。"此非空言也。

…………

皇帝总算看到叶伯巨的数句赞美——"今开国已有九年，偃兵息民，天下大定。纪纲大正，法令修明，可谓治矣"，可是他用词太吝啬，语意太含混，笔锋一转，又指责自己不相信天下臣民，朝信而暮疑，昨日任命今日砍头，甚至政令才下又很快变更，释放的人再次收捕，如此等等，天下臣民无所适从。叶伯巨句句话都如利箭一般，射在皇帝心中最隐秘最敏感而且最脆弱之处。

献言表结束之前，叶伯巨写道："昔者宋有天下盖三百余年。其始，以礼义教其民，当其盛时，闾阎里巷皆有忠厚之风，至于耻言人之过失。洎⑦乎末年，忠臣义士视死如归，妇人女子羞被污辱，此皆教化之效也。元之有国，其本不立，犯礼义之分，坏廉耻之防。不数十年，弃城降敌者不可胜数，虽老儒硕臣甘心屈辱，此

① 实：填充。
② 气化：气，指气数，即不可知的天意；化，教化。
③ 浇薄：民风浮浅，缺乏淳朴敦厚。
④ 寻：不久。
⑤ 趋：接近。
⑥ 泮：冰雪融化。《诗·邶风·匏有苦叶》："迨冰未泮。"
⑦ 洎：到了。

礼义廉耻不振之弊。遗风流俗至今未革，深可怪也。

"臣谓：莫若敦仁义，尚廉耻。守令则责其以农桑、学校为急，风宪则责其先教化、审法律，以平狱缓刑为急。如此，则德泽下流，求治之道庶几①得矣。郡邑诸生升于太学者，须令在学肄业，或三年，或五年，精通一经，兼习一艺，然后入选。或宿卫，或办事，以观公卿大夫之能，而后任之以政，则其学识兼懋，庶无败事。且使知禄位皆天之禄位，而可以塞觊觎之心也。治道既得，陛下端拱穆清，待以岁月，则阴阳调而风雨时，诸福吉祥莫不毕至，尚何天变之不消哉？"

叶伯巨劝自己"敦仁义，尚廉耻"，是责自己不讲仁义，不守廉耻，以至于元朝遗风流俗至今未变。大明三万里江山之主，竟然被千里之外一个小小的训导见责了。他真不知天高地厚，胆敢训斥皇帝如何治国理政。自己在天下臣民眼中，难道德不称位么？皇帝越想越气，将献言书拍在几案上，大叫道："速将叶伯巨捉进宫来，我要亲手射死他！"

胡政、孙礼等御前近侍忙跪下来，说道："陛下，这本奏章是察言司呈来的，叶伯巨想必不在京城。"皇帝用拳头捶打御案，喝道："传朕的话，着中书省即刻差人将叶伯巨那厮捉到京城，还去兵器房拿一副弓箭来，朕要射他一个通透！"

拯救

刑部尚书商暠来中书省见丞相，禀报说奉旨去捉叶伯巨。胡惟庸极为惊诧，不知叶伯巨在献言表中说了甚么，忙去察言司看副本，看后浑身汗出，深为叶伯巨忧虑，忙差人去请陈宁来中书省。

胡惟庸关上丞相值房的门，将副本递与陈宁。陈宁匆匆看毕，长长地吐出一口气，拍手称快道："这个叶伯巨，真是当世英杰！秀才不出门，天下事全知。事事引史据经，条理明晰，洞察毫微，劝老官行仁义，正风俗，句句切中洪武元年以来一切弊政。那个老官既不慎刑，又无好生之德。你看空印案，杀了户部与地方长官多少人？谁能劝阻他？连方克勤都杀了。他不是猛汉，却是疯子。"胡惟庸颓丧地说："皇帝下诏求言，叶训导奉诏献言，皇帝竟然要亲手射死他。我这个丞相不能致政治于清明，心中愧疚！"陈宁说："相公还知道愧疚，好呵好呵。"

却说叶伯巨当日将献言书递交平遥县衙门，沈知县久慕其名，延入府中，问及所言之事，伯巨侃侃而谈。沈知县道："叶先生正直卓识之言，若被皇上采纳，真是天下之幸。倘若如此，我平遥县也出了一大政绩，天下尽知，先生亦一举成名。"伯巨笑道："不敢作此念头。我本一介儒生，吃了皇粮，理当为国献言。"不过他心里想，假若皇帝体谅他一片忠心，采纳一二条意见，将他征入京城，在国子监做一

---

① 庶几：差不多。

个教授，未尝不是好事。

约莫过了二十余日。这日黄昏，叶伯巨才出县学的正门，远远看见沈知县领着两个人过来。那两人皆是公人模样，身穿皂色盘领衫，头戴皂色平顶巾，腰系一条白色褡膊，悬着一块木牌，佩着腰刀，一人手中还攥着锁链。叶伯巨站住了，问道："沈大人，莫不是皇帝差人来捉我？"沈知县不答，转头看着差役，变了面皮，说道："这人便是叶伯巨！"两名差役走近前来，其中一名问道："你就是叶伯巨？"叶伯巨道："正是。"这名差役说道："传皇帝口谕，叶伯巨离间朕的骨肉亲情，罪不容诛，着刑部立即去平遥县将那厮逮住，槛至京城审问！"

叶伯巨微微怔了，冷笑道："叶某果然因言获罪！"另一个差役上前，用一条锁链套在叶伯巨脖子上，喝道："走走走，收监了！"拉着叶伯巨来到县衙大堂前。沈知县唤了两个皂隶，拿来枷锁，将叶伯巨枷了，关在衙门后面的监牢中。次日，两个差役带着叶伯巨上路。叶伯巨的妻儿闻讯赶来相送。妻子不知道丈夫犯了甚么罪，哭哭啼啼，一直送到几十里外。

叶伯巨槛押至京，投入刑部大牢。刑部早接到了胡丞相的口谕，要对叶先生好吃好喝好言语，好生伺候。狱吏平时揣摩长官的用意，好生伺候就是狠打狠骂。刑部尚书商暠特意吩咐狱吏，这回丞相说的好生伺候是不能打不能骂。

胡惟庸知道皇帝已在华盖殿里准备了一套弓箭，要法外用刑，叶伯巨必死无疑，于是与陈宁商量如何救人。皇帝明日令人提叶伯巨入宫，真的一箭射死他，不但圣上蒙耻，洪武政事也会被后人笑话，自己这个右丞相自然颜面无光。陈宁道："趁皇帝高兴去劝说才是。"胡惟庸思忖道："如何才能让他高兴哩？"话才说完，他双掌一拍，说道："好了，近日蕲州府蕲水县和严州府建德县、绍兴府会稽县等几个县报来几件事迹，不如先禀报陛下，再为叶伯巨说情。"胡惟庸将几本文书递与陈宁，陈宁扫了一眼，说道："且看看如何。"

二人来华盖殿面圣，皇帝问道："还有甚么事？临朝时如何不说？"胡惟庸道："臣近日收到地方许多忠孝节义的事迹，省臣都赞成嘉奖，特来求陛下降旨。"皇帝问道："甚么事迹？"胡惟庸道："近日，蕲州府蕲水县来报，老民王焘七世同居，老的少的共计三百余口，都住在一处大屋中，平时无口角是非。县令将事迹报来中书省，臣拟表彰其门为'孝义'。又有严州府建德县民方师夔妻孟氏、绍兴府会稽县民胡止善妻杨氏、金华府永康县民葛吉甫妻徐氏、衢州府西安县民陈彦文妻龚氏、西安府澄城县民梁敬恭妻王氏、嘉兴府海盐县民褚泰亨妻周氏，都因夫亡守节三十余年以上，臣拟表彰其门为'贞节'，着户部拨银子修牌坊，请陛下降旨。"皇帝果然大悦，笑道："民间教化是大事，理当表彰。百室做丞相时，收到这样的事迹，竟然不去修牌坊，说是为了省钱。你这个右丞相做得好，朕都准旨了。"胡惟庸见皇帝有喜色，又说："皇明开国将近十年，天下由大乱归于大治，民俗朴厚，老百姓都以忠孝节义相激励，这都是陛下教化百姓的圣迹呵。"

皇帝听丞相的话，心中欢喜，笑道："胡爱卿，你也会说朕喜欢听的话哩。"胡惟庸睃陈宁一眼，说道："臣还有一言，不知当不当说。"皇帝说道："胡爱卿请说。"胡惟庸道："腐儒叶伯巨献言表中，有离间陛下骨肉之罪，罪似重而实轻。陛下有求言诏在先，叶伯巨才有无忌之言在后。其文虽无知，不知避讳，却都是直言，并无诽谤的意思。倘若杀了叶伯巨，天下想上书的人，也不敢上书了，一则会伤陛下仁慈之名，二则会断朝野进言之路，望陛下三思。"皇帝半晌未说话。陈宁见皇帝稍微心动，说道："胡相公说得在理，请陛下慎思。"又随口编派道："陛下，那个叶伯巨人称叶癫子，多年不得志，恨不能一举成名天下知。陛下要杀他，不过是踩死一只蝼蚁，反倒让他成名，而损陛下好贤求言之德。"皇帝听了，心情愉悦，点点头说道："你们二人说得极是。倘若叶伯巨到京城献言，朕当日早就捉他进宫，一箭将他射个通透，真个坏了朕的声名。你且说说，他当如何处分？"胡惟庸道："依臣拙见，宜着三法司依大明律审讯，让天下臣民知道陛下不因人废法。"皇帝听他这么说，有些厌倦了，说道："这件事由着你去管！"

刑部尚书商暠来见胡惟庸，说叶伯巨入狱后，第三日便不进饮食。胡惟庸大惊道："莫不是想绝食？"商暠道："他说奉旨献言，未犯大明律，捉他入京，囚在监牢中，实不是圣明皇帝所为，任凭狱吏如何劝，他不再饮食了。"胡惟庸问道："想不到叶先生如此刚烈，皇帝知道么？"商暠道："卑职已经禀报圣上了。"胡惟庸跺脚道："这事如何能先禀报皇帝，告诉本官便是。"商暠忙说："卑职下回先报相公知道。"

胡惟庸立即去华盖殿见皇帝，请求释放叶伯巨。皇帝说："朕本想关他一个月，便放了他，令他长些见识。这厮竟然以绝食相迫，朕还怕他饿死不成？已下旨与刑部，不许再供给他一碗饭，一碗水，由着他去养心中的浩气，朕要看看他到底能活几日！"胡惟庸知道皇帝又动了怒火，赔笑道："陛下圣明，如何会与一介腐儒计较？"皇帝大喝道："他不吃饭，是要给朕颜色看哩！怕朕不会饿死他！你休要再说了！"胡惟庸不敢再劝，正要退出华盖殿。皇帝道："他若死了，给他一口棺材，暂寄在京城的寺庙里，休要通报给各布政使司和府州县，朕还等着民间的献言表。"

过了六日，刑部尚书商暠告诉胡惟庸，叶伯巨在狱中不食而死。胡惟庸木然无语。又过了数日，察言司来报，海州①学正曾秉正递来了献言表。胡惟庸忙去看献言表副本，写得委婉，笼统含混，不具体指于一事，想必皇帝不会动怒。献言表写道：

> 古之圣君，不以天无灾异为喜，惟以只惧天谴为心。陛下圣文神武，统一天下，天之付与，可谓至矣。兵动二十余年，始得休息，天之有心于太平亦久

---

① 海州：在今江苏省。

矣，民之思治亦已切矣。

　　创业与守成之政，大抵不同。开创之初，则行富国强兵之术，用趋事赴功之人。大统既立，邦势已固，则普天之下，水土所生，人力所成，皆邦家仓库之积。乳哺之童，垂白之叟，皆邦家休养之人；不患不富庶，惟保成业于永久为难耳。于此之时，则宜革向之所为。何者足应天心，何者足慰民望，感应之理，其效甚速。

　　皇帝看后大悦，令吏部将他征入京城，在国子监做了一个助教，令中书省通报天下——海州学正曾秉正献言做了京官。常熟一个儒生，姓钱名苏，字更生，得知做官这般容易，也写了一篇进言书，负囊入京，呈与察言司，察言司先报与中书省。

　　那日，胡惟庸在省中与陈宁说话，得知又有人进言，忙传他来中书省厅事相见。钱苏想先见皇帝，后见丞相，没想到丞相却要先见他。胡丞相是一副寻常人的模样，六尺左右身材，笑容可掬，大腹便便。钱苏看多了古书，学成了傲慢的本事，不愿跪拜，拱手长揖而已。惟庸笑着与他拱了拱手，算是见了礼。陈宁从丞相值房出来，看见钱苏长揖而不拜，厉声道："钱学究，见了丞相，岂能拱手而已？"钱苏道："老夫是向皇上进言的，岂能未拜皇上先拜丞相？"陈宁道："你真个迂腐。我在苏州做知府时若遇到你这般老顽，非打你二十大板不可。"钱苏听他这么说，手指着他，冷笑道："你莫不是苏州人称陈烙铁？你可留下了好名声！"胡惟庸笑道："学究不必拘于礼数，进言表下官可得一观？"钱苏道："不见皇帝不开封。"胡惟庸道："那你先呈与察言司，他们即刻会呈与皇帝。"胡惟庸唤来一个老差役，吩咐几句，老差役就领着钱苏去察言司。

　　皇帝得知又有人献言，忙来细看，两千余字，却无几句有用的话，但骈散相间，文采斐然，赞美之辞令皇帝喜悦。皇帝得知钱苏正在京城，立即传他入宫相见。皇帝问他年纪，不过四十六岁，正当壮年，想在中书省给他一个职位，于是唤一个内官领钱苏出宫。钱苏问去哪里，内官说是去中书省，陛下令胡丞相给你一个官做。钱苏以为皇帝看了进言表，也会在国子监给他一个官做，谁知还要屈就于丞相。钱苏再来中书省厅事时，倨傲之态不见了，才未迈进省门，脸上早堆着笑，腰也不敢挺得太直。少间，胡惟庸出来了，内官与他说了几句。胡惟庸笑道："钱先生这么快便得了一个官做，道喜了。"钱苏立即下拜，说道："小民钱苏拜见胡丞相。"胡惟庸整衣坐下后，慷慨地吐出一个字："坐。"钱苏斜签着坐，双手放在膝上，毕恭毕敬，大不似初来时的神情。胡惟庸道："省中眼下并无一个空缺职位，但后湖架阁库人手不足，你先去那里做事。"钱苏不知架阁库是一个甚么所在，不敢多问，忙道："多谢丞相看顾。"

　　陈宁来中书省，问道："那个钱苏如何打发的？"胡惟庸道："差他去管理后湖架阁库了。"陈宁道："这便好了，若让他留在中书省，恐他日后误事。"胡惟庸道：

"能误甚么事？"陈宁道："官是老头子让他做的，他感激着老头子，若在中书省做官，岂不是那个老官的耳目？怕他将来坏了你我的大事。"胡惟庸沉默良久，才说："大事？就你我能成甚么大事？"陈宁道："我自有计较，将为相公寻到几个心腹人。"

后湖是玄武湖的别名。玄武湖在钟山之西，城中百姓顺口将山背后的湖唤作后湖。湖面方圆十数里。湖中有一个小屿，那里建了一座石楼作为册库，封藏着皇明开国以来的户籍，只有户部官吏才可以进来查看。楼的东西向有窗，日光可以照进室内，能去湿避蛀。四围山色蘸翠，残荷满湖，境界萧瑟而清寒。钱苏不觉得这里僻远，每日公余多暇，就在湖畔读书。

廷杖

民间有数人献言，朝廷却没有一人献言，皇帝不悦，临朝时发了一通无名火。新任刑部主事茹太素其实有很多话想与皇帝说。因为想说的事太多，起草了二十余日，写出洋洋万余字。察言司呈上他的进言奏章，厚厚三大册，皇帝很惊喜。早朝后，坐在华盖殿东耳房窗下，细细来看。

皇帝看了一个多时辰，还不知道茹太素想说甚么，不由烦躁起来，搁了奏章，说道："这个茹太素，真是读蠢了书，写了恁多废话，是不是想消遣我？"又看了好一会，仍不知要点，越想越气，传胡政唤他入宫。茹太素来到丹陛前，看见皇帝冷冷地站在宫门内，正想跪拜，皇帝说："你写的好奏章，长得与女子的裹脚带一般，口气还恁地狂傲。"茹太素低声道："臣赤心报国，绝无狂悖之言。"皇帝大喝道："你写'才能之士，数年来幸存者百无一二，今所任率迂儒俗吏。'这不是狂言么？"茹太素道："陛下，皇明开国以来，有才能的大臣做的事务多，自然犯错也多，陛下猛烈治国，犯错多的人难免不丢性命。朝中缺官，陛下因此征用民间的秀才做官，他们不熟政事，见识短浅，难免不成了迂儒俗吏。"皇帝听了，火冒千丈，大喝道："放屁！他们是俗吏，你是能臣不是！我看你写的奏章，上万字还没说出一个紧要的事来。我看你是一个蠢吏！"茹太素低着头，鼓着嘴唇，愤懑不服的样子。皇帝道："不打掉你的蠢气，你将来还会写更多的废话来消遣朕，杖打二十！"

几员天武将军立即拥上来，将茹太素按在地面，举杖打了二十下。他伏在地面起不来，低沉地呻吟着。杖击完时，皇帝气也消了许多，挥了挥手，天武将军架着他出宫。皇帝接着看，又看了半个时辰，还没有看完。午朝时，皇帝心中还有些余怒，给文武百官说起茹太素奏书繁冗之事，还说："朕令人打了他二十大棍。"

群臣木鸡一般站着，静得出奇。良久，吏部侍郎陈铭道："此事可视为大不敬。"陈铭才说完，有一人附议道："正是，圣上日理万机，岂可进献陈词滥调消遣圣上，实为大不敬！"此人说话声粗豪，是新近从西凉卫经历擢升刑部侍郎的许杰。

陈宁道："大臣奏事文字冗长，岂是有意消遣陛下，实是迂腐不通。但陛下责以廷杖，臣以为折辱太过。"皇帝怒目道："学生作文错字多，先生要打学生手掌。做大臣的废话多，皇帝不能打他的屁股么？"陈宁气愤地说："大臣岂能与学生等议！"皇帝瞪他一眼。又有一人出班，奏道："臣有一言，陛下当责骂大臣几句便是，打大臣屁股，有失圣朝体面。"陈宁诧异，侧目而视，是监察御史涂节。

宋濂本不想参与朝廷是非之争，听吏部侍郎陈铭所言，实在忍受不住，出班奏道："微臣有一句话说。"皇帝道："难得宋爱卿临朝说话，你说便是。"宋濂赔着小心道："陛下看万言书尚觉劳乏费神，可知写万言书更是辛苦哩。陛下方开言路，并未限定文字短长，已经廷杖了他，刑部官还要加罪于他，于情于法两亏呵。"皇帝叹息一声，说道："若不是景濂这一番话，朕又误罪进言的人了。"

午后，皇帝传中书郎中王敏来华盖殿。王敏平时说话口齿清晰，令他读茹太素的奏章。王敏念了大半个时辰，才念完奏本。皇帝感叹说："一万多字，写出来不易，朕要耐心听完也不易。虚文多，实事少，切要的只有四件事可行，只须五百多字便说得清。"晚朝时，皇帝道："为君难，为臣也不易。朕求直言，想让臣民直截说情说事，说的话都能切实，有益于天下国家。"汪广洋道："皇明尚无建言格式，陛下何不制定一个，将来朝野言事，都有格式可循。"皇帝道："汪大人说得是。胡爱卿，你参照茹太素奏章中切实之处，制作一个格式，颁示中外，令献言的人直陈得失，不须繁文。"

胡惟庸出班来奏："臣遵旨。昨日陕州有一个人来京城，向陛下献天书，不知陛下受不受献。"皇帝因杖击了茹太素，这几日有些后悔，正懊恼着，一肚皮无名火无处烧，冷笑道："又有不怕死的人来献天书？还不是一本鬼画符，要骗取朕的赏赐。朕还不至于恁地昏庸！传朕的旨意，着刑部将那鸟人判个斩首！"

次日，察言司令来报皇帝，说蔡子英上书，请陛下垂鉴。皇帝不知他上书的意图，十分好奇，立即来看。蔡子英写道："陛下乘时应运，削平群雄，薄海内外，莫不宾贡。臣鼎鱼漏网，假息南山。曩者见获，复得脱亡，七年之久，重烦有司追迹。而陛下以万乘之尊，全匹夫之节，不降天诛，反疗其疾，易冠裳，赐酒馔，授以官爵，陛下之量包乎天地矣。臣感恩无极，非不欲自竭犬马，但名义所存，不敢辄渝初志。自惟身本韦布，智识浅陋，过蒙主将知荐，仕至七命，跃马食肉十有五年，愧无尺寸以报国士之遇。及国家破亡，又复失节，何面目见天下士。……陛下待臣以恩礼，臣固不敢卖死立名，亦不敢偷生苟禄。若察臣之愚，全臣之志，禁锢海南，毕其余命，则虽死之日，犹生之年。或王蠋闭户以自缢，李芾阖门以自屠，彼非恶荣利而乐死亡，顾义之所在，虽汤镬有不得避也。渺焉之躯，上愧古人，死有余恨，惟陛下裁察。"皇帝见他一是自称臣，认了自己这个皇帝；二是知道感激，是自己留了他这条命；三是言语恳切，并无虚文假意。皇帝有些可怜他，愈加觉得他的忠义像是发乎天性。

皇帝未给蔡子英答复。可是过了几天，皇帝在早朝将散前，忍不住问蔡子英近况。胡惟庸素未过问蔡子英的事，只是听人说过他经常晚上痛哭，于是信口说蔡子英昨晚大哭。皇帝问为何大哭。胡惟庸说想必不为他事，定是想念旧主。胡惟庸以为皇帝会盛怒，说不定会杀了他。谁知皇帝大发慈悲，当朝下旨，令有司官于十二月底送他出塞，放他去和林投奔故主。

宋濂致仕

洪武十年正月初一日，皇帝在奉天殿受朝贺，大宴群臣。席间的喜庆不及去年，杯盘之间，群臣笑语不多。皇帝身着黄袍，高踞上方，仿佛一只猛虎，随时会咆哮。很多朝臣俸禄微薄，即使位居二品三品的高位，也仅得温饱，难得吃到这一席佳肴，只顾闷头吃菜喝酒。散席后，宋濂出了宫，一阵寒风吹来，觉得头晕，回到家中，上吐下泻。

宋濂想起近年朝廷的人事，十分悲凉。皇帝喜怒无常，群臣不论愚贤，多罹祸殃，加上去年腿脚虚乏，赶朝时行走艰难，于是与儿子和方孝孺商量，想向皇帝上致仕疏。儿子不赞同，方孝孺却同意。初四日，宋濂病情稍转，带着方孝孺第一次来东宫。他此前慎重，不敢领学生入宫。太子一见方孝孺，交谈几句，就融洽之极，仿佛故人一般。太子得知宋濂要致仕还乡，心里舍不得，却说："师父今年六十八了，快近古稀之年，回乡安居最为相宜了。"宋濂十分感激。

初六日，皇帝传宋濂入宫，准许他致仕还乡。宋濂有些意外。皇帝说："朕本不想让宋爱卿致仕，太子说你年事高，近来又多病，理当让宋先生致仕还乡，以养天年。"宋濂跪谢道："多谢陛下。"皇帝道："近来饮食如何？"宋濂道："新年以来，臣病后，饮食甚少，厌油腻，多吃素。"皇帝道："还能吃几杯酒么？"宋濂道："臣病尚未痊愈，不敢吃酒。"皇帝笑道："爱卿素不饮酒，上一回我强你饮三杯，爱卿便不能成步。今日送别，朕只让你饮一杯淡酒。"近侍太监斟了两杯酒。皇帝道："这杯酒为爱卿送别。"宋濂不敢谢绝，说道："谢陛下。"他一口饮了，连咳嗽几声，脸呛得通红。

皇帝说："朕曾说洪武七年春月间，想令役囚在狮子山上修一座阅江楼，朕都写好了《阅江楼记》，宋爱卿的《阅江楼记》也写得好。后来上天托梦与我，责我不消太急，当日朕便惶恐不安。开国不久，宫室台榭都是不急的事情，大兴土木，圣君不为，因此就罢建了，如今阅江楼有记无楼。"宋濂知道皇帝停建阅江楼，并不是此事不急，是想集人力物力修建中都，中都完工后再修阅江楼，后因中都罢建，阅江楼也因此罢建。宋濂赞颂道："陛下圣明，帝德如天。"皇帝示意左右太监，胡政捧来一部《御制文集》，孙礼捧来银子和彩缎若干，还有衣三袭。皇帝接过来，递与宋濂，说道："这些彩缎好生藏着，过了三二十年，做一件百岁衣。"宋濂感激万分，跪下叩谢。皇帝道："爱卿家在金华，与京城不远，以后每年朕生日时，记得来朝一次罢。"宋濂道："臣每年来京城为陛下贺生。"皇帝道："朕差两名礼部主事一路护送您老回家。"宋濂道："多谢陛下。"

宋濂拜别皇帝，出了华盖殿，又来东宫与太子辞行。太子也备了许多银子和锦缎相赠。宋濂辞谢不得，只好收下。太子在东宫安排酒饭款待。临别时，太子送宋濂到洪武门外，依依惜别。两日后，宋濂与儿孙们收拾行囊，备了车马，启程还乡。胡惟庸、汪广洋、陈宁与翰林詹同、乐韶凤、王僎、王琏、太子正字桂彦良和太子宾客等人，共计三十多人，前来饯别。方孝儒跟着宋濂来到金华，继续学业。

第四十五章

观心亭快口劾大臣　应天城夜雪泣御史

张三丰其人

洪武十年正月初一那天，奉天殿宴席散后，许多朝臣回家去了。陈宁来到中书省，胡惟庸仍在批阅文书。今日皇帝下诏改兵部尚书李允为礼部尚书，吏部侍郎陈铭为兵部尚书，又准备调宫中羽林等卫军充实秦、晋、燕三府的护卫。其中朱棣的燕府燕山护卫旧军一千三百六十四人，增补金吾左等卫军二千二百六十三人。胡惟庸觉得起因仓促，陈宁也不知道皇帝的意图，都深感忧虑。将来太子做了皇帝，亲王的护卫合起来有近万兵马。如果亲王想谋反，还可以在各地征集人马，胁迫当地军卫指挥使，集结十万大军并非虚话。

陈宁颇有杞人忧天的心思，寻思道："相公，我们若不早动手，坏了性命是小，坏了国事是大！"胡惟庸一面批复，一面说："你我两个书生，无一兵一卒，能成何事！"陈宁道："不才有几个主意，先去江湖上寻访剑客，再去军中结交一些武将。几年前，吉安侯陆仲亨擅自卖了十几匹军马，老官便夺了陆仲亨所食公田米一千石，岁禄米一千五百石，这何止几百匹马的钱。洪武四年，延安侯唐胜宗在回京的道上，让家小擅自坐了驿马，被夺了爵位，取消一千五百石禄米，降为指挥，他想必最不服了。去年十二月，老官才恢复他们二人的公田和俸禄。平凉侯费聚颇好酒色，被皇帝切责几回。他自小擅技击，武功高，手上还有军马，只是此人不易说动。"胡惟庸道："他们万一去告发，你我岂不灭门了？"陈宁道："相公不可明说，暗地里示意他们，他们若能醒悟，再与他细说。若他们都不明白，一句话都不说。他们尽是开国功臣，封了侯的，还能指望着相公给他们多少荣华富贵。"胡惟庸颇有忧虑地说："你说得是，就算是暗示他们，也是提着脑袋的勾当。"

陈宁偶感风寒，鼻塞头痛，咳嗽声重浊，就来太医院，向院使郝致才问药。郝致才本是濠州城中一个医士，朱元璋当年感了风寒，吃了郝致才开的药，渐渐病愈，皇帝以为他就是天下神医。朱元璋做了皇帝，设立太医院，就想起了他，召至应天城，任他做太医院院使。郝致才切了脉，问了病症，说无大碍，不过是风寒邪症，开了麻黄、陈皮、枳壳、杏仁、甘草等几味草药。

陈宁收了方子，问道："圣上近来不生病么？"郝致才说："圣上身心双健，精力过人，常年无病。"陈宁知道皇帝疾病向来是宫廷隐秘，院使不会轻易与外人道，又来到院使葛景山的值房。葛景山是名闻东南的医士，医道高深，又通经史，时年七十三。他常说不为良相，便为良医，历代医书之外，最喜欢读经史。陈宁与他寒暄几句，就问："皇帝近年都无三病两痛么？"葛景山道："圣上春秋鼎盛，平时龙体安康，不见有病。"陈宁道："我看他有心病，你实话说与我听！"葛景山有些犹豫，却又奈不过陈宁催逼，因此说："老拙妄言了。皇上近年的性格偶见烦躁，恐怕有三分郁症，三分癫症，心失所养，肝失调和，因此喜怒无常。"陈宁道："可有医治良方？"葛景山道："有是有，也不是良方，只怕皇上不觉得有这些病症。"陈宁道："你且说来听听。"葛景山道："自古有疏肝化郁汤、安神汤。平时吃莲子冰糖汤、莲心大枣汤，皆有益处，只怕不能断根。"陈宁问道："为何不能根治？"葛景山神情严峻地说："那一套家当太大了，搁谁身上都放不下心哩。"

陈宁出了太医院，又来中书省，将葛景山的话说与胡惟庸听。胡惟庸不语。陈宁道："皇帝有病，多疑，暴躁，又好色。他去汴梁时，在一个山城见着李杰的小女，那时才六七岁。后来李杰战死，徐达揣摩圣意，将他的小女和妻子接到京城寄养。李氏如今十六岁，听说颇有姿容。皇帝今年初见着她，便有淫兴，立即纳他为妃，听说还要封她为李淑妃。"胡惟庸笑道："皇帝富有天下，多纳几个女子，不值甚么。"陈宁道："渡江后那几年，他面相平和，待人亲近，如一个元帅的模样。如今你看他，面相上都有几分杀气，如白莲教供奉画像上的人，有些魔相，如何能治得了江山。宋濂要致仕，太子理当最舍不得他，却同意了。太子才是一代仁君。若太子早一年正大位，大明朝的臣民便早享一年太平。"胡惟庸忽地问道："你曾说江湖上有剑侠，真有这类人物么？"陈宁道："唐宋传奇中有，不知世间端的有没有。据江湖传言，元末时武当山的道士张三丰擅长剑术，皇明开国后，一直不知他的踪迹。"胡惟庸为难地说："就算寻到他，武功未必是张焕、郑泊的对手。再说宫内有上万亲军，他能插翅飞到乾清宫东耳房去？"陈宁道："能先寻到他便好。"胡惟庸道："我先差一个人去寻访。"

京城有一座道观，名唤永寿宫，此前名唤玄妙观，位处城西的水西门内。这日三清殿来了一个客人，要见观中住持。知客道士见了他的腰牌，不敢怠慢，领他去大通明殿后的上清阁。阁中法座上坐着一个道士，身着玄色道袍，结一个发髻，须发皆白，一身道貌岸然的模样。那住持先是微启双目，觑半眼来客，又闭上眼睛。来客道："在下是道录司的经善悦，受有司官之命，特意来拜见法师。"他亮出腰间的道录司银牌。住持听他说是经善悦，两眼全张开了，忙从法座上跳下来，打个稽首，说道："贫道张无有迎接来迟，恕罪，恕罪。"忙令观中茶头上茶和素食糕点。

二人坐定后，闲言几句，经善悦转入正题，说道："江湖上有人传言武当道人张三丰的事，中书省也有所闻。不才受有司长官之命，特来向法师请教。"张无有道："贫道早些年也听人说过张三丰的传闻。他是辽东懿州人，名叫张全一，还有人称他张君宝，三丰是他的名号。他平时穿的衣裳又旧又败，江湖上人称张邋遢。他曾游武当山，说那座山异日必兴，在山上结庐，居了几年，因山上萧条清冷，便下山去了，从此不知踪影。"经善悦道："传言他擅长剑术，一剑在手，二三十条好汉近不得身。又善徒手技击，江湖上的侠客多慕其名，但从未听人说见过他。"张无有说："张三丰修道是以功德为体，金丹为用，而后才寻求成仙。贫道从未听说过他还习武。如若他还在世，想必已经年过八十了。"经善悦有些失望，又问："法师听说过江湖上有剑侠的事么？"张无有道："书上有，口头上传说也多，但贫道实未见过这般人物。"经善悦点点头，又问了些道教中事，就告辞了。

经善悦来见胡惟庸和陈宁，说了张三丰的传闻。陈宁心想其人生平都不可考，江湖剑侠亦是传闻。第一等剑侠或许能敌得住十几个寻常人，却挡不住千军万马，大为失望，不由骂道："直娘贼！要杀他好难，他要杀天下人却怎地容易！"胡惟庸道："老陈休要躁急，你不是还有另一个主意么？"

礼部尚书张筹来报胡惟庸，琉球国中山王察度差他弟弟来献贺新年表。胡惟庸在中书省接见来使后，很犹豫是不是去禀报皇帝。如果皇帝知道他们送来马十六匹和造火药用的硫黄料一千斤，皇帝必赏赐来使两倍的市值，丞相真有些舍不得。朝臣的薪俸一半发钱钞，另一半发米，许多人都向丞相抱怨。皇帝对外国使臣向来慷慨，惹得很多朝臣心生怨言。胡惟庸在抽屉里拿出一把裁纸短刀，七寸长，开了四寸的刃，悄然插在衣襟里，与张筹商量后，来华盖殿禀报皇帝。殿内只有太监胡政和左禄，二人袖手肃立御案一旁。

胡惟庸道："禀报陛下，琉球国中山王差使者送来贺正旦节表。"皇帝正在批复文书，抬起头说："呈上来。"胡惟庸上前几步，距离皇帝不过六尺，胡政迈出一步，接了贺表，转呈皇帝。胡惟庸的心怦怦直跳，心想趁胡政未迈步之时，抽出短刀，在皇帝的脖子上一抹，他血溅宫殿，一命呜呼。但胡政与左禄只消呼喊一声，亲军进殿便会捉了自己，免不了千刀万剐。皇帝看了贺表，说道："琉球国中山王有称臣的心意便好，不在意贡品多少，着礼部按市值三倍赐使者钱钞，大明朝方能恩威远播，四方争着来贡。"胡惟庸道："陛下，臣以为依市值赐钱钞便好了，何必三倍哩。"皇帝道："你是做丞相的人，休要小家子气。朝廷这点钱钞还是拿得出，去年不是加印了几十万贯么？"胡惟庸答应道："是是是。"又想起一事，忙说："陛下，臣还有一事请示，说来有些可笑。"皇帝道："说罢。"胡惟庸道："今年春月间，岳州巴陵县①的官吏们祭城隍神，祭祀前，群吏们偷喝了祭祀用的猪脑酒……"

---

① 岳州巴陵县：今湖南省岳阳市。

皇帝问道："这是甚么酒？朕都不曾喝过。"胡惟庸说："这酒是用新鲜猪脑若干，加些米酒，放在罐里蒸熟做出来的，可治冬春之际的伤寒头痛，被县学生揭发了。偷喝酒的官吏中职位最高的是巴陵县主簿叶琦，不知如何发落？"皇帝不知叶琦是甚么人，冷淡地说："叶某身为主簿，不加禁止，还贪图口腹之快，下狱待罪，其他人罚俸一个月！"胡惟庸说声"遵旨"，就恭敬地退出。

胡惟庸回到中书省，心还兀自狂跳不已，看见陈宁坐在丞相的值房里。胡惟庸从斜襟里拿出那把裁纸刀，扔在案上。陈宁问道："你暗藏着杀猪刀去见猪了？"胡惟庸笑了一声，叹息道："与他相距不过六尺，却不敢动手。"陈宁冷笑道："你若动了手，明日便迎太子正大位，你便是古今第一奇相！"胡惟庸讪笑道："我只是试试自己的胆气，哪里敢动手。他身量比我高大。荆轲都斗不过秦王，我还远不及荆轲哩。"陈宁叹息道："要下手真个难呵。前几日他又微服上街，你和我都不知道。"

中夜急宣

近来一日三朝，皇帝临朝时有倦容，神情憔悴，不时咳嗽，往往朝会将半时，便说："有事快奏，休要迁延！"群臣不知皇帝是否抱病在身，胡惟庸亦惊疑难定，心想如今到了五月中旬，天气时热时凉，皇帝是不是感染了风寒。

约莫二更许，胡惟庸已经入睡，忽听有人敲门，门外有人大呼"相爷，相爷，有急事了。"胡惟庸听出是管家福禄的声音，忙问："甚么事？"福禄道："宫中来了四名亲军，传相爷即刻进宫。"胡惟庸大惊，从未有半夜急宣进宫的事，莫不是皇帝病危。他匆匆具衣，出门骑马跟着亲军入宫。一轮缺月悬在天际，午门前两阙间投下一片阴影，宫中的夜风有几许清寒。胡惟庸来到乾清宫外的横街，宫灯辉煌。他看见前丞相李善长与李文忠站在最前面，其后站着御史大夫汪广洋、陈宁以及监察御史韩宜可、马亮、任敬、王琏、王辉等人，神色肃穆。胡惟庸前去问李善长道："相公，大事如何了？"李善长低声道："晚间上位龙体欠安，胸口发闷，到了初更，便心慌气短，忙传太医进宫。皇上怕一病不起，急令太子和大都督府佥事进了宫，又差人来传我等进宫。"胡惟庸问道："眼下如何了？"李善长道："胡公公传了圣旨，着我们在横街上等着。"

胡惟庸心里祷告天神，若今晚皇帝一命呜呼，群臣明日可以恭迎太子正位，此皇明社稷之福。他看一眼陈宁，陈宁也看他一眼，眼神里都交换同一个意念。半个时辰后，胡政出宫，轻声说道："传皇帝口谕，宣太师李善长、曹国公李文忠、丞相胡惟庸、御史大夫汪广洋、陈宁进宫。"五人匆匆进入乾清宫。胡政引他们来到东耳房，太子与亲王皆在，哭哭啼啼。胡惟庸等人跪在龙床边。李善长轻声道："陛下，臣等都来了。"皇帝闭目睡着，没有动静。太医肃立在旁。胡惟庸问院使郝致才道："圣上龙体如何了？"郝致才道："龙体只是小疾，不妨事的。"二人说时，皇帝张开眼睛，看了看群臣，微弱地说道："都来了？朕一时半会还死不了。"群臣答道："祝陛下万寿无疆。"皇帝说："今晚入睡后，忽地头痛，初更时，心慌得厉害，胸闷气促，怕有一个三长两短，便差人宣你们进宫来，想口授一道遗诏，万一我死了，商量太子正位的事。眼下看来死不了，遗诏便不说了。"群臣叩头道："祝陛下龙体安康。"皇帝说了几句话，就闭上眼睛，嘀咕道："我想睡了，你们都回去，明日免了早朝。"

胡惟庸在午门前留住郝致才，问他皇帝病症到底如何。郝致才道："圣上龙体正气不足，恐为风寒湿邪所侵，十分怕冷，头痛体烦，舌苔白腻，脉象浮重，按之无力。平时又有烦躁和怔忡症，心跳时快时慢，晚上他怕有意外，才急宣大臣进宫。"胡惟庸问道："圣上莫不是急病攻心？你开了甚么药，有猛药么？"郝致才道："哪敢下猛药，只能开些温补的药，都是御医们商量好的，譬如人参、柴胡、桔梗、川芎、独活、枳壳、甘草等，各味用量十钱至一两不等。这是参酌前人方剂的一副人参败毒散。近侍按方去太医院药房捡药，回宫立即煎熬，得一小碗，太监先尝，皇后再尝，皇帝才喝下去。"胡惟庸有些失望，又问了几句，才出了宫，直睡到辰牌时分，才起来吃早饭，到中书省当值。

这日晚间，皇帝来到谨身殿小阁休息，胡丞相与文武百官入宫问疾。中书省将各地大多数的奏章自行批复，只有一些大事才禀报皇帝，等候圣裁。过了两日，皇帝重开早朝，胡政宣了一道圣旨，着太师韩国公李善长、曹国公李文忠共议军国重事。总理中书省、都督府、御史台政事，议事允当了，然后奏闻施行。胡惟庸十分意外，御座旁的太子也发怔了。

散了朝，陈宁来中书省丞相值房，说道："老官莫不是装出急病，想察看群臣和京城军马的应变？李善长辞了相，却又做起丞相的勾当来，原来凡事先禀报中书省和太子，如今也不中用了？"胡惟庸道："真不知皇帝的心思。"陈宁道："我才得知一个绝密消息。"胡惟庸惊问："甚么消息？"陈宁道："早在洪武九年八月间，老官遣指挥金事吴英往北平，付大将军徐达的手谕中有一句话：你且听仔细着，七月火星犯上，将八月金星又犯之。占云：'当有奸人、刺客、阴谋事。'要徐达等人阅兵马、习骑射时，宜谨慎着，遍谕诸将，严密防范，大将军与左右将校，都要用心防备着。元朝的阉官，尤宜防着他们。"胡惟庸惊骇失色，问道："这是甚么意思？"陈宁冷笑道："相公还不明白？老官令大将军与左右将校都防着奸人、刺客和阴谋之事。你想想他自个不防备着么？"胡惟庸问道："莫不是他察觉了？"陈宁寻思片时，才说："想必不曾，若他察觉了，还容我们去宫中奏事？"胡惟庸阴沉着脸，嗟叹道："圣上处事周密，端的高于寻常人。"陈宁道："相公休想得太多，他想必是去中都后被吓着了，时时防着刺客。"

太子每日三朝，都无一言。君臣议毕大事，皇帝问道："太子有何主意？"太子淡然道："我只是听政，不敢执政，政事由李太师处分，军事自有曹国公主持。"皇帝听出太子的言外之意，却装做没听见，心里却有了主意。到了六月二十日，这日早朝时，皇帝临朝第一句话便说，群臣自今日起，大小政事皆先启皇太子处分，然后奏报朕知道。群臣记得上个月皇帝降旨：凡中书省、都督府、御史台政事悉令太师韩国公李善长、曹国公李文忠共议。按皇帝的习性，凡事以他最新旨意为准。陈宁看见太子汗水盈颊，却端坐如一木头人。皇帝与太子说了一番治国的道理，起居注官吏连忙记下。陈宁听了心中焦躁，心想你这个老昏君如何还不死，上马打天下，太子不及你，下马治天下，你可能远不及你的儿子。

观心亭

中秋节至，胡惟庸在府上设了庆赏晚宴，请来陈宁以及吉安侯陆仲亨、延安侯唐胜宗、平凉侯费聚、都督毛骧。陈宁因涂节家人不在京城，亦邀他同至。唐胜宗一直在外领军士修筑颍上城，因有人举报他克扣军士钱粮，近日被皇帝召回京城，但查无实证。

宴后，胡惟庸领着宾客到后花院赏月。园林里秋风袅袅，玉露泠泠。亭台上六名乐师在演奏，六名舞伎身着霓裳衣，在月下起舞。众人观赏一会，又喝起酒，吃着果品。武将们还在划拳。胡惟庸拉过陆仲亨，与他在花木掩映的小径上闲行，便说："陆将军，御史台收到朝臣弹劾你的奏章，说你与唐胜宗擅乘驿站籍户的马，还逼奸民女，放纵军士搜掠民财。圣上不高兴了，要降你为指挥使，去关外追捕残元军马。"陆仲亨虽有五六分醉意，但心里明白，忙说："我早知有今日，乞请相爷救我。"胡惟庸暗示他说："有一夜皇帝忽然病了，以为大限将到，召太师与本相进宫，接纳遗诏，迎太子正位。太子宽仁，如做了皇帝，我与陈御史在太子面前说情，将军并无大事。奈何皇帝的病很快就好了。若他知道将军犯的事，会再次夺了你的爵位，放到雁门关外去捕贼。"陆仲亨叹息一声，问道："太子何年才能做皇帝？"胡惟庸见他未能领悟，不敢贸然直说，自语道："我也不知道太子何年才能做皇帝。"陆仲亨道："丞相要用得着小的，吩咐一声便是。"

胡惟庸与众人又听了一会曲子，便邀平凉侯费聚在小径上闲行。费聚已是深醉，步履踉跄。胡惟庸扶着他一只胳膊，想试一试他是不是真醉了，附着他的耳朵说："实不相瞒，察言司收到弹劾你的奏章。说你几年前在苏州安抚军民时，日嗜酒色，皇帝不悦，差你去西北招降蒙古残兵，你并无功劳折过。如今又有人告发你与蒙古人私卖茶盐和战马，我请新任通政使曾秉正和左通政刘仁暂时按下弹劾表，说查无实证，不能构陷功臣。"费聚醉意昏沉，喉咙里发出些含混的声响，却说不清一句话。胡惟庸道："这些事有没有，你心中有数，倘若皇帝知道，不知如何降罪……"俗言道酒醉心里明，费聚心里有几分明白，舌头打结地说："相爷……相爷，小的糊涂呵，请相爷救小的……小的愿听相爷吩咐……"胡惟庸细声说："若得太子早日正大位，保你无忧。"费聚不停地点头，却问道："皇帝春秋鼎盛，不知太子何时能做皇帝？"胡惟庸见他也不能揣摩自己的心思，就扶他去席间坐着，又来到唐胜宗的身边，丝竹管弦声中，附着他的耳朵，说有人要弹劾他不法之事，皇帝要放他去代县捕盗，将降为军卫指挥使。唐胜宗慌了，忙恳求丞相。胡惟庸说："本相也救不得你，只有太子做了皇帝时，才能救你。"唐胜宗惊愕地问道："太子哪年才能做皇帝？"胡惟庸见他全无一丝想象，扯淡道："只有天知道。"唐胜宗两眼茫然，晃悠悠地说："我的命在天，天老爷保佑呵。"直说得胡惟庸大失所望。

陆仲亨、唐胜宗、费聚等人被家仆接回去后，陈宁来到胡惟庸面前，笑问说客做得如何了。胡惟庸摇摇头。陈宁劝慰说，相公不消急，这种事实在不宜人多，且容日后计议。

转眼到了十一月初五日，太子妃吕氏怀胎十月，晚间生了一个男婴，母子平安。皇帝得知消息，老泪潸然。次日早朝上，皇帝令朝臣取名，群臣说了许多名字，皇帝多不如意。他指望这个孙子不像太子那么文弱。明朝尚赤色，属火德，元朝尚金德，火可以克金，于是火与文二字相合，取名允炆。过了五天，大都督府朱塈来宫中报丧，卫国公邓愈奉诏回京，这月初九日在寿春①病逝，时年四十一。早在六月十四日那天，皇帝第五子吴王朱橚迎娶宋国公冯胜的女儿，并册封为吴王妃。次日，收到了邓愈遣使送来的捷报，他领大明军至吐蕃，击败川藏之众，追至昆仑山，斩首无计，获马、牛、羊十余万。皇帝喜上加喜，当日付手谕与邓愈，召他还京。只因路途迢遥，邓愈迁延到十一月才入京，却是一具灵柩。皇帝伤心痛哭，下诏辍朝三日，追封其为宁河王，谥武顺。邓愈的灵柩运至水西门，皇帝乘车前去祭奠。邓愈长子邓镇袭爵，改封申国公，次子邓铭任西安卫指挥佥事。皇帝因邓愈暴病而死，又想起刘伯温，不免伤感，百无聊赖之际，召考功监丞刘琏来华盖殿说了半天的话，说起刘伯温的好处。次日，皇帝下诏升刘琏为江西布政使司右参政。刘琏十分意外，虽然记得父亲曾经劝诫他不要做官的话，但君命难违，不日便去江西赴任。

邓府正门俱开，前厅设了灵堂，府内雪白的祭幡和挽幛飞扬，十几名僧人正在拜忏超度。堂前供着邓愈画像，白色帷幔后停着一具楠木棺材，下面点着一盏长明灯。孝子们披麻戴孝，跪在灵柩旁，女眷们在两侧厢房里哭成一片。文武百官络绎前来吊唁。胡惟庸与陈宁同至，看到费聚、陆仲亨、唐胜宗等武臣亦在。胡惟庸叩拜毕，扶起孝子们，劝慰几句。邓愈生前封卫国公，位居功臣第五，半生功名富贵，如今却托付一具楠木棺材。胡惟庸暗自神伤，仿佛雄心壮志刹那间灰飞烟灭。他与费聚、陆仲亨、唐胜宗一同从邓府出来时，请他们顺便来家中小酌，三人爽快应邀。

胡惟庸在书房里设宴。众人喝得七八分醉时，胡惟庸屏去左右家仆，关上书房门，说起邓愈病逝的事。武将们都感叹说人有旦夕祸福。胡惟庸借着醉意说："本

---

① 寿春：在今安徽省寿县。

官与你们来往太多，都被宫中耳目打探到了。目今日所作所为，一旦事觉，我们都脱不了干系。"三员武将虽然半醉，但心中却十分明白，已经入了丞相的伙，退出来也迟了，事若不成，脱不了谋反的干系。胡惟庸知道他们的心思，抚慰道："休怕，依着本官的主意，只要太子做了皇帝，自有你们快活日子。"

入冬之后，京城下了连日的雪，宫观屋宇白茫茫一片。早朝之后，皇帝请胡惟庸、陈宁和涂节登上城楼，来看十一月间全部完工的大内宫殿。皇帝边走边说："皇帝的嗜好，干系重大。做皇帝的若能躬行节俭，就能养性，如崇尚侈靡，必然丧德。我常想起当年在乡下，连年饥荒，没衣穿，没饭吃，没一桩事能称意。如今我富有四海，求甚么得不到？想甚么要不来？我却时时约束自己，生怕骄盈了。凡是要兴土木，劳费民力的事，便要思量再三。皇后也能勤俭率下，常穿洗旧了的衣裳，这可不是虚情假意，我们只怕靡费太多，伤耗民财，都被臣民们学了奢侈去，不敢不谨慎。"胡惟庸心里虽不尽是这样想，却只得赞叹："陛下奉行节俭，无所勉强，诚宜为天下臣民的楷模！"涂节附和道："陛下圣明，极是极是。"陈宁在后面笑。众人说着话，来到一座亭子前，亭子的匾额有三字：观心亭。两边的亭柱上悬着一副楹联：

　　　　一尘不染清虚地，万想同归奥妙门。

皇帝笑道："宋景濂学士致仕后来朝，朕与他说，人心容易放纵，要守住操行很难。朕每天忙着大小事务，也不敢放纵。敬奉天地、宗庙、社稷时，尤其要警省自己，便令工部造了这座小亭，今年十月间才落成。有道是知人知面难知心，因此唤作观心亭。朕令宋学士作了一篇《观心亭记》，还撰了一副对子，你们且看一看。"胡惟庸看着亭边的《观心亭记》碑刻道："宋学士写得好文辞，寄意深远，令人警省。"他说话时有些心虚，好像皇帝句句话说中了自己隐秘的事，不由看了看陈宁，陈宁的面皮似笑非笑，漫不经心地看着城外的雪景。

君臣正说着闲话。一个太监来到亭前，说道："陛下容禀：监察御史韩宜可要面圣，正在城楼下等着。"皇帝道："唤他来观心亭说话。"皇帝正在高谈，听见亭外有人踏雪吱吱有声，回身来看，来人身长八尺，身着朱红官袍，头戴纱帽，正是韩宜可。宜可字伯时，浙江山阴人。元朝至正年间，浙江行御史台征他作掾吏，他见天下将乱，不愿为官。皇明开国后，有人荐举他做了山阴教谕，他觉得天下大事皆可从教化开始，欣然任职。他不求上进，却被当时的吏部尚书吴琳赏识，调入京城，推荐他做楚府录事。因他见高识远，正直敢言，后来擢升监察御史。他平时不与朝臣来往，职位升降和俸禄多寡亦不在意，却有千里眼和顺风耳的本事，能洞悉朝廷的是非。因他未在元朝做官，不是皇明的贰臣，平时说话的底气很足。

韩宜可大步迈上台阶，来到亭内，弹了弹官袍上的雪花，跪在皇帝面前，不慌不忙，从衣袖里掏出一本奏章。皇帝正想令他作一首咏雪诗，谁知韩宜可开口便说："臣要弹劾三个人！"皇帝怔了，好奇地问道："是哪三个人？"韩宜可道："就是站在陛下身边的三个人！"皇帝看着胡惟庸等三人，三人亦有些惊愕之色。皇帝忍着性子，问道："你要弹劾他们甚么事？"韩宜可道："这三人相貌看似忠厚，内心其实险于深山。险恶似忠，奸佞似直，恃功怙宠，内怀反侧，擢置台端，擅作威福，都不是忠臣。胡惟庸身为丞相，京城内外所上的封事①，他往往自个儿先拆开看，不利己的常常隐匿不报。各地附炎趋势之徒，还有各处军卫失意的武夫，都争相奔走其门，行贿金帛、器玩等不可胜数。御史大夫陈宁晚朝后常去中书省，与胡惟庸在丞相值房私议。涂节也是一根墙头草，风吹两边倒，助纣为虐，甘为他们所用。臣乞请陛下斩三人以谢天下！"韩宜可这一番话无半点停滞，如江河激流，仿佛裂岸决堤。皇帝怔住了，暗自惊叹，开国以来从未见过这样的猛御史，竟敢当着三个人的面弹劾，连自己这个皇帝都不饶几分情面，喝道："好一个快口御史，竟敢无端排陷大臣！"韩宜可道："臣句句是实，请陛下明鉴！"皇帝大喝道："来人哪，将韩宜可拿下，投刑部牢中！"

两员天武将军走入亭中，左右按住韩宜可，架起来就往台阶下拖。韩宜可大叫："陛下，臣死不足惜，只恨奸臣就在你身边，你却看不见！"皇帝嚷道："我看不见，只有你看得见，我眼瞎了不成？"韩宜可要挣脱出来，哪禁得天武将军的神力，夹得他动弹不得。韩宜可的朝靴被台阶挂掉一只，双脚在积雪上划出一道雪痕。

皇帝半晌才平息恼怒，却劝慰起来说："三位爱卿不必介怀。宜可身为御史，当是知无不言，言者无罪。但他这回弹劾三位大臣，凭空胡言，并无实证，朕若不治他一治，只怕御史们挟私坏公，以致朝上没有宁日。"胡惟庸肃衣跪下，说道："臣请陛下释放韩大人。臣与他素无怨仇，只是他为人刚烈，心直口快，想到便敢说。臣平时与他交往甚少，他不知臣的贤愚。韩大人毕竟是忠心为国，请陛下不要加罪他。"陈宁、涂节也跪下，来劝皇帝放了韩宜可，免得坏了陛下的声名。皇帝不知他们是真心还是矫情，说道："这个山阴韩宜可，恁的口快！要弹劾你们，你们还要为他说情？"

京城夜雪

两日后，皇帝差人去刑部大牢里问韩宜可，还要不要弹劾三位大臣。韩宜可说只要他还做监察御史，就要弹劾。皇帝竟然下诏放他出来，改为陕西按察司金事。皇帝为避免三人结党，将监察御史涂节调宁国府做知府。

---

① 封事：密封的奏章。

　　黄昏时，陈宁来中书省。胡惟庸正在起草文书，其余的人早散衙了。陈宁怕胡惟庸因韩宜可意外弹劾，受了惊吓，劝道："相公，山阴那个韩猛子不过凭空揣测，信口开河，你休要惊慌!"胡惟庸抬起头，搁了笔，微微叹息一声，心虚地问道："老陈，我们的事是不是被他窥破了?"陈宁冷笑道："他真个窥破了，我们还能在这里说话?"胡惟庸又自省起来，说道："我为人处事峻急，又恩怨分明，被人视为睚眦必报，气量太小。我受圣上之命，主持中书省的事，恪守法度，所荐的六部堂官和四方守令，都是有才干的人，奈何韩宜可不知。孟子道是，达则兼济天下，穷则独善其身。今日朝中的事，难以尽言，你好自为之。"陈宁很吃惊，问道："听相公这般说，莫非要挂冠①不成?"胡惟庸叹息道："韩御史当着皇上和我们三人的面弹劾，不论有罪无罪，本官当以气节为先，理当辞职，静待朝野公论!"陈宁恶狠狠地说："公论个鸟，若真有公论，你我便是谋反!"胡惟庸被陈宁这一唬，半晌未再做声。

　　陈宁想起御史台近日查到的事，就说："上回湖州官吏刘执中砍伐凌说山场的竹木数量，大致查明了，哪里有二十九万根，不过二万七八千根。刘执中与吕惟贤私自运一些楠木回家是实，也送了几根与府里的同僚。当地有几个一根竹木也不曾偷到的人，眼红了，闻风向皇帝举报，将数目虚夸十倍。老官真以为他们贪了二十万根竹木，也不想想哪里能放得下，如何会追讨不回?"胡惟庸叹息起来，说道："这事休要再惹恼皇帝，且由着它过去罢。"陈宁忿忿不平地说："二人罪不至死呵。"

　　胡惟庸睃一眼陈宁，细声说道："几个月前，岳州府分吃猪脑酒的那个叶琦，原名叶子奇。"陈宁惊问道："是龙泉叶子奇么?"胡惟庸道："是他。"陈宁有些不解，问道："听人传言叶子奇当年被杜遵道挟持，病危时才放他还乡，他如今还活着? 这等天下奇才，如何会沦落到那等地步?"胡惟庸说："他通医术，或许是装病。皇明开国后，他想必喜欢洞庭湖八百里的湖山胜景，才做了巴陵县的下僚，所谓中隐隐于市罢。——此事要不要禀报皇帝?"陈宁思虑片时，摆手说："不可。如果老官知道他是叶子奇，必召他入京，许以高官，岂不是刘伯温转世么?"胡惟庸说："这般奇才，我们如何忍心他死在监狱里?"陈宁道："过了几个月，相公便与皇帝说，那个叶琦并不知道是祭祀用的猪脑酒，只尝了半口，劝皇帝放了他，再差一个心腹去岳州府，劝他辞官归隐，远离祸端，不要再让人知道他的行踪便是。"胡惟庸点点头说："这倒是一个好主意，不知他依不依。"陈宁说："他是何等人，不会不依。"

　　陈宁顺眼看了看胡惟庸起草的文书，他竟在起草辞职书，问道："你辞相位，便能安身立命么?"胡惟庸说："实不相瞒，明州卫指挥林贤是我的心腹人，他奉诏

---

①　挂冠：辞官的委婉说法。

下海捕倭，久居海滨。本官若在京城无安身之地，便辞职去明州隐居。"陈宁冷笑道："相公真个如孔子所谓，道不行，浮槎于海么？恕我直言，箭已在弦，不得不发。我实话与相公说，魏观改建知府衙门，我差人构陷魏观兴故王之基，怀反侧之心，是怕皇帝调他入京到中书省做官，皇帝一时心血来潮，便用他取代你做丞相，坏了你我的大事。我便让皇帝起疑心，并非要他性命。天下人都知道魏观是一个贤吏，哪里会谋反。我原以为皇帝差三法司审后，便会放了他。谁知皇帝恨死了高启，只有认定魏观谋反才可以杀高启。因此，他杀了魏观便后悔。我只想坏魏观的前程，不承想他与高启等人都被朱屠户杀了。我时刻都想着法子保你的相位，你如今却要辞官，令我心寒！"胡惟庸怔住了，呆呆地看着陈宁，说道："我……我不知你竟……竟竟用了这般狠毒的心思，如此算计……"陈宁咬牙切齿地说："我陈烙铁即便如此算计，也算计不过老朱，再狠毒也不及他毒呵，可恨！可恨！可恨！"胡惟庸说："汪广洋如今从御史大夫又升作右丞相，左丞相早晚是他做的。"陈宁手指着胡惟庸道："汪广洋有克己之心，无佐治之才，譬喻古人说的'芳兰当门，不得不除'！"胡惟庸叹服了，冷笑两声。陈宁阴冷地说道："恕某今日告诉相公，此事由不得你了，做也要做，不做也得做！我们自小都读孔孟的书，孟子说得好，'君有大过则谏，反复之而不听，则易位'，我们能让他退位么？因此只有诛杀了他。'闻诛一夫纣矣，未闻弑君也'，难怪他要删节《孟子》。舍身成仁，杀身取义，怕个鸟么？只有舍得一身剐，才能把皇帝拉下马！"他抬脚将半掩的值房门踢开，气冲冲地离去。

陈宁换上一身青棉布直裰，出了洪武门，神情颓然，在城中一家酒店买了两斤酒喝了，回到家中，已有六七分醉。他跟跟跄跄回到书房，又端起书桌上那只方铜酒壶，喝尽壶中的残酒，站在书架前翻书，边翻边嚷："昏君，真是一个昏君。丞相也是一个馕糠的货，一点用处也无！"长子陈孟麟正在厢房里读书，听见门外有动静，就出来看，见父亲书房亮着灯，又听见他在骂"昏君"，十分惊骇，就进了书房。陈宁喝道："出去！"陈孟麟劝道："爹，小心隔墙有耳。"陈宁道："老子怕个鸟，谁敢去告，由着他去！"陈孟麟不知父亲已经喝醉，以为他因事动怒，仍劝说道："爹，儿知道你与胡丞相有深交，还与武臣有来往，儿子恐怕爹爹被圣上忌讳。听人说有一个御史弹劾爹爹和丞相……"话未说完，陈宁大怒，问道："你听谁说的？"陈孟麟道："儿子听胡丞相二公子胡严说的，他爹爹正想辞官。"陈宁又听到辞官，火上添油，一掌拍在桌上，大叫道："你这畜生，回房去！"言语声惊动陈宁的母亲和大夫人，还有孟麟的两个弟弟，陈母和大夫人都来门边劝陈孟麟回房去。孟麟却站着不动，因有奶奶和母亲相劝，他愈发胆壮，说道："爹不为自己想，也要为母亲和儿子们着想。假若丞相获罪，爹爹也不能免，岂不连累了我们全家？"陈宁仿佛觉得与丞相的隐秘事，连儿子都知道了，万分焦躁，怒不可遏，顺手操起书案上的方铜酒壶，着力向陈孟麟砸去。孟麟头一偏，铜壶角正砸在他的太阳穴上。

他叫声"哎哟"，手捂着头，鲜血如注，缓缓地倒在门边。陈宁母亲与大夫人大惊失色，连忙前去扶着他。

家仆仓促去城中请来医师。医师一探脉相，摇摇头。陈宁的醉意被惊醒，怔怔地站着，心中一片茫然，眼前天旋地转。老母哭喊着说："将你娘也打杀了！将你娘也打杀了！"陈宁跪在母亲面前，以额触地。两个弟弟将老母扶到中堂坐着。陈宁起身来到门边，紧抱着孟麟，坐在地面，哭道："老天爷呵，我都做了甚么呵！"又埋怨道："儿呵，你为何不听劝，早一刻回房去，爹也不会失手呵！"

陈宁一会恸哭，一会悲诉，寒冷的屋里充塞着主人的惨痛与绝望。窗间的灯光映着中庭纷纷扬扬的雪，雪花随风飘入台阶，粘在陈宁的须眉间。世间事刹那变得疏远起来，眼前的雪影凄迷如烟似雾。倘若这是一个梦多好，但他分明听见初更沉阗的鼓声。此际应天城灯火初上，城郭山河都笼罩在繁密的夜雪之中。

2005 年 1 月 23 日初稿
2017 年 6 月 30 日九稿
独与轩北窗

欲知后事如何，且看下卷分解。
敬请期待第三卷《孝陵风雨》。